U0530531

江南荣家

高仲泰 著

中信出版集团 | 北京

图书在版编目（CIP）数据

江南荣家 / 高仲泰著 . -- 北京：中信出版社，
2023.7
　　ISBN 978-7-5217-5090-4

　　I. ①江⋯ II. ①高⋯ III. ①纪实文学–中国–当代
IV. ① I25

　　中国版本图书馆 CIP 数据核字（2022）第 251882 号

江南荣家

著者：　　高仲泰
出版发行：中信出版集团股份有限公司
　　　　　（北京市朝阳区东三环北路 27 号嘉铭中心　邮编　100020）
承印者：　宝蕾元仁浩（天津）印刷有限公司

开本：　787mm×1092mm　1/16　　印张：28.875
插页：　17　　　　　　　　　　　字数：440 千字
版次：　2023 年 7 月第 1 版　　　 印次：2023 年 7 月第 1 次印刷
书号：　ISBN 978-7-5217-5090-4
定价：　95.00 元

版权所有·侵权必究
如有印刷、装订问题，本公司负责调换。
服务热线：400-600-8099
投稿邮箱：author@citicpub.com

荣熙泰（1849—1896）

荣宗敬（1873—1938）

荣德生（1875—1952）

荣毅仁（1916—2005）（顾祚维 摄）

荣智健(1942—　)(顾祚维　摄)

荣伟仁（1906—1939）

荣尔仁（1908—1994）

荣伊仁（1912—1948），又名一心

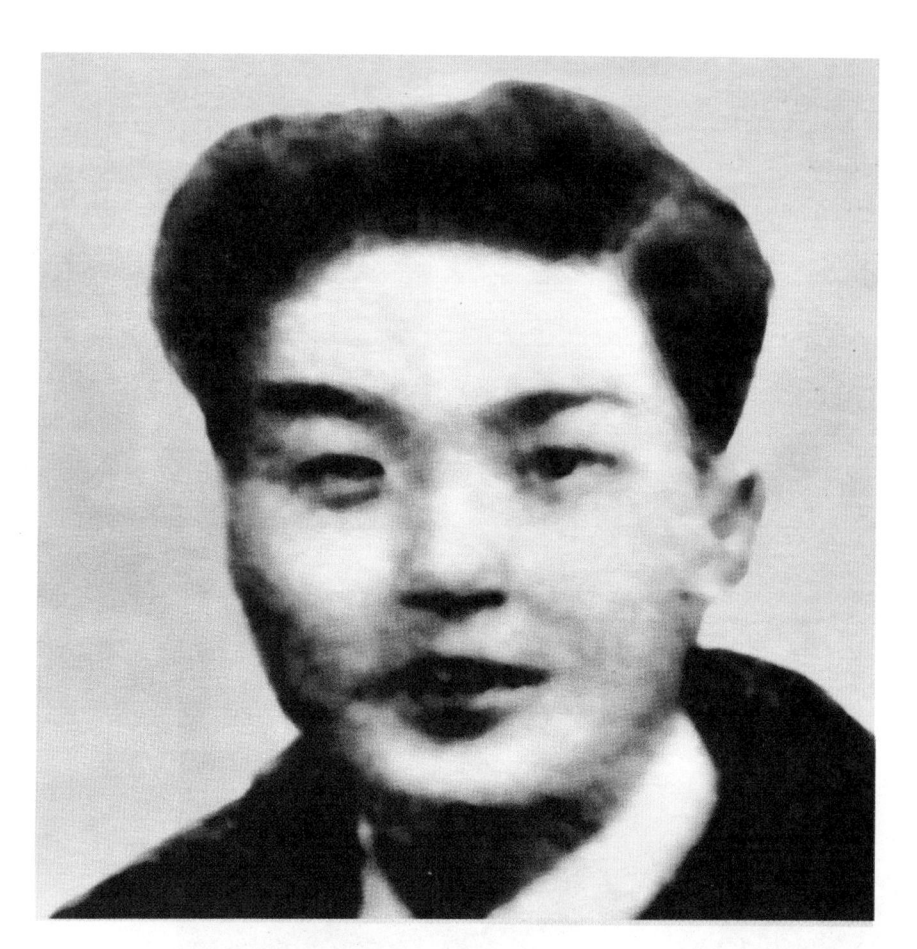

荣纪仁（1922—1948）

忽然一夜清香发，散作乾坤万里春 （荣毅仁 摄）

一朵忽先发，百花皆后春 （荣毅仁 摄）

耐得人间雪与霜，百花头上尔先香 （荣智健 摄）

雪虐风饕愈凛然，花中气节最高坚 （荣智健 摄）

梅园老园门"梅园"刻石 （顾祚维 摄）

梅园念劬塔，1930年荣宗敬、荣德生兄弟为母亲石氏八十冥寿建造，以纪念父母辛勤劳苦的养育之恩 （顾祚维 摄）

梅园诵豳堂前荣德生铜像（顾祚维 摄）

梅园豁然洞读书处（经畬堂）（顾祚维 摄）

无锡梅园思源台，为荣智健子女荣明杰、荣明方、荣明棣2022年捐资三百万元建造，意为饮水思源，不忘家族传统。（顾祚维、荣兴益　摄）

荣氏旧居转盘楼（顾祚维　摄）

荣巷荣氏老宅 （1988年8月）（顾祚维 摄）

香港九龙码头二十世纪六十年代景观。荣德生早年在广东三水河口厘金局任职，转道香港返回无锡时，在此发现洋面粉堆积如山，萌发了实业救国之理想

2015年9月,荣智健和儿子明杰(左)、明棣(右),在1900年荣氏创建的首家企业——保兴面粉厂使用的法制石磨前留影 (顾祚维 摄)

荣德生于1916年在无锡创办的大公图书馆,它是中国第一个正规的乡村图书馆,1937年"八一三"淞沪会战前夕,藏书达18万卷(册)(顾祚维 摄)

蠡湖宝界双虹（1996年10月航摄）（顾祚维 摄）

无锡一棉（原申新三厂）生产车间一角 （顾祚维 摄）

二十世纪二十年代上海申新纺织厂身着工装的纺织女工

1947年，荣德生创办无锡私立江南大学

王禹卿（1879—1965）

薛明剑（1895—1980）

在抗日战争胜利后，荣毅仁主持重建了无锡茂新面粉一厂

原无锡申新第三纺织厂公务楼（顾祚维　摄）

1915年创办的申新第一纺织厂 （1928年旧照）

上海申新第二纺织厂

三新总公司办公大楼全景

上海申新第七纺织厂原为英商东方纱厂，荣氏兄弟1929年购买后更名为申新七厂

1937年11月底，无锡茂新面粉一厂被日军炸毁

宝鸡长乐塬窑洞工厂外景和内景

福新五厂及申新四厂办公楼

无锡茂新面粉公司"兵船"面粉商标

申新各厂通用的"人钟"棉纱商标

李国伟、荣慕蕴夫妇结婚38周年纪念合影 （1954年12月5日摄）

1936年，荣毅仁和杨鉴清喜结连理的结婚照

1949年5月27日，上海解放，解放军睡在街头

1956年1月30日，中国人民政治协商会议第二届全国委员会第二次全体会议在北京开幕。毛泽东接见荣毅仁等工商界代表

1956年1月10日，毛泽东视察公私合营申新九厂

荣毅仁（左1）与其他工商界人士并肩步入上海中苏友好大厦"申请公私合营大会"会场

北京建国门桥畔立着一幢29层的巧克力色大厦，它就是中信公司的第一座办公大楼——国际大厦，也是北京第一座涉外写字楼

中信公司突破体制限制，进入能源领域，建设了第一家中外合资电厂——江阴利港电厂。这是今日利电能源集团鸟瞰图 （周灏 摄）

1988年12月22日，荣毅仁（中）和能源部部长黄毅诚（左）、江苏省省长顾秀莲（右）等为中外合资电力建设项目、国家重点建设项目江阴利港电厂开工奠基 （利港电厂 供）

1995年2月1日，荣毅仁寻访广东三水市（现佛山市三水区）祖父和父亲旧居——荣熙泰、荣德生清末时曾在这里担任厘金局税务账房

荣毅仁亲手设计的"CITIC"徽标被"中国国际商标知识大赛"评为中国2001年最佳创意设计

荣毅仁北京寓所四合院（整体移建至无锡荣巷荣毅仁纪念馆）（顾祚维 摄）

在荣毅仁位于北京史家胡同家里的客厅中央，高挂着邓小平于1988年5月亲书的"戒欺室"横匾。"戒欺"是荣毅仁父亲荣德生一贯的信条，认为做人做事，应以戒欺为本。荣德生当年把这两个字做成匾额挂在书房里，后来被毁。荣毅仁特地请邓小平题字，重新悬挂起来，作为他的座右铭（顾祚维 摄）

1986年6月18日，邓小平在北京人民大会堂会见二百多位荣氏海内外亲属时说："从历史上讲，你们荣家在发展我国民族工业上是有功的，对中华民族做出了贡献。"

2001年浙江宁波大榭岛全景

1996年10月18日，荣毅仁和夫人杨鉴清钻石婚庆家宴 （顾祚维 摄）

2002年4月28日，时任香港中信泰富公司董事长荣智健视察兴澄特钢建设情况，听取总经理俞亚鹏汇报
（陆卫宇 摄）

中信公司江阴兴澄特钢滨江厂区鸟瞰图 （陆卫宇 摄）

创作指导委员会名单

王慧芬　　喻国荣　　蔡星海

蒯建平　　顾祚维　　沙　巍

杨建民　　沈云福　　姚炳红

摄影策划：顾祚维

目 录

自 序　/ VII

序 篇　/ XI

第一章　犹有花枝俏　/ 001

荣　巷　/ 004

乌镇、三水河口、上海　/ 013

香港九龙码头　/ 024

冲寒先喜笑东风　/ 032

柳暗花明又一村　/ 039

似曾相识燕归来　/ 047

东风第一枝　/ 060

第二章　花中气节最高坚　/ 073

雨雪霏霏中的起步　/ 078

爱国之心，不敢后人　/ 092
一士之谔谔　/ 103
民商何罪，申新何辜　/ 115
对申七拍卖的抗争　/ 137
时穷节乃见　/ 151
黄土地上的窑洞工厂　/ 169
破晓时刻的坚守　/ 184
上海的早晨　/ 208
蹚过恣肆奔涌的洪波　/ 214
东北雪、凉山风、唐山殇　/ 225

第三章　散作乾坤万里春　/ 235

三个提案、大农计划、阅历谭　/ 239
教育犹如事业之母　/ 249
其意诚而其志宏矣　/ 264
蠡湖上的宝界双虹　/ 271
劳动界仅见之成就　/ 279
荣氏企业的文化符号　/ 289
雾散日出后的荣德生　/ 297
历史性的抉择　/ 309
荣智健的特钢情结　/ 326

第四章　为有暗香来　/ 345

　　诵麟堂的一副对联　　/ 351
　　"戒欺"　　/ 363
　　九州一色还是李白的霜　　/ 386
　　躲生日躲出了一个大榭岛　　/ 396
　　几生修得到梅花　　/ 406

后记　此心安处是家国　　/ 423

参考文献　　/ 429

自　序

荣家是从草根起家的，他们世居无锡西郊的荣巷，种稻植桑，耕读传家。

这本书从荣毅仁的祖父荣熙泰写起，详尽地记述了这个家族几代人前赴后继的奋斗过程和命运故事。这本书通过大量细节描写告诉我们，荣氏几代人是如何以自己的智慧和勇气，冲破官僚资本和外国资本的胁迫和抑制，在夹缝中抓住机遇的。荣氏几代人在不同的历史阶段，立足于民族大义、国家公义，开拓奋进，造就了一个庞大的实业王国。百年荣家，历经辉煌、坎坷而不衰，至今这个家族的第四代、第五代仍活跃在世界各地和各个行业，而荣氏精神以不同的方式得到赓续和绵延。荣氏兄弟为中国民族工商业的发展做出了巨大贡献，同时为社会事业、教育事业、公益事业付出了积极而富有成效的努力。

《江南荣家》的一大特色是，突破了一般家族传记年谱式的表述方式，形象地以梅花品格作为隐喻，以翔实的史料，真实全面地凸现了荣氏几代人实业救国、实业兴国的企业家精神和人文品格，以及他们对家国情怀、财富精神、公益精神等的弘扬和传承。荣德生先生曾指出，荣氏家族之所以创业成功和长盛不衰，"非恃有充实之资本，乃恃有充实之精神，精神乃立业之本"。

1912年，荣德生在无锡郊区的东山、浒山和横山之间，买下百亩桃园，去除桃树，引植三千株梅花，正式将其命名为梅园，并亲笔书写"梅园"两字，镌刻在一块巨石上。从此，荣家便和这个园林及梅花紧紧维系在一起。梅园的主体建筑香雪轩、诵幽堂等处挂着多幅楹联，其中有不少与梅花有关，例如"万树梅花香雪海，一园草色暖霜风"，"万花敢向雪中出，一树独先天下春"。

这些楹联反映了荣家对梅花品格的赞赏，荣氏几代人确实一脉相承地与梅花结下了不解之缘，与梅同洁、同芳、同韵。可以说，梅花是荣氏家族的精神象征，两者之间有极大的对应性和兼容性，荣文化和梅文化的融合组成了荣氏精神的特性，也是荣氏家族百年不衰的精神密码。

荣毅仁是荣氏家族的杰出代表，他把家族精神和爱国主义情怀弘扬到了极致。在1949年破晓东方这一重要的历史节点，荣毅仁和父亲荣德生毅然选择留在大陆，迎接新中国的诞生。这一在历史转折时期的正确选择，使这个家族的理想追求和精神传统没有断裂，而是在新的历史背景下得到了延续和升华。在公私合营中，荣毅仁率先把荣家所有的企业奉献给国家。在毛泽东和陈毅的推荐下，他被选为上海市副市长，主管纺织业和轻工业。后由邓小平点将，他出任主管全国纺织业的纺织工业部副部长。

作为新中国成立后的企业家典范，荣毅仁最突出的贡献是在改革开放中开辟式、开路式地创办了中信公司，为国有企业的改造、改革探索出一条新路子。这固然与邓小平同志和党中央的支持、指引分不开。然而，溯源究根，荣氏家族的企业家精神和梅文化作为一种基因，激励荣毅仁在新的历史起点上，为改革开放这一伟大事业凝聚智慧力量，注入强劲动能。

当前，中国企业界正在贯彻党的二十大精神，克服新冠肺炎疫情对经济的影响，但毋庸讳言，我们面临的经济环境仍是错综复杂的。世界百年变局叠加世纪疫情，经济全球化遭遇逆流，这本书书写的荣氏企业家精神和梅花品格具有重要的时代价值，能为中国企业界人士，包括公有制企业和非公有制企业人士带来精神和思想的启示。如何从荣氏企业家精神中发掘积极价值，值得我们深入思考。

意大利哲学家克罗齐在其专著《历史学的理论和实际》中提出"一切历史都是当代史"，荣氏家族已有百年历史，但他们的企业家精神和公益精神仍具有深刻的现实意义，值得借鉴和推广。令人欣慰的是，广大企业家为荣氏家族的境界和精神所折服，正在认真学习爱国企业家典范，大力弘扬新时代企业家精神，坚守初心、树立雄心、保持恒心、锤炼匠心，争当实业报国的示范者，开放进取的搏击者，回馈社会的表率者，在现代化建设新征程中担负新使命、创造新业绩，为实现伟大的民族复兴挑大梁扛重责，有追求、有魄力、有作为、讲诚信，牢记"为天下人布芳馨"的民生情结和家国情怀，聚焦实业，做精主业，做强做优，努力做出应有的贡献。

序　篇

江南无所有,

聊赠一枝春。

——南北朝·陆凯,《赠范晔诗》

已经是冬天的尾巴了，天公却下起了大雪，没完没了地下着，无声无息。下雨夹雪的时候，行人都能听到淅淅沥沥的声音。数天的恣肆飘洒，累积数尺，气温骤降，彻骨的寒冷，让天地间顿然失色，银装素裹。四望皎然，江南大地难得地呈现出一番清白贞静的雪国气象。这是农历丁酉年岁末，阳历2018年初。

在这个本就万物蛰伏的季节，在江南罕见的大雪猝不及防的袭击下，人们几乎看不到尚存一丝生命痕迹的草木，芦苇荡中摇曳的芦花、池塘里坚挺着的残荷、阡陌上枯黄柔弱的野草、树木上稀疏的黄叶，都被纷飞的大雪淹没和摧残得干干净净。

这些曾经丰腴茂盛的花木在这场磅礴的大雪中做最后的挣扎。

但有一种花却凌雪而开，那就是梅花。尽管寒风凛冽，尽管枝丫上凝结着冰雪，尽管万种寂灭，它却独自绽放了，星星点点，儒雅从容，气韵简净，骨骼坚挺，苍凉中带着一种勃勃生机，虽没有桃红柳绿、杏花春雨的绚丽，但严冬萧瑟中，令人清爽振拔。

作家迟子健2018年写了一篇名为《候鸟的勇敢》的中篇小说，其中写了候鸟的坚韧——它们凭借着一双翅膀千里迁徙。殊不知，这种勇敢是为了躲避寒冬。当冬天即将来临时,它们开启长途之旅,奔赴温暖的地方;冬去春来,它们又返回原来的栖息地,来回奔波,不怕路途遥远与劳顿。我无意贬低候鸟的勇敢精神,这是一种自然的节律,甚至是一种自然法则。

实际上,世界上的大多数物种都有一种避寒求暖的本性,而梅花之所以值得称道,就在于它不遵循这种自然节律,不畏严寒,即便冰天雪地,它照样孤独地开放,显示出它的傲岸、矜持和坚忍。"寒霜独放一枝梅,芬芳傲视万木春",让人会情不自禁地喊道:勇敢的梅花!

无锡梅园建园一百周年时,友人曾送我一幅刻在石头上的刘海粟大师的梅花水墨画的粉色拓页,装裱考究并题字"老梅如铁"。画面上仅一枝梅花,枝干峥嵘,花朵饱满,简洁几笔,却有种意志和品格的逼人光芒,不错,那精气神真如铁骨铮铮。

距离宜兴不远处有个小县城叫长兴,那里有个东方梅园,满山遍野地开着各种梅花,漫天落雪中,早梅怒放了,鹅黄色的蜡梅、色彩明艳的红梅,清气逼人,暗香深幽、泛动。花瓣远远近近,闪着莹莹的光泽,像橘黄的火焰般的亮色,衬着漫天遍野的白雪,显得特别鲜活,颇具江南气质和唯美气息。雪梅为人们最爱,因为"有梅无雪不精神",而且,"梅须逊雪三分白,雪却输梅一段香"。雪梅宛如一位国色天香的佳人,"白雪为肌,梅香铸魂"。

这天,夜雪初霁,天气清朗,荣氏家族传人荣智健慕名来到苏南这个植梅农庄踏雪寻梅。荣智健对这里的梅花非常欣赏,赞叹不绝,认为东方梅花枝干遒劲有力,昂不屈之颈,扬不垂之头,有强烈的生命质感。他仔细观赏着,犹如高山流水终遇知音,荣智健在这里遇到了他的灵魂挚友。他和东方梅园的主人探讨园内梅树的品种及来源,并在白雪寒梅中留影,拍摄了多张照片。他来无锡后,向市领导推荐了这一梅花种类,建议由他出资引进东方梅花,在梅园辟地大面积种植。

荣智健兴致勃勃地和别人谈起了东方梅园的梅花,也许是出于兴奋,也许是有感而发，他很少见地提到了荣氏企业文化。他不经意地说，梅文化就是荣文化。荣智健为人一向低调、谦逊，对于自己及先辈的创业史从未在公开场合刻意地加以渲染、炫耀，更没有就此做过洋洋洒洒的演讲。但是，毋庸置疑，这一次荣智健道出了梅花对于荣氏家族的特殊性。了解荣氏家族创业史和荣氏企业文化的人都会理解，荣智健把荣氏精神和梅花品格联系起来，绝不是一种自诩，也并不夸张，亦非诗化的文艺表达，而是极具要领，一言中的，评价得非常到位。荣智健将办公室原来的照片撤下，替之以在东方梅园以白雪寒梅为背景拍摄的照片。

2019年2月16日至19日，岁尾年头，一元复始，荣智健再次回到无锡，认真地和市领导、梅园园方在现场边走边看，就这件事进行具体商谈和落实，并捐助三百五十万元，扩大梅花种植范围，提升梅园景观。相信不久，这个由荣智健祖父荣德生开辟的赏梅胜地又将多出一大片梅林。可见荣家对梅花的倾心程度。

荣氏家族几代人确实与梅花结下了不解之缘，他们对梅花有种特别的兴趣和热爱。是的，中国士子都爱梅、赏梅、痴梅。历代的知识分子以风流文采吟诵梅花的风骨，当然也有文人墨客借物喻人，由梅花风骨来推崇人格的高尚。但是，荣家并非士大夫家族，也非文人出身，而是草根出身的成功实业家族。不过，他们爱梅之深，爱梅之痴，比之士人，有过之而无不及，而且几代人一脉相承，正如明代地理学家、旅行家和文学家徐霞客自题书房的对联"春随香草千年艳，人与梅花一样清"。这副对联中上联的"千年艳"点出梅花的悠久历史，暗喻爱梅风尚代代相传；下联的"一样清"道出了自己向往志洁行高的情怀和不随俗流的人格。这简直就是对荣家崇尚梅花的生动写照。

不错，荣家爱梅在坊间的确传为佳话，知情者无不赞叹其一门风雅，但很少有人真正懂得梅花对荣家的深远意义。

1912年，荣德生购得梅园所在的一片山林，并以梅花的人文品格为主题，引植三千株梅花，正式命名为梅园。自此以后，荣氏家族几代人便以梅花为伴，以梅林为家了。时人钱振煌在《梅园记》中记载："凡园之植，四时之草，异域之花，无不具备……而山人独以梅名其园，岂非以鼎一阳之复，见天地之心，为群芳之先觉乎！"园中多处文字也都点明了这一隐喻。

梅花品格润物无声地内化于荣氏家族几代人的心灵中，影响着他们的思想和操守，乃至经商理念。"万花敢向雪中出，一树独先天下春"，梅园雪海轩两侧的这副楹联道出了梅花的精神。完全可以说，梅花是荣氏家族的精神家谱。梅园成了荣氏家族几代人的精神家园，以至许多了解荣氏家族的人将梅园视作朝圣之地。然而，它又是一个世俗之地。

太湖边这个私家花园的千树梅花曾吸引了享誉文坛的作家郁达夫。1922年，作家郁达夫从日本归国后，一度寄情山水，把胸中的苦闷寄托在行旅之中。羁旅无锡时，他住在梅园的太湖饭店。在散文《感伤的行旅》中，这个命途多舛的作家真切地写道："我在此地要感谢荣氏竟能把我的空想去实现而造成这一个梅园，我更要感谢他在造成之后而能把它开放，并且非但把它开放，而又能在梅园里割出一席之地来租给人家，去开设一个接待来游者的公共膳宿之场。"

那时的梅园是免费向社会开放的，平头百姓乃至小商小贩都能进出，甚至可以在诵豳堂前设摊做生意。荣德生虽觉得不雅，但并未干涉。荣德生在《乐农自订行年纪事》中自述："回想三十年前辟园植树梅，今日竟成为苏省名胜，初非意料所及。惟无知者往往攀折花木，为之可惜。重台三株，花发尤见精神；骨里红一株，则已不见；其他红绿萼，亦损去不少。游客之外，车夫、船妇及吃食摊贩远道而来贸易者亦不少。楠木厅前，几类小市集，虽觉不甚雅观，但附近贫民得藉以营生，亦可喜也。"

荣德生很宽厚，发现有人折梅，尽管略有遗憾，但并没有一怒之下将游客驱赶或闭门谢客。对于设摊做买卖的，他觉得不雅观，但这些穷人能在这里赚点儿钱，以养家糊口，倒是一件可欣慰的事，毕竟不违造园之初心。这个细节，足见荣德生为人的厚道和良善，以及胸襟的宽阔。正如诵豳堂的一副楹联所写："为天下布芳馨，栽梅花万数；与众人同游乐，开园囿空山。"这副楹联是对荣氏富有人情味的精神世界的描绘，还真的有一点儿倡导大同社会的意思。

我想起了苏州那些风雅精致的古典园林。在那里，山石林泉、亭台楼榭一应俱全，当然也少不了森森乔木和奇葩芳草，甚至有人还别出心裁地种植了几垄水稻，命名为稻香村。园主人大都是退隐的官吏和士大夫的后裔。苏州园林艺术品位很高，可以说是中国园林建筑中的极品。可是，这些园林始终是高墙森严、大门紧闭的，几乎没有一个向社会开放。无法想象这些私产、私人领地和私苑可让不相干的人，特别是穷人进来观赏游玩。园主人在雅致安静的这一方天地里，尽情地享受闲适精致的生活，或吟诗，或奏乐，或设宴，或退思，或遛弯，或赏花。文官脱掉了朝袍，摘掉了顶戴花翎；武将放下了刀剑，没有了庙堂的风云和边塞的狼烟。园主人将自己妥帖地圈养在这些合适的围墙内，似乎与世隔绝了，但他们一点儿都不寂寞，而是过上了一种相对封闭但相当滋润的生活，锦衣玉食，琴棋书画，仆人成群，到了晚上还有更夫巡夜。寻常百姓是难以一窥里面的景物的。

梅园可能不如苏州园林那样精巧和灵秀，但它充满野趣，清气润心，朴拙自然，未经过度雕琢，却不乏儒雅，比苏州园林大气、雄浑。它的周围是田野河塘，山温水软中稻香鱼肥，登高远望是浩瀚的蓝莹莹的太湖。梅园的大门是敞开的，它不设围墙，不收游资，四季开放。当时报刊《新无锡》（1916-01-11）载："记者昔年曾游日本各公园，似都未能有此（梅园）大开大合者。"

梅园是雅俗共赏的。参观者有闾巷小民、农夫、引车卖浆之流，也有一袭青衫的职员、中小学生，自然还有乘着高车驷马来的衣冠人物、各界名流和要人。无锡的工商业家薛南溟、杨翰西、钱孙卿、蒋哲卿等都是这里的常客，国民党元老、与无锡胡埭和马山为邻的武进雪堰桥人氏吴稚晖更是梅园的座上客。吴稚晖以才学知名，在日本与孙中山一起创立同盟会，资格很老，但他一生拒绝做官，只挂了几个有名无权的空衔。他性格放荡不羁，衣着随意，不修边幅，毫无架子，动辄嬉笑怒骂，臧否人物常常惊世骇俗，一点儿情面都不留。有意思的是，他自称是无锡人，不承认是常州武进人，称与荣氏兄弟是乡谊之交。他到梅园后，谈谈书画，然后到开原寺吃一碗素面，吃完抹抹嘴便走了。作为荣家的至交，他在荣家几次遭国民党加害时，为之奔走呼吁。比如申新搁浅时，国民党政府实业部企图乘机鲸吞，吴稚晖独闯行政院上书时任院长汪精卫，为荣家陈情，还大骂实业部部长陈公博居心叵测，其行为等同土匪。

国民党统治时期到过梅园的名流政要还有孙中山、蒋介石、李宗仁、黄炎培、阎锡山、冯玉祥、何应钦、熊希龄、孙科等，声誉煊赫的文人墨客更是不计其数，他们大多留下了珍贵的墨迹。

郁达夫对荣家无私的公益精神大加赞赏，佩服之至，但他并未真正懂得梅花之于荣氏家族的深厚意蕴。梅园体现的不仅仅是一种公益传统，还有把私产作为公共产品以及把个人资源作为共享资源的平等观念，这种观念是荣氏家族很重要的思想。这方面的例子很多，梅园仅是一例。郁达夫没有理解荣氏家族对梅花的崇拜除了出于审美情趣，更是对梅花品格的推崇，他们把梅花当作家族几近完美的道德偶像和精神图腾，并竭力将梅花品格内化到自己的实际行动中。也许有人会说，一种花卉的自然属性，居然对人有这么大的影响力，有这么神吗？

我要说的是，人类天生就是有情怀和哲理的物种，远古的人崇拜天地，崇拜自然力，崇拜动物，崇拜植物，于是就产生了诗、宗教和哲学。中国古代人更是讲究格物，即以自身来观物，又以物来观自己。千百年来，中国人因气韵习性而喜爱梅花，骨子里可能已经渗透了梅花魂，而热爱更加深了这种梅花魂。

这种把崇拜物看作精神图腾的现象到现在还时有所见。比如樱花是日本的符号，是国花。樱花积蓄一年之力，突然迸发出生命，盛开得如云如霞，绚烂异常，但生命周期短促，一周后便凋谢零落，樱花雨在风中纷飞，铺满路途，成为一景。日本人对樱花有种特别虔诚的感情，对樱花的景仰和喜爱几乎是思想的一部分。你完全可以看到日本国民精神中的樱花因素——盛开时热烈中的安静、绚丽中的素朴，凋谢时的洒脱及隐蓄的坚韧，这些都引起日本人的膜拜，有些忧伤的膜拜。

同样的道理，荣家对梅花是情有独钟的，是顶礼膜拜的。在弱国多难、急需兴邦之际，梅花高古的传统内涵既可勉励爱花者，也可激励国人奋发有为。荣家对梅花的感情之深，从修建梅园就可见一斑。当时，荣德生经济上并不宽裕，但为了维护梅园，仍省吃俭用，挪出钱来修缮扩建。这在荣德生的笔记《乐农自订行年纪事》中有记载。因此，荣氏家族受到梅花品格的感染，是再自然不过的事。梅花的特性是一种表象，它所传递的是一种精神、一种思想或者说一种感觉，看你怎么去体悟了。有志的人都需要修炼：读书是一种修炼；在实践中不断磨砺也是一种修炼；反省自己、审视自己的内心，形成一种不需别人督促的自觉更是一种修炼；当然，从梅花的特殊品性中吸收精神营养也是一种修炼。有一联云：芳香八月予人醉——桂；铁骨一身靠自修——梅。

荣氏家族将梅花品格注入族人心灵，融入自己的商业理念、做人之道、金钱聚散之道和本土的公益传统，这是其家族文化形成与传播的重要途径。当然，荣氏家族文化还受到其他因素的影响，比如中国儒家经典传统。荣氏兄弟熟读四书五经，在私塾读书时，荣德生偏爱孔孟，熟读《中庸》《大学》《论语》《诗经》，对《易经》也饶有兴趣；而荣宗敬则偏爱《算书》和《范文正公集》，不止于读，还喜欢抄，仅《算书》及范仲淹的诗词就誊抄了许多遍。

荣氏家族文化的另一个重要来源是江南文脉的浸润。大致从隋唐以后，全国的经济重心便开始向江南转移。南北大运河的开通使江南变得丰饶秀丽、物阜民丰，当北方战乱频仍时，江南相对平静。漕运、驿站、商旅、娱乐和休闲，使苏州、无锡、常州、金陵（今南京）、杭州及扬州等城市的经济变得繁荣。丝绸、刺绣、织锦、茶叶、陶瓷、泥人、书画、文玩和漆器等名扬天下的产品托起了一个富足的江南，当然还有昆曲、锡剧、越剧和评弹等地方特色戏曲，以及一批又一批的举子、进士和状元，其数量之多，引得全国读书人瞠目。江南的园林、小桥流水、芳菲秀色中走出了多位庙堂重臣、国之栋梁。江南不仅是元明清赋税重地，更是巍巍文化高地。

吴地的开山鼻祖吴泰伯（约公元前1165—前1074年）将中原文化和本土文化相融合，由此形成的吴文化对荣氏家族的情致自然予以了足够的养分。另外，家族在困苦中扭转家运的精神也在内里雕刻了荣氏文化基因，虽然缺衣少食、房屋残破，但这个贫苦却充满正气的家庭里不缺笑声，荣熙泰和妻子石氏从不愁眉苦脸，总是乐呵呵的。父母乐观开朗的性格、孝顺长辈的善良，以及母亲的贤淑刻苦和父亲的见多识广对荣氏兄弟产生了直接的影响，帮助他们形成了从现实切入、最终直达本性的性格特质和精神追求。

历史见证了荣氏四代枯荣沉浮，然而，其家族企业却始终兴盛不衰，成为中国近现代经济史上不可忽视的重要力量，这绝非偶然。百年荣氏家族打破了"好不过三代"或"富不过三代"的周期律之怪圈。荣德生曾感叹上海洋场习气，奢靡成风，他很担心后人是否会受到污染，说："历观富贵之家，无传二三代者……三十年来见人家经营之厂，屡易其主，皆由小不慎起。上代好，下代未必能守，此何以故？实由小不慎耳！"这是他的经验之谈，也是他对荣氏后人的警示。荣氏兄弟头脑很清醒，始终牢记那个周期律的凶险。在教育子女方面，他们深谋远虑，竭力防范"小不慎"，以家族精神抵挡平庸、衰落和诱惑，避免膨胀和自毁。家族文化孕育了后人，托起一代代人的脊梁和灵魂。"坚冰深处春水生，残腊雪霁飘香蕊。"子孙满堂的荣氏大家族没有垮塌，也没有出过一个成事不足、败事有余的纨绔子弟。

而且，几乎在每一个国运转折点上，我们都可以看到这个家族的人员活跃而又奋进的影子。荣德生和荣宗敬兄弟俩实业救国、忧国忧民，如一束永不熄灭的光亮，引领工商阶层艰难崛起。荣毅仁从一个爱国的民族资本家转变为红色资本家，再由红色资本家成长为卓越的国家领导人。荣智健在未经历练的情况下，只身闯荡香港商界，凭着自己的才智和勇气，弯道超车，出奇制胜，搏出一方天地，在参与经营中信香港公司后，更是如鱼得水，成功进军国内能源、交通、钢铁和房地产等领域。荣智健的成功凭什么呢？可以这么说，他无师自通的商业智慧来自由"文革"的艰苦环境磨砺出来的意志，更来自家族特有的基因。

这个基因就是家族文化的传承，始终遵循重道固本、守正出新的原则，以及对梅花文化的守望。无心插柳柳成荫，荣家未必是有意识地借梅花的品格训导子孙，但它一旦作为一种文脉融入家传，与闪闪发光的灵魂相遇，就会产生神奇的作用。这就是风骨，风骨是装不出来的，而且只有在艰难和诱惑面前才会显现。

我们不知道荣熙泰是否爱梅，但荣德生能斥资造园植梅，说明他和兄长荣宗敬在这之前就好梅了。梅园所在地原先种的是桃树，荣德生去桃树引梅树，并亲笔书写"梅园"两字，镌刻在一块巨石上。这说明荣德生建梅园绝非一时兴起，而是爱梅心切，刻意谋之。置梅园时，荣氏兄弟虽未有后来那样的大成就，但已有了这个能力，便欣然致力于此。我们可以想象当时正值中年的荣德生喜得梅园的那份愉悦。穿越百年风云，这块书写着"梅园"两字的巨石仍屹立在原园林大门口，透出一种沧桑感。试想一下，在荣德生精心建起来的这个园子里，大冬天的，雪花和梅花齐飞，寒气共雪梅一色，这种生命色调是何等壮观！

在悠长的历史中，许多豪门望族或淹没在历史的尘埃中，或成了人们记忆中的碎片，或成了远去的孤帆。连孟子都说："君子之泽，五世而斩。"一个"斩"字，令人惊心动魄。

古语云："道德传家，十代以上，耕读传家次之，诗书传家又次之，富贵传家，不过三代。"荣家是实业家族，富自不待言，顶着"纺织大王""面粉大王"的名号，虽然不是什么红顶子官宦之家，但也不失华贵。不过，他们并非富贵传家。富贵家族尤其是官僚家族的政治风险往往较大，一旦卷入政治旋涡，就会殃及无辜。

荣家应该是耕读传家、道德传家，耕读就不用多解释了。这里的道德是指人文意义上的理想、精神、德行和追求等整套家族文化，也就是与梅花品格对应的一种道德规范。这并不是一种简单的说教，说教是需要的，但更重要的是感化。具体而言，就是身教重于言教，上一代人以自己的实际行动来感动、启示和引领后人——对人生有一颗敬畏之心，有一腔爱国之情和创业热血。荣家四代久盛不衰，得益于聚财之道和散财之道、文明教养和人格底气，以及白雪寒梅的品格。富可敌国而仍坚持勤俭质朴，耻于摆阔比富而热衷兼济天下，是这个家族代代相传的精神。荣氏家族百年间历经无数苦难和曲折，他们所达到的精神高度是今天的企业家难以企及的。

仅仅那个向全民免费开放的梅园，至今还能让人感受到荣家源远流长的公益传统。我以为，这种直追终极关怀的传统确实可比作梅花品格。正是这种久远的梅韵使荣氏家族老而弥坚，让人有一种高山仰止的感觉。从现实情况而言，这种风范完全可熏陶一切为追求幸福而沉醉财富美梦的创业者和企业家。尽管如今已不是视发财为耻辱、视金钱为粪土的时代了，想发财也并非坏事，但财富是要与精神相匹配的。许多财富榜上的人都拥有过万千荣华，但他们何以很快就在时代的大浪淘沙中湮没无闻？这些"短命"富翁的命运值得我们深思。说到底，他们缺少人格的完整性和荣氏那样的企业家精神，简言之，就是德不配位。精神侏儒是承受不起财富之重的，这些人如果稍稍研究一下荣氏的企业文化，就会认识到自己的浅薄、狂妄和愚昧。这些新生的资本家，别说传三代，有的一代不到就垮掉了。

应该说说梅花在中国人心目中的地位了。中国目前还没有国花，但梅花对中华民族的文化性格和人文精神别具意义。

中华民族对梅花的赞赏由来已久。二千五百多年前的《诗经》中就有咏梅诗了："终南何有？有条有梅。君子至止，锦衣狐裘。颜如渥丹，其君也哉！"这几句诗是说，终南山上有梅花，吸引了君子前来观赏。这说明中国士人很早就喜欢梅花了。但那时，仅仅是喜欢而已，人们似乎还没有开始欣赏梅花的风骨。在《诗经》里，梅花还是求爱的象征："摽有梅，其实七兮。求我庶士，迨其吉兮。"这是说梅子纷纷落地，还有七成在枝头，喜欢我的男子，请不要误了良辰。

梅花不仅具有清高绝俗的品格，而且具有不加人工雕饰的天然的高贵仪态，两者构成了梅花的完整形象，足以压倒群芳。对梅花的审美感受的觉醒始于魏晋南北朝时期，这是中国人自我意识和审美意识觉醒的时代。梅花身上那种高贵的品格、风骨和气节终于被人们所赏识，所颂扬。南北朝谢燮的《早梅》就颂扬了梅的早发、迎春、抗寒的精神："迎春故早发，独自不疑寒。畏落众花后，无人别意看。"

梅花精神的广泛传播是在唐宋时期，彼时梅树开始广泛种植，咏梅亦成为诗歌园地中的重要内容。唐宋诗人笔下的梅花，成为一种人格象征。梅花的迎春、凌寒和高洁，成为一种坚毅不屈、清高淡泊的人格精神而被广为传颂。例如，王维的《杂诗》通过探问窗前梅花来表达自己强烈的思乡之情："君自故乡来，应知故乡事。来日绮窗前，寒梅著花未？"王适的咏梅诗《江滨梅》则歌颂了梅的迎春本色："忽见寒梅树，花开汉水滨。不知春色早，疑是弄珠人。"

宋朝卢梅坡的咏梅诗《雪梅》也是佳作："梅雪争春未肯降，骚人搁笔费评章。梅须逊雪三分白，雪却输梅一段香。"此诗通过梅与雪的比较，巧妙地描绘了梅花抗寒、幽独的特点，虽然说梅稍逊于雪之白色，但突出了其为天下人布芳馨的品质。荣智健先生冒雪去长兴观梅就体验到这一点了。咏梅诗写得最美的诗人要数宋朝的林逋。他在《山园小梅》中写道："众芳摇落独暄妍，占尽风情向小园。疏影横斜水清浅，暗香浮动月黄昏。霜禽欲下先偷眼，粉蝶如知合断魂。幸有微吟可相狎，不须檀板共金樽。"他的《霜天晓角·冰清霜洁》是一首有名的咏梅词："冰清霜洁。昨夜梅花发。甚处玉龙三弄，声摇动、枝头月。梦绝。金兽爇。晓寒兰烬灭。要卷珠帘清赏，且莫扫、阶前雪。"

梅花是号称"梅妻鹤子"的林逋一生的至爱。他与梅，已不仅是赏玩的关系，而是相爱相随的精神伴侣。他的那句千古绝唱"疏影横斜水清浅，暗香浮动月黄昏"，寥寥十四个字就道出梅的最美时节与姿态。非痴迷怎能如此精绝？

对梅花精神理解得最为深刻的是元朝的王冕。王冕的咏梅诗《白梅》塑造了梅花清高孤傲、百花之首、迎春使者的形象："冰雪林中著此身，不同桃李混芳尘。忽然一夜清香发，散作乾坤万里春。"王冕的人生相当坎坷。在元朝仅有的十六次科举考试中，他参加过多次，均落了榜。那一年，是王冕最后一次参加科举，可是仍然没有高中。返家后，他一把火将自己的举业文章付之一炬。然后，穿着木屐蓑衣，带着一把剑和一卷《汉书》，骑着黄牛，开始游历四方。他来到元大都，看到了人分四等后统治者的霸道和丑陋行径，内心怒不可遏，便画了一幅梅花，并题诗"冰花个个团如玉，羌笛吹它不下来"，以此来讽刺蒙古权贵，因而惹上了祸端，遭到当局通缉。南归途中，恰逢黄河决堤，百姓受灾，四散逃难。王冕悲愤地对好友张辰说："黄河北流，天下自此将大乱，我也只好南归，以遂吾志。"

王冕就此开始了归隐的生活。他在江南会稽九里山种梅千枝，筑茅庐三间，题为"梅花屋"，自号梅花屋主，以卖画为生。这位隐士常乘舟放于鉴湖之畔，弹琴赋诗，饮酒长啸，倒也自由自在，悲欢感触都融化在朝露晚霞和一潭湖水的涟漪中。朱元璋起兵抗元，请他出山做其谋士，到了霸王硬上弓的地步。他仍不为所动，坚决地拒绝了，骑着黄牛，消失在白云间。后来他出家了。他爱梅如痴，欣赏梅花在万般萧瑟的严冬中盛开，却又在百花齐放的春天凋零。他画了幅《南枝早春图》，并题诗："清苦良自持，忘言养高洁。夜静月明多，开门满山雪。"他的一生，正如这诗画一般，傲骨独立，淡雅高洁，这是典型的梅花品格。

在现代，写梅花的好诗词也不少，最有名的当数毛泽东的《卜算子·咏梅》。梅花在冰雪中迎春，在阳春中隐退，迎春而不争春，具有谦逊低调的君子之德行。是的，梅花之美，美在虬枝苍劲，蓄满了力量和沧桑感；梅花之美，美在不与百花争春，艳而不俗的容颜；梅花之美，美在不畏严寒的秉性，遗世独立，静默决然。

各个历史时期对梅花品格的由衷咏唱和赞美举不胜举。综观这些咏梅诗，可以说，它们不仅仅是诗人浪漫主义的吟咏，也不单单是审美意义上的描绘，而是确确实实把梅花品格人格化了。仔细想想，在林林总总的植物中，大概只有梅花的生命精神被提升到这样一种高度，而且被深度拟人化，达到了人花合一的境界。诗是性情之物，真正的诗总是借物喻人、借物抒情的。几千年来，由诗到道德，由诗到人格的反复吟咏，最后形成了梅花即君子及梅花即人格的认知，梅花成了一种人格完善的象征，一种庄严的人生理想和信仰。

虽然荣氏父子读书不算多，也没有获得任何功名，但其文化根基并不浅，他们对梅花的热爱就说明了他们所具备的文化素养是很高的。

荣德生当年购买清代进士徐殿一的百亩桃园并将其开辟成梅园，在香雪轩屋内悬挂"一生低首拜梅花"的匾额，这显然是荣德生的心声——一辈子为人处世都要低首崇拜梅花，以梅花品格要求自己、塑造自己。这就够了，荣氏并没有像古代士子那样一首首地创作咏梅诗。梅园千枝梅花盛开时，诵豳堂、乐农别墅周围可以说云蒸霞蔚，那间堂屋便有了香雪轩之称。

荣毅仁从小在荣家自己创办的公益小学读书，后来到梅园山坡上的读书处上课，直至高中毕业前一年才转入无锡中学读书。一年后，他以优异的成绩考入了上海著名的教会学校圣约翰大学的历史系。这是一所贵族学校，学生多半是官宦子弟或富家子弟，从这里走出来的名人要人不计其数。荣毅仁的成长离不开老师传授的知识、做人做事的道理和原则，还有满园梅花的熏陶。读书处是间相对独立的教室，也可以说是书斋，环境十分宁静，周围都是梅枝。荣毅仁从少年到青年都与梅花相伴，不管梅花开放还是不开放，他都习以为常，久入芝兰之室，不闻其香。但梅花的气息早已渗入其胸膛，在那里积贮和酿发。在荣毅仁作于梅园读书处的古体诗和随感中，我没有读到一篇有关梅花的诗文，但是，"此时无声胜有声"，深刻的意会还需要用文字来表达吗？梅花既然是自己家族无形的精神家谱，除了传承，还有必要去诵唱吗？

  荣智健看到了让他倾心的梅种，首先想到的就是在他祖父开拓的园子里引植广种，在办公室挂上与寒梅的合影。歌德说："没有在长夜痛哭过的人，不足以谈人生。"荣氏几代人，既经历过成功的辉煌，也经历过长夜漫漫的痛苦，当然没少掉过泪——一个长夜，在上海商场冲锋陷阵的荣宗敬因被逼到墙角而号啕痛哭。毫无疑问，他们对于自己的成败得失是最有发言权的。对于梅花，即使在最黑暗的日子里，他们的审美情趣也没有丢失。这是一种很私有的情感。抗战期间，荣德生住在刀光剑影但仍不失繁华的上海，深居简出。有一种忠诚是隐忍，他默默隐忍着。他在此期间只回过无锡两趟：一趟是在太湖边的杨湾替哥哥荣宗敬寻找一块墓地；另一趟则是运回哥哥的棺椁，在墓地落葬。抗战胜利后，他回到了梅园，望着满园的梅花，说了声"枯木又逢春了"。这句话蕴含着他与梅花久别重逢的喜悦和感慨。我相信，在避居上海时，他最留恋的、最不舍的并不是被日伪侵占的几个工厂，而是已大门紧锁、游客绝迹、满目疮痍的梅园和那一片片梅林。

  每次去梅园，每次参观荣家故居和荣毅仁纪念馆，我总会从梅林、塔亭、别墅和那些院落、家具、匾额、楹联中感受到这个家族的伟大魂魄，这个家族的道德精神和传统，以及这个家族过往的艰难与辉煌。荣氏家族的传统既受到儒家文化的长期滋养，从仁者爱人、老吾老以及人之老等思想中嫁接过来，带着中国大地古老文明的气息，又呼吸了外来文明的新空气，比如人道主义、契约精神和资本发展模式等，它们与"为天下人布芳馨""穷则独善其身，达则兼济天下"等传统文化融为一体。这种中西交融的家族传统使荣氏后人毕生致力于艰苦卓绝的实业救国、实业强国。根植于内心的节俭朴素，对爱国爱乡的家国情怀的坚守，在坎坷中充满了乐观主义的自信，以及具有本土特色的公益传统，共同催生了荣氏家族特有的文化。元代爱梅成癖的大画家王冕的诗句"画梅须具梅气骨，人与梅花一样清"，正是荣家与梅合二为一的写照。荣氏家族历经百年沧桑，至今仍然活力四射，呈现出勃勃生机，与梅花品格有很大的关系。

梅花品格简言之：早、勇、傲、洁。荣氏文化简言之：自强不息、气节高坚、敢于开拓、厚生济世、家国情怀、低调内敛。两者之间有极大的对应性和兼容性，荣文化和梅文化的相融相通开创了荣氏精神的特性。这种特性是荣氏家族的精神传承，也是荣氏家族百年不衰的精神密码。

荣氏几代人的传奇人生和史诗之路，一个家族的跌宕百年，无疑是一部值得大书特书的心灵史、生长史和变迁史。我将在本书中着重描写荣氏四代的命运故事。

事实上，关于命运的故事也贯穿在荣氏家族企业的历史中。在我看来，企业史从根本上讲就是企业家创造历史的过程。只有通过细节式的历史素描，一部作品才可能让时空还原到它应有的错综复杂之中，让人感受到其智慧光芒和魅力。荣氏几代人不畏天命的品格使得他们能够冲破一切规则与准绳，他们的财富精神和商业品质使得他们敢于采用一切方法来面对浮沉并勇于争取……

下面，就让我们一起来追忆这段故事，故事主题是诠释荣文化和梅文化相向而行、相融相通的生命之旅。这部作品不可能写尽这个家族的百年宏大，只能撷取其吉光片羽。

正如歌曲《一剪梅》所唱的：

真情像草原广阔，
层层风雨不能阻隔，
总有云开日出时候，
万丈阳光照耀你我。

XXVIII 江南荣家

真情像梅花开过，
冷冷冰雪不能淹没，
就在最冷枝头绽放，
看见春天走向你我。

雪花飘飘北风萧萧，
天地一片苍茫。

一剪寒梅傲立雪中，
只为伊人飘香。

爱我所爱无怨无悔，
此情长留心间。

……

第一章
犹有花枝俏

风雨送春归,

飞雪迎春到。

已是悬崖百丈冰,

犹有花枝俏。

俏也不争春,

只把春来报。

待到山花烂漫时,

她在丛中笑。

——毛泽东,《卜算子·咏梅》

雪月最相宜,

梅雪都清绝。

去岁江南见雪时,

月底梅花发。

今岁早梅开,

依旧年时月。

冷艳孤光照眼明,

只欠些儿雪。

——宋·张孝祥,《卜算子·雪月最相宜》

梅花是属于冬天的，当万木萧瑟时，它凌寒傲雪而绽放。

荣氏家族崛起和发展的历史，就是梅花品格传承的历史。这个家族的重要家传就是实业救国、自强不息、敢为天下先，以及把自己的命运与国运紧密结合起来的家国情怀和布衣英雄主义的勇气。在漫漫时间长河里，荣氏几代人既经历过滚雪球般的急速扩张和复利式的财富聚集，也经受了剧烈的跌宕起伏。风光无限而又险境重重，荣氏家族的命运远比我们想象中艰难得多、曲折得多。他们与整个民族和国家风雨同舟，饱经沧桑，甚至伤痕累累，有好几次从泥淖里爬起来、站起来，又迈步继续向前走。作为中国民族工商业的领军人物，他们始终保持着敢为人先的勇气，像寒梅那样敢向雪中出，独先天下春，在中国这块多灾多难的寒凝大地上毫不畏惧地冲锋打拼，突破旧秩序的枷锁。荣氏家族在历史上充满着传奇色彩，这个家族的历史写满了中国工业化过程中的曲折和艰难。这个家族是怎样走上这条崎岖不平且狭窄的实业之路的呢？荣德生在回忆家兄一生创业不息时曾说："非恃有充实之资本，乃恃有充实之精神，精神乃立业之本。"此话不仅是说他的哥哥，实际上，荣德生本人及其父亲荣熙泰也都是以精神为立业之本的，后来的荣毅仁和荣智健同样以精神为立业之本。

这还得从头讲起。那么，我们就从荣氏家族的故里荣巷开始吧。按照瑞典诗人托马斯所说的"我受雇于一个伟大的记忆"，我们一起追随荣氏家族创业的曲折步履，在漫长的历史时空里深入探究一下他们成功的奥秘吧。

荣　巷

我无法想象荣巷一百多年前是什么样子。它应该是恬淡和安宁的，水木清华中不乏烟火气和烟水气。像江南小镇一样，荣巷离不开"杏花春雨江南"和"小桥流水人家"的意象。但据说，荣巷老街弯弯曲曲，凹进凸出，街面房屋不太整齐，街如龙形，东头"上荣"的继先公祠是龙头，西端"下荣"的春益公祠是龙尾。这不过是坊间的一种说法，在中国，龙历来被认为是神圣的，一旦沾上它，就了不得了。还说，荣巷自古以来商业气氛很浓，店铺、作坊、商摊密集，货物多样。龙形的街巷到底还是世俗的，不过，由于街面狭窄，街市规模终究显得局促。这点我相信，荣巷的前身毕竟是几个村落。

二十世纪八九十年代，我多次在这条七折八弯的巷子里盘桓过。听几位耄耋之年的老先生说，清朝末年，太平军在荣巷进行过一次洗劫，烧杀抢掠，荣巷深受其害。但中国百姓对战争或灾难所造成的创伤的自愈能力是很强的，经过一段时间，焦虑和恐惧褪去，仓促逃难的人回来了，薄田养命，草木养心，毕竟家乡有几垄地、一片桑园，他们在外面漂泊或寄人篱下，人虽离开了，但心一直没有逃离。被战争撕裂的荣巷，在废墟上重建和复苏，慢慢恢复了生机和安宁。荣巷当初的格局大致和现在差不多，只是周围多了不少农田，这是拓荒者拔去生命力顽强的芦苇开垦出来的，农田里种植的主要是桑树——荣巷地处蚕乡，几乎家家户户植桑养蚕。

桑葚是穷孩子用来解馋和充饥的深紫色的夏日浆果，许多孩子会在桑树地里随意采摘并吃个痛快。它味道甜美,充满汁液,给人们的童年时光留下了一段紫色的记忆。

我不知道荣宗敬和荣德生兄弟俩少年时有没有采摘过这大自然馈赠的果实,吃得满嘴的紫色。他们的记忆深处肯定有这样一幕:在带着几分肃穆的蚕房里,母亲换了干净衣服,小心翼翼地培育蚕花,接着是蚕宝宝啃噬桑叶的沙沙声,蚕宝宝在用麦秸秆子搭成的垛上结茧,直到一筐筐雪白的蚕茧被装入木船,每一步都充满虔诚的仪式感和神圣感。在整个过程中,母亲一定要他们屏息静气,轻手轻脚。最后,全家在欸乃的桨声中荡漾着欢愉的气氛——这对养蚕人家是个兴奋的节日。

这是他们生活中重要的一部分,农户的收入很大一部分来自养蚕。荣氏兄弟对这一切一定刻骨铭心。因为他们的母亲是个极有经验的蚕娘,她出生在有养蚕传统的家庭,嫁妆中有三十棵桑树苗,嫁到荣家后,便成了养蚕大户并推动了蚕养殖业在荣巷的普及。除了桑树,农田里还有一垄一垄的菜地,满足距离不远的无锡城居民的日常生活需要,当然还有稻子和麦子,荣巷周边有不少家庭是仍为稻粱谋的农户。

从大范围来看,荣巷不失为一块风水宝地。那时的荣巷是美丽的,远山逶迤,河网密布,芦荡摇曳,有着江南小镇的清秀明丽,周围有辽阔的麦田和稻田,散发着温润、丰饶的气息。江南之胜,自然在于水,荣巷也是如此。水之于荣巷,不仅是一道独特的风景,更是通江达海的要道。京杭大运河无锡段的梁溪河就从荣巷一侧流过,这是一条自然形成的宽阔的河流——它像一棵大树分出许多枝丫一样,分流出许多条小河,它们在荣巷四周编织成流动的水网。荣巷紧邻浩瀚太湖,这是荣巷和别的小镇相比得天独厚的地方。那时,荣巷有码头,一种被称作信船的客运船舶从这里起航,以风帆、摇橹或拉纤为动力,可直通上海十六铺的码头,也可直抵湖州、杭州、苏州、芜湖等城市。也许荣清站在惠山上看中的就是这一点,才于明朝正统初年携家迁居梁溪。后来,荣巷的繁华证实了荣清的眼光。不过，随着小火轮和火车的出现，这种客船很快就消失了。

太湖壮阔的气韵成了荣巷天然的宏大背景——帆叶如云，桨声如歌，岛影隐隐，渔火点点，它们一起构成了这个历史绵长的街巷特有的生命情调。

但我最初看到的荣巷是很简朴的，甚至可以说是残破的，它不仅少了田野的阡陌和野趣，而且缺了小桥流水、杏雨春风的风情。冷清狭窄的巷子弯弯曲曲，犹如一座迷宫。在高低不平的石子街上，电线如蜘蛛网一样笼罩在逼仄的天空。大部分的房子都很陈旧，主要是江南常见的白墙黛瓦的砖木结构的民居，也有几幢深宅大院、几幢小洋楼，还有一个弃用的造型别致的风雨操场——透着衰落的苍凉感。荣家那幢典雅而质朴的"转盘楼"还在，只是成了军事重地——部队的招待所。曾藏有十几万卷图书的大公图书馆孤寂地屹立在那里，一派破落相，院内杂草丛生，围墙已经摇摇欲坠，弥漫着凄凉的气息，大门紧闭，从门缝里看去，里面空空如也。这样一个荣巷的文化坐标竟然变得如此荒僻、寂寥，除了惋叹，我不知道该说些什么。据称，大公图书馆是那个年代规模最大、藏书最多的乡村图书馆，荣德生为实现尚文重教的理想付出了很大的心血和精力，当然还有财力。幸运的是，在二十世纪五十年代初，荣毅仁根据荣德生先生的遗愿将全部藏书捐赠给了市图书馆。在荣毅仁一百周年诞辰时，我应邀到大公图书馆讲了一堂关于荣毅仁生平事迹的讲座。令人欣慰的是，大公图书馆已修葺一新，也收集了一些图书，但它依然没有对外开放。我在讲座中建议通过社会捐赠和政府出资购买来丰富藏书，对外开放，以再次点亮这盏古老的文明之灯和文化之灯，告慰九泉之下的爱国老人荣德生先生。

在我眼里，荣巷是一条普通得再也不能普通的小巷子。它虽然声名赫赫，但也是谦卑的、陈旧的，似乎全然没有一个重镇的风姿和气象，差不多要被历史的尘埃淹没了。

我问自己：这里真的是给予中国最大的民族资本家荣家以乳汁和养分的摇篮和发祥地？真的是中国工商文明的发源地之一？静下心一想，这当然是真的，用不着怀疑。就像大江大河一样，它们的发源地往往是涓涓细流，不绝如缕。再仔细看看，大音希声，大象无形，这条弯曲的巷子自有错落有致的质感，其淡定中也有饱经沧桑的历史感，巷内安然自若的世俗生活画卷里透着一种见过世面的笃定。一间简单的棚屋，一座开阔两间的瓦房，以及那幢外观依然质朴无华的"转盘楼"，都见证了荣氏家族曾经的穷困状态和它的崛起。这就是我能在荣巷看到而在别的巷子里看不到的情景。

我明白，荣巷是不能小看的，因为这只是它眼下的面貌。重要的是，它是古老的，其历史是悠长的。荣氏家族经过那么多年的风风雨雨，终于在近现代迸发出前有未有的力量并创造了伟大的奇迹，为历史所铭记。不管它现在看上去是多么庸常，面对它的过去，面对它曾经的强健和雄奇，你都会由衷地感到敬畏。

荣家的始祖是荣氏十四代孙荣清。元末明初，荣清跟随到江苏当县令的父亲，由湖北鄂渚（今武汉）迁至江苏南京。后来，他们所在的县遭流寇攻城，他父亲在守城中殉难。荣清在南京读书，是国子监监生，洪武末年被召为著作郎，照理官差不可违，然而荣清对仕途不感兴趣，坚辞不就，后和两位同学到无锡游览，觉得无锡是个好地方，便落籍无锡南门荣家头。他选择无锡，不仅是因为这个地方山温水暖，人文荟萃，有周围几十里都能见到的惠山、锡山，有清澈的天下第二泉，有水天一色、鸥鸟飞翔的太湖，还因为远离京城，能够避官，避开官场的政治风涛。

数年后，荣清在惠山二茅峰眺望长清里（后来的荣巷）。俯瞰之下，他发现这片未开垦的原野气象不凡，临河临湖，水气弥漫，草色青青，山水之间含烟叠翠，是一片纯净且芬芳的江南水乡之地。他的心大概不自觉地高远了起来，便带着三个儿子荣继先、荣承先、荣念先搬迁到无锡西乡惠山南麓的长清里定居下来。三个儿子各自建村而居，依次称为"上荣""中荣""下荣"，统称为荣巷，可见当时的荣家还是殷实人家。

几百年来，同族聚居的荣巷生生不息，绵延不断，繁衍成一个枝繁叶茂的大家族。荣熙泰属"下荣"之后。不过，在荣巷的沧桑变迁中，到荣清的第二十八代孙荣锡畴（荣宗敬、宗德生的祖父）这一代，作为"下荣"之后的荣氏已沦为社会底层的草根之家。

在那时的江南，这样的小巷子、小村落比比皆是。荣巷和江南类似的小街巷一样，其中多数家庭是勉强糊口的农户或引车卖浆之辈。但族亲里出类拔萃的人也不少，有的阔了，有的混了一官半职。荣巷老街西浜有一个进士第，街上有一条里弄叫七报弄，因当地一位族人的后代中有七人夺得功名，官差先后七次进入弄内报喜而得名。

江南民间自古以来就有"江阴强盗无锡贼"的说法，这并不是一种贬斥，而是一种委婉的、形象的譬喻，是指这两个地方的地域性格。这里的"强盗"是指江阴的民风强悍——长江要塞历来是兵家必争之地，频繁的战事铸就了江阴人强硬的性格。江阴在明朝末年出过一位名为阎应元的抗清名将，他曾带领六万义民，面对二十四万清兵，守城八十一天，竟然使得七万五千名清兵死在城下。这场力量悬殊的战争是一曲壮烈的悲歌，将"江阴强盗"的顽强演绎得淋漓尽致。

而无锡山清水秀，运河和太湖造就了适宜的生存环境并带来了较多的商机，这里的"贼"无疑是指无锡人在商场上形成的机灵、识趣和善于理财的品性。无锡近现代史上出现过周舜卿、祝兰舫及荣家、唐家、杨家和薛家等巨商，还出了一批经济学家。

曾对荣氏兄弟的父亲荣熙泰有恩的荣俊业，在金榜题名后得到了进入两广总督张之洞手下当幕僚的机会，职衔是掌印官，这虽不是大官，但他毕竟是有官职的人。荣熙泰被荣俊业推荐给时任厘金局总办的朱仲甫，从此能在关卡上谋事，在广东扎下了根。荣氏兄弟的族兄荣月泉早年留学海外，学成归国后，任清政府电政督办，是邮电大臣、常州人盛宣怀的部下。荣月泉曾任国民政府交通部电政司司长，后来辞官参与荣氏企业管理，担任过汉口申新四厂、福新五厂经理，李国伟为襄理。还有族人荣瑞馨，和荣氏兄弟是一条村巷的邻居，是荣氏兄弟的前辈，先于荣氏兄弟进入商场，为洋行买办，依仗洋商的势力和自己积累的经验办起了厂，成为巨富。荣瑞馨拥有一辆金碧辉煌、极为抢眼的羊角马车，据说，这样豪华的马车上海滩只有两辆，可以想象他当年坐在马车上踌躇满志的神态。荣氏兄弟事业有成之后，和他有过生意上的来往，关系一度甚为密切，后来疏远了。

一句话，小小的荣巷虽然总体上并不算阔，但也出了一批有头有脸的大人物。

荣巷有经营钱庄当铺的老板，做棉花进出口生意的商人，他们虽不属于钟鸣鼎食的豪门望族，但丰衣足食，日子过得颇为滋润。当然，衣食无忧的小康人家也不算少。在荣巷，即便是一脉相传下来的大家族，随着时间的推移，贫富差距也会无情地拉开。深宅朱门和草棚泥屋共存于这块祖先开辟的土地上。

荣熙泰家是落拓潦倒的一户。荣熙泰的父亲荣锡畴最初是在梁溪河上以摇摆渡船为生，这是个苦活计，一支桨橹从早到晚摇啊摇，一天下来，陶罐里收到的几十枚铜板难以养家糊口。后来，他便来往于沪锡两地，跑起单帮，当起商贩，家境才有了些许的改善。但命运不济，在太平天国运动后期，李秀成、陈玉成等率领十余万精兵破清军江南大营，乘势攻城略地，物阜民丰的江南一时战火遍地，苏州、无锡、昆山和常州等地几乎成了一片瓦砾。

荣巷也遭受了一场空前的浩劫。手无寸铁的百姓惨遭追杀，伤亡人数不少，小巷血流成河，满目疮痍，充满了血腥气，最后还被抓了一批兵丁充入太平军。荣熙泰的三个兄弟及两个伯父家的四个堂兄弟都不幸被抓或被杀，荣氏一门几乎灭绝。荣熙泰侥幸死里逃生，活了下来。有这样一个故事，少年荣熙泰生性调皮，有一天看到河边停了一艘漕运的货船，便偷偷跑了上去，船主也未发现。他便在米袋中睡着了，一觉醒来，竟到了上海，船主便让他在上海住了几天，返程时再带他回来。就在这几天，太平军像飓风般席卷荣巷，荣熙泰逃过了一劫，否则，极有可能被抓壮丁，甚至丢了性命。家境正在向上的荣家因刀兵之灾又迅速衰落，甚至比原来更穷。

荣熙泰长大成人了，他聪明好学，通晓做账，然而家里仍一贫如洗，在荣锡畴1863年过世之后更是家徒四壁。荣熙泰继承下来的只有破屋两间、几垄土地，以致母亲病逝后竟无钱下葬，后在族人资助下才草草葬母。这是荣家最为潦倒不堪的时期。

荣熙泰黯然神伤，左思右想。荣巷早就失去了它曾经有过的强健和活力，虽然夜空月色依然如旧，梁溪水依旧在奔流，太湖依然那般浩瀚。但不得不承认，经过战争的洗劫，荣巷已元气大伤，变得封闭，变得衰落，变得让人压抑而死气沉沉。荣熙泰知道困在这里已无生路。那么，如何才能柳暗花明又一村呢？生命的意义是面对苦难并设法改变自己的命运。荣熙泰想到了离开故乡，到外面去闯荡，但离开故乡的脚步往往是滞重的、犹豫的，是需要胆量和勇气的。那些年，大量走投无路的山东农民背井离乡，北闯关东，这是何等悲壮而无奈的一幕。肥田丰足、水木清华的江南——承担了清政府一半赋税的大藩之地，似乎从未出现过逃难的人潮，有的只是外乡人的涌入。殊不知，这块沃土同样存在着贫穷和疾病，富足而景色优美的江南也有人过不下去，也有人被迫离开。

荣巷也有人走了出去，这是一种挑战，也是一种机遇。走出去的人有失败的，一无所得；有成功的，改变了自己的窘境，衣锦还乡；当然也有很多音讯杳无，家人站在长满蒿草的高墩或船来船往的码头望断归来路，默默呼唤，也不见出走者的影子。

经过徘徊又徘徊，虑事周详的荣熙泰决定离开故乡。对上海的惊鸿一瞥使他难以忘怀，当时他匆匆见到的上海开埠不过才十六七年，但黄浦江已经是舟楫拥塞，外国旗子在不少轮船上飘扬，外滩已矗立起了一幢幢十分恢宏的欧式建筑，洋人摩肩接踵，南京路还叫派克弄，铺着沙土，是一条通往跑马场的便道。总之，这个水岸城市气象繁盛，一派异域风情，可见外面的世界早已精彩纷呈。走出荣巷，寻找改变命运的新空间，不妨在这儿一试。

荣熙泰的妻子石氏是惠山北麓富安乡石巷人，虽不识字，但贤淑、通达，精通蚕桑养殖。离石巷不远的石塘湾的李巷出了一个有情有义的药商李金镛，他懂得金钱聚散之道。其经营的同丰药店是家名店，连锁店遍布江南各地。他用赚来的钱济世赈灾，开办书院义庄，造桥铺路，运河上有一座大桥就是他出资建造的。李金镛的善举对石氏颇有影响，她从中得到濡养，这孕育了她女中豪杰的气质。李金镛留下的这种精神乳汁在石氏的生命中潜移默化，她又将它注入了两个儿子的血脉。石氏支持丈夫的选择。她明白，丈夫窝在家里是什么也改变不了的。荣巷弹丸之地，能干什么呢？一个大丈夫帮着养蚕，扛着锄头做农活？这不是不可以，但荣熙泰是不会就此甘心的，他是个有抱负的人。至于无锡城，虽然离荣巷很近，但他两眼一抹黑，不知道哪里会接受一个只会算算账的乡下人，一个在贫穷中苦苦挣扎的寒门子弟。即便他穿上一袭青衫，装出几分斯文，也难以叩响一扇能收留他的大门。

当时荣巷大多数人都不愿背井离乡，"金窝银窝，不如自家草窝"，保守思想束缚了荣巷人的双脚。再者，自古以来无锡人就有"不能远出，出则怀旧"一说。此说大概是因为荣巷北靠惠山，南临梁溪河，溪水有回性：凡岁水涝，经梁溪河泄入太湖；旱则太湖水由这条溪返回，借以灌溉田地。流水不腐，沧桑无限，梁溪河所谓的回性拉住了一些人的脚步，但拉不住荣熙泰的脚步。他是一个有远见的人，也有魄力，他走出荣巷了，虽然不是第一个，但也是最早的几个人之一，说他是先驱者并不为过。

经过前几年的修缮和扩建，现在的荣巷出现了一大批清水砖墙的楼房，其中有一座哥特式教堂。焕然一新的荣巷，确实变得漂亮了，但也陌生了。二十世纪八十年代末，我和汤永成、孙维生合作担任编剧的《荣氏兄弟》由上海电影制片厂（现在的上影集团）、南京话剧团和无锡电视台联合摄制，荣巷是一处不可缺少的取景地。由于荣家的老宅已成为部队招待所，不可能去里面拍戏。摄制组找不到一幢房子作为荣氏兄弟的宅邸，后来导演徐昌霖看中了荣巷街道办事处的办公所在地，那是一幢民国建筑，一幢由天井、大厅和楼阁构成的房子。街道办事处的领导很爽快地把这幢类似上海石库门的房子让了出来,经美工和剧务改装,变成了荣府。

应该说,这幢房子和荣氏几代人的居所都大相径庭。荣熙泰的住房是一间狭小阴暗的小屋,颇为寒陋,荣氏兄弟和大妹二妹两男两女在这里出生和长大。后来,兄弟俩和父亲荣熙泰走出荣巷。荣熙泰去了浙江的乌镇,荣宗敬、荣德生去了上海钱庄学做生意。等到家境有了起色后,荣熙泰才在附近造了一幢两开间的黑瓦白墙的楼房,供两个儿子娶亲成婚。就在这里,荣宗敬与陈氏结婚,荣德生与丁氏结婚;两个妹妹也先后出嫁,夫君一个姓项,一个姓尤。荣家发达后,由荣德生谋划并督造了一幢新房,即俗称的"转盘楼"及一些辅助建筑,占地五亩,气派宏大,风格简约,约有十九间房,还有汽车间、花园。这幢新房共花去六千块银圆。在拍电视剧《荣氏兄弟》时,我看到荣氏兄弟的两间屋成了锅炉房,早年那间低矮的房子还在,当然不住人了,留在那里,荣家只是当个纪念而已,记住他们曾经的穷苦。至于"转盘楼",由卫兵把守,我们提出进去看一眼也未得允许。

直到新千年,经政府反复交涉、补偿,"转盘楼"及附属的房子才被让了出来,基本恢复了原貌,同时由无锡市政府、滨湖区政府投资进行了整修和扩建,并建了荣毅仁纪念馆。荣毅仁1978年任全国政协副主席后,搬到北京史家胡同47号一个不大的四合院,随后一直在那里居住到去世,长达二十七年之久。这个四合院见证了他晚年在改革开放事业中的卓著建树,这是他生命的光辉最为明亮的时期,他负浩大之气,遂爱国之心,站在潮头之上,以一腔热血为改革开放开道,立下了不朽的开拓之功。荣毅仁在1985年加入了中国共产党,从一个爱国的红色资本家转变成伟大的爱国主义者、共产主义战士。作为一个受到广泛敬仰的大时代的智者、勇者和仁者,荣毅仁无疑是罕有其匹的传奇人物。

经中央有关部门批准,无锡将这个四合院的一砖一瓦、一窗一门、一草一木,连同原来的家具、部分陈设、书画以及荣毅仁生前乘坐的两台车(一台奔驰、一台奥迪）均迁入荣毅仁纪念馆，而北京史家胡同47号原址又重建了一座新的四合院。迁来的老四合院与"转盘楼"、大公图书馆等老建筑组成一个完整的陈列馆，作为荣巷重要的一部分。四合院原汁原味地展现了荣毅仁俭朴的生活色调，也描绘了一个伟人的生命史诗中最灿烂的篇章。

回来了，荣巷的游子回来了，他在这里出生、读书、成家，后来像他的祖辈父辈一样，离开了这条巷子，在外面的世界闯荡了七十余年。他的一生写满了这个国家现代化进程中的艰难和曲折。

他的伯父荣宗敬说过这样的话："从衣食上讲，我拥有半个中国。"

他的父亲荣德生一改谦和与低调，笑着说："事业几满半天下。"

他以一个共产党人的宽阔胸怀说："我是个无产者了，我的一切都属于这个国家。"

是的，最后，他真的是一无所有地回到了原点，来自尘埃，又归于尘埃。荣巷，这条古老的江南巷子，因为一个伟大的、不朽的灵魂而永远被历史铭记。

乌镇、三水河口、上海

在一个"一池草色万蛙鸣"的初夏的傍晚，荣熙泰背着一把雨伞和一个包袱，告别父母和妻儿，走出了世代居住的荣巷。在梁溪河码头，他登上了一艘信船，目的地是浙江乌镇，去一家冶坊做事，任账房先生。这个称呼是抬举他了，所谓做账只是一个记录原料货物进出、收入和支出的差使。一个铁匠铺能有多少账目可算？但与赤膊在炉火旁打铁、淬火的铁匠相比，他毕竟是穿长衫的伙计。那时的职场有文场、武场之分：卖力气做工的为武场，坐写字台的、拿笔杆子的为文场。荣熙泰能左手拨打算盘，右手握毛笔在账册上记账，当然是文场职员了，在大字不识几个的匠人眼里，他称得上先生了。荣熙泰的这个差使是他的一个朋友介绍的。

　　信船升起了高高的帆叶，借着晚风，在落日的余晖下起航了。望着渐行渐远的小巷，他拭掉脸上的泪水，随手抽出一本旧书，就着船舱黯淡的灯火，翻阅起来。他这次背井离乡，虽是生活所迫，但心里仍抱有期待和希望。树挪死，人挪活，此去可能会使他的人生发生改变。后来的经历证明，他跨出狭小局促的巷子是正确的，如果他眷恋家庭，缺乏勇气，犹豫着不走出去，那么他的生活不可能发生什么变化，荣家多半也不可能有鲜花着锦般的兴盛。

　　他这么一走，除了每年抽空回家十多天，大多数时间都是在外面的世界闯荡和漂泊。这样的日子荣熙泰过了整整十七年。他付出了巨大的代价，那就是缺失了亲情和家庭的完整性，但他从来没有后悔过。在外面待的时间越长，荣熙泰接触到的外部世界越精彩，他认为这样做是值得的。

　　一条古老的街巷和几垄桑树已容不下他改变家族境况的雄心了。虽然乡土是温馨的，家庭是温暖的，乡情和亲情是让人不舍的，但这些对荣熙泰来说只是需要隐藏于心间的情感。常年在外地做事、孑然一身的日子是那么寂寥和孤独：夏天突然而降的雷雨带着锯齿，敲打着阁楼的屋顶；冬天的风是尖锐的，带着凌厉的呼啸声，摇动着整个小楼。乌镇冶坊后门河道的码头上停泊着各种船，只要跨上去，就是归家的路。虽然路程只有百余公里，但他别无选择。对他来说，故乡的云与故乡的水，只能在梦中一遍遍出现。乡愁时常涌上心头，但他只能在清明时，朝着故乡的方向点燃一支香，在袅袅烟雾中向逝去的长辈伏地磕头；或者在中秋时抬头望着那轮明月，在清辉中泪眼婆娑地念着"但愿人长久，千里共婵娟"。

　　荣熙泰在乌镇这家较大规模的冶坊管账长达五年。虽然只是个小小的账房先生，但也算得上是个师爷了，也就是现在的白领阶层。他每个月的薪水达白银三十一两四钱之多，这在荣巷家中的破屋里是难以想象的天文数字，也是乌镇火红的铁块被送进冷水时冒出的一缕缕气雾中的幻影。后来，他又到遥远的广东三水河口厘金局当了十一年税吏。

最初，荣熙泰走出荣巷，并没有意识到这是在为荣家开天辟地，更不会想到这是一个创造奇迹的壮举。他并不奢望大富大贵，只是出于突破底层、消解贫困并过上小康日子的朴素向往。他没有阶层固化的自怨自艾和得过且过，而是不遗余力地改变自己的处境，设法打开一条走出底层的通道。

马克思对自由的定义是"人对物的支配"。要实现人对物的支配，财务自由当然是精神自由的前提。已跌至底层的荣熙泰对于子孙继续沦落在底层心怀恐惧。于是，他采取了两大至关重要的举措：自己走出去；让两个渐渐长大的儿子接受教育。自古以来，教育在中国都发挥着社会分层的重要作用。一个人哪怕身无分文，只要考取功名，就进入了"士"的阶层，实现了阶层的跃升。

不过，当时间来到清朝末年，科举制度已摇摇欲坠。荣熙泰敏锐地觉察到了这一点，意识到让两个儿子为功名继续苦读下去已希望渺茫，也没有那么多时间和财力，除非上西学的大学或远渡重洋留学——这样固然是好，但他自忖还不具备这样的条件。荣熙泰是个现实主义者，不管怎样，两个儿子在读了六七年私塾后必须走出去。根据他自己的经验，人绝不能蜗居在巷子里，闲散和慵懒是最要不得的，这是一种可怕的习性。于是，他毅然决然地让两个儿子到上海钱庄当学徒，就像自己一样，学会算账。家有万贯，不如薄技在身。不能成为"士"，他们就去掌握一门技能，至少有了闯荡江湖的本领，以便获得对物支配的自由，包括真正获得自信、勇于奋进、战胜生活和战胜自己的精神自由。

荣熙泰在这方面显出他的远见卓识和一种难能可贵的韧性。

美籍华人魏白蒂在《上海：近代中国的严峻考验》一书中如是评价荣熙泰："作为税官的荣熙泰处在一个非常有利的位置，能够及时获得汇率与货币贬值的信息。通过在上海开办银行，他将其家族的金融运作带出无锡，进入周边的省份。在相当短的一段时间内，这种省内活动逐渐演变为成熟的国家企业运作。一位近代的上海历史学家将这场非凡的演变归功于'拮据的生活状态与精明的投资眼光'这两个传统因素。"

"精明的投资眼光"就是荣熙泰希望两个儿子能够学到和掌握的技能。

承载着父母的期望，流淌着父母的血液，虽对故乡难以舍弃，但荣宗敬、荣德生就这样去了上海习业。荣宗敬十四岁时进南市一家铁锚厂任账务见习，后来因患伤寒病休了一年，一头浓发掉了大半，梳到脑后的辫子显得细细的。"身体发肤，受之父母，不敢毁伤，孝之始也。"荣宗敬心里不好受，母亲石氏心疼儿子，细心地保存了荣宗敬掉下的头发。石氏临终前掏出了一个布袋，里面装的就是荣宗敬当年病中的脱发，扎成了一束。石氏对兄弟俩说："这束头发我藏了二十二年了，想你的时候就取出来看看，说不清看过多少回了。我要到你们爹那里去了，你的头发还给你，你不要忘了那次生病，差点丢了性命啊。人啊，难免会有倒霉的时候，你爹以前说过的，胜不要翘尾巴，败不要灰心。所以，你和德生不要忘记你爹的话，你们现在有点儿出息了，可要夹紧尾巴做事做人，我到那边，你们爹问起来，我好有个交代。"荣宗敬哭着说："儿子知道了，我和德生会做到胜不得意忘形，败不灰心丧气。"

石氏放心地闭上了眼睛。石氏一辈子吃苦耐劳，嫁到荣家后，她植桑养蚕，纺织缝制，务农种田，日夜操劳。丈夫长年在外奔波，石氏担起了养育儿女、侍奉尊长的重任，恭俭仁慈，勤苦毕生。石氏性格乐观耿直，身处愁苦却无苦无忧，脸上总是挂着笑容。她的床头始终贴着一张教子图。她不识字，但通情达理、深明大义，对读书有种神圣的向往，所以再苦也要送两个儿子去念书，这也是丈夫的愿望。后来，荣德生发达后建了一座梅园，和哥哥荣宗敬在园内修筑了一座念劬塔。"念劬"取自《诗经·蓼莪》里的"哀哀父母，生我劬劳"和《诗经·凯风》里的"棘心夭夭，母氏劬劳"。

这座塔是荣宗敬、荣德生为纪念母亲的辛劳和八十岁冥寿而建，耸立在梅园之巅，周围栽满林林总总的梅花，冬春时节梅花怒放，一片烂漫，更衬托出念劬塔的伟岸和壮观。念劬塔不仅是梅园的地标性建筑，而且是荣家家风的一面精神旗帜。

在荣氏兄弟眼里，这是一位了不起的母亲。她懂得一个家庭的兴旺在于子女的品行和操守。丈夫在外闯荡，她默默地扛起了教育子女的重任，因此她对子女的要求非常严格，不允许他们贪吃懒做、自私自利，要求他们不做有失体统的事情，而且要吃得了苦，因为吃得苦中苦，方为人上人。所谓"人上人"，以她的标准，绝非大富大贵，而是能摆脱贫困，有创业之才，有一技之长，有仁者之风，衣食无忧，日子太平，家丁兴旺。说得明白些，就是能从一个种田饲蚕的贫困户跻身中产阶层。石氏对这个阶层的概念是模糊的，她只是希望儿子能穿上青布长衫，或者当悬壶济世的郎中，或者当拨打算盘的账房先生，或者当教书先生——就像荣巷"经畲堂"塾馆的教书先生荣云章那样。在石氏看来，这些都是人中之杰了。所以，石氏在使唤他们兄弟做农活时，并不期望他们就此过一生。

她经常挂在嘴边的话就是："天上掉不下白米，即使掉下来，也要起早贪黑去捡。宰相肚里能撑船，人要有肚量，容不下的事也要容。笑也是一天，不笑也是一天。人活一辈子，不顺心多于顺心，已经很苦了，不能再为难自己。"

荣氏兄弟姐妹四人从小就谨守母训。

有一天，荣家的饭桌上多了一大碗香气扑鼻的时鲜蚕豆，一家人兴冲冲地吃起来。石氏一个劲儿地劝两个儿子多吃点。宗敬和德生对蚕豆赞不绝口，一粒都不吐皮，时不时还将豆子用勺子盛到两个妹妹的碗里。两兄弟吃饱了，放下了碗筷，菜碗中的小粒蚕豆都被吃完了，大粒的留了下来，他们的面前没有一个蚕豆皮。石氏笑了，她的一场"面试"结束了，原来这是她精心设计的一场考试。

她问两个儿子："你们怎么将大豆子都留下来了？"

宗敬回答："大粒的留给妈和外婆吃，我们吃小的好了，小粒味道一样的呀。"

德生说："让妹妹吃大的，哥哥让妹妹，应该的。"

石氏又问："你们怎么不吐皮啊？"

宗敬说："这么嫩的蚕豆，皮都是很好吃的，吐了可惜。"

德生说:"爹吃蚕豆,即使老蚕豆,也是连皮吃下去的。"

石氏对两个儿子的回答很满意,他们在母亲具有石氏风格的考试中得到了满分。她的良苦用心得到了回报,她知道,这个家振兴有望,她生了两个好儿子,她和丈夫没有白操心,他们的期望不会落空了。

荣宗敬病愈后回到上海,在南市一家名号为源豫的钱庄当学徒。两年后,十五岁的荣德生也离乡乘船到上海,在南市通顺钱庄习业。学徒生涯是清苦的,刚开始的那一年,什么都要干,替老板倒夜壶、带小孩或上卸门板。父亲写信对他们说:"吃苦是应该的,这不可怕,可怕的是穷。我们不想受穷就得吃苦,要知道,你们的妈妈说得对,天上是掉不下白米的。"父亲和母亲是他们的精神导师,兄弟俩没有一个叫苦的。

大上海拓宽了他们的视野。南市之外便是公共租界和法租界,那是由洋人统治的地盘。黄浦江上停泊着各国的巨轮和军舰,外滩都是西式的高楼。虽然上海当时还没有形成万国建筑博览般的天际线,但租界里蛛网般的大小马路已显得它的器局足够之大,其景象已迥异于国内其他城市的街道,各式洋楼已遍布十里洋场,洋行、商铺、公司等外国式样的建筑夹杂着中式房子,中西合璧,鳞次栉比。街上车水马龙,人头攒动。豪华饭店出入的是洋人和富贵华人。街上不时走过扛着步枪的万国商团的军队,拎着警棍的印度锡克族巡捕在外国银行前站岗或在街头巡逻。晚上华灯初上,电光四射,亮如白昼,笙歌劲舞,杯盏交错,极尽奢华。其中不乏来自欧美的冒险家,当年在十六铺码头下船的洋人有不少在本国是穷困潦倒的流浪汉,他们是来远东这个城市碰运气的。十几年过去了,他们发财了,浑身上下都充满着资本的血腥味,俨然成了上海上流社会的绅士贵妇,挥霍无度,一掷千金,男人无不衣冠楚楚,女人无不珠光宝气,朗声谈笑,满眼情色,物欲横流。这时的上海,资本在急速膨胀,城市在飞速变化,几乎是一天一个样。

对荣氏兄弟而言，这里的一切都是神秘的、可望而不可即的，不属于他们。但他们懂得，这个东方大都市虽然是弥漫着享乐主义的销金窟，但同样是存在着无数商机且充满活力的商场。

荣氏兄弟先后开始学做挡手（钱庄业务员的称呼），学做各种账目，学汇兑，打烊后在阁楼上学打算盘，练习写毛笔字。兄弟俩将荣巷、梁溪河、太湖及母爱深藏在最柔软的内心深处，记着父亲的话，勤勉好学，吃苦耐劳，慢慢显示出业务上的才能，深得师傅和老板的赏识。满师后，他们都写得一手好字，打得一手好算盘，对钱庄各项业务驾轻就熟。荣宗敬满师后到南市鸿升码头的森泰蓉汇划字号钱庄当起了跑街（外勤业务员），他凭借自己矫健的脚步跑遍了上海每个角落。

荣德生则被父亲带到了广东三水河口厘金局任帮办账务。这对荣德生来说是得心应手的事，月薪二十块大洋，外加二块大洋补贴，膳食全免，这样的待遇让荣德生很高兴了。同时，广东的风土人情引起了他极大的兴趣。他睁大了好奇的眼睛，打量着这片处于南国的热土。处于亚热带的广东，风情与江南殊异，一年四季暖风荡漾，花木之茂盛、之蓬勃、之华彩，动人心魄。

江南婉约柔美的花草与广东的景致相比，就像清婉的小家碧玉碰上了华服浓妆的贵妇人。而且，这里没有冬天，没有冰雪，没有呼啸的北风，一年四季，总是绿色葱郁，保持着它鲜活舒展的生命力。荣德生是在太湖边长大的，在他看来，太湖够大的了。可到了海边，太湖便相形见绌了。是的，太湖里最大的船是用来捕鱼的七帆船，可广东海岸进出的是冒着浓烟的巨大艨艟。风暴刮起时，大海巨浪恣肆奔涌，有一种实实在在的震撼力，这种山峦似的浪涛在太湖里是看不到的。

除了这些，让荣德生更好奇和感到新鲜的是，这里毗邻香港，得风气之先。这里的人黝黑瘦小，拖着木屐，戴着斗笠，种甘蔗，摘椰子，种水稻，出海捕鱼。然而，他们消息灵通，忙的时候忙得从容，闲的时候并不懒散。他们在茶馆里一坐就是半天，在茶水的氤氲里娓娓地讲述着各种发家致富的故事，从容不迫地聊着生意，交换商品信息，达成一笔笔交易。他们悠闲的表情中有一种懂得外面世界的通达。他们中的六七成人去过香港，虽然香港那时还是个破水湾，满地棚屋，但是它已显示出了自由港的特质，五音杂陈，货物充盈，多种货币在这里通用。从走私鸦片的飞剪船到运载各种洋货的沙船与货轮挤满了码头，粤剧和西洋音乐很自然地混杂在一起，海岸边鳞次栉比地竖立起多幢傲岸的欧式楼宇，分布着大大小小的银行、洋行、火油公司和交易所等。还有洋人的各式豪宅，以及只有洋人和富贵华人才能出入的跑马场、高尔夫球场和夜总会。

三水河口的多数家庭都有亲人去南洋或更远的地方闯荡，他们在外面赚了钱后衣锦还乡，便会造起一幢令人生羡的中西合璧的房子，再次离开的时候又带走了几个乡亲。这个地方对外来文化和风物有着远超无锡的包容性，舶来品充斥大小商铺，城镇里有许多商行和洋行。来往于香港或广州的商人比比皆是，他们拖着辫子，穿着洋服，嘴上叼着外国卷烟，空气里都透着银子和铜钱的气息。

这些情景让荣德生开了眼界。在他当差的关卡上，来往其间的多是西洋和南洋的货船，其中有不少船满载着面粉。让荣德生吃惊的是，它们竟然是零关税，也就是说用不着交一个铜板的厘金。经询问，荣德生得知，这是清王朝和列强所订合约中的规定，这些洋面粉是供长期居住在中国各地的洋人食用的，因而享受免税的待遇。实际上，谁都知道，洋商只是以此为借口，实则是向中国倾销面粉，获取暴利。荣德生当然明白这是洋商的霸权行径，是大清帝国的软弱。荣熙泰告诉二儿子，中国早已沉沦，外患频仍，国势萎蔫，随着一个个不平等条约的签订，中国已成了外国坚船利炮下的猎物，砧板上的肉食，这么一点儿面粉上的妥协已算不上什么了。但是，荣德生记住了这件让他愤愤不平的事。

从三水河口回来后，父子三人商量后决定拿出这些年积攒的血汗钱一千五百块银圆，与人合伙在上海南市鸿升码头开了一家名号为广生的钱庄，由荣宗敬任经理，荣德生管账务。他们随后在无锡设分庄，由荣德生主持。一马当先涉足金融业是荣熙泰的明智选择，山西的票号是中国最初的金融业。货物的流通及贸易的兴旺，推动了金融业的发展。父子三人都擅长账务，做自己熟悉的事，发挥所长，这是稳健的事业。只要百业兴旺，各种货物的交易及实业的发展就会水到渠成。广生钱庄以汇兑为主，赚取"汇水"，盈余只是多或少的问题，但不太会亏损。钱庄一旦有了信用，客户自然会越积越多，可开辟储蓄、贷款及交换外币等业务，那时俨然就是一家小银行了。荣熙泰为广生钱庄设计了美好的愿景。

这时，荣熙泰已重病缠身，他自知来日无多，便交代两个儿子两件事：一是以后若有发达兴旺之日，必定依循圣人古训，裕国利民，造福桑梓；二是兄弟同心，其利断金，荣熙泰指着桌上的一把紫砂茶壶说，你们兄弟俩要像那把茶壶一样，盖子和壶身永不分离。还留下遗训："处事稳健，谨慎行事，不做投机，诚笃守信。"荣氏兄弟一直将父亲的临终交代奉为圭臬。

荣宗敬和荣德生虽是同胞兄弟，但性格有很大差异：哥哥宗敬性格强悍粗犷，处事果敢泼辣，敢于冒险；弟弟德生性格温顺憨厚，处事谨慎稳重，做事三思而后行。兄弟俩互补的性格，是助推他们事业成功的重要原因。

1896年（光绪二十二年）二月初八，在新年的喜气和漫天的鞭炮声中，广生钱庄正式开张。钱庄股金共计三千块银圆，荣氏兄弟占股一半，另有三个股东各投资五百块银圆，占股另一半。因为身体不好，荣熙泰在无锡老家养病，不再参与钱庄的事务。钱庄由荣宗敬任经理，荣德生任无锡分庄经理。兄弟俩一个上海，一个无锡，勤勉经营，合力迈出了事业的第一步。

在钱庄挂牌后仅仅四个月，荣熙泰在无锡家中病逝，时年四十八岁。荣熙泰壮年早逝是非常可惜的。在荣氏发家史上，大部分研究者都忽略了荣熙泰的作用。其实，荣熙泰是一个开明的、有远见的、有抱负的人，他没有固守荣巷这块有限的空间，而是果敢地走出去，在一个更大的空间里磨砺、奋斗。他和石氏在经济十分拮据的情况下，坚持让两个儿子读了六七年私塾。孔孟之道使兄弟俩有了修身、齐家、治国、平天下的理想，也使得他们农家子弟的质朴中有了几分士子的儒雅气质。作为一个清贫的农桑家庭之后，荣熙泰没有待在自己家的一亩三分地，而是远走浙江乌镇谋生达五年，又在广东三水河口厘金局管了十一年总账，他最好的年华都在外闯荡，以致过早地耗尽了自己的精力。

但是，这个家族在时代的洪流中奋起勃发。

这个与家人聚少离多的荣家事业的开拓者和先驱者，让两个儿子去上海学做生意，培养他们的商业精神，让他们在商场的博弈中增长才干。最后，他用毕生积累的一千五百块银圆办了一个钱庄，别小看这笔资金，这在当时已是一笔巨款，完全可以造一幢大房子或购置几十亩良田。我们也别小看这个不起眼的小钱庄，这是具有里程碑意义的发轫之作。他所提供的原始资本和他对两个儿子的培育，为后来荣家事业的发展打下了扎实的基础。一千五百块银圆和钱庄是有形的，荣熙泰改变了自己所处的阶层，获得了对物支配的财务自由，这是突破自我的一个不可或缺的支撑点；无形的是他还留下了一笔精神财富、一种精神自由，或者说是一种商业基因，那就是坚忍不拔、吃苦耐劳、果敢进取、裕国利民与造福桑梓的精神。为了传承家族商脉，荣熙泰言传身教，一手培育了两个年轻有为、蓬勃向上、充满理想，且已经积累了一定的商业智慧和洞察力，绝不浪掷青春的继承者。

遗留这笔无形资产是荣熙泰最大的成功。所以，在荣氏百年历史中，荣熙泰作为第一代创业者的地位符合历史事实，也是毋庸置疑的。荣熙泰带领儿子走出荣巷，在精彩的外部世界里增长见识，经受锻炼。他们看到了国家积贫积弱的现实，在上海滩、广东目睹了外国资本和官僚资本的横行霸道，也在早期的工商文明中受到磨砺，萌生了实业救国的思想。父子三人白手起家，带着跃跃欲试的自信和勇气，在错综复杂的利益博弈的夹缝中寻找机会。他们敢为天下先，显示出坚强的意志和敢于吃螃蟹的开拓精神。

1920年，荣氏兄弟以先父荣熙泰的名义向南洋大学捐资万元建造图书馆并捐赠图书数万册。校长唐文治在馆前竖立荣熙泰铜像，并撰述《荣熙泰先生铜像记》一文，刻于底座，以志纪念。南洋大学是盛宣怀办的中国第一所真正意义上的西式大学，教授西方学科，初名为南洋公学，后更名为上海交通大学。荣熙泰的雕像在这所大学竖立了很多年，化为深厚校史的一部分。

荣氏兄弟是在清末不触动体制、不发动激烈革命颠覆上层建筑的前提下向西看，向西学——在"中学为体，西学为用"的历史变革背景下开始创业。在他们所处的时代，国家内外交困，任人宰割。两百多年前那个在关外广阔的黑土地上骑在马背上驰骋的强悍民族，已完全丧失了斗志和精气神，变得软弱无能，曾称雄一时的八旗子弟变成了一伙享乐无度、毫无雄心、碌碌无为的精神侏儒，大清帝国变成了不堪一击的庞然大物。

一些有见识和作为的官僚，尤其是以曾国藩、李鸿章、左宗棠、张之洞和盛宣怀等为代表的官吏为挽回国运，发起了洋务运动。在帝国的斜阳中，他们看到了外部世界的文明。在"师夷长技以制夷"（类似于洋为中用）的思想指导下，他们学习西方先进的"器物"和"技艺"，兴办了兵工厂、机器厂、炼钢厂和造船厂等。洋务运动有一个很大的局限性，那就是体制改革没有跟上，因而这场运动终究没有保住大清的统治。但我们不得不承认，它客观上推动了中国工业化和国家商业主义的起步，同时推动了商人阶层或企业家阶层的崛起。许倬云在《现代文明的成坏》一书中说："西方近代文明走到最后一个阶段时，中国也并没有置身事外。在多年的动荡中，中国依然逐渐建立了自己的工业，发展出了民族企业的雏形，也开发了自己的资源……虽然只是一个小小的萌芽，却是后来中国走向工业化的前提和基础。"

我不否认相当一部分商人介入这个领域是出于逐利，但整体而言，大多数企业家和民族资本家是出于实业救国、实业兴国的追求，其中就有荣氏兄弟。荣氏兄弟与状元出身的张謇、官商盛宣怀及世家子弟聂云台、穆藕初、范旭东和外交官薛福成之子薛南溟迥然不同，这些人办实业基本上得益于家族或个人身份的庇荫，或得益于大清王朝崩溃前夕对民族工商业在政策上的倾斜和扶持，虽然这一切都来得太晚了。而荣家是典型的草根家族，除了祖上留下的一幢遮风避雨的小屋和几亩地，便一无所有了。"天地寂寥山雨歇，几生修得到梅花"，荣氏父子对自己的前程怀着期待。虽然荣熙泰只是个自学成才的会计，而荣宗敬、荣德生只是读过几年私塾的钱庄小伙计，但他们既受到儒家文化的浸润，又在上海、广东感受到了西方文明的魅力。"路漫漫其修远兮，吾将上下而求索"，这是他们走出荣巷，在竞争激烈的商场里苦苦求索、锤炼，辅以家风家训的引导，从而形成的具有自己个性的工商精神。正是这种精神促使荣氏兄弟奋起直追，不断超越同行，不断超越自己，终于缔造了一个中国最为庞大的实业王国，成为中国民族工商业的领军人物。

香港九龙码头

1900年（光绪二十六年），夏天。在南方灼热的阳光下，一个身材高挑、身着青衫、眉清目秀的年轻人走在香港九龙尖沙咀码头上。他看到汗涔涔的码头工人正从洋轮上卸下一袋袋面粉，这些洋面粉已存满了几座栈房，不得不在码头畔堆积如山。在搬运过程中，从洋面粉袋中渗出来的粉屑在码头和海滩上铺了厚厚的一层，远远看去，像下了雪般白皑皑的一片。

这个年轻人皱起了眉头。他看到一个监工模样的人，便上去打听这些洋面粉运往何处。监工见他长衫布鞋，手拎一只藤箱，斯文有礼，像外乡来的读书人，便告诉他都是经香港转运到内地的，每天都有几条洋轮运来，香港还有外国人开办的面粉厂。你看，这么多洋面粉都来不及转运出去。白花花的面粉进来，白花花的银子出去。唉！这个监工长长地叹息了一声。年轻人认真地点了点头，他对这个模样粗俗但明白事理的监工投去敬重的一瞥。

码头附近还停泊着许多中国沙船，竖立着一根根下了帆的高高的桅杆。这些沙船有运蔗糖的、运海产品的、运南洋木器的、运布匹丝绸的，也有运硬陶的水缸及坛坛罐罐的，或运藤器竹器的。有的船正在卸货，有的船正在装货。

不远处的海湾停靠着密集的渔船。这些船的船头昂起，画着纹饰，大部分是三叶帆，有宽大的船舱，也有后舱。渔民大都住在船上，吃喝拉撒都在这个狭小的空间里，这就是他们的家。岸上晾着渔网，浓重的鱼腥味被海风挟带过来，有些内地客人受不了这股腥味，皱着眉，用手或手帕捂着鼻子。

年轻人哈哈大笑，这情景、这味道对他来说太熟悉了。他在当差的地方天天目睹这样的货船和渔船，而且闻惯了水腥气和鱼腥味。让他震撼的不是这些难闻的异味，而是堆积在码头上的面粉袋，袋子上印着洋文和商标。七八年以后，他和哥哥创办了面粉厂，生产的面粉叫兵船牌，分红绿两种颜色。上海滩最大的阜丰面粉厂的品牌叫"老车"，这家厂有美资股份。荣家的"兵船"和阜丰的"老车"在上海滩展开了一场激烈的"车船之争"，最后兵船战胜了老车，红兵船绿兵船扬帆全中国，甚至远销到欧洲和日本市场。没有人知道，这场商场博弈缘于香港九龙的尖沙咀码头。

这个年轻人就是来自太湖之畔的荣德生。对于洋面粉的长驱直入，他并非第一次看到。四五年前，也就是他十九岁那年，他父亲荣熙泰受朱仲甫邀请任广东三河水口厘金局总账师爷，并在后来把荣德生带到了广东。那时，荣德生就看到洋面粉零关税涌入中国市场大发其财，他心里永远记住了那一幕。

不过，父子俩那时除了叹息和担忧，还没有能力采取什么行动来为国家挽回利权，办实业只是一个力所不逮的很遥远的梦。他们还处在改变自身命运的阶段。哥哥荣宗敬已早两年学徒满师，在上海南市的森泰蓉汇划字号钱庄任跑街，专管无锡、江阴和宜兴三地的汇兑收解。这三地是江南富庶之地，盛产棉、麦、水稻等农产品，因此荣宗敬接触的客户中粮商和棉商居多。父子三人均熟悉头寸（资金）的调度、汇兑、押款、收解、记账和结账等金融知识。这使他们一生受益匪浅。荣德生在厘金局的几年中增长了不少见识，成熟了许多。后来他回忆这一段经历时曾说："余之一生之事业，得力在此时。"

父亲去世后，荣德生和哥哥携手经营广生钱庄。他们虽然尚处于创业的初始阶段，但已经获得了基本的对物支配的自由，已在心里擘画更大的追求。朱仲甫来信要荣德生再度赴粤去厘金局就职，任总账房，待遇直追父亲在任时的收入。他考虑再三，决定接受朱仲甫的邀请，赴广东上任。荣宗敬尊重弟弟的决定，荣德生将无锡分庄的人事安排妥当后就南下广东，正式任厘金局总账房。他还是住在父亲在任时的房子里，一切和原来一样，只是少了父亲，物是人非，他心里难免有些伤感。

1995年，已近八十的荣毅仁曾寻访祖父和父亲在三水河口镇西街巷的旧居，广生钱庄的初始资本一千五百块银圆多数都是在此积攒的。这么多年过去了，荣毅仁怀着朝圣般的心情寻找先辈的奋斗遗迹，他的心情久久不能平静，真想推门入内，在祖父和父亲住过的屋子里待上一会儿。房子已几易其主，房主或许不知道中国民族工商业的领军人物当年在此居住过。荣毅仁不便打扰，久久打量着房子二楼的窗户，那是祖父和父亲居住过的房间，他拍下几张照片，留下了永久的温情记忆。

荣德生这次二下广东的时间不到一年。由于八国联军的舰队进犯广东并北上攻打津京，因此辽阔的中国大地上战云笼罩，剑拔弩张。时局动荡，千疮百孔的清王朝已像长河落日一般不可挽回地进入黄昏，丧钟敲响了，外侮内乱此起彼伏。为防止"扶清灭洋"的野火蔓延到沃野千里的珠江三角洲，三省总督商议联保，而八国联军已毫无顾忌地开进了广东。兵舰上外国旗帜猎猎飘扬，火炮脱去炮衣，露出了黑洞洞的炮口。荣德生心里有种不祥之感，家里来信让他尽快北归。荣德生稍做观望，获悉朱仲甫也惊慌地准备回苏州避难。他征求朱仲甫的意见，朱仲甫说了句模棱两可的话："我的家在苏州，你的家在无锡，我们在广东怎么说也是过客，总归有一天要回家乡的。我苏州城里的一个院子已造好了，太仓的老宅也维修好了,想回去看看。既然你家里让你回去,你自己定吧。"朱仲甫这个年收入不下四万块银圆的总办都想溜了,荣德生听懂了,他知道自己应该回去了。

朱仲甫回家了,荣德生也不得不回去。他从广东乘海轮经香港至上海,再转乘客轮回无锡。到香港后,海轮为了避开洋人的兵舰便滞留了下来,观望局势后再北上。船舱明明可以住,但耐不住寂寞的乘客纷纷下船住在香港的旅馆里,借机在香港游玩一番。荣德生也选择了一家小客栈住下,他以前曾匆促来过一趟香港,留下了粗略的印象。

这次来广东,听说香港今非昔比了,他想看一下香港的市面。香港确实风光无限,与七年前相比,这个昔日荒凉的岛屿已成了一座繁华热闹、华夷杂处的光鲜城市了,甚至在某些方面可以比肩上海。尤其是夜晚来临,香港万家灯火,火树银花,弦歌撩人。广东音乐和粤剧有一种特殊的节奏感,有一种特别的韵味,铿锵中透着轻快的悠扬婉转。

荣德生乘爬山吊车到山顶,眺望港湾,沉沉暮霭中星空般璀璨亮丽的景观时隐时现,似幻似梦。而内地的绝大多数城市,一到夜晚便漆黑一团,夜行者要打着灯笼才能出门。荣德生还看到环岛而起的烟囱和整齐的厂房,包括自来水厂、制糖厂、火柴厂、橡胶厂、发电厂和食品厂等,其中有一家是英商开的太平洋面粉厂,恣肆张扬地屹立在海边。荣德生知道,洋商为了更多地将洋面粉输入内地,已不满足从本国长途运输面粉出口中国,而是干脆在香港建立面粉厂,这让荣德生不寒而栗。

他在皇后大道逛了几家书店,店里的书籍报刊层层叠叠,有外文版,也有中文版,外国羊皮封面的精装本和中国的线装书陈列在一起。他看到了一本中文版的《美国十大豪富传》,读了几页,便被深深吸引,爱不释手。他的手从口袋里伸进去又拿出来,在两块有些发烫的银圆上摸了几遍,稍微犹豫后还是一狠心把这本书买了下来。当晚,他在小旅舍昏暗的灯光下,伴着窗外的阵阵涛声读了起来,读到动人处便掩卷深思。他记住了几个生涩的名字:卡内基、洛克菲勒、库洛克、摩根等。记叙洛克菲勒的一段话让他心动不已：

> 石油大王洛克菲勒者，当一八三八年生于纽约州塔阿加郡利奇华特之孤村，父躬耕陇畔，有先民之风，渠六七岁时即从事劳动，或从其母往山下拾柴，或随其父在田间拔草，凡农家事无不协助之，所谓美国富豪多起于贫家者，洛克菲勒其一例也。渠年十四，渐思自食其力，冀得报酬，夏日佣于邻右农家，出作入息，终朝劳作，日则暴背于畦间，夜则栖息于茅屋……日复一日，渐成一刚健坚忍勤俭朴实之好。

这简直是自己的童年和少年时代的生活写照啊！没完没了地扎纸钱，和哥哥到地里种菜植桑，锄草施肥；日头之下，汗出如浆，渴了，一碗大麦茶，饿了，一只冷山芋。兄弟俩隔三岔五要到附近的一口公井担水，用石井边的吊桶汲水，一对大木桶装满后，他们再将其晃荡晃荡挑到家，倒入一只大水缸里，放一点儿明矾。这是全家的饮用水，一周要用三大缸。没想到美国的大富豪洛克菲勒出生在贫苦之家，小时候像自己一样饱受艰辛，荣德生感同身受，心里充满了苦涩。接着往下翻，他看到了钢铁大王卡内基的身世。卡内基同样出身于农家，一个耕读之家，其自小禀赋突出，异相，矮小，头颅奇大，孱弱的身体顶着一个大脑袋，这自然会招人侧目，所以人称"大头家伙"，这是亲昵的绰号，也有点儿不屑的意思。但就是这么一个长得怪怪的人成就了一番惊天动地的大事业——真是人不可貌相，海水不可斗量。不惧世间苦，唯有少年心。

这些富豪都是吃尽苦中苦，方为人上人的。贫困也好，异相也好，世道艰险也好，一个人只要胸怀大志，雄心勃勃，就会取得成功。荣德生读罢这些故事，所有的理想阳光般地在他面前展开。荣德生在香港的小客栈里，深深陶醉在这本书里，就像一个基督徒陶醉于《圣经》一样。后来，这本书成了荣氏兄弟的商业圣经。

他每天到码头打听起航时间。虽然海轮和离岸的客人约定好，一旦定了起航时间会提前鸣笛告知，也会贴出公告，还会电话通知旅舍转达。可荣德生心思周密，非得亲自问个清楚才放心。他已归心似箭。不过，他每次在九龙尖沙咀码头都能看到留在沙滩上和散落在通往码头那条路上的洋面粉，他像在雪地里行走一样，留下一个个脚印——正像那个监工所说的，白花花的洋面粉进来，换成白花花的银子流水般地淌出去。他脚下踏着的就是银子啊！这无疑是一种掠夺，一种盘剥，一种攫取。和几年前的感受不同，除了喟叹，他有了作为一个中国人要为此做点儿什么的冲动和想法。

　　五天以后，这艘海轮终于鸣笛起航了，从南海出发沿着海岸线向北航行。在拥挤不堪的三等舱里，荣德生又取出那本《美国十大豪富传》翻阅起来。尖沙咀码头堆积如山的洋面粉又陡然在他面前闪现，他在那片雪地里留下了一连串的脚印啊！突然间，像醍醐灌顶似的，一个念头冒了出来——他要建议哥哥开一家机器面粉厂。这个念头像钉子一样牢牢地钉在他的脑子里，怎么也拔不掉了。

　　十天以后，荣德生拎着行李走下海轮，踏上外滩金源里码头，哥哥荣宗敬已在岸上接他。荣德生此次在广东仅待了不到一年，除去旅费开销，他怀里揣着的只有一张两百元的银票，这是他近一年的薪水积蓄。荣宗敬告诉弟弟，由于八国联军攻破和占领北京，慈禧太后和光绪皇帝化装成平民逃往西北了。祸不单行，这年北方又骤然出现粮荒，需要江南驰援。广生钱庄的汇兑业务骤增，盈利甚丰，荣宗敬希望弟弟坚守钱庄的柜台。但是，钱庄要做大也并不容易，他考虑应做点儿其他利国利民的生意。那么，做什么好呢？荣宗敬在寻找机会。在此之前的两年内，广生钱庄营业平平，盈余无多，而且遭遇合伙人撤股，不得不由荣氏兄弟独资经营。说来奇怪，从那时起，汇兑业务转旺，连年获利。当然，这种获利是相对的，再旺也只是"汇水"，如果他们没有什么抱负，也就过过小日子了。

　　荣德生把在香港逗留期间的见闻告诉了哥哥，尤其是洋面粉如潮水般涌向内地，以至从袋里漏出来的面粉染白了海滩和码头，洋商以在华的洋人食面粉为由零关税向中国倾销的情景。他还把自己在船上的想法向哥哥直言相告,并表示他们俩不妨也办一家面粉厂。一来,自制面粉可抵御洋商的盘剥。洋商向中国大肆倾销面粉,他们获取暴利,而中国每年损失千百万两白银。更重要的是,此等局面伤农、害农,到最后,中国出产的粮食越来越贱,农本动摇,洋面粉肆虐。长此以往,我国民食仰赖外人,如何得了!二来,兄弟俩的事业当以实业为主,实业以衣食为先,尤以食为民天。机制面粉肯定比土法制作的面粉好吃,机器生产为大势所趋,机不可失!

荣德生这番话,引起了哥哥荣宗敬的共鸣。根据他经营钱庄的经验,他认识到,衣食两门历来兴旺,为民生所不可或缺,当然也受外人觊觎。而且,甲午战争后,实业救国之声越来越响亮,朝野有识之士极力倡办西式工业,以挽回利权,抵制洋货,杜绝漏洞。办面粉厂既可以裕国,又可以益民,亦能利己。

荣德生还把在香港买的《美国十大豪富传》拿给哥哥翻阅,不用说,荣宗敬读后也深受启发和鼓舞。原来这些豪富也并非大户人家出身,日子并不比自己小时候过的日子好多少。穷则思变,这些美国富豪之所以会发家致富,是因为不甘于贫穷,不满足过衣食无忧的小日子,有强烈的进取心、敏锐的判断力、丰富的想象力和果断的执行力,经过了一番轰轰烈烈的商海搏击,在付出了超常的艰辛后最终成为豪富。巨大的成功体现的是生命的坚韧和精神的高度。

心有灵犀一点通,这部商业圣经立刻让荣宗敬折服了,他认同了弟弟的建议,同意办一家面粉厂。眼看国家就要在风雨飘摇中走向崩溃,荣德生此番提早返乡,就是因为八国联军的坚船利炮未经抵抗就开进了珠江,他在广东无法再安心做事。一向以中央帝国自居,把外域都称为"夷"的清王朝竟变得鸡蛋般脆弱,而洋人的坚船利炮犹如坚硬的石块,大清朝的抵抗无疑就是以卵击石!连大清朝中枢之臣曾国藩都哀叹:"吾日夜望死,忧见宗祐之陨。"

国家有难,匹夫有责。那么,如何尽责?兄弟俩都非平庸无奇之辈,亦不是那种小富即安的人,他们有更大的追求和更大的抱负。他们都具有商业智慧和救国理想，经历了贫困和艰难的逼迫，在底层历练过，也已经跨出了事业第一步。他们已脱贫，在荣巷的破屋附近，荣熙泰已为两个儿子盖了瓦房，供他们娶妻成家。同时，在父亲的指点下，兄弟俩小试牛刀，取得了初步的成效，开设了一家钱庄。虽是小本经营，但他们毕竟有了一定的实力。时下，国难当头，兄弟俩决定走实业救国之路。

人们在回顾中国近现代实业史时，有一条清晰的线索，其开端就是在国运衰竭的帝国黄昏中忸怩兴起的洋务运动。1855年，曾国藩在江西开办了一个小型兵工厂，1861年，他又在安徽安庆建立了一个规模较大的兵工厂和船坞。他的得力门生李鸿章紧跟其步伐，在上海黄浦江畔建立了有名的江南机器制造总局。1865年，无锡人徐寿、华蘅芳造出了中国第一艘实用汽船"黄鹄"号，该船由木质船身、蒸汽发动机及简单的火炮构成，这是有划时代意义的一件事。此后，他们又制造出多艘军舰，其中最大的"镇安"号排水量达二千八百吨，一千八百匹马力，装有二十门火炮，是当时亚洲最先进的军舰。在江南机器制造总局开办的同时，闽浙总督左宗棠在福州马尾创建了福州船政局，造出了第一艘铁甲军舰，组建了第一支新式海军——南洋水师。这些早期的企业基本上是以军工厂为主的，有增强军力的目的，虽然凭借这些自制的军舰与枪炮难以抵御列强的坚船利炮，但它们却是中国工业化的开端。

但这个开端在僵化的体制和愚昧短视的统治者的制约下，一度陷入了停滞的尴尬局面。它无法挽回清王朝的没落。不过，它还是催生了一批实业企业，并让船政、矿务、铁路、电报和冶炼等前所未有的实业进入了中国人的视野，其商业模式是官督商办——长期影响着中国的工业化进程。有一个很有意思的现象，中国最早的实业家除了像盛宣怀这样的官商，很多商人都是从买办起家的或者有官宦背景，而这个群体并不是真正的企业家，也缺乏企业家精神。马里恩·利维在《近代中国商人阶级的兴起》一书中说，晚清的商人把资本用于追求绅士地位，原因是商人历来在中国的社会阶层中处于末位，地位向来不高，这种观念是根深蒂固的，因而"商人成功的标准是他和他的后代不再是商人"。

直到荣氏兄弟这样有远见、有魄力的草根实业家出现，这种观念才被颠覆，中国开始形成以实业救国和公益传统为灵魂的现代工商文明。

就荣家而言，追溯起来，香港九龙码头应该是他们发祥的一个源头。

冲寒先喜笑东风

在中国近现代以来的百年企业史上，荣氏兄弟办实业，在国内、在江苏、在上海并不是最早的，甚至在无锡也不是发出破晓之啼的第一人，但他们在实业救国的道路上应该是处在队伍前列的。清末官至三品的盛宣怀属于洋务派，他是常州人，秀才出身，在科举路途上掉队了，但他是个实干家，很早就热衷于办企业，是个地地道道的官商，几乎参与了晚清所有重要的官办企业的创立。尽管他的本性自私、自负和贪婪，但不妨碍他成为一代"商父"。盛宣怀曾被加赏太子太保衔，授工部左侍郎。另一位早期的实干家是南通的张謇，他创办了大生纱厂。1900年，大生纱厂进入全盛期，仅这一年，大生纱厂所获纯利就多达二万六千两白银。从1901年至1907年，张謇先后创办了十九家大大小小的企业，组合成当时国内规模最大的民营企业集团。张謇是清末状元，有远超荣氏兄弟的政治资源和个人威望。

盛宣怀是红顶商人的代表人物，张謇是民营企业的先驱。有意思的是，两人都是江苏人，区别在于盛宣怀立足上海，而张謇始终把自己的事业投注于家乡南通。南通被一条名为濠河的安静清流环绕，他的办公楼、寓所和企业大都建在这条河边。

荣氏兄弟是寒微的农户出身，他们用来准备从商的时间要比那一代官商和儒商长得多。确实，巨大的力量在爆发前是沉默的，孕育和积淀的过程也是沉默的。他们在洋务运动推动下的第一轮实业投资热潮中，虽然慢了半拍，但直追猛赶，后来者居上。在1914年掀起的第二轮实业投资热潮中，他们一路高歌猛进，以惊人的追赶精神，在短短的十余年内成为中国实业界走在前列的人物，这是一个不争的事实。"桃未芳菲杏未红，冲寒先喜笑东风"，在民族工业的春天尚未来临时，荣氏兄弟便像梅花那样在寒风中绽放，显示出惊人的爆发力。

荣氏家族的创造力终于像火山般喷发了，并一跃成了中国工业化的先锋。

1902年3月，一家名号为保兴的机器面粉厂在无锡梁溪河畔的太保墩开业了。这是荣家的第一家企业。面粉商标取名"兵船"，一红一绿，意思很明确，以实业之舰来拯救国家，抵御洋人的入侵。

太保墩是块浮地，衰草寒烟，三面环水，如遭遇连续大雨，很容易被淹，但荣氏兄弟看中它便捷的交通和便宜的地价。保兴面粉厂占地十七亩，雇工三十人，引进了法国产的四套石磨，马达六十匹，配建了一个锅炉房，烟囱高耸，但厂房简陋。后来，这个小小的太保墩及与之相连的西水墩（旧称"窑墩"）相继诞生了荣家的多家面粉厂和申新第三纺织厂，一扫其旧时的荒芜景象，变得极富气势。西水墩曾被误读为西施墩，与那个美丽而命运多舛的浣纱女西施莫名产生了联系，多了几分浪漫的色彩。但事实上，这个运河中荒凉的小墩与越国美女西施没有任何联系，它只是无锡城西门外充沛而恣肆的河水冲刷形成的一个堆积土墩，一个小岛而已。

当时，国内已开业的十二家机器面粉厂中最为知名的是上海的增裕、阜丰等厂。此外，在上海与保兴几乎同时创办的华兴面粉厂实力十分雄厚，大股东之一是南浔"四象之子"顾福昌之子（家财达一千万两白银）、旗昌洋行买办顾敬斋；另一位大股东祝大椿也是洋行买办，他负责管理工厂，办理进口设备。华兴面粉厂总投资额高达三十万两白银，设备先进，有钢磨十六台，每天可生产"天宫"牌面粉三千五百包，比中国第一家面粉厂——孙家鼐家族开的阜丰面粉厂的出粉率整整高出百分之四十。与阜丰、华兴等厂相比，保兴的规模是最小的。《中国近代面粉工业史》评价保兴面粉厂说："严格说来，[它]仍然不过是一个较大型机器磨坊而已。"

"磨坊"两字，会让人想起欧洲十九世纪古老而阴暗的、喷发着白色蒸汽且伴随着手工劳作的作坊，这似乎有些小看荣家的第一家企业了。

但无论如何，对荣家来说，对无锡来说，这家面粉厂的开办都是一项有里程碑意义的创举。这家面粉厂的资本共计三万九千块银圆。有恩于荣家的税吏朱仲甫因战事赋闲在家，禁不住荣氏兄弟的游说，也感佩于他们认真执着的做事风格，投了一半的股份，兄弟俩占股三分之一，其余招股。

面粉厂建成后，最初几年磕磕绊绊，一波三折，甚至因朱仲甫退股而差点被扼杀在摇篮里。荣氏兄弟没有气馁、退却，而是将保兴面粉厂改组为茂新面粉厂并重新招股，筹资五万块银圆，荣氏兄弟占股一半。华兴面粉厂的祝大椿参股四千块银圆。1905年，荣氏兄弟添置了从美国进口的新式钢磨，改造了旧厂，设备脱胎换骨，生产能力提高了一大截，茂新成为一家真正的近代机器面粉厂。他们的面粉质量得到了提高，以赊账方式供应无锡当地的面店。荣氏兄弟逐步打开市场，后来引进能人王禹卿，又一举进入北方庞大的市场。

茂新面粉厂的规模和生产能力与上海的阜丰、华兴两家面粉厂相比，要弱小得多，不是一个量级的，所受到的干扰也是一波未平一波又起。但荣氏兄弟的后劲却是惊人的，"兵船"加速马力乘风破浪，显示出一种不屈服的气节——在荣氏兄弟心中，气节就是实业家的灵魂。荣德生把实业家称为事业家，开厂并不仅仅是为了赚钱，更重要的是开创济世之事业。

1912—1917年，荣氏兄弟一口气开办了九家工厂。

茂新面粉厂开办八年之后终于站稳了脚跟，到1910年，面粉产量比初建时提高了十倍，已经跨入规模较大的面粉厂之列了。1912年，荣氏兄弟又和王禹卿王尧臣兄弟、浦文汀浦文渭兄弟（所谓的"三姓六兄弟"）在上海新闸桥合股开办了一家新的面粉厂，王禹卿王尧臣兄弟出资八千块银圆，浦文汀浦文渭兄弟出资一万二千块银圆，荣氏兄弟各出一万块银圆，合计四万块银圆。荣宗敬任总经理，王尧臣为经理，浦文渭为协理，王禹卿发挥其长项，任销粉主任，浦文汀为办麦主任。这家新生的面粉厂经商定被命名为福新面粉厂。福新面粉厂有工人三十五人，用二百筒的美国设备日夜不停，每天生产面粉一千二百包，这是当年荣氏保兴面粉厂（后改名为茂新面粉厂）起步阶段的四倍，商标仍采用口碑载道的"兵船"，依然分为红兵船和绿兵船。福新面粉借这个有影响力的牌子成了畅销面粉，当年就获利三万二千多块银圆，即投资额的百分之八十。但荣宗敬办大厂心切，他在股东会上提出，三年内不分红，利润全用于扩大再生产。

1913年夏，荣氏兄弟租下陷入困境的中兴面粉厂（两年后全资收购，改名为福新四厂），同年冬天，他们又在中兴面粉厂东面新建福新二厂。1914年，他们在福新一厂的旁边建起福新三厂。1916年，荣宗敬远赴汉口，建福新五厂。1917年，荣氏兄弟租赁上海华兴面粉厂，并在1919年正式收购后改名为福新六厂。华兴是上海滩一家老牌面粉厂，与其齐名的是阜丰面粉厂，它们都是新生的福兴面粉厂的劲敌。阜丰有美国资本，面粉品牌为老车牌。荣宗敬为一窥其真面目，曾化装成司炉工偷偷参观了这个厂，对其设备之先进羡慕不已。福新面粉厂建起后，与掌控上海滩面粉市场的老车牌展开激烈竞争，时称"车船之争"，最后以"老车"失败告终。"兵船"在上海黄浦江的波光帆影和列强的朦胧中破浪疾行，阜丰败退，中兴和华兴先后归于福新旗下，至此，在上海闸北的光复路上，沿苏州河一字排开四家福新面粉厂。当时的景象颇为壮观，高耸的烟囱和西式的厂房排场很大，苏州河混浊的水面上运输船来来往往，惊涛拍岸，极具蒸汽机时代工业化的宏伟气象。

在无锡，荣家的工厂也不仅仅停留在太保墩上。1914年，荣氏兄弟收购了惠元面粉厂，改名为茂新二厂，不久又租办泰隆和宝新两厂。于是，无锡当时仅有的五家面粉厂有四家被纳入荣氏企业范围。短暂的五年中，荣家拥有了十家面粉厂，这些工厂每昼夜可出面粉四万二千包。这时，一个百年不遇的时机降临，那就是第一次世界大战爆发，欧洲工业因战争而停滞，面粉需求量却在剧增。中国以面粉价格低廉和产量充足而成为全球争购的新兴市场，荣家的兵船牌面粉成为抢手货，远销欧洲和南洋各国，荣家的面粉厂进入了历史上的全盛时期。

荣氏兄弟很兴奋，钱庄有些顾不上了，好在它的运营出奇地顺利，你把它归功于运气也好，信用也罢，反正用不着荣氏兄弟多加操心。于是他们把精力主要集中在办实业上，那冒烟的烟囱和隆隆的机器声对他们具有无穷的吸引力。

与此同时，荣氏兄弟又把目光投向纺织业。人生活中的头等大事，莫过于吃穿两字，面粉能解决吃的问题，事关穿着的纺织便顺理成章地被提上议事日程。于是，他们和洋行买办、在上海滩神气活现的实业家荣瑞馨合资，在无锡创办振新纱厂，迈开了向纺织业进军的步伐。那时的荣瑞馨颇为春风得意，他的荣广大花号为洋商收购棉花，又购买橡皮股票和火油股票，还入股投机字号裕大祥。荣氏兄弟提议办纱厂，他一口答应——尽管心里有些不舒服，这样的事情应该由他牵头，在他手里进出的棉花不计其数，办纱厂是水到渠成，怎么能让小本经营的荣巷的两个小老弟抢了先呢？但是他还是愿意和荣氏兄弟牵手共舞。

振新纱厂全部股额为三十万块银圆，荣瑞馨出大头，荣氏兄弟其次，还有几个无锡商人参股。在这些参股者中，老资格的富商周舜卿值得多加着墨。大家都知道曹禺的著名话剧《雷雨》中有个主角叫周朴园，它的原型人物就是周舜卿。他原先是无锡县周新镇的巨富，在上海开设铁行起家，后又与薛福成之子薛南溟合资开设永泰丝厂，还在家乡创办了无锡首家机器缫丝厂裕昌丝厂。荣瑞馨在1910年爆发的橡皮股票骗局中赔得精光，加上过度投资，债务累累，穷途末路。荣氏兄弟也受到连累，广生钱庄因此倒闭，损失惨重。荣瑞馨在上海滩没有那么风光了，他在振新纱厂的股份大部分由荣氏兄弟接收。荣氏兄弟摔了一个跟头以后，重整旗鼓。当然，他们也从这场来势汹汹的风暴中感到了惊悚，商场犹如战场，稍有不慎，就会败下阵来，甚至全军覆灭。在这场风暴中，一些煊赫的大富豪顷刻间就败了，所有狂热购买橡皮股票的投机分子转眼就变得一贫如洗——洋人利用他们发财心切的心思，将其虚构出来的海南岛橡胶园吹嘘成点石成金的发财良机。投资者在绝望中诅咒卷钱逃窜的外国骗子，自杀者近百人，有上吊的，有跳楼的，有服红头火柴的。

这场灾难虽也波及荣氏兄弟的产业，但他们没有在凄风苦雨中跌倒。几年前，在筹建保兴面粉厂的过程中，他们也屡遭挫败。此后，山重水复的曲折，节外生枝的逼仄，甚至突如其来的致命打击在他们的事业发展过程中并不少见，但他们却愈挫愈勇。再碰到什么难事，他们便有了底气，一颗强大的心让他们不再无所适从，办企业不再是一时冲动和感悟，而上升为浩然的家国情怀，他们不再如履薄冰、如临深渊，也不再惶惶不可终日了。一种俯仰天地的担当和召唤使他们有种刻不容缓的紧迫感，更有了一种承受生命之重的雍容大度。就这样，一个大坐标如灯塔般穿越黑暗，发出的光束在召唤他们，这光看似遥远，但并非遥不可及，只有奋进才能抵达。

兄弟俩稍做整顿，收拾一下局面，梳理一下思路，又重新出发了。

荣宗敬立足上海，荣德生坚守无锡。荣宗敬采取滚雪球的方式发展企业，即办起一座厂便抵押给银行或钱庄，获得资金后又建一家新厂，建了新厂再抵押，再建新厂，如此循环往复。荣宗敬还常以低廉的价格兼并或租赁那些维持不下去的老厂，这些老厂先天条件较好，工人都是熟练工，管理团队也较齐整，厂房及设备也较为良好，买断后稍加整理便能投产，这比建新厂省力省钱。

荣宗敬以敢为人先的精神提出"造厂力求其快，设备力求其新，开工力求其足，扩展力求其多"的战略理念，以惊人的速度办厂。他曾颇为自得地说："无月不添新机，无时不在运转。人弃我取，将旧变新，以一文钱做三文钱的事，薄利多做，竞胜于市场，庶几其能成功。"

在面粉上成就霸业的同时，荣家的纺织厂也快速扩张。振新纱厂至1912年每年可得利二十余万元。1915年，荣家在上海郊外周家桥开建申新纱厂，十年内，荣家在该厂基础上发展了近十家纺织厂，均以申新命名。由此，荣氏家族开始形成由申新纺织系统、福新面粉系统和茂新面粉系统组成的三新公司，工厂遍布上海、无锡、武汉和济南等地，成为名副其实的"面粉大王"和"纺织大王"，进而跃升为中国最大的财团。

其中值得一提的是1917年，荣氏兄弟出资四十万块银圆兼并了上海一家日商纱厂。当时上海棉纱业先由英美商人控制，后来成为日本公司的天下。在这种情况下竟有中国民族企业收购日本企业，其气魄和能力令人钦佩。荣氏兄弟的崛起被认为是奇迹，兄弟俩也被视为商业奇才，他们雄视商场、激烈竞争的开拓进取精神和创新精神引领了中国民族工业万木争春的局面。

滚雪球的条件是有一个坡度和厚厚的雪，雪球沾上的雪越来越多，变得越来越大，而越来越大的雪球又能够沾上更多的雪，如此不断重复，雪球会大到不可想象。这也犹如一片池塘出现了一小块浮萍，它每天增长一倍，预计十天就能长满整个池塘。那么多少天长满一半水面？答案是第九天。也就是说，第九天才覆盖了池塘的一半，但只需一天时间，就能覆盖全部了，听起来魔幻，但事实就是如此。我现在知道，这种经营方式在经济学中被称作复利思维。爱因斯坦说："复利是世界的第八大奇迹。"

荣氏兄弟多半不会知道现代经济学中这个奇迹般的概念，但滚雪球无疑是他们在实践中摸索出来的一种复利做法。他们在比较短的时间里滚出了全中国最大的雪球，完成了一个池塘内浮萍的全覆盖。

经过短短二十年的开拓和奋斗，荣氏企业就进入了发展的全盛时期。福新面粉厂发展至八家，在全国名产麦区设置了二三十处麦庄及面粉销售批发部；申新纺织厂发展到十余家，除无锡申新三厂和汉口申新四厂外，其余申新纱厂均开设在上海；无锡茂新面粉厂也发展到四家。荣氏兄弟还在武汉、济南等外埠大城市建新厂，福新五厂和申新四厂就建在汉口，均由荣德生的大女婿李国伟负责筹建并主管。李国伟是土木工程师出身，颇有才干，性格宽厚，处事大度，做事务实坚定。他很快成为荣家的一员主将，在内地打造出一片新的天地。这个家族迅速崛起，超越了早于他们或晚于他们的实业家，成为中国首屈一指的民族资本家，成为这个阶级名副其实的大户。他们亲手缔造了一个拥有二十余家现代化面粉厂、纺织厂和机器厂的实业王国，所生产的面粉和纺织品除畅销国内市场外，还远销东南亚和欧洲。荣氏企业进入了高速发展的兴盛期，一度控制了中国三分之一到一半的面粉和纺织品产量，在中国近现代工业化的曲折发展过程中堪称奇迹。在新时代，他们的企业依然占有一席之地。例如无锡的申新三厂，即新中国成立后先被公私合营后实现完全国有的国棉一厂，始终是无锡纺织业的龙头企业，现已迁移他方，成为一家现代化的自动化程度极高的纺织厂。

抗战胜利后，荣家在无锡重建茂新一厂。荣毅仁一手主持设计并监造的红砖厂房作为工业遗址完整地保留了下来，还被辟为全国唯一的"中国民族工商博物馆"，里面陈列着成套的生产面粉的设备和大量照片。这座博物馆提醒着人们：荣氏在这块土地上所建的实业是何等的蔚为大观。后被拆迁的纺织厂地块，当地人将其称作兴隆之地。这里的住宅叫西水东，饭店酒家不是叫荣舍，就是叫荣会，包厢和大堂挂满了荣家人物和工厂的旧照片。

在当年叫太保墩和西水墩的地方，人们依然能看到荣氏企业文化的鲜明印记。

柳暗花明又一村

梅花的早开，梅花的敢为天下先，并不是因为寒冷，而是因为对寒冷尽头春风化雨、山花烂漫的渴望。这是一种定力。

荣德生荣毅仁父子在一个重要的时间节点上显示出特别的定力，尤其是当他们这个阶层的许多人带着恐惧，带着中国工商业史上的声声叹息，当然也带着可以带走的财富，像越冬取暖的候鸟纷纷飞离自己的家乡，寻找新的栖息地时，这种定力尤为可贵。并不是所有的出走都像荣熙泰和荣氏兄弟离开荣巷那样，是出于一颗不甘平庸的心，是一种探索和开拓。在某些时候，出走也是一种胆怯和无奈，停留反而需要更大的勇气，更敏锐的洞察力。荣德生荣毅仁父子在黑暗中首先抓住了一丝曙光，在新中国成立前夕率先做出了留下来的选择。他们有着对寒冷尽头春风化雨的渴望。

这与荣氏家族所遭遇的苦难有关。在时代的跌宕起伏中，荣氏家族的征途并非一帆风顺，它几起几落，数次转危为安，也数次在沧浪之水中差点沉没，但"兵船"始终喷烟驰骋，没有抛锚。至第三代，荣家子孙满堂，人丁兴旺，事业在抗日战争和蒋介石挑起的内战中历经磨难而得到坚守，而且偿还掉了大山般压在家族头上的巨额债务。战火纷飞中，荣氏两代人特别是第三代得到了锤炼，也付出了沉重的代价。荣德生的大儿子荣伟仁、三儿子荣伊仁、六儿子荣纪仁死于非命；荣宗敬为拒绝敌伪拉拢、保持民族气节而避居香港，病逝港岛；荣德生因警匪勾结而遭到绑票，并在黑屋子里被关了一个月，最终还被敲诈五六十万美元。

在蒋经国的打虎运动中，荣宗敬的大儿子荣鸿元因被控"私套外汇"而锒铛入狱，这是重罪，轻则判刑、没收家产，重则判处极刑。荣家花重金施救，金条、美钞和洋房送了不少，荣鸿元依然释放无望。为示蒋经国的铁面无私和决心，打虎运动把上海滩大佬杜月笙的儿子杜维屏也打进去了。但蒋经国还不甚了解，这个政权已像败絮一样腐烂成一团了，经济崩溃，物价一日数涨，一麻袋法币上午能买几斤米，到了下午只能买一块肥皂了。国民党政府试图通过币制改革来稳住物价和金融市场，但以失败告终。官僚资本集团和不法奸商搜刮民脂民膏，大发国难财。国家到了如此地步，靠他蒋经国的英雄意气和几颗人头已挽救不了这个倾倒在即的政权，毕竟大势已去，民心不归，他从苏联搬来的铁腕之治在他踏进上海那刻起就注定失败了。杜月笙在上海滩是极有权势的帮会头目，势力庞大，盘根错节，上海百姓称他跺一跺脚，整个上海就会抖一抖。他当然不甘心儿子落难，于是设法反击。他给蒋经国出了个难题：举报并要求当局调查扬子公司。扬子公司的老板是孔令侃，即孔祥熙的长子、宋美龄的亲外甥。蒋经国一查扬子公司,其果然囤积居奇,然后他六亲不认,抓了孔公子,这下惊动了蒋夫人宋美龄。宋美龄亲临上海捞人,自负、冷酷且自以为是的蒋经国只能屈服作罢。他当然知道父亲对他这个继母是言听计从的。于是人称"经济沙皇"的蒋公子悻悻然离开了被他搞得人人自危的上海,走前被迫释放了孔令侃、杜维屏和荣鸿元。荣鸿元是取保候审,出狱后,犹如惊弓之鸟的他连夜乘船避居香港。

荣鸿元逃过一劫,不料厄运又降临到荣毅仁头上。

1949年5月25日,是国民党政府上海地方法院预定开庭审判荣毅仁的日子。这个案子源于1946年11月国民党政府行政院长宋子文、粮食部长谷正伦以国家贮备粮食的名义嘱令茂新面粉公司经理荣毅仁代加工面粉。荣毅仁不得不奉命行事。在完成任务后,国民党政府派士兵取走了全部经检验合格的面粉。不料一年多后,有位监察委员指责荣毅仁交付给上海粮食总仓库的面粉分甲乙丙三种面粉,居然还有一般作为饲料出售的扫仓粉在内。更荒唐的是,他还无中生有地诬称,东北战场上的国军因为吃了荣毅仁生产的霉烂面粉做的食物而引起拉稀、跑肚,从而丧失战斗力,所以东北失守。荣毅仁成了国民党的罪人,被扣上侵占公有财物、盗卖公有财物入私、玩忽公有财物等种种罪名。这样一个荒诞不经的案子,检察官竟顺利起诉,法院不但立案受理,还放出话来:"如果荣家不送去巨额钱款,法院将在第一次庭审时把他收押。"这明显是国民党官员设计陷害,借机敲竹杠。荣毅仁只得送去一万美元,希望花钱买个平安。1949年5月25日,荣毅仁在惴惴不安中没有等到地方法院的判决,却等来了解放军开进大上海。

东方既晓,上海的街头还弥漫着硝烟,解放军战士席地而卧。荣毅仁去了法院,发现那些捞足腰包的法官早已逃离,不知所终。我们大致可以想象荣毅仁绝处逢生后的狂喜和迷惘。可是,这个莫须有的面粉霉烂案到底是谁下的套?怎么会凭空捏造出来?如果没有上海的解放,他的"罪行"是否会被法庭认定?这一切,他始终不得而知,成了解不开的谜。但事实上,纯属一个无厘头的"乌龙案件"。

荣氏企业的遭遇，让我们看到了一个腐败的政府怎么让一家民族企业疲于奔命，心灰意冷。在历史转折的重要关头，荣德生荣毅仁父子终于彻底看清了蒋家王朝的腐败和黑暗，看到了一个新政权的出现并由此多了一份希望。正是这种希望，让历经磨难的荣氏父子毅然选择不离开家国，留在大陆迎接新中国的诞生。

提到荣德生坚决不走的原因，荣毅仁说了四条：第一，他开办企业以来就遭受帝国主义和官僚资本主义的压迫与排挤，对这些人有一定仇恨；第二，他不愿抛弃他亲手创办的事业；第三，抗战胜利后被绑过票，他知道国民党在算计他；第四，他对国民党在抗战后的所作所为极其不满，认为没有比国民党更坏的政府了。其实，还有两点荣毅仁没有说出来：一是荣德生认为自己并非为富不仁之辈，问心无愧；二是苏北根据地的领导人曾带去共产党保护和鼓励民族工商业发展的文件，向他交了底，荣氏工厂、洋房和私产都不会遭到剥夺，一切都不会变动，条件是与新政府合作，这让荣德生纠结和挣扎的心放了下来。

荣毅仁义无反顾地选择和新政府合作，他的理由与父亲很近似："国民党已经要了我的性命，我是他们的罪犯，我不跟共产党走跟谁走？"

荣毅仁将最后的希望寄托于新政权，并试图在新的政治背景下将已被国民党政府抽净筋血（资金和部分设备）的荣氏企业继续维持下去。荣氏家族的大多数人已各奔东西，带走了流动资金和部分设备，留下的是一个烂摊子。好在还有些厂子是完整的，例如在无锡申新三厂的部分设备被人搬运装船时，荣德生闻讯后立即从上海赶回无锡，在码头上把待发的设备阻拦了下来。

上海解放三天后，第三野战军司令员、率军攻克南京的陈毅到达上海，他刚刚被任命为上海市市长，长期在上海从事隐蔽战线工作的潘汉年为副市长。而许涤新和顾准等经济学家担任了这个城市的经济主管，他们不仅有深厚的经济学造诣，而且对上海的情况了如指掌。陈毅将承担安定中国最大工商业城市的重责。几乎是同时，陈云出任中央财政经济委员会主任，主管全国经济的振兴与规划。两个月以后，陈云来到上海。两陈治沪，面对着一系列挑战，要开打新中国第一场经济战役。这是一场赶考，也是一场巨大的考验，必须拿出一份让上海人民和中央满意的答卷。在陈云和陈毅的领导下，上海打了银圆大战、纱布大战和粮食大战三大战役，借此打击了投机商和奸商的嚣张气焰，稳定了物价。荣毅仁从中看到了共产党在经济上的能耐。原来，他有个分析：共产党军事上100分，政治上80分，经济上0分。经此三役，荣毅仁对共产党刮目相看了，明白自己低估了共产党在经济治理上的水平。后来熟悉后，他更是知道共产党内人才济济，能人很多。尤其是顾准，他是党内少有的对经济问题有深刻见解的人，但纵有旷世才华，因其特立独行、个性鲜明，与周围的人格格不入，后来的下场很可悲。

新中国成立后，实行新民主主义政策，没有采取"剥夺剥夺者"的政策，而是与民族工商业和平相处。政府采取了大量措施安抚民族资本家，争取他们对新政权稳定经济大局工作的支持和配合。为糟糕透顶的国民经济重建而合作，这真有点儿携手重整旧山河的味道。国民党曾预言，共产党虽然能用军事手段占领大上海，但对管理大城市尤其是经济完全是外行，不出三个月，便会像李自成退出紫禁城那样退出上海。中央高层对治理好上海极为重视。不用说，不仅台湾的蒋介石盯着上海，而且全世界的目光都落在这个大都市身上。"九州生气恃风雷，万马齐喑究可哀"，共产党正在以雷霆之势进军全中国，如果大上海变哑了，工商业像风烛之火，民族资本家战战兢兢，那就是一个严重的问题。新政权不愿看到上海的萎缩和消沉。因此，团结上海经济的脊梁——民族资本家就是题中之义了。上海不应该万马齐喑，而应该万马奔腾。

政府对荣德生荣毅仁父子以及整个民族资本家阶层都以礼相待，并告知，共产党的这个政策是长期的，绝非权宜之计。民族资本家放心了，他们最后的顾虑和警惕都被消除了。作为这个阶层的代表人物，荣德生荣毅仁父子受到了很高的礼遇，荣德生被委任为苏南行政公署副专员，荣毅仁和陈毅、潘汉年等市政府领导相交甚欢。他还数次赴北京参加重要会议，受到毛泽东、周恩来、刘少奇、陈云等中央领导的接见，这个时期的荣毅仁已对共产党信任有加，工厂运营也逐步走向正常化。包括荣毅仁在内的这个阶层的人的生活方式没有受到任何干预,花园洋房、豪车出入、西装革履、厨师仆人,甚至有些资本家一妻多妾的现象也未改变。荣毅仁踌躇满志,在政府的资金支持下,荣氏企业全面启动,为国民经济的恢复生产急需的面粉和布料。在此期间,毛泽东曾亲自视察荣家的申新九厂——毛泽东唯一视察的一家公私合营纺织厂,这对荣家来说自然是莫大的荣耀。

荣毅仁说:"解放前,我不了解共产党,怕共产党,跟国民党政府倒有不少关系。然而,国民党政府的腐败和我自己'实业救国'理想的破灭,从反面教育了我。出于爱国之心,怀着反正共产党政府怎么也不会比国民党政府更坏的想法,我在上海解放时留了下来,并在以后逐步加入了新中国建设者的行列。"这样的话,荣毅仁在公开场合和私底下讲过多次,应该是他的真实想法。

新民主主义并不是毛泽东的终极目标,他也不认为这是一个漫长的历史阶段。于是,中央采取了一些限制和改造民族资本的做法,例如证券交易市场的取缔、商品流通领域的国营化管制、税收上的所有制倾斜等,民族资本家感到了压力。荣毅仁提出了一些建议,比如由政府统一供应原料、统一销售,资本家只管生产。这些建议得到了政府的采纳和赞赏,政府在力所能及的范围内对荣毅仁提供资金支持,双方的关系日趋默契。荣毅仁是财经部门的常客,进出自如,也常在这些机关用餐,上上下下见到他都会打招呼。在新政府工作人员眼里,这个身材高大的荣德生四子,为人随和,没有架子,稳重率真,顺应潮流,积极响应政府号召。抗美援朝开始后,荣毅仁参加工商界的抗议游行,穿着风衣,戴着贝雷帽,扛着旗子,走在队伍前面,庄重中有种玉树临风的潇洒。他代表申新职工提出捐献十架战斗机的计划,最后共捐献了十二架。在保家卫国、抗击以美国为首的所谓联合国军对朝鲜的侵略以及对中国的威胁方面,荣毅仁的贡献不可谓不大。

1950年,国家经济困难并由银行发行公债,陈毅市长邀请几百位工商界人士到中国银行大楼开会,动员认购。荣毅仁当场认购了许多,大家纷纷效仿。哪知道交钱的时候,荣毅仁却交不足数额,有点儿力不从心。有人问他为什么当时要认购那么多时，他讲了心里话："我荣毅仁不认购多一些，别人还会认购多少呢？"由此可见，荣毅仁当时在工商界是个领军人物，有强大的影响力和号召力。他自己也清楚这点，而且当仁不让。

新中国对私有制企业的改造在不久之后便提上日程。这时候，荣毅仁准确地把握住形势，果断做出选择，从"留存者"变为积极的"建设者"。继之，他又决定率先把荣氏企业拿出来接受公私合营。荣毅仁从父辈手里继承下来的不仅仅是二十余家面粉厂和纱厂，还包含荣家在实业发展中形成的产权明晰的理念、资本运作的方法、注册保护的商标、业内标准的质量及上下贯通的产业链。荣毅仁在公私合营中的表现，受到了毛泽东的赞赏。陈毅市长称他为红色资本家。这个称呼不胫而走，从此，荣毅仁由一个爱国资本家转变为新的历史天空下的红色资本家。

有人问，身为实业家，荣毅仁将荣家企业捐给政府，究竟是怎样的心情？

荣毅仁对此解释说："我，失去的只是我个人的一些剥削所得，它比起国家第一个五年计划的投资总额是多么渺小；得到的却是一个人人富裕、繁荣昌盛的社会主义国家。对于我，失去的是剥削阶级人与人之间的尔虞我诈、互不信任；得到的是作为劳动人民的人与人之间的友爱和信任，而这是金钱所买不到的。"荣毅仁还说："如果父亲还健在，他也会支持我这样做的。"荣德生是1952年因病去世的。

研究荣氏家族二十多年的江南大学教授陈文源说："荣德生可能不会像荣毅仁这么痛快，毕竟这些企业是他一手创立起来的，而荣毅仁只是参与了管理。"言下之意是，要让荣德生把这些厂拿出来，他会犹豫的，会有思想斗争的，甚至会感到痛苦，但最后他还是会想通的。当时有材料披露，许多资本家白天敲锣打鼓送喜报，晚上和家人抱头痛哭。我认为这是人之常情，毋庸讳言，这些私产凝结了产权人的巨大心血和辛劳，甚至是几代人努力奋斗的结果，现在一下子完全不属于自己了，他们的痛心和惋惜之情完全可以理解。名利场既是一个充满欲望、争斗、博弈的场所，也是一个充满道义、理想、奋进的场所。人生百味杂陈，世态炎凉无常，待到财富如流水从指缝汩汩淌过，变得两手空空，即便是再大义凛然的人都不会无动于衷。

但是，荣毅仁是一个有大格局的人，是一个有公益传统的人，也是一个有济世情怀的人。荣毅仁是个爱国者，在民族工商业者中，他是罕见的政治上的清醒者。他除了继承家族的公益传统和济世情怀，还与共产党结下了深厚的情缘，并初步接受和理解社会主义的思想，那就是共同富裕和平等——这和荣氏文化有相通之处。荣家创办的"劳工自治区"带有乌托邦式的实业理念，以平衡劳资关系、加惠和尊重工人之利权。荣毅仁对共产党的政策和理念的了解超越了他这个阶层的整体认识，他对于财产尤其是对于实业的看法也超越了家族私产的范围。实业救国、实业兴国、实业强国是荣氏企业文化的核心价值观。荣毅仁认为实业是属于社会的，有公共的属性，他信奉国家资本主义，因此当政府对民营企业加入"国家股份"，并且派出干部以公方代表的身份经营和管理企业时，他痛快地接受了。他说的那些话应该是发自内心的。当然，也许在内心，当荣家庞大的产业全部交出去时，他会有些许的割舍不下，毕竟这些产业涵盖了他的祖辈、父辈和同辈无尽的悲欢。这仅仅是一种假设，但即便有这样的留恋也很正常，他也是有七情六欲的人！

历史让荣毅仁又一次走在潮流之前，红色资本家之冠戴在他的头上并得到了公认。这是他一次卓越的转型，从此，他把个人命运和共产党的命运及国家的命运紧紧地联系在一起，风雨同舟，同甘共苦。

1957年1月9日，在上海市二届一次人民代表大会上，由毛泽东建议、陈毅拉票，荣毅仁被选为上海市副市长。这一年他四十一岁，英姿勃发，风华正茂。陈毅说："毛主席给了我一个特殊任务，要我和上海的同志商量一下，请投荣毅仁一票，把他选为副市长。"陈毅还说："我要以老共产党员的身份为这位红色资本家竞选。因为他确实爱国又有本领，堪当重任；而且，他凭借其特殊身份在国内外资产阶级中还能够发挥出我陈毅起不到的作用呢！"

荣毅仁在市政府分管纺织业和轻工业，他由原来荣氏企业的管理者变成全市纺织厂的管理者。

1959年，他由邓小平推荐，进京出任纺织工业部副部长，那年他四十三岁。他由上海纺织厂的管理者变成全国纺织厂的总管家。

似曾相识燕归来

此后的整整二十年，梅园的梅花依然在政治风云变幻中凌寒开放。

这二十年，整个中国跌宕不已，政治运动一次次席卷而来。民族资本家这个阶层虽然手中已没有丁点儿资本，但仍然逃脱不掉一次次的惩罚，资本家这个历史刺青已成为耻辱的符号。与二十世纪五十年代提出的团结、保护和扶持民族资产阶级的政策截然不同，一场更加全面甚至是残酷的对私人财产和政治权益的剥夺运动铺天盖地而来，从企业延伸到生活资产领域，再发展到政治上的歧视和打击，并最终殃及人身安全和子女的升学、入党与工作。这种政治围剿在"文革"时期达到巅峰，这个阶层的人普遍受到政治迫害，人身攻击和残酷斗争难以避免，被打压到社会最低层。

古朴苍凉的梅园作为一个景点，在"文革"这段肃杀时期也没能幸免劫难。有荣德生亲题的"梅园"字样的巨石被捣毁，留作纪念的保兴面粉厂的八片石磨被砸碎，匾额及楹联被付之一炬，一切能抹去的荣家遗迹都被抹去了。狂热的破坏者以为这样做就能让后人失去记忆，清除历史对荣家的记录。浅薄的政治狂热使某些人变得极其冷酷，他们丧失了最起码的理性和是非标准，撕下一切道德的含情脉脉而以毁灭人文价值为荣。实际上，这是一群打着革命旗号却无视规则和传统的肆意妄为的暴徒。其实，早在1955年，荣毅仁就将梅园里除了乐农别墅的一切都捐献给国家了。

荣毅仁在"文革"前仍担任纺织工业部副部长，还兼任全国工商联副主席。于1936年与荣毅仁结为伴侣的杨鉴清是全国工商联的干部，这是周恩来在荣毅仁进京后亲自安排的。周恩来觉得杨鉴清闲居在家里没有什么事做，可能会感到寂寞，而且年纪不大，应该接触社会，为国家做一点儿力所能及的事情，因此就鼓励她出来工作。这正合杨鉴清心意，她愉快地答应了。她清丽的外表、优雅的气质、和蔼可亲的笑容及带有浓重南方口音的普通话在全国工商联干部中留下了好印象。

荣毅仁虽然置身于越来越复杂的政治环境，但他并没有变成谨小慎微而整天战战兢兢地观察政治家脸色的人。在"反右"的旋涡中，他畅所欲言，差一点儿被打成右派分子，后来毛泽东发话保了他。在"文革"中，他遭到造反派的一次次暴行，被打断一根手指，一只眼睛被打成半失明；杨鉴清也被打得遍体鳞伤，卧床不能动弹，送医院治疗竟被拒之门外，杨鉴清只能咬牙忍着剧痛。她埋怨说："都是你，解放时要是不留下，也不至于吃这么多苦。早知今日，我们留在香港，不回来了。"此话一出，一向和颜悦色的荣毅仁大为光火，他厉声说道："我跟你的根本分歧就在这里！我不后悔，从来没有后悔过，我第一在意的是国家，第二是工作，第三才是家庭，你要记牢。"

在此关键时刻，周恩来派人把他从北太平庄的住处解救出来。后来，荣毅仁拉过烧锅炉的煤车，也和孙叔平一起打扫过厕所。他毫无怨言，处变不惊，冷静沉稳。由周恩来安排，他在家里还接待过一次外宾，言谈得体，不卑不亢。打倒"四人帮"后，乾坤扭转，1978年，荣毅仁得以复出。这一年，荣毅仁已经六十二岁，头发花白，当年被周恩来戏称为"少壮派"的他已步入了老年。然而，历史把他推入一生中最为波澜壮阔的"青春期"，一向处事稳重、内敛沉着、三思而后行的荣毅仁却迸发出超常的勇气和敏锐的洞察力，在国家种种扭曲的怪现状尚未纠正前，便踊跃投身到国家改革开放的进程中。敢为人先的梅花品格在他身上体现得淋漓尽致，沧海横流，方显英雄本色。

1978年是中国现代史上一个重要的转折时期，十年动乱结束，人人期盼国家重建。邓小平以罕见的政治勇气和战略远见顺乎民意和历史潮流，确立了改革开放的国策。邓小平明白，如果再执行原有政策，那么中国经济将陷入死胡同，贫穷和落后的帽子就难以摘掉，人人富裕、繁荣昌盛的社会主义将永远是一个虚妄的梦。

1948年，中国人均GDP（国内生产总值）排世界第四十位，到了1978年，中国人均GDP排世界倒数第二位，不要说远远落后于亚洲"四小龙"，也落后于同样贫穷的印度，仅为印度人均GDP的三分之二。1978年，我国人均GDP水平按当时官方高估的汇率计算，也只有二百二十四元九角；1977年，全国有一亿四千万人的平均口粮在三百斤以下，处于半饥饿状态；1978年，全国有二亿五千万绝对贫困人口。全国人民的生活水平指数排在世界一百七十位之后，处于联合国和世界银行划定的贫困线之下。

现在看到这些数字，相信大多数人心里都不是滋味，但也为改革开放四十周年所取得的成就感到骄傲，同时备感邓小平的伟大英明。

邓小平对当时中国的状况了然于胸。残酷的现实摆在那里，什么"莺歌燕舞"，什么"形势大好，越来越好"，都是一种盲目的鸵鸟式的自我安慰。

邓小平1978年3月10日在国务院第一次全体会议上说："什么叫社会主义，社会主义总是要表现它的优越性嘛。它比资本主义好在哪里？每个人平均六百几十斤粮食，好多人饭都不够吃，二十八年只搞了二千三百万吨钢，能叫社会主义优越性吗？"1978年，邓小平在东北三省视察期间又说："外国人议论中国人究竟能够忍耐多久，我们要注意这个话。我们要想一想，我们给人民究竟做了多少事情呢？""我们太穷了，太落后了，老实说对不起人民。""社会主义要表现出它的优越性，哪能像现在这样，搞了二十多年还这么穷，那要社会主义干什么？"[①]

---

① 参见《邓小平文选》（第二卷）第128页，人民出版社1994年10月第2版。

这一连串的问号,实际上也发出了重新探索"什么是社会主义、怎样建设社会主义"的强有力的信号。

围绕"实践是检验真理的唯一标准"展开的大讨论得到邓小平的支持,这是一场为改革开放做舆论准备的思想解放运动,以排除那些思想僵化者和教条主义者的干扰。冰冻三尺,非一日之寒,如果国家不坚决地、持续地深度解放思想,很多人就会依然抱残守缺,又穷又落后的社会主义中国就不会得到彻底的改善,国民经济可能会坍塌在历史的风雨中。

改革僵化的经济体制,搞活经济,打破常规,吸收国外先进的事物,包括科技成果、投资和管理方式,这正是邓小平的经济思路,也是历史的呼唤,民心所向。

在此前,叶剑英数次找到荣毅仁并对他说:"'四人帮'粉碎了,你要做好准备,出来做点儿事情。"已经十几年不做具体事情的荣毅仁很感慨也有点儿兴奋,他已敏锐地察觉到中国正在发生大的变化,历史将出现重大的转折。他在期待,他在观望,也希望出来做些事情。尽管此时他还不知道可以做些什么事。他在一首诗中写道:"鹊报春回残雪融,百花齐放趁东风。""往日风云过眼底,今朝人物数英雄。"1978年2月17日,荣毅仁当选为第五届全国政协副主席,并搬进了北京史家胡同47号的四合院。

1979年,邓小平访问日本时自谦地说,到日本是像当年的徐福那样来寻找"仙草"——徐福奉秦始皇之令赴日寻找长生不老药的典故日本人都知道。邓小平说的"仙草"是日本的技术和管理。中国拥抱现代化的征程一开始并不顺利,邓小平很快意识到,问题的症结还是体制的缺陷和弊端。邓小平说:"多年的经验表明,要发展生产力,靠过去的经济体制不能解决问题。""要发展生产力,经济体制改革是必由之路。""我们所有的改革都是为了一个目的,就是扫除发展社会生产力的障碍。"邓小平说,改革"是翻天覆地的事业,是伟大的实验",必然要冒风险,而且"要冒很大风险"。他几次引用关公"过五关斩六将"的故事比喻改革的艰难，认为"我们的改革不只是过五关"，"可能比关公还要过更多的'关'，斩更多的'将'"。

邓小平需要一个急先锋，打开一个新战场，得以用资本主义的方式与资本主义打交道。他明确提出："西方好的东西，应该借鉴、学习。"那么，这个人在哪里呢？踏破铁鞋无觅处，蓦然回首，他在灯火阑珊处。邓小平慧眼识英雄，荣毅仁进入了邓小平的视野。荣毅仁惊叹邓小平的开明和气度，邓小平也欣赏荣毅仁的忠诚和才干。

1989年，王震在中信10周年的时候撰文纪念，他写道："邓小平同志、叶剑英元帅和我在一次谈话中认为，为了顺利进行社会主义现代化建设，实行对外开放，必须充分调动各方面的积极性，人尽其才。我们一致赞成，请荣毅仁同志这样富有企业经营实际管理经验的原工商界人士出来工作，为对外开放事业发挥作用。"

1979年元旦后不久，邓小平就向中央统战部提出要约见荣毅仁。因为全国工商联主席胡厥文致信乌兰夫，希望见见小平同志。于是，邓小平决定索性一块儿见见。

1979年1月17日，虽然北京寒气浓重，冰天雪地，但荣毅仁等民族工商业人士心里热气腾腾。上午10点，邓小平约好荣毅仁在人民大会堂谈话，同时参加的还有胡厥文、胡子昂、周叔弢和古耕虞。邓小平点将荣毅仁出山并委以重任，说："你主持的单位，要规定一条：给你的任务，你认为合理的就接受，不合理的就拒绝，由你全权负责处理，处理错了也不怪你。要用经济方法管理经济，从商业角度来考虑签订合同，有利润、能创汇的就签，否则就不签，应该排除行政干扰。所谓全权负责，包括用人权。只要是把社会主义事业搞好，就不要犹豫。"

这是邓小平代表党中央给荣毅仁的一颗定心丸。荣毅仁闻风而动，立即开始起草一个他考虑已久的方案，反复修改，杨鉴清帮他抄写文稿，史家胡同这个安静的四合院的灯光一直亮着。

国家兴亡的责任感促使他义不容辞地接受了邓小平的嘱托。终于，一个名为信托投资咨询公司的"单位"诞生了，很快，邓小平就批准了这家公司。没有经费，杨鉴清便取出自己的储蓄办理手续，雕刻公章，购买办公用品，里里外外忙个不停。"似曾相识燕归来"，荣毅仁又像新中国成立初期当荣氏企业总经理那样忙开了。杨鉴清也忙碌不停，有几次不放心地问："这么做，不会有事吧？"

荣毅仁说："有小平同志支持，会有什么事？我们没有私利，怕什么？"

万事开头难，这家后来以中信而闻名的公司的开端值得一提。在公司成立后，荣毅仁虽然使出了浑身解数，但迈不开大步。从1979年到1981年，六十多岁的荣毅仁每天领着一批六七十岁的从上海滩请来的老工商业人士一起会见各路外商，全公司共接待外宾六千多人次。他还请来了美国前国务卿基辛格出任中信的顾问。但两年来，中信谈成的项目却只有不足挂齿的三四个。一日，荣毅仁与中信董事王兼士聊天，突然想到"借地方上的项目发行债券来集资"的点子。当过十多年纺织工业部副部长的荣毅仁记起，江苏有个仪征化纤工程，原来是国家二十二个重点工程的大项目，总投资十亿元，但因资金不足正准备下马。荣毅仁大胆地认为中信可以接手过来。他想到了举债集资的办法，于是向国务院提议，通过向国外发行债券来救活仪征化纤工程。"新中国向来有一个引以为自豪的纪录，那就是既无内债，又无外债。荣老要向外国人借钱，首先在意识形态上过不去。"陈冠任在《荣氏父子》一书中记录了当时的争议，很多人跑去向国务院告中信的状："社会主义向资本主义借钱，这搞的是哪门子的经济？中信到底想干什么？"

如果要在政治层面就此展开讨论，荣毅仁肯定是占不到任何便宜的，何况当时的整个政治气候一点儿也不利于他的这个动议。好在他很快谋求到了主要领导者的支持，国务院同意中信在日本发行一百亿日元的私募债券。

荣毅仁在半年多时间里马不停蹄地完成了所有的前期工作，毫不夸张地说，他个人的信用和政治身份成了此次募资最重要的保证。1982年1月，中信债券发行成功，日本三十家金融机构认购了这笔期限为十二年、年利率为百分之八点七的债券。三年后，仪征化纤第一期工程建成投产。中信的这种做法被称为"仪征模式"，而经此一役，荣毅仁和中信公司终于取得了重要突破。

"资本回来了。"荣毅仁后来对美国记者一言以蔽之。

荣毅仁不辱使命创办的中信公司，从四合院到友谊宾馆的几间客房，再到巧克力大厦，大踏步地走向了改革开放的洪流，充当起急先锋，撬动体制变革，冲破当时计划经济体制的束缚，破天荒地向国外发行债券，开展国际经济咨询、国际租赁和房地产商品化等业务，涉足高度垄断性的能源、交通及钢铁等领域，引进外资，开疆拓土，与人合资购买外国卫星并争取到中国发射，在收购香港银行和公用事业的股权等方面毫不犹豫。这些资本主义的经济手段被荣毅仁娴熟地运用到中国经济建设中并取得了成功，这让许多人感到惊叹，也感到振奋。中信公司很自然地成了改革开放的一扇窗口，邓小平需要的就是这个效果。荣毅仁在资本和市场上的大胆创新，有如早春初绽的梅萼，为改革开放展示了一片万木争春的气象。一个朝野噤声的时代过去了，整个中国弥漫着勃勃生机。中信公司每走一步都创造一段历史，但是，谁知道这跨出的步伐中凝聚了多少勇于探索的气魄、日勤不怠的自觉及沸沸扬扬的杂音。《纽约时报》曾这样描写中信公司："在外国企业领导人眼里，中国金融巨头中信公司有时似乎在各方面都与中国迥然不同——资本主义，大胆放手，讲究效率，重视赢利。"

美国哥伦比亚广播公司的记者专程到北京采访中信公司，在京城红墙和琉璃瓦的背景下对着镜头说："今天在邓小平的领导下，发生了变化，对有些人来说，步子也许太快了。而对新一代的许多成员来说，还不够快，他们认为马克思主义和市场经济结合起来并没有错。"

这时，镜头转到了有巧克力大厦之称的国际大厦，身材高大、气宇轩昂的荣毅仁从黑色轿车里走出来，走向他的办公室。画外音接着说："很显然，有不少个人既为国家工作，也为他们自己工作。荣先生每天上班由司机驾驶车辆接送，他在公司的大楼里管理经营着企业的王国，许多高层领导都是他的朋友。除了他显而易见的财富和权力，他承认自己是一个坚定的社会主义者，今天自己的生命已经贡献给社会主义。"

不错，从荣毅仁在公私合营中将荣家的几十家企业交由国家管理时起，他就被誉为红色资本家了，他的生命已经献给社会主义了。其实，这位美国记者不了解，这位昔日中国最著名的大资本家已于1985年7月1日加入了中国共产党，只是邓小平考虑到无党派人士的身份更有利于他在国际舞台上活动而要求暂时不对外宣布。直到他2005年去世，中央才宣布他是"伟大的爱国主义、共产主义战士"。他长眠在鲜花丛中，身上覆盖着有镰刀锤头标记的党旗。

显然，美国记者敏锐地抓住了中国当时马克思主义和市场经济结合这一新奇而微妙的格局。他当然不知道荣毅仁已是共产党人，否则他肯定不会漏掉这条会让世界震惊的消息。虽然荣毅仁已入了党，对着党旗宣誓要为共产主义事业奋斗终生，但他领导的公司却要在固有的经济体制和计划经济的路径依赖下进行一些资本主义经营方式的探索和突破性运作。中信公司成立五年后，已成功在国外发行了债券，引进外资建设了一些企业，进入房地产领域，自筹资金建设国际大厦等。在中国改革开放的起步阶段，中信公司的创举起到了极其重要的引领和示范作用。但一系列战略性矛盾和结构性矛盾始终牵绊着中信公司的脚步，其发展远比想象中的情况艰难得多。尽管他手中握有邓小平授予他的"定心丸"，但中信公司的发展仍未能一帆风顺，而是一路坎坷曲折，充满不确定性。对此，荣毅仁洞若观火，他知道不能急于求成，要有水滴石穿的耐心，也要有敢于挑战的勇气。他继承荣家"实业救国"的传统追求，让资本思维与国家利益和公共利益紧密结合，瞄准了"实业兴国""实业强国"的伟大目标。他肩负着领头羊的重任，在国际国内舞台上以他的睿智、忠诚、责任及才干大展拳脚，这是他所擅长的领域。他的身边云集着一批在上海滩称雄一时的老工商业者，这些人利用自己在海外的人脉关系，凭借过去沉淀和积累的经验一起为国家创业。藩篱被突破了，曾经拒绝八面来风的国家敞开了国门。中信公司在僵硬的体制里充当了一个突围者、开拓者和创新者。

中信公司成立三十周年时出了本传记性的著作，名为《艰难的辉煌》。回顾中信公司几十年的历程，大多数人看到了它的辉煌，似乎看不到它的艰难跋涉，仿佛一切来得都顺理成章，但只有开创者自己才明白。荣毅仁当时既有开天辟地的雄心，亦有如临深渊、如履薄冰的谨慎。每一个举措都要经过深思熟虑，他无时无刻不承受着巨大的压力。对于每项新生的业务，他都要付出加倍的努力和辛劳，都要寻找到足够的润滑剂。一切都需要荣毅仁来把控、拿捏，因为他带领团队走的路毕竟是一条与过去截然不同的路，而且，成功了还能说得过去，一旦失败了、失误了，其后果就很严重。好在荣毅仁的背后，始终站着支持他、信任他的邓小平等中央领导。只要是道义之所在，国家利益之所在，中信公司就敢于尝试，敢于挑战，并屡屡在计划经济的桎梏中突围成功。荣毅仁做了众多中国的"第一"，走过的路是开天辟地的，一路上虽沐浴在清新的春风里，但仍有寒流和冰霜的袭击。中信公司扮演着犹有花枝俏的角色，尽管频频遭遇行政干预和传统计划思维的打压。荣毅仁以极大的勇气充当了封闭体制的破解之人，他提出了一系列破题之策，倚仗最活跃的边缘力量和边缘资源，培育一股全新的力量并取得了巨大的成功。

是的，不久前，还是冰天雪地，寒气袭人，可春天那么快就来了。殊不知，这个神话源自邓小平的开明睿智和高瞻远瞩，以及荣毅仁等先驱者的开创性工作。中信公司是东风第一枝，而史家胡同47号四合院的灯光引来了满目春色的盛世风华。

在这个过程中，荣毅仁不仅创造性地继承了家族的某些做法，更是把荣氏文化发挥到极致。一批上海滩的老工商业者运用民国商人的现代工商理念，以资本主义的方式与资本主义打交道，运筹帷幄，羽扇纶巾，谈笑风生，引人瞩目。当时有些人实在看不下去，颇有微词。经荣毅仁坚持组建的党组，给他带来了一定程度的干扰。

邓小平很快发话，重申对荣毅仁无条件的支持。国务院调整了中信公司党组班子。新来的党组书记是熊向晖，隐蔽战线的老兵，是个开明的人，他明白荣毅仁的良苦用心，也知道这些老工商业者是不可多得的财富，应该尊重他们，支持他们，抛弃成见和偏见。此后，党组不再干涉荣毅仁的用人和决策。障碍排除了，荣毅仁大胆地运作公司，他对经济规律有很清楚的认识和把握，眼光和心态既超前又开放。荣毅仁遵循古训"苟利于民，不必法古；苟周于事，不必循俗"，以无私无畏的政治担当，勇当改革开放的急先锋，为国家和民族振兴立下了汗马功劳。中信公司和荣毅仁创造了改革开放40周年历史上独一无二的企业传奇。

在对外发行债券的同时，中信公司大胆地开拓租赁业务。1981年，中信公司与北京机电公司及日本的一家公司共同筹建租赁公司，为北京市的"北京"和"首都"两家出租汽车公司从日本租赁汽车各二百辆。中信公司帮助出租汽车公司解决外汇问题，两家出租汽车公司则偿付人民币。尽管这一计划刚提出时被一些人指责为变相进口，但在此后不到两年的时间里，两家出租汽车公司就赚回了所付的全部资金。自此以后，租赁业务在中信公司大张旗鼓开展起来，并成为其一大重要的业务系统。该系统包括中国租赁有限公司、与日资合作经营的中国东方租赁有限公司及中信实业银行的租赁部等。

正如南宋爱国志士陈亮的《梅花》所写："疏枝横玉瘦，小萼点珠光。一朵忽先变，百花皆后香。欲传春信息，不怕雪埋藏。玉笛休三弄，东君正主张。"此诗将梅花凌霜傲雪、坚贞不屈和敢为天下先的精神渲染得极其透彻，荣毅仁倾注心血创办中信公司的历程与此诗所描述的意境极为贴切。

一个富有生气的蒸蒸日上的中国出现在世人面前，荣毅仁任董事长的中信公司无疑在其中发挥了示范、孕育和拓荒的作用。荣毅仁的个人声望在国际上也达到了一个新的高度和广度，当他加入中国共产党时，邓小平希望他暂时不要公开宣布，原因很简单，他的无党派和资本家身份更有利于他为国家的发展贡献力量。

晚年的荣毅仁尽管已身居国家副主席的高位，但还是没有公开党员身份——他当了二十年的"地下党员"，直到去世，他的中共党员身份才被公之于世。一个中国最著名的大资本家与中共党员、共产主义战士的身份联系在一起，荣毅仁的一生充满着传奇色彩。

我曾先后十余次瞻仰过史家胡同这座朴素的四合院。两台小车静静地停在车库里，似乎在等待主人的乘坐。每个房间、每一件家具（包括那把荣毅仁亲手用塑料绳缠绕修补的藤椅及两张单人床合成的大床），还有书桌上的电脑和收录机以及书架上的书，都是那么简单陈旧、质朴无华。如果不是亲眼所见，我绝对不会相信荣毅仁的居所如此清简，但又那么令人感到厚重。这里留下了时间的烙印，又处处散发着荣毅仁夫妇的气息。伟人，总是活在历史中；历史，总是活在无言的庄严中。荣毅仁的首任秘书、后驻香港30余年任中信香港公司负责人的庄寿仓在《永远的荣老板》一书中，用绅士风度和骑士精神概括了荣毅仁的品德：他身上绝无暴发户和豪门的习气与品性，他是个新型的贵族；他人格高贵，言谈举止温良恭俭让、不急不躁、彬彬有礼，无论人的地位高低、性格好坏，他都施以尊重；有困难时，他总是冲在前面；出差错时，他总是主动承担责任；他的绅士风度和骑士精神魅力无穷，让人印象深刻。现在这位绅士和骑士远行了，不熄的是这个院子里的灯光。

"根之茂者其实遂，膏之沃者其光晔"，习近平总书记曾在某重要场合的一次讲话中引用这句古语，其出自唐代韩愈《答李翊书》。意思是做事要有好的基础，犹如种树，深植其根，久而久之，树木就枝繁叶茂，硕果累累；点燃灯烛，只要加满膏油，灯光就会非常明亮。每次看见四合院那几盏台灯，我仍然可以感到荣老澎湃跃动的激情和想象力，以及荣氏文化如百年老梅般散发出的坚韧的生命力，耳边也会响起中国改革开放启动的奔跑声。

美联社记者约翰·罗德里克曾写过一篇题为《访荣毅仁》的报道，从一个西方新闻人的角度描述了荣毅仁的经历，以及他在改革开放初期的精神状态和信念。现摘录如下：

如果把中国比成斯巴达式的共产主义大湖的话，那这个国家的前资本家就像是在这个湖里游泳的花里胡哨的热带鱼。今天，他们中有数千人正在为三十年前他们拒绝离开的这个国家服务，为它的现代化贡献自己的才能。

上海有一万多名前资本家，最突出的是实业家、百万富翁荣毅仁。

过去，他领导着一个雇用了八万名工人、由纺织厂和面粉厂组成的资本主义帝国。而三十年来，他却为一个发誓消灭资本主义的社会制度服务。

在这三十年中，他先后担任过上海市副市长和纺织工业部副部长，而现在，他领导着一个政府开办的公司。这个机构的宗旨是，招徕外国资本和技术人才同中国一道开办合营公司。

现在他手下只有五十人，其中半数是从上海招募的。

在中国共产党领导人看来，荣毅仁开创的事业对于在二十年内使中国现代化的计划具有举足轻重的意义。

荣毅仁衣饰考究，举止文雅，满头卷曲的花白头发，戴着一副色镜。如同其他前资本家一样，他过着相对舒适的生活。

他在北京市区有一套现代化的办公室。每天早晨，他乘坐大型的黑色高级红旗轿车上班；下班后，他乘坐这辆轿车返回他那拥有六名仆人的舒适的家。

他的业余爱好是种植玫瑰花和收集昂贵的照相机——这同他的财力相称，他的银行存款达六百万美元之巨[1]。

然而，他的月工资——相当于部长级——只有二百六十六美元。

去年[2]，官方正式宣布，包括荣毅仁在内的所有资本家都改造成了自食其力的劳动者。在一个劳动者当家（至少在理论上如此）的社会，这意味着他

---

[1] 原文如此。
[2] 原文如此，实指1979年。

们再也不会成为政治清洗中的替罪羊。过去，这种清洗让前资本家吃了苦头。

同他的许多有钱的朋友一样，在1966年到1976年的"文化大革命"中，荣毅仁身心遭受摧残。他挨了打，家被抄，他收藏的艺术品悉数遭到破坏。

他被迫当了一名守门人，随后又接受了为期一年的洗脑。在经受这一磨难之后，荣毅仁仍然悠然自得、乐观开朗。在领导中国的现政权想物色一个人来领导中国国际信托投资公司的时候，这位过去的实业巨子自然成了最理想的人选。

在接受本记者采访时，他说："我们的祖国遭受了巨大的苦难，经历了动乱。但是，我对祖国从来没有丧失信心。现在，我要亲眼看到中国的振兴。"

荣毅仁说，外国公司和政府对他搞合营企业的建议反应热烈，出乎他的意料。

尽管有关规定有待完善，但是，已经有三十三个国家的三百多家公司找上门来。荣毅仁说，到1980年，可望签订一些合同。

荣毅仁承认，1949年共产党军队胜利进军的时刻，他感到担忧。但是，他和另外一些资本家同国民党没有瓜葛，这一点对共产党颇有吸引力。共产党把他们称为"民族资产阶级"并决定用赎买的办法争取和团结他们。

新生的人民政府虽然没收了大银行、重工业的大部分和轻工业的一部分，但没有触动民族资产阶级。

当时共产党的队伍主要由衣衫褴褛的农民和知识分子组成，有管理工业的经验或知识的人犹如凤毛麟角。

那时，民族资产阶级可以相当放手地发展生产。在此以后，政府成立了公私合营企业。在这些企业中，前资本家担任经理，他们领取高工资，还领取百分之五的股息。

十年之后，"文化大革命"开始，政府与民族资产阶级的蜜月随即淹没在冰水之中。红卫兵不仅抄了前资本家的住宅，抢去他们的财产，强迫他们干低贱的活儿，而且没收了他们的存款、公债券和金银珠宝。

去年年初，也就是江青等极端分子被捕后不到两年，政府把钱和个人财产连同利息一道归还给前资本家。

在上海，有六百名前资本家集资三千万元，修建高层公寓，把它们卖给本地市民和香港居民，所得的利润上交国家，支援四化建设。

东风第一枝

这里得说一说荣家第四代荣智健了。

荣智健是荣毅仁唯一的儿子，毕业于天津大学电机工程系，在"文革"中遭到打击，被下放至四川省凉山彝族自治州龚嘴水电站劳动，经受了艰苦的磨砺。1976年夏，唐山大地震发生后，荣智健报名参加了灾区电力系统的抢修和重建。他目睹了一场从天而降的灾祸所造成的深重苦难，一座工业城市瞬间被抹平，变成一堆废墟，二十多万人被夺走生命，伤残者不计其数，无数家庭遭到毁灭性打击。灾难会使人惊悚，也会教育人更加珍惜生命。荣智健震撼之余，深感要在有限的生命里有所作为。

人的一生总要经历很多磨难与挫折，而且只有熬过这些困苦才能真正意义上成熟起来。

在国家粉碎"四人帮"后，荣毅仁正式复出工作，1978年当选为全国政协副主席。荣智健也调入清华大学从事电力稳定等课题的研究，他已进入中年，与生俱来的家族商业基因开始被激活。经过认真考虑，他决定辞职到香港闯荡一番。香港实行的是百分之百的资本主义市场经济，从社会环境到社会制度，与他生活、工作多年的内地迥然不同。半路出家的荣智健在当时的香港几乎是两眼一抹黑,粤语听不懂更不会说,又缺乏经商的经验,许多人都为他捏一把汗。好在荣智健充满信心,懂得"不经一番寒彻骨,怎得梅花扑鼻香"的道理。他虽然是香港的晚来者,但凭借坚韧的毅力,刻苦摸索,从学习语言开始,深入香港的社会与商场,在较短时间内认知并熟悉了香港。至于经商,他虽没有这方面的经历,但在父亲身边耳濡目染,加上有在香港经商多年且成绩不俗的堂兄荣智鑫、荣智谦的指点,他很快进入了角色。一段时间下来,他得出一个结论,虽然香港各领域都十分繁荣,经济也高度发达,但这并不等于香港已无发展空间,实际上,香港在众多领域都存在大量商机。而且,香港在此前几十年中一直担当内地对外交流的通道,内地的改革开放必将带给香港新的发展机遇。

荣智健决定扬长避短,先从自己的本行入手,他了解到电子工业在香港成为最具发展势头的新兴行业之一。他本人是学机电出身,荣智鑫则是美国麻省理工学院电子工程专业毕业,当过美国电话电报公司工程师。三兄弟一商量,决定合办一个电子厂,产品市场定位为内地。荣智健对内地当然极为熟悉,有人脉,也有渠道。况且,荣智健深知内地电子工业发展缓慢,如电子表、电子钟和收音机等电子日用品还很稀缺,市场需求量巨大,而且在改革开放起步之时,这些商品进入内地市场畅通无阻。

荣智健深谙抓住机遇的重要性。梅花之所以能有"花中魁首"之喻,就在于它的一个"早"字,"万木冻欲折,孤根独暖回。前村深雪里,昨夜一枝开"。1978年12月,荣氏三兄弟各筹集一百万港元,合资开办了一家名为爱卡的电子厂,生产电容器、电子手表和电子玩具等技术含量不高的小商品,它们在内地市场销售火爆。虽然厂子有了盈利,但荣智健认为这些产品只限于内地市场,随着内地经济发展,这些低端产品势必会丧失其市场优势地位,于是,他们决定进行产品转型。经过一番考察,集成电路和电脑随机存储器成为他们新的产品方向,因为这一时期香港电视和电脑业方兴未艾,而且这些产品还能出口,外销国际市场。他们自己生产元件,降低成本和对外国公司的依赖。爱卡电子厂的转型十分成功，在香港电子行业脱颖而出。荣智健将自己的所得增作股本，一举拥有爱卡电子厂总资本的三分之二，成为企业的掌控者。1982年，荣智健敏锐地感到香港电子行业有先天性缺陷，技术人员和技术储备不足，决定见好就收，以一千二百万美元将企业出售，荣智健获七百二十万美元。这是荣智健抢滩香港掘到的第一桶金。

1982年，荣智健到美国创业，和微软几个工程师成立了一家软件开发公司，由于正逢电脑业高速发展，因此公司获得巨大成功。1984年，该公司和另一家公司合并上市，股价狂涨，荣智健抛股套现获利四千八百万美元。

此后，已经积攒了充足的商业智慧和本钱的荣智健回到了香港。这时，中英关于香港回归的谈判正在进行，时局云谲波诡，人心浮动，商市动荡，商界有些短视者纷纷从香港撤离。而荣智健毫不怀疑香港必然会回到祖国怀抱，这给了他巨大的拓展空间，荣智健选择大举购入香港物业。

1986年，身家逾四亿港元的荣智健加入中信香港公司，担任副总经理。一年后，中信公司礼聘荣智健出任中信香港公司董事总经理，主持一切经营活动。

为何荣毅仁会同意自己的儿子加盟中信香港公司呢？这是有缘由的。香港是自由港，完全的市场经济，不管怎样的企业都必须按自由市场规律和国际公认的规则办事。而中信公司从内地派去的经营者还存在惯性思维，不懂粤语，不懂英语，不适应香港的商业氛围，打不开局面，业绩不理想，究其原因，还是不谙开放的香港市场。在荣毅仁看来，回归前后的香港对于内地的改革开放和经济发展具有重要的桥头堡作用。因此，几乎在中信公司成立的同时，他就在香港建立了分公司。

久而久之，总公司认为荣智健倒是担任香港公司领导者的合适人选。中信香港公司早期领导者之一的庄寿仓在自己的回忆录中写道："香港一岛之地，华洋杂居，已有百年殖民历史，但系世界金融中心之一，故必须由了解本地情况且善于在自由市场经济下运作的人才主持，才能用好这块金字招牌。公司领导经过研究，决定礼聘荣智健加入中信香港公司主持工作。"

庄寿仓用了"礼聘"两字，说明任用荣智健是很郑重的。中信公司管理层事先当然征求了荣毅仁的意见，荣毅仁是有顾虑的，犹豫了一段时间，但出于国家利益，最后同意了。"苟利国家生死以，岂因祸福避趋之"，这是荣毅仁的人生信条，也是中信公司的经营原则。荣智健上任后，有了中信这个平台，他更能够纵横捭阖。此后他连连出招，进行资本运作，连下几城，到1995年底，中信香港公司总资产比1985年增值五十五倍。中信香港公司站稳了脚跟，并取得了巨大的成功。

1979年，荣毅仁组建了中信公司，充当了中国改革开放的先驱者。中信公司在做了一系列开拓性的业务之后，开始试水能源领域。当时，中国能源奇缺，严重拖了经济发展的后腿。1978年，全国发电装机容量仅五千七百一十二万千瓦时，总发电量只有二千五百六十五亿千瓦时。统计表明，全国短缺发电装机容量一千多万千瓦时，缺电量达四百亿千瓦时以上，缺口约五分之一。到1984年，电力供应矛盾变得格外紧张，严重阻碍了许多企业的生产，在以上海为中心的长江三角洲，这一情况尤其突出。电力供应不足严重影响投资环境，成为中国经济持续高速发展的一大掣肘因素，如果不花大力气改变这个塌陷的一环，改革开放的步伐可能会被能源栅栏阻断，被电力绳索牵绊。这一年，雪片似的缺电报告送到了中央领导的办公桌上，时任中央主要领导人的胡耀邦读着这些告急报告愁眉不展，他提笔批示："我几乎每天都担心电要拖经济发展的后腿，因为我们现在还可能没有看清今后若干年我国经济发展的势头。"

这个情况，荣毅仁当然也看到了，他思考着如何为扭转这个困局出力。他敏锐地觉察到这个被动局面可能给中信公司带来了新的契机。敢于突破旧体制约束、敢于吃螃蟹的中信公司和荣毅仁把目光投向了能源领域，但毋庸置疑，这个行业具有高度垄断性，新的企业涉足其中并非易事。时任国务院副总理的谷牧对荣毅仁说了句耐人寻味的话："长安街走不通，可以走煤渣胡同嘛！"所谓煤渣胡同，是长安街附近的一条小街。

荣毅仁明白了谷牧的意思，另辟蹊径，设法说通水利电力部，在缺乏资金的情况下可利用外资开发电力。这一建议得到了水利电力部的支持。荣毅仁和时任水利电力部部长钱正英联名向国务院打报告，提出："利用中信公司对外开放窗口的优势，吸引外资建设电厂。"

荣毅仁的建议很快得到了国务院领导的认同，终于打开了一个口子，中信公司获得了来之不易的能源事业参与权。国务院出台了一系列多种形式办电的文件，使电力行业出现了某种破题的趋势。1986年，中信公司和水利电力部联合向国务院申请成立新力能源开发有限公司，以新的路径和模式建设电厂，揭开了利用外资合作办电的新篇章。

1987年9月国务院批准成立新力能源开发有限公司，公司注册资金一亿元，中信公司占股65%，水利电力部占股35%。国家计委批复的报告称新力能源的经营宗旨是：运用国外和国内资金，引进先进适用的技术、设备和管理经验，并积极采用国产设备，联合有关部门、地方和企业，在国内开办电厂和兴建其他能源项目，为中国四化建设服务，同时开展在国外办电业务，推动中国电力技术、劳务、设备和其他产品的出口。当时，新力能源几乎是与华能同等的极少数试点公司。中央希望以此为平台，引入海外投资，缓解中国极度紧缺的电力供应。时任国务院领导批准了江苏省上报的《关于利用外资建设火力发电厂的请示报告》，赞同中信公司引进外资、合资建设火力发电厂的设想。时任国务院副总理的李鹏就中信公司与水利电力部合作办电做出了口头指示，希望两家通力合作，先建两个电厂，以缓解长期以来困扰国家经济发展的电力短缺的困局。中央领导的明朗态度使荣毅仁深受鼓舞，亦坚定了他向能源领域开拓的信心和决心。

宏观政策有了松动，中信公司不失时机地开始行动起来。荣毅仁一向信奉少说多干，他要在"煤渣胡同"奋力前进，决定先办一家中外合资的电厂，攻坚克难，打响第一炮。

荣毅仁经过郑重考虑，接受有关方面的建议，将中外合资建造一座发电厂的任务交给了儿子荣智健。一向谨慎行事的荣毅仁之所以举贤不避亲,让自己的儿子来担纲这件事,是因为荣智健担任董事长的香港中信泰富拥有取得国外政府贷款及引进一流先进设备的有利条件。另外,荣智健是天津大学电机工程系毕业生,具有建设电厂所需的专业知识。这也契合了荣智健的一个志向:从资本运作转向兴办实业,尤其是在国家比较薄弱的基础工业(如特钢和电力行业)领域大展宏图。

荣智健曾说过,祖父辈的荣宗敬、荣德生兄弟善于捕捉历史机遇,从民生着手办实业,大力做纱和粉,因为除了面粉要从洋面粉市场上挽回国家利权,他们还意识到衣、食是人们每天都离不开的生活必需品——正是这样的洞察力奠定了他们后来"面粉大王"和"纺织大王"的地位。

彼时,中国经济发展最紧缺的是特钢和能源,而这两类产品是中国制造业的支柱和基础。因此,荣智健有志于进军特钢和能源产业,并有了自己的一系列想法,他要借香港中信泰富这个平台,引进资本和技术,在这两个领域中建功立业,复制荣家老一辈所创下的基业,争取当上"特钢大王"和"能源大王"。当然,这两个"大王"不是个人的产业集群,而是国家实现强国梦必不可少的核心企业。

荣毅仁实际上对电厂的选址已有所考虑,但他仍对荣智健说:"你可以多跑些地方,南北考察,选址就要选最好的厂址。你爷爷、伯祖父选厂址很讲究,一般都选河边、江边,交通方便嘛。你也可以回老家无锡看看,那里有太湖、长江,水资源对于办电厂十分重要。无锡所辖一个叫江阴的县,就在长江边上,你去那里挑挑。"荣毅仁考虑在长江边上建电厂,不仅有长江为依托,交通便利,而且无锡位于苏南中心,工业基础好,经济发达,当地的缺电情况尤为严重。以无锡为例,因为缺电,企业每周开四天停三天,大能耗企业每周开三天停四天。1984年,一场大雪使无锡城的电力系统瘫痪,工厂大面积停产,居民生活受到严重影响。整个华东地区或长江三角洲的用电都是如此。在这里建电厂,对于缓解电力紧张，对于推动苏南地区的经济发展，乃至支援整个华东地区的电力供应，具有十分重要的意义。不过，荣毅仁并没有把自己的考虑强加给荣智健，他让儿子经过多方实地考察后再决定。

1986年，荣智健带领精干的团队，从东北沿海省份出发，实地考察踏勘，进行各方面的比较。他们在浙江看中一个地方，但经过核算，发现投资成本大，效益回收慢，就放弃了。其实，电厂厂址的选择有严格的条件：位于国家规划允许建设发电厂的地区，与周边环境协调，交通运输便利，有充足的水资源，等等。后来，荣智健到了江苏，考虑到长江南岸的江阴县（后来撤县改市）选择合适的厂址。荣智健代表中信泰富到无锡选择拟建电厂的厂址，得到当地省市政府的高度重视。1986年8月中旬，华东电力设计院、江苏省电力局、无锡供电局、江阴供电局派人协助荣智健一行赴江阴进行踏勘，物色电厂厂址。

江阴简称澄，古时为江尾海头。据考证，春秋时期，江阴地处长江尾衔接东海口的位置，后因地处"长江之南"而得名，古人把水之南称为阴，水之北称为阳。江阴地扼长江咽喉，为兵家必争之地，为无锡下辖的一个县级市。

江苏省电力局推荐了利港作为备选厂址。利港位于江阴城西的利港乡境内，因利港河得名。备选厂址北临长江，江对面是靖江县（现靖江市），东侧是利港渡口的汽车公路，区域内向西方向沿长江大堤一侧无重大建筑物，从长江大堤向南通方向约两公里是利港乡镇所在地。该区域位置优越，辐射周边的江阴、无锡和常州等城市，距离在十五至四十公里。这个区域地势平坦，低于百年不遇的洪水位，并有江堤可防洪。堤外水下等深线顺直而稳定，与岸线基本平行，是较好的运输航道，万吨货轮从长江口溯江而上，可直达该区域前沿。

荣智健站在浩浩荡荡的长江边，天高水长，芦苇摇曳，百舸争流，滩涂成片，利港这片区域深深吸引了他。他用手划了个范围，说"就这里了"。这位天津大学电机工程系毕业的高才生，再次回归本行。他富有远见地选择了黄金水岸边的这片宽阔地作为一座大中型电厂的选址。他的随行人员对利港这个名称颇为满意,戏称,利港利港,有利于香港啊!

荣智健最终选中了江阴利港,征地总面积为一千九百三十亩,花费三千八百万元。当时还有人觉得是否要多了,一个大中型电厂要不了这么多地。但事实证明,荣智健站得高看得远,他为电厂的发展留下了足够的空间。这说明荣智健办企业不仅考虑现在,更考虑长远的格局。三十多年过去了,当年荣智健筹划的利港电厂可持续性发展的美好愿景完完全全得到了实现,也证明了荣智健独特的眼光和器局。

电厂选址确定后,荣智健回到北京向荣毅仁汇报了考察情况。对于选定利港作为电厂厂址,荣毅仁表示了肯定。

利港电厂是中国第一家中外合资发电厂。香港中信泰富经比较选择,引进意大利政府贷款,以引进意大利、美国一流的发电设备,机组发电量达四百万千瓦时左右,规模为江苏第一,排全国第十一位。1989年,江苏利港电力有限公司成立,中信公司新力能源为控股股东。与此同时,利港电厂一期工程正式开工。

荣毅仁参加了奠基仪式。他冒着从江面上刮来的凛冽的寒风,用铁铲为奠基石碑培土,神采奕奕,笑容满面,身后是浩浩荡荡向东奔流的长江。"春江水暖鸭先知",虽然寒风凛冽,但人们已从平静的江水中感受到了春的气息。荣毅仁放下铁铲,又拿起毛笔,题下了一行字:"建好一个点,发展一大片。"后来,这行题字被镌刻在利港电厂的一块巨石上。他的愿望如今早已实现,发电站和发电厂已遍布全国各地,输电的铁塔高耸入云,森林般地屹立在祖国的大地上,维系国计民生的电力早已脱离了困境,成为国家崛起的强大推进器。在历史的关键时刻,伟大的决策和选择总是极具爆发力的。

经过努力,中信公司进入了能源领域。中信公司在"煤渣胡同"步步为营,在国务院的支持下,终于打破了原来不可逾越的樊篱。很快,中信公司又以同样的方式,以点带面,建成了一批电厂。中信公司先在河南省组建了郑州新力电力有限公司,由其扩建了郑州热电厂两台二十万千瓦时的燃煤供热发电机组和相应的输变电设施。这一模式随后又在内蒙古等地得以复制。东风第一枝引来一片芳菲。

中信公司在电力行业的扩张势头强健而有力，在此过程中，利港电厂这个点的示范效应不可忽视。利港电厂在改革开放中创办，在改革开放中成长，又反哺改革开放。一句话，没有改革开放就没有利港电厂，这是一个不争的事实。

利港电厂三十年的发展不是一蹴而就的，它是一步步走过来的，其间也经历了国内外形势的波动及国际经济趋势的起伏。对于外部因素的冲击，利港电厂以不变应万变，在中信公司和新力能源的领导下，积极应对，跨过了一个又一个坎。这是一个历史的探索过程，也是一个不断取得成功的过程。

经过四十年的改革开放，中国从经济边缘走入世界经济舞台的中心，形成了水大鱼大的局面。利港电厂经过三十余年的建设，也在电力行业中奋起。利港电厂在无限希望和重重矛盾中砥砺前行，完成了一期又一期的规划工程，达到甚至超过预期目标并实现多元化发展战略——组建了自己的船队和码头，拥有十余艘万吨货轮，利用多余的蒸汽为其他企业提供热能，坚持绿色环保，整个厂区秀色宜人、树木葳蕤、鸟雀啁啾，生态园里鸡鸭成群，孔雀与梅花鹿等动物在其间徜徉，一度成为长江沿线最现代化、最环保的企业。

利港电厂的快速发展与荣智健提出的高标准——先进、高效、环保、绿色、节能——有密不可分的关系。他继承了荣氏家训，一头扎到底层，丝毫没有"大老板"和"豪门公子"的架子，吃在工地，有时吃上七八个无锡小笼包子就当一顿饭，住普通的招待所，与工程技术人员和工人一起现场办公、开会、熬夜。

荣智健为利港电厂所付出的心血有目共睹。中信泰富副总裁李亚军说："作为利港创办人和第一任董事长，荣智健办实业有一个完整的战略构想，具体来说，就是从一个点到一大片。利港办成了，再办第二家、第三家，让它们成为一个体系，形成产业链，包括煤炭供应、运输和环境治理都统一考虑。"利港电厂现任总经理孙峰说："没有荣智健的推动，利港电厂不会建得这么快，荣智健是一个真正办企业的人。我们想到的，他都想到了；我们没有想到的，他也想到了。"

时任中信泰富董事、副总经理蔡星海谈到荣智健办企业的理念和格局时说："荣先生在办兴澄特钢时讲了他的想法。一是规划企业一定要做到至少二十年不落后，一定要把兴澄特钢办成百年不衰、最好的特钢企业，要有一个滚动发展的思路。二是企业一定要有良性整合产业链上下游的能力。企业发展是立体的，既要向自己的纵深发展，又要向自己的上下游发展——只有形成最佳的产业形态和完整的核心竞争力，一家企业才能在业内独占鳌头。三是长江这条黄金水道会直接打通走向世界的最便捷通道。兴澄特钢和利港电厂是荣智健在长江边上办的两家企业，是一对孪生兄弟，它们在实施路径上高度契合。"

据蔡星海回忆，当时荣智健一行在江阴市委书记翟怀新等人的陪同下，在江阴市滨江经济技术开发区考察时，区内还没有建成公路。他们边走边说边看，到处是坑坑洼洼的荒地，废船、废品随意抛在江滩上，一片杂乱。陪同的人直摇头，但荣智健心动了，再三询问翟怀新这里有多少土地可以用，翟怀新估算三千亩左右。荣智健又问了长江水深及可建泊位的情况，他停住了脚步，目光凝视着长江的远方，对翟怀新说："好的，就这里了！"

这和荣智健考察利港的情景何等相似啊！同样一句"就这里了"，在长江边回荡着。利港电厂是二十世纪八十年代中后期的事，兴澄特钢是二十世纪九十年代初的事，都在长江边，都对土地留有发展余地，也重视长江水道之利，这说明荣智健办企业不仅考虑现在，更考虑长远的发展潜力。最让人佩服的是，荣智健在建厂之初就强调了绿色发展、保护长江水道及人与自然和谐相处的理念，将维护碧水蓝天的美丽世界作为义不容辞的责任。

荣智健在三十多年前就有了绿色发展的意识和自觉，这是难能可贵的。在规划兴澄钢厂时，他对厂区规划提出大幅度增加绿化面积的重大调整。

1993年，利港电厂一期工程竣工；1995年，二期工程投入运营。两期工程共四台三十五万千瓦时发电机组并网发电，缓解了经济发达的华东地区电力供应紧张的局面。

二十多年后，利港电厂形成了发电、运输、热能及煤炭精加工等庞大的多元产业链，而且始终秉持经济发展绝不以牺牲环境为代价的原则。厂区全然没有想象中的粉尘飞扬、污水弥漫、噪声震天的景象，烟囱里冒出来的不是乌云般的黑烟，而是袅袅升腾的白色水汽。笼罩在花木丛中的厂区干净、静谧、鸟语鸣啭，车间里也几乎见不到人，工人们在操纵室通过显示屏精准地监控每一道工序。厂区除了一片片树林、草坪和花圃，还有一垄垄菜畦，种植着各种蔬菜，池塘里锦鲤游弋，草坪上天鹅、梅花鹿和孔雀徜徉，棚舍内鸡鸭成群，一派优美恬淡的田园风光。美塑造了一个新型的现代化电厂。

荣智健在建设利港电厂和兴澄特钢过程中所表现出来的远见卓识不是天生的，借用一句哲学语言，它的形成具有主客观原因。荣智健在"文革"中经受了艰苦的磨炼，二十世纪八十年代抢滩香港，在没有经过商业训练的情况下自学成才，后又在陌生的资本主义社会，凭借自己的才智和勇气弯道超车，出奇制胜，闯出一方天地。参与中信香港公司后，荣智健更是如鱼得水，进军内地能源、交通、钢铁和房地产等领域，成绩卓著。有人纳闷，一个在社会主义制度下成长起来的理工科专业的大学毕业生，之前没有从事过一天商业活动，为何能在中国香港还有美国这样的环境里脱颖而出？这不难解释，他无师自通的商业智慧来自他人生道路中经受的磨砺，更来自荣氏企业文化的熏陶，他的血液中就流动着家族的商业基因。

也有人说，荣智健的成功离不开父亲荣毅仁的扶持。对此，荣智健曾说："假如我不是荣毅仁的儿子，我今天不可能做中信香港公司的副董事长兼总经理；而自己没有一定的经营能力，中信香港公司也不会发展成今天这样的规模。"

荣智健参与中信香港公司之前，独闯中国香港和美国，再现了历史上令人惊叹的"荣氏神话"。加入中信香港公司后，荣智健更是雄心勃勃，审时度势，加入改革开放的大潮，大显身手。正如中信泰富副总裁李亚军所说，荣智健实际上极具家国情怀，以实业兴国、实业强国的精神为国家打拼。在他治理下，中信泰富奇迹般地扩张、增值。孔子说："君子欲讷于言而敏于行。"意思是说，做大事的人、靠谱的人，说话谨慎，行动敏捷，而且低调、诚恳，靠自己的才能和努力，兢兢业业、脚踏实地地获取事业上的成功，收获威信和他人的信任，从来不会虚张声势，吹嘘张扬。荣智健正是这样的人。

尽管荣智健连续三年被热衷于研究中国富豪的英国人胡润抬上所谓的"中国最强势富豪"的位置，但他保持一贯的低调作风，像他父亲荣毅仁一样，回避无数好奇或窥探的目光。只在被记者"逮"住迫不得已时，他才冷言回答"很排斥类似财富排名这样恶俗的炒作"，"做实实在在的事情"是他对外界一切喧嚣最简单的回应。

这是典型的荣式风骨。是的，无论在内地，还是在香港，人们对荣智健的志向、追求和理念都缺乏足够的了解，坊间流传着太多的误解和谣言。只有和他接触过、共事过的人才会对他留下基本一致的印象：务实、干练、持重、低调、做事认真、有远见，有种柔韧的力量。与他人打交道，荣智健从不强人所难，而是认同君子和而不同、合则两利，自有儒商的一份真性情。但是，在遇到大事需要拍板时，他又毫不含糊，果断出手，体现了担当和责任心。

其实，我们从荣德生、荣毅仁身上也能看到这些性格特征，无论是那种柔韧的力量，还是担当、果断和责任心。

除了荣智健，其他第四代的"智"字辈，如荣智鑫、荣智谦、荣智安、荣智美、荣智惠、荣智权、荣智宽等散居在世界各地，不少人在机械、电子、纺织、面粉、医学、文教、艺术等领域都开创了自己的事业，其中不乏大资本家。作为荣氏家族的后代子孙，他们无论干什么，都在某种程度上传承了这个家族的精神底色，都取得了值得骄傲的成就和社会地位，荣智健无疑是这一辈中的佼佼者。他身边的人有这样的表述：荣德生、荣毅仁、荣智健三代人无论在性格上、做事风格上还是形象上都惊人地相似，足见血脉相连和基因相传的巨大力量。

第二章

花中气节最高坚

其一

雪虐风饕愈凛然，花中气节最高坚。

过时自合飘零去，耻向东君更乞怜。

其二

醉折残梅一两枝，不妨桃李自逢时。

向来冰雪凝严地，力斡春回竟是谁？

——宋·陆游，《落梅二首》

虚心竹有低头叶，

傲骨梅无仰面花。

——清·郑板桥

陆游在《落梅二首》中着力描写了梅花一身傲骨、凛然不惧风雪的高坚气节，这是梅花精神的精髓。从古至今，梅花的这一品格一直为人们所推崇和敬仰。

荣氏家族百年来的发展并非一帆风顺、一路畅通，而是枯荣起伏，历经一次次坎坷，有时步履迅捷如风，有时步伐滞重如绊，甚至还会跌入低谷而难以自拔。一百年里，世事变迁，新陈代谢不断发生，而实业承载着时代，使人、事、物彼此碰撞。从红利风口到惨淡收场，从黄金时代到凛冽冬日，荣氏几代人一棒一棒传承，穿越北洋政府、南京国民政府、汪伪国民政府等不同的政权体系。在时代变迁中，干扰、坎坷与灾难一直伴随着中国近现代实业，有庆幸，有扼腕，有叹息，还有眼泪，但荣家从未停止创办实业的脚步，从未停止一代又一代的接棒和传承。

法国学者白吉尔将1911年到1937年称为中国民族资产阶级的黄金时代。这一时期之初恰逢第一次世界大战，列强忙于打仗，无暇东顾，这当然是中国民族资产阶级快速发展的一个原因，不过那个时代崛起的中国民族资产阶级之中少见粗鄙的"暴发户"。究其原因，从主体来看，这个阶层的核心人物都很有文化根基，都是有思想、有才华的精英。与此同时，这一时期涌现了一大批新文化运动所孕育的知识分子。这是一个伟大的文化复兴时期，中国产生了一大批杰出的思想家、艺术家和文学家。实业的兴旺和文化的繁荣互相影响，荣氏企业在这个黄金时代从无到有、从弱到强，达到了事业的巅峰。

但是，荣氏家族同样会遇到这样或那样的麻烦，有时候麻烦还很大，足以毁掉整个家业。比如体制改革，荣氏企业在早期实行工头制管理模式，而荣氏兄弟的子女接受的都是新式教育，呼吸过文明的空气，当然看不顺眼工头的野蛮和霸道。年轻的荣氏第三代刚刚走出校门就试图向这种腐朽的工头制开刀，进行管理体制变革。然而，这些工头都是企业草创时期就进厂的，与荣氏沾亲带故，以有功之臣自居。他们假公济私、调戏女工、无恶不作，而且在知道几个少爷要推行新制后，不仅不思悔改，反而竭力抵制、组织工潮、罢工闹事、暴力拒变，还殴打替代他们的技术人员。荣氏兄弟早就不满意这些人的肆意妄为，只是念他们在创业之初就为厂里出力做事，没有功劳也有苦劳，因而一直对他们采取包容的态度。现在见年轻一代动手了，荣宗敬、荣德生明白这次变革势在必行，于是全力支持年轻一代清除积弊。荣氏兄弟对于老职工是很念旧的，只要不过于出格，一般都睁一只眼闭一只眼，但他们没想到这些人会闹工潮，惹来内乱，还通过喜欢看"好戏"的小报大做文章，有大局不可收拾之势。时任上海总工会委员长、中共上海区委工委书记的李立三闻讯前往无锡申新三厂调查，经过实事求是的调查，他发现这一事件不是工人运动，而是欺压女工的封建恶势力在背后煽动的一场闹剧。荣氏兄弟在工厂治理上一向主张中庸之道，觉得这场变革过急了，应循序渐进，最后他们在支持新制的同时对这些工头妥善安排、给予安抚，从而平息了工潮。

家大业大，内忧外患是少不了的。对于外患，荣氏兄弟的态度往往是果敢坚定、毫不畏惧，兵来将挡，水来土掩，他们表现出了不低头、不屈服的强者姿态。而对于内忧，他们却比较谨慎、小心，尽量避免激化矛盾，尤其是在出现员工利益冲突时，他们总是显得很软弱，尽可能大事化小、息事宁人。不过，这恰巧显示了荣氏兄弟的胸怀和智慧。但不管怎样，企业在扩张过程中总要伴随着阵痛、代价、挣扎和战斗。不错，他们是雄心壮志的事业家，要不断开疆拓土；但他们也是战士，骨头是硬的，敢于冲锋陷阵和对付各种外来的挑衅，纵然在战斗中伤痕累累也在所不惜。"刀斧加身，肉桂方得，伤痕刻骨，沉香乃成"，每一次致命的淬炼都使他们更加坚定心中的理想，每一次理想的沉淀都使他们的内心更加强大。荣氏兄弟的坚强不在于表面，而在于内心。而有些人就像贝类动物，外壳坚硬无比，内里却是软体，硬壳只是它们的掩体，一有风吹草动便缩到里面一动不动。

回顾荣氏的创业过程，在起步阶段，几家工厂和钱庄都因为弱小而遭遇挫折，眼看要败下阵去，荣氏兄弟以初生牛犊不怕虎的勇气直面挫折、保持信心、不失希望，在责任与压力中淬炼生命，终于峰回路转，渡过了难关。创业过程中一波未平，一波又起，几乎是常态。荣氏兄弟生死相依、荣辱与共，最终打开了局面，杀出了一条血路。事业大了，大有大的难处，船到中流浪更急，人到半山路更陡。他们的苦衷常人难以理解，尤其是时逢乱世，战火肆虐、危机四伏，办实业如同坐在火山口，随时会被灼热的火山灰淹没。

荣家在这一百年里，经历了军阀混战、北伐战争、抗日战争、解放战争等。在抗日战争期间，荣氏企业遭遇了惨重的损失，长夜漫漫、山河沦丧，覆巢无完卵。在历史的黑暗中，荣氏几代人不畏艰险，没有沮丧，也没有退缩，而是坚持国难当头、实业为重的信念，不惜付出沉重的代价。在日军重兵包围下的上海租界，在遭到大轰炸的汉口和重庆，在后来的陕西黄土地，荣家的工厂日夜开足马力，生产布匹、棉纱和面粉以供应广大后方和前线。荣氏兄弟正气凛然、刚正不阿，表现出了爱国实业家不屈不挠的个性和气节。梅花之傲、梅花之高洁和梅花之清气正是荣氏企业文化的生动写照。

荣氏经历了辉煌的百年、史诗般的百年，也经历了艰难困苦的百年。都说男儿有泪不轻弹，可荣氏几代人岂止流眼泪。荣德生、荣宗敬都想到过自杀；荣德生要服红头火柴；荣宗敬半夜号啕，呼天抢地地喊"我弄勿落了"[①]，想用一根绳子一了百了。强者也有脆弱的时候，他们也是肉身凡胎之人，但和弱者不同的是，那些念头只是在某个时刻闪现了一下，接下来他们会很快擦拭掉泪痕，迅速疗愈内心深处的伤口，重新挺直腰杆子，继续他们的征程。

尼采曾说："凡是不能杀死我的，都会令我更强。"

我想，应该讲几个故事来说明荣氏在实业之路和财富之路上经历的艰辛、逼仄和险阻。在谈论这个家族昔日之兴盛绝代和今日如百年老梅香如故之际，我们绝不要想当然地以为他们运气爆棚，像发现了大金矿那样一夜暴富，也不要以为他们有点石成金的超能力，"翻手是钱，覆手还是钱"。他们的传奇故事概括来说就是：荣家的一切都是来之不易的，一分耕耘，一分收获，他们也遇上了流年不利，也遇上了水灾、旱灾、蝗灾……不过，这是一个"杀不死"的荣家……

雨雪霏霏中的起步

京杭大运河一路奔流，从苏杭北上的商船穿过无锡南郊的平坦原野和上百座砖窑后，无锡城就在眼前了，帆篷、桅杆就要翩然放下了。再往前，一座坚固的石拱桥——清名桥耸立在面前，你若站在桥上放眼望去，狭窄河道两岸鳞次栉比的江南民居尽收眼底，靠街的以店铺居多，靠河的则是小码头，河道绵延数里，像一条幽深舒展的"水弄堂"。就在清名桥，千里运河与三千多年前吴泰伯带领吴地民众挖掘的伯渎河汇合，形成一个水湾，名为伯渎港，船舶到此，都要停泊休整。

伯渎港从明清至民国时期都是繁华之地，有清明上河图的气氛，也有秦淮河

[①] "我弄勿落了"为无锡方言，意为不好办了、乱套了。

金粉之地的味道。酒馆、客栈、驿站、商铺密集，喝够了、吃够了、玩够了，来客解绳进城，入南门后，有两条河，一条穿城而过，直至北门；另一条是护城河，由南门至西门，再至北门，与穿城而过的运河汇合。经过有布码头之称的北塘沿河以及有米市之称的三里桥，水面陡然变阔，船到这里又开始升帆，向北而去。无锡最古老的一条自然河流是梁溪河，它是沟通城区水系、大运河、蠡湖和太湖的主要通道。

太保墩位于从南门至西门的护城河中段，它在相当长的时期里都只是个小土墩，荒凉凄清、杂草丛生、坟冢数座、残垣断壁，其三面环水，与无锡孔庙所在的学前街仅有一河之隔，城墙脚下倒是车水马龙。荣宗敬、荣德生当初之所以看中这块不起眼的土地，除了地价便宜，更重要的是交通便利，水运四通八达，可与梁溪河贯通，船家一把木桨、一支竹篙、一叶帆篷加上纤绳，便可取道大运河、太湖，将产品输往周边地区，北可抵山东、河北，东可抵上海，南可抵杭嘉湖，西可抵荆楚之地。这块地位于城区中心地带，距三里桥船运半小时足够了，离西乡产麦区亦不远。荣氏兄弟遥想以后大烟囱立起来，这里会何等引人注目，烟囱上写上字号，熙来攘往，这等同于商招字牌。加上厂房、机器声、码头、吊车和船队，这无疑是护城河上一道颇具魅力的风景，水流蓝天之间，白色的机制面粉是一个抵挡不住的诱惑。兄弟俩浮想联翩，在多次勘探后，经再三斟酌决定将太保墩作为面粉厂厂区，一个荒墩从此向大江大河走去。

面粉厂刚开始进展得很顺利。经过与太保墩产权人的谈判，兄弟俩购地十七亩，签订了地契并在官府备案。荣宗敬当时已向英商瑞生洋行订购了四台日产三百包面粉的法国机器。朱仲甫与江南商务局总管吴硕卿是当年在广东办税务的老同事，由吴硕卿呈督抚批复，取名保兴的面粉厂拿到了营业执照，获准创立。选地、购地、买设备和得到官府批文这几件事前后历时四个月，兄弟俩将相关事宜都料理妥帖。

可是接下来事情急转直下，连连碰壁，兄弟俩的自信心受到了打击。他们首先面临资金问题。

当时朱仲甫赋闲在家,还不甘心退休,在苏州一个幽静的小院里伺机待出,他的儿子朱和卿创办了一家毛巾厂。当时,中国人洗脸普遍用布做的方巾,有钱人家用绸巾,除了上海、天津、广州等大城市,其他地方少见用毛巾的。朱和卿生产毛巾,而且是提花毛巾,这自然是朱仲甫首肯的,或者是他授意并出钱让儿子操办的。

荣德生闻讯后心里一动:既然朱仲甫已关注实业了,那么请他投资面粉厂有戏。于是,他立即奔赴苏州。朱仲甫对荣德生印象颇佳,觉得荣德生虽然不机灵,但为人厚道、做事认真、生活俭朴,还会刻苦钻研业务,是个可信之人。听到荣德生说开办面粉厂的事情,朱仲甫在沉吟一番后同意入股。他和荣德生商定总投资额为三万块银圆,双方各出一半,一万五千块银圆对朱仲甫来说是小菜一碟,但对荣氏兄弟来说却是大数目了。广生钱庄上一年收入创历年之最,盈余四千九百块银圆,加上以前的所有积蓄,共计不过六千块银圆,倾其所有,尚缺口九千块银圆,兄弟俩原以为可以招股补缺,但他们太乐观了。虽然朝廷有鼓励实业之策,但无锡这个小城市仍重士轻商,毫无实业思想。那些世家望族志在仕途,置业也是造屋置田,普遍觉得办实业风险太大,没有什么兴趣。荣氏兄弟又是荣巷农户出身,不像南通的张謇那样是状元出身,能以一己之力通过兴办教育和实业改造家乡的面貌。张謇有句名言:"父教育,母实业。"他很早就创办了大生纱厂,1900年之后,大生纱厂进入全盛期,连年获利甚丰,张謇赫然成为富甲一方的"状元企业家"。

荣氏兄弟岂可与之相比?没有盛宣怀、张謇这样的身份和名望,某些势利者对这两个农家子弟不屑一顾,甚至上下打量他们一番,冷笑说:"想筹办机制面粉厂,就凭你们俩?告诉你们,做人要据据自己几斤几两……"奔波了一阵子,偌大的无锡城竟无人愿意入股。荣宗敬在上海还有点人脉,决定再在上海试试,但他奔走数月,成效甚微。兄弟俩没有退路,订购石磨和其他机器设备的钱已付，购地款已付一半，另一半在平整土地时也必须付清。但九千块银圆还没有着落，厂房、堆栈、码头、公事房、烟囱无钱兴建，机器设备运来如同废物，怎么办？

荣宗敬还能沉得住气，但荣德生焦虑万分，吃不下饭，睡不着觉。事情到了山穷水尽的地步，眼看面粉厂就要办不下去了，不仅这些年赚的钱要赔进去，还会把朱仲甫和广生钱庄拖下水。一想到这些，荣德生就急火攻心、仓皇不已，他想到了自杀。荣德生觉得自己罪孽深重，因为建面粉厂的主意是他出的，太保墩这块地皮是他看中的，拉朱仲甫入股是他去苏州议定的。事到如今，这都是他闯下的祸，他对不起朱仲甫和哥哥，更对不起已故的父亲。他万念俱灰，认为只有一死才能赎罪。他买了一大包红头火柴，红色的火柴头是有毒的，有些自杀者就通过吞服超量的红头火柴来结束自己的性命。他把火柴一根根折断，留下红色的磷粉颗粒，将其包起来后走到父亲荣熙泰的坟前，掏出那包火柴头，呆呆地坐着。

恰好荣宗敬从上海回到无锡，到家后找不见弟弟德生。荣巷一家杂货店的伙计告诉荣宗敬，荣德生上午买了一大包火柴，失魂落魄，神色怪怪的，荣宗敬预感不妙。正当荣德生打开纸包，将那些红色颗粒用手指拨来拨去时，荣宗敬找到这里，一巴掌打掉那个纸包，把荣德生拉回家——一幢两层楼房，这是他们的父亲荣熙泰在六七年前建的，供他们娶亲成家。关上门，荣宗敬说："你怎么能干这样的傻事？不就是招股吗？你急啥？天无绝人之路，事情总归能解决的，人要有志气，为了这等小事寻死作活，你还是男子汉吗？你也是当爹的人了，也见过点世面，这点小事就难倒你了，你还想当美国十大富豪那样的人吗？还想实业救国吗？再说，你把我丢下了，我独木难支啊！爹说咱俩是紫砂茶壶啊……"荣德生被哥哥说得满脸羞愧，低垂着头，最后抬起头向哥哥承认自己错了。兄弟俩执手相看泪眼，促膝对话到深夜。两人喝了点酒，荣宗敬念起了小时候学的先秦吴歌《沧浪歌》："沧浪之水清兮，可以濯我缨；沧浪之水浊兮，可以濯我足……"

荣德生明白哥哥是在鼓励自己，他们遭受的挫折算不了什么，只是在沧浪之水中呛了几口而已，权当作在水里洗濯一番吧，接下来应该以更大的勇气和魄力砥砺前行。在战场上临阵脱逃意味着失败，只有冲锋陷阵，才有活路。商场也是这样的，胜利属于勇者、智者和强者。

现代管理学之父彼得·德鲁克说："只有通过绝望、苦难、痛苦和无尽的磨炼，才能达至信仰。"这句话完全符合荣氏兄弟的成长过程。这段经历对荣德生来说是一次磨砺，经此一坎，他仿佛一下子成熟了很多，这要归功于荣宗敬的开导。

几天后，事情出现了转机。无锡几个米商找上门来，表示愿意入股面粉厂，荣秉之、朱大兴、伍永茂各入股三千块银圆，各占百分之十的股份，这补上了九千块银圆的缺口，让人提心吊胆大半年的事终于得到了解决。下面的事就顺当了，荣德生在厂址附近租了一间房，作为面粉厂筹备处，他大部分时间都泡在工地。厂房、烟囱拔地而起，驳岸往河面伸出垒墙，他们还筑起码头，装了吊车。1902年3月17日，保兴面粉厂在鞭炮声中开业了，六七台机器轰然转动。清政府规定官吏不得兼营商业，因此朱仲甫不便出面负责，只站在幕后筹划。荣德生为经理，全面负责工厂的经营管理，荣宗敬常驻上海，主持广生钱庄并协调保兴的对外业务。当时全国仅有十二家机制面粉厂，大部分集中在上海和江浙两省，江苏占了四家，最出名的是孙氏家族开办的上海阜丰面粉厂。相比之下，保兴是其中规模最小的一家。但不管怎样，它在无锡的出现是一件震撼人心的新鲜事，对岸城墙脚下人头攒动，万众观望。护城河上的过往船只放慢了速度，艄公放下了竹篙和摇橹，停下来看得心醉神迷。烟囱上"保兴面粉厂"一行大字赫然在目，这是荣德生亲笔书写的。可以想象，荣氏兄弟当时是何等的喜不自禁、舒心快意，是的，他们应该兴奋。他们把又白又细的面粉捧在手里，在炉子上煮了碗面疙瘩吃起来。但面疙瘩还没有吃完，大麻烦就接踵而来。

无锡城内的士绅一纸诉状把他们告到县衙门，说荣氏兄弟侵占农田，工厂的大烟囱面对着河对岸学前街的孔庙学宫，严重毁坏了风水，罪莫大矣！县府派公差把"饬地迁移"的谕示送到厂里，在车间、栈房、公务楼等处贴上了封条。荣氏兄弟没有惊慌失措，因为朝廷有旨，鼓励民间资本兴办企业，还成立了商部，统筹工商。而且，他们有地契在手，侵占农田纯属诬告。至于有碍风水，这无据可查，不过是那些士绅无事生非。但一看状子的具名，居然多达四十多人，几乎囊括了无锡所有名士豪绅。荣氏兄弟不免有些担心起来，这些人个个都是惹不起的无锡头面人物啊！

但他们豁出去了，写了答辩状递给县令孙襄成。孙襄成出身贫寒，深知这些士绅思想僵化，是在借题发挥，但这些人是"地头蛇"，背景深不可测。孙襄成也得罪不起，只能把荣氏兄弟的工厂先封掉，再报督抚裁决。荣氏兄弟没有被吓到，上诉为自己申辩，搬出了朝廷的旨意，字里行间透露出坚定和伤感，还有那么一点壮烈的豪情。他们强调：土地是购买的，有契约和地契，指责"侵占农田"于情不合、于实不符；至于"有犯学宫，有碍风水"之诋毁，系捕风捉影，荒唐之至；投资兴办机制面粉厂、振兴实业，是朝廷新政，关乎国本，保兴经督抚批准，持有合法执照，何罪之有？县府未做彻查便封禁，深以为憾也！答辩状要求"予以拆封，恢复生产，延宕一天，则商家损失一天，小本经营，亏蚀不起，希望知县明察，洞悉实情，秉公处之"。县令觉得荣氏兄弟说得有理，但慎重考虑，两害相权取其轻，他只能暂且站在士绅一边，压一压保兴面粉厂，但同时派人实地调查。调查的官吏发现所谓侵占农田，系部分建材堆出界外，另外驳岸伸向河面，对船运造成阻碍，烟囱面对着学宫，民意不能接受，裁定维持原判，必须换地迁移。最后官司打到了两江总督府，幸好总督刘坤一是个洋务派，把诉状驳了回去，批复说，有城墙阻隔，何以碍了文风？孙襄成顺水推舟，立即下令开封，但要求保兴面粉厂将压过界的砖瓦搬出，驳岸收缩。这场风波耽误了保兴一个月的时间，工人薪水照付，驳岸重筑，一包面粉未售出，兄弟俩分文未赚，反而赔了些钱，但是随着风波得到平息，保兴面粉厂正式出粉。面粉品牌名为兵船牌,一红一绿,含义深邃:列强以坚船利炮打开中国大门,现在我们以实业之兵船予以救国。

士绅败诉后,看到工厂烟雾缭绕,码头上停泊的货船忙忙碌碌,心里很恼怒,便散布起谣言:保兴的面粉没有营养,吃了不易消化,甚至有毒,会伤身体;保兴竖起大烟囱时,用一对童男童女做祭品。这些谣言当然是无稽之谈,但还是造成了负面影响,许多商家拒买机制面粉。新生产的兵船牌面粉销路很差,头一个月就积压了上千包,保兴虽然竭力推销,但销路仍然不畅,工厂获利甚微。

朱仲甫做惯了大生意,见面粉厂无大利可图,无意继续与荣氏兄弟合作经营。不过,荣宗敬在协调保兴对外业务的过程中认识了不少看好面粉厂的大商人,他们有意与保兴合作,而广生钱庄的经营状况继续向好,这使得荣氏兄弟信心倍增。

1903年,朱仲甫再度回广东当税官,决定将其在保兴面粉厂的股份转让。荣宗敬不希望朱仲甫的股份被别人控制,在和弟弟荣德生商量后,决定接手朱仲甫的股份,将保兴变成荣家控股的企业。广生钱庄两年来的盈余已达八千七百多块银圆,兄弟俩的手头比较宽裕,收购股份的底气也足了。荣宗敬还假装成工人,到严禁外人入内参观的阜丰面粉厂暗访,发现该厂的机器设备、规模和管理都强于保兴,他受到很大启发。回去后他对荣德生说:"我们除了拿下朱仲甫的股份,还要增资扩股,再招股三万元,进行设备更新和厂房扩建。这些事我来筹划。"荣德生听后觉得有点冒险,但看到哥哥一副胸有成竹的笃定神态,犹豫了一下,也就点头答应了。

就是从这时起,荣宗敬开始显现出了做事雷厉风行、手段果敢的风格,而荣德生依然慎思笃行,稳健小心;一个急性子,一个慢郎中;一个锋芒毕露,一个谦逊温和。这种截然不同、一张一弛、互为弥补的个性在事业上也充分体现出来,冒险中有润滑,冲刺中有缓和,几十年的磨合和相濡以沫,使兄弟连心,其利断金。这种天然而有些奇特的组合,是荣氏事业得以壮大、扩展的最为有力的保证。

经过股权变更，荣氏兄弟的股金从六千块银圆增加到二万四千块银圆，占百分之四十八的股份；怡和洋行买办祝兰舫出资四千块银圆，占百分之八的股份；张园游乐场老板张叔和也入股四千块银圆，其余股份由茂生洋行买办张石君等人出资认购；荣秉之、朱大兴和伍永茂等人原股不变。保兴面粉厂改名为茂新面粉厂，由张叔和出任名誉总办，仍由荣德生任经理，荣宗敬任批发经理。这时，荣宗敬意图将从法国进口的石磨换成钢磨，荣德生劝阻说："这四副石磨还是新的，换了可惜，物尽其用，我们使用一段时间再说。"荣宗敬沉吟了一下，爽朗地回答："行，暂时不换，过段时间再说。"

更名后的面粉厂重新启动，荣氏兄弟慢慢摸出了一些门道，把目标瞄准了北方市场。虽然他们之前也想到过"北人食面、南人食米"，明白面粉市场主要在北方，但是他们不仅从未涉足过北方，而且在印象中，北方遥远而陌生，寒冷而瘠薄。尽管面粉的销路确实在千里之外，不在以米饭为主的江南，但是北方对他们来说人地生疏啊！

正当发愁时，一个人出现了，他就是王禹卿——距离荣巷不远的青祁村人，油麻商店的跑街。他因为推销油麻而结识了北方的一些商人，他的哥哥王尧臣是上海华兴面粉厂的职员。王禹卿了解北方人习惯吃面食，面粉是必需品，其需求量远超过油麻。他清楚地看到了面粉在北方市场的前景，也了解荣氏兄弟的人品和能力，因此非常愿意和荣氏兄弟合作。而荣氏兄弟也急需王禹卿这样能在北方打得开市场的人。双方一拍即合，达成了君子协定：荣氏兄弟把北方市场交给王禹卿，他每推销掉一袋面粉，都可以提取一定的佣金。

王禹卿确实能干，他不负所望，在烟台、营口和牛庄打开了市场。仅三个月时间，他就销掉数万包面粉，获取的佣金达到一千多两银子。此后，王禹卿正式加盟荣家的茂新面粉厂，荣氏兄弟将其视为臂膀，王禹卿从此开始了长达半个多世纪的面粉事业。后来，王禹卿的哥哥王尧臣退出华兴，也加盟荣家的面粉企业。在荣家面粉业的发展史上，王氏兄弟扮演了重要角色，功不可没。

王氏兄弟在销售上采取了一些很有创意的办法，比如在面粉包里随机放进一个铜板，作为"彩头"，给用户带来意外的惊喜；对面粉袋重新进行设计，一只布袋所用布料够得上做一身短衫裤；另外，在分量上做到充足略超。荣德生在打包间发现工人灌装面粉过秤时，要"压秤头"[①]，他立即规定不允许这样做，明确每一包面粉的分量不仅要足，而且要超出一点，给用户留下好的印象。

另外，为了提高面粉质量，茂新面粉厂从麦料开始把关，干草和泥块等杂质要去干净，碾磨要尽量细腻，在本地销售的面粉尽量用本地麦料，销往北方的面粉尽量用北方麦料，从而照顾不同地区的人的口味。也就是从这个时候起，荣氏兄弟养成了每天早晨吃一碗面疙瘩汤的习惯，一是当早餐，二是通过自己的品尝来检验面粉质量。这个习惯延续了很长时间。兵船牌面粉的知名度渐渐提高了，生意越来越好。1904年，日俄战争爆发，相关地区的面粉厂闭门停工，面粉需求陡然增加，市场供不应求。1905年，荣氏兄弟意识到设备要更新换代了，他们购进了六台十八英寸的英制钢磨，其他辅助设备自行仿造，并把原厂房拆掉，改建为三层楼，这使工厂的生产能力翻了一番。不久后，他们获悉美国的面粉机器性能更为优良，于是又下决心举债采购十二台美国钢磨。这时，从南京到上海的铁路建成通车，运输条件大为改善，面粉经上海转运东北，销售量激增，茂新面粉厂获利颇丰。

截至1905年底，茂新面粉厂共盈余六万五千块银圆，荣氏兄弟按其股份，分得红利两万六千块银圆，所投两万四千块银圆全部收回。成功的喜悦转化为更大的奋斗目标，也激发了他们的激情。

随后，他们着手向纺织业进军，最初是考虑到面粉袋的布料成本和缝制费占了很大一块支出。为了省点钱，荣氏兄弟的妻子每天都在料理家务之余抽出时

[①] "压秤头"为无锡方言，是指克扣斤两。

间，用手动缝纫机缝制面粉袋，每天不缝出一两百只面粉袋不睡觉。考虑到自己开纱厂织布，招募工人专门缝面粉袋，肯定比外包合算。1905年8月7日，荣氏兄弟召集茂生洋行买办张石君、西门子洋行买办叶慎斋、大丰布店股东鲍咸昌、怡和洋行总买办荣瑞馨和保康当铺老板徐子仪，各出资三万块银圆，共集资二十一万块银圆，在无锡兴办振新纱厂。1907年，振新纱厂建成投产，荣瑞馨为董事长，荣德生出任经理，具体负责生产和经营。至此，荣氏兄弟除了钱庄，还在面粉和棉纱两个实业领域有了立足之地，这为今后的发展奠定了基础。保兴面粉厂筹备时期如坐针毡的处境似乎是很遥远的事了，他们有了实实在在的获得感和成就感！

但荣德生仍记得当时的痛苦，那是一种内在精神的折磨，它会让人丧失斗志，甚至怯弱到想一死了之，荣德生怎么会忘记那包红头火柴呢？但痛苦也是对人的内心和精神的一种锤炼，知耻而后勇，痛苦是一块打磨精神的炼石。经历过痛苦之后，荣德生的意志力明显增强了。

但苍天仿佛总是要让他们在顺利时受点难，让他们痛苦一下。

1905年，上海茂生洋行买办张麟魁主持开设了一家投机字号裕大祥，专门从事股票投机活动。荣德生坚决不沾边投机生意，信奉实干。但荣宗敬感兴趣，而且敢于冒险，也想在这个变幻莫测、动荡起伏的行业里赌上一把。在荣瑞馨的怂恿下，荣宗敬参与了裕大祥的投机活动，陷入兰格志拓植公司的橡胶股票骗局。当股价的市盈率被离奇地抬高到原始股价的一百三十倍时，幕后操纵者趁高价抛售全部股票，潜离上海，远飘海外，而股价应声暴跌。外商银行随即宣布停止接受橡胶股票抵押，并追索之前的股票抵押贷款。橡胶股票有卖无实，旋即成为废纸，引起巨大恐慌。上海最大的三家钱庄正元、谦余和兆康受此拖累而倒闭，大小金融机构多米诺骨牌式地关闭，裕大祥未能幸免，亏损严重并宣布歇业。荣氏兄弟的广生钱庄也受到拖累，兄弟俩经商量，决定关闭钱庄，专心办实业。

荣瑞馨输得很惨，他几乎把所有家当都押在了子虚乌有的橡胶股票上，把所有鸡蛋都放在一个篮子里，结果落得"鸡飞蛋打"的下场。为了筹钱还债，荣瑞馨将振新纱厂的地契偷偷抵押给汇丰银行。而借款到期后，荣瑞馨无力还清借款，于是汇丰银行起诉了振新纱厂，相关部门派人员到无锡振新纱厂催款，否则，工厂将被查封以抵偿债务。振新纱厂的上海股东与无锡股东为此发生争吵，最后，董事会推举股东张云伯为总经理，荣德生为经理。但张云伯管了几个月就撒手回上海，此后厂里一切事务均由荣德生主持。荣德生接管后，在一个月内售出存纱，两个月内全部出清。上海股东所持的股份全部转让给无锡股东，振新成了"家乡人的天下"，这倒是遂了注重乡谊的荣德生所愿。但荣瑞馨欠汇丰银行的抵押借款是笔巨资，达十六万元之多，只有还清这笔从天而降的外债，振新纱厂才能要回地契，继续经营。

荣氏兄弟以背水一战、共克时艰的精神决定举债保厂，荣德生在三十七天内每天往返锡沪之间，奔走联系，最后在无锡人周舜卿的信成银行等企业借到了十二万元，振新、茂新凑出四万元，偿还了汇丰银行的债务，赎回了地契，保住了振新纱厂。但工厂已停工数月，工人工资还拖欠着，荣德生想到了一个办法：向工人发放带有签名的"工资票"，以代替现金，工人持这种工资票可以在特定商店购买生活必需品。

同时荣氏兄弟采取分期付款的方式到洋行采购机器设备、扩建厂房，添置纱锭一万八千枚。到1909年，振新纱厂的设备上了一个新台阶，拥有三万枚纱锭，生产能力翻倍，一度被荣瑞馨搞得奄奄一息的振新纱厂恢复了生机。

但事情并不顺利。荣氏兄弟"滚雪球式"的经营方式虽然在面粉领域连连获胜，但在棉纱领域却遇到了阻碍。荣氏兄弟早就打算扩展纱厂业务，除无锡一厂外，计划在上海建立振新二厂，在南京建立振新三厂，在郑州建立振新四厂。荣德生向董事会提出暂时不分红，将资金用于工厂的扩建。这一想法遭到董事会其他成员的一致反对，他们纷纷诘难："你们这样无休止地扩张，股东永无希望拿到现钱。你们把我们的红利都押进去，何时有出头之日啊。"荣德生向他们解释，目光要放长远一些，现在棉纱走俏，只有把工厂做大才有大利可图。这是他们兄弟的一致看法，"衣食"两字，宏图可展、前景极佳。但那些股东哪有荣氏兄弟的目光和魄力，他们急于把红利拿到手，对于扩展计划几乎都投了反对票。荣德生知道与这些人无话可说了，他深深地叹了口气。在橡胶股票投机风潮中失败的荣瑞馨仍是振新的股东，他企图把振新纱厂控制在自己手里。他觉得此时正是一个机会，便利用股东的不满情绪无事生非、挑拨离间，向荣氏兄弟发难：首先是借口荣德生"管理不专一"，要求荣德生让出总经理的职位，改任经理；后又以"账目不清"为由，挑起一场官司。

董事们大多附议荣瑞馨，董事唐屏周受大部分股东之托查账。荣德生被降为副经理，配合查账，被限制外出，长达四十天在厂里听候结果。在此期间的几次董事会，荣宗敬都拒绝出席，以示抗议。在最后一次董事会上，查账员还是说不出结果，实际上他根本没有找出任何账目不清的依据，但荣瑞馨不甘罢休，煽动股东大闹董事会，围攻荣德生。荣德生忍无可忍，愤然辞职，他说："鄙人决定辞职，退出振新，请予通过。账目不清的问题，查账月余既然仍无结果，应改由无锡商会出面查账为妥。"荣宗敬支持弟弟的做法，他们觉得总经理受制于董事会，这种"有限公司"体制实在捆绑了手脚。退出振新固然可惜，毕竟他们付出了很多，但这未必是坏事，随后他们另建新厂时以振新为戒，将有限公司改为无限公司。无锡商会会长是华艺珊，他处事公正，也认清了是荣瑞馨在里面兴风作浪，在他的秉公处置下，荣德生讨回了公道。荣德生很感激华艺珊，后来二人结成了儿女亲家，荣德生的七女儿荣辑芙嫁给了华艺珊的儿子华伯忠。1916年10月，在华艺珊的牵线下，荣德生将长女荣慕蕴嫁给了在徐州铁路局任职的李国伟，这不仅成全了一桩幸福美满的婚姻，还给荣家增添了一位英才。

官司虽然打赢了，但荣氏兄弟已无意继续留在振新。他们将荣瑞馨在茂新的股份和自己在振新的股份交换，从振新拆股退出，买下了上海郊外周家桥一家倒闭的轧油厂，集资三十万元，向安利洋行订购英国制造的全套纺机。荣氏兄弟仅用不到半年的时间就建起了一家崭新的纱厂，取名申新纱厂，即申新一厂。工厂旁就是苏州河，这条河从外白渡桥流到周家桥要转九个弯，前八个弯都是小转弯，到了周家桥迎来一个九十度的大转弯，水势平缓，而那些小转弯处却水流湍急，大起大伏。荣德生笃信风水，认为这是个好地方，申新纱厂于1916年10月正式投产。鉴于振新纱厂事件中受董事会掣肘的前车之鉴，荣氏兄弟决定在组织形式上采取无限公司的形式。所谓无限公司就是不设董事会，股东会没有决定权和否决权；总经理全权负责企业的经营管理、财务调度、成品销售、原料和物料的采购、人员的雇用和晋升；对于企业的发展和扩张，总经理一经决定便可实施，无须通过任何形式和任何程序上的批准，也没有人能制约。这种高度集权的经营和管理方式，避免了办厂过程中的议论和各种出于私利的干扰，对于聚集力量配置资源和推动荣氏企业的高速发展，在体制上起到了保障作用，避免了权力分散。对内便于掌控，对外则利于竞争，因此无限公司这种企业结构有它的积极意义。荣氏兄弟还规定股东不得将拥有的股份转让给外人，只能在股东内部流转，同时企业可以随时改组管理层。

荣氏兄弟一生都固执地坚守无限公司的企业结构，以确保其家族在股份占有上的绝对优势，从而有效杜绝企业被外人渗透或蚕食。在民族资本处于官僚资本和外国资本双重打压的时代，为了维护企业内生力、凝聚力，荣氏兄弟采取这些措施是很有必要的。

太保墩风云和振新纱厂事件，是荣氏兄弟创业初期遭遇的两个重大挫折，也是两个几乎就要跨不过去的坎，荣氏企业就在这雨雪霏霏中起步。如果荣氏兄弟在风雨飘摇中未能坚持下去，他们的事业就毁于一旦了。但荣氏兄弟就是荣氏兄弟，他们就像在刺骨的寒风中早开的梅花那样，骨骼坚硬、不甘示弱，在腥风血雨的生意场里坚持不懈并有几分悲壮地开拓着。好在他们一一化解了危机，最终转危为安，迎来了事业的春天。办实业之初的种种遭遇，并没有使荣氏兄弟退缩或灰心丧气。"雪虐风饕愈凛然，花中气节最高坚"，荣氏兄弟在实业界的作为显示了这个家族所具有的精神品格和男儿本色。

在上海周家桥创建申新纱厂对荣氏兄弟来说是一个历史性转折，从此，他们放开手脚大展宏图。正如荣德生在振新纱厂董事会上判断的那样，由于第一次世界大战的爆发，世界棉纺织品生产大幅度削减，从欧美输入中国的棉纱和棉布的数量急剧下降，中国的民族工业获得了大力发展的良机，棉纺织品和面粉开始畅销国内外市场，价格上涨。在当时的上海市场上，每件棉纱的售价从五十余两白银上升到二百余两白银，出现了"一件棉纱赚一只元宝"的说法。这个时期的行情之好是前所未有的，也是中国现代企业史上绝无仅有的一个令人振奋的时段。这个机遇让嗅觉敏锐的荣氏兄弟捕捉到了。申新纱厂在1916年至1918年的短短三年里，棉纱产量从三千八百五十四件增加到九千八百一十一件，棉布产量从1917年的两万九千余匹猛增至1918年的十二万八千余匹，盈利额从1916年的两万六千余元增加到1918年的二十二万余元，增长了近十倍，可见其利润之丰厚。荣德生"只有把工厂做大才有大利可图"的预言得以实现。振新纱厂那些目光短浅的股东这时才意识到荣德生所说不假，懊恼得直跺脚，可为时已晚。他们埋怨自己上了荣瑞馨的当，可这有什么用呢？荣瑞馨后来也并没有夺回振新的掌控权，他早已不是当年春风得意的、拥有羊角马车的上海滩商业大亨了，而是变得颓唐落拓，在家无所事事。

申新的良好势头除了得益于大环境，也和荣氏兄弟非凡的经营手段有关，齐头并进的衣食两个行业相辅相成、互相促进。茂新、福新两家面粉厂的产量同步猛增，产量由十万包增加到八百万包左右。这八百万只面粉袋需要使用大量布匹，外购无异于肥水外流，因此他们将所需面粉袋全部交给申新生产。为此，1916年申新筹建了织布部，先后增添布机一千三百七十八台，生产出的布匹除销售之外，其余全部用于制作面粉袋，以供茂新、福新等面粉厂使用，这节约了大量成本。据估计，在三四年中，荣氏企业从面粉袋上节省的成本就可以购置三个申新纱厂，即申新纱厂原始资本的三倍。扩建新厂已势在必行，1917年3月，荣宗敬以四十万元的价格，一举买下位于陈家渡白利南路的一家名为恒昌源的纱厂，将其改名为申新二厂。荣德生不违兄意，入股四成。

由此，"荣宗敬速度"开始发力。荣氏企业犹如无锡梅园的梅花，凌寒而开，迎来了令人心醉神迷的万梅齐放、烂漫澎湃的盛开期。人们在生活和劳作中观察到了梅花的特点，便将其人格化，由衷地感慨其生命的坚韧，用梅花品格来比喻荣氏兄弟的实业精神，恰如其分。

爱国之心，不敢后人

第一次世界大战期间，日本利用西方列强的互相残杀，向西方国家提供军需物资，大发战争财。在战争的刺激下，日本工业飞速发展，生产力比战前增长四倍以上，钢铁、造船、机械、电力和化学等重工业的产量翻了几番。

随着经济实力的增强，日本人对中国的觊觎之心进一步膨胀，政客、军方图谋侵占中国。1915年1月18日，日本在巴黎和会上公然提出，中国应把战败国德国在山东的特权转让给它，这就是所谓的"二十一条"中的一条。中国人民的反日情绪日渐高涨。1919年，巴黎和会上中国外交的失败引发了"五四运动"，5月4日，北京大学等十三所学校的三千多名学生在天安门前集会，高呼"外争国权，内惩国贼""拒绝在巴黎和约上签字""废除二十一条""誓死力争，还我青岛"等口号，北洋政府出动军警镇压，抓捕了一些学生。沉重而苦难的中国觉醒了、愤怒了，抗争行动很快就从北京席卷全国，也从学界延伸到其他阶层。"五四运动"是中国近代史上一次大规模的爱国运动，它犹如振聋发聩的时代钟声，穿透了一个昏暗国度的重重迷雾，从谴责卖国外交到打倒"孔家店"，涤荡着黯然的国魂和压在国人心头的乌云，每一个爱国者都激发了自己的良心、骨气和热血。

中国民族企业自诞生之日起就注定了要和国家命运休戚与共，天然地带有应对与挑战国难的使命。荣氏兄弟早就对日本商人看不顺眼了，加上中国外交的耻辱，他们心中憋了一口恶气。他们积极投身这场抗争：支持学生罢课、商人罢市、工人罢工的"三罢"斗争，还捐了一大笔钱给北京的学生组织，尽管这笔钱后来被原数退还。上海总商会在1919年5月9日擅自向北京政府发出一封所谓的"佳电"——主张直接与日本政府"磋商交还手续，和平解决"，这饱受舆论的指责，《申报》《民国日报》等报纸齐声口诛笔伐。时任华商纱厂联合会副会长的荣宗敬公开发表声明：反对总商会的主张，与狼岂能磋商，与虎哪有和平！唯有联手抗击、人心一致、众志成城，才是爱国之诚。他满脸热泪地呼吁："诸位先生深自反省，我辈能不剖腑以白爱国之忱，以救危亡……宗敬当与诸位同人慨然而起，捐热血之躯，举国中实业，以挽汪澜塞漏卮为己任，拓富国强民之道，会所求者厥为清白良心，无愧于衷。"

在舆论的压力下，上海总商会会长朱葆三和副会长沈联芳黯然辞职，留洋归来的革新派聂云台与穆藕初等人掌控总商会。荣宗敬和他们商量，提议由华商纱厂联合会号召在沪棉纱批发所停止营业、抵制日货，断绝日本纱厂的进货渠道。1919年5月6日，上海商业公团联合会致电北洋政府，呼吁"青岛问题，存亡关系，一发千钧，危急万状"，万不得已，就退出巴黎和会，决不签字，并强烈要求政府当局立即释放被捕学生，罢免参加巴黎和会并在丧权辱国条约上签字的中国与会代表曹汝霖、章宗祥和陆宗舆三人的职务。

在风云突起、群情激奋的上海罢市期间，荣宗敬于6月中旬宴请欧美商人，晓之以理，动之以情，希望他们能站在中国人这边，联手抗击日商。他谴责日本违反世界公理，北洋政府不良分子处置不当、不顾民心，因此才引发各界的一致抗议。他说，这是中国几千年来"第一之奇特"，连微不足道的贩夫走卒都表现出爱国的热忱，罢课、罢市、罢工十多天仍安静如常，绝无一丝暴动，这是文明的表现。他称赞上海一埠，人心之一，甚至一役一夫，皆愿牺牲金钱而辍业不顾。他提醒欧美商人："欧战四年余，诸贵国销行东亚之货，被日本争攫殆尽。"

这番话戳到了欧美商人的痛处。除了第一次世界大战期间趁机侵占欧美商人在亚洲的市场，日本还大肆掠夺欧洲行销东亚的物资，对其进行再加工后向西方国家提供军需物资，大发横财，成了暴发户。欧美国家放纵了日本人的狼子野心，以致酿成严重的后患。第二次世界大战中，日本与法西斯德国结盟，武装侵略中国和东南亚诸国，与英美兵戎相见，挑起太平洋战争，袭击珍珠港，中国半壁江山沦陷。十四年抗战，中国付出了牺牲数千万人生命的惨重代价。

荣氏兄弟在"五四运动"中表现出的爱国主义精神、民族忧患意识以及不屈服的气节给世人留下了深刻的印象。

其实，荣氏兄弟将实业的重心转移到上海也是为了更好地实现"实业救国"的理想。在上海这个特殊的地方，他们会遇到包括日本商人在内的更强大的对手，倘若能把事业做大做强，就更有力量去对抗这些强盗般的奸商，镇一镇他们的气焰。在荣氏兄弟的创业史中，"移师上海"的意义非同凡响。有人说，荣氏兄弟选择上海是因为那里的舞台大，生意机会多，而不是为了寻找对手去博弈。但是舞台大，角色必然就多，荣氏兄弟当然想做大生意，他们也清楚上海滩的水有多深，强敌林立，恶战是不可避免的。尽管如此，两个无锡人硬是要去闯荡一番，这无疑需要足够的勇气和自信。虽然荣氏兄弟已进入商人阶层，但在上海这个地方，富商大贾云集，相比之下，他们不过是微不足道的小角色。荣氏兄弟就是荣氏兄弟，特立独行，他们从不掩饰其刚毅精进之志，毅然决然地奔赴上海了。

当时的上海已从一个小县城急剧扩张为拥有一百余万人口的大都市。黄浦江是上海的地标河流，是上海对外的重要通道，也是长江流入东海的最后一条支流。与荣氏兄弟在上海当小学徒时相比，第一次世界大战后的黄浦江变得格外繁忙，外国军舰、巨型商船、驳船、帆船、舢板都共用这条水道。水岸边钟楼里的钟声铿然浑厚，撼人心魄，它和伦敦威斯敏斯大本钟演奏的是同一支报时曲子。上海已成为当时中国最现代化的城市，高楼林立、万商云集、竞争激烈、中西杂处。面对黄浦江和苏州河的潮起潮落、百舸争流，荣氏兄弟有巨大的精神压力。

这里的优势是显而易见的：廉价的劳动力、便利的内外交通以及中国最大的港口和国际化程度最高的城市。这一切使得上海成为发展实业的理想地点。治外法权和万国商团（武装力量）使上海成为国中之国。外国资本在这里肆意妄为，不受中国政府的管理和制约，因而造成了金融业的高度发达——实力强大的中外银行以及不计其数的小银行和钱庄满足了商界的资金周转需求，这是实业的支撑点。上海是外国冒险家的乐园，但也为中国民族工商业提供了表演的舞台和创业的土壤。

荣氏兄弟看中了上海独特的环境，当年寒酸的钱庄跑街和钱庄挡手准备在十里洋场展露一下身手了，他们的主业仍为面粉和纺织。他们明白，在上海众多的行业中，衣食对中国人来说是命脉，必须由中国人把控，若让外国人垄断这两个领域，那将危害国计民生，就像荣德生多年前在香港九龙码头看到的景象。在上海所有的实业中，纺织业无疑占第一位。据统计，1922年至1933年，纺织业的从业人员数量占据上海工人总数的50%～60%，同时，纺织业出口占据工业出口的40%～50%。面粉业的从业人员数量也占相当大的比例，其中很大一部分掌握在荣氏家族或与他们相关的人员手中，据当时的《纽约时报》报道："荣氏家族在上海拥有80%的面粉厂和纺织厂。"

在这之前，日本的纺织厂和面粉厂在上海的势力很大，日本人野心勃勃，企图在经济上控制上海的多种新兴产业，比如橡胶、煤矿、铁矿、大豆、面粉、棉纱、丝绸、香烟、鸦片，其中纺织品和面粉是日本人的主打产业。从数据上看，日本商品涌入中国市场的势头是十分猛烈的。在第一次世界大战前夕，日本商品占中国进口商品总额的15.5%，到1919年已经猛然上升到29.9%，仅纱锭一项，就从十一万枚增加到三十三万二千枚，增长了三倍。自1917年开始，日本取代英国成为中国最大的贸易商，而且成为对华工业设备的主要销售者。更让中国人难堪的是，日本在传统的"中国货"方面也取得了优势，其茶叶和丝绸的国际贸易额相继超过了同类中国商品，成为最大的茶叶和丝绸出口国，甚至在中国市场上，日本特色商品也成了颇受欢迎的时髦货。

日本人不甘于自己的国家是个资源贫乏的弹丸之地，狂热的军国主义分子早已看中了一水之隔的中国，妄图侵占整个中国，把中国划入日本的版图，而日本商人则尽其所能竭力抢占中国市场。据统计，到1919年，日本对华贸易总量为中国对外贸易总量的39%，居各国对华贸易量的首位，尤其是日本在华的纺织厂的纱锭数量，比战前猛增了两倍。在纺织和面粉领域，中日两国的企业展开了激烈竞争。当时，日本在上海的经济渗透极为强劲，日商对中国民族工商业的情况了如指掌。起初，他们并没有把荣氏兄弟放在眼里，认为只是两个外乡来的小商人而已，但随着"雪球"不可思议地越滚越大，趾高气扬的日本人不得不把荣氏兄弟视为眼中钉并不择手段予以排挤和打压。

1919年，日商在上海开设了一家取引所，经营面粉和麦麸期货交易。荣氏兄弟明白，取引所主要是日本人用来控制原料和成品价格的工具，同时兼做棉花贸易。日商还在浦东建设了囤积棉花的栈房，目的在于操控棉花市场。

对于日本人建立取引所一事，荣氏兄弟"针锋相对"。经过多方努力，在众多实业家和商人的配合下，他们于1920年3月建立了中国机制面粉上海交易所，经营面粉和麦麸期货交易，并规定以兵船牌面粉为标准粉，从而打破了日商的垄断。不久，荣氏兄弟又发起棉纱期货交易。1921年，上海华商纱布交易所正式挂牌，地址设在民国路（今人民路）162号，后移到爱多亚路（原洋泾浜，今延安东路），营业面积约四百平方米。中国机制面粉上海交易所是中国人建立的首家期货交易所，它的建立对于中国经济来说意义非凡。这不仅打破了日本商人的垄断，还一改往日惯行的现货交易，以期货交易为主，不但增强了厂家的主动性，而且有利于远期生产计划的制订。

上海华商纱布交易所交易的棉纱包括人钟、云鹤和金城等十六个品牌。荣宗敬在交易所运筹帷幄，与日商展开"遭遇战"，双方斗智斗勇。荣宗敬的目的不只是赚钱，更主要的是打破日商的垄断，打击日商的嚣张气焰。此后几十年，日商一直是荣氏兄弟的劲敌，面对日本人的狡诈和凶残，荣氏兄弟表现得坚韧而无畏。

由于申新纺织厂的人钟牌棉纱是名牌产品，在市场上供不应求，因此日本商人想出了一个卑鄙的毒招：将自己的劣质产品包装成"人钟牌"，勾结中国奸商销往市场。这种"狸猫换太子式"的掉包计很快被荣宗敬、荣德生识破，他们根据蛛丝马迹断定这是日本人所为。时为圣约翰大学学生的荣毅仁和同学跟踪调查，摸到了造假的窝点——日本人开的一家防疫所，他们拍下照片，取得证据，采集到证人证言。事实证明，这一卑劣行径是日商丰田纱厂在日本驻沪总领事馆的指使下做的，目的是败坏荣氏企业的声誉。人赃俱获，荣氏企业召开新闻发布会公布事实，舆论哗然，报刊大加鞭挞，欧美企业也予以谴责，日本人狼狈不堪，把责任推卸到中国奸商头上。

日本人见暗算没有得逞，反而搬起石头砸了自己的脚，便想收买荣氏兄弟。日本银行通过中间人转告荣宗敬，如果他们的生意需要调头寸，那么日本银行愿意放款，而且他们不用交抵押品。荣德生提醒荣宗敬，这是黄鼠狼给鸡拜年——没安好心。荣宗敬回答："我当然知道，但他们的银行敢放款，我荣宗敬就敢借。我看中了一家工厂，手头正有点紧呢。"于是，荣宗敬到日本东亚株式会社贷款三百五十万日元，用这笔钱买下了一家濒临倒闭的纺织厂。弟弟荣德生为哥哥捏了一把汗：向日本人借款，这不是与虎谋皮吗？哥哥胆子真大！可荣宗敬很淡定，他自有打算。

1925年5月30日，"五卅"惨案引发的上海反帝怒潮席卷大街小巷，"三罢"斗争如火如荼地展开，罢工人数达二十余万人，罢课的学生达五万多人，绝大多数商人也举行了罢市，甚至英租界的华裔巡捕也举行罢岗以示反抗。各界人士奔走呼号，民气之激昂达到沸点，那些在上海滩向来不问政事、有头有脸且生活自足有余的中产阶级也参加了进来。五卅运动迅速扩展到全国各大城市，在宁静的梅园读书的荣毅仁等人也坐不住了，挥舞着彩色的纸旗，走上了无锡狭窄的街头。

荣宗敬发表了"提倡国货"的宣言："自五卅日南京路发生惨剧以后，凡我同胞，莫不切齿痛恨，致酿成罢课、罢工、罢市之举动。敝意爱国不在宣言而在实践，御侮不在一朝而在平时。现在家常日用与夫个人生活所必需，实以舶来品占多数，每年流出之金钱，何以胜计。漏卮不塞，困穷立待。兹有鄙人发起，自六月一日起，凡在本公司范围内之同人，一律不购买舶来品。苟能持以恒心，守以毅力，庶几舶来品绝迹市廛，而国货得以推行尽利，借以作五月卅日之纪念。"荣德生省下各厂端午聚餐的筵席费，如数捐助沪上工人，略表寸心。

荣宗敬的宣言不仅在上海公开发表，同时由荣德生刊登在《锡报》上，这得到了上海、无锡两地荣氏企业职员的广泛响应，亦与社会情绪相激荡，引起了巨大的反响。上海的舶来品以日货居多，百姓最痛恨的也是日货，因而荣宗敬的宣言实际上指向的是日本商品。上海、无锡抵制日货的怒火熊熊燃烧，日本货成了过街老鼠，人人喊打。全国性的抵制日货活动愈演愈烈、势不可当，国货畅销，日元汇率走低，荣氏的面粉和棉纱成了前所未有的抢手货，库房的存货全部清空。

荣氏的申新、茂新和福新等工厂也参与了罢工，即使不罢工，英国人开办的发电厂罢工了，没有电源，工厂的设备也动不了。荣氏兄弟依然如数给工人发工资，还给学生捐款捐物。五四运动时，他们给北京的学生捐款，最后钱被全数退了回来，因为学生们不相信商人会爱国救国，也不相信他们会反对屠杀手无寸铁的学生的北洋政府。在学生眼里，商人是逐利者，不值得信赖，他们的钱是不义之财。这一次，学生、工人和商人组成了统一战线，商人慷慨解囊，工人、学生欣然接受。喧闹而激奋的学生、工人与同样喧闹而激奋的商人有了共同的敌人，有了共同的语言和情绪，他们终于站到了同一战线。学生运动和工人运动的结合，需要商人的支持，政治运动并非不食人间烟火，工人需要养家糊口，商人的救济和捐助使澎湃的抵制日货斗争有了持续的声势。

在许多场合，荣宗敬都慷慨陈词："我荣宗敬是中国人，中国人遭受的侵略、压迫、欺诈、屈辱，我耳闻目睹、亲身经历、体会至深。我是一介商人，商人也有家国。古有郑国商人弦高在国家危难之时仗义疏财，用计退秦师于城下，我们当代商人岂能置国难于不顾？爱国之心，不敢后人，窃以为，'外御强权，堵塞漏卮；振兴实业，以救危亡'，我们实业界同人责无旁贷，我愿为此竭尽全力，当民国的弦高。我坚决支持工商学联合会提出的17项条件，不达目的，誓不罢休！"

荣宗敬提到的"17条"是上海反帝运动的领导机关——工商学联合会与租界工部局进行交涉的条件，主要内容有："永远撤退驻沪之英日海陆军"，"取消领事裁判权"，"华人在租界有言论、集会、出版之绝对自由"，"承认中国工人有组织工会及罢工之自由"，"取消旨在打击中国民族工商业的四项提案"，以及惩凶、赔偿和道歉等。

荣氏兄弟大量吸收从日商企业愤然辞职的员工到荣氏企业就业，这当然给荣氏企业造成了经济上的沉重压力。对于荣氏来说，时间就是金钱，效率就是生命。荣宗敬、荣德生心情有些矛盾，甚至有些焦虑，既要支持罢工——对帝国主义者屠杀同胞的暴行表示愤慨，对外商尤其是日商形成高压的态势；又不希望这场斗争无休止地进行下去，作为企业家，他们不得不考虑工厂停工的后果。

在这些条款中，要求撤军和取消领事裁判权两项无疑是一种不切实际的幻想，如果帝国主义接受，那么租界这个国中之国就不复存在了，租界工部局是断然不会接受的。经过反复交涉，其中也包括荣宗敬的出谋划策，租界工部局做了一些妥协和让步。但由于商界的分化以及各阶层利益和诉求的不统一，工厂停工造成损失惨重，同时工人因断薪造成生活难以为继，反帝统一战线出现了裂痕。中国共产党和上海总工会为了保存工人阶级的力量和已经取得的胜利，提出了在保障工人既得利益与解决工人经济要求和地方性问题的条件下，企业逐步复工的方针。于是，在罢课、罢市结束后，各厂工人也逐渐复工。

五卅运动沉重地打击了帝国主义在华势力，显示了中国工人阶级和人民群众的力量，所引发的抵制日货和英货运动，为国货扩大市场创造了有利时机，国产纱布市场兴盛一时，这在客观上推动了民族工业的发展，在一定程度上扼制了外国商品在华市场的快速扩张势头。

荣氏企业在这场伟大的斗争中经受住了考验。作为实业家的荣氏兄弟不计私利，以国家利益为重，与工人阶级、进步学生和爱国商人风雨同舟、并肩奋斗的鲜明立场以及敢于同强敌较量的风骨为社会所肯定。可以这样说，这场运动是试金石，可以看出一个人、一个阶层的精神。这场斗争无疑是中国工人阶级之伟力的一次历史性展示，也彰显了中国人民的民族主义和爱国主义精神。

对民族资产阶级而言，这是一场考验、一次洗礼。工商文明、财富精神、家国情怀在他们身上淬炼得怎么样，沉淀得怎么样，传承得怎么样？人们的这些疑问在此次波澜壮阔的政治运动中立见分晓，不同人的价值取向泾渭分明。例如上海总商会会长虞洽卿，最开始代表总商会支持罢工，但在拿到谈判的17项条件后，他删去了撤军、取消领事裁判权、工人有组织工会及罢工之自由等重要条件，并决定于6月26日单独开市，向帝国主义屈膝投降。虞洽卿之类的人痛恨外国商人的掠夺，但还有点儿民族主义精神，他们既支持工人、学生的奋起反抗，又怕得罪洋人，所以赶紧向洋人妥协。一些民族资本家也有这种心理，他们出现在游行的队伍中，可一转身就回工厂悄然复工了。商人阶层中不乏投机取巧的生意人，也有鼠窃狗盗地维护权利的奸商，就像工人队伍中会混进少数工贼一样，这不足为奇。任何政治斗争都是泥沙俱下、鱼目混珠，在激流的涤荡下，难免会有沉渣泛起。伟大的"九州生气恃风雷"的历史时刻，免不了掺杂着含混、暧昧、诡谲、阴暗和出卖等丑行。

但民族资产阶级在总体上还是爱国的，他们懂得覆巢无完卵的道理，国家沦陷了，皮之不存，毛何以附之？

在五卅运动中，大多数爱国商人坚持下来了，都很有骨气，令人刮目相看。其中更有顶天立地的中流砥柱，他们是这场运动的中坚力量，荣氏兄弟就是这样的中坚分子。他们在这场风暴中大义凛然、克己奉公,不退缩、不慌张、不畏惧,不忘实业救国的本心。他们的精神境界和具体行动,足以证明其爱国之心的真诚,他们是站在反抗第一线的斗士,"人如梅花傲雪寒,如遇磨难不言弃"。有人问荣宗敬,罢工工人的工资怎么处理?荣宗敬干脆利落地回答:照发!这两个字掷地有声、余音绕梁。

荣宗敬向日本东亚株式会社借款三百五十万日元这件事,令人感到有些蹊跷,毕竟他从商以来,最为警觉的就是日商,即使是利用日本人,傲气的荣宗敬也不至于开口向日本人借钱。其实,荣宗敬一开始就有着别人揣度不到的打算,而且胸有成竹。在他智慧又冒险的运作下,这件事后来果然演绎成一件一石二鸟的令人惊叹的杰作。这不禁让人感叹荣宗敬的手腕之高超,心思之缜密。

五卅运动之初,日元的汇率还是很坚挺的,租界工部局中的日本董事面对抵制日货的斗争,不以为然地说:"中国人抵制不了几天,东洋货在中国、在上海已经是人们生活的一部分了。"这位董事并非虚张声势,日本商品确实占领了上海的大部分市场,已渗透到了中国人方方面面的消费中。但荣宗敬敏锐地觉察到,抵制舶来品的主要目标是日货,因此日元汇率必然会发生波动,他决定因势利导,秘密炒作日汇,这样既能从金融领域打击日元,又能赚取外汇。为此,荣宗敬筹措了巨额资金来进行这次规模空前的日元投机。他知道弟弟荣德生一向不赞成做外汇投机之类的生意,因此他瞒着荣德生,自己和财务部的一名职员独立运作,他独自承受了全部压力,以免弟弟担惊受怕。

随着反帝爱国运动的扩大和深入,抵制外国商品成为潮流,抵制日货自然是首要任务。中国商店不敢卖日本货,而日本商店更是门可罗雀。在广大人民群众持续而又强有力的抵制下,外汇市场上的日汇比价终于开始滑落。一连几天,荣宗敬大量抛售日元,逼使日元汇率狂跌。这时,财务部的那名职员获得了一个重要情报。以正金银行为主的几家日本大型银行组成一个"银团"欲出面救市,以维持日元汇率的稳定。荣宗敬当机立断,立即改做"多头",吃进二百万日元。

由于日本银团的干预，日元汇率果然回升了。但荣宗敬依据全国抵制日货之势判断，日元回升是暂时的，难以持久，便再度抛售日元。上海各钱庄、欧美商人和外国银行也跟着抛售日元，日元汇率再次大跌，一发而不可收，远期日元汇率竟跌至前所未有的低谷，从而引发了严重的金融危机。荣宗敬见状，动用全部资金购进远期日元汇率（期限为六个月），这可冒着极大的风险，如果半年后日元汇率依然低迷，荣宗敬将血本无归。但他很能沉得住气，此后便稳坐钓鱼台，投入五卅运动。后来他对荣德生说："我是下了破釜沉舟的决心的，即使我亏损了，日本人的日子比我难受，这也算得来。"

半年后，局势平静下来，中国民族工业因参与这场抵制洋货的运动而获得了很大的发展，行情良好，荣氏企业也获益匪浅。而外商尤其是日商拼命扭转五卅运动带来的被动局面，日元汇率逐步上扬并相对趋于稳定。荣宗敬按照新的比价兑回到期日汇，赚得盆满钵满，不仅还清了向东亚株式会社借的三百五十万日元，而且盈余了二十五万两白银。荣宗敬神不知鬼不觉地在日元买卖中获胜，这是他最为得意的一件事。荣德生知道此事的经过后感到后怕，不过也佩服荣宗敬的胆略和勇气，他对荣宗敬说："日本人的钱落入你的腰包，这是最大快人心的事。"

荣宗敬说："矮子肚里一团筋，日本人鬼点子多，手段狠毒，我就是要玩玩他们，让他们知道中国商人不是好欺负的。如果日本人晓得这次是我荣宗敬在外汇市场兴风作浪，那么他们会恨死我的，可是我不怕，今后有机会还要和他们拼个鱼死网破，杀杀他们的威风。"

荣宗敬对这次日元投机的成功一直颇感得意，这也促使他此后对股票、期货和外汇的买卖比较关注，进而影响了他的两个儿子荣鸿元和荣鸿三，以及荣德生的小儿子荣鸿仁。这个领域兵凶战危、变幻无常、风险莫测。同时荣宗敬把主要精力放在了实业上，而且他对财富增值具有非比寻常的天赋，对交易所的业务也仅仅凭着一种常人所不具备的感觉和判断力，敢常人所不敢，为常人所不为。然而，像日元投机这样的成功案例此后再也没有发生，而且他参与交易所的业务更多是为了控制原料和成品价格，不至于被别人卡住了脖子，这个"别人"多半是指日本商人。他的宗旨是，赚的钱要用在企业发展上，办厂才是根本，不能本末倒置。

荣德生办事稳健，不肯冒险，向来反对投机取巧，他也劝诫过荣宗敬。而下一代人在天赋上远不及荣宗敬，在巨大利益的诱惑下，他们多少有些被动，也对业务没那么精通，只是跟着自己的感觉做决策。在一日三变的市场跌宕中，被赌气和所谓的运气裹挟，结果也就由不得自己了。他们有荣宗敬的冒险精神，却无荣宗敬的魄力和胆略。据说，申新纱厂在1934年遇险，致使荣家企业这艘大船险遭覆灭，与荣鸿元、荣鸿三投机失利有一定关系，荣宗敬在企业困厄中被指责"纵子投机"。至于到底亏损了多少，说法不一，据传高达一千多万元。当然，这即便是真的，也并不是申新搁浅的主要原因。幸亏荣氏兄弟在资金链断裂，企业即将倒闭之际携手力挽狂澜，申新才在一场举国关注的危机中死里逃生。此后，荣宗敬基本不涉足投机领域，荣鸿元和荣鸿三也被迫收手。荣德生的七个儿子大多专注实业救国、实业兴国，除荣鸿仁外，少有涉猎股市和期货的，而且荣鸿仁也只是独自瞒着父亲小打小闹。

一士之谔谔

在五卅运动爆发两年后的春夏之交，上海短暂的平静再次被打破，发生了惊天巨变。

荣氏企业继续以"荣宗敬速度"快速发展：荣宗敬像一匹狂奔的野马，在上海滩横冲直撞、势不可当；荣德生虽然稳妥一些，但同样热衷于办企业，紧随兄长的脚步大力扩展所热爱的事业。1925年，他们收购德大纱厂，将其改建为申新五厂，同时将常州纱厂改建为申新六厂。福新五厂在这一年扩建了新厂并全部开工，每日能产面粉一万一千二百包。1926年，福新一厂以盈余增资，增加资本二十万元，合计达五十万元。他们还以分期付款的方式收购了兴华制粉厂，将其改建为福新三厂。无锡茂新二厂和三厂在1926年发生火灾，机房及设备被烧毁。第二年，茂新二厂得以重建，安装了更精良的设备，恢复了生产。荣氏企业的超常规发展，在上海、无锡乃至全国都令人瞠目结舌。荣宗敬被称为"商场拿破仑"，这是对荣宗敬的肯定，也是对荣氏企业强劲崛起、勇猛前进的肯定。

那个时候，荣氏兄弟正处于一生中生命激情最为旺盛的时期，以及创业生涯中极其顺风顺水的时期。那是荣氏兄弟人生中一段最为曲折的乐章。实际上，尽管经历了激荡多变的五卅运动，上海的工商业还是处于平稳状态。在五卅运动爆发两年后的1927年——中国历史上一个风云突变、充满血腥气的年份，有一个人盯上了他们，这个人就是时任国民革命军总司令的蒋介石。

蒋介石对上海滩颇为熟悉，年轻时他曾混迹于上海青帮，投在上海滩帮会头子黄金荣门下，拜黄金荣为"老头子"。1921年，蒋介石投机失败，欠了一笔不小的债务。他知道自己在上海滩混不下去了，欲南下投奔孙中山，是黄金荣帮他摆脱了困境，并接济他南下。然而，这段不太光彩的历史却为他日后争取江浙财团的支持打下了基础。得到同乡张静江和虞洽卿扶持的蒋介石，五年后已是拥有重兵的国民党最高军事将领，他麾下的北伐军势如破竹，击败了北洋军阀吴佩孚和五省联军总司令孙传芳，直逼上海——孙传芳的老巢。

1926年12月，蒋介石抵达南昌，虞洽卿坐了一艘小轮船到南昌去见他。虞洽卿的目的当然很明确：笼络这个占领中国半壁江山并即将占领上海的军事强人，利用国民党势力维持自己的既得利益。由于蒋介石早年间在上海的那段经历，加上他与上海工商界头面人物的私交，以及上海工商界对军阀统治已失去信任，希望更新换代，因此以虞洽卿为代表的这批大地主大资产阶级对蒋介石和北伐军是有所期待的。在南昌，虞洽卿与蒋介石相见甚欢，谈得很投机。但蒋介石是否对虞洽卿交底？他们是否达成了某种默契？这不好说，至今没有发现这方面的历史资料。但工商界普遍认为,虞洽卿是带了支票去的。从蒋介石后来在上海采取的行动,以及虞洽卿、黄金荣、杜月笙等人的表现来看,他们显然是有勾结的,后来发生的一系列事件表明他们之间的关系是极其密切的。

在此之前,由共产党人周恩来组织的工人罢工和武装起义经历了两次失败,第三次终于取得成功,组建了上海临时政府。1927年3月26日,一身戎装、踌躇满志的蒋介石率北伐军进入上海,随即发动震惊天下的"四一二"反革命政变,大肆屠杀共产党人和工运积极分子,超过五千人被枪杀或失踪。上海总工会委员长汪寿华被杜月笙、张啸林活埋于城郊,青帮分子突然攻击工人纠察队,北伐军调转枪口向自己的盟友共产党人和工人阶级痛下杀手。上海笼罩在白色恐怖之中,国共合作破裂,中国共产党和总工会被称为非法组织。虞洽卿、陈光甫、张公权等人尽力筹集资金,不仅为蒋介石政权提供了资金援助,还协调了蒋介石和租界的关系。可以确定,蒋介石背叛孙中山的宗旨,发动政变、夺取政权,青帮和部分商界人士在其中充当了帮凶,而蒋介石也对这些人委以重任。当然,随着蒋介石的羽翼渐丰,他后来的有些做法侵犯到了这些人的利益,双方出现了矛盾,明争暗斗、摩擦不断。他们中的有些人对蒋介石的不满情绪逐渐强烈,甚至站到了蒋介石的对立面。但这些都与荣氏兄弟无关。

荣氏兄弟和虞洽卿、张静江等人素无往来,对青帮等黑社会组织痛恨有加、敬而远之。他们从不过问政治,不参与对蒋介石政权的奉迎,当然,他们对共产党也并不了解。但是对于上海发生的暴力事件,作为企业家的荣氏兄弟感到震惊和不解,他们期待有一个安定的社会秩序,期待能在一个良好的环境里兴办实业、以图报国。蒋介石政权所表现出的强权统治与他们的愿望格格不入。荣宗敬表示:"世道变,商道不变。"这句话言简意赅,虽然国民党的所作所为改变了中国和上海,但荣氏兄弟实业救国的志向不会改变。仅此一言,就表明了他们的态度。

蒋介石在上海娶了宋氏家族的三女儿宋美龄,并获得了宋子文的财政支持。

之后他一改最初对工商界以礼相待的谦逊友善之态，露出了贪得无厌、无赖泼皮的本性。1927年5月起，他采用强盗式的做法，敲诈、胁迫上海的企业家掏钱。为了维持在华东地区的统治以及继续北伐中原，蒋介石每月需要数千万元的军费，虞洽卿、张公权等人虽为他募集了巨额款项，但仍不敷使用。于是他变本加厉地索取，俨然一个填不满的无底洞。蒋介石利用帮会势力对商人进行恐吓、打击、迫害，强迫商人"认捐"。据英国人办的《字林西报》记载：5月14日，上海著名的买办席宝顺的儿子以反革命罪被捕，五天后因认捐二十万元的国家事业费被释放；5月16日，上海最大的酒业商人赵继镛以同样的罪名被捕，在交了二十万元后获释；棉纺织厂老板许宝篴的儿子以参加共产党的罪名被捕，在交了六十七万元后获释；贸易商虞洪英、糖商黄震东以贩卖日货的罪名被警备司令部关押一周，在交了十五万元现金后获释；商人郭辅庭因拒绝认购公债而以反革命罪被捕，后来也交了一笔巨款才保住性命；远东公共运动场董事长的兄弟在法租界被绑架，之后交赎金得释。最为夸张的事件是，先施百货的经理欧炳光的三岁儿子被绑架，后来捐赠五十万元国家事业费才被赎回。

美国记者索克思在《字林西报》上报道："他们以捕捉共产党人为借口，进行了各种形式的迫害，人们被绑架，被迫进行军事捐款。"

上了蒋介石认购公债名单的几乎囊括上海主要的工商企业，南洋兄弟烟草公司认捐五十万元，先施百货认捐二十五万元，永安公司认捐二十五万元，新新公司认捐二十五万元，商务印书馆认捐二十万元。蒋介石不择手段，赤裸裸地敲诈与搜刮，这使上海工商界人人自危，个个犹如惊弓之鸟，唯恐被蒋介石的弹弓击中。

荣氏兄弟的庞大产业当然逃不过去。蒋介石早就对荣家垂涎三尺，他要求担任华商纱厂联合会副会长的荣宗敬承购"二五库券"六十万元，而荣宗敬早已对蒋介石的勒索看不过去。在蒋介石进入上海之前，荣宗敬还对北伐军的挺进表现出几分兴奋，但是蒋介石之后的一系列霸道行径和贪婪本性让他十分失望，觉得蒋介石一副十足的流氓腔，与旧军阀相比有过之而无不及。对于蒋介石的勒索，他以"各厂营业不振，经济困难，实无力担负"为由拒绝了。纠缠到最后，不得已答应最多勉强认购十多万元，认购的钱还是从福源钱庄以暂借的名义交给国民政府财政委员会的，其用意很明显：纱联会没钱，这点钱还是借来的。

这当然满足不了蒋介石的胃口，他清楚荣宗敬是在变着法儿玩耍他，他骂了句："荣宗敬当我蒋某人是叫花子，他别想蒙混过关。"蒋介石坚持索要六十万元，一分钱都不能少。但荣宗敬坚决不接受，无论怎样胁迫、威胁，就是不肯就范。银行家陈光甫说："全上海敢和蒋介石顶撞的恐怕只有荣宗敬了。"

荣宗敬耿介的性格让蒋介石大为恼火，当即给他扣上了"甘心依附孙传芳"的罪名。但荣宗敬不予理会，荣家的几家工厂都在租界内，他也居住在租界，租界的万国商团派警员来保护荣宗敬，他每天若无其事地在警员的保护下上下班。这样公开抵制蒋介石的实业家确实不多，"若如寒梅，任凭群芳凋零，独傲枝头"，荣宗敬的做法获得了广泛的尊重和共鸣。蒋介石已触犯众怒，就连追随他的虞洽卿、张公权、陈光甫都感觉到这位总司令是在倚仗北伐胜利的威势，做得有点过头了。人们蓦然发现，蒋介石的军人政府甚至比以往的旧军阀还穷凶极恶，商人讨价还价的空间变得更小了。

荣宗敬不示弱的强硬骨气让他身边的人既敬佩又担忧，身边的人委婉地告诉荣宗敬，蒋介石是什么手段都使得出来的人，不宜与他硬顶。还有人给荣宗敬说了总商会会长、中国通商银行总经理傅宗耀的遭遇：蒋介石要求傅宗耀出面筹集一千万元军需贷款，傅宗耀感到很为难，婉拒了，蒋介石第二天就发出通缉令，指责傅宗耀"助逆扰乱，挟会营私……不独投机，实属反动"，将其家产查抄，傅宗耀最终被逼得去了大连。荣宗敬回答说："我荣宗敬说的是实话，纺织厂的处境艰难，猪油渣已经炸不出油来了，难道将工人的工资交给他，让工人家里揭不开锅？天底下岂有这样的道理？买库券应该是自愿的，怎么能强卖强买、霸王硬上弓，这不是明着抢银子吗？"

蒋介石恼羞成怒，令各军通缉荣宗敬。但荣家的企业在租界，宅第也在租界，他一时奈何不得荣宗敬，便迁怒于无锡的荣德生。5月15日，无锡县政府接到了蒋介石的密令，当即形成三点处理意见：第一，调查荣宗敬之产业，如属其私人者，完全抄没；第二，如系公共者，查明后再核办；第三，凡属其弟荣德生之产业，概不抄没。核查下来，荣氏兄弟并未分家，住宅及工厂均为兄弟俩共有，当然工厂各占不同的股份，难以分清。于是无锡县政府决定将住宅和工厂一概查封，军警部门受命将荣家在荣巷的新宅转盘楼，以及申新三厂、茂新一厂、茂新二厂逐一查封。无锡军警查封荣家住宅和工厂已是深夜11点多了。5月份的天气，夜晚还是有几分凉意的，夜色浓重，荣家数十口人无不惊恐不已、大哭小喊，不知道发生了什么事。荣德生问县保安局局长宋静庭，为何要查封荣家的宅第和企业。宋静庭告诉荣德生："你哥哥荣宗敬勾结军阀孙传芳，蒋总司令亲自下的通缉令和查没密令。"荣德生大吃一惊，他已猜测到事情的原委。蒋介石在上海滩的胡作非为他早就听哥哥说过，哥哥对此深恶痛绝，还曾毫无顾忌地说："这个蒋介石把上海的商人当成了砧板上的肉，这和绑匪绑票有什么两样？他要是对我狮子大开口，我一分钱都不给，看他拿我怎么样？我们的工厂在租界，我住的房子在租界，租界有治外法权，他有本事到租界来抓我。"看来，蒋介石已向哥哥开口了，并被拒绝了。蒋介石那握有枪杆子的手伸不到租界，但伸到了无锡。

荣德生意识到情况不是那么简单，尽量稳定情绪，思考着应对之策。观望探询的荣巷乡亲已散去，荣家数十口人挤在厨房和汽车间里度过了一个忐忑不安的夜晚，整个宅院沉浸在愁云惨雾之中。第二天早晨，申新三厂总管薛明剑和茂新面粉厂襄理陆辅臣从城里赶到荣巷。薛明剑消息灵通，他告诉荣德生起因是荣宗敬拒购六十万元"二五库券"，蒋介石同时签发了两项命令：一是查封荣宗敬所有资产，此为密令；二是明令，通令各路北伐军缉捕荣宗敬，将其押往北伐军总司令部严办。

荣德生听了深感错愕，他猜对了，但事态的性质比他预料的更为严重。哥哥荣宗敬性格倔强，不会辱身降志向蒋介石屈服。而蒋介石小人得志、拥兵自重、无法无天，拿不到钱，不会轻易罢休。租界绝非万安之地，要捕要杀，姓蒋的有的是办法。被他拘捕勒索的商人，不少也在租界，租界绝不是保险箱，万国商团的那几个警员保护得了哥哥吗？他和薛明剑、陆辅臣商量一番，决定先把家眷转移到梅园再说。工厂迫不得已停工，荣德生要安排人值勤，同时要对工人进行安抚、予以解释，以防止谣言纷飞、扰乱人心。

事发那年荣毅仁仅十一岁，读小学四年级，他正在学校自修，听说家里被查封的消息，旋即赶回，陪着父母、长辈在汽车间栖身，一夜未闭眼。年幼的他已明白伯父和家里出了大事，看到母亲和婶娘等恸哭，他心里也不好受，这件事给他留下了难忘的印记。六十多年后，他在北京中信公司的办公室里同我提到这件事："蒋介石北伐到上海，一手屠杀共产党，一手敲诈工商界，他眼红荣家钱财，公开索取。在大伯荣宗敬拒绝后，他把荣家在无锡的房子、企业都查封了。我那时还很小，记得家里贴满了密密麻麻的封条，连卧室都封了，家里人只能随便找个地方打地铺。"

这一年秋天，梅园读书处正式开办，钱孙卿为主任，招收学生二十余名，分设初、高两级，学制各为两年，在宗敬别墅以东开筑豁然洞，翌年一月建成。荣毅仁小学毕业后，便转入梅园读书处学习中学课程。

薛明剑提议赶快去官场找人帮忙。他提到了一个人，即时任中央监察委员兼东路军总政治部主任的国民党元老吴稚晖。吴稚晖是常州武进雪堰桥人，此地与无锡交界，虽属于常州武进，但吴稚晖一直自称无锡人。荣德生听后觉得可以一试，因为吴稚晖和荣家是至交，他极重乡谊，在国民党中资历很深，蒋介石还是很尊重他的。

第二天一早，荣德生把无锡的事情委托给薛明剑等人料理，自己乘火车赶赴上海。下了火车，他叫了辆黄包车直奔西摩路荣公馆，在楼下客厅迎头见到哥哥夹着皮包从楼上走下来。荣宗敬神态平静，甚至很轻松，好像没有什么事发生，倒是看到弟弟一大早便匆匆来上海且一脸愁容，有点诧异地问荣德生："德生，什么风把你吹来了，出什么事了？"荣德生把无锡住宅和工厂被查封的事以及薛剑明打听到的消息一一告诉荣宗敬。荣宗敬一听，脸上的笑容立刻消失，气愤地说："没想到蒋介石吃不着黄狼吃起了鸡，来了个声东击西。无锡的房子、工厂不是我荣宗敬一个人的资产，房子有你的份儿，工厂是股东的，他凭什么查封？姓蒋的不愧是青帮出身，和我荣宗敬耍流氓，真是图穷匕见了！"

荣德生劝荣宗敬不要硬顶，认为还得设法渡过这个难关，并提到了是否要请吴稚晖出面在蒋介石面前说情。荣宗敬还是不服气，忿忿然说："他有本事来找我荣宗敬，是我拒绝他的，与无锡的家人和企业根本不搭边。国民党像是明朝的东厂、西厂，还要株连我九族，仗势欺压，等同绑票！"

荣德生说："事缓则圆，我们的锭子拗不过人家的枪杆子，何苦去和这种人计较，小不忍则乱大谋。还是让吴稚晖从中周旋，多少认购些库券，这样僵持下去不是长久之计。还有，我担心姓蒋的会对你下毒手。"

荣宗敬告诉荣德生，门外停着带有租界工部局牌照的汽车，他到哪里，车就跟到哪里，一有情况上车就能脱险。另外，他已预订了一张英国邮轮的不定期船票，随时可签票去香港。荣德生听了，忍不住说："哥，跑得了和尚跑不了庙，上海、无锡和汉口的工厂怎么办？我们的家、申新、茂新就这么一直被封下去吗？"

荣宗敬不吭声了，脸上露出痛苦和愤恨的神情。他在客厅的沙发上坐了下来，思考着，两条剑眉紧皱着，半晌又站起来说："当然，我不会一走了之。六十万元捐款分摊至各厂，我们申新出大头，算下来大约二十万元，可各纱厂营业不振，实在无力负担。我荣宗敬非为个人着想，而为纺织业全体同人鸣不平。北伐告捷，建设伊始，正冀望政府维护。然而，军政府一再盘剥，不恤商艰，他难道没看到我国纺织业大半为外国人所掌握？尤其是日本人，十有其三四。纱厂一再承损，负担越来越重，他蒋介石把一根根稻草压给我们中国纱厂，这匹骆驼压垮了对他有什么好处？若他总司令敢向外商派捐，我荣宗敬照样捐！"

荣德生听后，不由得对哥哥肃然起敬。他这才理解哥哥为什么不顾个人安危对蒋介石的指令硬顶着不办，除了考虑当下纱厂的困境，不想增加职员们的负担，更是从国家实业发展和抵御外侮的方面着想。新政权屡屡勒索，对民族工业来说无疑是雪上加霜，进一步削弱了民族工业的竞争力，造成洋货更为猖獗。此等压榨和盘剥之举对国家的利益而言，是一种竭泽而渔、釜底抽薪的行为。蒋介石不仅手段凶狠，而且严禁国内媒体对这些勒索行为进行报道，而受害商家敢怒不敢言，整个上海滩噤若寒蝉。哥哥不惧蒋介石的要挟，而且公开斥责蒋介石的恶劣行径，真是"千夫诺诺，不如一士之谔谔"。这一刻，荣德生对哥哥荣宗敬身上那股不顾一切的犟劲有了新的认识。

荣氏兄弟在一次次遭遇中，有了更自觉的公共关怀意识，知道办实业不仅是经济问题，还与政治密切关联，不能与统治者及政治经济制度切割开来。实业救国不单纯是经济上的努力，制度不好、统治者昏庸，实业何以救国？

荣德生是支持哥哥的，他从心底里鄙视蒋介石的强横与霸道，也为中国工商界不断受到统治者的打压而感到可悲。从清政府到北洋政府，中国商人一直饱受官僚阶层和洋人的欺凌。北伐战争打垮了军阀统治，民族工商业者本来期待着国民政府能实现三民主义，扶助工商，推动实业。可是执掌军事实权的代表人物蒋介石却与孙中山的思想背道而驰，把民生、民权、民族摒弃一旁，迫不及待且不择手段地胁迫工商人士掏尽口袋，搜刮民脂民膏。这个政府才刚刚登台，不知道以后还会对工商界做出什么更出格的事，荣德生实在不敢想下去，先解决眼前这件事再说吧。想到这里，荣德生心里不禁升起一种失望和悲怆之情。

荣德生还是硬着头皮去找了吴稚晖。吴稚晖一听，认为蒋介石的做法不仅欠妥，而且过激了。他说："蒋介石清党我是赞同的，我也发表过'弹劾'共产党在国民党党籍的文告，党中有党不合常理。可他把上海的工商人士当成共产党了，他忘了你们这些企业家是他的衣食父母。财神菩萨是要拜的，他倒好，把刀架到财神菩萨的脖子上了,这不是剥猪猡吗?""剥猪猡"是无锡方言,意思是在抢劫一个人时连衣服都剥夺了。吴稚晖苦笑了一番,答应荣德生找蒋介石说情。他还说荣宗敬也不能太要强,男子汉大丈夫能屈能伸,先给蒋介石一点面子,认购一些库券,给总司令一个台阶下。必须承认,吴稚晖确实出于乡谊为救荣宗敬出了大力气。

他致函蒋介石:"无锡富商荣宗敬,乡评极佳,并无为富不仁之事,近年来敬恒亦未闻彼曾比附孙传芳……乡之公正士民,环来请求转达钧听,望饬查昭雪,免予查封。"吴稚晖在这封信中为荣宗敬说尽了好话。蒋介石阅后有些吃惊,能从吴稚晖这张向来刻薄的嘴里吐出这些溢美之词相当难得。这个人一向清高、傲气,钱是买不动他的,至多有点乡谊吧。

趁着蒋介石从南京到上海追悼陈其美逝世十一周年之际,吴稚晖又动员张静江、蔡元培和李石等人一起找蒋介石为荣宗敬说情。蒋介石对这几个人是不敢轻慢,耐着性子听他们讲话。他们借荣宗敬一事剖白的同时,对蒋介石过度勒索上海工商人士的行为婉转地表达了一点看法,大意是:此事不单关系荣氏一家之荣辱,也牵涉苏浙沪东南一隅的安定;江南物阜民丰,历来是赋税重地,漕运、驿传、洋务、商旅、工业无不领先于别处,国民革命的根据地广东也无法与之比肩;江南好则中国好,江南稳则中国稳,当今国民政府初建于南京,立足未稳,对于荣氏这样的实业家应予勉励、体谅,如有过错,也该宽宥处之,现在杀鸡取卵、伤筋动骨,让人寒心,这既不利于实业之振兴,更会贻误国民政府巩固之大局。

这几位的话虽说得含蓄,但蒋介石听懂了其中的弦外之音。这些人不仅仅是来抒发江南情怀的,也不仅仅是来替荣宗敬充当说客的。江浙地区确实是国民政府所依托的地方,上海及周围城市更是民族企业云集之地,蒋介石需要江浙财团的保驾护航。这段时间,上海工商界的怨言也刮到了蒋介石的耳中。虞洽卿、陈光甫也在他面前表示过同样的意思。这些人都是自己信得过的人,都对国民政府热心拥戴、忠诚不二，他们除协助蒋介石镇压、肃清共产党和工运组织外，还在财政上鼎力相助。他们的这些话都是出于善意，且不无道理。尤其是张静江，在先总理孙中山最困难时他曾慷慨解囊、资助革命。吴稚晖虽整天唠唠叨叨，但他也是孙中山的患难之交、国民党的元老，是享有很高威望的老臣。对于这两个人和今天来陈情的其他人，蒋介石提醒自己切不能怠慢。

于是他表态说："像荣宗敬这样的实业家，我并不想为难他，让他捐六十万元库券也不算过分。对堂堂'面粉大王''纺织大王'来说，这点钱算什么。他这么抠门，一毛不拔，简直是铁公鸡一只，而且出言不逊、桀骜不驯、目中无人，我这样做也是迫不得已。你们都是我的前辈、诤友、至交，爱国之心毋庸置疑，中正不才，全仰仗各位和国民对我蒋某人伸以援手。我劳师远征，粮秣衣甲得沪上商民帮助极大，对此中正感恩在怀，不会辜负。既然你们为他说好话，那么我相信荣宗敬是个有大作为的商人，也相信他不是孙传芳一派的余孽。撤去查封可以，但库券还是要认购的，什么时候认购，什么时候撤封。敬恒老，你带个信给他，国民政府财政拮据，我不是竭泽而渔，也不是勒索，而是以债券形式向商家借贷，请商界多加支持、放水养鱼，水大了政府这条鱼也大了，会反哺工商业的。中正希望商界体察政府的苦衷，手气大些，目光远些，与政府合作，共克艰难。"

听了蒋介石的这番高论，吴稚晖几人虽然觉得蒋介石是在强词夺理，有些哭笑不得，但至少他的态度缓和下来了，对于已被逼到绝境的荣宗敬也有了网开一面的承诺。他要的是钱，而不是命。

吴稚晖把蒋介石的意思亲口转告了荣德生和荣宗敬，但荣宗敬还是不愿意掏钱。陈光甫劝他别再僵持下去了，没有好结果的，不要因小失大，还偷偷告诉他一个办法：认捐库券后可以分散转让，虽然会亏蚀一点，但查封的工厂早点开工就会挽回损失了，但这个办法不能张扬出去，若让蒋介石知道，他又会大发雷霆。

荣宗敬听进去了这些话，他以华商纱厂联合会的名义认捐，自己出大头，再向其他纱厂摊派，诸厂在力所能及的范围内承购一些，合计承购了差不多五十万元。但小科布尔的《上海资本家与国民政府：1927—1937》一书记录："蒋介石个人制定了法令，征用荣氏在无锡的面粉厂。这项法令直到荣氏捐给国库二十五万元后才被废止。"

小科布尔在书中的这个数据可能有误，因为蒋介石蛮横自大的个性是不会允许荣宗敬只交这么一点儿钱的，也不会给他打这么大的折扣。至于与六十万元的要求略有差额，蒋介石倒有可能睁一只眼闭一只眼。在承购库券后，蒋介石才下令撤销对无锡转盘楼、申新和茂新的查封。

蒋介石委任上海储蓄银行的陈光甫为江苏兼上海财政委员会主任，虞洽卿则出任财政委员。他们以债券的名义为蒋介石筹措军饷，使其有了生财之道。尽管陈光甫和虞洽卿没有想到蒋介石会动用权力甚至暴力肆意妄为，但在蒋介石胁迫上海工商业人士认购债券这件事上，他们二人有不可推卸的责任。驻上海的澳大利亚人查普曼出版的《中国革命：1926—1927》一书提及："蒋介石凭借这种恐怖手段搜刮的钱财，估计达五千万美元，现代以前的政权从未在上海有过如此恐怖的统治。"

荣宗敬按照陈光甫教的办法，将库券折价抛掉，其他纱厂也仿效这一做法，近五十万元的库券折损了约十万元。

实际上，蒋介石从未听信吴稚晖、张静江等人的话。此后，国民政府及其财政部和实业部都在变着法儿盘剥工商界，从大企业到小企业，直至小商贩都面临各种苛捐杂税。国民党通过重税榨取钱财，蒋介石甚至授意青帮杜月笙公开贩卖鸦片，以便从中获取暴利。这些钱都用在对共产党的一次次围剿上，后来又面临抗日战争和解放战争，在战火弥漫中，蒋介石自身难保，哪里还有余力支持工商业？他志不在此，根本无意扶持民族企业，只会时不时敲商人的竹杠，把江浙财团看作他的钱袋子，但江浙财团并非取之不尽的摇钱树，哪里禁得住国民政府的连年搜刮？

荣宗敬说："蒋介石把一根根稻草压给我们中国纱厂，这匹骆驼压垮了对他有什么好处？"什么好处？蒋介石除了将搜刮来的钱财用于打内战、消灭异己，还养肥了四大家族和一批官僚资本家，最后阻碍了中国工业化的发展进程，这最终压垮了他自己。

荣宗敬不畏强暴的"一士之谔谔"成了蒋介石政权最后以失败告终的谶语。

民商何罪，申新何辜

在荣氏家族的记忆中，有一段噩梦般的历史，一想起来就让人感到撕心裂肺地痛，那就是申新搁浅。申新曾经那么强大，那么不可撼动，可是突然间从高处坠落，差点摔得粉碎。虽然申新幸运地活了下来，但荣氏兄弟及其子侄的心上无不被深深地剜了一刀，留下了无法磨灭的伤痕。

在20世纪30年代初期，荣氏兄弟的事业达到鼎盛。在此前的短短数年间，荣宗敬一鼓作气收购了几家老厂：1929年押款收购东方纱厂，更名为申七，荣德生的长子荣伟仁出任经理；1931年春夏之交，收购三新纱厂，更名为申九，荣氏企业的得力干将吴昆生出任经理。三新纱厂是中国最早的官办企业之一，其前身是光绪八年李鸿章奏请创办的上海机器织布局，后归招商局总办盛宣怀管理。盛宣怀后人将其转让给美商中国营业公司的大股东李馥苏等人，但李馥苏只要地皮，不想办厂，于是以四十万元的低价将纺机和其他设备打包卖给了荣宗敬。荣宗敬首付五万元作为定金，像捡大漏似的得到了一个不错的工厂。

荣宗敬还不过瘾，1931年秋天又收购了厚生纱厂。厚生纱厂曾经是国内最大的一家纱厂，荣宗敬没有付现金，而是将厚生欠钱庄的四百八十万元欠款转入他的名下。荣宗敬财大气粗，钱庄当然乐意。高速扩张使雪球越滚越大，而且荣宗敬基本上都是举债收购工厂的，但他的狂热丝毫不减，在买进厚生纱厂的同时，他又新建了一家"全上海乃至全中国最漂亮、最先进的纱厂"——申新八厂。这些工厂均添置了新式纺机，荣宗敬一次性从英商鲁意斯摩洋行订购了四万枚最新的英国泼辣脱纱锭（音译，一种纱锭），用以装备申一和申八。至此，荣氏企业已拥有九家一流的、规模很大的纺织厂，均以申新冠名，除申三在无锡，申四在汉口外，其余均在上海；拥有以福新冠名的面粉厂八家，除福五在汉口外，其余均在上海，依次分布在苏州河和繁忙的黄浦江两岸；另有四家以茂新冠名的面粉厂，无锡三家，济南一家；无锡还有一家中等规模的公益铁工厂，荣德生一直有创办生产机器的母机厂的志向，以制造纺织设备和其他设备；此外，荣氏还有庞大的船队、堆栈，数十处麦庄、棉庄以及两家打包厂。如此庞大的企业，国内屈指可数。荣氏兄弟拥有企业全部资本的百分之七十以上，是名副其实的实业巨子。正如毛泽东所说，在近代中国算得上财团的只有荣氏一家。这个评价是符合历史事实的。

到1932年，申新纱厂的纱锭数约占全国民族资本棉纺厂的百分之二十，布机数约占百分之二十八；茂新、福新面粉厂的市场规模约占全国关内面粉工业的三分之一，占上海全市的二分之一。虽然这些比例在各个历史时期是有变化的，但荣氏企业在衣食领域长期独占鳌头不假。荣宗敬曾骄傲地说："全国有一半人吃我的，穿我的。"

荣氏兄弟那时虽然年龄渐大，但仍觉得自己还处于生命的旺季，锐气依旧，看不出丝毫暮气。荣宗敬六十岁在无锡做寿时慷慨自誓："吾今已届六十，六十岁时六十万纱锭，七十岁时七十万纱锭，八十岁时八十万纱锭……"可是话音刚落，荣氏企业就面临一场空前的危机，即申新搁浅。其实，这场让荣宗敬猝不及防、焦头烂额的危机并非突如其来，它早就有各种征兆，背后也有错综复杂的原因。

第一次世界大战结束，列强内斗告一段落，为了恢复遭到摧残的经济，外商气势汹汹地扑向中国市场，倾销剩余产品、转嫁危机，争夺中国的资源和市场。

1929年秋季开始的世界经济危机自美国开始，很快席卷整个资本主义世界，长达四年之久，给世界经济造成了灾难性的后果。由于面粉和纱布以内销为主，在危机开始的两年，除了对外贸易锐减，中国的纺织业和面粉业尚能支撑。然而，随着这场危机的冲击不断扩大和加深，中国经济出现了断崖式的衰落：首先是债券市场的暴跌，其次是纺织业的低迷。1931年"九一八"事变后，东北三省的纱布市场全部落入日本人手中，以华北为主要市场的国产面粉也受到了日商的紧逼与排挤。国民政府的苛捐重税更是雪上加霜，脆弱的中国民族工商业陷入了危机。强敌虎视、政府无能、民心动荡，一国经济要想欣欣向荣，这是不可能的。

荣氏企业从此交上了厄运，连连遭到重创。1932年，在荣宗敬六十大寿后不久，庞大的荣氏上海申新公司搁浅了，就像搁浅在海滩上的鲸鱼，动弹不得，气息从粗重到微弱，眼睁睁地看着近处的大海和掠过天空的海鸥。

这是荣氏兄弟办厂以来遭遇的最严重的难关。上海福新各厂因面粉销路渐窄，一度全面停工；申新各厂也因棉花贵于棉纱，不敷成本，织纱成布，布价仅及纱价；市场萧条，存货堆积如山，企业无利可图，资金链基本断裂，历年积欠的贷款无法偿还。据统计，1934年全部资产为六千八百万元的申新公司，债务竟高达六千三百万元，荣宗敬想尽办法，但都无济于事。银行和钱庄是势利的，你兴旺发达、顺风顺水，贷款会自动送上门，但当你落难时，它一分钱都不会借给你。眼见申新公司窘迫到如此地步，即便是风光一时、实业庞大的荣宗敬，它们也以冷脸待之，不仅拒绝贷款，甚至在总公司坐等索债，唯恐申新倒闭，欠款付之东流。荣宗敬放下身段到处求人，但无人愿意帮忙，最后走投无路，他连寻死的念头都有了。某天半夜他在申新七厂的俱乐部号啕，顿足捶胸地说："我弄勿落了，我弄勿落了！这日子没法过了，还不如找根绳子上吊算了……"

睡在俱乐部楼上的荣伟仁被哭声惊醒。荣伟仁深受大伯荣宗敬的喜爱和赏识，他做人做事牢靠，聪明绝顶又沉稳低调，是个标准的正人君子，被大伯调到上海总公司协助处理日常事务。他平时一直跟着大伯，看到大伯哭得这么伤心，荣伟仁心里很难过，也陪着流泪。他是厚道人，不知道怎么劝大伯，觉得任何安慰都是苍白无力的。他很震惊，那么强悍且从不言败的大伯会沮丧到如此程度，可见申新真的到了最危险的境地了。

第二天他打电话到无锡，将上海的情况和大伯的情绪告诉了父亲。兄弟情深，荣德生听了心里很辛酸、垂泪不止、久久不语。荣德生让荣伟仁和在圣约翰大学读书的荣毅仁请假一起回无锡。在火车上，兄弟俩谈起大伯都很感叹，难道人称"商场拿破仑"的大伯这次真的遇到了"滑铁卢"，溃不成军了？荣家真的在绚烂一阵以后，要归于平静和黑暗吗？大伯的豪言壮语还在耳边响着，天大的事就发生了，大伯这样的经营大师都无法力挽狂澜，半夜痛哭不已，其他人就只能束手待毙了。曾几何时，荣家各厂都是一片好年景，要风得风，要雨得雨。日本丰田纱厂的产品滞销，不得不偷偷冒充申新的"人钟牌"棉纱，演起狸猫换太子的卑劣把戏，这些怎么一下子成了过眼云烟？

荣毅仁陷入了沉思，申新有九家大棉纱厂，可以说是国内一等一的纺织集团，但为何会在不长的时间内衰落到这个地步？荣毅仁和同窗——时任行政院副院长的孔祥熙的儿子孔令侃经常探讨这个问题，他俩对经济都很关心。旁观者清，他们是学生，相对超脱，对荣家进行了比较客观的分析。他们共同的看法是，国运多舛、外商侵害、外货倾销，造成国产棉纱严重滞销，形成棉贵纱贱的反常现象。棉之所以贵，是因为国内产棉区涝旱多发，连年歉收，国产棉花供应不足，华商不得不从海外进口棉花，但外棉价格高，从而增加了生产成本。纱之所以贱，是因为日本厂商和其他洋商恶性倾销，除了日商、英商等外商的挤压，还有日本军国主义对中国的侵略蚕食，"九一八"事变后，华商在东三省的纱布市场全部被穷凶极恶的日本人抢占，这使申新受伤不轻。

但荣毅仁认为，荣家自身的经营也有问题。荣氏企业这些年急剧扩张，速度惊人，而且是靠大量举债实现的，尽管这种滚雪球般的增长是大伯荣宗敬引以为傲的惯用手段。但火车开得太快，碰到弯道就容易出轨。申新的大规模扩张犹如特快火车，偏偏碰上了市场不景气的急转弯，产品销不出去，产能过剩，利薄而亏空，资金回收不及时，多个工厂的现金流中断，加上如此高的债务，申新这座曾经坚如磐石的大厦面临随时倾倒的危险。

荣德生对上海的情况大致是清楚的，险象早已有了，他也预感凛冬即将到来。哥哥也多次与他通过电话，说了上海的困境，和他商量过对策。他知道为了渡过这个难关，哥哥四处奔波，通过中国经济信托公司，用申新九家工厂的全部机器、纱锭、厂房和土地做抵押，拟向美国商团借款三千万元。但美国商团拒绝了，因为它调查到申新九家工厂的所有资产都用来贷款了，已失去了抵押的价值。荣德生也知道各行庄见荣宗敬处境艰难，快资不抵债了，肯定急于收回贷款，不会转期。有几笔数百万元的贷款眼看就要到期，但银行毫无商量的余地，一天都不肯拖延，可哥哥无处筹措这笔钱。

1933年，宋子文在访问美国后签订的《棉麦贷款合同》一度给荣宗敬、荣德生带来了一丝希望，兄弟俩盼望能分到几杯羹，这也算得上是一根救命稻草。

荣宗敬给宋子文写了一封信：

宋子文副院长兼财政部长先生台鉴：

　　部长起美，报章赞美，获特殊荣誉。闻美款借贷有望，极佩卓识。华北协定后，日方加重经济侵略，尤于吾国纺织厂。若不力图挽救，华厂恐无立足之地，而国家社会之隐忧，诚不忍言。此款成功，当完全为振兴实业，改进农业之用，于国于商，两有裨益。窃思纺织在实业中最为重要，应力予维持，院长有世界眼光。素熟思而明辨，必会尽力扶助也……

但他们的希望很快就破灭了，蒋介石插手贷款合同，明修栈道，暗度陈仓。一方面，这笔贷款并未用来接济处境艰难的纺织、面粉企业；另一方面，政府在将美国倾销的棉麦卖给国内厂商时并未对价格做过多的让步，而且要求不能赊欠，厂商要有抵押品。荣氏企业已没有什么抵押品了，千盼万盼的棉麦货款成了镜花水月，宋子文给他们吃了个空心汤团。更让他们气愤的是，这笔钱被蒋介石用于围剿苏区的军费支出。此举气得荣宗敬在华商纱厂联合会上直言不讳地说："借用美国棉麦一节，用之于经济，则可使国内之实业昭苏，用之军事，将陷国家于万劫不复之域也……"一言既出，满座惊愕，这可是在公开发表赤色言论啊！但荣宗敬有满腹的苦闷和牢骚，实在是沉不住气了。

不得已，荣宗敬屈尊央求福新面粉公司的大股东王禹卿以粉济纱，但王禹卿婉拒了他的请求。在申新搁浅之时，福新面粉公司虽然曾短期停产，但很快就复产了，各厂相对稳定，能维持生产，且销路尚可。福新面粉公司的利润虽不像鼎盛时期那么可观，但还是有利可图的，收支相对平衡。因此，荣宗敬希望以粉济纱，起码调拨给申新三四百万元，以解燃眉之急。

在荣公馆，荣宗敬与被他恭恭敬敬请来的王禹卿商量这件事，但王禹卿坚决地拒绝了，两人不欢而散，这让荣宗敬很沮丧。荣宗敬瘫坐在沙发上，啪的一声，把紫砂茶壶重重地放在茶几的大理石台面上。荣鸿元、荣鸿三在门外听到声响后赶紧离开了，远远看着王禹卿坐上停在丁香和紫藤下的雪佛兰汽车，闪烁着尾灯离去。

第二天，他们在总公司把这一过程告知了荣伟仁。荣伟仁的笑容中隐藏着苦涩，说了声："大伯明知王禹卿不会掏钱，还要去碰钉子。"荣伟仁又把荣宗敬和王禹卿的谈话悄悄打电话告知了父亲荣德生，他本来不太喜欢在大伯与父亲之间传话，但这样的事不能不说了。荣德生一直密切关注着上海的情况，时常和荣宗敬通电话。荣伟仁看得出来，父亲既担心又谨慎。

接到大儿子电话的荣德生感慨万千，瞬间愣住了，简直不敢相信这是真的。哥哥是不轻易求人的，他的执拗和要强是出了名的，对蒋介石的指令都敢说不。也许哥哥早就猜测到了这样的结果，但他还是忍不住要试试。试什么呢？王禹卿的忠诚、情义，抑或自己的权威？但正如荣伟仁所说，明知王禹卿不会松口，还要去碰钉子，自己是绝不会这样求王禹卿的。荣德生知道王禹卿是尾大不掉的一路诸侯，他也理解王禹卿，趋利避害是人的本性。要求福新拿出三四百万元接济申新，确实有点杀鸡取卵的味道，这对福新来说是致命的。无锡申新三厂和茂新一厂、二厂，与福新的情况差不多，虽不太景气，但还能撑下去，账上也有些钱。他也曾考虑挤出一点资金救大哥的急，但还是如王禹卿说的，少了无济于事，多了伤筋动骨，因此他犹豫再三，硬着心肠捂紧口袋，没有将钱拿出来给哥哥用。

荣德生确信哥哥不会垮掉，在他眼里，哥哥是一个有着超常的见识和超群的勇气与毅力的斗士，即使遍体鳞伤，哥哥也会坚持不懈。哥哥从小就志存高远，是个行者，不是言者。在荣德生眼里，什么事都难不倒哥哥。荣家好几次危机都比这次申新搁浅严重得多，但都在哥哥手里转危为安了。哥哥是荣家的"定海神针"，有他在，荣家没有过不去的坎。所以，这次上海申新搁浅虽凶险莫测，但荣德生始终心存侥幸，认为哥哥最终会有办法扭转乾坤。可是哥哥居然哭了，而且是半夜号啕大哭，这让荣德生震惊了，毕竟他从未见哥哥哭过，而且哥哥居然想自杀。自杀这两个字居然能和哥哥联系在一起，这怎么可能呢？

这只能说明申新和荣宗敬已是穷途末路了，面临崩溃。荣德生才意识到这段时间自己对申新的严重性竟如此麻木，他虽然知道哥哥借不到钱，钱庄在逼债，王禹卿拒绝接济，但没想到巨轮般的上海申新公司在惊涛骇浪中急剧地摇晃着，随时会倾覆。如果说以前是滚雪球般发展，那么申新的垮台也会引起雪崩般的连锁反应。荣德生的心越发揪紧了，恍如做梦一般，他简直不敢相信这是真的。

放下荣伟仁的电话后，荣德生突然感觉有些凄凉，心里十分难受。他当时在离护城河不远的无锡申新三厂的写字间里，放下电话后便从厂里走到河边。他站在河岸，望着连成一大片的厂房，河面上吹来一阵又一阵凛冽的带着污水味的风。荣德生打了个寒战，心里生出深深的焦虑，皱着眉头寻思着："如何在不殃及池鱼的情况下，给申新调一点钱呢，三百万元，不，至少需要五百万元，可这五百万元在哪里呢？工人储蓄所有几百万元存款，但这笔钱是工人的血汗钱，在任何情况下都不能动一个铜板。那怎么办呢？"忽然，他心里一亮，忧郁的脸色略有舒展，接着毅然转身，以平时罕见的急促步伐向申三厂区走去。回到厂里，他乘小汽车直奔荣巷转盘楼。

荣德生决定用自己的私蓄来接济哥哥。他打开保险箱，取出所有的债券、存单、有价证券和股票，将其一一清点。荣德生同时让丁夫人和程夫人将多年来收藏的玉器、瓷器、字画和古玩集中起来，这些东西都是荣德生的心爱之物。其中有一块春秋时期的玉璧，是稀世珍品，有人曾出五千大洋恳求荣德生割爱，荣德生说什么也不肯。

荣德生平时省吃俭用，但对文物古董却出手大方，不惜花大价钱收藏。除了个人爱好，他也是为了防止它们流失海外，争取藏宝于民间。他曾在工商界倡导大家尽各自所能收购文物，以免为倭寇所掠。他深知外国人，特别是日本人对中国文物虎视眈眈、垂涎三尺。可现在，为了救申新于水火，他不得不忍痛割爱。他亲自打电话给几个有来往的、品性较好的古董商，让他们上门看货、收货，条件是不准卖给外国人，日本人尤为不可。

荣伟仁、荣毅仁应父亲的要求从上海回到荣巷，见满地堆着玉器、瓷器、字画和古玩，丁夫人和程夫人一脸的痛心和惆怅，父亲也是依依不舍地一件件抚摸着、观赏着，最后又决然地将它们放回檀木盒或香樟木盒。

荣德生和两个儿子来到书房，这里是荣家会见重要客人的地方。这两排带院子的厢房，除了有荣德生的书房，还有荣宗敬的书房、家人聚会的厅堂和卧室，它们自成一体、精致幽静。在书房里，荣德生让荣伟仁将上海的情况原原本本、毫无保留地讲述了一遍，荣毅仁偶尔插话补充。荣德生吸着水烟，默默地听着，不时问上几句。荣伟仁说，股东们有意让大伯退位养病，由王禹卿接任总经理，政府棉业统管会副主任李升伯担任纺织部经理，可大伯听不进去，认为这是在逼宫。听到这里，荣德生站了起来，沉吟道："急流勇退，我看未尝不可，退下来歇歇，对他、对申新都有利。王禹卿绝顶聪明，很有手腕，福新发展到今天，他是有功劳的。更重要的是，他在上海滩还有信用，然而已没人相信大哥了。让王禹卿顶上去吧，能否力挽狂澜，就看他的能耐和造化了……"

三家古玩行的老板到来后默默地、轻手轻脚地清点瓷器、玉器和古玩，不敢有半点马虎，大厅里鸦雀无声。他们清点完这些宝贝后，将其装箱并贴上封条，让职员搬上汽车。末了，一个古玩行老板从皮包里取出一张面额为四十三万元的支票，递给荣毅仁说："四少爷，请收好，也请转告令尊，我们绝不会让日本人染指这批东西，请他放心。"这位老板说完，作了下揖，向眼泪汪汪的丁夫人和程夫人点了下头，转身走了。

这天晚上，荣毅仁在床上辗转反侧。无锡虽有小上海之称，但其实还是个非常宁静且有些凋败的小城。荣巷处于郊区，夜晚更是寂静无比。他打开一扇窗，雨声滴滴答答地响着，想到堂堂荣家竟卖起了家藏，他心里有种悲哀。荣毅仁搜肠刮肚地想着各种办法。他忽然想起大哥说大伯曾和父亲上书国民政府实业部，请实业部体恤申新的处境，予以扶持；大伯还让父亲托吴稚晖替荣家敲敲边鼓，传达上听。那么，是否可以再托孔令侃向宋子文、孔祥熙说说情呢？他马上摇头，这条路走不通，因为有人对他说过，孔令侃的父亲孔祥熙是只老狐狸，宋子文虽然和荣家的关系不错，但好像说话不算数。

吴稚晖是荣家的座上客，帮过荣家不少忙，不过这次他婉言拒绝了。有一天他来梅园拜访荣德生，荣德生说起了这件事。一向口无遮拦的吴稚晖直截了当地说："老蒋才不会考虑商人的死活呢！无钱不聚兵，国库仅有的几个钱都让他用来对付共产党了。用兵一日，所耗千金。连年征战，国家财政早已捉襟见肘了……老蒋说不定反过来要向你们富甲江南的荣家化缘呢。"

这席话引起了父亲的共鸣："不错，宋子文的棉麦贷款就曾让我们空欢喜一场，说是资助工商界的，可后来还是挪为军费……"

次日早上，雨停了，荣德生父子三人擦了把脸就上了停在门口的小汽车。

荣德生紧紧抱着一只皮包，里面装着价值近千万元的股票、债券和定期银行存单，以及卖掉古玩的四十三万元现金支票，这几乎是荣德生的全部家当了。他们一行乘早班火车到了上海。阳光明媚，鸽子在天空翱翔，鸽哨悠扬，荣鸿元已开车在火车站候接。

到了荣公馆，荣德生见哥哥脸色憔悴，人瘦了不少，稀稀落落的白发枯萎如芦花，精神萎靡，哥哥平时的那种强悍、自信、干练不见了，坐在客厅沙发里的身影竟显露出从未有过的凄凉，肩膀都缩了起来，满脸堆着强装出来的苦笑。荣德生感到针刺般地心痛。这场危机已把争强好胜的哥哥折磨成了满脸晦气的糟老头。

他的眼睛不禁湿润了，连忙告诉哥哥自己带来了价值近千万元的抵押品和四十三万元现金，同时已与中国银行行长宋汉章说好，马上去找他，贷款五百万元，这可以解燃眉之急。荣宗敬一听，又惊又喜，一个劲儿地说："太好了，太好了，你给阿哥送来的是及时雨啊。老二，阿哥关云长走麦城，败得一塌糊涂，这日子不是人过的。你来了就好，我有指望了。"

草草吃过早饭，荣德生和荣伟仁、荣鸿元坐车来到上海中国银行。荣德生去行长室，荣伟仁和荣鸿元坐在车里等着。宋汉章与荣德生是儿女亲家，荣德生的三女儿荣敏仁嫁给了宋汉章的儿子宋美扬。有了这层关系，中国银行和荣氏企业在金融业务合作上来往颇多。荣氏兄弟在中国银行、陈光甫的上海储蓄银行和张公权的上海银行押款最多，在荣氏企业几次头寸吃紧时，这几家银行都曾毫不犹豫地雪中送炭。然而，在申新搁浅后，荣宗敬找过宋汉章多次，但宋汉章一改常态，表示爱莫能助。荣宗敬很不高兴，连自己的亲戚、老朋友都这么势利，难怪那些钱庄的老板见了自己个个像缩头乌龟，早已忘了以前是怎么巴结自己的。可静心一想，他就理解了，银行、钱庄向来都是"乘坐顺风船，不救落水鬼"，现在申新大半个身子浸在水里了，只露出两只手臂拼命摇晃，换了自己，也唯恐避之不及。

宋汉章在行长室愧疚地对荣德生说:"宗敬兄来找过我,我没有帮上忙。申新出了这么大的事,我和陈光甫也很着急,我们也不愿申新就这样垮下去,但银行有银行的规矩,请德公和宗敬先生见谅。"

荣德生诚恳地说:"汉章,你别这么说。我和哥哥都是钱庄出身,我们知道钱庄的规矩,开银行的都是硬心肠,不会慈悲为怀的。"他从公文包里取出一大沓单据票证,继续说:"我的全部家当都在这里了,价值近千万元,当此千钧一发之际,空言无效,请汉章兄务必设法挽救。目前总公司押款到期数达五百万元,非现数五六百万元不能解除。"

宋汉章翻了一下单据票证,按铃通知贷款部主任进来把证券清点立据,再准备一份押款五百五十万元的契约,并要求尽量办得快一点。贷款部主任当着荣德生的面清点了一遍单据票证后将其放入一个文件夹,走出宋汉章的办公室。宋汉章看着荣德生说:"我听说王禹卿要替代宗敬先生。如果王禹卿接任了总公司的总经理,日后使用这笔借款需要由王禹卿签字,一切应付款项方能按票面兑现。这是银行的意思,想必德公会理解的吧?"

荣德生暗暗吃惊,宋汉章不仅消息灵通,而且其言下之意也是看好王禹卿,看来哥哥退位是势在必行的了。他马上说:"这是自然。这件事我还不太清楚,如果王禹卿真的临危受命,那我们会让他放开手脚做事,用人不疑,疑人不用。"

宋汉章说:"令兄是了不起的企业家,但我看他为了申新的事已心力交瘁。你要劝劝他,以退为进并非坏事,既然下来了,就是真下来,倦鸟归林,到无锡养养身体,学学老庄,管自禅修,坐忘无我,别插手公司的事务了。一山容不得二虎的道理我不多说了,否则会乱了套的。"

荣德生和宋汉章虽是亲家,但平时接触得并不多,许多业务都是公事公办。之后贷款部主任敲门进来了,手里拿着备好的贷款契约书和抵押物清单。宋汉章接过契约书仔仔细细看了一遍,连同清单收据递给荣德生,荣德生也认真地逐字逐句看完。他拿了文件走到宋汉章的办公桌边,用毛笔签上名字,再从裤带上取下一个小玉印盖上。宋汉章站在荣德生身边,从西装内口袋掏出派克钢笔,在契约书和收据上签上自己的名字,并吩咐贷款部主任去秘书室加盖中国银行的印信,之后再去上海银行请张公权签字盖章。又等了半个多小时,所有手续才完毕,荣德生和坐在汽车里的荣伟仁、荣鸿元立即回到总公司。荣宗敬也已到了那里,等得很不耐烦,抓耳挠腮、坐立不安,一脸的焦虑。

这笔贷款使申新稍稍缓了一口气:到期的押款还掉了一部分,停工的工厂重新开工。但是要想彻底转危为安并渡过危机,还有很长一段坎坷不平的路要走。在荣德生的劝说下,荣宗敬答应退位,王禹卿和李升伯同意分别接任总公司总经理和纺织部经理的职位,王禹卿全面执掌总公司旗下的十九家工厂,李升伯则主管申新纺织公司。申新旗下有近十家纺织厂,这是荣氏基业的命门,也是重灾区,这一块救活了,总公司全盘皆活,由此可见李升伯的担子很重。李升伯虽然在美国学的纺织,是公认的纺织专家,但他从未管理过纺织企业,熟悉他的人都为他捏一把汗,担心他管不好。他也知道深浅,自嘲为"杂牌军",明白自己挑这副担子有些吃力,但是不仅荣宗敬赏识他,王禹卿更是极力要求拉上他。原因是李升伯是政府棉业统管会副主任,有官方背景,他的门道多、人脉广。荣宗敬和王禹卿先后找过李升伯,请他出来维持局面。王禹卿对他说:"宗敬先生最早是请你出来当总经理的,但你拒绝了。现在他又把我推出来了,我希望你担任总公司纺织部经理,统管申新各厂。有了升伯兄撑腰,我才敢上马,恳请升伯兄万勿推辞。"李升伯被王禹卿说动了,勉强答应和他搭档。但他心里忽上忽下,没有底。虽然近十家上海最大、最先进的纺织厂对他来说很有诱惑力,但他从未管理过一家纺织厂,一下子管这么多纺织厂,这确确实实是个挑战。他很想应战,但无法真正鼓起勇气去大干一番。

正在这时,荣宗敬打电话请他去总公司出席重要会议,但没说会议内容。到了会议室,李升伯发现总公司下属各厂的正副厂长、股东代表及高级职员等百余人列席,黑压压地坐满了会议室,但都不说话,一片寂静,现场有种异样的气氛。荣宗敬、荣德生、王禹卿坐在主席台上。王禹卿见李升伯进来，招呼他坐到自己身边。荣宗敬朝李升伯点点头，没有说话，等李升伯落座后他便站起来说："各位，鄙人和弟弟创办茂新、福新、申新已有三十年，时至今日，申新面临前所未有的困境，我年迈多病、精力不济，决定退职退养，即日起由总公司面粉部经理王禹卿先生代为总经理，李升伯先生主持纺织部事宜。下面由董事荣鸿元宣读聘书……"

荣鸿元站起来拿着一张纸宣读："聘请王禹卿先生为总公司总经理，待开股东会时追认，务请即日就职为荷。聘请李升伯先生为总公司副总经理兼纺织部经理，待开股东会时追认，即日就职为荷。"

李升伯蒙了，他原本是来请辞的，却碰上了正式宣布任命的会议。他心里感到突兀，也有种隐忍的不快，荣宗敬和王禹卿是在搞突然袭击，迫使他就范。他绷紧了脸，想说几句自己不能接受的话。但转念一想，在这样的场合这么做，会让他们下不了台的。毕竟以后还要常和他们打交道，不了解内情的人还会戳他的脊梁骨，骂他做人不地道、出尔反尔。另外，不妨再想想，也许自己可以尝试一下，想到这里，他的脸豁然松弛下来，甚至出现了一丝笑意，含糊其词地说："兄弟不才，滥竽充数，我说过，我是杂牌军，杂牌军……"

回到家后，他去征询父亲李济生的意见，李济生瞥了他一眼，冷冷地说了一句："你真以为自己比荣宗敬都厉害了？他干不好的事你能干好？掂掂自己几斤几两吧！"

父亲这几句话使他仅有的一点勇气和信心彻底消失了。李济生也有些产业，荣丰钱庄便是其中之一，也是申新的债权人之一。无论是出于朋友之谊还是个人私利，李济生都不愿看到申新倒下去。但知子莫若父，李济生了解儿子。李升伯当当参谋、出出主意尚可，但要去管理这么多纺织厂，他既无经验，又无胆略，充其量人头熟一点。李济生也明白荣宗敬、王禹卿看中的是儿子的人脉和背景，但这不足以使儿子具有回天之力，结果是可想而知的。荣宗敬这样的老行家都败下阵来，徒有纺织专家虚名的儿子肯定会输得很惨。儿子落下坏名声倒在其次，李济生更担心儿子会使已经一团糟的申新变得更糟糕。

李济生没有把这些想法透露给李升伯，他明白，一句冷冷的话已足够让儿子退缩了。果然，父亲的这句话像是当头泼来的一盆冷水，李升伯心里有一点淡淡的失落，于是决意打退堂鼓了。

荣氏企业换帅，气势如虹的荣宗敬退位，王禹卿、李升伯接任，这是大新闻，上海的报刊连篇累牍地进行报道。在一片喧嚣声中，王禹卿雄心勃勃地高调走马上任了，可李升伯的人影都见不到，打他电话也不接。荣德生劝荣宗敬到无锡闭门谢客、静心休养，过一段清闲日子。荣德生说："钓钓鱼，泛泛舟，太湖的新鲜空气对身体大有好处。上海的事暂时放一放吧，天塌下来有高个子去顶。"荣宗敬坐在高背沙发上，仰着头，将双手撑在一根乌木手杖上，像一只站在树枝上的猫头鹰，缄口不语，什么表情都没有。他离开了总公司，就像老船长离开了舵盘和望远镜，有种沉重的失落感。隔了好一会儿他才说："老二，你说我能完全撒手不管吗？五百万元虽能缓解局面，但要想彻底扭转乾坤，还得继续输血，我不能离开上海。高个子？王禹卿算什么高个子？许多事情王禹卿是挡不住的，我心里有数。"

荣德生突然发现，哥哥今天居然换上了多年来很少穿的西服，衬衫衣袖上还系着袖卡，是金质镶钻的袖卡。这是英国大名牌，衣袖上还绣着他的名字。荣德生认出这是哥哥六十岁时鸿元和鸿三送给父亲的礼物，包括昂贵的英国名牌西服、袖卡、衣袖绣着名字的一打衬衫、三条丝绸领带，还有皮鞋、礼帽、一只能上锁的黄色牛皮公文包和一根带有象牙把手的乌木手杖。这是全套英国绅士的行头，除了乌木手杖，荣宗敬对这些服饰从未碰过。

荣德生感到哥哥有些怪异，退位了却把这套行头郑重其事地穿戴上了。哥哥今天的这身装束是何意思呢？他猜不透，只是觉得哥哥考究的服饰所透出的气息让他不由得感到凄凉和不安。哥哥年轻时穿西服挺有派头的，但很少穿。有次出席重要活动，荣鸿元取出一套西装让荣宗敬换上，但荣宗敬套了一下，又脱了下来，换上长衫。可他今天怎么会穿上西装呢？这与他的样子怎么也不匹配，让人想起"沐猴而冠"这四个字。

王禹卿的策略是稳住福新和茂新，对申新进行清理，查清家底，然后减产，对无法维持的纱厂果断停产；同时对总公司的人事进行适度调整，该下任的下任，该上任的上任。他雷厉风行地实施新政，自有他的壮心不已和豪气。但他总觉得摆脱不了一种强烈的、无法驱散的气味，那就是荣宗敬的气场，它无处不在。王禹卿见李升伯迟迟不履任，人也找不见，似乎在躲避自己。他不得其解，心里既疑惑又着急。于是在一个晚上，王禹卿直接闯到李升伯家里，见面就问："上次宣布任命时，你也到场了，可好多天过去了，你还不到总公司上班，这是怎么回事？"

"我知道，这是宗敬先生和你器重我。可不瞒王总经理，我有难处，家父不同意。我想来想去，也自感无法胜任，我干不了，请看这个。"李升伯说着，从西装口袋掏出一页纸递给王禹卿。

王禹卿接过纸，见上面写着：

李升伯启事

报载荣宗敬先生启事，以申新纺织总公司纺织部事务见委，升伯因肩任职务繁剧，不克兼顾，再加能力不济，业于近日致函恳请荣先生收回成命。此启。

王禹卿知道自己请不动李升伯了，他不会卖自己面子。王禹卿看透了李升伯，认定他是个喝过点洋墨水但虚有其表的银样镴枪头，即便真的就职，也起不了多大的作用，甚至会起反作用。显然，荣宗敬和自己高估了他。王禹卿在心里骂他患得患失，既想吃得，又怕噎得，纨绔一个，成不了大器。他冷冷地对李升伯说："好吧，不为难你了。"说完，王禹卿便站起来悻悻地离开了李公馆。

荣宗敬收到了李升伯的请辞信，将其转给了王禹卿，并附了一封给李升伯的回信，信中写道：

> 台函敬悉。所关申新纺织部事务，先生既以职务繁剧，特行声明不克兼顾，鄙人自不万难相求，只有遵命作罢。吾已退职，请王禹卿总经理定夺为荷。

王禹卿收到了李升伯的信和荣宗敬的复函，看都不看一眼，就交给了秘书室存档。

王禹卿决定自己兼任纺织部经理，请荣伟仁留任襄助他，荣伟仁答应了。王禹卿按照他的想法行使职权。他认为无威不立，因此一上台就来硬的，撤换了账房主任汪克勤、栈房主任李兴东和考工部主任徐晓乾的职务，总公司秘书室主任也换上了他的亲信朱仲康。被撤掉的人都是追随荣宗敬多年且深受信任的老人，王禹卿认为向这些高级职员开刀可以起到敲山震虎的作用，会使其他老员工服从他、敬畏他。王禹卿的威信就此树立起来了，但这并不能简单地说王禹卿在排斥异己，培植个人势力，他的用心是好的，临危受命不能软塌塌的，非常时期确实要用非常手段。另外，这些被解职的人在清查中也暴露了不少问题，比如查出原料进货票面额有五百五十三万余元，而库存盘下来是五百四十五万元，缺八万余元，账房主任汪克勤解释不清，因此被免职回家反省。又如栈房，荣鸿元在交易所交易时购进的棉花，价格已超纱价，申新各厂都不要，可荣鸿元不管这些，硬是塞进来，栈房也照收不误。王禹卿对栈房主任说："这是纵子投机造成的恶果。以后进棉花一律要找我批准，任何人硬塞进来的都一概拒收。"栈房主任申辩了几句，也被免了职。王禹卿虽然有理由撤他们的职，但有点急于求成，有魄力但缺乏一份世俗的明哲。他没有弄明白荣氏企业的班底盘根错节，是历史形成的，牵一发而动全身。对于这个班底，王禹卿匆匆地在人事上动刀，可谓失策。这些人都不服气，于是一起去荣宗敬那里诉苦告状。

更让王禹卿棘手的是荣鸿元、荣鸿三兄弟俩，他们一个是纺织部副经理，一个是庶务部副经理。荣宗敬退位了，他们还留在总公司，并且成了荣宗敬的替身和影子。那些失意的老人马把自己对荣宗敬的感情转移到他们身上，整天围着他们转，加上两兄弟桀骜不驯，根本不把王禹卿放在眼里。这一切让王禹卿心里很不舒畅。

一个月过去了，王禹卿忙得焦头烂额，然而申新的局面并没有明显的起色。除了不声不响地从钱庄调来一点头寸，补充申新的流动资金，扶持几家快坚持不下去的工厂，新的管理层就是忙于各种杂务。押款五百余万元已被用去近三百万元，主要用在偿付到期的贷款上，抵押的两家工厂也解了套，可以继续贷一点款了。资金上虽有些松动，但九家纺织厂中的大多数继续亏损，没有利润进账。面对内部困难，加上市场不景气，棉花价格居高不下，机器一转就是亏蚀，因此王禹卿认为停工减产在所难免。可中国银行和上海银行发来了函件，要求申新各厂一律不得擅自停工，并要求出具有王禹卿、荣宗敬和李升伯签字画押的保证信。

王禹卿很生气，感到很心寒，这份函件简直是在要申新的命。而且王禹卿难以理解的是，已退职的荣宗敬居然在保证信上签了名字，他不管事了还签字，明知不可为而为之，他是老糊涂了还是别有用心？李升伯根本没有到职，也要他签字，银行这不是在胡来吗？王禹卿觉得受到了侮辱，于是去找宋汉章。

宋汉章解释说："这是中国银行和上海银行董事会商议的补充决定。原因很简单，申新各厂开工不仅不足，而且经常停工，可以说三天打鱼，两天晒网，工厂没有产出，何来盈利？押款五百余万元，用什么东西来还？董事会一致通过这一强制性决定，我只能附议。况且，我征得了荣宗敬的同意。"

王禹卿冷冷地笑着，没有多说什么，分布着点点老年斑的脸像风干了的老青菜那样难看。隔了几天，他去荣宗敬家递交了辞职书。荣宗敬躺在床上，病恹恹的，心情不太好，王禹卿的辞职让他深感意外并大为震怒。两人争执了起来，话讲得很难听。

王禹卿走后，荣宗敬的心情变得很差，半夜发起了高烧，头痛欲裂。他为王禹卿的半途而废感到愤怒，为自己的情绪失控感到后悔。荣鸿元请来了医生，经检查，荣宗敬的身体暂无大碍，只是心力交瘁引起血压升高、心律不齐，有轻度中风的迹象，如不静养，日后难免酿成大患。

荣德生闻讯后第二天立即赶来上海，荣伟仁、荣鸿元、荣鸿三、荣毅仁以及刚从外地考察市场回来的荣德生次子、申新二厂厂长荣尔仁等都围在荣宗敬床榻旁。荣宗敬平静地躺着，头下垫着两个鸭绒枕头，脸色苍白，没有表情，只是眼睛睁得大大的，忧郁地望着大家。三个夫人在旁边掉眼泪，眼睛红红的，三儿子荣鸿庆很害怕地依偎在母亲身旁，呆呆地望着床上的父亲。荣宗敬对这个老来子溺爱无比，平时总带着他。晚年生活在台湾的荣鸿庆经常著文回忆少时随父亲巡视工厂的情形，《无锡日报》曾刊登过一张照片：少年荣鸿庆穿着背带裤和衬衫，戴着鸭舌帽，脚蹬皮鞋，一副小公子哥儿的模样。

"我估计宋汉章、张公权这几个财神菩萨要来，他们怕我倒下，会来轧苗头[①]的。他们惦记的不是我荣宗敬，而是那五百余万元押款啊！"荣宗敬在荣伟仁和荣鸿元的搀扶下坐了起来，"我偏不给他们看我病了的样子，我要让他们看看，我荣宗敬好着呢。阎罗王暂时还不要我去，我荣宗敬又要去总公司掌权了。"

荣宗敬下了床，穿戴整齐，坐到客厅。他料事如神，宋汉章、张公权果然上门来了。两人看到荣宗敬端坐在沙发上，正在与荣德生和子侄谈话，脸色虽然差一点，但精神尚可，根本不是他们想象的颓然和病态模样，更没有出现卧床昏昏沉沉、不省人事、表情痛苦的情形。荣宗敬请宋汉章、张公权坐下，吩咐茶房端上热咖啡，子侄们退下了，只剩下他和荣德生。在咖啡的浓香和热气中，荣宗敬和两位行长谈笑风生、妙语连珠，他的无锡口音夹杂着上海腔和洋泾浜英语，口

[①] "轧苗头"为江浙方言，意为打探情况、分析利弊。

齿和思维都很清晰。

待宋汉章、张公权离开后，荣宗敬颤抖不已、满脸虚汗，让人扶入卧室，瘫倒在床上，双目紧闭，和刚才判若两人。

荣宗敬又戏剧性地回到总公司担任总经理，一切好像又回到了原点。但王禹卿主持的短暂新政，还是产生了可圈可点的成效。王禹卿对申新进行清理摸底是对的，人事整顿也并非排斥异己。各厂在管理上确实有不少弊端和漏洞，实业部和银行也尽数列出了工厂的种种不足。在开拓外援的同时，工厂内部的管理确需痛加改进。当时，荣毅仁对大哥荣伟仁说："求生固然不易，求死恐怕更难。现在的局面实在严峻，不悲观不行，但不能做盲目的悲观主义者，而要做认真的悲观主义者。这不是我说的，是学校里流行的一句话，我觉得对我们来说这句话也是适合的。"

荣氏企业在本质上是家族企业，实行的是"无限公司"的组织形式，董事会没有否决权，荣家拥有绝对的、压倒性的股权，企业的重大决策与重大事宜事实上由荣氏兄弟、逐渐成熟起来的下一代及王禹卿兄弟、陆辅仁兄弟等几个大股东说了算。这样的格局是在挫折中逼出来的，其好处是管理权和决策权能高度集中在荣家手中，从而排除干扰、施展拳脚，维护他们的商业精神和财富传统。缺陷是企业内部容易繁殖近亲，形成很深的家族观念，体制和管理方面也会出现许多弊病。

荣宗敬回到总公司重新掌权后，采取了对外拓展市场，对内进行改进的一系列措施，任命荣伟仁为改进委员会主任，荣尔仁、荣伊仁、荣鸿元、荣鸿三为副主任。第三代在危难中走上了舞台。他们在补漏洞、减成本的同时，推行无锡申新三厂的劳工自治制度。这些措施取得了一定的效果，减少了库存，回笼了部分资金，在一定程度上缓解了危机。人们担心的申新连同整个荣氏企业已陷入市场泥潭的死局似乎没有出现。总公司和各厂认为，申新最坏、最难堪的时候已过去，大家在黑暗中看到了一缕曙光。

可是，荣家万万没有想到，这个时候，一个巨大的阴谋正在密谋当中，并悄然逼近荣氏企业。阴谋源于荣氏兄弟多次呈请行政院及财政、实业两部，要求救济，以维持营业。实业部长陈公博在行政院会议上提出一个方案：由实业部会同财政部暨棉业统管会，对申新九个工厂进行调查，改组经营组织；由政府派员并召集债权人代表组成临时管理委员会，接收九个工厂，以六个月为限；六个月后，依据《公司法》成立新公司，由财政部拨款三百万元作为营运资本，接管申新。该方案拟解散当前的管理机构，荣宗敬等统统靠边站。实业部的理由是，申新以二十年时间逐渐扩充，执国内纱业之牛耳，但该公司组织不良、经营毫无统筹、管理混乱、投机失败，因而债台高筑，靠签发远期本票和预约栈单来周转；申新一旦倒下，会连累一大批银行、钱庄、商号和工厂，从而引起极大的社会震荡。在会议上，虽然宋子文和孔祥熙提出了不同看法，但陈公博执意要这样做。汪精卫见有争议，提出下次再议。会后，陈公博单独找宋子文，要求宋子文支持他。这个方案首先由孔令侃透露给荣毅仁。

荣毅仁当时和孔令侃在学校球场打棒球，听后气愤地抡起球棒，对准一块石头猛然一击，石头从空中划出去，飞得很远。荣毅仁把球棒塞给孔令侃，衣服都没有换，骑上脚踏车就直奔总公司。

荣宗敬听后大吃一惊，简直不敢相信自己的耳朵，实业部竟会下此毒手，这简直是乘人之危、趁火打劫。荣宗敬拍案而起，气愤地说："实业部想拿三百万元来夺取我八九千万元的基业，我拼死也要向他们问个明白，凭什么？这个可恶的陈公博，存心想挤垮申新，好拾个便宜货去享用，这是什么实业部长？简直就是拆白党！"

荣伟仁、荣鸿元等从隔壁房间听到荣宗敬近似咆哮的吼声，都赶了过来，待知道事情原委后，个个愤慨无比。这是巧取豪夺，真想不到实业部如此歹毒，真是闻所未闻！荣宗敬虎着脸，脸色苍白，双手颤抖着。荣伟仁赶紧安慰大伯，让他服药。荣宗敬镇静了下来，茫然若失地沉默了一会儿，便让荣伟仁通知王禹卿兄弟、陆辅仁兄弟和各厂厂长、总公司各部门负责人前来开会，商量对策。

王禹卿等人一听，无不露出惊骇的表情，许多人的眼睛都恐慌而急促地闪烁着，紧张地对视着。很长一段时间，荣宗敬一直不说话，目光不时阴沉地在大家脸上扫过。在座的人都是见过世面、经历过风浪的人，懂得这种时候要保持克制，不能随便发表意见。经过一段时间的沉默后，荣宗敬终于开口了，他说："实业部成了条大鲨鱼，它张开了大嘴巴，露出比刺刀还要锋利的牙齿，向我们申新扑过来了，企图一口把申新鲸吞。我们不能束手待毙，各位发表高见，如何与这头吃人的鲨鱼斗个鱼死网破？"

讨论下来，荣宗敬做出了三个决定：首先以三新总公司的名义上书行政院和实业部，对实业部的违法决定提出抗诉并进行批驳；其次联手业界，获得同人声援，对实业部的决定进行公开抗议；最后将这件事披露给报界，唤起民众的同情和支持。荣毅仁是第一次经历这样的场合，他知道，这是生死搏斗，是一个民族资本企业和政府实业部之间的博弈。他的愤怒中有种悲哀，同时带着不甘欺凌并欲奋起抗争，就像面对打家劫舍的强盗，他产生了拿起棍棒和石头冲过去决一死战的冲动。他听到了磨刀霍霍的声音，看到了强盗手里举着的火把，自己此时唯有反抗才能保住家园不受侵犯。想到这里，一股勇气使他全身的血液沸腾起来。作为一个后辈、一个学生，他能干些什么呢？他苦苦想着。

荣宗敬在给孔祥熙、蒋介石的信中愤怒地发出了"民商何罪，申新何辜？而乃以三十年辛苦之经营，竟隳之乎盛治"的呼号，指责实业部"非唯对钧部越俎代庖，抑对民商滥用职权"。在写给蒋介石的信中，荣宗敬写了非常掷地有声的一句话："民商毕生致力于此，为不忍坐视事业之崩溃，鞠躬尽瘁，又何敢辞？"

他依然是斗志昂扬的荣宗敬，尽管他的语气中有几分凄婉。

但蒋介石根本不管民族工商业的死活，正如美国学者小科布尔在《上海资本家与国民政府：1927—1937》一书中所说："在中国大陆执政时期的国民党，始终没有系统地代表企业家或城市社会阶级的利益，它基本上是一个主要依靠军事力量而独立存在的力量。南京政府的政策只图谋政府及其官员的利益,至于除它之外的任何社会阶级的利益,它是完全不管的。"

法国学者白吉尔评论说:"大量事实证明,国民党政府对于私人企业的态度是相当冷漠的。在工商业萧条的年份里,南京政府竟然不愿为濒临绝境的民营企业家提供任何支持,以帮助有关企业克服和渡过危机。"白吉尔漏写了一句,那就是国民党政府大员和官僚资产阶级岂止是冷漠和不予支持,甚至还要变着法儿趁火打劫。

陈公博不顾荣家和工商界的反对,派出以实业部司长刘荫佛、科长李家礼及棉业统管会副主任李升伯为首的调查小组进驻申新进行调查。陈公博对李升伯说:"我给你交个底,一旦调查完毕,立即组成申新管理委员会,由你来牵这个头。"李升伯受宠若惊,有陈公博这把尚方宝剑,自己就可以成为申新的掌门人了,这和荣宗敬聘请他出任三新总公司总经理、王禹卿请他出任纺织部经理,截然不同。他不再是杂牌军,而是正儿八经的中央军,可以不避私情、铁面执法,荣宗敬做不到的事,他可以做到。陈公博说:"作为政府特派员,你们不要被假象所惑,被所谓的舆论所误。别看荣家是个大家族、大财团,实际上早已是个空壳公司了。整理申新,就是整理民族企业。市场的法则是优胜劣汰,该淘汰的就淘汰。荣家打着实业救国、造福社会的旗号,为富不仁、垄断竞争。按照马克思的说法,他们身上的每一个毛孔都浸透了罪恶。别误解,我不是主张共产主义,但纺织、面粉事关国计民生,得由政府来指导。"陈公博是中国共产党的一大代表,中国最早的一批共产党人,他引用马克思的话,怕别人多心,还要做一番解释。抗日战争开始后,他追随汪精卫投靠日本人,沦为大汉奸,在汪伪政府中位居第二。抗日战争胜利后,陈公博被国民政府处决。

调查小组进驻了申新,经过七八天的调查,完成了一份调查报告并提交给实业部。但由于国民政府各派系之间矛盾重重,孔祥熙不想让实业部吞下这块大肥肉,命令财政部不给拨款,同时由于荣氏兄弟的竭力抵制和社会舆论的压力,陈公博企图吞噬申新的阴谋未能得逞，实业部的计划暂缓实施，而改为荣氏企业自行整理。

但申新的金融危机仍没有得到根本缓解，反而进一步加深。申新二厂、五厂不得不宣告停产，四千余工人失业，生活无着。最后迫不得已，银团委员会控制工厂，申新勉强维持。1936年，中国棉花丰收，供应充沛，棉价下跌，棉贵纱贱的局面得到扭转，纺织业有了起色，申新诸厂这才喘了一口气，得以起死回生。但是申新搁浅还是使荣氏企业元气大伤，此后，荣氏企业难以再现欣欣向荣的景象，"荣宗敬速度"也戛然而止。但荣宗敬在困境中的苦斗，与乘人之危、企图蚕食民企的国民政府的搏斗，体现了一个在精神上堪当大任的爱国企业家所具备的不畏严寒的梅花品格。

吴稚晖也出来仗义执言，他写信给陈公博说："即如荣先生者，一个莽金刚，难免跌倒在众小鬼之社会也。"

对申七拍卖的抗争

申新搁浅的危机过去不久，风波再起，上海滩发生了申七被英国汇丰银行勾结日商拍卖的事件。

申七是1929年荣宗敬在买下东方纱厂后建起来的，价值五百余万元，买下不久就将其抵押给英国汇丰银行，贷款两百万元。1933年10月，双方又签订了押款转期的契约书，约定1934年到期偿还本息。申新搁浅之际，荣氏兄弟又向中国银行和上海银行抵押贷款了五百余万元。由此，申七先后有两个债权人：第一债权人为汇丰银行，第二债权人为中国银行和上海银行。1934年，根据先前的契约，申七对汇丰银行的押款到期，但由于申新资金周转极其困难，根本无力全额偿还本息，荣氏兄弟一再向国民政府请求接济，希望由政府担保借款，准发公司债券并实行记账纳税,但都没有得到切实答复。政府反而逼税如故,同时修改进口关税,这促使日货倾销,民族工商业更加步履维艰。"实部维持,只见方案;银团接济,亦托空言。"荣宗敬对国民政府已非常失望和不满了。

荣宗敬无力偿付汇丰银行的全部押款,于是提出申七先付清全部利息和押款的一部分,其余大部分押款再次转期。这在银行与借款者尤其是抵押借款者之间是完全可以商榷的事情,况且对方是荣氏企业——中国大名鼎鼎的企业集团,其一直有良好的信誉,而且对当时纱布业的处境,汇丰银行也是了解的,因此从长远的合作关系考虑,汇丰银行应该宽限还款期。但汇丰银行拒绝了荣氏兄弟的要求,没有一点儿商量余地,还提出本息必须到期一次性偿还,否则会将申七拍卖。

汇丰银行行长赫德门在荣宗敬上次签订转期合同时,刻章加添了"借方到期无力偿还本息,汇丰银行有权不经厂主同意进行拍卖"的条款,荣德生曾提醒荣宗敬这一条款之凶险,其中可是暗藏杀机,一般都是借方破产无力偿付贷款并经法院判决才可以拍卖抵押品、房产或企业。但荣宗敬过于自信,没有在意这一条款,自认为不可能无力偿还,没想到赫德门果然依凭这一条款向申新开刀了。荣宗敬后悔了,当时没有重视这一暗藏杀机的条款,后悔没有听弟弟的提醒。他意识到这是赫德门有意布的一个局,狡猾的英商看到荣氏企业已经不景气,在走下坡路了。银行家对风险有着灵敏的嗅觉,也非常自私、势利,就像荣宗敬在申新搁浅时体会到的那样。

荣宗敬只得一再与汇丰银行交涉,无奈对方置之不理,行长赫德门避而不见,让下面的人与荣宗敬虚与委蛇,但始终不予通融,一句话:协议上怎么说就怎么执行。

荣宗敬对华东社记者说:"中国实业在此地步,前途实不堪设想。荣某人虽屡与汇丰交涉,但汇丰表示必须实行取赎,始可撤销拍卖之议。但本人一时无此力量,政府及各界又未能予以援助,致汇丰终于悍然不顾。我虽知日方极愿收买,但殊无法制止。我一人损失之事小,而于该厂工人及我国实业家之前途则影响殊大……"荣宗敬的这番话道出了实情,话音里不乏无奈和沉痛之情,可谓情真意切。我们不要以为这是荣宗敬泄气的表现。他是个很有智慧的人,在媒体面前没有说一句豪言壮语,实际上是在打悲情牌,意在告诉大家:"汇丰悍然下手,日本人也不安好心,正在暗中谋划侵占申七,我是无法制止的,但是我一人损失事小,而于该厂工人及我国实业之前途则影响殊大。"他暗示汇丰银行就像门口那两只威风凛凛的铜狮子,带着"森林之王"的征服欲和优越感,蔑视中国人,强行要把得之不易、苦苦挣扎的申七拍卖掉。而日本人可能趁火打劫,已和汇丰银行达成某种默契,随时会扑向申七并将偌大一个纱厂弄到手。

果然,此言一经报道,引起了社会的极大关注。荣家交涉无果,汇丰银行一意孤行,委托英商鲁意斯摩洋行于1935年2月24日在上海《申报》上登出拍卖公告[①]:

> 本行受有关系之第一受押人之委托,准于(二月)念六日下午三时半,在北京路本行前间拍卖坐落本埠东区贵重地产六十八亩,兼该地上所建房屋以及屋内机器,即是在抵押据上所开列之产业,系属于申新纺织公司第七厂。此项产业,限价银洋二百念五万元,若出价不到此数者,则不予考虑……再者,买主须将全部价银,于指定后两星期内付清。凡出价最高者即为买主。倘出价人方面,有二人或数人发生争论,则经本行裁夺之下,立即重新拍卖。一经拍卖锤拍定后,买主除订定一成交契约外,并须立即付存本行银洋一万元。此款如买主不能照本行拍卖章程履行者,则除被没收外,本行仍有权所订定成交契约之全部条件。

---

① 引自《荣氏财团》(文化艺术出版社2006年1月第1版)一书第179页。

此公告一出，上海各界一片哗然，反应激烈。第二债权人上海银行和中国银行首先表示反对。一旦申七被汇丰银行拍卖，它们的权利必将受到侵犯，公告中对此竟一字不提，仿佛没有此事存在。这两家银行很气愤，指责汇丰银行"仅顺利己，不顾法律人情"，并提请上海特区第一法院对申七产权实行"假扣押"，予以保护。

面对汇丰银行的蛮横，经过申新搁浅风浪的荣氏兄弟不再像之前那样仓皇失措、惶惶不安。他们非常镇定、从容，就像撑着一把油布雨伞站在大雨中，尽管雨滴落在伞面上轰然作响，但伞下的他们望着风卷残云，心里却保持着一种安宁。他们知道，申七不能被拍卖掉，更不能落在日本人手里。虽然跌倒容易，站起来难，但是他们必须站起来。他们确实珍藏着一把伞——早年间，不管是去上海学做生意，还是到广东三水河口做事，母亲总会把一把结实的油布雨伞塞进他们的行囊里，伞面上有父亲亲笔写的两个字：荣记。

这是一把有形的伞，荣氏兄弟还有一把无形的伞，那就是从父母亲那里继承下来的人格尊严：追悔和痛惜是没有意义的，实业救国从来不相信眼泪。创办保兴时荣德生哭过，有用吗？申新搁浅时荣宗敬哭过，有用吗？现在申七面临被外商拍卖的噩运，他们没有掉一滴眼泪。经过申新搁浅的洗礼，兄弟俩的心更硬了，感慨之余，互相鼓励。

荣宗敬说："这是洋人存心欺压我们中国人。据了解，洋人企业欠款不还的，没有一家被拍卖。我们不能束手待毙，唯有奋力抗争，争取民意的支持，方能保住我们的工厂。"

荣德生说："申七绝不能落入外人之手，丧权辱国的事我们决不能同意。俗话说，争气不争财，这口气我们岂能就这么咽下去！"

这场围绕申七的博弈，使倔强的荣宗敬在精神上得到了新的锤炼，而且他居然在这场抗争中感受到了某种快意；而慈眉善目、一团和气的荣德生也露出了罕见的强硬。不甘失败的荣氏兄弟肩并肩地在风雨中踽踽前行，继续在实业救国、实业兴国的漫漫长路中跋涉。

舆论对汇丰银行大加鞭挞，认为汇丰银行无视中国法律和中国商人的权益，凌驾于国际法之上，强行拍卖中国企业，是对中国经济的掠夺。按照当时中国民法债权篇的规定，"抵押权人于债权已届清偿期而未受清偿者，需申请由法院拍卖抵押物"。汇丰银行设在中国境内，根据国际法，应受所在国法律的约束。上海特区第一法院应中国银行和上海银行的申请，对申七产权实行了"假扣押"并发布公告，声明"对于假扣押之财产，未经本院核准，不得有任何私擅行为"。申七也委托律师发表紧急通告，坚决反对汇丰银行的无理拍卖。通告中说[①]：

> 本厂前将所有厂房、地基及机器等价值五百余万元，向汇丰银行押借二百万元。嗣以受市面不景气影响，纺织业困难已达极点，致到期未能偿还，现正多方筹措偿还方法。乃汇丰银行并不顾念吾国社会状况，擅行将抵押之房产等估作低价，托鲁意斯摩洋行拍卖。一再托人磋商无效，是有意侵害本厂法益，绝对不能承认。无论何人买受该产，当不能取得合法所有权。

虽然荣氏兄弟的态度强硬，社会舆论也一面倒地抨击汇丰银行，但是汇丰银行仍不为所动、一意孤行，1935年2月26日执意让鲁意斯摩洋行对申七正式进行拍卖。那一天，鲁意斯摩洋行拍卖大厅人流不息，二百多位中外人士到场，汇丰银行的代表和荣家的代表荣伟仁、荣鸿元坐在前排。拍卖师首先宣读申新抵押给汇丰银行的契约及拍卖规则，随后开拍，叫出了最低价："二百二十五万元！"

大厅里很安静，拍卖师举着木槌，四处打量着。突然，有人举起手来，高声回答："我愿以二百二十五万元承购申七。"大家循声看去，顿时炸开了锅似的

[①] 引自《荣氏财团》（文化艺术出版社2006年1月第1版）一书第179页。

议论着，应拍人果然是日本人——一个名为村上的律师，大厅里议论纷纷，乱成一团。

按规定，拍卖师报价数次，一遍遍扫视全场，结果再无人出高价竞争。拍卖师敲响了木槌，宣布将申七以二百二十五万元的低价卖给日商。在场的中国人神色黯然，荣伟仁、荣鸿元气愤地站了起来，狠狠地盯着村上律师问："请问，你的委托人是谁？明人不做暗事，请你告诉大家。"

村上律师拒绝回答，跟着拍卖师及汇丰银行代表匆匆上二楼办手续去了。这时，采访过荣宗敬的华东社记者站到拍卖台上宣布真相："我在采访荣宗敬先生时听闻日本人极愿购买，于是按照荣先生的提示顺藤摸瓜，调查发现日方买家是大连汽船会社。它们和汇丰银行早就私下达成交易，今天不过是走走过场而已。"谜底揭晓，大家震惊之余，愤怒在心底积聚、膨胀、蓄发，最终引发了一场大规模的抗争运动。

这显然是个阴谋，大连汽船会社在上海的营业地点毗邻申新七厂，从事短途客运，由于码头地理位置比较好，来此上船的旅客甚多，每天都应接不暇。码头越来越显得局促，地方不够用了，日本商人早有扩建的计划，因此一直图谋将申七占为己有，以扩建码头。在申七被抵押给汇丰银行后，日本人在申新搁浅时曾预计荣氏兄弟极有可能到期偿还不了借款，便和汇丰银行密谋通过拍卖夺之。日本人认为这样的形式有契约为凭，合理合法，加上汇丰银行财大气粗，荣氏兄弟和中国商界无话可说。但日本人考虑到把申七买下并直接改建码头，极有可能会引起中国人的不满，于是决定先由丰田纱厂出面买下，暂不开工，待到时机成熟后再拆迁，机器由丰田纱厂接收，厂房拆除，原址改建成码头。日本军方对此也表现出了异乎寻常的热情，必要时这个客运码头还可改成军用码头。

1930年以后，战争一直笼罩着苦难的中国大地。东三省落入日本军国主义者的魔掌之中，丰富的资源和市场为日本日后发动全面侵华战争提供了重要的战略物资。1931年9月18日傍晚，日本关东军出兵攻击北大营，这就是震惊世界的

"九一八"事变。1932年1月28日，日军以保护日侨为由进犯上海，日机轰炸闸北华界。淞沪会战爆发，战火弥漫闸北，六百多家工厂、四千余家商号和近两万间民房被毁。5月5日，中日双方在欧美各国的调停下签署《淞沪停战协定》。但是几乎所有中国人都明白，中日之间必有一战，日本军国主义者的亡我之心已是路人皆知，反日情绪空前高涨。国人对日本人的一举一动都保持高度的警惕，日商在这个时候参与拍卖申七，当然会引起国人的高度关注。

申新七厂是一个拥有五万六千余枚纱锭、七千余枚线锭的大厂，职工达三千多人，最早是创办于1896年的瑞记纱厂。1918年，英商安利洋行接管瑞记纱厂，将其改名为东方纱厂，厂房是欧式风格，其中有座毛麻仓库是东方纱厂在1920年建造的，面积达六千平方米。整座工厂由公和洋行设计，建筑内部为早期的钢筋混凝土无梁结构，建筑外部则包括瓦楞铁皮锯齿状的屋顶，清一色的红色清水墙面上镶嵌着精致的大窗户，墙的顶端则由柔和且凸出的白灰线条勾勒出简洁明快的图案。毗邻厂房的公务楼是英国乡村别墅风格，窄窄的铁艺阳台，带着优雅的卵石外表面，甚至落水管和室内所有的楼梯护栏上都装饰了曲线木雕，令人叹为观止，这种工业设计中带有特别的建筑审美。烟囱和水塔朴实无华，但用水泥勾缝的红砖外墙也别有美感。

二十世纪九十年代初，我曾实地考察早已更名为上海第一丝织厂的申七遗址。这些上百年的建筑尽管已淹没在七八十年代的新建筑中，但走着走着，不经意间就会发现历史的痕迹：水岸边一根根巨大的钢铁矗柱是系缚船舶用的，几幢不堪风雨、几欲枯朽的老房子密布着爬山虎。这是我当时看到的残留的场景，而那场曾震荡上海的拍卖风暴已无影无踪。

让我们回到历史上的那一天吧！拍卖当天的报纸报道了汇丰银行拍卖申七的消息，这让全厂上下震惊不已，也极其愤慨，个个摩拳擦掌，欲涌入隔壁的大连汽船会社和日本人大干一场。但荣伟仁劝住了激愤的工人，他告诉大家要镇静，不要乱了方寸，当务之急不是到日本人的地盘理论，而是守住自己的厂子。当时的情况很紧急，丰田纱厂随时都可能派人来工厂接收，申七要坚决将他们拒之门外。这时，荣宗敬亲自赶到申七，他也担心日本人会强行闯入工厂。他火急火燎地对工人们说："赶快把厂里的机器拆卸下来。这些机器不是原来东方纱厂的东西，不要让日本人拿去。"在荣伟仁和工程师的统一部署下，大家把收购东方纱厂后扩充改装的设备都一一拆下保管好。为了防止日本人接收工厂，申七组织了纠察队，准备了高压水龙头，一旦日本人闯进来，就喷水驱逐。汇丰银行派人到厂里贴封条，各车间亮起警报灯，工人们见状自发站出来，他们手拿高压水龙头，随时可能喷射出水柱，汇丰银行的人根本不敢进厂，在厂门上贴了张封条就赶紧离去。上海特区第一法院又在汇丰银行的封条上再加贴封条。

申七全体职工于2月28日召开紧急会议，一致决议：第一，推举十名代表向上海市党部、市政府和社会局请愿，严正交涉；第二，联络有关系的各公团、各机关与各报馆，请求主持公道，积极援助；第三，申七全体职工对汇丰银行的非法经济压迫异常愤慨，决心厂存与存，厂亡与亡，不惜任何代价，誓与英、日抗争到底！

申新各厂率先予以支援，成千上万的员工到汇丰银行、工部局和日本驻沪总领事馆门前进行抗议示威。随后各大学学生、各华人企业代表及商界代表也上街游行示威，声援申七，怒吼声响彻黄浦江和苏州河两岸，中间夹杂着令人痛彻心扉的歌曲《松花江上》，旋律悲壮。各厂职工联合会致电中华国货工厂联合会，痛陈"汇丰银行拍卖华商纱厂于危殆之秋，置吾法院布告于不顾，廉值售与日人，显见心怀叵测，蔑视我主权，摧毁我实业，断绝职工生计，危害社会安宁"，表示"一息尚存在，愿与申七永共生死，任何牺牲在所不惜……"。

中华国产工商联合会也根据紧急会议的决议案，致函上海全市国货厂商："除决议呈请中央及分函各界予以尽量救济及交涉作有力之抵抗外，并经决议，通告全市国货厂商，即日起，对外商银行实行断绝往来各在案。凡吾国商人，务须以身作则，切实履行。相应函达，统希查照实行，至深公感。"

华商纱厂联合会、上海总商会、上海市地方协会、上海总工会、南京市商会及无锡锡金商会等团体纷纷响应，群起声援。"九一八"事变后，日货受到了最大程度的抵制，日本企业特别是纺织企业受到毁灭性打击。租界的日本纱厂在治外法权的保护下，处境稍好一些，但仇日情绪同样在租界内的国人中间弥漫，何况淞沪会战的硝烟还未完全消散。几千名从日本丰田纱厂辞职的工人被中国人办的纺织厂吸收，申七就招收了几百名这样的工人。因而，申七问题虽然是汇丰银行引发的，但由于日商参与，以及背后隐隐有日本军方的影子，抗议活动逐步演变成反日救亡运动。

荣宗敬、荣德生兄弟及其子侄则坐镇申七。荣宗敬说："丰田纱厂的日本人是黑心商人。日货遭到抵制时，他们的棉纱卖不出去，便冒充我们的人钟牌。这次又乘人之危，想夺走我的申七。他们休想从申七拿走什么东西，我一只锭子都不许他们动，除非踏着我荣宗敬的身体进来！"

汇丰银行深知中国民族主义精神的威力，害怕了、退缩了，居然把责任推诿给承购方日本商人。在中日争端中，英国人持中立立场，他们并不想给中国人留下与日本人沆瀣一气、暗中勾结的恶劣印象。最终，汇丰银行迫不得已同意解除拍卖，并与荣氏兄弟商定将二百万元抵押借款延期到1940年全部归还。最为可笑的是日本人，日本驻沪总领事欲盖弥彰，在2月28日发表一则声明抵赖称："申新纺织工厂的拍卖问题，一部分人宣传其买主为日商，然本领事调查日纱厂及各公司，已经明白买主非日人。"

日本人的表态被媒体轮番奚落，那位在拍卖会上应拍的日本律师村上也不见了踪影。然而人们很清楚，切莫以为日本人就此惧怕中国人了，这只是他们暂时的金蝉脱壳之计，因为在上海租界这个特殊的环境里，他们还没有为所欲为的能力，只能静待时机，另行谋划。但不管怎样，申七总算保全了下来，这是荣氏兄弟竭力抗争的结果。荣氏虽然欠了汇丰银行的款，有些理亏，但不至于卑躬屈膝、低声下气地看"洋大人"的脸色。对于欺压和凌辱，他们拍案而起；对于日本人的算计，他们奋起反击，荣氏兄弟表现出了不可侮的民族气节。

这不是一个工厂的问题，而是事关民族和国家生死存亡。荣氏兄弟明白，日本人任何针对中国商人的做法都包藏着侵占中国权益的险恶用心，决不能让他们得逞。荣宗敬说过"一枚纱锭就是一支枪"这样的话，那么，申七的六七万枚纱锭就等于六七万支枪，这能拱手让给日本人吗？不能，绝对不能！

让荣氏兄弟铭记肺腑的是，一家工厂牵动了全上海甚至全国民众的心，各界人士齐心协力声援申七。众人拾柴火焰高，正是有那么多人发声抗议，申七才在危机中逃过一劫。如果没有众人之伟力，那么纵然国恨家仇、燃眉灼睫，孤零零的兄弟俩即便以命相争，恐怕汇丰银行和日本人也不会就此罢休，申七不大可能虎口脱险。从这一点来说，申七的胜利也是舆论的胜利，是各界富有正义感和具有爱国心的群众的胜利。

让荣氏兄弟感到失望透顶的是国民政府。在申七被强行拍卖时，国民政府迫于各界人士的强烈呼声，曾派实业部长陈公博出面与汇丰银行交涉。但荣氏兄弟自申新搁浅以来，对陈公博怀有戒心，他们不愿意让国民政府尤其是陈公博插手此事。在申七被村上应拍后的第三天，中央银行奉孔祥熙之令会同实业部、上海市政府以及中国银行、上海银行等有关方面密商，拟由财政部筹款三百万元，向汇丰银行赎回申七产权，然后交棉业统管会"整理"，或改为"国营""委托经营"等。说白了，就是官僚资本企业想借此机会鲸吞申七，所谓"整理""国营""委托经营"只是借口而已。后来由于各界人士对申七事件的激烈反应和义愤，这个密商的方案不敢公布于众，胎死腹中。

由于大环境没有改善，整个纺织业仍处在萧条之中。申新的信用危机不仅没有缓解，反而更加严重。由于贷款未偿还，为了自身利益，各家银行、钱庄组成银团委员会全面控制了申新的生产经营大权。申新各厂在经营方面的一些大事必须得到银团委员会的同意，总经理荣宗敬被变相架空，他的权力受到极大的掣肘。荣氏兄弟因为资金缺乏，只能看着派驻人员瞎指挥。新棉花上市期间，荣宗敬按惯例要大量进货，储库待用，但银团委员会以资金周转为第一要务，对于申新各厂仅以维持开工为限，拒绝荣宗敬大量采购原料的计划，坚持随用随进。荣宗敬很着急，此时不进新棉，以后价格必涨，又会出现棉贵纱贱的局面，搞不好申新会再度搁浅。但银团委员会根本听不进去。眼看这些外行不懂装懂，荣氏兄弟意识到不能由着他们越俎代庖，否则后果不堪设想。荣氏兄弟找到时任行政院副院长兼中国银行董事长的宋子文，希望他扶持纺织业，以挽回垂危之局面。宋子文与荣家还是有些来往的，平时与荣鸿元、荣鸿三、荣伟仁、荣尔仁等偶有相聚，过往不算甚密，但是也说得上话。

作为"国舅"的宋子文身担重任，权势倾国。他早年毕业于圣约翰大学，后留学美国哈佛大学和哥伦比亚大学，是有名的金融家。他和孔祥熙一直是蒋介石在财政方面的左膀右臂。在人们的印象中，宋子文是个绅士，风度翩翩、潇洒豁达，还是能帮上忙的。在"蒋家王朝"里，权力的游戏与利益的冲突也会超越亲情，大家面和心不和，暗斗且不要说了，各怀鬼胎绝不亚于宫斗剧；明斗也是极其激烈的，会议上的公开对立，会后在各种场合的互掐，一点情面都不讲。但是在维护国民党政权和四大家族的利益上，他们是一致的，枪口也是一致对外的。宋子文多次传出贪腐丑闻，但都被宋美龄掩护过去了，最后都不了了之。

对于荣氏兄弟的请求，宋子文表示："一切在计划中，不久必有稳定的办法。"

宋子文的计划是什么呢？万变不离其宗，与陈公博一样，那就是将荣家的九家纺织厂一揽子接管，荣氏兄弟靠边站。你们不是说将受断炊之虞吗？不是说企业各项开支骤陷无着吗？不是说申二、申五已停工一年有余，所有损失不知凡几吗？那好吧，你们不要管了，都交给我吧，你家里每月两千元的开销由我负担。

荣宗敬倒吸了一口冷气，他万万没有想到宋子文比陈公博还要贪婪狠毒：陈公博攫取申新尚且承诺拿出三百万元，而宋子文吞食申新，却只是每个月拿出区区两千元零花钱。荣氏兄弟没想到宋子文会出此盘剥计划，这欺人太甚了！他们当然不能接受，喉咙里简直要发出悲哀的长鸣。至此，他们对国民政府完全绝望了，对政府大员也不再抱任何希望。

在宋子文的方案中，有一项是过去各钱庄给申新贷款的利息由一分减为五厘。上海银行是申新的主要放款方，借给申新的款项合计一千余万元，如果利息照此减半，那么银行的损失很大，甚至会亏本，每年亏损五十万元至六十万元，所以上海银行坚决反对削减利息。其他大部分钱庄也不同意，加上荣家的抵制，宋子文的计划流产，申新又一次从旋涡中逃脱出来。

心力交瘁的荣氏兄弟开始反思，荣宗敬追念往昔，自己沉湎于疯狂的扩张，速度与激情有余，却面临诸多矛盾：内部管理不足，产品质量有待提高，生产成本的下降余地很大。他们一味追求创业，而在守业上没有多加考虑。

事实上，面对世界经济危机的影响以及日本军国主义者侵略中国的步伐加快，荣宗敬连续举债购进几个工厂已经有些力不从心了。他的工厂均已抵押，不得重复抵押，雪球滚得过大，雪已经越来越少了。也就是说，在这种高速扩张的过程中，在高度聚集能量的过程中，企业内部潜藏着深层次的结构性矛盾，一旦外界发生不测事件，这些矛盾就会集中爆发而不可收拾。申新搁浅就使深层次矛盾集中爆发，虽然后来有所缓解，但这些结构性矛盾没有从根本上得到解决，申七拍卖其实就是申新搁浅的延伸。

国民政府最主要的经济操盘手宋子文、孔祥熙等人都拥有庞大的私人资本。他们一方面主张国家资本主义，实行"国进民退"，发展国有企业，同时乘机把手伸向民营企业，先后入股或收编多家办不下去的企业，将其占为己有。荣氏企业是块肥肉，陈公博、宋子文等都想吞下，名为国家收编，其实夹杂着明显的私利，只是由于各方利益平衡不了，加上荣家的抗争，荣氏企业才侥幸生存下来，但这些结构性矛盾也给了官僚资本吞噬它们的借口。

荣氏兄弟在凶狠的对手和强势的胁迫面前，在惊涛骇浪中，在生死存亡的困厄中，是顽强的、有气节的，有着坚韧的生命力，他们也是义无反顾、不轻言放弃的。如果他们稍稍软弱一点，稍稍做些妥协，如果他们的脊梁骨或膝盖弯曲一下，那么庞大的荣氏企业便会像多米诺骨牌那样崩塌。在民族工业的发展过程中，这样的例子屡见不鲜。

对于"荣宗敬速度"，荣德生一直有自己的看法。他钦佩哥哥的胆识、果敢和处事的大刀阔斧，但他还是主张稳妥些，不宜操之过急。另外，荣德生主张守成，他认为："应埋头苦干，力谋品质与产量之增进，耗费之减少，自力更生。古有明训，'创业易，守业难'。"他直接管理的无锡申新三厂和女婿李国伟管理的汉口申新四厂，在守成上明显好于上海申新各厂。申新三厂进行过企业改革，探索和建立了包括劳工自治区在内的新的管理方式，注重开源节流；李国伟借鉴了这些行之有效的做法，因此申新四厂的效益和质量也较好。所以，当申新搁浅时，申新三厂和申新四厂尚能维持，除支付工资和成本外，还有盈余。

当申新搁浅时，荣德生建议成立改进委员会，通过对内部管理的改革和挖潜来节约成本、提高效益。向来对办厂力求快速的荣宗敬认识到了企业存在的弊端，采纳了荣德生的意见。该委员会由各厂高级管理人员和工程师组成，共十五人，荣伟仁担任主任。荣伟仁作为荣氏企业的第二代领导者，是企业管理层的主角。当时荣宗敬的大儿子荣鸿元及二儿子荣鸿三因投机失利而饱受诟病，因而改进申新之责不适合由他们来担负，此事很自然地落到了荣伟仁肩上。荣伟仁明白，这是大伯和父亲对自己的信任，这是一个艰巨的任务，自己一定要尽力，要想有质的变化，就要在量上积累，把小事做好就是大事。

荣伟仁采取的改进措施主要包括：重整组织，使业务合理化、厂务合理化；整顿各厂机械设备，自创机件制配所；改善财务制度，逐步取消各地分庄；精简机构，解雇部分职工，消除冗员；原棉收购依据各厂"存用棉日报"及"用棉预算"进行，避免原料积压；严格监督和检查各厂产品质量，规定各厂产品分立商标，促使各厂加强责任心；等等。这些措施起到了一定效果，增强了企业的凝聚力，这是一种自我修复和自我调整的过程。申新各厂经过改进，生产力明显提升了，效益也有所改善，抗风险能力也得到了提高。

1936年秋，我国棉花丰收，供应充沛，连续几年的棉贵纱贱的状况得到扭转，萧瑟的纺织业顿时兴旺起来。申二、申五在停工一年多以后，于1936年10月正式复工。由于注重守成、改进措施落地、产品质量优良，申一、申三等厂出现了客等货出的景象，整个申新的财务状况开始扭亏为盈。这一年，申新各厂合计盈利三百零八万余元，扣除总公司付给银行、钱庄的利息一百六十三万元，实际盈利一百四十五万余元。虽然盈利能力和鼎盛时期不能比，但这个趋势令人鼓舞，荣氏兄弟的眉头开始舒展开来。

1937年上半年，荣氏企业经营情况颇佳。荣德生后来回忆说："该年营业，承上年之后，纱销俏利，价渐高，好牌子已逾三百元大关。棉价未涨，扯四十元之谱，各厂有利，气象极佳……此时各厂营业日佳，出品有利，每件可余七八十元，为历年所无。原料、物料积存充足，纱、布销路甚好，纱改大盘头、大筒子，布则坯布，均系实销。铁工厂尤好，订购络绎，人人欢迎，工作分日夜两班，并添建公事房、打样间、翻砂间、工人宿舍、教室、饭厅、平车间等，准备开始翻制细纱、粗纱、钢丝、清花等机，预计每月可出纱锭五千枚。"荣宗敬是个有志者，在经历几次磨难后努力守成，和工程师们研制出了新的纺织母机，每月可造纱锭五千枚，每天可造新式纺机八台，且其性能超过日本和英国的同类产品，比购买进口设备的价格要便宜一半。

这一年，荣毅仁从圣约翰大学历史系毕业了，此前一年，他与大家闺秀杨鉴清一见钟情、喜结良缘。他考大学之前本来想学法律，但荣德生认为当律师天天打官司，没什么意思。入学后，荣毅仁最初学的是经济系，但美国老师为难他和孔祥熙的儿子孔令侃，说他们的家庭一个是巨商、一个是高官，因此对他们格外严格。后来两人就转到历史系。大学期间，他每年暑假、寒假都被父亲安排去无锡的工厂实习，跟着工人师傅钻到机器下面维修设备。毕业后，他被荣德生派到茂新二厂担任助理经理。荣毅仁曾在这个厂实习过，熟门熟路，希望自己能大展宏图。他计划在全国建立几十家面粉厂，形成"面粉托拉斯"，也就是面粉制造企业集团。荣德生对这个大胆的想法很赞赏，说道："你干事业的劲头不像我，倒像你大伯。真是初生牛犊不怕虎啊！这是好事，不过饭要一口一口吃，路要一步一步走。目前，我们荣家的企业由扩张转为守成，你大哥是改进委员会主任，改进就是守成。创业易，守业难啊！"

这一年，荣毅仁二十一岁，对前几年申新搁浅、申七拍卖等情况一清二楚，也和孔令侃商议过此事。在陈公博欲以三百万元"接管"申新时，孔令侃之父孔祥熙并不赞成；在宋子文提出购买申七产权时，孔祥熙掌控的财政部不愿拨款。这倒不是孔祥熙庇护荣家，也未必是孔令侃说了什么好话，而是官僚资本集团内部的利益冲突所致。申新搁浅和申七拍卖让年轻的荣毅仁深深感到实业兴国之路的沉重与艰辛。父亲和大伯坚决抗争，誓死也要保护住苦心经营的工厂，不让它们落入他人之手。否极泰来，荣氏终于挺过来了，真是不容易啊！荣毅仁对父亲说："我这个计划现在实行是不现实的，这是个远期规划，今后视情况分步执行。现在茂新二厂重在改进，具体要向大哥好好讨教。我们做小辈的，不能躺着吃老本，而要立新功。我会像孔夫子说的那样，'吾日三省吾身：为人谋而不忠乎？与朋友交而不信乎？传不习乎？'。"荣德生听后连连点头，露出欣慰的笑容。

时穷节乃见

可是好景不长，就在荣毅仁赴茂新二厂上班不久，一场更大的灾难降临到了包括荣家在内的上海工商界和广大上海民众身上。1937年8月13日，正是上海最炎热的季节，日军在虹桥机场挑起事端，扩大侵华战争，从此，中国军民发起了抗击日寇的全民族战争。在日军登陆后，闸北和沪东一带成为敌我双方交战的主要区域。荣氏企业申新系统的申一、申五、申六、申七和申八，以及福新系统的福一、福三和福六等厂地处战区。

荣家辛辛苦苦建起的纺织厂、面粉厂遭到了惨重的毁损和毁灭性的破坏。战争第一天，申五就有数人受伤，厂方决定停止夜班。此后几天，中日军队在工厂附近激烈交战，处在枪林弹雨中的职工不得不弃厂绕道浦东，逃往安全地带。日军在占领申五后，肆意施暴，所有栈房、公事房、宿舍及工房被毁，各车间亦有不同程度的损坏。申六、申七中弹起火，部分建筑被毁，损失了几万枚纱锭。申一、申八遭到日机轰炸，房塌屋倒，机器受损，死伤无数，两厂损失高达二百三十三万美元。福新一厂、三厂、六厂地处闸北，落入敌手，日本军方交由日商劫收。无锡的茂新面粉厂和申新三厂在日军占领无锡后，同样横遭洗劫。

战争伊始，上海战事日益激烈，无锡成为后方重镇，同时是中国第三战区司令部所在地。10月6日以后，日机几乎无日不来无锡轰炸。豫康、广勤、业勤等纱厂和协新毛纺厂先后被炸，损失惨重。11月25日，日军攻陷无锡。12月8日，日军的卡车开进茂新一厂，抢走了四万多袋面粉，之后放火烧厂，全厂在一片火海中变成废墟。申新三厂也没逃过日军的魔爪，被烧掉了近四万枚纱锭、一千多台布机，所存四万八千多担棉花、六万四千匹棉布、三千四百多件棉纱均被烧毁或劫走。除了纺纱工场因系钢骨水泥建筑未遭全毁，其余纺布工场和五百六十一间厂房都被夷为平地。荣家在火车站附近有一个规模巨大的堆栈，里面堆满了棉花等原料和成品，也被残暴的日军付之一炬。茂新二厂、三厂也未幸免于难，被日军征用，由日商经营，生产军粮。这两家工厂的规模较小，是荣家盘下旧厂改建的，其中茂新三厂专门生产玉米粉。

无锡非荣家的其他工厂也都难逃厄运。永泰丝厂留存的两万包干茧、六百担生丝，大都被烧毁或劫走。庆丰纱厂的漂染整理部被全部焚毁。丽新纱厂的纺部毁损百分之五十，织部毁损百分之七十，染部毁损百分之三十。丽新、振新等工厂的厂房被日军强改为野战修理厂。

一度停工的申新一厂、申新八厂后来恢复生产。1937年10月27日，九架日军飞机出现在毗连的两厂上空，对其进行狂轰滥炸，在一阵阵爆炸过后，厂区浓烟滚滚、血肉横飞，人们四处逃窜，日机趁机进行了惨无人道的低空扫射。两厂共死伤职工四百三十余人，当场死于轰炸和扫射的有七十多人，伤势严重者三百余人。申八厂区全部被毁，申一的大部分车间、货栈和宿舍被炸毁，好端端的两家工厂顷刻间成为残垣断壁、一片焦土的废墟。两厂损失的固定资产和各项物资共计五百余万元。

面对残酷的现实，荣氏兄弟倍感痛心，欲哭无泪，战争摧毁了他们的理想和追求，也摧毁了他们的一大半产业。三个月的血战，他们仅从战区的福新一厂、三厂、六厂抢出了部分小麦和面粉，从申新一厂、八厂抢出了十辆卡车的棉花和纱布，并将其运入租界。除了汉口的申四、福五，以及在上海租界内的申二、申九、福二、福七、福八等几家工厂，荣家所有处在战区的其他十四个工厂均遭到敌人的破坏和洗劫。在日军飞机轰炸之后，对申新早就怀恨在心的丰田纱厂派人冲进申八，将幸存的百余台精纺机用重磅榔头逐台敲碎，连汽车的发动机和油箱以及尚未完全损坏的其他机器也全部被捣毁，无一幸免。

受到轰炸的申一和申八的损失自然最严重。申新总公司于1938年10月委托斯班脱进行恢复旧观的调查。这家洋行出具的报告显示，两厂的固定资产损失达三百八十三万元，其他各项物资（比如原棉、纱布、在制品、机物料等）损失达一百三十四万元，两项合计五百余万元。申五、申六、申七的原料、机器被劫掠，损失也很惨重。其中，申五的损失约达一百九十八万元；而申六、申七除了厂房及机器被毁，货物损失就分别达二百零五万元和七百一十三万元。

荣宗敬这几年受尽了煎熬，好不容易看到企业有了起色。虽然滚雪球式发展的勇气已不复存在，但他守业的雄心依然强烈。可是战争爆发了，荣氏兄弟真切地感到了自己的脆弱和身不由己。世道已是一塌糊涂，不可收拾了，他们痛心疾首地在心底呐喊："我们荣家真的走到尽头了，天地真的不容我们了！涸辙之鲋何以能得一汪清水？"

在淞沪会战爆发初期，荣德生率先响应无锡抗敌后援会关于募捐钱财慰劳前线将士的号召，捐赠茂新面粉厂的面粉一万包；时隔数日，又先后两次捐赠面粉两万包。他还在申新三厂加班为抗战将士制造军服。公益铁工厂还响应政府号召，停止制造纺织、面粉机器，专门生产手榴弹、地雷等军需品，以支援前线。

国难当头，山河破碎，覆巢之下，安有完卵？抗日救亡是当务之急，一切都要服从抗日大局的需要，他们很快就镇定下来，把家族的命运和国家命运、民族大义捆绑在一起。惊魂甫定，他们便商量出对策：荣德生回无锡，和四子荣毅仁一起处理厂务；由荣伊仁与两位女婿唐熊源和杨通谊护送家眷去往莫干山、芜湖再转汉口。在日军侵占无锡之前，杨通谊又返回无锡，力劝荣德生收拾重要的东西上车，在荣毅仁的陪伴下第二天一早护送荣德生赶赴芜湖，从那里上船，两天后到达汉口。荣德生前脚刚走，日军后脚就攻占了无锡，申三以及茂新诸厂均未躲过日军的摧残。好在荣德生得以脱身，他在汉口参与了申四和福五的管理。杨通谊写诗云：

> 临难不辞无苟免，
> 闺中大体识分明。
> 江南只见梅花盛，
> 留待千秋史笔评。

在无锡沦陷前离开的荣德生时时关注着家乡的情况，但得到的消息无一不让他忧心如焚。他记下了无锡工业遭劫后的惨况："十二月八日后，天天有消息，报纸亦有登载，无锡北门一带市房全被焚毁，豫康、广勤、业勤皆烧去。十二日后，茂新一厂烧，振新老厂砖木建筑亦烧，新厂则因水泥建筑无法烧也；申三栈房、轧厂、布厂、摇纱间均被烧，粗、细纱间及电机间均留，亦因水泥建筑故也，厂中房屋已所存无几。……报载沪、锡一带，被毁纱锭约十万枚。"

至此，荣氏所拥有的二十一家面粉厂和纺织厂，除了在汉口的申四、福五以及上海租界内的工厂得以幸免，其余地处上海华界、无锡和济南的十四家工厂，悉数被日军损毁。

荣宗敬留在上海，管理残留在租界的企业，同时关注着局势的发展。租界为英、美、法等国所控制，租界外日本人重兵压境，租界便成了孤岛。由于大批豪绅达官携带财富涌入，租界里一下子来了无数腰缠万贯的享乐者。这些人不顾外面战火连天、铁蹄横行，出手相当阔绰，过着醉生梦死、声色犬马、笙歌舞影的奢靡生活，租界竟然出现了灯红酒绿、铁树银花般的畸形繁华。"商女不知亡国恨，隔江犹唱后庭花。"这两句诗用在当时的上海租界，是一种真实的写照，也透出辛辣的讽刺。

其实，畸形繁荣只是上海的一小部分写照。在民族危亡的时代，由抗日志士和文化精英参与组织的抗日救亡活动十分活跃，"天下兴亡，匹夫有责"，抗日仍然是租界的主色调，国共两党携手合作，暂且抛弃前嫌、联合抗日。上海的抗日地下组织开展了铁血锄奸行动，暗杀汉奸、卖国贼。日伪的"76号"特务机构则凶残地秘密逮捕和杀害抗日人士，日本人在租界之外的上海占领区成立了一个名为"大道政府"的汉奸组织，即伪上海市政府。日伪当局在租界向工商界、文化界等上层人物及国民党军政要员伸出橄榄枝，引诱意志薄弱者卖国求荣，并将他们豢养成日本人的傀儡。各种政治力量、各种组织以及各路人马明争暗斗，整个租界弥漫着错综复杂、诡影重重的烟雾。

不过大家心里很清楚，偏安租界并不等于万无一失，日军随时可以不费吹灰之力占领租界。只是因为英、美、法在中日战争问题上保持中立，日军才暂时放了租界一马，而且这只是权宜之计。只要日本人愿意，租界唾手可得、不堪一击。这是一把悬在租界头上的达摩克利斯之剑，剑刃锋利，租界那点兵力是难以阻挡的。华懋大厦大班维克多·沙逊写信给英国政府说："日本人的最终目的是攫取租界和整个中国。"日本人想拉拢他，为此请他吃饭。饭桌上剑拔弩张，日本人希望他出钱重建受到战争破坏的上海，他说："当邻居遭遇小偷盗窃，我不得不把钱财转移出去，我已经没有钱了。"

荣宗敬对上海的局面很担忧，租界显然已失控，社会秩序混乱，工商界原有的组织已瘫痪。连帮会头目杜月笙都去了重庆，挂了个慈善会副会长的职务，几乎所有的知名商贾都出逃避难。荣宗敬实在放不下工厂，让租界的工厂继续运作是他的愿望。他是留下来的少数巨商中的一个，虞洽卿也没有走。战争使百万难民如潮水般涌向租界，大量难民食不果腹、衣不遮身，社会出现了人道主义危机。荣宗敬为此成立了上海难民救济协会，自任会长，该会设立了三十余处难民收容所，先后收容难民八万余人，发放给养共计九百七十余万元。荣宗敬捐助了面粉和布匹。后来，由于日军的封锁，上海又出现米荒，虞洽卿等人组织各行业公会开会，垫款去南洋购米，运粮船只悬挂意大利及中立国挪威、巴拿马的国旗，所购大米按市价七折出售。作为工商界的头面人物，虞洽卿有能力做这样的善事，却管不了上海的企业。

上海各界呼唤荣宗敬出来自救。

1937年12月底，租界出现了一个名为"市民协会"的组织，会员以绅商人士为主，协会以"救济战后工商界之苦境"为宗旨。总会设在租界内，在南市、闸北、浦东、沪西各地设分会。这个协会有些浮云掩月、不知底细，有人前来说服荣宗敬参加，竭力鼓吹这个协会超脱政治，经费共摊，广泛结客交友，以图救济工商界。

当时的上海事实上已无政府，工部局对维持局面也无能为力。在这种情况下，有个与汉奸无关的机构站出来拯救工厂、难民，在乱局中起到稳定局面的作用，这与荣宗敬的想法不谋而合。但是他对这个协会很警觉，在犹豫观望一番后，没有发现异常情况，便有些心动了。他太想保住租界内还在生产的工厂，也期待租界外受损的工厂能逐步修复。于是，他和王禹卿参加了市民协会在南京路女子商业银行楼上召开的筹备会议。会议召集人和参与人都是以前熟悉的有来往的人，均是商界有头有脸的人物，看上去没有什么可疑人员参与，也看不出有日本人在幕后操纵，他们只谈论维护工商业，不涉及政治，完全是民间的自治自救组织。主持人称新组织规则及成立宣言将寄呈汉口国民政府，并称该会在文件中仍将援用"中华民国"称号，国旗亦仍用青天白日旗。

荣宗敬放心了，上海沦陷、日寇横行，总要有人出面周旋折冲，以维持局面、救济难民、稳定工商。在他看来，保住工厂使之正常生产便是救国利民，是对国家、民族的最大贡献。抗战少不了需要物资，面粉和布匹乃有关军民衣食之大事，如果这个市民协会能为此有所作为，那么这当然是一件不容置疑的好事。

但实际上，这个组织的后台就是大道政府，只不过为了掩人耳目，伪装其与日伪当局无关，以欺骗一些工商界的头面人物上钩。世上没有不透风的墙，不管市民协会怎么标榜，随着真相被揭露，社会各界的态度开始反转，舆论抨击谴责，揭开了这个组织的真面目：该组织表面上是上海工商人士的自救组织，实际上是受日本军方操纵的"维持会"性质的汉奸组织。荣宗敬很快便明白过来，于是他连忙登报声明："一时涉足，只以为其纯为救济难民、为实业解困起见，宗敬决不充当傀儡登场，或容系奸徒假名活动。谣传之言，万勿为信，以免误会。"王禹卿也发表了同样内容的声明。

从此荣宗敬再也不参与该组织的活动。有人想方设法拉拢荣宗敬继续参加，遭到荣宗敬严词拒绝。于是大道政府来了个反间计，故意放出风声，造谣工商巨头荣宗敬愿继续参与筹建市民协会并担任常务委员，以致力于上海和平事业，企图逼迫荣宗敬就范；或者借小报记者的笔墨和可畏的人言，散布无中生有的消息，造成荣宗敬积极参与市民协会活动的假象，将他送上国民党军统的暗杀名单,让荣宗敬跳进黄浦江都洗不清,从而迫使他寻求日方的保护。果然,暗杀团开始下手了,市民协会的重要发起人、上海华商电气公司总经理陆伯鸿受到暗杀团的惩戒,被刺身亡;另一个主要成员、上海粮业同业公会主席顾馨一在家门口中枪,一命呜呼。荣宗敬的住宅周围也出现了一些可疑的人。

虽然荣宗敬一再澄清事实,但汉奸的反间毒计使得人们对他的猜疑并未完全解除,所造成的局面让荣宗敬压力极大。为了保全自己的清白和骨气,不被人利用,情急之下,荣宗敬决定出走香港避避风头。自申新搁浅以来,他的身体一直欠佳,曾数次昏晕过去,也希望借此机会静养一段日子。临走前,他和留守在无锡的弟弟荣德生通电话。荣德生说:"哥哥,清者自清,浊者自浊,你还记得无锡梅园的那口洗心泉吧。"

荣宗敬回答:"当然记得,你写的'洗心泉'刻石,还题了四句话。"

"是啊,那四句话是'物洗即洁,心洗则清,吾浚此泉,即以是名'。有人问我,人心怎么洗呢?我回答,洗心者会洗去心中无形的污垢,让一颗心像泉水那样清亮透明。这些年来我们兄弟俩都是这样做的,在大是大非面前洁身自好、问心无愧,没有积存污垢,我们坦坦荡荡,笑骂由之。"

"但这次不一样,国民党、日本人、汉奸都不会放过我,我被人陷害了。"

"哥哥的为人众所周知,你已登报声明,澄清了事实。平生不做亏心事,夜半敲门心不惊。我要是在上海,会出面替你解释的。可惜无锡也保不住了,我得去汉口了。"荣德生说。

"我知道,我平生最恨卖国求荣的人。即使工厂全部败掉,我也不会投靠日本人。英雄末路,哪怕讨饭,也要有骨气。可是汉奸这个污名居然套到了我头上,好像我已上了贼船,这是我最想不通的。"荣宗敬的语气悲愤且无奈。

荣宗敬握着听筒,喊着荣德生的昵称说:"二木头,我得到香港住一阵子,免得招惹是非。家里这个烂摊子交给你了,你尽力维持吧。宁为太平犬,不做乱世人,企业在乱世太让人操心了,这不是人过的日子,辛苦你了。"

"哥哥宽心些，天无绝人之路，顶着石臼做戏，也要做下去。"

这是他们兄弟俩最后一次通电话，两人都没想到，这是他们的永诀之言。

荣宗敬走了，走得有些悲凉，他不得不走。他依依不舍地告别了混乱不堪的上海，那里阴谋丛生、妖魔横行、危如累卵。但他更舍不得为之奋斗了大半辈子的实业，这可是他的命根子。

某天晚上，一辆英国友人的汽车在侧门悄然接了他。在夜幕掩护下，荣宗敬上了一艘意大利客轮。他以离开这个是非之地来表明自己保持晚节的态度。

荣家在香港有房子，有存款，亦有许多亲友。侄子荣伟仁、大儿子荣鸿元、二儿子荣鸿三、小儿子荣鸿庆陪同父亲客居香港，日子不会比上海差。到了香港后，荣宗敬整天面如寒霜，心情很差。他痛恨日本侵略者的野蛮行径，轰炸、抢掠、火烧，无恶不作，他和弟弟半辈子的心血遭受极为惨重的损失。他又后悔自己不小心蹚了次浑水，扪心清夜，虽然未做有愧之事，但各种污蔑难以洗刷，一世英名毁于一旦，就连香港的几份报纸，对于他的驻港时有评论，间有不实之谤言，这使他大为不悦。他频频应酬，借酒消愁。

荣宗敬、荣德生兄弟俩一辈子爱惜名誉、积德行善、热衷公益，可身为兄长的荣宗敬却被众人误解成卖国求荣的汉奸，这深深地打击了他，怎么也想不通。他常常会忽然忧从中来，有种飘零沦落之感，也常有老骥伏枥之叹。一路的颠沛加上心力交瘁，到香港后，他原本多病的身体变得更虚弱了，加之应酬频繁、饮酒过度。不久，他便突发脑出血，病情急转直下，就此住进了医院，缠绵病榻。

病中的荣宗敬常常不自觉地陷入沉思，即便沉疴在身，他依然有一份震慑他人的定力。他思考着荣家的未来，也时常想起他和弟弟荣德生走过的路……在弟弟带人料理残局之际，他却避居香港，他怎么可能是个当寓公的料？怎么能放得下那样一个急待收拾的烂摊子？他不习惯住在这个被英国强占近百年的小岛上，毕竟他抛离的是与命相依的事业和家国情怀。他知道自己的大限到了，回想这一生，最后如一片枯叶飘零到香港，他不甘心啊！

"MASKEE！"他嘴里咕哝着，"也许，也许，我荣宗敬还能跨过这个坎。"荣氏兄弟以前在谈生意时，会说上几句上海商界流行的中国式"洋泾浜"英语，但在家里，他们从来不会说一个英文单词。荣宗敬现在居然当着家人的面说起英语来了，子侄听后十分惊奇。荣宗敬太留恋他打拼了三四十年的生意场了，罹染重疾迷糊之际，他仿佛回到了那些场合。MASKEE是什么意思呢？

上海是个富有乐观主义血统的城市。MASKEE是当时在上海很流行的一个词，意思是"没关系"或者"别担心"。投资失败了，买卖亏本了，人们会自我安慰："MASKEE！"意思是没关系，亏盈是正常的，还有翻盘的机会。MASKEE这个词源于葡萄牙语。葡萄牙商人最早踏上黄浦江的滩岸，他们在这里人地生疏，却遇到了前所未有的发财机会。当然也有难处，但他们是乐观的，经常喝着酒互相安慰：没关系，好运在等着我们。

荣德生得知哥哥住院后，恨不得连夜赶往香港，但苦于内迁事务纷杂繁多，实在无法分身，又想到哥哥是老毛病，估计不会太严重，待汉口的事处理出一个结果，再飞香港也不迟。但他还是打电话到上海，让已经返回上海的四子荣毅仁委托孔令侃对荣宗敬给予照顾。孔令侃是中央信托局常务理事，上海沦陷后，中央信托局迁到了香港，孔令侃的母亲宋霭龄亦随之抵港。孔令侃从圣约翰大学毕业后不久，便到香港任职，自恃是中国第一豪门的阔少爷，大权独揽，掌握与德国的军火生意等特殊贸易，开起了财源滚滚的"母子店"。

受荣毅仁所托，孔令侃对荣宗敬的确很关心，经常去看望荣宗敬。荣宗敬住进了香港最好的养和医院，由最好的英国医生治疗。但由于病重，这位有着"商场拿破仑"之称的实业巨星还是没有逃过这一劫，弥留之际，他一再叮嘱儿子荣鸿元、荣鸿三及侄儿荣伟仁："看来我大限将至，要死在这里了，不管怎样，要把我送回去。我不能在香港做孤魂野鬼……还有，荣家的工厂要力求保全，我死后，由德生主持荣家产业，你们都要听他的，记住了吗？还有，日本人是我们不共戴天的仇人……荣家子孙无论如何都不能对不起祖宗，要知道……和日本人合作,那是吃虎狼药啊!……"两个儿子连连点头。虽然荣宗敬直到临终前都充满悔恨和委屈,但他在遗言中一再强调的仍是做人的气节,在一个黄钟毁弃、瓦釜雷鸣的时代,行将就木的他依然掷地有声。

1938年2月10日,荣宗敬在子侄的哭声中溘然长逝,享年六十五岁。载着荣宗敬灵柩的轮船鸣笛起航,孔令侃和国民政府驻港代表到码头送行。荣德生得知噩耗后,在汉口长江边的一个芦苇荡坐了三四个小时。芦苇已枯萎,白色的芦花在寒风中摇摆着,荣德生在春寒料峭中更感悲凄。

各界人士对荣宗敬的逝世深表痛惜,唁电如雪片般飞来;上海各报都在显著位置用大量篇幅登载悼念文章,评价他的卓著功绩;国民政府明令褒扬,并委派实业部刘荫佛为主祭员来香港吊唁。国民政府的祭文除肯定其"兴办实业"的精神映照华夏大地外,还肯定了他在日本人和汉奸的威逼下仍正气凛然。这虽是官样文章,但荣鸿元、荣鸿三、荣伟仁听了很是宽慰,市民协会一事带来的种种烦恼和压力,直到荣宗敬临终前始终是一个放不下的心病,现在荣宗敬终于得以正名,若地下有知,他可以瞑目了。

1938年3月17日,荣德生在汉口收到了王禹卿、吴昆生等六人联名发来的电报:"总经理一席,内外一致认为非公莫属,股东渴盼早日莅申,主持一切。"这样的电报他收到了好几封,荣鸿元按父亲的遗嘱,亦致电给他,请他接任总公司总经理一职。无论是从常理来说,还是以荣德生的德行、能力及他在荣家事业中所起的作用而言,由他接任此职顺理成章,亦是众望所归。

但荣德生实在没有心思去上海执掌大局。荣宗敬突然去世后,在国难家仇的双重打击下,他天天处在悲痛之中,加上他又得了脑卒中,右手难举,多年的老毛病痔疮又严重发作。上下相激,折磨得荣德生非常难受。于是他迟迟未赴沪就任,一直滞留汉口养病,精神好些了,便过问一下长婿李国伟负责的企业迁移重庆、宝鸡等地的事宜。对上海的事,他并非甩手不管,深思之余还是做了一番布置,安排荣鸿元和荣伟仁为总公司协理,荣鸿三和荣尔仁为襄理。荣德生还一再致函荣鸿元，叮嘱他们处事方式：

> 昔年遇患难无一不如此，今则更甚，格外为难，当十分小心。侄亦如此，鸿增（伟仁）兄弟亦应如此。王老伯（指王禹卿）所计议，叔知己知彼，切切劝他静观，偏左偏右，皆不相当。叔观骄兵必败，不人道更甚……沪地空气坏，吃着苦罪不可，彼亦我局之要角也。（1938年2月27日）
>
> 叔近年吃着苦又进一步，凡事当要预备不为难倒；环看市情势利为多，人情不多，惟利自图，不顾其他。叔除汉口可度日外，余皆可知，何以弄到如此，为公司生存耳。今后必须做到一一妥当，人人可守，我局不负开创，否则半途而废。（1938年4月3日）
>
> ……前函中曾言侄等待人客气，对内严密，今再加一语：要事谨慎，文书处亦要留心，虽有溥之权位，防有奸谋也。叔通盘计划及复兴程度，俟大局安定，即到申料理，然办事必归尔等兄弟四人。（1938年4月3日）

从以上信件中可以看出，荣德生对上海的事情还是很关切的，考虑得也很多，并且在做人做事等方面一再叮嘱子侄在苦境中坚守事业。另外，他也明确表示，在适当的时候会回上海总公司坐镇。

荣家在这个非常时期进有所为，退有所守，坚守了一个爱国工商业者的良知、气节、担当和责任。

1938年6月，荣德生病情缓解，情绪也平稳了许多，便离开汉口，转道香港回到上海。此时，上海租界内的工厂开足马力，盈利可观。荣鸿元实际上继承了父职，执行着总经理的职权，王禹卿则延揽了福新系统的大部分事务。荣德生顺水推舟，索性把权力交给了子侄辈，自己寄情翰墨，以古籍旧画为消遣，但也并非完全放弃事业。为了摆脱银行和钱庄的钳制，他又回归老本行，于1939发起创办广新银公司，经营银行业务，资本为法币一百三十万元。荣德生出资一百万元，荣鸿元、荣伊仁、杨通谊等共出资三十万元。广新银曾向重庆国民政府财政部注册，荣德生任董事长，杨通谊为总经理，荣伟仁推荐英商麦加利银行原买办王叔麟任经理。

当时，沦陷区内的荣氏企业，比如申一、申五、申六、申七及申八已被日本侵略者军部劫管，福一、福三、福六被日本三兴面粉株式会社强占，无锡申三及茂新各厂被日军占领。日本人利用这些工厂的残存设备进行生产，或把厂区辟为养马场。开设在租界内的企业不得不借用外商名义继续营业，由荣伟仁、荣尔仁分别主持的申九和申二过户于美商和英商。由于战争造成物资短缺，市场对各类产品的需求强烈，棉纱、面粉是生活必需品，更是购销旺盛；申九和申二大量购囤外棉，加紧生产，获利甚丰；福二、福七、福八面粉厂也连年盈利。在日本侵略者的刺刀下，租界虽然出现了工商界渴望已久的"兴盛期"，像是久旱逢甘霖，但大家心里清楚，这不可能长久，只不过是昙花一现。但于私于国，他们都应该抓住这个机会，开工力求其足，产量力求其多，利润力求其巨。

战前欠下的巨额债务是压在荣家头上的一座大山，钱庄紧逼不放，引发多起诉讼。荣宗敬在世时一个难以消除的顾虑就是这些外债。他去世后，荣德生心里装满了盛衰兴亡的沧桑往事，债务也是一项令他无法翕然端坐的沉重负担。在租界的几年间，荣氏企业咸鱼翻生，各厂分摊的债务分期偿还，一举连本带利还清了多年来的欠款，遂了荣氏兄弟的夙愿。荣德生高兴地说："欠债终于还清，我觉得浑然一身轻。"

1938年8月，申新三厂的总管薛明剑兼任无锡旅川同乡会首任会长，致力于抱团抗战。他以职工合资的方式办起了允字号系列小型工厂，先后创办了化学、机器制造、面粉、碾米等方面的工厂二十家，收留了大批无锡老乡，积极组织生产自救和公益活动，从而让每个来到后方的无锡人都得到了帮助和安置。1937年11月25日无锡沦陷，这是无锡历史上第一次遭遇外国军队的直接占领。无锡人饱受国仇家恨，对此事刻骨铭心，于是同乡会在每年11月25日发起集会以悼念故乡沦陷，包括荣氏家族在内的全体同人相约绝食一天，以示哀悼，直至抗战胜利。

荣毅仁回上海后，也很活跃。他本来就为刚进入公司参与管理就遇到战争爆发，从而失去大施拳脚的机会而惋惜，没想到租界这么繁荣，他可以有所作为了，于是和兄弟几人利用租界的特定条件，创办各种小型企业，忙忙碌碌，在尝试、探索中锻炼成长。荣毅仁后来对《人民日报》的记者计泓赓回忆说："我们兄弟几个在上海创办了一家合丰公司，开小纱厂、小布厂，还有小丝厂、小机器厂。因为怕日本人来捣乱，所以我们聘请了两个美国律师，还到美国去注册。三哥伊仁是总经理，我当总稽核。我们还办过三新银行，鸿三当总经理，挂个名，我当经理。我是'百脚头①戏子'，啥戏都唱，什么事都可以搭把手。"荣毅仁又说："当时环境特殊，'孤岛'畸形繁荣。我们在租界挂了英美的招牌，纱厂、面粉厂的生意不错，获利丰厚。战前三新总公司及所属各厂所欠的债务，逐年摊还。后来汪伪政府搞币制改革，战前欠款不值多少钱了，我们一举还清了陈年积欠，可以说是因祸得福。但太平洋战争后，我们彻底倾家荡产了。"

荣毅仁所说的倾家荡产是指日军在占领上海租界后，立即将在英美注册的企业——不管是英资、美资，还是华资，都当作敌产处理，实行军管。

荣家挂了英美招牌的申新二厂、五厂、六厂、九厂以及福新各厂和合丰公司等均被日方接管，落入虎口，其中申新二厂和九厂由日本军部指派的日商纱厂接收并实行军事管理。日商纱厂派出会计人员分驻各厂任"监督官"，厂内生产经营、货物进出及工资发放等一切事务均需经日方"监督官"签字。

租界外的荣氏企业早在淞沪会战后即落入日军魔掌。申六挂上了"上海纺绩株式会社管理所"的牌子，后来又干脆换上了"海陆军特务部指定日商上海纺绩株式会社经理"的牌子。申五、申七及无锡申三也陆续被日军委托的日商裕丰纺

---

① "百脚头"是无锡方言，指蜈蚣。

绩株式会社、钟渊公大实业株式会社和上海纺绩株式会社接管。在战火中毁坏严重的申一、申八也未被放过，被日商丰田纱厂派人接管。荣家各面粉厂也被日本人所窃取。福三、福四由日本军方交给三兴面粉株式会社经营，厂名分别改为三兴一厂、三兴二厂，后来福一也由三兴接管，改名为三兴四厂。无锡的茂新一厂、三厂全部毁损，茂新二厂由日商华友制粉公司侵占，改名为华友大新面粉厂。

日军和日商对华商企业明目张胆的掠夺和吞噬，受到国内外媒体的广泛报道，国际社会深感震惊。日本军人的形象就是活生生的杀人、放火、抢劫的匪盗，其野蛮行径遭到了中国民众和商界的强烈抵制和反抗。为了改变形象、笼络人心，并宣扬所谓的"中日亲善""东亚共荣"，日本军方发表声明称会尽快将"代管"的华方财产移交中国政府。当然，日本人所称的中国政府是1940年初成立的南京汪伪政府。汪伪政府根据这一声明，制定并公布了《发还军事管理规则》。然而，这种所谓的"发还"，不过是日本军方的欺骗伎俩，到嘴的肥肉，他们是绝对不可能归还的。"发还"也是有条件的"发还"，即必须与日商"合作"或被强行收购，这当然是廉价收购。一天，丰田纱厂派代表来见荣德生，将一张二百五十万元的支票送到荣德生面前说："本厂愿出巨款收购申新一厂全部财产，望应允。"

荣德生断然回答："企业是我荣家办起来的，我不愿出售，不愿出租，也不愿合办！"

日商代表威胁说："如坚持这'三不愿'，申一不是被军管，就是被没收，反正都一样。"

荣德生冷冷地说："如果有必要，尽可牺牲！"

日商代表讨了个没趣，悻悻地离开了。

荣鸿元在接到汪伪政府发出的将申一、申八两厂出售给丰田纱厂的通知后，据理力争、一口拒绝。荣尔仁等荣家其他人面对威胁、利诱，也是态度鲜明，坚决不妥协。

过了半个多月，汪伪政府的外交部长、大汉奸褚民谊来到上海，从国际饭店打电话到三新总公司，要求荣德生、荣鸿元叔侄去他那里商议有关事宜。荣德生知道来者不善，以年迈多病为由，拒不前往，荣尔仁主动代表父亲与荣鸿元一同去国际饭店见褚民谊。褚民谊要他们识时务，说："日方因申一临近丰田而迫切需要，以高价出售，于己于国都有好处，何乐而不为呢？再说，日本人把半壁江山都拿去了，何患你们一个小小的厂子，你们可不要敬酒不吃吃罚酒……"

荣尔仁、荣鸿元婉转拒绝："事关全体股东，他们不愿意，我们兄弟不便擅自做主。"

褚民谊问："你们荣家素来实行无限公司，此事只需宗铨老先生一句话嘛，股东不会不听的。"

荣尔仁说："家父已年高体弱，平时只是赏玩字画，国事、家事、厂中事都不管了，凡事都是董事会说了算。家父和大伯一言九鼎的时代已过去了。"

褚民谊哼哈了一声，没有再多说什么。

荣尔仁和荣鸿元回家将见褚民谊的经过告诉了荣德生，荣德生很干脆地说："宁为玉碎，不为瓦全，就这样对付他们好了。"

由于申新坚决抵制，日本军部不得不于1943年7月在名义上宣布"发还"申一、申八两厂，但"发还"之后的两厂仍被丰田纱厂霸占，直至1945年8月抗战胜利才由荣家正式收回。

无锡申新三厂是荣德生一手创办的，机器设备、产品质量、规模和管理都属上乘，战争初期惨遭日军焚毁。此后该厂由日商上海纺绩株式会社接管，但由于破坏严重，一直没有开工。在此期间，日商一面劫掠厂内有用的机件物资，移装上海纺绩株式会社经营的振新纱厂；一面数度派人与荣德生联系，提出"合作复产"，荣德生回答："宁可毁灭搬空，也决不合作！"荣德生的回答干脆利落、掷地有声，民族大义、国家公义和时代正义尽包含在里面了。

抗战期间，荣氏家族无一人投靠日伪。正如荣德生说的，宁为玉碎，不为瓦全，他们不怕威胁、拒绝利诱，保持了凛然的民族气节。

在日军占领租界、孤岛畸形繁荣之时，荣家在上海发生了两件事。

一件事是1939年7月20日，荣伟仁患鼻咽癌不幸去世，英年早逝，荣家遭受一劫。荣伟仁是荣德生的长子，大荣毅仁十岁，大学毕业后，在上海协助伯父荣宗敬管理公司，曾先后担任申新七厂、九厂的经理，办事得力、稳当、厚道，深得荣宗敬信任。荣氏企业战前一度搁浅，荣伟仁为解救家业到处奔波，忙得焦头烂额，后期任改进委员会主任，想尽办法改善企业的经营状况，成绩卓著。在日本占领上海后，荣家辛辛苦苦创办的多家工厂化为废墟，荣伟仁更加焦虑不安，后随荣宗敬避居香港，悉心照料大伯。之后视荣伟仁为亲子的大伯竟一病不起，他抚尸大嚎，哭得比荣鸿元、荣鸿三还要伤心。长子英年早逝，荣德生极为悲痛，涕泪滂沱，钻心般的疼痛折磨了他很长时间。他变得更消沉了，闭门谢客，黯然神伤地盯着大儿子的照片呆坐着。

另一件事是荣尔仁被绑票案。1940年夏季的一天早晨，住在静安寺路重华新村的荣尔仁乘车去申新二厂上班，途中突然冲出几个人把车拦下。这伙便衣打扮的匪徒逼迫荣尔仁打开车门，强行把他挟持到事先准备好的汽车里，之后从闵行摆渡到浦东一个偏僻的乡村，荣尔仁在匪窟中被囚禁了将近两个月。绑票这种事在上海经常发生，目的是谋取赎金，拿到钱就放人。如果绑匪拿不到钱，他们就有可能撕票。荣尔仁是荣德生的次子，抱负宏远，以干练著称，在商场的纵横捭阖中脱颖而出，与一年前去世的大哥及其他兄弟一样，都是荣家的一代英才。他先在无锡申新三厂磨炼，后来到上海主持申二、申五两厂，把两个工厂经营得风生水起。荣尔仁被绑票一事发生后，荣德生心急如焚，大儿子刚陨落，二儿子又遭到不测，若有个三长两短，岂不是要了他的命？荣家又一次笼罩着愁云惨雾，荣德生天天率家人祭拜祖宗、佛陀，烛火飘零、泣涕如雨，他以六十多岁的年老之身跪地叩头，祈求二儿子平安归来。

匪窟中的气息并不森严，但诡异、含混、紧张，匪徒挤眉弄眼、贼头贼脑，流里流气的市井无赖做派中透出一种凶残和蛮横。荣尔仁为人机巧，知道绑匪的目的无非是钱，他们必定会和家里联系，家里也一定会不惜代价救他。他最担心的是父亲，刚失去大哥，伤痛还未平复，父亲现在必定焦急万分。于是，他在和绑匪周旋中提出要写封信给父亲，报个平安，这样父亲知道自己没事，才会付赎金。绑匪答应了，他写给父亲一封家书，说自己吃得下、睡得着，饭菜不错，有茶喝，有报看，空气新鲜，鸡犬之声相闻，只是晚间蚊子甚多，但有挂蚊帐，请父亲不用担心，不日便可过江回家，权且当他在无市声攘攘的安恬之地休养一阵子。

荣德生读到此信，读懂了几层意思，明白二儿子安然无恙，关押他的地方极可能是浦东乡间。他稍稍感到宽慰，设法委托福新公司原包工头荣炳根与匪徒交涉，匪徒要价很高，赎金为法币五十万元（约合当时美元三万）。申新二厂当时还在银团委员会的管理之下，该委员会不同意为营救私人出钱。后来，荣鸿元以个人积蓄垫付，荣尔仁得以脱险回家。

荣德生见向来气宇轩昂的二儿子脸色憔悴、精神委顿，无疑是受了一场大惊吓，但总算活着回来了，他两个月来悬着的一颗心也就落了下来。后来才得知，绑架荣尔仁是有人指使的。此人找到荣尔仁，要购买棉纱，当时棉纱是战略物资，不会轻易外卖。对方心怀怨恨，遂起歹念，勾结绑匪绑了荣尔仁，狠狠地敲诈了一笔数目不菲的赎金。

无独有偶，抗战胜利后的1946年4月26日，同样的大祸降临到了荣德生头上。他被与军警勾结的绑匪绑票，其手法和绑架荣尔仁时相同，也是拦下汽车，只是此次绑匪穿了军服，手持逮捕证。荣德生被囚禁在黑屋子里一个月，此案由国民党军警头目毛森侦破，大部分赎金得以追缴，但旋即被国民党上海警备司令部和上海警察局以庆功奖赏为由，索取了六十多万美元，这比绑匪开的五十万美元赎金还要多出十几万美元。

究其根源，还是事业有成而知名，引起歹徒黑心。荣德生说，这都是人之命、家之运、国之运，说到底是社会黑暗、政府腐败和乱世盗起，才导致这样惊心动魄的事一再发生。荣家没有因为付出沉重的代价而惧怕或歇业，两代人依然坚持"实业救国"的信念，在一个个灾难面前，尽管对时代和国运发出了几多诘问和叹息，但更多的是一种不屈不挠的精神和意志力的张扬。

黄土地上的窑洞工厂

近代中国的工商业主要集中在沿海各城市。根据1937年国民政府实业部的统计，当时全国已登记工厂三千八百四十九家，集中在沿海地区的超过了三千三百家。其中，上海登记的工厂有一千二百九十七家，工人有十一万多人。

七七事变后，日军叫嚣三个月灭亡中国，发重兵大举南下，谋划从海上进攻上海。面对严峻形势，一些爱国人士纷纷向当局呼吁将沿海地区工业企业迁往内地以避免日军的掠夺，并为抗战积聚力量。国民政府资源委员会副主任、无锡人士钱昌照向蒋介石提出动员内迁的条陈，要求由政府主持拆迁上海和沿海各省市的主要民营工厂，转移到后方从事生产。7月24日，由钱昌照召集实业、财政、经济、交通、铁道等部，统筹资源，筹划沿海工业企业内迁。一场气势如虹的民族工业大迁徙由此拉开帷幕。

在无锡，纺织业的申新三厂、庆丰、丽新、广勤、豫康、协新和赓豫，针织业的中华针织厂，缫丝业的华新和永泰，造纸业的利用造纸厂，机器制造业的公益铁工厂、工艺机器厂、广勤机器厂和震旦机器厂都被当局列为内迁对象。但是，随着战事的急转直下，工厂内迁计划多数未及实施。截至1937年底，无锡众多工厂中仅有荣家的公益铁工厂和薛震祥的震旦机器厂迁至重庆，谈家骏的合众铁工厂迁至广西全州。

整个民族工业企业的内迁分沿海至内地、武汉至西南两条路线进行。荣氏企业在这一过程中历经曲折但坚持西迁：公益铁工厂从无锡成功内迁，申新三厂在内迁途中夭折，申四、福五从武汉经铁路和水路迁至陕西宝鸡。

无锡的公益铁工厂专为申新、茂新等荣氏企业生产设备，兼顾对外制造零件及修理机械之需，独立经营。公益铁工厂有各种车床、刨床、钻床共计一百余台。七七事变前夕，公益铁工厂已发展成为"有制造母机百余台""每日能出新式布机八台"的具有一定规模的机器制造厂。七七事变后，公益铁工厂被征用生产手榴弹和地雷等军工产品。1937年淞沪会战后上海沦陷，该厂仓促内迁，将七十余吨轻型机器拆卸后装船西运，途中多次遭到日机轰炸，不少物资散落，最终到达重庆的只有一小部分工作母机、几十名工人及技术人员。1938年6月，该厂在重庆菜园坝租地建厂，定名复兴铁工厂，仍以生产手榴弹和地雷等军工产品为主。

1938年9月，申新三厂迁出第一批旧的粗纱纺机三十台和新购买的布机二百台，准备装船沿长江转运汉口。10月中旬，又迁出第二批四十台布机及部分棉花和纱布。然而，这两批设备与物资运至镇江后，均遭当地海关的刁难，坚持要见到国民政府资源委员会开具的内迁证明后才予放行。如此一来，装有两批设备与物资的船只泊于长江，寸步难行。日军飞机天天进行轰炸，继续停泊长江风险极大，申新三厂不得不将这批机件和物资卸落于附近农村。后来，申新三厂又抢运出一部分重要机件和物资藏于四郊乡间。无锡沦陷后，这些物资及机件悉数被日军劫走。

起初，荣家内部和大股东们在工厂内迁事宜上是有分歧的。不同意内迁的人主要担心路途遥远，那么多设备和人员在迁移过程中难免遭受折损；即使顺利迁到大后方，工厂也面临环境艰苦、交通闭塞，以及电、水、原料短缺和销售困难等诸多问题，而且还要在建新厂房上花费巨资。李国伟力排众议，坚决主张将武汉的工厂内迁。他认为与其让工厂毁于战火或被日本人掠夺，不如到内地另辟蹊径，可能还能绝处逢生。荣德生开始有些犹豫，后来竭力赞同长婿的意见。他了解李国伟是个有担当的人，富有胆识和远见，这固然有火中取栗之虞，但总比把所有的鸡蛋放在一个篮子里全部碎掉要好。荣宗敬也觉得工厂内迁是没有办法的办法。

当时武汉的形势岌岌可危，日本飞机狂轰滥炸，其地面部队已分两路围攻武汉。武汉市市长吴国桢召集当地主要工厂的经理开会，宣布政府"在武汉不留一草一木给日寇"的决心，打算将能搬走的企业都内迁重庆、宜昌等地。1938年6月，日军调集三十万兵力攻击中部重镇武汉，中国军队组织了一百万人进行抵抗，武汉会战是抗战史上规模最大的战役之一。当时的武汉地区有中国最重要的钢铁企业汉阳铁厂和多家兵工厂，聚集在此准备西迁的企业有二百五十六家，占当时全国内迁工厂总数的百分之五十五，各种设备器材达十万八千吨。在战事激烈展开的同时，航运公司冒着炮火和空袭，日夜抢运，到10月25日武汉失守，绝大部分设备器材都被转运，没有落入敌手。

武汉失守后，长江中游航线全部被切断，入川门户宜昌成了下一个被攻击的战略目标。当时堆积在宜昌码头的商用和军用器材超过十二万吨，此外还有油料一万吨，各类公物六万吨，等待入川的政府官员、技术工人、大学师生和难民三万人以上。不夸张地说，这里几乎集中了中国兵器工业、各类机器工业和轻工业的命脉，是国家仅存的一口元气。

这一时期，宜昌每天都遭到日机轰炸，随时有可能被攻陷。招商局、三北等船运公司已经精疲力竭，更可怕的是，距离长江上游的枯水期也只剩下一个月左右。情况到了最危急的时刻，西迁运输的重担猛地压到了长江中上游最重要的航运企业民生公司的肩上。身材瘦弱的四川企业家卢作孚在危难中迎来了一生中最光荣的时刻。

当时，民生公司可用的轮船仅有二十四条，按平时的运输能力，四十天大约只能运一万四千吨物资，要将十多万吨物资在一个多月内全部运往重庆几乎是不可能的。卢作孚召集人员通宵开会，他们参考以往枯水期分段航行的经验，决定采取分三段（宜昌到三斗坪为第一段，三斗坪到万县为第二段，万县到重庆为第三段）运输的办法，按照四十天时间设计出一个严密的运输计划。只有重要且不易装卸的笨重设备才会被直接运往重庆。民生公司对船只航行时间和物资装卸等都做了最合理、最紧凑的安排，白天航行，夜间装卸，将运输能力发挥到极限。各单位则清理自己的设备与器材，配套装箱，按轻重缓急，依次分配吨位。

长江三峡，到处是急流险滩，只有白天航行、夜间装卸才能充分争取时间。航运人员尽量抓紧时间抢运，分秒必争；搬运装卸工最多时有两千多人。卢作孚后来回忆当年的景象时说："每晨宜昌总得开出五只、六只、七只轮船，下午总得有几只轮船回来，当轮船快要抵达码头的时候，舱口盖子早已揭开，窗门早已拉开，起重机的长臂早已举起，两岸的器材也早已装在驳船上，拖头已靠近驳船。轮船刚抛了锚，驳船即已被拖到轮船边上，开始紧张地装货了。两岸闪耀着下货的灯光，船上闪耀着上货的灯光，灯光倒映在江上。岸上数十人一队，抬着沉重的机器不停地歌唱，汽笛不断地鸣叫，轮船上起重机忙着起吊装着机件、设备的木箱，起重机齿轮因钢索受力沉重而发出尖锐的隆隆声，这些配合形成了一支极其悲壮的交响曲，反映出中国人动员起来反抗敌人的力量。"作为亲历者，著名平民教育家晏阳初最早将此次工厂内迁比作英法盟军1940年为抵御德军而组织的"敦刻尔克大撤退"。他说："这是中国实业史上的'敦刻尔克'，在中外战争史上，这样的撤退只此一例。"

淞沪会战爆发后，沪宁铁路沿线二千余家工厂和其他战区内的工矿企业大多迁往武汉重建开工，武汉一时出现了特殊的战时繁荣，棉纺织业尤为兴旺。地处武汉的荣家申四、福五两厂迎来了建厂以来产销两旺的最好时期。然而，1938年5月19日，日军攻占徐州，打通了津浦线南北，又调集兵力，沿陇海线西进。同时，日军在长江下游地区集结重兵，溯江西上，摆出了进攻武汉的架势。武汉三镇，危在旦夕。国民政府不得不再次下达迁移令，严令武汉的所有工矿企业全部内迁至川、陕、湘、滇等地。8月，武汉工矿企业的内迁进入高潮，这是抗战中继沿海地区工厂内迁之后的第二波浪潮。

掌管申四、福五两厂的荣德生大女婿李国伟决定，两厂的内迁运输分水路和铁路两路进行。水路运输，部分器材分装轮船和木船向四川进发；铁路运输，则经平汉路转陇海路向陕西进发。往四川方向，从8月20日起，首批八千枚纱锭以及大批设备和物料通过长江装船运往宜昌。到达宜昌后，两厂内迁负责人却很难雇到装运的船只，只得从重庆雇木船前往宜昌分批接运器材，前后共达三十六艘船。由于川江水急滩多，船舶拥塞，途中又有敌机轰炸，一路上迁延耽搁，运输十分困难、缓慢，以致人早已到达重庆，而机器尚在航运途中。最后，两厂耗时半年才迁至重庆。最后抵达重庆的机件计有一万枚纱锭、八十台机器（包括布机、整理机、漂染机等）和一套日产五百包面粉的设备。往陕西方向，于8月31日出发，李国伟搭车同行。到9月10日，申四运到宝鸡的机器达到六十车皮，计有二万枚纱锭、四百台布机、一套日产三千包面粉的设备、一组三千千瓦的发电机及一些建筑材料。

由于战局紧张，两厂在内迁途中的损失极其严重。其中有一部分机器装船后在长江上航行时，因遇狂风恶浪而翻船沉没；另有一部分机器装上火车计划北上，却因为信阳失守而不得不折回武汉，孰料在途中竟被日军掠走。据统计，申四、福五两厂在内迁途中共计损失二万枚纱锭、六百九十台布机、一套日产上万包面粉的设备、百分之七十的漂染机、全套一千千瓦的发电机以及八百余马力的电动机等。

对于申四、福五两厂的内迁，荣德生事后回忆说："申四、福五奉命撤退，指定重庆、宝鸡两地，（我们）一再电商当局，非拆不可，否则炸毁。于是遵令一部分装渝，一部分迁陕西之宝鸡。在宝鸡圈地四百余亩，迁去纱锭二万枚、布机四百台、粉机约合出粉三千包、电力三千启罗瓦特。"①

内迁途中，荣德生一度也到了汉口，他是乘六女婿杨通谊的自备车经芜湖到武汉的。日军占领南京并疯狂屠城后，兵锋直指武汉。申四、福五两厂西迁势在

---

① 引自荣氏研究会内部资料《新编荣德生文集》之《乐农自订行年纪事》第80页。

必行，荣德生亲自调度、督促拆厂事宜。工厂能拆卸的都拆了下来，除纱机、布机、发电机、面粉机之外，门窗、厂外屋顶的白铁皮、钢架、车床及砖瓦都拆卸下来装上火车，一路疾驰，驶向西北。

水运就麻烦多了，首先是逃难的人势如潮水，都争先恐后涌向码头，船票紧俏。想了很多办法，最终干练的李国伟包用了英商怡和洋行的"嘉和号"轮船，装载二千三百台旧纱机驶往重庆。逆水而行，航速很慢，滩多水浅，轮船更难通行，到宜昌后，他们不得不改租七十多只木船转运。空中时有日机轰炸，船队便用树枝、茅草伪装，但还是免不了挨炸，死伤了一些人，还沉掉了一艘驳船，二百多箱纱机和一台发电机沉入江中。川江水深流急，根本无法打捞，李国伟和同行的荣伊仁急得团团转，但毫无办法，只能眼睁睁地看着覆舟之祸的发生。

两家工厂的机器设备及部分人员费尽周折才被迁移到重庆。申四留下两千多枚纱锭，在重庆南岸猫背沱建了一家新厂，名叫庆新纺织厂；福新五厂改头换面为庆新面粉厂，规模很小，日产面粉五百包，仅与当年荣宗敬、荣德生在无锡太保墩建的保兴面粉厂产量相当；从无锡迁来的公益铁工厂则改称公益纺织面粉机器厂。荣家迁川的工厂大致就是这么一个局面。

创设于窑洞中的"申四"宝鸡厂，是1938年9月从汉口内迁而来的。

内迁之前，李国伟曾两次亲赴陕西宝鸡踏勘。他发现宝鸡的环境有利于办厂，厚土高天，民风朴实，格调粗犷，沟壑密布的黄土高坡，色泽单调；遥远的天际线边，可见到又大又圆的鲜红的日出和日落，还有嘹亮的、充满激情的高亢秦腔。与重庆相比，内迁宝鸡的拆迁费用便宜，并且宝鸡地处八百里秦川的西部边缘，是陕、甘、川三省物资集散地，交通运输相对便捷，又靠近陕甘棉花产地，原料购置比较方便。宝鸡虽非膏腴之地，偏僻荒芜，但边远穷困也有其好处，日军打过来的可能性不大。除非整个中国陷落敌手，彻底亡国了，宝鸡当然也保不住，但当时他们没有想那么多、那么远，局势也不容他们多想。

至少眼下，宝鸡相对来说是比较太平的，加之这里是新西兰人路易·艾黎、美国记者斯诺和夫人尼姆·韦尔斯发起组织并得到宋氏三姐妹、共产党人周恩来和博古等人支持的"工合"运动的中心地带。"工合"是"中国工业合作协会"的简称，旨在将一些分散、零星的手工业以合作社形式组织起来并培训各种技术人才，以生产抗战急需的物资，"工合"运动造成的氛围也鼓舞和激励着有志之士。李国伟坚信迁厂到宝鸡是最佳的选择，而且迁得越快越主动，不能拖延了。权衡利弊后，李国伟果断决定把重点放在了那里。

在宝鸡城东斗鸡台，李国伟一举购买了四百余亩土地，作为办厂基地。李国伟将当地的地形绘成草图，连同建厂计划寄给已返回上海租界的荣德生。荣德生仔细研究后复信指出若干重要的关节点：一是建筑要从轻入手，以便减少耗费，及早完工；二是为防日机突袭，厂房分开造，使不延及，以减少损失；三是建议在工厂附近建造一街镇，使往来花纱有一小市场可以站脚。

宝鸡是秦朝的发祥地。史载，"秦为驰道于天下""道广五十步，三丈而树，厚筑其外，隐以金椎，树以青松"。"驰道"是秦国的国道，能直达燕、齐、吴、楚等地，堪称今天的高速公路网。春秋时期的金戈铁马、弓箭呼啸的征战早已成为遥远的历史，秦国的"驰道"也不见了踪影。彼时的宝鸡已有铁路通达，陕西一带虽然不在战区，但时常有日机轰炸武汉铁路和陇海铁路。李国伟将水运、陆运的优劣势比较以后，确定了申四、福五从陆路内迁宝鸡为主的方案。

李国伟学的是建筑专业，当过铁路工程师，在陇海线上做过事。他通过原来的老关系，在车皮极为紧张的情况下，设法订到了一批车皮，经平汉线转陇海线向陕西进发。跟随他负责迁徙的骨干大多是无锡公益工商中学的毕业生，被荣家称为"少壮派"。这些人年轻有为，感受到一种民族责任感和事业心的召唤，他们在救国救亡的现实面前响应召唤，义无反顾而又那样悲壮执着。为了迁厂，李国伟和"少壮派"可谓夙兴夜寐，呕心沥血，最后基本完好地将机器设备搬到了相对安全的宝鸡，在湍急的渭水边那个叫斗鸡台的地方安家落户，但此后碰到的难题也是留在上海的荣家人难以想象的。

宝鸡当地匪徒、野兽甚多，时常来厂区骚扰，李国伟不得不组织配备武器的自卫队护厂护家。日本人获取了中国沿海和武汉等地的企业向西北大迁移的情报后没多时，就加紧了对西北地区的轰炸，西安大华纱厂在一次空袭中被全部炸毁。为了防范日机轰炸，李国伟入乡随俗，挖了一座座大型的窑洞车间，总面积达五千五百多平方米，将机器设备安装在里面，冬暖夏凉，又能防空。最大的一个窑洞车间将近一百一十米长，五点五米宽。这一创举使得内迁宝鸡的工厂终于安全开工，隆隆的机器声破天荒地在窑洞里响起来。后来，日本侵略者的战线越拉越长，日军不得不四面出击，便顾不上西北大地上的工厂了。再后来，由于美国空军的参战使中国的制空权不再是日本人的天下，日机对西北的轰炸几乎停止了。其实，早在当初考察地形时，李国伟见陕西窑洞多，就萌生了仿照陕北民居开山挖洞、建造地下工厂的想法。

开挖窑洞并不简单，工程进展相当缓慢，李国伟忧心如焚。在一次厂务会议上，他要求大家尽快完成建厂任务并慷慨陈词："在这紧急时刻，多一分生产，就多一分国力。环视西北半壁，纱厂寥寥无几，无论前方将士，还是后方居民，均有赖吾等接济。所以我们应从速完成建厂任务，努力增加生产。"

这是窑洞史上的大工程。经过日夜挖掘施工，1941年2月，窑洞工厂全部竣工。全厂共有窑洞二十四个，全长三里半，安装了两万枚纱锭，设置清花、梳棉等四个工段，形成了前所未有的巨大的地下车间。此工程轰动了整个陕西，当地农民看后都愣住了。窑洞这种特殊的建筑物在西北黄土高坡上已有一两千年历史，从简单的穴居到考究的窑洞院落，当地人没少见过，但这么大的窑洞工厂还是第一次见到。秦川自古是帝王地，修过长城，筑过驰道，造过阿房宫，对此，陕西人是引以为傲的，但窑洞工厂还真让这些祖祖辈辈在窑洞里出生、结婚生子、终老的西北老乡大开了眼界，这样的大窑洞亘古未有！还有，进出的女工穿着工装，皮肤白嫩，比当地最好看的婆姨还要靓丽；男工也没有一个穿着小褂、头缠毛巾的，虽然他们的脸色有些黝黑了，但比本地的汉子要干净利索得多。这让当地人感到羡慕，招收工人时，老乡们蜂拥而来。工业文明使这片广袤的黄土地悄然发生了变化，注入了新的活力和血液。窑洞工厂这一创举，使得内迁宝鸡长乐塬的申新四厂在警报声中正式启动、运转、坚持开工，且避免了日机空袭，隆隆的机声破天荒地响彻这片古老的黄土地。工厂常年开足两万锭，面粉生产也有长足发展，利润可观。这一创举受到各界名流、工商同行、外国援华人士的高度赞誉。著名作家林语堂参观窑洞工厂后，写了《枕戈待旦》一书并在美国发表，其中特别记叙了窑洞工厂，说这是他所见到的中国抗战期间最伟大的奇迹之一，他认为宝鸡的申新纱厂与"工合"是抗战以来最引人瞩目的成绩之一。

七十多年过去了，昔日名扬天下的窑洞工厂和申新办公楼、乐农别墅、礼堂等建筑，保存完好。宝鸡市启动长乐塬片区保护开发，"窑洞工厂"得到保护性改造，重焕光彩，并成为国家重点文物保护单位和爱国主义教育基地，吸引人们来这里见证、感悟历史。

经李国伟精心布局，工厂两次成功避开了日机突袭轰炸，创造了战地生产的奇迹。此外，李国伟还将申四机修车间扩建为宝鸡铁工厂，用来自修自造机器设备。敌人的轰炸和封锁不仅没有使荣家的申新四厂停止生产，反而使其在抗战中得到发展壮大。至1940年底，历时三年多的中国工业史上的规模宏伟的大迁徙基本结束。据不完全统计，抗战时期，除了百万民众内迁外，内迁的工厂达一千五百余家，工人十万多人。内迁工厂给西部工业的发展以巨大推动力，结束了"西南及西北几无现代工业可言"的历史。

1939—1945年，李国伟共在西北地区兴建了十一家企业，经营范围从纺织、面粉扩展到纱布印染、机器制造、陶瓷制作和运输等行业，彼此相互为用，自成体系。

由于战争造成交通阻隔，沿海物资运输困难甚至中断，内地物资价格不断上涨。荣家内迁投产的申四、福五两厂产品呈现供不应求之势，即使价格不断上涨，也总有客户排队求购，工厂因此大获其利。账表资料显示：1939—1945年，申四重庆厂的盈利约合战前法币三百二十五万元，盈利率高达百分之七十，而如果将暗账及盈利额也计算在内的话，这两个数字则可分别达到九百三十四万元法币和百分之一百六十一。企业获利之充足，让李国伟有了坚实的后盾。从此，他加快了在贫瘠的黄土高原兴办实业的脚步，把生命的热力挥洒成一道壮丽的工业风景。

1940年7月，李国伟在成都市区设立办事处，作为重庆、宝鸡两厂的中转站。一次，李国伟在成都郊区躲避空袭，见到田间小麦颗粒饱满，皮薄胚大，而调查发现成都只有一家日产仅四百包的面粉厂。他敏锐地察觉到了当地的商机，立即在成都东门外沙河堡大观堰购进十五亩土地，创设成都建成面粉公司，资本总额为一百万元法币，分做一千股，对外募资。1941年8月，成都建成面粉公司开机出粉。虽然工厂受限于当地电力不足，日产面粉仅五百包，但由于原料好，技术精，所产面粉色质俱佳，很受民众欢迎，于是李国伟决定扩产。据重庆总公司1945年初的档案记载："建成面粉公司创立之初，每日生产五百袋左右。1943年增添设备，故目下生产能力达到一千袋左右，成为成都各粉厂之最大者。"

在成都建成面粉公司出粉的同时，位于三瓦窑的成都纱厂也正式动工兴建，1941年底开机出纱。这家新厂共有纱锭五千零七十二枚，布机三十六台，由宝鸡、重庆两厂疏散而来，所产纱布销售于成都邛崃及雅安等地。1942年初，李国伟将福五在宝鸡厂未安装的面粉轧机迁往天水设厂，秋末开工，日出粉七百五十包。

后方不断扩大的工厂需要大批设备和配件。于是在1940年5月，李国伟邀请其留学美国、研习制造工程归来的堂弟李统劼赴宝鸡创办铁工厂。李统劼来到宝鸡后，利用十台旧工作母机，在一年中自制各式车床、刨床、钻床等大小机器一百零二台，开始制造环锭大牵伸细纺机及配套的前后纺机器。1941年，申四又接办了内迁重庆的公益铁工厂，改组为公益纺织面粉机器厂，同样从事纺织、面粉机器制造。李国伟说："鉴于抗战以还，纺织面粉工业大部沦于战区，内迁者只及战前十分之一二，不敷后方生产需要甚大，并以国际路线运输困难，不能仰给国外机器之输入。目前衣食工业之求过于供，尤以制造纺织面粉机器、积极增加生产为当务之急，故发起组织纺织面粉机器制造有限公司，实行设厂自造。"1944年，李国伟将该厂售与新中公司，仅留下四分之一的机器设备，仍归入申四重庆厂机修部，继续开展机器的修造业务。

宝鸡申新厂的废棉花无销路，李国伟在1942年发起创办宝鸡宏文机器造纸厂。厂址在宝鸡斗鸡台车站南面，占地八十亩，和申四的窑洞工厂隔一条铁路。1943年秋，宏文机器造纸厂开始动工兴建，至第二年四月正式开机，日产各种纸两吨。此后，不断增加设备，1945年时日均产能达到五吨，出品的纸为白报纸、牛皮纸、打字纸、书面纸等。当时纸张极为缺乏，因此销路畅旺，西安、宝鸡、天水、兰州各地出版的报纸都用一色的宏文纸。李国伟在给章剑慧的信中得意地说："我厂之机完密新颖，可在后方列入第一等，因迁入者大部分杂凑班底，不如我一气呵成，而产量可居后方之第五位。"

为了解决宝鸡各厂发电机用煤问题，李国伟于1940年6月聘请矿业专家到陕西，在白水县勘探得上好的煤矿。1943年，申四垫款组建宝兴煤矿公司。宝兴先后采得上等半烟煤三千余吨，但由于运输困难，最终于1944年停工。

1944年，李国伟在宏文机器造纸厂旁的空地上又建了宝鸡陶瓷厂，就地取材，利用当地的黏土，制成陶瓷制品数十种。原材料供应充足与否，历来是工厂发展的命脉所在。申四、福五两厂以宝鸡为中心，在陕西、四川、湖南、甘肃等省先后设庄数十处，还将办事处设在西安、兰州和成都等商埠城市。李国伟利用这些机构"织"起了一张传递市场信息的网络，借以了解各地货源质量优劣、价格和数量，选择最佳时机进行采购和销售。

抗战时期的西南和西北地区交通十分落后，如火车、汽车及船舶等有限的主要交通工具还经常被军队征用，交通成了很多工厂必须面对的问题。1941年，申四、福五两厂成立交通运输大队，自备卡车四十辆，奔驰在川陕、陕甘、渝蓉、川黔、陕豫的公路上；自置骡马大车数十辆，来往于城市与乡间的小道上；还雇有数十艘木船，往返于嘉陵江上，如此形成了一个水陆兼备的交通运输网络。

申四、福五两厂内迁后，在重庆、成都、宝鸡、天水各地次第设立分厂，不断对外扩张，形成了一个地跨三省（四川、陕西、甘肃）五市镇（重庆、成都、宝鸡、天水、白水）并拥有11个工厂的企业群。1941年6月1日，李国伟在宝鸡成立总管理处。1943年1月，李国伟又对总管理处的机构进行了具体化，订立了组织大纲，下设总务、计核、业务、设计、运输五组，统辖申四、福五、建成、公益、宝兴五公司。

荣氏企业在烽火岁月间扎根西部大地，生根发芽，绽放新枝，延续并拓展了我国的民族工商业血脉。身为荣氏后起之秀，李国伟在战争年代惨淡经营、拮据捋荼，为抗战建功立业，成为西部开发之先驱。还需一提的是，新中国成立后，李国伟于1954年又带头将西部企业公私合营，支持了新中国的建设和发展。

除了圈地造厂房，李国伟还从粉、纱行业扩展到造纸、挖煤、制造机器等领域，并兼营农、林、牧、副业，广植花草树木，将斗鸡台建成了远近闻名的"秦宝工业区"。

李国伟畅行其志，不但把几家工厂经营得有条不紊，而且利润颇丰，赚了不少钱，这不能不说是个奇迹。其声名鹊起，荣家的人听了也很高兴，想着若是战局变得越来越坏，李国伟那里说不定是一条退路。原来在荣家与李国伟之间存在的一些误会也随之烟消云散了。

荣尔仁在抗战胜利前和荣鸿元商议后决定到重庆为战后重建、索赔做一些准备，他绕道到李国伟的厂里一看，暗暗感到吃惊，眼前的一切都证明了传闻不虚且远远超过他的想象。厂区十分宏阔，高大的厂房、排列有序的窑洞车间，质朴无华，不像上海、无锡那样在寸土寸金的地方建起的工厂那般局促，而且，厂内花草繁茂，渭水在厂房旁恣肆奔湍，扬起洪波，两岸的黄土地虽不似无锡荣巷乡下河道的两边充满浓浓的绿色，但在阵阵高亢的秦腔声中，却显出一种特有的宁静和旷远。当地居民有种怡然自得的散漫情调，凭窗望去，山上树木茂盛，比起来，无锡的惠山、锡山倒成了江浙人所说的秃头之山了。

"不错，不错，大姐夫，你真让我服帖了，在荒山野岭里建起这么现代化的厂区，堪称奇迹啊！"荣尔仁叹服地说道。他对这个姐夫的能耐是有所了解的，但从内迁建厂取得如此大的成果来说，姐夫的潜质和才智不可估量，难怪父亲一向对他那么器重。

"旁边的终南山有不少野狼，我们刚来时，一到晚上，就能听到一声声狼嗥，让人听得汗毛都要竖起来。"荣尔仁的大姐荣慕蕴说道。

"俗话说，鬼哭狼嚎，这倒确实很吓人的。大姐，你跟着姐夫吃苦头了，爹一直惦记着你们。"荣尔仁说。

"没什么，这里吃住的条件比不了上海，但日子过得安稳，很少有日本飞机的轰炸，也不必担心东洋赤佬打过来。这里的老百姓都很朴实、善良，很好相处，你给他一分好处，他会还你十分，哪像上海有那么多地痞流氓，整天盯着你起黑心。"荣慕蕴笑着说，看上去心境不错，就是脸色变黑了，皮肤也粗糙了，这是西北尖厉的大风吹的。

"这倒是的，这里民风淳厚，人们吃苦耐劳，我们工人部分是本地人，他们虽手脚笨了一点，但厚道听话，你画个圈让他们待在里面，不让出来，他们脚指头都不会动一动。"李国伟插话说，眼睛里溢满神采，全无疲倦之态。他还告诉荣尔仁，厂里自己开荒种菜，豆角、韭菜、芹菜、茄子、丝瓜、辣椒什么都种，还养猪羊、养鸡鸭。"都是新鲜的，炒菜时缺根葱，到菜地里现拔。鸡蛋是母鸡刚下的，打开时还带着热气。"李国伟得意地说。

"想不到这里竟有这么块风水宝地！"荣尔仁感慨地说，"听说这里离共产党的辖区不远了，有没有危险？"

李国伟连连摇头，说："哪有这事？你别听国民党的宣传，把共产党说成是凶神恶煞。我和他们做过生意，他们朴实无华，有理想，讲信用，做事爽气。听说，在延安，那些人身上很少有被社会浸染的污垢杂质。他们的领袖同样住在窑洞里，衣服上打着补丁，和赶羊的老夫抽一袋烟聊天。爹这样节俭的人肯定欣赏他们，怎么样？我设法陪你到那里去一趟，见识见识。"

"算了，别节外生枝，你也当心点，给上海那些乖张的人探听到了，给你扣上个通共的帽子，那就麻烦了。有空你还是陪我到西安逛逛，古都风貌，我向往已久。"荣尔仁说。

"西安确实值得一看。这里有逝去的辉煌和风化的青史。千年之前，长安盛极一时，气象万千，盛唐以后，经安史之乱，就每况愈下，成了废都，但这座古都还保留得相当规整，处处是古迹，整座城市就是一件古董，就像一个巨大的生了铜锈的鼎。在西安，每走一步路，你就能看到历史。历史显示了这个古都无与伦比的幽深和浩瀚。但就像六朝古都南京一样，'城头变幻大王旗''玉树歌残王气尽'，从古到今，兴衰沉浮，一幕幕政治肥皂剧演不尽、看不完，至今，南京陷入日本人手中，还发生了骇人听闻的大屠杀。西安虽败落破旧，但毕竟这只'古鼎'还是完整的，还在我们手中。"李国庆谈起西安，就兴致勃勃。

"国伟，你本来就和四弟毅仁一样，长得人高马大。他是圣约翰的绅士派头，而你，倒成了半个老陕了，讲起西安来，一套一套的。听你这么一说，我真的要去西安好好欣赏欣赏这只'青铜鼎'了，可惜大明宫已成废墟了。"荣尔仁说。接着，他们又拉起家常。

荣家是个大家族，大房二房几代人加起来，有一百多口人，因为战乱，原来浑然一体的一个大家族，已变得四分五裂了。提及大伯荣宗敬和大弟荣伟仁的死，慕蕴眼泪汪汪地说："大弟家就像好好的一只碗，突然缺了只角，可怜留下了八个孩子，亏了大弟媳，她肩膀上的担子够重了。"荣德生两房夫人共生了十六位子女，七个儿子依次为：荣伟仁、荣尔仁、荣伊仁（一心）、荣毅仁、荣研仁、荣纪仁、荣鸿仁。荣慕蕴之前，荣德生还有过一个儿子，叫和清。那时荣德生正在无锡太保墩建保兴面粉厂，和清几个月大时生了急病没及时诊治就夭折了。为此，荣德生一直感到有些歉疚。女儿九个除老大慕蕴外，尚有觉仙、敏仁、卓亚、茂仪、漱仁、辑芙、毅珍、墨珍。第三代也枝繁叶茂，仅李国伟、荣慕蕴就有十个子女。

日军侵犯，企业内迁，环境跌宕，他们难免艰苦辛劳，为此不得不把十个子女分别送至上海、无锡、九江等处的亲朋好友家照看，最小的孩子才两岁。到宝鸡后，荣慕蕴最放心不下的就是孩子，一到晚上，就和李国伟一个个念叨他们，说着说着，就泣不成声了。每当此时，李国伟就握着妻子的手安慰说："等再稳定些，我们就接几个过来。到时，厂里再办个子弟学校，让他们到这边来念书。"

"你统管重庆、宝鸡，够你忙的了，哪有时间办学堂？算了，过一段时间再说吧。先把厂办好了，能多赚些钱，就上上大吉了。"荣慕蕴总是这么回答。她是荣德生的长女，知书达理，身材高挑，面容丰润，用无锡方言来说，长得"肉嘴肉面"，是个温顺的知书达理的富家女。

李国伟出身于清寒的书香门第。结婚时，慕蕴去了夫君在徐州铁路局的住所，见一张床是四个瓮头搁脚的一块木板，她什么也没有说，一住就是两年。李国伟聪明能干，做事倔强又执着。有人说，李国伟高攀她了。她说，李国伟是她最好的依靠。到了内地，丈夫奔走于巴山渭水之间，累得又黑又瘦，荣慕蕴看了很心疼。办厂之外，再让他考虑做其他事，真是太为难他了。但极有冲劲的李国伟后来还是仿照无锡申三的劳工自治区，办起了子弟学校、养成所和工人俱乐部，使得工人子女能读到书，也有娱乐、培养新工人的地方。几个较小的孩子回到了他们的身边，虽然还没有全家团圆，但荣慕蕴已经很知足了。

1941年10月，他们夫妇结婚已经二十五年，远在上海的几个已做事和读大学的孩子都赶来道贺父母银婚之喜。这一年，李国伟已四十八岁，他在银婚纪念照上很有感慨地写道："余幼读诗书，长习建筑。每遇登临，辄怀兴利防患之志。荆室慕蕴，能甘勤苦。结缡以来，倏忽二十五年矣。回忆以往，兵乱水灾，继之抗战。避难西来，迄无宁居桢诸。今者万方多难，世变正殷，所望群策群力，利国利民，启发西北、西南之农工矿牧。"

李国伟迁厂至西北，首创窑洞工厂，在极其困难的条件下，清苦地坚守，百折不挠，坚持生产，支援抗战，惊天动地，其志可嘉。

罗曼·罗兰说："世界上只有一种真正的英雄主义，那就是在认清了生活的真相后，依然热爱它。"

在贫瘠落后的西北地区，在国家生死存亡的危急关头，包括李国伟在内的西迁实业家明知前途困苦，仍苦心经营，以其艰巨的悲壮之旅和挺立不倒的爱国精神坚持实业救国、实业报国，他们的举动不亚于在战场上浴血奋战的战士。"一剑曾当百万师""踏天磨刀割紫云"，荣宗敬曾把一枚纱锭譬喻为一支枪，在战时的急调紧年，纱锭、织机、机械真的就是枪支、剑和刀，它们同样是抵抗外敌的武器。"男儿何不带吴钩，收取关山五十州"，在战争年代，真正的实业家同样是在战场上浴血奋战的战士，他们无愧为实业界"带钩"的男儿、勇往直前的战斗英雄。

我想起了《肖申克的救赎》中的一句话："你知道，有些鸟儿是注定不会被关在牢笼里的，它们的每一片羽毛都闪耀着自由的光辉。"

破晓时刻的坚守

历史进入1948年，蒋家王朝已岌岌可危，风雨飘摇，败局的气象遍于朝野。人人都明白，国民党政权的末日快到了。

国统区已陷入绝境。国民政府的《财政经济紧急处分令》不仅没能成为救命稻草，反而加剧了混乱。蒋经国"打老虎"以失败告终，灰溜溜地撤出上海。老百姓说，一家哭成了家家哭。政府已不顾民众死活了，金圆券仅发行十个月，其币值几乎每分每秒都在往下掉，比法币在十四年中的贬值幅度要超过一百倍！不要说在中国金融史上,就是在世界金融史上都是罕见的。当局还一味推行限价政策,使企业蒙受巨大损失,产品不敷成本,原料无力补进。恶性循环使工厂机器一转就意味着亏蚀,很快吃光老本,只好半开半停或干脆关门。到后来,政府干脆赤膊上阵,横征暴敛,以武力强行收购各厂所存的纱、布和面粉,限价出售,使得工商业在抗战胜利后好不容易恢复过来的一点元气又受到严重伤害。荣家的纺织厂每月亏蚀约上百万元,面粉在限价七十天中,损失二百万元。民族工商业已危如累卵,而腐败、黑市、抢购、物资匮乏及物价暴涨之风潮席卷国统区大中城市,使其成了一个极其悲惨的人间地狱。

而人民解放军则以摧枯拉朽之势攻陷一个个大中城市。蒋介石宣布下野,退居家乡奉化溪口,由李宗仁代为总统,而军政大权仍握在蒋介石手中。溪口替代南京成了统治中枢,蒋家王朝企图做最后的挣扎。但明眼人都看出,败局已定的国民党政府在政治上、经济上、军事上已彻底分崩离析,无可挽回。已完全丧失人心,而其阵营中的人弃暗投明、风流云散的不计其数。

由于国民党政府的裹胁引诱,也由于许多人对中国共产党的政策缺乏了解,一部分有一定实力的民族资本家也跟随官僚资本家移资外迁或移资南迁。荣家从未和中共有过正面接触,自然也怀有种种惶惑和本能的心理恐慌。荣鸿元、荣尔仁、荣伊仁乃至荣毅仁也不例外。荣家的一部分资金和设备向广州、香港和台湾转移,为自己留下一条后路。

荣鸿元除了拆卸申一、申六、申七的机件运往香港外,还在上海大量抛售栈单,并把所得的款子兑换成美元或港币汇往香港。同时,他还将鸿丰二厂的纱机及设备售给大安纱厂,在香港另建大元纱厂。荣鸿元这样做不完全是时局所致,另一个很重要的原因是蒋经国曾抓捕他一事让他吓破了胆,在他眼里,上海已成了地地道道的危城。

时任广东省政府主席的宋子文动员荣尔仁到广州建厂,说什么在广州立足,背靠香港,进可发展,退亦可自存。荣尔仁拗不过他的面子,听信了宋子文的话，移拆了申二、申三的一部分设备到广州，在那里开办了"广州纺织第二厂"。虽然荣尔仁得到了宋子文特批的政府银行的贷款，但终因局势动荡，官商不谐，工人操作生疏，工厂三天打鱼，两天晒网，经营十分困难。

荣伊仁在飞机失事前，抽走了很大一部分资金去了泰国，偕弟弟荣研仁和泰国政府合作办纱厂。但荣研仁因巨额债务被泰国政府软禁，荣伊仁不得不出售部分纱厂股份，替弟弟还债，荣研仁才得以脱身去了美国。

后来，荣伊仁又奔走于广州、香港和台湾等地视察，并有意拆申三部分机器到台湾去。为此他给父亲荣德生写了封信，详细介绍视察的情形，对迁移三地抱有很乐观的态度，但荣德生没有同意，他还在观望和矛盾之中。对于国民党政府的统治，他早已不存任何幻想。他与薛明剑和钱孙卿等老友在交谈中说过，古圣孟子说过，"民为贵，社稷次之，君为轻"，可现在一切都颠倒了。统治阶层一味搜刮民脂民膏，无不大富大贵；而百姓在他们眼里就像冬天的枯枝败叶那样轻微，压迫盘剥民众的政府必败无疑。但是，荣德生对共产党当时是不了解的，他自认平生不问政事，只是从商，不怕共产党来了会为难他。然而，他又思忖江山易主，共产党一旦执政，是否真像外界所传，即便不太可能会拿他怎样，但工厂产业极有可能被"共产"掉。那么，他和哥哥一生的心血，岂不付之东流？

他的心是沉重的，这是一件极费心思需仔细斟酌的大事，很难壮士断腕般下决心。这些年，失去哥哥独立支撑家业的荣德生连受打击：1946年自己遭绑票；1947年儿子纪仁因诸事不顺得了抑郁症自杀；1948年11月21日，伊仁乘"霸王号"赴香港，飞机降落时误触岩石，起火爆炸，机上人员全部遇难，无一幸免；连同七八年前因病去世的长子伟仁，荣德生这些年连失三个儿子，且都是刚刚站在壮年的顶峰上，就那么突然令人不敢相信地走了。这使他心寒如冰，隐痛不绝，但他光大事业的心愿又难以断灭。他对于凡尘的留恋，就是这些凝聚了道不尽、说不清的国殇家痛的工厂，这些工厂片片都好像是自己一手拉扯大的子孙，望穿汤汤逝水，不舍的也便是这些。

荣德生好长时间都为此感到苦闷，徘徊苦思，在如此重大的历史关头自己该怎么办，实在委决不下。但有一点是肯定的，他已打定主意不离开中国，不离开家乡，不到异国他乡去当一个漂泊者。他决心如一匹拉磨的驴，老死在自己的磨坊。

而使他最难办的事，就是这些工厂。在情绪极其颓唐的时候，他曾经想过，让子侄们去处置这些身外之物吧，他们爱怎样就怎样。尤其是荣伊仁飞机失事身亡以后，灵柩从香港运抵上海，再转运无锡，这简直是哥哥当年病死在香港的情景重演，多么相似的一幕啊！永不知疲倦且总是发出爽朗大笑的三儿子入土为安了，从此就这么阴阳永隔了。逝者已往彼岸去了，他却还暂留此岸，但他觉得自己的一颗心也随着去了。

回到梅园，那几天特别寒冷，蜡梅已绽放，暗香盈袖，疏是枝条艳是花，但寒意凝在半枯的枝头，不肯散去，水塘结着灰白的冰层，满园吹着冷峭的西风。

荣毅仁这段时间一直在思考自己的去留和荣家的去留。二哥曾召集他和七弟鸿仁郑重商量过家事。荣尔仁说："外界传说，中国可能会划江而治，但宋子文告诉我，这是一厢情愿，可能性不大。共产党气势如虹，岂肯把半壁江山拱手让给失败者？蒋介石也明知不可能，准备偏安台湾了。我的意见是，最好全家外迁，人、资金和机器设备，能迁的东西都迁出去，像厂房、住宅无法迁的，只能留下来了。但父亲不愿走，他坚持要留下，我和他交谈过几次，但他固执己见，没有松动的余地。我真不知他老人家是怎么想的，抗战时，内迁工厂是那么坚决，现在却这么顾虑重重。"

荣毅仁说："现在出去和抗战内迁是截然不同的两回事，那时迁移的地方是内地，毕竟还在中国的土地上，而且只是几爿厂。可现在外迁，不仅是一锅端，而且离开家国了。"

"台湾也是中国领土，只是隔了个海峡；香港受英国殖民统治，但还是一座中国人占大多数的城市，和上海、无锡没有多大不同。王禹卿也准备迁居香港，我们在那里有工厂和房产，我认为爹去香港是最合适、最安全的。四弟，他听你的话，你劝劝他吧，共产党来了，会对他怎样？会有什么样的结果？我不知道，你们也不知道，谁都无法担保。"荣尔仁说，"到了香港，共产党若能对他以礼相待，他还可以回去嘛！你们说是不是？"说到这里，荣尔仁目光灼灼，并想了一下继续说："四弟，你就对爹这么说，以防万一嘛！"

"你说的万一是指什么？难道还会把爹杀掉？这是国民党吓唬人的，我碰到过几个从北平来的商人。解放军和平解放北平，明确宣布保护工商业，市面很正常，商人照样做生意，工厂也照样开工。我觉得，爹留下来不会有事的。"荣毅仁用很沉着的声音说。

荣尔仁不再坚持了，他想了想说："四弟、七弟，如果爹坚持留下来，可不能丢下他一个人，我们统统一走了之，总得有人陪他啊！"

"我早就想好了，爹不走，我就陪他留下来。让鉴清和孩子先去香港，看看动静再说。"荣毅仁马上回答说。

"我也不走，和四哥一起照顾爹。"鸿仁说。

"也好，我出去先开一条后路，留下来的这一摊子和爹妈就托付给你们了。如有危险，你们马上撤到香港来。国家危辱如此，天下事已不可为，逼着我们东奔西走，下辈子打死我也不开断命的厂了。人家只看到我们汽车洋房，哪里晓得我们过的是什么日子？吃了多少苦头？唉！"荣尔仁喟然长叹说，"这些年真可以说步步皆难啊！"

这次商谈后，荣尔仁忙他的去了，荣德生还在悲痛之中。这样过了一段时间，荣德生的情绪好多了，薛明剑和女儿薛禹谷天天来梅园陪他说话。薛禹谷是私立江南大学的教员，她1945年从浙江大学毕业后，本来想去延安，到了重庆被告知路途不通，便到上海复旦大学任助教。她是中共地下党员，但连她的父亲薛明剑都不知道其真实身份。薛明剑是荣德生视为可共腹心的智囊人物，荣德生对他极其器重，也极其信任，曾出资赞助薛明剑参选国大代表、"国民参政会"

参政员,令其作为荣氏企业对外的发言人。

薛禹谷接到私立江南大学的聘书很突然,因为薛明剑是校董会实际负责人之一,他听说复旦大学因闹学潮而受到军警镇压,校园内笼罩着一片白色恐怖。薛明剑素知这个女儿思想比较激进,快人快语,怕她卷进去,受到牵累,在没有征求女儿意见的情况下,便寄给她一张到私立江南大学任教的聘书,意在让她脱离险境。薛禹谷向地下党组织汇报后,获准应聘到私立江南大学,并被任命为中共地下党无锡临时工委委员,开展活动,争取其父亲增进对共产党的了解,最终成为共产党的朋友,进而通过薛明剑影响荣德生及其家族。现在,薛禹谷的任务是明确的:争取荣德生在新中国成立前夕留下来并阻止无锡荣家的企业外迁,多留一台机器、一枚纱锭,都等于战场上缴获一支枪、一门炮。

这天,薛明剑和薛禹谷又来到梅园拜访荣德生,希望能让荣毅仁顶替荣伊仁校政委主任的职务,继续将私立江南大学办下去。走之前,他们还留给荣德生一个大信封。待薛明剑父女走后,荣德生从抽屉里取出信封,打开一看,心里一惊。这竟然是共产党中央颁发的一个通告,要各部军队进入城市后,保护民族工商业,发展生产,繁荣经济,公私兼顾,劳资两利。这份文件有很具体的规定,荣德生几乎是一字一句反复阅读。这些规定打消了荣德生最大的顾虑,他此前最担心的就是他那些工厂被禁止开工,甚至会像在日军侵占时期那样,不是机器设备被毁,就是被抢掠一空。但从这则通告来看,那些耸人听闻的宣传是不实之词,甚至是蛊惑人心的谣言。

过了几天,荣德生在私立江南大学主持了一个校董会,决定由荣毅仁、钱孙卿、乐幻智三位校董会同学校的三个分院的院长和三个处的处长组成校政委员会,荣毅仁任主任委员。这段时间,荣毅仁特别忙,荣尔仁及荣鸿元等离开上海后,他将原总公司和总管理处合并、集中处理各厂事务。这时荣家的产业因资金抽调,部分设备迁移,只有较少部分工厂开工。荣毅仁尽力调度,负起生产的全责。同时,他在上海康平路的新宅已落成,准备从高恩路的荣宅搬迁过去。听荣鸿仁说，父亲情绪已好了不少，自己既然无法回无锡陪伴父亲，便要荣鸿仁陪父亲来上海新居住一阵子。校务委员会的会议也移往上海高恩路的荣宅召开，荣毅仁调拨了一笔资金，支撑私立江南大学继续开办下去。

自从看到薛明剑、薛禹谷给他的文件后，荣德生心里踏实多了。此后薛禹谷又给了他更多的关于共产党的政策主张的类似文件，如果说最初他还有些将信将疑的话，那么到后来他便深信不疑了。但他是一个相信眼见为实的人，于是便把几十年相交的知己钱孙卿和薛明剑找来商量。

荣德生手握一卷古书，在房内踱来踱去。无锡商会会长钱孙卿大踏步进来，后面跟着薛明剑。钱孙卿长髯飘拂，戴着黑框眼镜，一进门就喊："宗铨，你精神不错啊！我就说嘛，荣德生一向知命乐天，旷达得很，家国之难是击不倒你的。今日见你，比起前一阵子，你又恢复了元气，挺过来了。"钱孙卿的话是指伊仁遇难让他悲伤不已，也指局势恶化给荣德生带来的迷茫和游移。当时，周围的人真的有些担心他撑不过去了。

荣德生指了指炭火盆旁的几张椅子，三人落座。荣德生也坐了下去，然后说："眼下时局混乱，物是人非，斗转星移，我还总得把这副空架子维持下去，可怎么样维持，我还得听听各位的意见。"

"蒋介石大势去矣，来日无多了。长江天堑，无异于一道木头做的栅栏，哪挡得住中共军队南下？外界对德公的去留十分关注，众说纷纭，有人甚至无中生有，红口白牙说德先生已到了香港。"钱孙卿说，"德先生刚才说斗转星移，确切地说，是共产党这颗红星快升上来了，德公到底有怎样的决断？"

"共产党的文牍我也读过几份，声称扶助工商业、发展经济、稳定市场、劳资两利。我当然相信他们这些许诺不会是欺人之言，可这毕竟是纸面上的东西，要是能亲眼看见，我当毫无疑义了。"荣德生说，"我不是个优柔寡断的人，个人进退无关紧要，所惜者数十万只'小烟囱'耳！若中共真能言行一致，我决定从现在起，不迁厂，不离乡，不停工，任何人来逼我，我都不会改变这一大计。"

"德公这三不，依我看，是上策也。拆迁了机器，剩下一座空房子，骨架子就散掉了，工人的饭碗也就砸掉了。共产党的党基是工农群众，工厂维系工人之生聚，他们断然不会将它毁灭，毁弃工厂断绝劳工生计，岂不是自毁党基？"薛明剑像读书般地朗朗说道，"德公，共产党势如破竹，不消数月，必渡江南下，锡城必破，宜早自为计。要是你还存怀疑之心，我倒有一提议。你不妨派几人化作小商人到江北去见识一番，眼见为实，若能面遇长官，得聆训示，那就更好了。"

荣德生连连点头，这个建议说到他心上了。他沉吟着，谁适合去北面跑一趟呢？

钱孙卿推荐了自己的儿子钱钟汉，即荣尔仁在重庆总公司时的秘书，现在是荣氏企业的高级职员。

荣德生表示同意，对钱孙卿说："那就麻烦令郎跑一趟了，是要人作陪，还是单独行动，由明剑定。此行事关重大，要绝对保密，不能出任何意外。"

事后，荣德生又同薛明剑赴上海，关起门来，与荣毅仁继续商议苏北之行一事。荣毅仁认为，这个世界总是充满各种认知谬误和认知偏差，唯一能傍身的就是自己的独立思考能力，当然还得有佐证的东西。于是，他很直率地说："跑一趟是必要的，如果我们派出去的人能和相当级别的负责人会晤则更好，这样就能摸到底了。"经商议，委派钱钟汉走一趟。据钱会长说，钱钟汉有一个朋友在对面是个相当职级的负责人，抗战期间有生意上的往来。不久前，这位朋友托人带了封信给他，期待钱会长和钱钟汉为稳定工厂和商业出力，并相约在无锡重逢。钱钟汉自然可以去找找他，应该没有问题。

钱钟汉随即去了扬州，三天后就回来了，带回一件由苏北军区司令员管文蔚、政委陈丕显合署的苏北军区布告的抄件。布告中写明："保护并奖励一切于国计民生有益的私人工商业的发展。实现发展生产、繁荣经济、公私兼顾、劳资两利政策，引导工人和资本家共同组织生产管理委员会，以尽一切努力，降低成本，增加生产，便利供销。"

钱钟汉还通过他以前的一个朋友（当地工商联合会的李主任）见到了管文蔚。管文蔚详细介绍了共产党对民族工商业者的政策，并表示现阶段共产党的任务就是要解放全中国，推翻压在人民头上的三座大山，团结一切可以团结的力量，这当然包括民族资本家和一切爱国人士，建设一个和平繁荣的新中国，涤荡旧社会影响国计民生的污泥浊水，建设一个和平、民主、繁荣的社会。

他要钱钟汉带口信给荣德生："请你告诉荣老先生，共产党愿意和民族工商业者交朋友，也愿意和荣老先生交朋友。共产党欢迎他留下来，不要有任何顾虑，不要相信国民党反动派的宣传，那是反间计。迁厂走人都不是明智的选择，只要他留下，不迁厂，共产党会支持他、扶助他，保护他的企业和其他私产。厂还是他的，洋房照样住，汽车照样开。不过，如果抽大烟，我们是反对的。鸦片是毒品，害人害国。"

"德先生无此恶习，他的品行一向端正方正。"钱钟汉说。

管文蔚笑了起来："我知道，我不是说的他。我对荣老先生的操守是有所耳闻的。他是一个有良心的商人。古代讲士农工商，商是地位最低的，士最高，士是什么？不仅仅是士大夫，为官清廉的那些人，其实是有些古道热肠的、有社会声望的人，他们也有些钱，愿意做好事、做公益的事。荣老先生这样的商人，其实是做了许多'士'该做的事。他是个士商，这个词用在荣德生身上是最合适的。当然，共产党不会把民众分那么些等级，我只是借古代的'士'的解释来称赞他。请他相信共产党，共产党历来顺乎民意，器重合法商人，尊敬愿和共产党合作的社会名流，与爱国的民主党派共同组成联合政府。我们要打倒的是那些挑起内战的战犯，还有与人民为敌，对人民群众（包括民族资本家）心怀叵测或进行敲诈欺压的官僚买办阶级中的死硬分子。当然还有罪大恶极、为非作歹、民愤极大的反革命分子。谁是敌人，谁是朋友？共产党历来是分得很清的。我再说一遍，荣德生先生是共产党的朋友，我们会非常友好地对待他，希望他也把共产党视为朋友。"

"贵党政策如此仁厚，以救国安民为己任，让人钦仰。管首长的这些话和贵党的相许，我一定跟荣德生先生转达，他听了，必当感激。"钱钟汉说，"我不虚此行，亲睹了解放区商业繁华，社会井然有序，民心安定。贵军军纪严明，像孙子兵法所说的道。道者，将领、士兵、百姓高度统一，荣辱与共，苦乐共享，长官绝无高人一等之威，这让我大开眼界啊！大有进入陶渊明所写的'人人平等、牧歌升平的世外桃源'境界之感。真是不看不知道啊！"

"令尊是商会会长，钱先生是荣德生先生的代表，我请你通过钱老先生和荣老先生，转达无锡商界诸位朋友，无锡是江南重镇，我们当然希望能不战而屈人之兵，希望防守的国民党军队能望旗而降，兵不血刃。"管文蔚很郑重地说，"但这仅是愿望，守无锡的国民党军队若要顽抗，我们不得不力攻。为防反动派破坏，工厂、商店、学校需要组织自保，安顿工厂，保卫地方，配合解放军进城。"

"好，解放军大军一旦渡江南下，势不可当，国民党守军若顽抗，实在是以卵击石，进退维谷。但自保不可不讲，这方面的事，我会禀报家父，联络各家有识之士，切实护厂、护校、护市。"钱钟汉欣然答应，因为父亲钱孙卿已有此打算，必要时组织工商自卫团，守护工厂店铺。薛明剑也有成立人民公私社团联合会的计划，以便在无锡开战前组织自卫，迎接解放。所以，管文蔚提出的要求与无锡进步人士的想法不谋而合，对商界和学界及全城百姓来说，组织自卫也是保障自身利益的必要举措。

荣德生听了管文蔚让钱钟汉带的口信及管文蔚的所见所闻，又看了放在钱钟汉鞋底下才得以带回的布告抄件，心里豁然开朗。他没有想到，素不相识的解放军的高级将领会了解自己，而且会对他做出这么高的评价，并且愿意和他交朋友，这是他做梦也没有想到的。这让荣德生的心里完全有了底，疑虑尽释。他当即向薛明剑重申自己的决定：第一，不迁移荣家的工厂，一台机器、一个零配件都要尽量保全，已迁移的设备要尽量追回来；第二，他坚决不离开祖国，留下来等待解放；第三，保护好工厂，组织自保，能开工的厂尽量开足，解放军进城以后，亦不停产，以维持商市的稳定。

"德公，你这三条，要言不烦，是烽火危城的黑暗中挂起的三盏明灯。荣家能如此定计，对上海及无锡商界的人心也会起到安定的作用。羊群中往往有头羊带路，德公便是业界领头羊啊！德公，你这是建立了不世之勋啊！"薛明剑夸赞说，"毅仁乔迁，你就去住几天吧，无锡的事交给我了！"

"好，天道循环，乾坤扭转，否极泰来。我也是犹豫了好久，才明白应顺乎天道之转折这一道理的。毅仁跟我讲过一句话，想想意味深长。他曾说过：'国民党已黑极烂透，故和中共打仗连战皆北，这是不奇怪的事。共产党我不了解，但有一条是明摆着的，就是共产党绝不会比国民党更差，否则，他们怎么会以少胜多、以弱胜强呢？还是那句话，得民心者得天下，共产党赢在得民心上。'"荣德生说，"前一阵，我的心情颓唐极了，连活下去的勇气都没有了。现在可是幡然悔悟了。天道之意，不可辜负，你跟钱会长说，请他在商界多打打气，吹吹风。江南民性柔弱，而那些商界的老板业主，因为有点产业，更加惶惶不安。让他们抛下忧烦，尽快振作起来，顺变保节。"

说这话的时候，荣德生意态闲适，语声清朗，虽无喜色，亦无愁容。这种平常的神色和他的言谈是一致的，说明了他已打定了主意，稳定了情绪。薛明剑从他的淡定中感受到一种让自己欣慰的决心。他知道荣德生一旦下定决心就不再患得患失，而是果敢地付诸行动了，而神态就会变得很平常，内心也很平静，不再大起大落了。

荣德生在荣毅仁新宅住了几天。荣毅仁对钱钟汉赴苏北的情况也有了详尽的了解，父子俩的意向已完全趋于一致，那就是按荣德生的"三不"之策办。荣德生还对四儿子说："你有句话说得很明白。'国民党已烂到底了，暴虐不仁，民怨沸腾，共产党不可能比国民党差，不然，他们怎么会连战连胜？'我想也是的，没有公忠体国、爱人以德的德性，岂会得到天下？天下者天下人之天下，唯有德者居之。"

在荣德生小住上海期间，薛明剑匆匆赶来，带来了一个让荣德生非常震怒的消息：有人以荣尔仁、唐熊源的名义，要拆走无锡申新三厂的设备，部分设备已装箱运至码头。

荣德生对薛明剑说："这些人趁我不在，居然策动迁厂，他们胆子也太大了。我得赶回去阻截他们，没有我同意，申新三厂一颗螺丝都不能动。"

当天，荣德生由薛明剑陪着火急火燎地从上海赶回无锡，一路上他心里七上八下，双手发抖，怕申新三厂的设备已装船出航，这样一时怕追不回来了。

到了无锡后，薛禹谷和一辆小汽车已在车站迎候他们。他们乘车直接赶到码头，果然见到一批人正在搬运纱机。带头的是吴襄理，他是荣德生的女婿唐熊源的远亲，指派他来的自然是唐熊源了。幸好有一些女工在那里勇敢地阻拦那些人搬运机器，否则，后果不堪设想。

天空阴沉沉的，下起了毛毛雨。从河面上吹来阵阵寒风，码头上的人们冷得直发抖。荣德生在厂里是极受尊敬的人物，他的出现使杂乱嘈吵的码头顿时寂静下来。荣德生的眼睛扫了一遍坐在船舱木箱上的十几个女工及身边的职员和工人，平静地对吴襄理说："我不怪你，我知道你也是奉命办事。小辈要走，脚生在他们身上，我拦不住，人各有志嘛，但我是不会离国离乡的。机器设备也不许再动了。我已写信给尔仁等子侄，当然还有我的女婿，表明了我的态度。这批东西怎么拆下来的，我要你怎么把它装回去；在哪里拆的，放回哪里。吴先生，你也是申新的老职员了，还是熊源的远亲，你今后的去留，我不管，你知道自处。你听懂我的意思了吗？"

"德公，我懂了。可二万枚纱锭是说好了的事，我回去不好交代啊！你再好好想想，留下来可是凶多吉少啊！"吴襄理鼓起勇气说。

荣德生往码头的木箱上一靠，对吴襄理也是对在场的职员和工人大声说："各位，这些机器是我们申三的吃饭家伙啊。把它们搬走，等于挖掉了一个人的心肺，一个人没有了心肺，就成了死人，申三没了这二万枚纱锭，就成了死厂。我想，各位是决不会答应的！我作为老板，也决不答应！"说到这里，他加重了语气："我和故去的哥哥荣宗敬先生办厂，目的不光光是赚钱，更重要的是救国和为黎庶着想，也就是增强国力，给兄弟们捧上一个饭碗。从这两点计，我要是在这当口拆了机器，一跑了之，我怎么对得起各位？怎么对得起父老乡亲？怎么对得起我死去的哥哥和三个儿子？伟仁、伊仁、纪仁，你们都认识他们的，特别是伊仁，他是在战争的废墟上重建申三的，他和各位与申三结下了生死不分的交情。我知道你们一直担心我会逃之夭夭，锡城也从此无申三。错了，你们想错了，申三非我荣家独有，而是属于大家的，在场的各位都有一份。我可明白地告诉各位，我荣德生决不离开家国，也不会离开申三，我要和各位在一起同命运共甘苦！"

人群里响起一片暴雷似的喝彩。女工们拭去脸上的泪滴，破涕为笑。她们刚才听荣德生提到三个英年早逝的儿子，她们没见过荣伟仁。可对于伊仁和纪仁兄弟，她们太熟悉了，眼前马上闪出他们英俊的身影，一个壮实活泼，一个清秀寡欢，两人都有吐属俊雅的风范，都死于非命。望着白发苍苍的荣德生，大家忽然觉得这位老人可敬而又可怜，心里酸酸的，不少人的眼泪夺眶而出。

申三个别人拆卸并装运纱锭等设备去台湾的计划，就这样被荣德生坚决制止住了。不仅如此，在荣德生和荣毅仁的主持下，荣家还于1949年1月和2月先后做出决定，将合丰公司已经运往台湾的二十七箱共五十四只马达重新装运回上海，并密令各厂今后方针以维持原有局面为原则，凡是已经迁往香港、台湾或广州的物资原料应及早出售或搬回。

虽然南京总统府的江处长，即全面抗战初期在汉口协助过荣德生和李国伟迁厂的行政院江秘书以及国民党第一绥靖区无锡城防指挥部蔡司令、无锡县徐县长多次上门动员荣德生去台湾，说的不外乎是"共产党的党纲就是消灭资本""马克思有句名言'消灭私有制'。苏俄就是这样做了，中共来了，绝不会例外，否则就不是共产党了。在中共眼里,你们荣家是典型的剥夺者,必被剥夺无疑,而剥夺就是消灭"等陈词滥调。荣德生拒绝了他们劝离的说辞并表示:"我早就被剥夺得差不多了,我七十多岁的人了,除了老命一条,也没有多少东西可剥夺了。"

就在国民党政权倾覆前夕,厄运又一次降临荣家,这次是落在荣毅仁身上。

1949年三四月间的一天,荣毅仁在福新公司的会议室召集福新系统各厂负责人开会。王禹卿和陆辅仁等已去香港,工厂管理上出现了真空。荣毅仁接管了福新,各厂临时委派了负责人,但要维持正常生产,难度不小。面粉和原料堆得满坑满谷,王禹卿把资金抽得所剩无几。各厂无流动资金,新的负责人竟无从措手。荣毅仁一次次从中协调并设法卖掉面粉,才取得了部分用于周转的头寸,补发了工人的工资,使得各厂重新开工。

这天的会是研究在这基础上如何扩大产量,提高粉质并且由荣毅仁传达总公司不再迁厂、不拆设备、维持现状、以不变应万变的决议。这时,会议室外突然传来一阵尖厉的吼叫声,一辆当时的上海人称为"飞行堡垒"的抓人卡车停在福新公司门口,从上面跳下十来个宪兵和几个便衣,端着枪,气势汹汹地往里直冲。带头的便衣挥着手枪问门房:"荣毅仁在吗?"门房吓得直哆嗦,脸都发白了,支吾其词地说不清,不得不用手指了指楼上。一队兵把他一推,往楼上冲去。

会议室的门被撞开了,便衣和宪兵持枪拥入。带头便衣大声问:"谁是荣毅仁?"

"我就是,请问有什么事?"荣毅仁站起来回答道。他很镇定,但心里有几分紧张,以为父亲派人到苏北去的事被泄露出去了。但一想不太可能,如无锡出事,肯定马上会有人打长途电话通知他的。

便衣将几张公笺扔在会议桌上,厉声说道:"你触犯了《危害民国紧急治罪法》。我们奉令通知你，不经许可，不得离开上海，随时听候上海地方法院传讯，否则后果自负。荣毅仁，你听清楚了吗？"

荣毅仁有点愕然，"危害民国"可是顶"大帽子"，上海地方法院凭什么把这顶"帽子"扣到自己头上，变相软禁自己？真是欲加之罪，何患无辞！心中存着极大疑团的他忍不住问那个便衣："我是正派商人，到底犯了什么罪危害民国了？你们有没有搞错？"

"荣毅仁，你别装糊涂了。你卖给军队的面粉是劣质的霉烂粉，造成国军身体受损，战斗力严重折耗，国军东北战场失利，你荣毅仁罪责难逃！"便衣神情严肃地说，"法院会对你进行审理的，你可以请律师为你辩护，但你应该明白，法院是掌握了真凭实据才对你提出起诉的，没有事实，会碰你吗？好了，有话在法庭上说吧！"说完，便带着宪兵端着枪，大头皮鞋撞击着地板，神气活现地离开了公司大楼。

宪兵一走，会场里的人们便气愤地议论开了。他们都是面粉业的老人了，心里都清楚，荣家的面粉厂，无论是茂新还是福新向来特别注重面粉质量。荣宗敬、荣德生在开办面粉厂之初就立下厂规，从麦料到磨制各道工序都严格控制，不许有半点疏漏。一次，无锡发大水，麦料受潮，少量麦子霉变。荣德生毅然禁止这批麦料磨成的面粉出厂，而是将其作为饲料供应养猪农户，价格还低于豆饼的价钱。荣家还在产麦区专辟麦庄，引入良种，派专人指导农民种植。荣德生和荣宗敬在好多年里每天的早餐，都是一碗用自己厂里产的面粉做的面疙瘩，以检验面粉的粉质，通过亲自品尝，发现不足，马上通知改进。正是凭着优良的品质，荣家的兵船牌面粉当年击败了称雄一时的美国老车牌面粉，在全国成为名牌粉，荣家亦因此成为"面粉大王"。荣家卖给军队的面粉绝不可能是霉烂面粉，而把东北战场打败仗归罪到吃了荣家的面粉，更是荒谬绝伦的指控。

荣毅仁开始也愤愤不平，但继而就冷静下来，他分析事情很可能比想象的要复杂得多。国民党政府天怒人怨，军事经济都一败涂地，来日无多了。而上层钩心斗角愈演愈烈，互相埋怨，推卸责任，分崩已在旦夕。其中宋子文在这场争斗中备受攻击，而荣家和宋子文关系较为密切，其面粉能供应军队得益于宋子文的牵线搭桥。荣毅仁敏感地意识到，所谓"军粉霉烂案"极有可能与国民党内部矛盾有关。这么看来，荣家是"城门失火，殃及池鱼"，难免要当一回替死鬼了。想到这里，他对与会者说："说茂新、福新的面粉发霉变质，完全是无中生有，曲意造谣；战场失利是士兵食用我们的面粉所造成的，更是天大的笑话。大家放心，虽然"秦桧的莫须有"现在见多不怪，但事实毕竟是事实，我会据理力争。请各位管理好各厂厂务，坚持开工，勿要以此事动摇人心。"

会议结束后，荣毅仁找来荣家的法律顾问，在康平路新居细细研究了此案并商量如何写辩护状。

荣家代国民党政府收购小麦并磨制成民用的二号粉和专供军用的统粉，主要是由茂新几家厂承担的。这笔生意始于抗战胜利后的1946年，当时宋子文任行政院院长，他与荣家的关系比较密切，与大房的荣鸿元兄弟及二房的荣尔仁和荣毅仁私交都不错。这年11月，荣毅仁遵照宋子文和粮食部部长谷正伦的委托，以"国家贮存"的名义，由茂新面粉公司接下代为购贮三十余万石小麦的订单。对于这项业务，茂新无利可图，除了经办过程中发生的劳务费实报实销外，荣毅仁没有得到任何利润。此后，宋子文和谷正伦又让荣毅仁将这批小麦加工磨制成民食二号粉和军粮统粉。这笔加工业务利润并不厚，且标准很苛刻。磨成的二号粉和统粉均由粮食部派人会同联勤总部、港口司令部及上海粮食总仓库抽取存样，交上海粮秣厂按核定的粉麦标准测验，检测合格后由上海粮食总仓库验收入库。整个程序，一个环节都不能少，而且有验单为凭。

事隔一年有余，茂新生产的共计五十余万袋统粉和二号粉却在辗转运输中变成了甲、乙、丙三种面粉，更奇怪的是被指控有扫仓粉在内。荣毅仁揣测是有人从中做了手脚，以次换好，但这些事与他荣毅仁风马牛不相及。但起诉书上却不分青红皂白，死死咬定加工厂家最初交付与上海粮食总仓库的面粉即是如此，对荣毅仁横加"侵占公有财物""盗卖公有财物损公肥私""危害民国"等罪名。国民党监察院甚至借此小题大做,污蔑荣毅仁故意售卖"霉烂军粉,引起士兵腹泻患病,影响军力,从而导致东北战场上国军失利"。

荣毅仁越想越气,打电话让茂新一厂立即找出那批麦子加工的验单,派专人送到上海。他想找宋子文,但因宋子文和宋美龄正在美国寻求更多的援助而无果。他又打电话找到国民政府粮食部部长谷正伦,谷正伦说这样做太过分了,上海地方法院是有人指使的,企图借所谓的"军粉霉烂案"攻击远在美国的宋子文。荣毅仁的猜测得到了证实。他抗议说:"政府内部的纠葛与我无关,岂能用这样恶毒的手段算计我?这个误会太严重了。法院已给我套上'危害民国'的帽子,枪毙都够格了!送传票和起诉书时,'飞行堡垒'载了十多个荷枪实弹的宪兵直闯我的会议室,全上海的报纸都登出我荣毅仁卖给军队的面粉是霉烂的,害得国军在东北吃败仗。"

谷正伦插话:"这是胡说八道,吃了你荣毅仁的面粉就会打败仗,那吃了别人家的面粉怎么没有打胜仗啊?"荣毅仁说:"是啊!我不能不对上海地方法院提出抗议,请谷部长主持正义,出面替我解释解释,以正视听。"谷正伦在电话中迟疑了一下,答应了。他说:"你别生气,这里面肯定有误会。一切看我的薄面,会还你一个公道的。"

谷正伦事后给上海地方法院打了个电话,替荣毅仁不痛不痒地说了几句好话,法院要谷正伦作保。谷正伦却说:"我是粮食部长,不是司法部部长。我管四万万张嘴的,不管你们的法槌,这个保我担不了。"从此谷正伦再无下文,事情不了了之。厚面也好,薄面也好,谷正伦连荣家的电话都不接了。

荣毅仁知道宋子文靠不住,谷正伦靠不住,国民党的官吏都靠不住,这些人自私、贪婪、没有担当、过河拆桥、言而无信,连最起码的责任感都没有。荣毅仁对他们不抱任何希望了,也更进一步看清了国民党的腐败和黑暗,绝望之余,他决定自己来对付这场闹剧。

他亲笔写了一纸申辩书，附上收据和验单，自以为雄辩有力。未料送到上海地方法院后，院长倒是接待了他，但对他的申辩书及所附的凭证正眼都不看一眼，扔至桌上明确告诉荣毅仁，5月25日正式开庭，如果他不出钱寻求保释，第一次庭审就会约束他的自由，收押到看守所。荣毅仁听明白了，这些法官明着向他"打秋风"了，自己满以为法院还可以讲讲理，可实际上同样不讲理。

荣毅仁满脸怒色地走出了法院，看着这幢原公共租界法院的柱高两层、恢宏大气的石头建筑鄙薄地冷笑了一声，然后坐上汽车回到康平路家中。这幢造型大方干净的红砖小洋楼已冷冷清清，妻子杨鉴清和女儿智和、智平、儿子智健都去了香港，他和妻子每天都要通一次电话，通报两地的情况，相互问候鼓励。对于"军粉霉烂案"之事，荣毅仁一开始并没有打算和杨鉴清说，免得她着急。但他知道瞒不住，上海发生的大事，香港的报纸都会及时报道，何况吊诡的"军粉霉烂案"已轰动上海滩，香港的报纸肯定不会漏而不报。荣毅仁决心告诉妻子和父亲。

荣德生对这件事已有耳闻。在此之前，为了便于护厂护城，他又住到四郎君庙李国伟那幢宅子里。得知四儿子毅仁缠上这荒诞不经的官司后，荣德生凭经验知道，这事不过是国民党政府某些"贪财乌龟"的敲诈之举，也是有人蓄意栽赃。他对薛明剑说："东北的几十万国军不是被共产党打垮的，倒是被我荣家的面粉打垮的！真是亘古未有的奇闻了。"

薛明剑说："德公，这个《危害民国紧急治罪法》就是个无法无天的法。看来毅仁免不了要委屈一个时期，不如让他暂且往狗嘴里塞上几根肉骨头，等时局改观了，事情自然就过去了。"

"对，让毅仁苦撑待变。当年纣无道，天下人起而伐之，纣大势毕矣！国民党政府剩下的日子很快就屈指可数了！"荣德生激动地说，"说我荣家面粉发霉，是几十年来从未发生过也从未有人这样怪罪我们的事。全中国没吃过荣家面粉的人极少，兵船牌无人不知、无人不晓。我要告诉毅仁，他可问法官，如查实一户人家有此反映并查出实据，我荣德生把脑袋给他们！"

"德公莫生气，这只能说明当局已黔驴技穷了，连这样拙劣的事都做出来了。"薛明剑说。

"我不生气，我的气早就生完了，我只感到滑稽，太滑稽了！太笑话了！"荣德生苦笑着说，"明剑，我要去上海。我是'面粉大王'，开庭那天，我也出庭，要紧急治罪，那就治我，这不关毅仁的事。"

薛明剑知道荣德生并不是完全说的气话，可能他内心真有去上海替荣毅仁顶罪的想法。他身边的儿子就剩下四子和七子了，毅仁再出什么事，被罗织入罪，他无论如何也接受不了，他再也经受不起这样的打击了。但薛明剑明白这样做是无济于事的，不仅救不了毅仁，而且会将他自己赔进去。国民党在彻底失败之前，最后的挣扎会格外疯狂。问罪荣毅仁无非是敲竹杠，拔脚之前再捞一票，即使毅仁被收押，解放在即，也关不上几天。

"德公，你万万不能去自投罗网，你以为你去顶罪，毅仁就可以开脱了吗？这是不可能的，他们可没有这样的善心。再说，无锡这里也少不了你啊！"薛明剑说，"他们不会拿毅仁怎样的，目的很明显，知道自己在台上的时间不多了，抓住机会勒索点钱罢了。他们如果真要治罪，'飞行堡垒'都到门口了，肯定会抓走毅仁的。但他们并没有抓人，只是限制行动，这是明显的虚张声势，其意何在，还用说吗？孔方兄里翻跟斗而已。"

荣德生听后，冷静思量，觉得薛明剑说得有理。只要四儿没有严重的危险，仅是黑心法官变着法贪钱，那就再破点财吧。就像薛明剑说的，往狗嘴里再塞上几根骨头。反正对荣家来说，这是不足为奇的事了。只要毅仁躲过这一劫，迎来的就是光明了。荣德生这么想后，心里既痛恨国民党政府的暴虐，又感到有些宽慰。

因为怕自己在电话里讲不清，又担心特务机构监听，所以荣德生派钱钟汉到上海向荣毅仁传达自己的意图，要毅仁花钱消灾，苦撑待变，再忍耐几天。种种迹象表明，"新桃换旧符"的时间不长了。钱钟汉是荣家企业的高级职员，他去上海找毅仁，是正常不过的事，不会惹人注意。

与此同时，薛禹谷得到一个绝密的消息，无锡城防指挥部司令蔡润祺正与曾在无锡待过很长时间且破了荣德生被绑案的国民党情报部门头目毛森，密谋挟持荣德生去台湾。此前，地下党通过薛明剑在申新三厂组织了工商自卫队。薛明剑当时还兼任玉祁自卫实验乡乡长，乡里建有乡团，拥有三十几支步枪。这些步枪被秘密输送到申三，供自卫队使用。得知荣德生有被扶持之虞的消息，薛禹谷奉命和几个私立江南大学的学生党员跟随在荣德生身边，担任护卫的重任，他们都佩带短枪。社团联合会也派出巡逻队在荣德生寓所周围巡逻。由于护城护市护厂的力量人多势众，而且国民党军队已溃不成军，而解放军随时可能横渡长江，国民党政权垮台已毫无悬念，其要员都纷纷向广州、香港、台湾及海外各国逃窜，毛森、蔡润祺见荣德生态度坚决，加上他们自己前途未卜，逃命都快来不及了，不得不放弃挟持荣德生去台湾的图谋，狼狈不堪地离开了无锡。

1949年4月21日，解放军一举攻占南京，江阴要塞守军起义。无锡民众都暗自兴奋，知道无锡解放在即。但有些商人、士绅不免有些紧张，一时谣言四起，传说荣德生逃到台湾去了，申新三厂、茂新面粉厂关门了。还有人说，亲眼看见荣老板、杨老板、唐老板等大老板在大洋桥乘自己的小火轮走了……荣老板的小火轮后面拖了一只驳船，里面装的都是金银珠宝，等等，说得活灵活现，引得人心浮动。

谣言传到荣德生耳中，让他感到可笑之余，也引起了他的警觉。任这些无稽之谈传播，会使一些头脑不太清醒的人在关键时刻产生怯意而迷失方向。谣言是很可怕的，它会像阴风那样在无锡的每条街巷、每幢房子里刮来刮去，扰乱人心。申三和茂一居然有几个职员好几天不到厂里上班，也不见人影，显然是听信了谣言而躲了起来。而传言中已乘小火轮逃离无锡的几个老板打电话到荣府，一听是荣德生接的电话，惊奇地说："德先生，你还在家里啊！外面都传你带着家藏逃走了啊！"荣德生笑着回答："外面不也传你一走了之了吗？我不会走的，我吃准了共产党不会拿我怎样，我们都没做亏心事，大可不必慌张。"对方听了，哈哈大笑："是啊是啊，我们彼此彼此。"

荣德生突然产生了一个念头，他要露露面，让谣言不攻自破，同时给民众带去抚慰。他找来薛明剑、钱孙卿说："你我都是无锡商界的老资格人物了。按国民党的说法，共产党来了，我们不是被杀头，就是坐监牢。市面上有不少谣言，说我们落荒而逃了。一个个都变成丧家犬了。为了让大家看看，我们没有逃，也不需要逃，我有一念，请你们随我出去兜一圈，那些谣言不就不攻自破了吗？"

"兜一圈，如何兜？到哪里去兜？"薛明剑问。

"靠两只脚是兜不过来的，我想还是靠两只脚加两只轮子。"荣德生说。

"德公的意思是坐黄包车兜上一大圈，这是个好主意。"钱孙卿说。

"不错。我是大资本家，开过二十多爿厂，被封为'面粉大王''棉纱大王'；钱兄是商会会长，也是前清遗留下来的耆老，可算得上是土豪劣绅；明剑是资本家的帮凶、国大代表。我们这些人不走，其他人还用得着走吗？我们不怕，还有什么人用得着怕呢？我们分乘四辆黄包车，在各个城门口兜它几圈，众目睽睽，这比一百张嘴满世界解释更有用。"荣德生声音响亮地说，"诸位如何？是否有这个雅兴与我周游无锡城？"

"当然可以，我在家里本来就闷得慌，除了在三万昌喝喝茶，无处可去。"钱孙卿首先表示赞同。

"那我叫禹谷去喊黄包车，车子一到，我们就出发。"薛明剑说着，便起身到花园找薛禹谷。她正和几个同学在看书报，警惕地注意着门外的动静。薛明剑把荣德生的用意告诉他们，薛禹谷和几个同学听后都高兴得跳了起来，认为此举对安定无锡人心极其有益。薛明剑要薛禹谷他们几人骑脚踏车跟随在黄包车后面。

他说:"虽然无锡军警已惊慌得六神无主,就像日本人得知无条件投降时那样,早已乱作一团,已没有了平常的嚣张气焰,但要以防万一,要防潜伏特务暗算。他们说不定混在人群里,来个突然袭击。你们要格外留神,一定要保护好德公,他是国民党盯得最紧的人,他的一举一动说不定都受到监视。"

薛禹谷对父亲说:"德生老伯的分量是非常重的,他是一位令人尊敬的长者,他起的作用、对社会的影响不可估量,我们会用生命保护好他的。爸,你也要小心,钱会长和杨老(荣德生贴身秘书杨小荔)也不能大意,你们为无锡解放所做的好事,是顺乎历史潮流的。共产党会感激你们的。"薛禹谷说完,便出门喊黄包车了。很快,来了四辆黄包车,薛明剑预付了足够的车资,让荣德生等分别坐上车子,在无锡大街上跑起来。

薛禹谷等几个私立江南大学的学生骑着脚踏车紧跟其后。车夫知道今天拉的不是一般人,而且是无目的地环城跑,显然是别有用意,能接到这样一桩生意也是很难得的,足够他们自我夸耀好多年了。所以一路上,他们排成一列,迈着很有力的步伐,把车铃"丁零、丁零"打得特别响,嘴里还不断吆喝着。

荣德生端然静坐在第一辆车上,打量着他熟悉的街景。街上行人很多,步履杂沓,行色匆匆。由于护市颇有成效,店铺多数没有关闭,但顾客却很稀少。物价奇高,物资又很匮乏,贫穷的百姓已买不起或买不到什么东西了。茶馆、酒家、浴池、书场、戏馆等场所无人进出,这让荣德生有些担忧。人心还是有些浮动,毕竟解放军已过了长江,从江阴到无锡,几十里路而已,轰隆的炮声已能隐隐听到。在一个新的政府就要替代旧的垂死的政府之时,人们有些莫名的茫然、顾虑和不安是在所难免的。自己虽铁了心要留下来,今后到底会出现怎样的情况,其实心里也是没谱很乱的。他尽量往好的方面想,并坚信自己的判断和管文蔚等人的诺言,他知道自己的选择是一生中最大的也是最艰难的选择。他既然选定了,也就押上了他的一切:生命、庞大的家业以及他本人和家族的荣誉。这当然会有风险,但他毫不后悔,哥哥如果健在,也会这样选择的。

行人中有人认出了他，不由自主地喊出了声："那不是荣老板吗？那不是商会钱会长吗？"于是，人们纷纷止步围观，好像夹道欢迎凯旋的英雄一般。也有人奔走相告："刚才荣德生坐着黄包车过去了，我看得清清楚楚，荣老板没有走啊！""这么说，荣德生倒是很硬气的，他大老板都不怕共产党，我们小老百姓还怕什么？"……

荣德生在车上听到了路人大声的喊话，也频频向大家点头示意。他是不喜欢表现的人，但这一次乘黄包车游城，无疑是一次特殊的表现，也许是一生唯一的一次要刻意引人注目的表现。民众反应之热烈出乎他的预料，数不清的目光投射到他身上，使他感到有些局促，但也让他深受感动。因为他从这些目光中体会到人们对自己的行动的赞许和钦慕，这使他内心中浮起如饮醇醪般的感觉，有些兴奋，也有些自得，甚至有些陶醉，神采飞扬中蕴含着无限的辛酸，顾盼自如中又感慨万千。转眼间，五六十年过去了，人们看到的只是他头上的光环，他的奇迹般的成功，可他经历的那些严酷的遭遇和无数生不如死的难挨的时日，以及和骨肉一次次的生死离别，有几人能真正理解？风烛残年了，还要承受改天换地的巨大冲击，好端端的家也散掉了，但愿从此再无大的折腾了。如果再有，他实在是消受不起了，那只能听天由命了。

除荣德生外，薛明剑、钱孙卿也显得很高兴，从容地坐在车上，不断地和熟悉的或不熟悉的人打招呼。有时甚至叫车夫停步，俯下身去，和其中的一些熟人交谈几句。胜利门外的北大街和三里桥是粮店、布店集中的地方，也是无锡最热闹的地方，路很狭窄，行人把他们团团包围住，还引起一阵小小的骚动，急得薛禹谷和几个同学把脚踏车停到一边，挤在黄包车前开道。就在这时，有些米商和布商问荣德生："德先生，你们几位这么做，是什么意思？有什么来历？"

"我们出来兜风，绝不是到街上来闲逛。此行的目的，是制止谣言散播，澄清事实。各位也许都听说了，说我荣德生已去了台湾，申三和茂新都搬空了。我可以告诉各位，我荣德生一度也像失去了方向的艄公，不知该靠上哪个码头。可我现在想明白了,我的码头就在无锡,在上海。我这艘老船就在这个码头上靠定了,我哪儿都不去,一把老骨头了,怎么经得起漂洋过海啊!你们不要听信市井流言。"

"那么,无锡一旦失守,你觉得你会太平无事吗?"有人问。

"生平未曾为非作恶,我当然会太平无事,笃定垫高枕头睡觉。而且,世道变化,十年河东,十年河西,风水轮流转,这是很正常的事。怎么变,衣食都是民之必需。我料定面粉厂、纺纱厂会安然无恙的,它们又不是打仗的碉堡;你们这些布店、米店也不是沙包堆起的工事,要被一个个拔掉。他们也是人啊!都要吃饭穿衣的呀!把我们这些大商人、小商人消灭了,他们吃什么、穿什么?老百姓都成了饿死鬼,饿殍遍野,百业不兴,对他们有什么好处?你们说是不是?"荣德生正一正神色,索性从黄包车上走下来说,大家都被他说得笑了起来。许多人脸上的抑郁亦一扫而光,场面一片雀跃。

薛明剑看到人群中有几双阴冷的眼睛,屋檐下也站着三三两两形迹可疑的人,便低声地对荣德生说:"德公,我们走吧,别耽误了大家做生意。"又对薛禹谷使了个眼色。薛禹谷立即领会了,连忙把荣德生扶上黄包车,再和同学骑上脚踏车,护卫黄包车向吴桥方向走去。到了吴桥,大家下了黄包车,上了预先停泊在运河码头上的一艘茂一的小火轮。掉转船头向城里驰去,很快顺利到家。

晚上,荣德生和薛明剑又乘车去私立江南大学参加了学生在礼堂举行的联欢晚会。他们一走进挂着彩灯、亮如白昼的礼堂,学生们便站了起来,响起一阵久久不息的掌声,对这位江大的创始人表示敬意。看着这一张张年轻而洋溢着活力的脸,荣德生心里感到很温暖。薛禹谷引导他和薛明剑在第一排正中位子上入座,这期间节目一直在进行,只是台上的歌声和琴声被掌声掩盖住了。荣德生刚坐下,正好一个节目就结束了。报幕员走出来报幕:"下一个节目,诗朗诵,《天亮了》,作者薛禹谷,朗诵者薛禹谷。"这时,穿着阴丹士林布旗袍的薛禹谷走上舞台,她站在麦克风前,大声地朗诵起来。

荣德生、荣毅仁父子已看透了国民党的腐朽统治，排除各种干扰和压力，在黎明前的黑暗中等待黎明的来临，坚持不撤厂、不离乡、不停工，做出了历史性的勇敢选择，在乱云飞渡中，大义凛然，顺乎潮流，人心所向，众望所归，意义非同寻常。

鲁迅曾说："中国真同梅树一样，看它衰老腐朽到不成一个样子，一忽儿挺生一两条新梢，又回复到繁花密缀、绿叶葱茏的景象了。"

荣德生、荣毅仁已看到了那些鲜活的新梢和那番繁花密缀的景象。

上海的早晨

荣毅仁对1949年5月25日这个战火纷飞的夜晚怀有刻骨铭心的记忆。

那一晚，荣毅仁通宵未眠，孤身一人待在上海康平路的住宅内，夫人杨鉴清和孩子们都去了香港，家里空荡荡的，寂寥无比。他衣冠整齐地待在书房里，似乎在等待着什么重要客人的光临。他时而坐在沙发上喝着茶，静静思考着，时而起身在地毯上踱来踱去。他头脑极其清醒，不仅丝毫没有睡意反而感到有些兴奋，也有点紧张，甚至有些惴惴不安。他清楚，这个晚上，上海的历史正在发生巨变。这个圣约翰大学历史学学士对历史和投资有着双重的敏锐和洞察力，并毕生受惠于此。但他并非没有精神压力，因为像他这样的大资本家，留下来的毕竟不多，面对的也毕竟不是身边微末之事的变化，而是一场狂飙。他艰难地做出了留下来的选择，这选择对与不对，他自己都没有肯定的答案，但有一点是确凿无疑的，这是他深思熟虑和审时度势的结果。

璀璨的霓虹灯已熄灭，万家灯火已剩下寥寥几盏尚在闪烁。黄浦江的外国军舰和商船已撤退到吴淞口，江面一下显得空旷和萧瑟。苏州河里的小舢板和木船在微漾氤氲中无声无息，大上海从未像这一晚这么幽暗。那些平时灯红酒绿、裙裾飘逸、舞客穿梭的夜总会和舞厅已早早闭门，即使开门，也门可罗雀。没有人还能在这样的时刻贪图享乐。像荣毅仁一样，大多数上海人都在等待一个新时代的到来。有的是兴奋不已和热切期盼，有的是无奈和迷惘，有的则是恐惧和恐慌。

紧闭的门与拉着的窗帘后面，在暗处有一双双惊疑不定的眼睛在闪亮，有一双双竖起的耳朵在听着外面的点滴动静。

在战火中苦苦挣扎并饱尝了乱世辛酸的上海市民，对于战争有一种本能的恐慌。他们不了解共产党，但他们了解国民党政府，这个政府已恶贯满盈，人们憎恨这个无道的、腐败的、对民间疾苦冷若冰霜的政权。而共产党会比国民党好多少呢？他们说不上来。

父亲荣德生却说过这样一句话："不会有比国民党政府更坏的执政者了。"荣毅仁同意父亲的判断，而且他断事一向稳重、透彻，举重若轻，对大格局和大方向的事拿捏得准。他和伯父荣宗敬对国民党独裁统治的危害有切肤之痛。所以，这一判断不仅仅是一句气话、一句诅咒、一句牢骚，而是荣家这些年所经历的惨痛遭遇的血泪体验和心头留下的疤痕阵阵作痛的呼喊。

这些年，荣毅仁和他的家族就像身处动荡咆哮、茫茫无际的海洋，海岸是如此遥远。可今晚过去，新的一天来到时，他们能看到渴望的海岸吗？荣毅仁希望能看到。

他的家乡无锡已在一个月前获得解放，几乎没有打上什么像样的仗，国民党的城防军就溃散了。解放军接管无锡后，父亲安然无恙，受到了礼遇。虽然电话不通了，但几天前父亲还请人带来了口信，嘱他不用担心；他目睹的解放军是支仁义之师，接触到的共产党官员也都简朴淳和，礼贤下士。共产党保护和支持民族工商业，无锡的工厂和商铺从解放之日起从未停工停业，市面繁荣，人心稳定,原来笼罩在工商业人士心头的愁云惨雾一扫而光。

上海滩激战正酣。外面清晰地传来隆隆的炮声,枪声密集、急促、猛烈,夹杂着巨大的爆炸声和铿锵有力的号子声,震天动地,惊心动魄。他时不时拉开窗帘,看一下窗外,五月的花园黑漆漆的,花木森森,宿鸟静寂。花园外的马路人烟稀少,但有时会有急促的脚步声、车轮的辘辘声掠过他的耳鼓。目力能及的深远的夜空是通红的,红得有点诡谲,乌黑的雨云般的硝烟在艳红中升腾。

到后半夜,枪炮声稀少了,骤然间戛然而止。大上海安静了下来。安静中有种尘埃落定的气息,有种激荡以后的静定。

有一件事让荣毅仁感到焦虑和犹豫,一个多月前,因为一起所谓的"霉粉案"使他遭到起诉。国民党军方因为东北战场惨败,将原因之一归结为荣家面粉厂加工的面粉发霉变质,致使部队官兵拉肚子而影响了战斗力。这当然是无稽之谈!荣家历来视信誉为生命,"戒欺"是他们的信条。

销售霉烂的面粉、欺诈客户及投机取巧对于荣家来说是绝对不可能的事,是严重失实的指控。这显然是有人蓄意加害荣家和经办这笔订单的荣毅仁,是彻头彻尾的诬告。上海高等法院的一纸传票让荣毅仁站上了被告席。这消息传遍了上海的街头巷尾,登上了上海多家报纸的头版。非常凑巧,已出庭过几次的荣毅仁第二天一早又要到庭继续受审,并接受法院判决。这虽是一场闹剧,但内幕复杂,牵涉宋子文等大人物,事出国民党上层的内讧。虽然百口难辩,但荣毅仁不想逃避,他要据理力争,他要用事实洗刷这无中生有的捏造和污蔑。

他犹豫着,打不定主意,不知道明天需不需要去法院,也猜不透战事是否会影响法院开庭。他仔细考虑之后,决定准时去法院,共产党不一定马上会接管法院,但他不能不去。后来,他反省这件事时坦率地说:"那时候我在政治上其实很幼稚。法院是国家机器,共产党岂会保留旧政权的司法机关?怎么会不马上捣毁它,反而还会让它继续开庭呢?这是个简单的道理,我那时却还不怎么懂。"

子夜过去了,上海破晓了,曙光初露,迷雾蒙蒙。上海外滩的石砌建筑在晨曦和雾色中显得错落有致。一面红旗破天荒地在海关钟楼屋顶飘扬。海关大楼的钟声在浦江两岸震荡。有轨电车叮叮当当地行驶着,但车厢里只有稀稀落落几个人。这座东方大都市一片沉寂,偶尔在某个地方迸发出冷枪枪声,划破雾气笼罩的天空。

荣毅仁没有开汽车,他手拎着公文包,西服外面套着一件米色卡其布风衣,茫然而狐疑地在硝烟雾霭中踽踽独行,脚上的皮鞋纤尘不染。三三两两的行人盯住他看,风度翩翩,身高一米八四的他在人群中总是那么令人瞩目。

他一生不管处在什么情况下,总是衣冠整齐、精神饱满。他很注重自己的仪表,每天晚上都会将鞋楦撑在皮鞋里,保持鞋头的饱满;西装也总是被挂起来,以保持肩线和裤线的笔挺,一直到耄耋之年他都是这样做,从未马虎过。

荣毅仁在破晓的上海街头大步走着,这个经历了繁华与浮沉的都市,一切是那么熟悉,可一切又是那么陌生。突然,荣毅仁愣怔怔地站住了,他看到一个他从未看到过的景象。成片的解放军露宿街头,他们抱着枪,枕着背包,沉沉入睡。这惊鸿一瞥,给他留下了深刻印象。他见过不少军队,包括日本兵、美国兵、国民党军队以及租界的万国商团,可睡在马路上的军队他还是第一次见到。看来父亲说得对,这是一支秋毫无犯、纪律严明的军队,一支仁义之师。

几个战士在一旁站岗,和善地看着荣毅仁。战士一脸的淳朴,诚恳地提醒他:"先生,还有国民党的散兵在打冷枪,请注意安全。"

荣毅仁笑着点点头,他脚步有些踌躇地来到浙江路上海高等法院门口,有两个解放军战士持枪站在门口。法院的大门紧紧关闭着。

哨兵问他:"先生,你有什么事吗?"

荣毅仁有些拘谨地问:"法院里的人呢?他们还来上班吗?"

哨兵回答道:"他们全部逃掉了,解放军接管了法院……"

荣毅仁呵呵地笑起来。他从公文包里取出法院的传票，撕得粉碎，往空中一扔，纸片纷纷扬扬地飘着。

破晓了。天空蔚蓝，金灿灿的光线自天而落，照耀着楼宇、树木和街道。晴朗的一天！空气里还弥漫着火药味和枯焦味。到处是国民党军队留下的沙包堆叠的工事和铁丝网，被击坏的坦克、军车和火炮，一片狼藉，触目惊心。但那些布满欧式建筑的林荫街道和石库门房子的弄堂完好无损。后来，上海解放后的首任市长陈毅告诉他："上海这一仗，我们是瓷器店里抓老鼠，打得小心翼翼，轻手轻脚。我们可不想为了抓老鼠而把瓷器砸烂，我们要交给人民一个完整的上海。"

一扇扇门打开了，一扇扇窗打开了。街上欢腾的人群越来越多。荣毅仁小跑起来，他在心里欣喜地喊道："上海解放了！我荣毅仁解放了，解放了……"

在集结令的号声中，解放军已列队集合，整装出发。秧歌队、腰鼓队载歌载舞。成群结队的上海民众挥舞着红旗，欢呼声、鞭炮声、锣鼓声震撼人心。

荣毅仁夹在人流中，几个学生在发放小红旗，荣毅仁接过一面，欢快地挥动起来……

四十年以后的八十年代末的一个冬天，在建国门巧克力大厦那间宽大的办公室里，荣毅仁隔着办公桌接受了我这个小老乡的访谈，主动提到了1949年5月25日晚上的经过。精准的时间、生动的细节，起伏的情感，不假思索地从一个年逾七十的老人的记忆深处浮上来，他脱口而出，仿佛不是在谈那个久远的晚上，而是在说一件刚刚发生在昨天的事情。

他站起来，走到窗口，窗外是北京寒冷的冬天，色彩单调，但充满生气。他俯瞰着建国门一带林立的高楼，窗外车水马龙，说："你看，改革开放仅仅十年时间，中国就脱胎换骨了。那天，我傻乎乎地拿了传票去法院出庭，听到解放军战士对我说'军管会接管了法院'，我才知道上海真正变了。历史的任何改变都有它的合理性。国民党退败台湾，共产党成为执政党，1949年5月那个晚上发生的一切，我至今历历在目，我明白，这一切都是理所当然的。历史不断在选择和抛弃，这是不可阻挡的。周公吐哺，天下归心啊！"

在和荣毅仁对话时，我一直有个梗在喉间的疑问：到底是什么原因促使荣毅仁留了下来？像荣毅仁这样的人物，当时可是典型的"剥夺者"，而且还有官司缠身，他有足够的理由逃之夭夭。可是他却没有去抢拾一张在许多人眼里不可错过的船票或机票，在纷繁的取向中，选择留了下来。这到底是为什么？

此刻我豁然开朗，我明白了，1949年5月25日晚上那个独自坐在书房里通宵不眠的荣毅仁就已经具有一定的历史洞察力了。他做出了自己的选择。这种选择是充满痛苦和矛盾的过程，就像一道渐渐收窄的闸门，将湍急的水流汇聚成最后的能量，越过了大坝，进入了一段宽阔从容、气象万千的河面，生命的重中之重就像风正高悬的帆篷，简洁而挺拔地站立起来了。

这个荣氏家族第三代的一个普通继承者，在二十世纪五十年代初那个民族资本家的黄金时期脱颖而出，成为举世闻名的红色资本家。在民族资本不复存在的年代，由毛泽东提议并让已调任外交部部长的陈毅赶回上海为他拉票，他被选为上海市副市长，分管纺织工业。这一年他四十一岁，风华正茂。两年后，他调任纺织工业部副部长。改革开放后，由邓小平点将，他凭着一腔热血组建了中信公司并出任董事长，他似乎回到了原点，重新当上了大老板，生意之大远超当年的父亲和大伯。不过，这家公司不是他个人的，而是国家的。中央政府赋予他可以突破国家经济体制的框架并自行决定航向和目的地的探索权。荣毅仁雷厉风行地大展宏图，让自己成为中国新时代的一个标志。晚年，他当上了国家副主席。去世时，他享受国葬，遗体上覆盖了共产党的镰刀锤子的党旗。讣告中褒扬他为"民族工商业的杰出代表，卓越的国家领导人，伟大的爱国主义、共产主义战士"。

荣毅仁无疑是青史留名的伟人，他的一生，尤其是"留下来"后的大半辈子有过风浪，摔过跟斗，但总的来说曾迸发出华丽的非凡的爆发力。他一生大多数时间都是资本家：新中国成立前是民族资本家，新中国成立初期转化为红色资本家，后来是国家的资本家。他富有传奇色彩的人生之路与共和国变幻莫测的时代风云紧密相连，他的功绩散发灼灼光芒。但所有这一切都来自一个源头：1949年5月的那个夜晚。

头顶的苍穹日升月落，只有那个五月之夜、那个暮春季节的上海早晨、那个奔腾急流下的闸口天荒地老，历久弥新。

蹚过恣肆奔涌的洪波

时间进入1966年，荣毅仁感觉到政治气候发生了变化，先是批判吴晗的京剧《海瑞罢官》，批判"三家村"，接着是揪出"彭罗陆杨"，他预感到一场风暴正在逼近。至于这场风暴会有多大，刮多长时间，他当然不得而知，他只是感到迷惘。但后来这场风暴疯狂和酷烈的程度、巨大的杀伤力及延续时间之绵长，是荣毅仁想象不到的。在运动之初，他还不太在意，以为只是文化领域里的斗争。但吴晗这样的书生写了一部京剧，便被批判深藏着政治目的，他认为可能夸大了，就像1957年反右那样，在批判中充塞着荒诞的上纲上线的想象力。

但形势的发展，并不像荣毅仁想得那么简单。

纺织工业部和其他国家部委办一样，还在勉强运转，党组还在起作用。一次，周恩来在人民大会堂接见外宾。休息时周总理把党组书记、副部长钱之光找去说："现在到处在抓人打人，宋庆龄、郭沫若等知名人士要力保。你们纺织工业部的蒋光鼐和荣毅仁引人注目，蒋光鼐抗日有功，反对过蒋介石独裁，荣毅仁是中国民族资产阶级代表人物，在国内外都有影响力，你们要想办法保护好。"

钱之光将周总理的指示传达到部党组，大家研究了几次，都想不出一个可靠安全的办法，怕保不住他们，反而横生枝节。这时的纺织工业部也出现了两派，也出现了冲突，而且这种冲突愈演愈烈。纺织工业部部长、著名抗战将领蒋光鼐因患肝癌，住院治疗了。

1966年8月底，荣毅仁兼任副主任委员的全国工商联更乱了，造反派贴出了"火烧荣毅仁"的大字报。没几天，江青在一次讲话中点了荣毅仁的名，并说道："资产阶级代表人物打倒了，他们还有社会基础，这就是大资本家荣毅仁等这样一批人。"

江青的话，无疑是火上浇油，无知的被煽动得热血沸腾的红卫兵和心怀鬼胎的造反派无情地对荣毅仁下手了。大字报便铺天盖地而来。他的名字被红笔打了一个个叉，内容大同小异，无非是剥削、吸血鬼、寄生虫，和走资派狼狈为奸，生活又是如何奢靡，等等。除了谩骂、诋毁，更多的是莫须有的罪名，把一件件小事无限上纲或演绎成惊心动魄的大事。说什么纺织工业部完全成了荣毅仁控制的资本主义纺织大本营，是被大资产阶级掌管的"托拉斯"，是社会主义阳光照不到的黑暗角落。

荣毅仁读了每一张大字报，从心底里感到可笑和荒谬，但他不能做任何辩解，他已经被剥夺了这种最起码的权利。任凭各式人等对他吐雨点般的唾沫，冰雹般地扔杂物。

这一天，荣毅仁正在全国工商联开会，学习有关"文革"的文件，气氛是沉闷的，没有一个人说话，原来那种和谐的自由自在的氛围荡然无存。突然，几百名红卫兵杀气腾腾地冲了进来。他们不由分说地揪住荣毅仁、胡子昂和乐松生等原工商界人士到礼堂台上给其挂牌子、戴纸帽，让其弯腰。荣毅仁对这种侮辱人的行为感到很气愤，拼命地挣扎，要昂起头来。他拒绝认罪，只承认自己有错误，对于不实之词，他断然否认。他只是说："我是资本家，我是剥削过工人，这是众所周知的事实，我从来不否认。但这是历史了，在没有被免职前，我还是全国工商联副主任委员、纺织工业部副部长，这是国务院正式任命的。你们没有权力这样对待我！"

荣毅仁不仅在全国工商联遭到批斗，而且他的家里也刮起了腥风血雨。这一天，小女儿智婉从北京女十中放学回家，刚踏进家门，便被眼前一片狼藉的景象惊呆了：厨师、阿姨、司机、勤务员等无奈地坐在一边，敢怒不敢言；父母被剃了阴阳头，被打得眼肿鼻青，母亲满身淤青，父亲更是被折磨得死去活来；而荣毅仁的私人物品，包括照相机、名贵字画、精致摆设、工艺品、花盆及书籍等或被抢走，或被砸烂；楼上楼下，客厅、卧室、书房及厨房竟挤满了二百多个举止粗鲁的人，在家里窜来窜去，一个个凶神恶煞似的，乱嚷乱打，像鬼子进村扫荡一般。智婉骇然失色地哭了起来。

荣毅仁忍受着前所未有的凌辱，冷眼看着这些施暴者，大默如雷，他用沉默来保持自己的尊严。面对着这些活泼好动而精力旺盛的年轻人，他觉得太荒唐了，他们这个年龄本应该待在教室、图书馆或运动场上的，为什么一下子会变得这样残暴？他们甚至在施暴过程中边恶毒地咒骂，边开玩笑，以伤害别人为乐，对被殴者的痛苦和叫喊熟视无睹。这让荣毅仁感到不寒而栗。

接着，又一轮暴行开始并升级了。荣毅仁全家人被分别看管起来，关在不同的地方。造反者像占领山寨那样占领了荣宅，他们无休止地批斗荣毅仁和杨鉴清，几个女儿也被揪出来陪斗，红卫兵逼着她们说："你们快骂狗爹狗娘！快骂呀！"智和和智婉咬着牙，一言不发，只是委屈地哭泣着。几个恼怒的女学生便使劲扇她们的耳光，骂她们是"浑身散发着臭气的资产阶级小姐，是可耻的寄生虫"。

女儿智元因患过大脑炎，神经有病患，她已吓得在墙角缩成一团，脸色苍白，浑身哆嗦，害怕得神志昏昏了。即便是这样的病人，他们也不放过，对她大喊大叫，要她站起来揭发和批判父母亲的"罪恶"。智元害怕得缩成一团，只会哑巴似的从嘴里发出"啊啊"的声音，两只手惊慌地摇着，流露出惊恐的神色。红卫兵像拎小鸡一样把她拎起来，用皮带抽她，大声呵斥她。智元恐惧得大声哭了起来，荣家保姆看不过去了，站起来说："你们连有病的孩子都要打，太不像话了！"

荣毅仁在楼上被红卫兵纠缠着，他听到了楼下女儿们的哭声，心痛如割，便挣扎着冲了下来，把浑身发抖的智元紧紧抱在怀里，安慰她说："孩子，别怕，爸爸在这里，你别害怕。"智元拼命地往父亲怀里躲，就像溺水者紧紧抱住一块救命的木块。荣毅仁护着女儿，转过身凛然地说："你们批判我可以，如果我有罪，惩罚的也应该是我，孩子们是无辜的，你们不能这样对待她们。你们读过十六条吗？！这是党的政策，这是伟大领袖毛主席为首的党中央的决定，你们这样做，与十六条'要文斗，不要武斗'的精神是不符合的！"智元是个不幸的孩子，上中学时因患脑炎被误诊而落下了后遗症，久治不愈，在1993年病故了，她病情的加重与在"文革"中受到的惊吓不无关系。

在场的造反派和红卫兵被荣毅仁的严正之辞震慑住了！但这只是一瞬间的事，接下来的是更为激烈、更为狂暴的暴行。他们逼荣毅仁跪下，逼荣毅仁交出金砖金条，荣毅仁坚持不跪，依然干脆地回答："我早就告诉你们了，你们要的东西，我没有。你们已搜查过无数遍了，没有就是没有。"

忽然，一个红卫兵把落地台灯的灯座卸了，灯头去掉，举起中间长长的闪闪发光的空心铁杆，向荣毅仁劈头打来。荣毅仁本能地抬起右手抵挡，铁杆落在荣毅仁手中，继而是一阵剧痛，食指被打断了，右眼也被打得红肿出血。

对于身体瘦弱的杨鉴清，他们也是反复折磨，使之昏死过四次。

小女儿智婉以外出取报纸为由，溜了出来，给纺织工业部、统战部和全国工商联有关人士打了电话，疾呼："快来救救我爸爸妈妈，他们快被打死了！"

乘人不备，荣毅仁也伺机和秘书蒋益新通了个电话，诉说了自己的处境，让他设法向部里汇报。蒋益新跟他说，部里也是一片混乱，党组几乎处于瘫痪状态；荣毅仁的状况部里已有所了解，正在设法解救，要荣毅仁不要硬顶，免得白吃亏，跟这些人是无法论理的。另一个女秘书在蒋益新身边，她提醒荣毅仁，要提防某某人，他是个小人。不便长谈，荣毅仁只能闪烁其词地用上海话讲了几句，告知说，某某人暂时撤走了，便搁下了电话。

在接到荣毅仁电话前，1966年8月20日深夜，得知消息的周恩来总理紧急召见纺织工业部党组书记钱之光，严令他必须全力保护荣毅仁。钱之光当夜找主持工作的陈锦华商量对策，在此之前，陈锦华、蒋益新和部民兵大队队长靳衡等几人已商量过对策。靳衡是转业军人，时任部保卫处处长，和荣毅仁打过几场篮球。他知道荣毅仁处境危急，被折腾得生不如死。用什么办法来替荣毅仁解围呢？强行解救显然会和红卫兵发生冲突，是欠策略不明智的，大家商量了几次，拿不出一个妥当的主意来。

忽然，靳衡灵机一动，说："有办法了，以其人之道，还治其人之身。"

"什么意思？你说得明白些。"陈锦华问。

"他们能组织红卫兵，我们也可以组织啊。我建议成立'星火燎原战斗队'，进驻荣毅仁家。我们是正规军，里面的红卫兵是杂牌军，杂牌军让正规军是理所当然的！"靳衡说。

"这是个好主意，就这么办。星星之火，可以燎原，'星火燎原'战斗队的名称也很响亮。我们把基干民兵集中起来，作为战斗队队员。"蒋益新赞同说。

"那就这样做，立即行动。"陈锦华拍下了板。于是，他们很快就做了红袖章和队旗，基干民兵本来就是有军装的，靳衡把军装找出来给大家穿上。他们戴上红袖章，一行三十多人，乘了一辆大汽车，直奔北太平庄部长楼荣家。

到了荣家，靳衡、蒋益新和几个年轻力壮的民兵来到二楼，见荣毅仁、杨鉴清坐在地上，被剃了阴阳头，精神憔悴不堪，但荣毅仁的神态里还保持着应有的镇静和矜持。杨鉴清则双目失神，有气无力地坐着，见有人进来，已麻木得不愿抬眼看一下了。荣毅仁见了蒋益新、靳衡，从他们的眼色中，他心领神会了，明白他们是来救他的。荣毅仁不动声色地看了他们一眼，蒋益新走上前去，故意厉声说："荣毅仁，这几天无产阶级专政的铁拳尝够了吧！你应该回纺织工业部，接受革命群众的批斗，触及触及灵魂。"

"你们是哪里人？从哪里来的？你们要干什么？"一个红卫兵头目打量着靳衡等，走过来傲然地问道。

"我们是纺织工业部的'星火燎原'战斗队，也就是纺织系统的红卫兵，你是这里的负责人吗？能不能到楼下谈点事？"靳衡一只手叉着腰，理直气壮地说。

外来的红卫兵头目被这阵势镇住了，他跟随着靳衡等走下楼，在客厅坐了下来。

"你们到底有什么事？快说。"外来的红卫兵头目有点不耐烦了，"你们不会是要把大资本家荣毅仁带走吧？"

"你说对了，我们是来把荣毅仁带回纺织工业部接受批斗的。纺织工业部是荣毅仁的老窝，部里的群众对荣毅仁的罪行最了解。所以，把荣毅仁交给纺织工业部是革命的需要，是挖出荣毅仁黑后台的需要。"靳衡说。

这时，蒋益新发现地上有一个玻璃破碎的镜框。他仔细一看，里面有一张毛泽东和荣毅仁的合影照。他立即指着照片严肃地说："你们怎么把毛主席的照片也砸了？这是谁干的？"

"上面不是有荣毅仁吗？"

"是的，有荣毅仁不错，但你们怎么没有看到毛主席呢？对待毛主席和对待荣毅仁一样，乱踩乱砸，你们知道这是什么性质的问题吗？这是一起严重的政治事件。"蒋益新严肃地说，"但考虑你们也许是无意的，我们就不报案了，但你们内部必须调查清楚这件事，是不是混进你们队伍中的坏人在暗中破坏？"

外来的红卫兵面面相觑，那个原来傲气十足的头目垂头丧气地说："你们说得对。不过，我们这支队伍个个都是根正苗红的红五类。有一批全国工商联的造反派也来过，他们当中的人，我们就无法担保了。"

他们就这样把荣毅仁夫妇接走了，临走前，关照荣毅仁家的保姆和服务员将荣宅整理一番，让荣毅仁夫妇换了身衣服。当天晚上，他们将荣毅仁送到积水潭医院诊治，为他接上被打断的食指，用夹板固定住。另外，将伤势较重的杨鉴清送到别的医院住院治疗。医院一看杨鉴清的气质和伤势，便知道非一般人物，怕惹麻烦，不肯收治。蒋益新一本正经地说："这是一个重要人物，她需要交代问题，可她的身体和头脑要能撑得住。所以，你们要设法把她治好。"医院看着蒋益新一身崭新的军装，不知他是什么来头，便收治了。

离开医院，蒋益新和靳衡笑不可抑。他们用同样的方法，撵走了盘踞在蒋光鼐部长家的红卫兵，保护了正在经受肝癌病痛的蒋光鼐。

当时的北京，已没有一块安全的净土。靳衡他们还是将荣毅仁送回家，并经党组同意，由靳衡等几人以造反派代表的身份进驻荣宅，名义上是监视批判荣毅仁，实际上是保护他们。靳衡还派人去上海，会同荣毅仁的大女儿荣智和及七弟荣鸿仁清点上海荣宅被抄去的财产，登记造册交有关部门保管。杨鉴清住了一段时间医院也回家了，但她的身体还是时好时坏，脑震荡留下的后遗症，让她头晕怕光，几年都未见好转。

无锡传来了惊人的消息：父亲荣德生位于孔山的墓地被红卫兵和造反派捣毁，墓碑、石栏杆、石供桌及用大石头砌起来的坟包被打碎，棺木也被毁坏。

毁坏墓地后，他们似乎还意犹未尽，跑到梅园山顶清静的网球场上，又费尽力气将陈列在那里的保兴面粉厂拆下来的练石磨磨盘砸碎。

荣毅仁收到一封家书，得到这个消息，悲情盈胸。他淌着眼泪对杨鉴清说："爹可是一生与人为善，忠义处世，以民生利益为忧，以乡梓福德为念，何以要伤害他老人家？"说着把信递给杨鉴清。他眼角的泪水，不仅是为入土的父亲受到惊扰而伤心，更是伤时忧世。他忧心如焚，整个国家在风雨飘摇中动荡不安，学校停课，工厂农村也闹得一团糟，这样下去，如何了得？

杨鉴清看完信后，也哭了起来，泪如泉涌。她对荣毅仁不免抱怨起来："都是你，解放时要是和爹不留下，去了香港，我们也不至于吃这么多苦头，还连累了孩子！"

此话一出，荣毅仁脸色马上大变。他倏地站了起来，把眼泪一擦，火冒三丈地对着杨鉴清吼道:"我不后悔,永远不后悔,我和你的根本分歧就在这里!我第一为的是国家,第二为的是工作,第三才为家庭,你要记牢。"这句话,他跟杨鉴清在不同场合说过。在这之前,他也对杨鉴清说过,他只是一个民族资本家,自己何德何能,居然担任上海市副市长,纺织工业部副部长?这还不是毛主席、周总理、陈毅市长及共产党对荣家和他本人的器重,这知遇之恩不可负啊!人是要讲良心的,不能以怨报德。况且,荣家办实业是出于对国家积贫积弱的忧患意识,是救国济世,在这一点上,我们和共产党人殊途同归。

杨鉴清出身于无锡名门望族,贤淑温柔,秀外慧中。荣毅仁对她一见倾心,杨鉴清也对英俊高大、丰神清逸的荣毅仁十分中意。一个美丽的女孩儿嫁给了一个伟岸的男子,一个书香门第联上了一个巨贾之家,这简直是最完美最圆满的婚姻。这桩美好的姻缘在无锡、在上海流传很广,引得许多人赞许和羡慕,甚至还有些嫉妒。是啊,这真是天作之合。更让人称道的是,他们婚后的幸福美满和情投意合,让他们从未红过脸,没有吵过架,彼此总是那么恩爱,那么默契。可是,今天,在荣毅仁得到父亲墓地遭毁而极其沉痛的时候,杨鉴清一句埋怨的话,竟使得荣毅仁勃然大怒。

杨鉴清知道自己这句话碰到了丈夫内心最不能去触动的那根"神经",即他所执着坚持的信念:对国家对民族怀有的深情。荣毅仁非常明白脚下这片土地曾灾难深重,好不容易盼来了国泰民安,为了把这片土地建设好,早日由弱变强,他甘愿付出自己的一切。这么多年,他早就从一个资本家脱胎换骨转变成一个爱国者和一个理想主义的献身者了。这是闪耀在他内心的一束光芒,任何人要去熄灭它,他都是不能容忍的,即便是和他同命运共甘苦的最亲近的人,若对他的信念和选择有所非议、有所责难,他都会认为是在撞击他的底线,便会异常地愤怒。那是一条不可触碰的醒目的红线。即使在心情阴晦和沉重的时候,这束光芒依然亮着。

杨鉴清是了解丈夫的,她知道自己说了一句不应该说的话,她对那束光芒吹了冷风。但她心里也有不少委屈，自己毕竟是暖房里长大的，备受宠爱和呵护的淑女，无端地遭受残酷的迫害，她承受不了也是可以理解的。她对丈夫发泄一下怨气，有什么不可以呢？但她意识到不该这么说，于是在丈夫斥责下不吭声了，只是默默地淌着泪水。

荣毅仁怒气未消地坐在那里，房间里的气氛是僵硬的。不过，还是荣毅仁打破了沉闷，看到妻子被摧残得不成人样，也是因自己而起，心里平静了下来，对妻子歉疚地说："对不住，我的话可能说得重了点，但是，我们不应该后悔，我们留下来没有错。我并非刻意宁为玉碎，但我不赞成因为受到点挫折就灰心丧气。我相信，即使周围很黑很黑，总会有划火柴的女孩和有良心有正义感的人，他们还在关心我们。我相信周总理会救我们的。"

荣毅仁没有说错，周总理救了他，许多有良知的人设法保护了他，把他从暴徒皮带下抢走。

那年11月12日，在纪念孙中山一百周年诞辰大会上，荣毅仁作为筹委，参加了大会。会上见到了邓颖超大姐，邓大姐关切地问："鉴清怎么样？"接着又说："总理不是已让人带口信给你了吗？总理要你沉得住气，要经得起考验。"因为带口信的人并没有把话带到，这是荣毅仁在"文革"开始后第一次听到总理的声音，他一时竟激动得说不出话来，泪水直在眼眶里打转。他声音有点发颤地对邓颖超说："请你报告总理和毛主席，我坚决跟着党革命到底，我跟党跟定了的。"

第二年，纺织工业部部长蒋光鼐病逝。6月12日在八宝山举行的追悼会上，周总理见到荣毅仁，默默地握住他的手，荣毅仁低垂双眼，把两只手都搭上，总理又把另一只手搭上，四只手足足搭了好几分钟，千言万语，尽在不言中。

荣毅仁身处逆境，他的愤慨是可以想象的，他的困惑是深重的，但他并没有在苦难中将自己的心注满怨艾的汁液。即使面对父亲的长眠之地受到荼毒这样的奇耻大辱，他除了痛苦地呼喊几句外，他的心还是没有被击碎，他也没有咬牙切齿地去痛恨和诅咒什么人。即便对恩将仇报的那些人，他也没有像伍子胥那样发誓要报仇雪恨，他的心里只是伤痛和悲苦，但还是像坚果那样硬实，里面的果肉依然是芬芳的。他的信念之火并未熄灭，当妻子杨鉴清担心梅园那上万枝梅花会受到摧残时，他背诵了两句诗："纵然伐尽林间木，一片平芜亦号林。"这是东林党人高攀龙在《和叶参之过东林废院》一诗中的两句。东林书院是东林党人的精神家园，梅园是荣家的精神家园。不过，根据父亲遗愿，早在1955年荣毅仁就将梅园献给了国家。那些暴徒可以毁掉对联、匾额、磨盘、父亲的题词，也可以毁掉父亲栽下的梅林，但梅园就是梅园，即便成了废园，梅韵、梅馨犹存。

"文革"越来越复杂，红卫兵和造反派出现了分裂，每一派都自称是最"忠诚"、最"革命"的。他们对荣毅仁这样的"死老虎"已不感兴趣了，他们热衷于内战，把矛头指向更大的靶子。

荣毅仁被勒令参加劳动。他被分配到锅炉房运煤。锅炉房在全国工商大楼后面，要从前院用独轮车把煤一车一车地推过去。荣毅仁已年过半百，干不了这种重活。一次，因过分使劲，他把腰扭了，落下了腰肌劳损的病根，那时他还患着慢性肝炎和眼底出血。眼睛是被红卫兵殴打致伤的，由于没有及时治疗，造成左眼几近失明。他不叫苦也不叫累，尽力去做好这种力不从心的体力劳动。后来，全国工商联的军代表考虑到荣毅仁的实际情况，安排荣毅仁和经叔平一起去打扫厕所。这两个上海圣约翰大学的校友，认真地把工商联机关所有的厕所洗刷得干干净净，马桶有污垢，刷不干净，荣毅仁自己掏钱买来盐酸清洗。

荣毅仁后来说，打扫厕所虽然很脏，但其实并没有什么难堪，因为厕所总是要有人打扫的，真正肮脏的是那些出卖灵魂的人。他打扫厕所时觉得很坦然，因为自己是清白的——清白的人不会因为干脏活而变得肮脏的。

在"文革"的反复和狂风暴雨中，荣毅仁受尽折磨，但他对当初留下来的决定毫无怨言。1957年他对上海市领导说过，他是和共产党相依为命的，有种庄严的联结。在人生最黑暗的时期，他依然没有改变自己追随共产党并与国家命运休戚与共的信念。

那个群魔乱舞的岁月，一个人坚守道德和气节的代价很高，时代放大了人性的丑陋与污秽，但荣毅仁守住了做人的原则和底线。他对那些出卖良知，见风使舵的人不屑一顾；他不乱咬人，不提供假证，不伤害任何人，不跟风，不逢迎；找他来调查的人不少，查潘汉年的、顾准的，甚至陈毅、陈云的，他每次都拒绝任何暗示、诱供、威逼，他都会说："你们说的那些事，我都不知道。实事求是地说，在我眼里，他们都是共产党的化身，我正是从他们身上认识共产党的。"荣毅仁在"文革"结束后无锡的一次会议上提到那段时期的遭遇时表示，这不仅仅是他一个人的灾难，这是对整个国家的一场浩劫。其中有一句话铿锵有力，他说："一个人面对这场浩劫要经得起考验，资产、金钱、地位，我荣毅仁都可以不要，当'四人帮'奴才坚决不做！"是的，他苦闷过，彷徨过，但始终没有对自己选择的道路动摇过。新中国成立后，政府付给资本家的定息都停止了，荣家经济拮据，有时窘迫到来了亲戚没钱接待，就由儿子荣智健将家里的冰箱和沙发等变卖了以解燃眉之急。在生活最困苦的时候，荣毅仁仍对儿子说："这只是生活中的一点曲折，要坚强，要看实质，挺过去总会有出头之日。"

这就是荣毅仁，蹚过了恣肆奔涌的惊心动魄的洪波，经过了一场空前的政治风浪的袭击。一个以实业的方式来经世济民的家族代表人物，带着凝重的思索和沉重的负载，再次表达了自己的心声。"奴才不做"这四个字贯注着巨大的人格力量，令人震撼，让人肃然起敬。这是一个将全部家产交给国家且对家国之事时时念念于心的爱国者，向父老乡亲的真挚告白。

东北雪、凉山风、唐山殇

1963年，荣智健以优异的成绩毕业于天津大学电机工程专业。

在考入天津大学之前，荣智健就读于上海南洋模范中学，其前身是南洋公学附属小学。南洋公学是洋务派干将、常州人盛宣怀创办的第一所真正意义上的新式大学。荣家曾资助创建了该校的图书馆，该校先后改名为南洋大学、上海交通大学。其附属小学改名为南洋模范中学，是上海的名校，其办学特点是注重德育，即"人格教学"，着眼于学生的思想品德和人格素质的整体提高。它的校徽是一副醒狮图，图中中国乃千年雄狮，正在苏醒过来，自立于世界强国之林。中学决定了一个人的根基，荣智健在这里接受了六年正规而严格的教育，这为他以后的思想道德建设打下了坚实的基础。在从少年向青年成长的过程中，荣智健不仅显示了自己的聪明才智，还养成了勤奋、务实、敬业、诚信的禀性。

天津大学的前身是北洋大学，非常巧的是，这所大学也是盛宣怀创办的，是中国最早的工科大学。北洋大学的历史最早可追溯到甲午战争失败后成立的北洋西学学堂，其不久后更名为北洋大学堂，又奉令改名为北洋大学。早年间的北洋大学享誉国内外，其毕业生可免试进入美国耶鲁、哈佛等名校。即便经过"三反五反""公私合营"等运动，荣家依然保持着拥有洋房、汽车、家庭厨师等优越的生活条件。对于这一点，荣智健并不否认，但他并非是个沉湎于享乐的公子哥，他完全是凭优异成绩考进大学的，并没有什么特殊之处。他的上下铺室友兼同学，曾任中国第一家中外合资的利港电厂的总经理的徐仁杰回忆说："荣智健衣着普通，没有架子，和其他同学一样每天上课、读书、做实验、睡上下铺、吃简单的食堂饭菜，偶尔也去学校附近的小饭店吃份小排骨，有时请同学一起去。"

荣智健爱好体育运动，尤其热衷于打棒球，水平很高，几乎有职业棒球手的水平，负责外场游击，先后代表上海队和天津队参加了两次全国比赛。在准备比赛期间，荣智健一天要练习六至八小时，强度很大，可见其有强健的体魄。荣智健继承了父辈爱好运动的传统。

1963年，荣智健大学毕业。荣毅仁时任纺织工业部副部长，并保留上海市副市长的职务。尽管当时全国上下正在克服物资匮乏、粮食短缺、经济下滑等困难，但整体呈现政治清明、经济向上、社会安定的局面。凭借父亲的地位和影响，荣智健可以留在北京或上海等大城市，选择一个自己喜欢的单位和工作。但他毅然决然放弃了这样的机会，自愿到艰苦的基层去磨炼自己。荣毅仁也是这个想法，他知道儿子是在舒适、优越的生活环境下长大的，缺乏锻炼，所以他常引用孟子的一句话："故天将降大任于是人也，必先苦其心志，劳其筋骨……"他认为儿子年纪轻轻，应该到远一点、苦一点的地方干一番事业，至少锻炼一年。谁知道一年以后，政治形势陡然生变，"文革"发生了，荣智健这一去就是八年。

荣智健只身一人来到了吉林省长白山小丰满水电站任实习技术员。那里人迹罕至，偏僻闭塞，但有一种莽荒的原始格调，群山连绵，森林茂密，水流澎湃，春夏一片绿意，秋天五彩斑斓，冬天大雪封门。这个环境是荣智健从未经历过的，他身处一个全新的世界。与家乡江南的青山隐隐、绿水迢迢的芳菲秀色相比，这里的景色是雄壮的、粗犷的。然而，这里又是寂寥的、枯燥的，生活和工作都很单调。

荣智健很快就适应了，全身心地投入工作。他同工人、技术人员打成一片，吃住在水电站，天天穿着工装，勤勉好学，很快就熟悉了水电站的每一道工序，丝毫没有大学生、高干子弟和富家公子的架子。许多人都不知道他是荣毅仁的儿子，他也从来不提自己的家庭背景，更不会去刻意炫耀。1965年，他回北京过春节，期间与任顺弥喜结良缘。婚礼极简单，只是全家人在一起吃了顿饭，增添了一张双人木床，其他都是用过的老家具。婚后，他又回到水电站。长白山是高寒地区，夏天一过，似乎没有秋天，便冷了下来，朔风使劲吹，很快就下起了雪，整座长白山白雪皑皑，千里冰封。但他还来不及好好欣赏北国风光，便依依不舍地告别了他走出校门后抵达的人生第一站。

1966年8月,"文革"爆发了。父亲受到冲击和迫害后,远在小丰满水电站的荣智健也受到牵连,被发配到四川凉山的龚嘴水电站工作。回北京中转时,荣智健回家看望了父母和妻子,他难免有点怨言。父亲对他说:"我走这条路是对的,对的路也是曲折的。一个人要经得住各种考验。你要相信毛主席,相信国家,相信党。"荣智健见父亲虽身处逆境,仍然神态镇定,很难见出憔悴和沮丧,他话语不多,更多的时候是保持沉默。而沉默也是一种无言的抗争,真假善恶都藏在沉默的硬壳背后。

荣智健不多说了,就告别杂乱无章的家和喧嚣的北京。他明知此去日子不会好过,但还能坦然面对,做好了吃苦的准备——从东北到四川凉山,一北一南,就把它当作人生历练。他背着简单的行囊,坐了五天五夜的火车,又坐了两天的汽车,才到达大渡河边的龚嘴水电站。这里的景色完全不同于小丰满水电站,那里森林茂密,触目皆是浓绿,冬天是厚厚的积雪、银装素裹、寒风呼啸、天寒地冻。而这里大山陡峭,壁仞如削,都是光秃秃的、充满洪荒格调的石头,地势险峻且荒僻。龚嘴水电站是1966年3月才开工的,在荣智健到达这里时,承建方才刚刚建起职工住房,修建了道路,一切还处于起步阶段。

荣智健的职务是技术员,但实际上他和成千上万名劳工一样,要抬石块来填充厂房地基和搭建其他建筑,这是极其艰苦的体力劳动。那时,大型机械很少,全靠人海战术来移山填谷,杠棒、铁铲、铁锤、钢钎、箩筐和绳索等就是主要工具。这样的体力活对于从未经过劳动锻炼、在优裕的生活环境里成长起来的荣智健来说,是无法想象的,无疑是一个严峻的考验。

善良的民工见他还是一个细皮嫩肉的文弱书生,对他很照应:两人扛的时候,尽量把箩筐往自己这边移;一个人挑时,重量减半。即便这样,荣智健也摇摇晃晃、迈不开步子,但他咬紧牙关坚持着。第一天下来,躺在床上,他浑身像散架了似的。几天下来，肩膀被压得皮绽肉烂，脚也磨出了血泡，他涂了红药水，坚持不喊痛，也不叫苦。他很坚强，比他自己想象的要坚强得多。他知道，为了尊严，自己必须过这一关，在荒山野岭里，没有投机取巧的可能，他自己也不想逃避。一段时间过后，他被山野粗糙的风吹糙了，已不再需要民工们照顾了，他变成一个和民工没什么两样的人。在土石方准备得差不多时，工程转向建厂房、抬机器。后来，荣智健开始做些技术活，所谓的技术活就是扛着七十多斤重的氧气瓶上山烧焊，或在高空安装高压电缆。生活异常清苦，日常吃的是四川人称作红苕的地瓜。

让荣智健难受的倒不是强度极大的体力活，而是精神上的孤寂。沉重的体力劳动让人际关系变得简单而冷漠，当然这与人们处在非常时期也有关。虽然偏僻的工地不像城市里那样闹运动，但政治是无孔不入的，没有世外桃源可言。所以，人们只能少来往，少议论，大家很少有多余的时间和精力进行一些有趣的活动，也不愿发起和参与政治活动之外的其他活动。人们都很安静，安静是大家的渴求，也是最好的"保护色"。大山也是安静的，一到晚上，除了山风的嘶吼声和大渡河的流水声，四周静得可怕，时而会传来猿啼声和狼嗥声。荣智健在夜深人静时，特别想念北京城里的父母和妻子。这里与北京很遥远，一封书信的往来要一个多月。

烽火连三月，家书抵万金。这里虽无烽火，但妻子从"烽火漫天"的北京城寄来的信对他而言是最大的慰藉，每封信他总要读上十多遍。在暗淡灯光下回信，也是他倾诉的时刻，这时荣智健的心情会变得稍稍轻快起来，会感到有股暖流涌起。不得不承认，荣智健在这座封闭的大山里，有时是黯淡的、迷惘的。国家乱成一团，父母还承受着屈辱的批斗，年过花甲的父亲还在拉煤车、清扫厕所，一想到这些，他就感到揪心。他经常站在强劲的夜风中，仰望繁星满天的夜空，思索良久。

身处大山的唯一好处是，没有大字报，没有批斗会。但是，这里有红宝书，有大幅标语，有高音喇叭，喇叭里面传出的是样板戏和语录歌。1969年，妻子任顺弥生下一个男孩，二十八岁的荣智健当上了父亲。他为儿子取名荣明杰。在那个年代，明白事理、明辨是非、光明正大是何等重要。"大学之道，在明明德"，他把希望和内心的渴求寄托在儿子身上。从1966年到1972年，荣智健在深山老林里待了近六年。这六年，荣智健经受了考验，身体得到了磨炼，变得强健了，精神得到了磨炼，内心变得坚韧。在艰苦卓绝的生活中，荣智健一天天变得成熟稳重起来，坏事变成了好事。荣智健付出了沉重的代价，但也得到了丰厚的回报，这为他以后在香港叱咤风云奠定了精神、体力乃至智力方面的基础。

后来回忆那些年的经历，荣智健感慨万千："谁也不想再过那样的日子，我更不希望下一代的中国人会有那种遭遇。不过，现在想起来，当时的经历也不是完全没有好处的。那时我在中国最艰苦的地方接触到了下层群众，这令我对中国的实际情况认识得更广、更深。以前家里条件好，孩子都是父母的宝，周围的人只会捧你，现在发生了一百八十度的转变。这让我明白，从前的那些都是虚的，面对真实的世界，自己几乎一无所知、一无所能。从前的自己高高在上，但有人伸手一推，就会应声而倒。因此，经过那些年，我变得更坚强，也更能明辨是非。这对我后来的生活和现在做的事都有好处。"他还说过这样的话："我觉得一生中对我影响最大的是'文化大革命'……虽然我吃了不少苦，遭了不少罪，生理和心理都受到了极大的摧残，但这段经历也使我获益匪浅……我从那些年的磨炼中得到了人生最大的收获，明白了一个人生哲理，那就是如果一个人少上了艰苦这一课，那么他无论如何也难以齐家、治国、平天下。这也许就是'好事变坏事，坏事变好事'这一人生哲理的深奥玄妙之处吧！"

苦难是人生的一部分，苦难也是一种财富。荣智健明白了这个道理，他的这番话也说得很理性，道尽了人生的千般况味。他能这样看问题，说明了荣智健在艰难岁月中变得成熟和睿智了，也体现了他宽阔的胸襟和通情达理。如果他带着仇恨和怨气去过后半生，就不会出现那个既有温情，又有开疆拓土的气魄并焕发出充沛才情的荣智健了。他就不太可能建立那么多开创性的功业了。

1971年"九一三"事件后，周恩来召开了一次有各民主党派、无党派人士参加的会议，传达这一事件的相关文件精神。周恩来发现荣毅仁没参会，立即派人通知他。当时，荣毅仁正在一家小理发店坐等理发，没等理发就搭乘派来接他的车子赶到会场。会上，周恩来除了通报事件，还谈了其他一些事情，赞扬了荣毅仁等人的爱国精神。由此，荣毅仁的处境有所好转。后来，荣毅仁开始参加一些会议和活动，还在家里接待重要外宾，也作为工商界代表随一个级别较高的代表团赴日本访问。

1976年7月，河北唐山发生了震惊中外的大地震，整座城市几乎被夷为平地。荣智健听说要组织人前去抢修电力设施，他二话没说，毅然决然报名参加这座工业城市电力系统的抢修和重建活动。因为时间紧迫，他只回家稍稍做了些准备，来不及与父母和妻子道一声别，就乘坐单位的汽车直奔唐山。这场大地震使二十多万人丧失了生命，数以十万计的人受了重伤。看到这场突如其来的大地震所造成的触目惊心的场面，荣智健被这场深重的苦难镇住了。那时，"四人帮"还把持着"朝政"，周恩来、朱德又先后离世，荣智健在心里喊道："天灾人祸，中国人真是太苦了，亘古未有啊！爷爷说过，否极泰来，这一天何时到来啊？"

他们在市郊搭帐篷露宿，打了防疫针。正值酷暑，灾区尸骸遍野，且已腐烂，空气中有股难闻的异味，水源遭严重污染，粪便、垃圾等污物堆积如山，苍蝇满天飞。荣智健身临其境，眼前的景象给他的印象是刻骨铭心的，他理解了生命的脆弱和珍贵。这唤醒了荣智健内心深处的人道主义精神。济世救人，让大家有尊严地活着，让所有的生命都能保持着鲜活的状态，这样的社会才是美好的。让唐山早日得到重生，让幸免于难的人树立活下去的信心，让死者得到安息，他作为抢救者，唯有尽心尽力才能对得起受苦受难的灾民。供水系统的恢复、食品和医疗药物的供应以及对废墟和污水的清理等无不需要电力，作为电力工程师的荣智健和他的同事在恶劣的环境里，冒着炎炎烈日和无处不在的瘴气，争分夺秒抢修电网，奋战了几十天。大批救灾人员病倒了，荣智健所在的抢修班里也有不少人染病，他们不是累垮的，就是受到了病菌的感染。而荣智健始终安然无恙，这得益于他在龚嘴水电站得到的锤炼。

在荣智健回到北京后，一直为他担心的母亲杨鉴清见他瘦了、黑了，很心疼。荣智健避谈在灾区见到的悲惨场景，只轻描淡写地说："在天灾面前，人是很弱小的，唐山一下死了几十万人，太不幸了，也太可怕了。我们活着的人对什么都没必要计较了，好好做人，好好做事，珍惜生命。"

"你能报名去唐山是对的。在这种关键时刻，你不能缩在后面，不管你是谁的儿子，都不能退缩。人命关天，青年人要冲在前面。对于地震，我们还不能准确预测，但既然它发生了，把损失降到最低还是能做到的。"荣毅仁对儿子说，"多难兴邦，我们国家这些年多灾多难，我看未必完全是坏事，至少会激发我们克服天灾的决心。拿医学来说，它就是在和病魔的一次次较量中进步的。解放前，肺结核是绝症，但现在不算大病了，因为我们发明了治疗肺结核的药物。我想，人类总有一天会征服地震。天灾是这样，人祸也是这样，蒋介石闹得民怨沸腾、经济混乱、社会动荡，结果共产党领导的革命推翻了蒋家王朝的统治。我想，多难兴邦就是这个道理。"

荣智健听出父亲话中有话，会意地点点头。他一直企盼早日结束无休止的政治运动，凝心聚力发展经济，以振兴国家和民族。他希望像祖辈父辈一样，走实业救国、实业兴国、实业强国之路。他说："这次在唐山的经历、所见所闻，可以说是胜读十年书，我懂得了许多以前不懂的道理。虽然说不定我今后会做噩梦，但我不虚此行。灾难有时候说不定真的是一剂良药。有一个宿舍区住着原先分属两派的人，以前他们看到了彼此就像看到了仇人。地震发生后，活着逃出来的都拼命到震塌的房子里去救幸存者。这个时候派别没有了，怨恨没有了，苦难让他们团结了起来。"

荣毅仁认真地听儿子讲完后，说："国家遭此大难，再要斗下去，那真的是毫无希望了。有些人只讲斗争，唯恐天下不乱。他们难道不食人间烟火吗？他们不知道最大的事就是让老百姓有饭吃、有衣穿、有房住、有事做吗？还有什么比安居乐业更重要呢？"

荣毅仁突然提高声音，大声说："我不懂他们到底要闹到什么时候才罢休？千百万人露天住着，还要搞什么大批判，还让不让人活了？！"

杨鉴清吓了一跳，这话说的是对的，可犯了大忌啊！尽管从北京到各地，到处都搭满了地震棚，仿佛整个中国都要地震了，但人们不安的感受不仅仅是由唐山大地震引发的恐慌，其实还是由政治气候的反复多变而造成的人心不稳。眼下，"批邓之风"刮得昏天黑地，甚至有人把抗震救灾和批邓联系起来。国殇临头，大家的心情都很沉重，可有些人还在揪住邓小平不放。这让荣毅仁感到愤怒和不平。

"小声一点，隔墙有耳。"杨鉴清做了一个嘘声的动作。

荣毅仁和荣智健都不说话了，但心头如压了铅块似的，十分沉重。随着父亲荣毅仁的境况改善，荣智健也终于走出了大山，和家人团聚。他于此前的1972年回到北京，参加清华大学电机系的华北电力系统稳定研究。经过了东北雪、凉山风和唐山殇，荣智健的人格得到了有力的锤打，他体验了人生的沧桑况味和天地人寰最为本质的道理。"寒雪梅中尽，春风柳上归。""一剪寒梅著芳华，暗香盈袖。"荣智健经受了人生的大起大落和严寒朔风及令人身心俱疲的考验，凌辱而不屈，处变而不惊，犹如一缕梅花，傲然天地间，在生命的绝境处生出微弱却灿烂的希望。

是的，他从温室里的花朵、一介书生转变成一个意志坚定的强者，懂得了坚持和担当，视野宽阔，志向高远，内心坚强，堪当大任。正如荣智健自己所承认的那样，这十年的积淀对他来说是一次重要的生命洗礼。古人说，"盐喻咸，碱喻苦，开水喻辣。"盐水里煮一煮，碱水里泡一泡，开水里烫一烫，人也就明白了。五味皆尝，人就无所惧了。

托尔斯泰在《苦难的历程》第二部——《一九一八年》的题记中说过类似的话，以说明一个人成长的艰巨性。果真如此，后来的事实证明，荣智健在商战中注入了睿智、坚韧、活力，从而做出一系列大事。"能受天磨真铁汉"，苦难和挫折是人生的一笔财富，也是人生的必修课，荣智健的经历证实了这个道理。孟子说："贫贱不能移，威武不能屈。"不管身处逆境还是顺境，尤其是在遭受打击时，荣毅仁、荣智健父子二人都保持了自己应有的人格力量。

第三章
散作乾坤万里春

冰雪林中著此身，

不同桃李混芳尘。

忽然一夜清香发，

散作乾坤万里春。

——元·王冕，《白梅》

落红不是无情物，

化作春泥更护花。

——清·龚自珍，《己亥杂诗》（其五）

为天下布芳馨栽梅花万数

与众人同游乐开园囿空山

——梅园诵幽堂楹联

与传统意义上的商人不同，荣氏四代不仅仅是办企业和赚钱。商人追逐利润是理所当然的，实业家追求扩张也是理所当然的。但问题是，他们是否具备企业家精神？是否具备人格的完整性？人格、境界和道德是连在一起的。实业救国、自强不息，在极端困难的条件下坚持不懈，跌倒了爬起来继续奋斗，把产品做到极致，这是一种企业家精神，而更重要的是对财富的真正理解——把财富和社会奉献、国家利益联系在一起，具有家国情怀、公益传统的聚散之道，后者是真正的企业家的伟大的理想和追求。在民国商人中，不乏这样的人：状元出身，创办多家新式纱厂的实业家张謇；留美归来，引入国外科学管理法的实业家穆藕初；创办民生轮船公司的"船王"卢作孚；留日归来的"化学工业之父"范旭东。他们都是有理想、有抱负且有公益精神的实业家，他们把办企业推动国家工业化的行为融入带动整个社会发展、提升城市文明的现代化进程，融入改善民生、提高国民素质的实践，从而形成了具有民族特色、本土特色的工商文明，创造了一个近乎奇迹的民族工商业繁荣时代。

　　虽然这种工商文明势单力薄，不足以拯救多灾多难、积贫积弱的旧中国，但作为中华文脉的重要组成部分，它是现代工商业的灵魂。虽然这个群体敌不过历史的澎湃洪流，最终出现断层（他们当初创办的实业连同当时的激情在历史的剧变中被撕得支离破碎或消失殆尽），但其留下了宝贵的精神财富与传统——物质的形态不在了，文化的形态残留下来。直到今天，他们还具有广泛的影响，他们的故事还在流传，成为一代又一代企业家竞相效仿的典范。淘尽黄沙显真金，这个群体是值得人们怀念的。毫不夸张地说，我们现在依然可以看到他们的精神和革新的传统，尤其是闪耀着历史光辉的家国情怀和公益传统。虽然当下暴发户的华彩似乎盖过了老贵族久远的光环，但那一代实业家叱咤风云的气息还在这片大地上回荡。

这种气息不会消逝，永远不会！

在这一代实业家中，荣氏更为突出，影响更大。原因是，荣氏家族没有沉沦，而是奇迹般地越过了时代的起伏，保持着长盛不衰的势头，这在民族实业家阶层中是罕见的。荣宗敬、荣德生的后代在中国以及海外延续着祖辈父辈的事业，抖擞着实业家的凛凛雄风。他们凭借着家传、才华、理念和勇气继续创造传奇。荣毅仁和荣智健是这个家族不同时期的杰出代表。这无疑有客观原因和历史机缘，而且与这个家族的境界、人格精神的薪火相传是分不开的。荣氏家族为什么会长盛不衰？这有他们自身的原因，也涉及这个家族的图谱和密码。

从根本上说，荣氏四代都具有"穷则独善其身，达则兼济天下"的精神，他们在拥有富可敌国的财富后，善用散财之道——兼济天下和"零落成泥碾作尘""化作春泥更护花"的品格。这个家族建立起来的具有超越性的"为天下人布芳馨"的公益传统延续至今。

这个传统扎根于儒家文化，是继承仁者爱人、先天下之忧而忧、君子怀德、君子喻于义、重积德则无不克等儒家思想的，这是一种君子之道和君子人格。这些内容是多义的，但概括成一句最重要的话，那就是"蹈仁义而弘大德"。荣家将梅花人格与儒家文化融合起来，形成独特的家传，他们的财富聚散之道和乐善好施的精神像一盏明灯，散发着永不熄灭的光芒，照亮了几代人前进的道路。

在梅园的香海轩前，立有一尊荣德生的半身铜像，系荣毅仁亲翁、全国政协原副主席马万祺赠送。在铜像一侧的石壁上，有马万祺填词《风入松·江苏无锡风景美》的碑刻："江苏无锡景抢元，清雅映梅园。荣家傲雪三千树，香飘远，高洁长存。创业才逾端木，胸襟范蠡难论。兴资办学育英贤，桃李百年繁。江南豪杰俱奋发，振中华，万马齐奔。毕生常怀家国，丹心典范儿孙。"其中"荣家傲雪三千树，香飘远，高洁长存"一句，深刻反映出荣家传统中的梅花品格。梅花之美，美在枝干遒劲，树枝蓄满了力量；梅花之奇，奇在不与百花争春，艳而不俗；梅花之洁，洁在不畏严寒的秉性，遗世独立且静默淡然。

荣氏就是一棵苍劲的老梅，坚守百年而香如故。作为荣氏第四代的爱梅之人，荣智健对此是深有体会的，一言以概之：梅文化就是荣文化。

以荣氏家族为代表的民族实业家有这样一种文明气度：他们没有沉迷于世俗的富贵、奢华，而是将企业的收益用于企业的再投资和再发展，用于社会事业和民生的改善。他们甘愿日复一日地投身于这些事业，从不要求任何回报，而且几代人延续"芳馨天下"的精神追求，正如马万祺在碑刻中评价荣德生所言，"毕生常怀家国，丹心典范儿孙"。

三个提案、大农计划、阅历谭

到了晚清，中国这个古老的君主专制国家经历了长期的闭关锁国后，一些有识之士终于开始睁开眼睛看世界，自上而下开始洋务运动，曾国藩、李鸿章、左宗棠等均是洋务运动的倡导者和身体力行者。南通人张謇，常州人盛宣怀，无锡人驻欧洲四国公使薛福成，无锡人徐寿、华蘅芳（二人分别是中国第一艘轮船"黄鹄"号的设计者和建造者）都是为洋务运动奔波出力的人物，虽然他们的种种努力未达到预期的效果，并对强军兴国所起到的作用十分有限，但这项运动无疑是中国近代工业化的肇始，也在一定程度上推动了民族工商业的崛起和发展，推动了民族资本家阶层的壮大，并且我们可以看到这个阶层建立起来的财富精神包含着公益传统和企业家精神。其中就有荣氏兄弟，他们创业的起点并不高，且出身贫寒，书读得不算多，但他们站得比较高，在国运衰微的时代，不乏忧国忧民之心，信奉实业救国，探究商业立国，构建和发扬公益传统，并为此而努力奋进。

他们的行为超越了农业时代造桥修路、济贫扶困的积德行善的范畴。他们在创业之初并没有被世俗的发财致富的偏见绑住，而是有了"救国""兴国""为公""民本"等很有高度的思想。也就是说，尽管当时他们的事业刚起步，还远不及后来的规模，但他们的经营理念已超越常人，有了一种奉献精神的温情，在纷繁世象中，显示了他们人生的特有华妙。荣德生在全国临时工商会议上的三个提案和"大农计划"，以及荣宗敬的"阅历谭"，是荣氏兄弟兴办实业、志在社会民生、奉行节俭、不为物使、一意维新、振兴邦国、养民富民、使天下无冻馁等思想的重要核心，而那副挂在诵豳堂的著名的对联，是他们作为实业家的德操、境界和文明素养的重要反映。

首先，我们来看一下荣德生提出三个提案的背景。

清王朝在走向崩解的最后岁月里，曾出台一系列鼓励工商业发展的政策，包括赏赐巨额投资者顶戴花翎乃至爵位等。正是在清王朝的提倡和支持下，许多城市出现了商会，然而在除旧迎新的辛亥革命中，大多数商会还是站在了清朝的对立面，就如原本为了捍卫王朝万年永固而创立的新军，在关键时候纷纷倒戈一般。

上海工商界的一些头面人物在其中起了至关重要的作用，在陈英士的沪军都督府里，李平书、沈缦云、王一亭等人分别获得民政部部长、财政部部长、交通部部长等职位。在南通创办大生纱厂等企业的状元实业家张謇、以修沪杭铁路而赢得极高声誉的汤寿潜都从立宪派的领袖转而支持共和，在孙中山的南京临时政府中分别被任命为实业总长和交通总长。

1912年2月27日，有十年历史的"上海商务总会"更名为"上海总商会"。这个当时中国最具实力的工商团体指出，求富才可以图强，重在振兴工商。如何振兴工商？他们认为当务之急有三个：一是商律，二是商标，三是企业注册。袁世凯在成为临时大总统之后，多次公开表态，要把振兴实业放在优先位置。同年秋天，工商部组织的全国临时工商会议在北京召开。上海总商会认为这是一个大好的机会，专门开了一次特别会议，决定在全国临时工商会议上提出设立商品陈列所、维持国货、提倡新制造工艺、由工商部拨款开办工商银行等建议。

全国临时工商会议是有史以来第一次全国性的工商盛会，除了各地商会、华侨商会和其他工商团体的代表，张謇、聂云台等人则是以特邀代表的身份出席的。在无锡、上海发展面粉和纺织工业多年的荣德生，就是无锡商会推选的代表之一。在这场会议上，他一个人就提出了三个提案，这三个提案有调查、有数据、有见地，充满远见卓识，并且一针见血地击中了社会的痛处，引起了与会者的强烈共鸣。

这一年，荣德生三十八岁，荣宗敬四十岁，他们兴办保兴面粉厂已有十多年。他们在无锡、上海扩建了几家面粉厂，也办了一两家纱厂，在实业界小有名气，但尚未飞黄腾达，举手投足都饱含着各种构想和思考——"荣宗敬速度"还在酝酿和蓄积之中。

清朝的终结和工商文明的曙光显露，给他们带来了新的希望，使他们愿意把自己多年的经验和思考奉献出来，把浑身的劲都使出来。不仅是他们，几乎整个工商界都是如此。民国的破土而出令他们欢欣鼓舞，因为投资办企业的制度性障碍已经不存在了，他们认为他们在新生的共和国施展拳脚的舞台一定比在衰朽的王朝大，他们真诚地以为大力发展民营企业的机会已经降临。

荣德生的第一个提案是推广纺织业，纺织业是当时的支柱产业。以四亿人口计，如果每人每年用布平均花费0.5元，就需要耗费两亿元，而本国所产纱布不足，民众只能用外国货，每年至少要花费上亿元。他列举英、美、法、德四国的纺织机纱锭数分别是五千万锭、二千五百万锭、一千万锭、六百万锭，人口仅是中国十分之一的日本也有二百二十多万锭，而地大人众的中国只有区区八十多万锭。棉花大量外销，而洋纱返销，这严重冲击了中国纺织市场，就像面粉一样，外货倾销，侵害了中国人的利益。而衣食是民生之根本，绝不能由外国货在中国放纵无度，我们应当发展国货，以扼制外商企业。荣德生算了一下，如果添一万纱锭，就可以多招收一千名工人。

第二个提案是选派海外实业练习生，从学生中选择有一定外语能力又无财力出国留学的，由企业出资派其出国学习先进工艺，学成后回企业做技师，按级升用，事先可签订合同。此项计划花费并不大，又无须公家补助，假以时日，了解世界工业新工艺的人才就会逐渐多起来。

荣德生在当时提出此项提案是很有胆略和勇气的，他鼓励人们走出国门，呼吸西方文明的空气，学习西方先进的科学技术和企业管理的制度经验。这说明荣德生已具有国际视野，这得益于他早年在广州和香港的见闻，也是一般的中国商人所不具备的。

荣家不仅采购世界上最先进的纺机和面粉机械来充实自己的工厂，还派出管理人员和技术人员出国考察，这使得荣氏企业的生产效率和产品质量走在同行前面。但荣氏兄弟不是全盘欧化的人，他们仍然信奉中国传统的儒家哲学、伦理和观念，他们和中国传统文化之间有一种天然的、血浓于水的亲情，具有亦商亦儒的风范。

与那些保守派不同的是，他们并不拘泥于中国文化，而是看到并接受外国工业化的成果，有选择地接受西方文化。荣氏第三代，即荣毅仁、荣尔仁、荣伊仁、荣鸿元这一代，不是去留学，就是在中国最好的大学接受西式教育。这当然是他们的父辈——荣宗敬、荣德生有意为之，尽管他们身穿长袍马褂，儿孙辈西装革履，但他们之间并没有突出的不可调和的代沟，两代人相处得很融洽。他们都遵循家传，彰显家族的品格，并基于此将中西方文化融在一起。

荣氏兄弟是实业家，他们的文化根基是儒学，但他们不是刻板的老学究，他们是向世界学习的。有人评价他们具有坚定的工业民主精神，理智、包容，并通晓西方经济、金融、工厂和市场。尽管荣德生提出由国家资助选派海外实业生，现在看来是最平常的事，但在清末民初，这是一个极有发轫意义的战略性倡导。

第三个提案是兴办制造机器母厂以振兴各类工业。当时企业几乎都要向外国订购机器，未及兴利，就已流失基本金。所以，荣德生倡议国人尽快自办完备的制造机器母厂，购买精良的制造机器母机，创办高等工业学校，派人到各国的著名制造厂去学习。他觉得要谋中国的富强，只有从这件事入手，哪怕对外借款并分期偿还也要进行。

这个提案包含着荣氏兄弟的独特见解，实际上也是他们办实业的总体思路的一部分，那就是使中国实现工业化。实现实业救国、实业兴国、实业强国，不能简单地依靠引进设备、技术，而是要进行统筹考虑：在引进的基础上，消化技术、培养人才、发展教育、提升自己的制造业，逐步摆脱对外国设备和技术的依赖，堵塞漏卮，弘扬自强不息的精神，最终成为独立自主的制造大国。这既能实现自给，又能抗衡外国货物对我国市场的侵占和掠夺。一旦实现，就是一幅蔚为大观的工业景象。这个倡议在当时很超前，富有创意，突显了荣德生的专业修养、世界眼光和鸿鹄之志。即便是现在，它也具有深远的现实意义，值得我们借鉴。

这场大会共有八十多个提案，荣德生的三个提案都获得通过。随后，他和哥哥荣宗敬大力发展纺织业，使申新纺织厂名扬天下。荣家企业不断派人到国外学习考察，吸收留学归国人才，并且自办机器厂，自造各种机器。可以说，这都与他在民国元年的这些思路密切相关。

值得我们骄傲的是，荣氏兄弟所期待的这番景象已经在神州大地上出现。这里面有荣毅仁创建的中信公司四十多年的努力，也有荣德生的孙子荣智健的努力——他在担任香港中信泰富公司的董事长期间，进军了航空、电信、金融、发电、桥梁、隧道、特钢等领域。

其次,我们来看一下荣德生的大农计划。

荣德生对于农村的耕耘稼穑、蚕桑五谷怀有很深的情结,他的根脉就在田垄、菜畦、桑树、谷物、蚕茧以及二十四节气中。所以,他把他在梅园的住宅命名为"乐农别墅","乐农"两字是荣德生对早年农村生活的一种深情的告白;他把最重要的厅堂命名为"诵豳堂","诵豳"两字取自《诗经·豳风》。《诗经·豳风》描绘的是先秦古人的务农活动和风习,荣德生百读不厌,干脆为这间楠木厅堂取名为"诵豳堂",寓意不忘农本,不忘出身。他经常在公开场合自称乡野鄙夫,谦称设宴待客仅有乡间食味。农村确是与荣德生血肉相连的故土,当他和兄长荣宗敬成为创造奇迹的实业家后,他们的事业依然与农事、农村有着不可分割的关系——面粉厂的原料来自农村广植的麦子,纺织厂的原料来自原野种植的棉花。他们走得很远了,但事业的源头还是农村的原野厚土,譬如鸟类没有羽毛就无法飞翔,他们的面粉厂和纺织厂没有麦粒和白棉,那些纱锭、织机、磨子如何能转动?所以,荣德生一直关注乡村的振兴,坚信坚硬的翅膀能划破狂风的阻挡,乡村的兴旺和农作物的丰收能促使实业兴旺,甚至是百业兴旺。荣德生在无数遍吟诵《诗经·豳风》的时候,一直琢磨着农村的事情。终于,他想明白了,写下一篇名为《农业大计划》的文章(见荣德生《乐农自订行年纪事·1942年纪事》)。

荣德生拟订的"大农计划"如下:

> 每户授田五十亩,十户为一村,十村为一乡,十乡为一镇。每镇有小街市,为供应近处人民日用品之需要,及买卖交换之所。十镇为一区,区有区长,管理行政,有街市互易有无,有交通电讯,有学校、图书馆,有工厂企业,并有农业机械(以坎拿大式为佳),全区人民均得轮流使用耕种,毋失其时;且教之副业,如植树、育蚕、养鸡、养兔、养猪,以及西北各地所

惯养之马、牛、羊之属，各择所好，分头进行。由一区推至四区，四区成立一县，设县政府管理赋税、司法及一切行政。由一县而推至十县，设行政专区，派高级长官管理之。由十县再推至全省。先从甘肃荒地办起，再及青海各地，择宜于耕种之荒地而施行之。每岁生产有余，则输往下游各地，无论南北，不使粮食缺乏。如此，既可解决我国积年粮荒，更可养活流离失所之贫民，不劳武力，自能措置裕如。人口繁密之省，则以工为辅，制造一切应用什物，以及衣食住行必需品之机械，供应边区。现在吾国关于"衣"之机械，如纺织机等已能铸造；"食"之机械，尚须分原料与制品两种；"住"则北方偏僻之地太苦，都市中太好，均应改善；"行"之关系最大，凡移民之区，由小路、公路而至铁路以及运货车、小铁轨，均须相互联络。沿路如有矿产，可集合投资开采。各县培植人才，由小学、初中、高中而至专科、大学，总以适合当地应用为前提。高中即宜分科，毕业后，即可应用于社会。

很少有人提起荣德生写的这篇文章，或者没有人特别注意到，它被荣家庞大的工厂的光影掩盖了，也许人们认为它仅仅是荣德生的一种设想。不错，这是一个对"大农计划"充满理想主义色彩的设想。文章虽短，但荣德生为我们刻画了一幅现代农业社会的美丽图景，内容涉及均田制、城镇化、农业机械化、行政区域划分和构想、交通运输、农村教育、荒地垦殖、税务司法、副业、贸易、文化等，可以说是非常全面和翔实。这和张謇的"村落主义"理想有相似之处，张謇想的是通过工商文明来推动农业社会的城镇化建设。他以大生纱厂为支点，以南通一隅为基地，从工业、教育到图书馆、博物馆、体育场、气象台、公园、剧场、俱乐部、公路、海堤等，提升了南通的城市化水平。中国是一个农业国家，改造乡村、建设乡镇是改变中国的重要路径，除张謇创造的南通模式外，还有卢作孚创造的重庆北碚模式。重庆北碚模式是全方位的，即对乡镇进行全面的社会建设，既有学校、电影院、图书馆、科研机构等科教文建设，又有工厂、煤矿、铁路等经济建设，更重要的是对农民及贫困人群的培训，以提高他们的知识水平和修养。人的现代化是乡镇文明建设的切口，只有人具有一定的文化、技能、才略和人格精神，进而知廉耻、分是非、懂规矩，才会使乡村的面貌焕然一新。重庆北碚曾经是一个盗匪出没、荒凉贫瘠、让人望而却步的所在，却在卢作孚的治理下成为一方净土，建成了举世瞩目的文化城。在抗战的烽火岁月里，复旦大学等多所大学、多家文化机构西迁至此，冰心、老舍、梁实秋等作家云集于此。

建设美丽乡镇是几代企业家兴办实业的另一个目标，也是他们带有乌托邦性质的试验田。虽然这不足以改变中国的农村，但它毕竟具有某种示范意义。就像《桃花源记》那样，它尽管是一篇关于陶渊明所期待的平等、公正、富裕、夜不闭户、路不拾遗、安居乐业的农业社会的田园类散文，但倾注了优美深邃的想象力。这无疑是乌托邦式的叙事，也是对真实农人生活的委婉批判。在现实生活中是没有这个地方的，但它的示范性激发或者唤醒了许多身心俱疲的负重者对大同世界的追求和渴望。

荣德生的"大农计划"并不是他一时心血来潮的提议，也不侧重于某一个特定的地方，而是内敛乾坤，参悟天地，面向全国乡村的深谋远虑。这是一粒良种，如果撒在当时中国的广阔农村，能使荒地变成绿洲，带领贫穷走向温饱，促成蒙昧靠近文明；这是一个良策，有着政治、经济、地理和文化方面的动机，它的深刻内涵远超南通和北碚的模式；这更是一盏穿透迷雾的明灯，闪烁着家国情怀的光芒。

可以告慰荣德生先生在天之灵的是，中国的绝大部分农村，特别是处在贫困线之下的农村，在几代党和国家领导人温情脉脉的关顾下，无论是阡陌连绵的旷野、大山深处的穷乡僻壤，还是春风不度的沙漠地带、干旱少雨的黄土高坡、凋敝封闭的边塞村落，都发生了历史性的变化——数亿人脱贫，改变了数代不变的命运，实现或正在实现荣德生在"大农计划"中所描述的美好愿景。这在中国乃至世界历史上都是伟大嬗变。顺便提一下，荣德生曾著有《未来的无锡》一文，其中对无锡城市建设的构想与当代的规划有惊人的相似之处，对此我不得不佩服荣德生先生的远见卓识。

如果说"大农计划"是荣氏兄弟豪气干云的宏观思考，那么他们实实在在的行动就是微观上的落实。在这里我要提到荣宗敬的一篇文章，即《宗敬阅历谭》，它曾经挂在上海江西路58号茂新、福新、申新总公司内。三新大厦是一座巴洛克风格的城堡，傲立于租界的楼宇丛林中，门厅顶部挂着北洋政府大总统赐予的写有"裕良推仁，屑玉流辉"的大匾额，匾额下方有一块雕有三颗五角星的小横匾。这三颗星星分别代表着茂新、福新、申新三大以面粉、纺织为主体的实业系统，它们是荣氏企业的心脏，它们的每一下搏动都牵动着这个实业王国的几十家工厂和十多万名员工。

荣氏兄弟很关心就业问题，所谓就业，就是能寻找到一份工作，获得薪酬来养家糊口。据说，荣德生有一次在无锡的闹市被一些乞丐所围，还看见有不少流浪汉在无所事事地闲逛，他们都很年轻，有的是逃荒者，有的是失去土地的农民，也有生活无着的城市贫民。有人告诉荣德生，中国的失业率、文盲率极高。荣德生被触动了，他寻思办实业不仅能救国，还能帮扶穷人。授人以鱼，不如授人以渔。他和哥哥要多办些工厂，让这些失业和漂泊的人有个"饭碗"，还要办夜校、养成所，让他们识字、学技艺，从而有一个好的生活。后来，他们确实付诸行动，创办了许多工厂，使十几万人有了"饭碗"。他们还有一个"大烟囱"和"小烟囱"的说法：大烟囱冒烟，才能使小烟囱冒烟；没有小烟囱冒烟，大烟囱冒不了烟。这里的"大烟囱"指的是工厂，"小烟囱"指的是工人，它们形象地说明了企业和员工之间的辩证关系——工厂能帮助工人就业，工人有了薪酬就能安身立命；反之，没有工人付出的汗水，工厂也开不了工。我们在这里不必用政治经济学的观点来解读这个看法，也不必去争论"是资本家养活工人，还是工人被资本家剥削"。我以为，凭荣氏兄弟的初衷和实践而论，他们的想法和作为无疑有一种可贵的益民惠民的精神，也有让人肃然起敬的人文的济世的精神。当日本军国主义者发动侵华战争或日商不择手段侵占中国市场和掠夺资源，致使许多中国工人或被日商开除，或愤然离厂时，荣氏兄弟的工厂敞开大门接纳这些丢了"饭碗"的工人。这更显示出荣氏兄弟的气度和温度。

荣宗敬以自己的亲身体验和经历，阐述了就业对于一个人的重要性，也强调了个人对待职场和工作应有的态度。他要求职工爱岗敬业，要珍惜来之不易的工作，绝不要玩忽职守，而是要自律守正，有责任心，心无旁骛。这当然包含了荣氏兄弟朴素的大小烟囱的观点和人文关怀的精神，还有一个家族的正直善良的禀性。《宗敬阅历谭》一文言辞清简、直白、真诚，集劝说、训诫、警示、自省、说理于一体，凸显对青年人的呵护之心。即便到今天，其对我们的精神仍然有良多滋润。

《宗敬阅历谭》全文如下：

古谓人生最惨是生离死别，予谓最苦是失业赋闲。失业则一受经济之困顿，二遭家室之交谪，三被亲友之冷眼热嘲，四或如苏秦父母不子人当。赋闲无事，株守待兔，日则仰屋兴嗟，书空咄咄；夜则搥床反侧，短叹长吁，所以捧牢饭碗，千万宝视。切勿看轻而嫌薪水之微薄，作事之烦杂，待遇之苛刻，乃至失业赋闲，复乞升斗而告贷无门，遇亲戚而歧途相避。到此时而欲求一枝之寄，一榻之借，一粥之饱，且不可得。虽欲望苛刻之待遇，烦琐之工作，微薄之薪水而不可得矣。遑论其他哉！

宋贤诗云："书到用时方恨少，事非经过不知难。"现在无论工、商、农、学、政各界一句话：人浮于事。鄙谓不然，并非人浮于事，实乃事浮于人。何也？实因平时观人，往往事事能，件件会，样样懂，及到要真真请教，谚所谓若要盘剥，性命交托。大多无事时望有机会，仅占一席，已心满意足，愿竭力从公。一旦得事，则长短不适，轻重不安，烦简不宜，横弗称意，竖弗遂心，弄到介绍人头胜栲栳般大，东翁默念阿弥陀佛，盼望年底快快来临。若机关学校商店工厂欲求一有恒心、有毅力、肯负责任，肯尽忠忱之友朋，踏破铁鞋无觅处，岂非事浮于人耶？！倘斯人年富力强，性格温和，举止端正，语言谦虚，做事谨慎，管理周到，待人忠恕，能以己心度人之心，能负责任，不袖手旁观，作自了汉，此其人尚有失业赋闲者乎？若能尽心竭力，效忠处事而赋闲失业者，我不信也。愿我同人三思此言，铭诸座右。

教育犹如事业之母

民国商人所形成的工商文明中最具有价值的结晶，无疑是散尽千金、重教兴学，这种育人树人的做法超越一般意义上的博施济众、广修善行等公益事业的境界，是一项"对人类资本的投资"（马克思语），是更为高尚的造福社会、改造社会、提高国民素质和文明程度的恢宏的文化建设工程，有着感动生命的纯正气场。我这样说并不是为了贬低其他慈善行为，一切慈善公益行为都是人道主义的清悦磬音，都是值得赞赏和鼓励的。

国学大师钱穆曾道："晚清以下，群呼教育救国，无锡一县最先起。其时学校则多属私立。余之始任教于中学，为厦门之集美，亦由南洋侨商陈嘉庚兄弟，海外经商赢利，乃返家乡创办，为当时私家兴学之最负盛名者。其后陈嘉庚又独资创办厦门大学，则其事犹远在荣氏办江南大学以前，有一世三十年之久。集美之有陈嘉庚，则犹荣巷之有荣德生也。其时上海浦东有杨斯盛，毁家兴学。山东有武训，以乞丐兴学。全国风起云涌，类此之例，恐尚多有，难于觊缕以举。"

钱穆又说："如当时无锡巨商唐家，请太仓唐蔚芝来无锡创办一国学专修馆，又为之建造一住宅，蔚芝乃移籍无锡，作终老计。及荣家蠡湖长桥落成，唐家又为蔚芝特筑一别墅在桥之西端鼋头渚，面湖背山，风景特幽，游人少至。及抗战胜利，蔚芝虽以病居沪，而国学专修馆终迁回，恢复办理。其他经商有成，在其家乡兴办中小学者，乃指不胜屈。其实推而上之，无锡一县在江南开风气之先，如竢实、东林两学校，远在前清光绪戊戌政变前，为全国兴办新式学校之开始。规模皆极宏伟，科学仪器亦极齐备，皆由地方人士私费创办。但戊戌后，两校皆遭毁，否则亦他日之南开也。然风气已开，即余之幼年，早获投入新式小学读书，亦受此风气之赐。西方学校亦由私立者在先，惟不属之地方，而属之教会，此则双方文化不同之故。然学校教育重在私办，则大致无异。如英国之牛津剑桥，皆由教会兴办，历史悠久，至今乃为其国人所重视。美国之哈佛耶鲁亦各有三百年以上之历史，其先亦由教会兴办。州立大学最迟起，然始终未有国立大学。吾中国果诚慕效西化，则学校教育似亦当尊重私立。"

办学之风，早已是无锡文化中非常重要的组成部分。随着锡商在二十世纪初迅速崛起，这种风气在广阔的时空背景下有了最为集中的体现：匡仲谋兴办匡村中学，沈瑞周创办沈氏小学和锡南中学，胡壹修、胡雨人兄弟创办胡氏公学，祝兰舫在老家创办大椿小学，浦文汀创办雅言小学，陆培之创办培之小学，华绎之将其祖父创办的果育学堂改为私立鸿模高等学校……到了二十世纪二十年代，无锡的新式学堂已从清末的一百二十所陡增至三百八十所，形成初等、中等、职业教育并举的格局；七七事变前，无锡各类学校为四百五十四所，学龄前儿童入学率领先于国内其他各县，办学盛况令人瞩目。

钱穆曾这样描述锡商群体的办学热情："晚清以下，群呼教育救国，无锡一县最先起。""凡属无锡人，在上海设厂，经营获利，必在其本乡设立一私立学校，以助地方教育之发展。""清末民初，南通有张謇季直，亦兴办实业，提倡新学校，一时南通与无锡媲美竞秀，有全国两模范县之称。此亦中国社会文化传统心理积习中所宜有。"

荣德生对无锡这座城市的贡献，包括兴办工厂、造桥修路、济贫赈灾、城市规划，乃至这座城市的方方面面。荣德生对教育事业的深远关注和坚持不懈的投入，更令人称颂。

荣氏兄弟不像张謇、盛宣怀那样出自书香门第（张謇是科举考取功名的状元；盛宣怀本人只是个白衣秀才，但他的父亲盛康与李鸿章是同科举人）。荣氏兄弟出自清贫的农户，虽然荣熙泰只读过几年私塾，但他是个自学成功者，无师自通就懂得账务，算盘打得很精。年少时，荣氏兄弟就在父母勤奋的生活态度的潜移默化下，参与到改变贫瘠生活的努力中，他们随着祖母袁氏学扎冥币，即黄纸钱。后来，荣宗敬入私塾读书，塾师殷省甫称这个学生伶俐、有奇气。荣德生比他的哥哥小两岁，还没到开蒙读书的年龄，且性格木讷，三岁还不会说话，到四岁才勉强能结结巴巴地说几句话。他整天沉默寡言，只是认真专注地用稚嫩的小手跟着祖母扎纸钱，他知道扎一万黄纸钱可得铜板一百二十文，以贴补家用。祖母体恤孩子年幼，扎一会儿，便领他到巷子里串门，周围人都叫他"二木头"，他微微一笑，一点也不生气。

荣德生五岁那年，祖母病亡，母亲石氏便把外婆戈氏接来帮理农务、家务。外婆不会像祖母那样时不时拉着他串门，荣德生便埋头扎纸钱。光绪九年正月十九日，荣德生入先生荣云章的经畬堂读书，这一年他已经九岁了。哥哥荣宗敬在私塾待四年了，父亲远游，长兄为父，他担当起教弟弟的责任，教授《弟子规》《百家姓》《千字文》这三篇入学启蒙的课文。兄弟俩经常在微弱的灯火下读到夜深，自感有种恬静的幸福。

江南的冬天天寒地冻，丝毫不亚于北方。北方民舍门前挂着火红的辣椒，还有几分暖色。可南方农户的寒冷是不必说的，一根根晶莹的冰凌挂在屋檐下，冬夜总是如此漫长。

"月落乌啼霜满天……夜半钟声到客船。"这是唐代诗人张继的名诗《枫桥夜泊》中的首尾两句。清末那会儿霜满天是肯定的，但没有钟声敲响的诗意，只有狂野的西北风吼叫着,张狂地在屋顶上刮过来扑过去,周围光秃秃的树枝和枯萎的芦苇战栗作响。江南没有北方的热炕,没有火塘,石氏把家中唯一的取暖器——铜制的汤婆子给了外婆。荣氏兄弟睡在一张床上,抱团取暖,但被子硬而薄,并不能替他们御寒,他们冷得实在是睡不着。荣宗敬想起了塾师教的辛弃疾的一句词"屋上松风吹急雨,破纸窗间自语",便爬起来对弟弟说:"三更灯火五更鸡,正是男儿读书时。我来教你背《诗经》里的几首诗吧。"荣德生一口答应,他求知若渴。他们披衣而起,点亮了油灯,轻声背起了古诗。

在这之前,回家探亲的父亲曾教荣德生识字,一个多月的时间,荣德生便识得三百多字,将九九乘法表也倒背如流。荣熙泰当即决定将二儿子送去私塾。他对两个儿子说:"清人王永彬说'贫寒更须读书,富贵不忘稼穑',你们要记住这句话。古人有凿壁偷光,聚萤作囊;忍贫读书,车胤匡衡。"

在私塾,荣德生和荣宗敬一样,学的是儒学,即《大学》《中庸》《论语》《诗经》《易经》《礼记》等,还有算学和书法。荣德生做事认真,读书也认真,品行端正,自律性极强。其他学生几乎都被塾师打过手心,轻则三下,重则六下。戒尺高高落下,声音是沉闷的,不像打耳光那么响亮,但疼痛异常,手很快就红肿如长了痈疽,连笔都握不住。所以,先生一般只打左手,不打右手,否则学生无法写字。总之,先生那把放在桌子上的戒尺是令人生畏的。

可荣德生不怕,因为他从不犯规,他的手心从未被戒尺打过。荣宗敬在塾馆里也被打过手心。他聪明伶俐,在学生中有很大的号召力,老师很赏识他,认为他有奇气,有不一般的抱负,但他不像弟弟那样乖巧,不太虚心,要强。有一次,荣宗敬竟顶撞塾师,说得塾师哑口无言,塾师便喝令他上来把左手放在台角上,狠狠地打了他手心六下。但荣宗敬咬紧牙关,一声不吭。

十二三岁起,荣氏兄弟边读书边帮助母亲做家务和干农活,蚕桑种菜无不为之,懂得了稼穑之艰难。这段经历对兄弟俩来说是一种锤炼,让他们一生受益。兄弟俩读了六七年私塾,就去上海学做生意了。虽然读书时间有限,但他们还是打下了扎实的文化根基。

因为没有更多的时间上学，读书亦不多，荣德生对穷人家的孩子读书的重要性有切身的体会，这也是他热心办学的原因之一。为自身发展需要而办学是荣德生投身教育事业最为直接的原因，而热切希望国家繁荣、民族复兴，"非急速变成一个工业化国家不可"的信念才是荣德生孜孜不倦办学的力量源泉。这是一颗令人敬仰的慧心。

荣德生认定自己是事业家，而不是资本家，他说："我是一个事业家，不是一个资本家，我所有的钱全在事业上，经常要养活数十万人。一旦我的事业停止，数十万人的生活就要受到影响。所谓资本家，就是将钱放在家里，绝对不想做事业。据我所知，有人家里藏有二千七百余根金条，但绝不想将其投资到社会中去，这是事业家和资本家的区别。"这极其朴实的话语展现出了荣德生的事业心与我们见惯了的当代秀（捐几所希望小学，既录像又反复自我宣传）的截然不同——荣德生的事业心完全是发自内心的一种明净之念，有一种劲厚的、淳朴的气质。

荣德生在兴办实业的过程中，深感兴办教育、提倡新学的重要性。他对教育在富国强兵方面的重要性有着极为深刻的认识，在《乐农自订行年纪事》中写道："教育犹事业之母，我国数十年来贫弱原因，以政治腐败、生产落后与国际市场之经济侵略，实为主要因素。但所以贫弱，所以无新事业发展，则缺乏人才启发之故耳。""人才之盛衰，实关系国运之隆替。""吾国人才不多，实由教育不普及故。""人才的造就，端赖学校之培育，故兴学实为建设之本。"正因为对教育的作用有如此深刻的认识，所以他在兴办实业的同时，"主张以教育为主"，"余每至家，必以学务计划进行，希望造就人才"，乃至不惜斥巨资兴办学校，即使在企业遇到极大困难时，仍坚持办学。

荣氏兄弟兴办教育，是与荣家实业本身的发展同步的。荣氏兄弟在1903年至1905年，将保兴面粉厂改名为茂新面粉厂。在更新技术设备和扩大企业生产的过程中,他们深感厂内工人中文盲多,技术水平低下,同大机器生产格格不入,如果不及时改变这种状况,着手提高员工的文化素质,势必会限制企业的发展。因此,荣氏兄弟决心"兴学育才"。1904年,荣德生与族人荣华生、荣吉人、荣瑞馨等发起筹资,于荣氏宗亲祠的东边空地修建校舍,创办公益学堂。1905年4月,原公塾学生全部进入公益学堂就读。1906年,公益学堂改名为公益小学。1908年,荣德生谨遵母命,创办了竞化女子小学,其学制与公益小学一样,都是六年。这是荣德生最早创办的两所高级新式小学。

荣德生在1928年写的《追述工商中学始末》一文中自述:"余多年经商,读书无多,后置身事业,职务繁冗,深感学识困乏之痛苦,渐悟教育实业之可贵。"他始终认为"事业之成,必以人才为始基也。""人才之盛衰,实关系国运之隆替。""吾国人才不多,实由教育之不普及故。"早在1904年,事业才刚刚起步时,荣氏兄弟就已经办起家族的私塾。到1906年,荣家把私塾扩建成公益小学,建新校舍,让附近的孩子都能上学。随着事业的发展,荣氏家族的办学规模也越来越大,到1915年共建成公益小学四所,竞化女子小学三所。1917年,荣氏所属的上海申新一厂首先创办职工子弟小学,后来还一度附设初中班和高中班,为职工子女读书提供方便。

1919年,荣氏家族资助设立公益工商中学,聘请名流学士担任老师。荣氏家族建立这所学校的初衷是为工厂培养大批合格的专业人才。公益工商中学有工科和商科两个专业,一年预科,三年本科,前后办了十年。工科有实习工厂,分设木工、金工、铸工、机械等车间,并配备了进口的新型车床,请专职的技术工人指导;商科则通过开办小银行开展存款贷款业务,并开设小商店出售各种日用品和文化用品。当时,公益工商中学被称为设施最新、最齐全的学校,十年间共培养了二百多名技术人才。1927年,公益工商中学因战乱而停办。荣德生便在自家梅园设立读书处,也叫豁然洞读书处,共招生近一百人。荣家子弟(包括荣毅仁)就是在这里读的初、高中,后因要获得高中毕业文凭以考大学,才转入无锡中学读高三。1929年，荣德生又在原址创建私立公益中学，分设初中、高中二部，成为一所普通中学。

1928年到1932年，为提高企业员工的文化与技术水平和经营管理能力，荣德生在无锡开办了申新职员养成所，为申新各厂培养了一批中级技术人员和管理人员。1932年，荣德生设立申新三厂女工养成所，以"招收远道青年女工，授予教育技术训练"为宗旨，成效显著；汉口的申新四厂积极仿效，于1935年分批轮训女工，这是全国行业内的一项创举。与此同时，荣德生还坚持办工人夜校（实际上是在职的文化补习），扫除文盲，受惠者无数。自1936年起，上海申新纺织总公司在上海各厂以及重庆、宝鸡等地，先后创办职员和工人养成所及工人夜校、职工子弟学校。抗战期间，申新纺织总公司在上海开办了一所学制两年半的业余夜校——中国纺织工程补习学校，招收申新各厂的技术人员，兼收少量其他纺织企业的在职人员，对其进行文化、技术补习，前后共毕业七届学员，约四百人。1940年，荣德生在上海申新九厂开办了第一家培养应用型人才的高等职业技术学校——中国纺织染工业专科学校（为东华大学的前身），设置纺织、染化、机电三个专业，招收高中毕业生，学制三年。荣家"前后办学二十四年，在校受教育者合计有数十万人"。

据荣德生自述："余历年所办学校，以工商中学得人为盛，次则梅园读书专修班，造就亦多。工商毕业（生）都能学得实用技术，今日在各工厂、各企业任技术员、工程师、厂长者不少，尤以纺织界为最多。"二十世纪二十年代以后在崇明大通纱厂、无锡豫康纱厂主持技术工作的邹春座，在裕大华纺织集团从事管理工作的厉无咎，跟随李国伟在武汉办申四、福五并在抗战的烽火中将工厂迁移到荒凉的黄土地的章剑慧（申四厂长），以及瞿冠英、章映芬、张械泉、何致中、华煜卿、孙荫庭皆为公益工商中学的毕业生。作为"工商派"，他们年轻有为，在动荡中成为实业栋梁。

1947年秋，年已古稀的荣德生花巨资在无锡太湖边创办了私立江南大学，这是无锡历史上第一所高等学府。荣氏家族心系教育的胸襟就像太湖一般波澜宽广。1948年春天，钱穆回到家乡，应邀在荣德生创办的私立江南大学任教。

创办一所先进的、实用的且文理工农并重的综合性本科大学，是荣德生久已有之的愿望。早在1916年，他就同吴稚晖讨论过此事。1937年年初，国民政府教育部决定将复旦大学从上海迁到无锡扩建。荣德生听到这个消息后，立即欣然解囊，捐款一万五千元，并在太湖边的大雷渚购得土地一千二百亩，作为复旦大学的建校基地。不久，七七事变爆发，复旦大学迁校之事搁浅。抗战胜利以后，荣德生积极奔走，拟将复旦大学迁往无锡，后来种种原因导致这一愿望没有实现。1946年，荣德生决定在无锡创办私立江南大学，将他一生的办学活动推向高峰。这一年冬，私立江南大学董事会成立，由吴稚晖担任董事长，戴季陶和荣德生担任副董事长。私立江南大学建校之初，荣伊仁参与主持校政，后荣伊仁因飞机失事不幸遇难，由荣毅仁接替担任校务委员会主任。

私立江南大学的校舍建在太湖之滨的后湾山上，处于梅园、锦园之间，主体建筑包括教学大楼、男女宿舍、饭厅、实习工厂等，由上海著名建筑公司陆根记营造厂承建。整个建校经费预计达法币二百亿元，主要由荣德生父子从申新各厂筹得，比同时兴建的开源机器厂的投资资金多百分之二十二。

"实学"是荣德生的办学思想，他认定"教育贵在实学，若虚有其名，无裨实用，不如无学"。早在1923年，荣德生就提出："中等实学，归中等实业，学不虚用。""后之办学，除法政、海陆空军之外，均应称事务班，分中、高、大学毕业，随所学而入事业，学用相当，不患无事，不忧无才。"1929年，荣德生在受当时教育部的委托拟定纺织专科学校设计方案时强调："然创办此种学校非有实地练习，难期造就优良人才。"1935年，荣德生在回顾公益小学创立30周年时再次阐明，自己"筹办族中教务，以切于实用为主"。1942年，荣德生在拟订"大农计划"时，又特别提出了"各县培植人才，由小学、初中、高中而至专科、大学，总以适合当地应用为前提。高中即宜分科，毕业后，即可应用于社会"。

1947年，在酝酿筹建私立江南大学时，他再一次提出"余意国内大学应以实用为主"。

1948年10月1日，私立江南大学在荣巷临时校舍举行开学典礼，年迈的荣德生到场主持并剀切陈言："深盼各同学努力勤奋，竞尚实学，课余多参加生产事业，不必好高骛远，贪大务博，学习宜求细嚼缓咽，食而能化。""学问以实用为归，将来做事，亦力戒好大喜功，宜脚踏实地从头做起，自有成就。"

按照荣德生的办学思想，私立江南大学分设"三院九系"：文学院设中国文学、外国语文、史地、经济四系，理工学院设数理、机电工程、化学工程三系，农学院设农艺、农产品制造二系，学制均为四年。私立江南大学首届有三百二十八名学生。"江南大学创办时原设农学院和理工学院；由于面粉专修科为全国首创，又得到面粉工业同业公会全国联合会的支持，这一科得到很好的发展。面粉专修科学生，半数系招来，半数系茂、福、申新职员。"可见，荣德生创办学校的目的在于强调教育的实用功能，这既是基于荣氏兄弟在创办实业的过程中对中国近代科技落后、专业人才匮乏的现实的深切感触，也是基于对世界潮流的发展、科技的日益进步的洞察和思考。这是一个实业家的焦虑和期待，从全新的角度确立了突破传统桎梏的人才观——人才远非饱读四书五经的"旧儒"，或仅具有技艺的匠人，而是既有书本知识又有动手能力的符合实际需求的专门人才。

荣德生爱才惜才，平时对有用之才予以优厚的待遇（高薪、洋房、配车）。他原来是不熟悉薛明剑的，但听很多人对薛明剑的才干赞不绝口，就特地去听薛明剑的演讲，听下来觉得名不虚传，便三顾茅庐，延揽薛明剑到企业参与管理。薛明剑为荣德生的诚意所感动，接受了聘请，出任申新三厂总管，成为荣德生的得力助手和知己。有一次，工厂发生火灾，许多工人奋起救火，其中就有一些技术人员。荣德生见到后，立即要求他们退出救火，说："厂房烧毁了可重建，人才一旦发生了什么事，是金钱无法弥补的。"

在办学过程中，荣德生对师资极为重视，他认为"人才之兴，良师、益友、书籍三者不可或缺"。在创办私立江南大学时，他认为有了大学就要有好的老师，不惜花重金聘请了当时学界的知名学者到校任教，聘定章渊若为校长，唐君毅为教务长，钱穆、韩雁门、顾惟精分别为文学院、农学院和理工学院的院长。其他知名的专职教授还有金善宝、牟宗三、朱东润等。这些教授有的专职教课，有的在上海、南京等地高校兼课，每周风尘仆仆地往返于两地。他们得到的待遇优厚，授课的钟点费比一般大学给的高出两倍，还有小车接送。金善宝是有名的农业科学家，自1920年起，上海面粉公会和荣德生就每年资助五千元让其开辟小麦试验场，研究小麦品种，收集各种小麦种子，通过科学试验培育出的"姜堰黄皮""武进无芒"等优良品种深受农民欢迎。

私立江南大学采用学分制、学（课）程制、学时（期）制相结合的"三学"制度，强调启发式教学和坚实的基础课、专业课并重，其办学特色就是一个"实"字。"实"并不是指简单地让学生追求狭隘的实用。私立江南大学的人文气息非常浓厚。从1948年3月8日开始，在学术讲演周会上，学生就有幸聆听钱穆的名为"文化及人生""中国文化之精神"的演讲，还有唐君毅、牟宗三等教授讲解文化、哲学和人生；学术讲演周会先后办了十二次。对于学生，私立江南大学努力提供相对安逸的学习环境。私立江南大学的清贫的学生可申请全免或半免学费，学校还提倡他们勤工助学。当时的报纸记载："学生的伙食每人一盘菜，半碟青菜、半碟茭白炒蛋，与当时飞涨的物价相比所收的伙食费着实便宜。每天晚饭后，私立江南大学附近、太湖之畔、田埂小路上、鱼塘边，学生三五成群，散步谈心，爱唱歌的有骆驼歌咏团，爱京剧的有江社，爱运动的有一个个球队，爱读书的有读书会、诗社等，《春潮》《原上草》《世纪风》等壁报很活跃。"这样一种宁静且富有人文色彩的风景，在当时战乱的中国颇为难得。

教育乃至科研，是荣氏兄弟一生倾力之事业。战后，众多学校重建，对此荣家也都慷慨解囊。据不完全统计，在1946年到1947年这两年间，荣家先后为立信会计学校、国民革命军遗族学校、静安职业学校等学校捐款，其中有两次为立信会计学校捐款，折合黄金超过八百二十两。荣德生还将在重庆的公益研究所迁往上海，聘请著名的纺织化学家钱宝钧及印染专家张承洪到研究所任职，委托美国人瓦姆斯来研究所进行设计，并添设化学实验室。荣德生设想将公益研究所筹办成一个现代化的完备的纺织科学技术研究所。

1952年10月29日，存在五年且共培养了一千一百五十多名毕业生的私立江南大学在高等院校调整中消失，此时荣德生的生命已临近终点。私立江南大学不仅是无锡历史上第一所正规的本科大学，还在我国高等教育发展史上留下了重要的一笔。许多毕业生后来成为杰出的专家、学者和管理干部，为国家建设做出了较大的贡献。

复旦大学曾有两次迁移至无锡的计划。第一次是因为1911年11月，复旦校舍被上海光复军司令部占用。为了避免学生辍学，校长马相伯决定迁校办学，迁校的目标地址为无锡。不久，马相伯来到无锡，与当地军政府会商迁校事宜。同时，该校在《民立报》上刊出招生广告，希望新生报考"无锡惠山本院"。1911年12月中旬，马相伯和教务长胡敦复带领复旦师生七十余人到达无锡，在惠山的昭忠祠、李鹤章公祠办学。开课以后，因教学地点靠近惠山游览区，游人如织、环境嘈杂，马相伯发觉惠山"地近花市，箫鼓画船，不宜建设学校"。1912年1月中旬，待上海局势稳定后，马相伯便率领复旦师生返回上海。这次无锡与复旦的相遇，仅维持了一个月，却把无锡近代高等教育的水平往前移了好多年。

二十多年后，复旦迁校至无锡之事被再度提了出来，这一次已非复旦的一厢情愿，而是被正式提上了国民政府的议事日程。前文已提及，荣德生得此消息，大为振奋，着手购置了太湖边上大雷渚（又名大雷嘴、大力渚、大力咀）的地块一千余亩，赠予江苏省教育款产处；还有一种说法是，这块地是江苏省教育款产处转赠予国民党元老吴稚晖的寿礼。无论如何，这块地由荣德生出资一万余元收购是确定无疑的。吴稚晖也确实积极参与筹划，曾在1937年3月24日致函复旦大学钱新之校长，盛赞无锡大雷渚校基依山傍水、风景绝佳，并画了示意图。1937

年3月28日，吴稚晖等邀请复旦大学多人赴无锡勘察大雷渚校基，荣德生出面招待。众人对这块面临万顷之波的太湖的地块感到非常满意。后因抗战全面爆发，迁校至无锡的事宜中断，复旦大学被迫西迁。1951年，复旦大学校长陈望道先生曾致函荣毅仁询问地契之事，以便办理登记手续，荣毅仁也做了回复。种种原因导致复旦大学两次迁锡的计划最终没有实现，至今还令无锡人引为憾事。但荣德生热心办学的精神由此可见一斑。

自荣德生始，荣家心系故乡、热心教育、钟情私立江南大学的情怀，几十年来延绵不断、薪火相传。荣毅仁生前虽身居高位，但毕生牵挂家乡，心系教育事业。1947年，他辅佐父亲创办私立江南大学，曾主持筹备新增面粉专修科。在新中国成立初期，荣毅仁担任私立江南大学校务委员会主任。在物资十分匮乏的情况下，荣毅仁指示申新各厂全力资助学校，改善办学条件；遵照人民政府的指示，调整系科设置，健全校务委员会，对学校实行民主管理；开设公共必修的政治理论课，端正办学方向；支持教师参加国家科研和生产建设，要求学生树立为人民服务的观点。1951年6月，他在写给应届毕业生的贺词中说："大学教育的目的，不单单在于培养专门人才，而在于如何引导这些人才为人民服务。""我们办学的宗旨，就是要把同学引向为人民服务的路上。""你们要常常记住'祖国需要我们的时候，我们就要献身祖国'这一句话。"

钱穆对于就职私立江南大学留下了深刻的印象，他回忆说：

> 江南大学乃无锡巨商荣家所创办，校舍在无锡西门外太湖滨山坡上。由此向南一华里许，即鼋头渚。校舍皆新造，风景极佳。诸教授住宅多分布在荣巷一地，荣巷乃荣家旧宅所在，由此经梅园至大学，可四五华里。梅园亦荣家所创造。余居分上下楼，各三楹。余居楼上，楼下乃大学老校主德生夫妇所居。每周六下午晡后，德生夫妇由城来。晚餐后，必上楼畅谈，或由余下楼，每谈必两小时左右。星期日午后，德生夫妇即去城，如是以为常。

德生告余，某一年，德生与其兄宗敬及同乡数友游杭州西湖，在"楼外楼"晚餐，席散下楼，群丐环侍争赏，一时不胜感喟。谓群丐皆壮年失业，即无锡城外诸酒家亦有此现象，遂群议回沪设厂，广招劳工，庶于消弭失业有补。无锡乡人之在沪设厂，其动机始于此。余家在无锡南门外，与苏州、常熟为邻，前清属金匮县，地为泽国，湖泊相连，多良田，故居民皆以耕渔为业。荣巷在无锡西门外，滨太湖，多山丘，地多荦确，故其居民多去上海经营小铁铺等为生。自此多设碾厂、纺织厂等。而荣氏兄弟业务特旺，宗敬先卒，德生一人维持。至抗战时，德生诸子侄及诸婿各分主一厂徙内地，及是皆迁回。江南大学乃由其一子之某一厂斥资兴办。

余询德生："君毕生获如此硕果，意复如何？"德生谓："人生必有死，即两手空空而去。钱财有何意义，传之子孙，亦未闻有可以历世不败者。"德生又谓："我一生惟一事或可留作身后纪念，即自蠡湖直通鼋头渚跨水建一长桥。"蠡湖俗称五里湖，与太湖相连，鼋头渚本孤立太湖中，德生六十岁时，私斥巨资，建此长桥，桥长有六十大洞，宽广可汽车对驶，由此乃可从无锡西门陆路直达鼋头渚，行人称便。德生谓："他年我无锡乡人，犹知有一荣德生，惟赖此桥。我之所以报乡里者，亦惟有此桥耳。"

德生于抗战前，在荣巷曾创办一中学，先兄声一先生亦曾在该校任教。及先兄婴病骤卒，余弟潄六从另一私立中学转来接替先兄之职。抗战时，此校遭残破，及是未能复兴，犹存一图书馆，藏书亦数万册，迄今犹封闭未加整理。余因江南大学新兴，图书有待逐年增置，拟请德生先以荣巷图书移江南大学以应急需。乃德生意，似谓江南大学由其子创办，而荣巷中学及此图书馆乃由彼往年经营。今中学已停闭，此图书馆则尚待整理保留，亦彼一生中所辛勤擘画也。

由此可知，中国社会之文化传统及其心理积习，重名尤过于重利。换言之，即是重公尤过于重私。凡属无锡人，在上海设厂，经营获利，必在其本乡设立一私立学校，以助地方教育之发展。即德生一人为例可证。方与其兄从事实业经营，成为一大资本企业家，其最先动机即为救助社会失业。待其赢利有余，即复在乡里兴办学校，其重视地方教育又如此。及其晚年又筑一蠡湖大桥，其重视地方交通公益又如此。余私窥其个人生活，如饮膳，如衣着，如居住，皆节俭有如寒素。余又曾至其城中居宅，宽敞胜于乡间，然其朴质无华，佣仆萧然，亦无富家气派。其日常谈吐诚恳忠实，绝不染丝毫交际应酬场中声口，更不效为知识分子作假斯文态，乃俨若一不识字不读书人，语语皆直吐胸臆，如见肺腑。盖其人生观如是，其言行践履亦如是。岂不可敬！而中国文化传统之深值研讨，亦由此可见矣。

江南大学初上课，忘其为何事，学生欲结队赴京请愿。此等学生皆初自中学来，即已如此意气嚣张，诚不可解。余任文学院长职，集大会尽力劝诫，意气稍戢，但终不肯已，乃改派小队赴京，学校仍照常上课。然此后学校风潮终于时起，盖群认为不闹事，即落伍，为可耻。风气已成，一时甚难化解。

余之院长办公室在楼上，窗外远眺，太湖即在目前。下午无事，常一人至湖边村里，雇一小船荡漾湖中。每一小时花钱七毛，任其所至，经两三小时始返。自荣巷至学校，沿途乡民各筑小泊，养鱼为业，漫步岸上，上天下水，幽闲无极。余笔其遐想，成《湖上闲思录》一书。又据马其昶《庄子注》原本，遍诵《庄子》各家注，以五色笔添注其上，眉端行间皆满，久而成《庄子纂笺》一书。自为之序曰，《庄子》乱世之书也。身居乱世，乃注此书自消遣，是亦可知余当时之心情矣。

钱穆先生的这段回忆详尽而饱含情感，他对江南商人办学，尤其对荣氏兄弟斥巨资持之以恒地办各类学校赞美有加。我特别注意的是钱穆先生提到的两点：一是荣氏办实业是为消弭社会失业现象，让壮年的乞丐、流浪汉有一"饭碗"，而要把实业办好，必须兴学育才，使劳动者略有文化、掌握技艺，管理者和技术人员能有机会进修提高；二是他对荣德生人品、生活习性的观察记录。他印象中的荣德生无富家气派，谈吐诚恳忠实，不作假斯文态，话语发自肺腑，直吐胸臆，而其生活，饮膳、居住、衣着皆节俭有如寒素。"寒素"两字是寒酸、朴素的意思，在钱穆眼里，这么一个巨富却对自己这么"抠门"，实在让他意外，也让他称颂。其中，钱穆与荣德生关于金钱的对话很有意思。钱穆问荣德生："办实业成功赚了不少钱，你有何打算？"荣德生回答："人总有一死，钱财生不带来，死不带去，再多的钱财到那时也是虚的，而传给子孙，罕有富过三代的，将来人们能记住我的，还是那座五里湖上的长桥而已。"

这就是荣德生的财富观、人生观。荣德生不仅这么说，还言行一致，身体力行，这是令人尊敬的。荣德生是非常清醒的，他始终未被世俗的富贵、豪奢捆绑，他自己的日常生活极为简单，但对于公益事业却一掷千金，不计代价地投入其中。薛明剑曾这样总结荣德生的公益活动："居停德生先生，当经营实业之余，尝思国家之富强，事业之发展，全恃乎教育。因办工商中学，先后用去念五万金；又设公益、竞化等男女学校十所，前年鉴于学校教育之未惬人意，更于梅园设豁然洞读书处……并设大公图书馆，藏书十一万卷，以便学子之浏览。更辟东、浒两山而为梅园，以补社会教育之不足……随在皆足表示其服务社会之盛意。"荣德生十分看重自己兴办的社会事业，当看到亲手办成的学校、图书馆被日军摧毁时，长叹道："此种文化上之损失，实较实业上之损失更严重也。"

荣德生之所以热心公益，或缘于其少年时深受儒家传统思想的影响。稍长些，父亲荣熙泰又经常劝导他："以一身之余，即顾一家；一家之余，顾一族一乡，推而一县一府，皆所应为。"另一个令其终生热心公益的动力，则与其奋斗一生的"实业报国"思想有着密切的联系。清末张謇在南通从企业入手，带动经济、教育、文化和社会的全面发展，吸收了所有的劳动力，开创了一种新的中国地方治理模式，这深深地影响了荣德生。荣德生说："余以为创办工业，积德胜于善举。慈善机关周恤贫困，尚是消极救济，不如积极办厂兴业。一人进厂，则举家可无冻馁；一地有厂，则各业皆能兴旺。余以后对社会尽义务，决定注重设厂兴业。"而且，荣德生强调一味专心事业，为社会造福，非为自己享福。看似极为朴实的话语，却展现出"兼济天下"的思想。

比如办学，荣德生一生在这上面的花费是巨大的。据有关资料的不完全统计，在20世纪20年代初，每年用于一所中学、八所小学的费用就达四万元。公益工商中学从创建到停办，八年间共耗资二十五万元，相当于开办申新三厂总投资的六分之一；私立江南大学创办时预计耗资法币二百亿元，比同时兴建的开源机器厂投资额多百分之二十二（由于物价飞涨，实际耗费大大超过预算）。如果再把用于其他公益事业的投入加上，那么荣德生用在公益方面的资金就十分可观了。他们通过办学培养的人才是真正的社会财富，凸显了荣氏兄弟在教育事业上的一片丹心和伟岸风范。

其意诚而其志宏矣

在荣巷的荣氏旧居附近，有一座朴实的刻着历史印痕的两层小楼，四四方方、棱角分明，青灰色的线条交错在白色墙壁上，简约而明快；小楼正门上方装点着在江南民居中最为常见的砖雕。这座中西合璧、保存良好的民国建筑并不巍然，却内敛、深沉，与荣宅（转盘楼的建筑形态）极为相似，展现出一种精巧而质朴的江南精神，它便是大公图书馆（无锡第一家面向公众开放的私人图书馆，主人是荣德生）。

时光回转至百余年前，恰逢无锡民族工商业崛起，"兴学以教化民众"成为当时本邑士绅在自身发展壮大之后反哺社会的风气。荣德生少年时就去上海通顺钱庄当学徒，多年以后，荣德生仍对自己当年"志学未能""不读十年之恨"抱有深深的遗憾。于是，荣德生十分重视兴学育才。从1906年起，他在经营面粉企业取得初步成功后，就在荣巷及附近几个村庄陆续办起了八所小学，为农村孩子读书提供了条件。1912年，荣德生设想建立一座图书馆，购藏书刊典籍。他对此有清晰的认知：一为设馆收藏书刊典籍，以免古籍沦亡；二为图书馆免费向社会开放，作为办学的一种补充，为贫寒人家的子弟读书求学提供另一条途径。这也正是图书馆取名为"大公"的内在寓意。

荣德生根据专家的指点，研读《书目答问》，按我国传统的经史子集四部分类法"依目购办"；又请族叔吉人、鄂生两兄弟分别负责书籍采购和整理保管；还同各地书店联络，"如遇未有藏本者，必购之"。经过一年多的努力，荣德生共购得图书五万多卷，为图书馆的建立奠定了基础。随后，他在荣巷西首购地二亩八分，动工兴建了一幢"二进四十方""能藏书二十万卷"的新式两层楼房。1916年10月，新楼建成，当时时评："大公已购书九万余卷。开幕之日，甚为热闹，创举也。"但是，荣德生此举令许多人感到困惑：一个实业家如此耗费资财购书、买地、盖房、办图书馆，究竟有什么用呢？

荣善昌先生在《大公图书馆藏书目录·跋》中对此做了回应："德生先生为本乡社会教育计，已设男女初高小学凡八处，于公家不逮之力，稍可补助。居恒相聚，仍窃窃议社会之不良，而忧无以教育之。民国四年春，乃定筑一小小图书馆，本无我之旨，命名大公。"荣德生本人则说："外人不明此意，以为粉厂要如许多书籍何用，不知购存为大众计也。"因此，近代教育家唐文治盛赞荣德生创办大公图书馆"其意诚而其志宏矣"。

然而，令荣德生很失望的是，图书馆开馆后读者不多，第一年每日有三四人前来看书，随后仍是读者寥寥。为改变这种局面，他和荣吉人等多次商议，努力寻找吸引读者的办法。他请荣吉人、严筱兰先后主持，历时三年编成藏书目录，于1921年10月刊印大十二卷《大公图书馆藏书目录》，这大大方便了读者查阅。1932年，荣德生请朱梦华、殷彦恂主持，组织梅园豁然洞读书处的学生协助，选录馆藏典籍序跋二千五百余篇，分经史子集四部七十二卷，装订成四十册，约二百多万字，编成《叙文汇编》，请吴稚晖题写书名，于1936年以荣氏大公图书馆的名义用木活字印刷了一百部，供读者使用，并寄赠予国内一些著名的图书馆，受到了广大读者的欢迎。

至七七事变前夕，大公图书馆的藏书已达十八万卷，还不包括期刊和外文书籍，其中有不少藏书是极其珍贵的历史文献（有元、明、清三代刻本、钞本或稿本）。大公图书馆藏书数量之多、藏本品位之高，已经超过了当时的无锡县立图书馆和国学大师唐文治执掌的无锡国学专修学校。

时任上海商务印书馆编审的老藏书家孙毓修先生评价，说："我国乡村之有图书馆，且有书目，则以大公为始矣。"由此可见，大公图书馆在中国图书馆史上占有重要地位。民国时期，许多公共图书馆和私人藏书家不可避免会遇到经费不足的问题，但大公图书馆是个例外。荣宗敬、荣德生兄弟二人为创办公益中学和大公图书馆投入巨额资金，并将每年茂新面粉厂的麦灰收入作为固定经费用于资助这座当时规模最大、管理最完善的乡村图书馆。

对于荣德生而言，大公图书馆之重甚于他的企业。1937年11月，日本侵略军占领无锡，荣德生避居武汉、上海，大公图书馆同他留在无锡的其他产业一样遭到严重的破坏：有历史文化价值的图书被洗劫一空，侥幸留下的散落满地。面对这种情景，1945年荣德生在《乐农自订行年纪事》中悲愤地写道："少去若干，未及查点，价高稀见及书品较为整齐者，大都已无，损失之重，以此为最。"他还说："我国数十年来贫弱原因，以政治腐败、生产落后和国际市场经济侵略，实为主要因素。但所以贫弱，所以无新事业发展，则缺乏人才启发之故耳。""人才之兴、良师益友、书籍，三者不可或缺。余有鉴于斯，缘吾乡僻处农村，贫寒子弟终有天才，无良师授业，所以兴办学校；无图书参考，故建立图书馆。今被毁损至此，可恨可痛。""毁去有用之书，等于摧残人才。""此种文化上之损失，实较实业上之损失更严重也。"

这些论述充分表达了荣德生尚文重教的思想。作为一个南方乡村图书馆的开拓者，荣德生对于大公图书馆及其藏书被侵略者掠夺、损毁表达了他的痛心疾首和满腹愤慨，这确实是他藏书史上的一大痛事。抗战胜利后，荣德生在大力恢复企业生产的同时，多方征集，使大公图书馆的藏书得到了若干补充。1948年10月，荣德生写了一篇《乐农自订行年纪事续编》，其中记载："近日遇空仍收买旧书，先后所得，又已十余万卷，其中颇多乡贤著作，稿本凡百余种最为难得……将来大公图书馆恢复，即以补充，抵补抗战中之损失。"荣德生还投入了大量精力收集民间的古籍、善本，尽全力挽回图书馆在战火中的损失。1947年，荣德生创办私立江南大学，大公图书馆对私立江南大学的教学、科研也发挥了不小的作用。荣德生是一个商人，学识不是很渊博，但他身上的人文情怀却是许多商人和一些文化人都难以比得上的。

荣德生曾说过："'大公'云者，示不私天下文化利器，愿以公之大众也。"随着办馆实践的深入，荣氏办馆宗旨的内涵又有所发展。在抗日战争期间和解放战争期间，荣氏潜心收集文物，包括书画古籍。他对此解释道："非欲附庸风雅，实鉴于战祸一起，中国古代文物必遭兵燹散佚，若不收集保存，日后存者愈少。"此以馆藏"宝"，抢救文物，"本无我之旨"，是"大公"的另一层含义。根据《乐农自订行年纪事》统计，从1913年藏书为二万余卷起，大公图书馆先后购书累计达二十八万卷。

大公图书馆注重藏书建设本土化，特别注意收罗地方性资料，显示出本土化的特点。一是无锡人的著作，比如顾端文遗著及评注《汉书》手稿，秦蕙田《足征集》稿本，嵇留山、嵇文恭、浦起龙、严绳孙、秦松龄、杨蓉裳、顾贞观、孙尔淮、秦维业、薛福辰等人手稿与邵文庄、王孟端、秦凤山、华鸿山等先贤著作之初刻本或珍藏本，还有倪云林的《清秘阁全集》、高攀龙的《高子遗书》、秦祖永的《桐荫论画》、荣氏族人汇辑的《绳武楼丛刊》；二是记载锡事的著作，比如无锡地区的各种山志、湖志、庵志，以及明代《无锡县志》抄本、无锡地方史志等；三是锡人刻印的著作，比如无锡明代安氏、华氏的精刊本。林林总总，蔚为大观。大公图书馆的藏书中有一批版本精良、质量绝佳、体例完备的图书，有的堪称善本，比如宋刻元印的《范文正公文集》、明毛晋禄君亭刻印的《倪云林》、明刻本《册府元龟》、清代山东泰山徐志定磁刻印本《周易说略》、清历史学家邑人顾栋高的《春秋大事表》等。其中，《范文正公文集》价值连城，堪称镇馆之宝。而磁刻《周易说略》、元代名画家倪云林的《清秘阁全集》、东林党首领之一高攀龙的《高子遗书》、清末思想家薛福成的《庸庵笔记》、明代编纂的《无锡县志》钞本，也属于珍稀的文献资料，且其中不少是本土名人士子的文本，可以说"皆累世之甄录，为精英所钟聚"，"如众派之分流，而总汇于兹楼"，大公图书馆为南方乡村图书馆藏书之冠。

图书馆是信息集散地，而大公图书馆已经大大突破私人藏书楼的范畴，其办馆时间之早，收藏数量之丰浩，地方文献特色之别具一格，善本图书之琳琅满目，二、三次文献之优良创制，雄踞我国乡村图书馆之塔尖。这些图书精心排列在书架上，沉默如山，但蕴含了丰富的激情和力量，它们是知识的沉淀，是知识的阶梯，承载着无数人探索和创造的厚重而丰富的世界，苍劲深秀，气度雄健。它散发出的寒梅般的馥郁芳华，足以吸引在无涯学海里潜游的人的浓厚兴趣，也令任何研究我国图书馆事业发展史的专家惊叹不已。

在今人看来，大公图书馆的规模似乎并不很大，但在当时，大公图书馆却是无锡最大的私立图书馆，开创了我国乡村图书馆的先河。馆舍历经沧桑，曾有部队驻扎，除外立面重新粉刷过外，建筑得以完好地保存下来。

1955年6月20日，荣毅仁遵照父亲遗命，致函无锡市人民委员会（市人民政府）："先父德生先生，生前在无锡荣巷创设大公图书馆一所，藏书近二十万卷，遗志愿将全部馆所及图籍捐献锡市，公诸人民。"

据悉，无锡市图书馆收藏的荣德生赠书中，古籍总量为八千四百三十部，十一万六千二百八十册。一部分为抗战前大公图书馆收藏的幸存下来的古籍，其上皆盖有"荣德生先生遗命捐赠""大公图书馆藏"两方印章；另一部分为抗战期间和抗战胜利后荣德生陆续收购的古籍，其上只盖有"荣德生先生遗命捐赠"一方印章，这就是荣德生准备在大公图书馆恢复时，"即以补充，抵补抗战中之损失"的古籍。这批赠书中不乏孤本、珍本，比如宋刻元印的《范文正公文集》、宋代著名四部大书之一《册府元龟》的明刻本、清代山东泰山徐志定的磁版印本《周易说略》（其独特的磁版印刷技术海内外稀见，国内仅有三部）等。当年与大公图书馆馆藏图书一起捐赠的，还有七十一个木制大书柜，现在也陈列在无锡市图书馆内。

2008年3月，国务院公布的第一批国家珍贵古籍名录中，无锡市图书馆馆藏善本入选四十八部，其中四十五部为荣德生赠书。当时，全国共有二千多部古籍善本入选，大公图书馆作为一家私人图书馆，在其中独占百分之二的比例，这是相当惊人的。当年，荣德生本着"无我之旨"，耗费巨资购书、买地、盖房、办图书馆，引来众人不解，而唐文治的一句"其意诚而其志宏矣"对此做了回答。

1985年9月6日，时任全国人大常委会副委员长的荣毅仁专程返乡，为无锡大学更名为江南大学揭牌，并应无锡市人民政府之请，担任江南大学名誉董事长。一个月后，他代表荣氏家族向学校捐款三百万元，其中一百万元用于设立"公益奖学金"，二百万元用于建造图书馆。

馆舍建成后，荣毅仁亲自题写了"公益图书馆"为馆名，并赠送了一批我党在抗日战争和解放战争时期出版的革命文献。1988年、1989年和1997年，荣毅仁三次亲临江南大学，在图书馆接见学校领导和师生代表，鼓励大家努力学习，勤奋工作，为国家培养合格的社会主义建设者和接班人。现在，这座建筑面积六千七百平方米、藏书三十万册（含中外文期刊一千多种）、全部实行计算机管理的现代图书馆，不仅是江南大学校园里一道亮丽的风景线，还已成为无锡市加强文化建设的重要基地之一。

荣德生、荣毅仁父子两代人，相隔七十多年，在无锡建造了两座图书馆：一个创建我国第一座正规的乡村图书馆——大公图书馆，一个捐建江南大学现代化的"公益图书馆"。这是百年工商城先后绽放的两朵文化奇葩，也滋养了数代人，提升他们的学术修养。从大公图书馆到"公益图书馆"，虽然时代背景不同，规模和设备也不可同日而语，但荣氏父子爱国爱乡，热心家乡的文化教育事业，重视培养人才的初心始终不变。诚可谓，近现代两座图书馆，父子间一脉相承爱乡情。

1996年，在江南大学争取升格为本科院校的过程中，荣毅仁多次与国家教委沟通，给予支持和帮助。2001年，江南大学、无锡教育学院和无锡轻工大学合并组建成新的江南大学，成为国家"211工程"重点大学。荣毅仁在新江南大学召开成立大会时发来贺信，并担任新江南大学首届董事会名誉董事长。在京期间，他多次听取江苏省、无锡市领导和江南大学党政领导的汇报，悉心指导学校建设与发展，始终牵挂着江南大学的发展。荣毅仁三度题词，倡导江南大学为人民服务，勉励学校师生。1950年6月和1951年10月，他去北京出席全国政协会议，曾受到毛泽东主席和周恩来总理的亲切接见。毛主席勉励他要"一辈子为人民做事"，这句话深深打动了他。后来他说，毛主席这句话他牢记了一辈子。这可在他为江南大学题词"办好江南大学，培养优秀人才，为人民服务"中得到充分体现，这也成为江南大学的一笔宝贵的精神财富。

荣德生之嫡孙荣智健秉承家传，一如既往地关心家乡的教育事业。早在1993年，他就资助江南大学一百万美元，设立"荣毅仁教育基金"，用以支持学校的骨干教师和优秀学生赴国外进修深造，还为江南大学捐造建设数字化图书中心献策出力。2008—2010年，荣智健又以"荣毅仁教育基金"的名义，向全新的江南大学捐赠六千万元，用于专项建设"食品科学国家重点实验室""公益图书馆数字图情中心""大学生文化体育活动中心"。荣智健还担任江南大学第二届董事会名誉董事长，在繁忙的工作之余，指导学校办学，强调食品学科的特色见长与优势发展，助推校园文化、体育的繁荣发展。

2017年10月16日，荣智健在无锡专门听取江南大学党委书记、校长等对办学状况和设想的介绍。他十分赞赏江南大学入选"双一流"建设高校名单，以及轻工技术与工程、食品科学与工程两个学科入选"双一流"建设学科名单，希望江南大学积极参与国家和区域创新体系建设。荣智健强调了数字化技术对新一轮发展的重要性。他认为目前中国发展迅速，学校要重视大数据技术的应用。他表示将继承、发扬在长达半个多世纪的岁月中形成的"鼎助教育、造福桑梓"的荣家精神。荣智健与陈坚校长签署了《江南大学"荣毅仁教育基金"（二期）项目》捐赠协议，将捐资五千万元支持江南大学的"一流学科"建设。

如今，江南大学已发展成一所享誉海内外的知名大学，学科特色鲜明、规模结构合理、教学质量优秀、校园环境优美，综合实力名列中国大学前五十强，树立起了国内进步最快的大学形象。按教育部颁布的一级学科排名榜：食品科学与工程名列全国第一，轻工技术与工程名列第二，设计学名列第四，纺织科学与工程名列第五。

江南大学荣氏研究中心曾隆重推出一部本校大学生爱国主义教育读本——《不灭的记忆：荣德生、荣毅仁、荣智健与江南大学》。编著者称这本著作旨在让江南大学学子通过阅读珍贵的史料文献，永远记住荣氏三代企业家对江南大学的厚爱，传承他们爱国爱教、热心奉献社会的精神。荣氏祖孙三代的公益精神、教育情怀堪称典范，必将永远流传。

蠡湖上的宝界双虹

无锡五里湖，又称蠡湖，有西湖之静美，然而比西湖宏阔，同样有江南典型的水色意象，典雅清澈、柔婉天然、气韵万千。西湖有许仙与白娘子的传说，一把雨伞承载着一段曲折的情缘；五里湖有范蠡与西施的佳话，一条小舟承载着一段漂泊隐居的生涯。故事是真是假，并不那么重要，它们为这两片水域增添了几分神秘，几分浪漫。蠡湖之胜是鼋头渚，郭沫若诗云"太湖绝佳处，毕竟在鼋头"。

西湖有苏堤、白堤，而蠡湖上有两座并列的大桥，其中一座老桥有六十个桥孔，在老桥的一边有座新桥，要比老桥宽敞，它们就是我所说的宝界双桥。唐代李白诗云"两水夹明镜，双桥落彩虹"，正是对它们的绝妙写照。于是，借用其诗意，这两座横跨蠡湖的宝界桥被称为"宝界双虹"。这两座桥的内侧有无锡城区，连接老城区和太湖新城的蠡湖大桥，以风帆为屋顶、象征烟水城市的无锡大剧院，以及成片的高楼大厦。蠡湖是内太湖，相对独立，以宝界桥为界，桥的外侧就是烟波浩渺、气象万千的外太湖。

这两座桥就是著名实业家荣德生、荣智健祖孙所建的新老宝界桥，犹如双虹飞架在蠡湖水面上。老宝界桥俗称"长桥"，桥长三百七十五米，是当时无锡最长的桥。1934年，适逢荣德生六十大寿，他将亲友馈赠的寿仪全部捐出建桥，历时一百七十三天，桥因山名，故称"宝界桥"。桥成时，百姓焚香燃烛进行庆贺。一提到这座大桥——宝界桥，一向谦逊的荣德生也会流露出些许自傲，说："我一生惟一事或可留作身后纪念，即自蠡湖直通鼋头渚跨水建一长桥。……他年我无锡乡人，犹知有一荣德生，唯赖此桥。我之所以报乡里者，亦惟有此桥耳。"这座桥成了无锡蠡湖的标志性建筑，它方便人们去鼋头渚风景区观光。在桥未建之前，人们需乘船从此岸到彼岸，或直接由市区乘船前往，而乘车者只能隔湖相望；在桥建起后，人们可乘车直接过桥至鼋头渚。

宝界桥是无锡市区通往太湖风景区的必经之路。改革开放以后，无锡经济突飞猛进，旅游事业驰誉中外，"无锡充满着水和温情"是当时一句很打动人的口号。然而，荣德生留给这座城市的遗产——太湖风景区交通枢纽的宝界桥车水马龙，运输繁忙，甚至出现拥塞，亟待开辟新径。

1993年夏，无锡市党政领导就建设新桥事宜向时任国家副主席的荣毅仁做了专题汇报。在荣毅仁的指示下，其子荣智健以香港中信泰富公司董事局主席的个人名义捐资三千万元，协助无锡市修建新桥。荣智健当时已成为香港负有盛名的企业家，但他没有忘记祖父当年的教诲和期望，继承了达则兼济天下的家传，把公益事业放在很重要的位置。

1994年新宝界桥建成，适逢荣德生一百二十周年诞辰。同年7月26日，荣毅仁为桥题字"宝界双虹"。新宝界桥位于老桥东侧十米，长三百九十米，宽十八点五米；桥北侧引坡栽植常青之香樟一百二十棵，借此纪念荣德生造福桑梓之大义；建于新老两桥之间的碑亭，全部使用苏州吴县金山石筑成，气势挺拔雄浑。1994年10月16日，无锡市隆重举行"宝界双虹"通车仪式，荣毅仁偕夫人杨鉴清、儿子荣智健等赶来参加。当荣毅仁等人出现时，现场人群中爆发出阵阵欢呼和热情掌声。荣毅仁满面春风，向欢迎的人群频频挥手致意。

荣智健在通车典礼上讲话，说："六十年前，我祖父荣德生先生，以其寿仪和贺仪修建宝界桥，便利行人，造福桑梓。今天，我又遵照双亲的指命，捐赠兴建这座新桥。今天，我的双亲已近八十高龄，专程从北京来到家乡，参加了这个盛典，这是对家乡建设的关怀，也是对我的鼓舞和勉励。"

"君自故乡来，应知故乡事。来日绮窗前，寒梅著花未？"（王维，《杂诗三首·其二》）荣家祖孙三代饮水思源，落叶归根，造福乡里，建造宝界双虹。这两座建造年代不同的长桥，贯穿着荣氏家族百年来的乡情、乡愁、乡谊。他们在上海、北京、香港创业主事，萍踪浪迹，筚路蓝缕，但始终未忘故土之根，"知故乡事"，做故乡事。

六十年前荣德生修筑老宝界桥，六十年后荣毅仁、荣智健修筑新宝界桥，造福于一方，以寸草之心，报家乡三春晖。新桥与老桥、双桥与碑亭珠联璧合，成为无锡太湖又一新人文景观，影响及至全国。宝界双桥是荣氏家族几代人精神传承的生动诠释，他们不求回报，只是出于一颗纯正的初心——家国天下的初心。宝界双桥也是江南文脉的重要组成部分，以及工商文明和公益精神的活标本。站在桥头，我们能感受到弥漫着水气的空气里散发出这个家族的人格魅力和家国情怀。

无锡地处江南，被京杭大运河贯穿，河道纵横，港汊密布，无桥则交通甚为不便。民国时期，古来修筑的桥梁多有倒塌毁坏，这对交通状况而言更是雪上加霜。因此，荣德生一直视修桥铺路为公益事业的重中之重和最为积公德的大事。

荣德生的造桥大业，是通过一个叫作千桥会的组织完成的。这是一个致力于地方桥梁建设的松散性公益组织，发起人除了荣宗敬、荣德生兄弟俩，还有锡商陆培之、薛南溟、祝兰舫等，其计划为无锡及其邻近地区造桥一百座。造桥计划的具体实施则交由荣德生的百桥公司负责，其负责人系贾茂青和朱梅春，一个专注设计，一个负责建设管理。

无锡南门古运河上的大公桥，是千桥会建造的第一座桥。20世纪二三十年代，南门丝厂林立，古运河两岸的缫丝女工上班，都得起早摸黑赶路。为避免路远绕道，永泰丝厂对面的南码头设了摆渡口，用渡船接送女工。1929年的梅雨季节，无锡发大水，河水湍急，振艺丝厂一名身怀六甲的女工在乘渡船时不慎溺水身亡，这起惨剧引起缫丝产业公会的重视，其提出弃渡造桥的要求。丝厂为了工人安全，同意造桥。然而丝厂势单力薄，建桥所需费用甚高，造桥计划一时难以实施，丝厂遂向千桥会求助，荣德生全力赞助。因众多商人和百姓的"大公"之举，1930年4月，一座水泥钢筋桥梁建立了起来。九十多年过去了，大公桥依然横跨古运河，与清名桥遥遥相望。两座桥蹲踞在狭窄的巷空，连起绵延在一起的黑瓦白墙的房子和黄石砌的驳岸，还有挂着红灯笼的小码头，桥下是缓慢流动的波光粼粼的水流，让水弄堂有了纵深感，也更有层次感。

千桥会从1929年起，一直运作到1937年，因七七事变爆发才被迫中止。《无锡市志》有如下记载："民国十八年，荣氏兄弟发起成立千桥会和百桥公司，集资建造桥梁，改善水陆交通。当年建造蠡桥、鸿桥、大公桥等十余座，七八年间共建大小桥梁八十八座，其中无锡五十七座，常州二十七座。以荣德生六十寿辰时在五里湖上建造的宝界桥最为著名。"以前，从无锡市区前往鼋头渚，五里湖一水相隔，人们靠一叶扁舟摆渡往来，一旦遇到风浪，就只能望湖兴叹。荣德生一直想在湖上搭建一座桥梁。

1934年农历正月十六日，花甲之年的荣德生亲率工匠、技师，实地踏勘，实施测流、探土、桩基试验。至8月11日，宝界桥合龙通车。这一工程整整耗资十万元，除了捐出亲友馈赠的全部六万元寿礼，荣德生个人还捐四万元。荣德生亲书"宝界桥"镌刻于大桥东西两侧。大桥的六十个桥孔，则象征着荣德生的六十寿辰。坊间曾流传着这样一件逸事：这年，一向雨水丰沛的太湖竟然久旱无雨，湖底都朝天了，因此建桥的速度得以大大加快，宝界桥从施工到合龙通车竟然不到半年。老百姓口口相传的则是"建桥的善举感动了老天爷"。自此，无锡百姓得以"舍舟渡而畅运，弃绕径以直达，游湖朝发夕归"。

为了查证千桥会的功德，申新三厂老职工胡寿松通过查资料、访老桥，历时近两年，费尽周折后得出结论："实际考察后，我发现千桥会造的桥超过一百座，除了无锡，还分布在常州、宜兴、丹阳等地。"胡寿松还提到，当时无锡流传着一句话："要造桥，找荣老板。"千桥会的名气越来越响，即使是常州、丹阳等地的人们想要造桥也来找荣德生。

荣德生帮忙建桥有三大原则。第一，一定要请当地有威望的人来洽谈，因为动土造桥是大事，有威望的人善于协调各方关系。第二，原桥原位，老桥拆除后，新桥一定要在原址上重建。当时造桥事关风水，百姓极为重视，原址修建不会引起反对。第三，千桥会只负责提供材料，人工费用须由当地筹集。荣德生认为，修桥是造福百姓的善事，只有大家共同出钱出力，桥造好后才能得到大家的爱护。黄巷乡龙塘岸村的怀陵桥在修建时，其费用是按照当时全村人每家灶头的数量均摊的。千桥会造的桥梁质量必须过硬，钢筋从国外进口，水泥出自南京龙潭的中国水泥公司，荣德生亲自过问设计、施工。对此，荣德生自言："都次第设法为之修筑，务在实利，而不求虚名。""比岁以来，筑桥都八十余所，乡人之被其惠益者不可计数。"当时，社会对荣氏兄弟的善举倍加赞美："乡里善举，锐身坚行。凡桥梁道路有不便于人者，无不修。年岁饥疫，有活人之事，无不为。""出资常以数万计，力能致富，而又善于处当。"

德生，"崇德厚生"，名副其实也。荣德生一生都投身于民族工商业，并始终谋划着无锡的城市化发展，兴实业、办公益成为贯穿其生命历程的两条红线。他按无锡的蓝图开展了力所能及的种种社会事业，除了人们熟知的梅园、江南大学，荣家还送给了这座城市众多公共礼物。在修桥的同时铺路，荣德生斥巨资为家乡修筑了多条公路。民国初年，他联络地方人士，发起修筑自梅园至西门迎龙桥的开原路，这是无锡西郊的第一条大马路。1918年，荣德生又领头捐资辟建了从无锡火车站至惠山的通惠路，并从惠山修路至河埒口，使其与开原路相连接，这成为北郊对外联络的重要通道。此外，申新路、德溪路等也都由荣德生倡议和出资修筑。截至1929年，"先后已成者，共有八十余里"，近代无锡的路网骨架至此成形。江南大学荣氏研究中心的陈文源教授认为，无锡出现千桥会这样造福桑梓的民间组织，荣德生起到了引领作用，其他乡贤缙绅也做出了不可替代的贡献。实业有成后，再将大批资金投入地方公益事业，致力于实现家乡"百桥""千桥"的理想，这集中体现了无锡民族实业家"货殖以起家，散财以治乡"的爱国爱乡的奉献精神。

"文革"前后，荣智健在东北长白山和凉山生活达八年之久，亲身体验到了贫困地区百姓生活的贫苦和艰难。从那时起，他就萌生了要为社会做些有益的事的念头，但当时他苦于自己身处困境，无能为力。今天，他成了身家几百亿元的企业家，已有能力、有条件做些公益事业，这既是为了企业本身的形象宣传，也是为了承担起济世助人的责任。

1978年，荣智健刚去香港不久，担任香港爱华电子器材公司总裁，在回家乡无锡时，他拜访了父亲当年就读过的公益中学，并赠送了十台电脑。那时，有不少人还不知道电脑为何物，而且电脑价格不菲。公益中学是他爷爷荣德生办的，为家乡和荣氏企业培育了大批人才。1985年，荣智健参加母校天津大学香港校友会成立典礼，出资为母校发电教研室购置十台微型发电机，为母校的教学实验提供了急需的设备，这对学校来说，无疑是雪中送炭。1995年，荣智健受聘担任天津大学名誉教授。在母校九十周年校庆之际，他捐款二百万港元，用于整修青年湖岸，建造北泽园，并完善发电教研室计算机房的建设。1997年，荣智健投入五千万港元，设立"荣智健教育基金会"，用于对优秀师生和有功于校的人的奖励。饮水思源，荣智健深深感恩天津大学对他的培育，他反复说的一句话是："我为天津大学所做的一些事情是我力所能及的，这与天津大学对我的培养相比还远远不够。"

荣智健不仅对母校天津大学的培育之恩铭记于心，还对我国著名的高等学府清华大学的发展也深为关切。1999年12月22日，由荣毅仁亲自命名并亲笔书写楼额的清华大学法学院大楼——明理楼正式启用。明理楼是1997年4月由荣智健捐款三千万港元建成的，其中两千一百万港元用于建造学院大楼。在大楼落成的剪彩典礼上，荣智健代表父亲荣毅仁向校方表示祝贺，他说："家父对我能为清华大学做一点贡献感到欣慰。"

1993年，最令香港"马迷"津津乐道的一件事是：荣智健的广东话讲得不太好，又是用电话下注，结果跑马场记录员记错了他下注的马的号码。他原本想买他自己的一匹马，没有想到错买了另一匹赔率是一比一百的马，结果却赢得了香港赛马会有史以来最高的巨额奖金五百万港元。尽管荣智健是"错误地"得到了这笔钱的，但就规则而言，他受之无愧。当全香港居民都在感叹荣智健的财运之好时，荣智健却把这笔意外之财悉数捐给了他女儿就读的美国斯坦福大学，作为中国留学生基金，以使中国留学生在奖学金的支持下完成学业，归国报效。

1999年12月，上海市在市政府贵宾厅举行苏州河环境综合整治的捐款仪式，接受香港中信泰富有限公司董事会主席荣智健捐赠的一千万元。苏州河是荣氏企业的发祥地，从周家桥第一家申新纱厂起，荣家的多家纱厂、面粉厂分布在苏州河两岸；苏州河也是中国民族工商业的摇篮。因此，荣智健对这条河流有种特别的感情：先辈们在这里奋发创业，在回浪浅滩上盖起一座座面粉厂、纺织厂，爷爷兄弟俩乘着小火轮在苏州河上突突地驰骋，看着那鳞次栉比的荣家工厂烟囱里冒出的一卷卷烟云，掠过足足绵延十几里的一片片厂房，这是他们最好的享受。几十年来，苏州河承载了他们的理想、信念、血汗，也造就了一代巨贾。但是，苏州河也不断地被恣肆排放的污水浸入，整条河的水如墨水般混浊，它早就亟待治理了，在某种意义上，荣智健捐款是在还祖辈欠下的"债"，为苏州河正本清源尽一点责任，同时答谢上海这座大都市接纳他多个项目的投资。苏州河环境综合整治办公室向荣智健赠送了一件特别的工艺品，它是用苏州河河底的泥烧制而成的陶瓷器。这件陶瓷器沉甸甸的，是百年工商文明的沉淀，其中有他祖辈和父辈努力奋斗的汗水，一切都浓缩在这一件陶瓷器里。荣智健回赠了一辆游览车，期待人们能早日在车上观看苏州河的清波粼粼。这两件礼物带有历史循环的某种意思，耐人寻味。

后来，荣智健又向上海市慈善基金会捐款一千万元，向上海市教育基金会捐款一千万元，济困助学是荣家的家传。

荣智健对无锡的资助更是不亚于他的祖辈、父辈，比如：投资建造宝界新桥、提升梅园景观、修缮锡山龙光塔等，累计五千万元左右；向无锡市人民医院捐资四千万元；以"荣毅仁教育基金"名义向江南大学捐资一亿一千万元。这个荣家第四代半路出家的金融家兼实业家，不仅以雄视高远的魄力把家族精神发扬光大，还把兼济天下的公益传统做到极致。但荣智健像他的父亲、祖父那样，很少声张，因为真正的行善一般不扯上善良的旗帜。他们都坚信：积德不需人见，善意匪如清流；风光霁月，暗室不欺。柯里尔说："真实的高贵，是心中明白自己该去救济他人时，就勇敢去做，而不会过多考虑他人是否因此而感恩，更不会因他人的回应而改变初衷。"

法国学者白吉尔阐释道:"随着这些本地城市社会精英人数的增多,他们承担的社会公益活动也日趋多样化。这些活动包括发展慈善事业、维护社会治安、疏通河道、修筑堤坝、促进城市建设、加紧港口整治,以及推动实业的兴办。……地方精英阶层之所以承担起社会公益事务的责任,是出于社会开放和现代化的强烈愿望。"

劳动界仅见之成就

荣德生在几十年治理企业的过程中,对于处理资本家(工厂主)与工人的关系是极有办法的,也采取了一些具有独创性的举措,其中最富有创见的就是创建"劳工自治区"。荣德生创建这样一个模式,绝不是搞形式主义、走过场,更不是一场作秀式的表演,而是经过深思熟虑和长期探索,并倾注了大量心血。这是荣氏兄弟平等互利思想以及工业民主精神的示例,既出于儒家传统的"仁爱"思想,也是本土公益传统、商业人格的体现。"劳工自治区"一经成立,就得到各界广泛的赞誉,吸引了全国各界人士前来参观,国内外报刊也纷纷报道和介绍此事,基本上全是夸赞之词。国际劳工总局特派员伊士曼看了之后极力称赞,称之为"工业界先觉"。上海《新闻报》发表报道,称之为"劳动界仅见之成就"。

主编《剑桥中国史》的哈佛学者费正清在谈及"张謇现象"时指出,19世纪末,其实中国还没有资产阶级。相反,正是这些维新派首创了资产阶级,或者可以说是发明了资产阶级。像张謇等士绅文人,在甲午战败后之所以突然开始投资创办现代企业,主要是出于政治和思想的动机。其行动是由于在思想上改变了信仰,或者受其他思想感染所致。长期以来,中国的资产阶级具有某种出于自愿的理想主义的特点。

荣氏兄弟认为，工厂办得好不好主要看工人，工人的生活安定与否及其文化水平的高低，都将直接影响企业的生产力。按现在经济学的观点来解释，也就是人的要素在诸多生产要素中占有最重要的位置，并且是最主要的驱动力。他们对"大烟囱"和"小烟囱"关系的理解，就形象地诠释了这个理论。虽然他们未必懂得哲学思辨的理论，但自身的悟性已让他们充分地意识到工人之于工厂，好比树之于森林，资本家就是一棵树，独木不成林，有了足够多的工人才能成为密林。他们显然明白了大小烟囱里所蕴含的利益关系和文化思考。

读书历来是清雅之事，是士的特权，劳动者大多是一字不识的白丁。但民国商人中有些很有胸怀的人，不仅办厂，还办学，给予工人及其子弟读书的机会。能达到这种境界的民国商人不少，张謇就是其中一个，他在南通大办学校，其中有职业学校、专科学校、师范学校，这让大生纱厂的员工有机会读书。穆藕初也是其中一个，他帮助过许多优秀学子或到国外深造，或在国内继续学业，还参与创办了上海市第一所职业学校、第一所商业实习学校，使得许多工人和农民能有机会入校进修。另外，"化学工业之父"范旭东、"船王"卢作孚等，也重视办学和职业培训。当时的实业家办学育人是一种常态。

荣氏兄弟毕生都把办学和办实业作为事业不可分割的两个方面，从没有在办实业的过程中放弃办学。申新三厂相继开办了不收费的工人晨校、夜校，前后有一千六七百人参加识字班，还办过许多期工人养成所，包括女工养成所、机工养成所以及艺徒训练班等。职工子弟小学免收学费、书杂费，提供午餐。在工人福利待遇方面，申新三厂也形成了一系列制度，包括：发放生活补贴，工人上班时免费就餐，统一为工人制作工装、被褥，垫付服装费用，分期扣款；办职工医院，工人除花柳病外一律免费治疗；每人每月休假三天，假期内特地放电影、演戏等；实行带薪年假制度，职工工作满一年，可以休息两个星期，服务满十年者可休息三个星期，休假期间工资照发；妇女的产假和员工的生老病死、因公致残或致死抚恤费等都有明文规定。平心而论，该厂这样的待遇和福利已经超过现在的国有企业。自从实行医保后，企业不再设职工医院免费给职工看病配药，而带薪休假也成了一件不确定的事。至于民营企业，延长工作时间、将休息日由两天变为一天是常见的现象，带薪休假更是一件难以获得的"奢侈品"。我不是刻意美化那个时代的实业家，刻意美化荣氏企业的福利，因为这是不可否定的历史事实，体现其企业文化中的道义和良知。我还要说，这样的高度是今天的企业家难以企及的。

"劳工自治区"是荣氏企业文化的精华，是一个非常醒目的标志。早在1926年，荣德生就萌生了这个构想，直到1933年才开始正式推行。申新三厂总管薛明剑回忆说，荣宗敬也是非常支持设立"劳工自治区"的。每次到无锡来，见到办事人，荣宗敬总是说："很好，很好，快些大力扩充为第一。……我弟弟不肯用的钱，用我私人账户付好了。"其实，不是荣德生不肯用钱，他是精打细算，把钱用在刀刃上，不该花的钱，他从不乱花，该花的钱，他是很慷慨的。

"劳工自治区"设在工厂的一角，与车间有一段距离，相对独立，环境安静，绿草如茵、林木葱郁、白石堆砌、鲜花竞放，置身其间，好像在富裕人家的庭院中，人们绝对不会想到这是工人的居住和活动区域。居住区分为单身女工、男工以及工人、职员家属四个宿舍区，其中单身女工区可容上千人，房租由副业生产、工会补贴等收入拨付。按区、村、室三级，工人自己推选各级负责人进行管理，室有室长，村有村长，区有区长。被褥、铁床、枕头、席子、衣柜等都由厂方提供。在单身男女工区，每室都选举文化程度较高的工人作为小导师，在休息时间教授大家简单的文字。"劳工自治区"设有园圃、鱼塘、鸡场、鸽场，工人可利用业余时间种植花果蔬菜，养鸡鸽兔鱼。

此外，"劳工自治区"还设有食堂、浴室、菜场、运动场、公园、戏院、代笔处、职业介绍所、民众茶园、合作社、职工医院、劳工图书馆、公墓、劳工储蓄所、劳工保险所等，俨然是一个功能齐全的社区。"劳工自治区"甚至还设立了"工人法庭"，若工人之间产生纠纷，由工人选举产生五个裁判委员，进行斡旋、调解，以化解矛盾。

另外，"劳工自治区"还设有一个"尊贤堂"，里面供奉关羽、岳飞、戚继光等历史上的民族英雄，通常无理取闹者或犯错误者，会被叫到里面反思、悔过、宣誓。另有一个"功德祠"，因公受伤殒命或在厂内供职十年以上且有功于工厂的，可以入祠，列出事迹，接受全厂职工的瞻仰，殒命者则接受公祭。因公身故的人必有抚恤金，或工厂会对其后人予以照顾。任职达到一定年限或因年老而退休的人，工厂会递加俸金或退休金。

"劳工自治区"的创办，是荣氏兄弟对职工的一种激励、尊重，也是对企业管理制度的一种探索性试验和创新，一种文化建设。申新三厂在申新系统中是效益较好的，工厂秩序稳定，这与企业给工人的福利比较好、"劳工自治区"的组织周详、管理得法有一定关系。事实证明，荣氏兄弟对协调、平衡劳资关系有清醒的认识，他们懂得：企业的成功必须从善待工人着手，因为工人是工厂最大的力量，是工厂的生命线，要使他们感觉到工厂对他们的尊重、爱护，以及付出会有回报，努力会有奖赏。只要让他们有期待，感觉有奔头，与工厂构成命运共同体，职工自然会有劳动的积极性和创造性。反之，若工厂主不顾工人死活，过度剥削，劳资关系势必紧张，劳资斗争一定会加剧，这样的企业不可能兴旺。

无锡申新三厂推行的"劳工自治区"是荣氏兄弟以企业家之力，办社会之事，格局之大、眼光之远，在中国企业史上是一个创举。除了申新三厂，荣德生的女婿在汉口主持的申新四厂也设立了类似的自治区，尽管它后来内迁至西北，位于偏僻的黄土高原，地广人稀，相对闭塞，但整个工厂都实行了以工、农、牧、副、林、渔为综合经济的自给自足的自治制，把自治区提升到一个新的高度。如果没有爆发战争，上海申新各厂和福新各厂，以及无锡茂新面粉厂也会全面推行"劳工自治区"这种模式。但对于一家企业来说，掌握好激励事业和慈善事业的度很重要。大生纱厂最后入不敷出而失败，据说是因张謇激励过度、慈善过度所致。据统计，张謇兄弟用于公益慈善的资金总额占到大生纱厂盈利额的一半左右，正所谓"本小事大""急进务广"，最终造成资金链断裂。荣德生在这方面掌控得比较好，一直"发上等愿"，"向宽处行"。因此，在"劳工自治区"建立后，申新三厂并没有盲目扩张，而是量力而行，投资均处于合理区间，因而促进了生产的发展，效益也向好向上。统计数据表明，1936年，申新三厂出产的每件纱、每匹布，与三年前（也就是"劳工自治区"开办之初）相比，成本大幅下降，产量却增加了。当"劳工自治区"基本建成时，刚过花甲之年的荣德生充满了喜悦之情，他在自治区里走了一遍，觉得这比车间里安装了一批新式机器还要让他满足，这是一种超越物质的精神享受。这是世间真正温煦的美色，带着诗化的意境。他后来在《乐农自订行年纪事续编》中得意地写道："申三自治区办得好，声誉四播。各处学校、工商界来参观者不少，政府要人亦来参观，颇加称道。"

人有血统传承，企业也有，申新三厂至今依然存在，只是它改了名字，成为无锡一棉纺织集团。名字变了，先贤的流风仍在其中，它的肌理始终浸润着荣氏兄弟创办"劳工自治区"时的那种创新的精神。

新中国成立后，荣毅仁作为首任董事长，秉承父亲提倡的实业报效国家的办厂宗旨，以及"品质为上、诚信公正"的经营方针，不断推进企业发展。1954年8月，荣毅仁响应国家号召，带头实现公私合营，申新三厂成为无锡市首批实现公私合营的企业之一。此后，申新三厂更名为无锡一棉，成为江苏纺织行业、无锡工业的排头兵，为我国纺织工业和地方经济的发展做出了诸多贡献。2001年，响应无锡"退城进园"工程，无锡一棉搬迁进驻锡山，建新厂园区（一个新时代的"工业自治区"），开始了企业的全新发展和巨大飞跃。2003年3月，有港资背景的"长江精密纺织"建成，建筑面积达十万平方米，是一个相当于七个足球场大的、世界最大的精密纺车间，产能占到当时全球精密纺织的十分之一。

如今，企业共拥有六十万枚纱锭和六百台织机，年产高档纱线三万吨、高档织物五千万米，年产值达二十亿元。走进无锡一棉最"忙碌"的纺纱车间，只见一排排纺织机器自动落纱、换管、接头，在偌大的厂房中，除了机器，只有寥寥数人在巡视和进行简单操作，完全是一幅"鲜见人踪影，但闻机杼声"的画面。

"努力+团队+时运=成功。自己的努力占百分之三十，好的团队占百分之三十，好的政策占百分之四十，这三种要素叠加起来必会造就成功。"这是荣智健总结的一种事业成功等式，也可以说是一种经验。申新三厂有一个好的创始人荣德生，也有一个好的团队，员工也十分努力。申新三厂创造了许多好的管理办法，其中最为经典的就是高标独立的"劳工自治区"。但是因缺少好的政策支持，也缺乏时运，所以在发展过程中，穿越厂区而过的运河时有干涸之虞，时有惊涛拍岸之险。国棉一厂的百年历史，象征着中国企业的曲折命运。在申新三厂基础上成长的无锡一棉幸运多了，它与申新三厂有深厚渊源，又注入了新的管理理念，还有一流的管理团队。无锡一棉将老厂的工业文明精髓薪火相传，在传承中创新、升华，在天时、地利、人和的时代大趋势、大格局中奋进，确立当代人的使命感和奋斗目标：一根纱，一匹布，锻造百年匠心，走可持续发展之路，成为梦圆百年的长寿企业和世界一流的纺织企业。

在无锡一棉工作达三十年的现任厂领导周晔珺深有感触地说："近百年的历史，经历了风风雨雨，最大的体会就是要高端定位，务实求进，传承创业先辈优秀的思想文化，学习世界优秀企业的成功经验，坚持不懈地创业和创新。"

为避免同质化竞争，无锡一棉确立高档产品、高端市场的战略定位。多年来，无锡一棉通过技术创新，生产出具有高科技含量、高效益水平的高档色织、针织、床上用品以及各类功能性化纤产品。其生产的TALAK（太湖）牌产品，不仅是中国名牌，还成为许多一线著名服装品牌的专用纱，TALAK品牌的商标在美国、英国、法国、德国、日本、意大利等五十五个国家注册。客商赞誉，说："无锡一棉是全球高支棉纱的最佳供应商。"

无锡一棉把技术创新和管理创新作为企业做精做强的战略支点，人均劳动生产率、人均利税均领先于同行。无锡一棉博采众长，务实创新，跟踪学习纺织工业以及其他行业的前沿技术，借鉴各行业成功的管理经验，汲取精华，提升和创新管理理念、管理手段、管理方法，并汲取传统管理中的合理部分，继承和倡导"三老四严"作风，强化"三基"管理，实施科学管理，加强班组管理，夯实基础管理。无锡一棉还在此基础上颠覆传统，摒弃沿用了五十多年的"运转操作法"，重组操作流程，简化操作程序，实施精细的定额管理，革新操作方法，改良运输工具，使巡回操作合理、简便，挡车看台从四台增加到三十多台；改"五三保全工作法"为"以产品质量为中心，包机责任落实到点，状态维修落实到点"的新型设备维修管理法，使设备状态良好，纱线品质一流，维修用工节省三分之二。

两化融合，老厂新生。百年纺织老厂新生的一个重要秘诀就是采用最新的物联网技术控制生产和辅助管理。由此，无锡一棉也被形象地称为"建在传感网上的纺织企业"。2009年11月，国务院批准无锡建设国家传感网络创新示范区，无锡一棉率先参加了这一示范区的建设，投资建成了由九万多个传感器、二十八套信息系统组成的传感网，实时监控生产状态、产品质量和能耗情况等。

把百年老厂建在传感网上，工厂受惠很大。据了解，无锡一棉日产纱线八十吨左右，长度约为八百零十五万公里，相当于绕地球二百零四圈。传统的产品抽测方式只能是由人工抽测约万分之一的产品，无法对产品质量实行有效控制，而且会对抽测样品造成破坏。采用传感技术，不仅可以对每一枚纱锭进行在线自动监测、自动纠正、消除疵点，还可以自动调整生产设备，保证其处于最佳运行状态，在产品质量超标时自动报警或停止生产。传感系统一昼夜还能采集数百万条生产数据，而通过网络集成处理后，这些数据将形成有效的管理信息，由此直接提高了管理效率。

无锡一棉对信息化的重视始于1990年，当时就有一项规定：只有通过计算机中级考试的人才能担任中层管理者。自从被列为工业和信息化部两化融合示范企业，无锡一棉的高层更是带头学习和运用信息化技术，要求每个员工熟练掌握信息技术，并对优秀员工予以奖励。在劳动力资源紧缺和流动率大、各项成本节节攀升的情况下，通过对工厂的智能化改造，无锡一棉的生产效率在亚洲同类企业中领先。周晔珺表示，十年前每一万枚纱锭用工三百人，现在则只需要十六人左右。产品的质量和档次也得以全面提升，密度最高达到三百三十支，吨纱附加值明显提高。无锡一棉出产的纱、布畅销国际市场，诸多国际一线的奢侈品大牌均是其长期供货客户。

几十年来，无锡一棉的科技人员和其他员工一起推动企业和中国纺织业新发展。第一个利用外资引进国际先进设备，率先引进精密纺技术，引领行业科技进步，率先开展特高支纱线的研发，创造经典量产的三百支纱线，仅一公斤棉花原料，可以纺出五百公里长的纱线。无锡一棉成为特高支纱线的领跑者，目前仍保持着特高支纱线产品全球市场占有率第一的骄人业绩。

百年沧桑，无锡一棉的身上集聚了太多"第一"的光环，创造了一项又一项历史纪录：1975年，在中国首次采用气流纺织技术；1979年，全行业第一个进行来料加工补偿贸易，利用外资，在中国大陆首次采用自动络筒技术、高速精纺技术、纺织空调技术等三十五项世界先进技术；1994年，成为全国首批拥有纱布出口权的企业之一；1995年，全国第一个生产烧毛丝光纱，高档丝光T恤衫自此流行；2000年，全行业第一个开发生产羊绒棉纱、兔毛棉纱、蚕丝棉纱和一百二十支高密防羽布等新品，形成了极具竞争优势的产品集群；2001年，全国第一个采用了精密纺技术，引发了我国纺织行业精密纺纱的高潮；2003年3月，引进港资的"长江精密纺织"，建成世界上最大的精密纺车间。

由于无锡一棉在国内外行业中的独特地位，它的发展也称得上我国纺织行业的风向标，不仅受到各级领导的关注，还承载着带动全行业健康发展的责任。有这么一段总理感谢"真话厂长"的佳话：2008年7月4日，时任国务院总理的温家宝到无锡一棉调研,当时的厂长李光明向总理反映了纺织行业困难的情况。温总理回到北京后,立即研究部署、采取措施帮助纺织行业度过"寒冬"。2011年12月18日,在一次座谈会上,厂长周晔珺对温总理说:"我向您表示感谢。"温总理回答,说:"我正是在你们这里感受到了国际金融危机给企业带来的影响。我应该感谢老李,感谢他让我了解到真实情况。"接着,温总理又根据无锡一棉周晔珺和红豆集团周海江等反映的同行业中小企业的经营困难问题,提出了国家扶持企业发展的三条政策,从而增强了企业的发展信心。

在经历了智能化、精品化、精细化等"全方位改造"后,百年工厂无锡一棉如今在思考如何为下一个百年寻找新生机。"今年是承上启下的一年,因为我们企业'一百岁'了,我们不仅要做'长寿'的企业,还要让这个企业有活力、有生机。"无锡一棉董事长、党委书记周晔珺表示,"今后无锡一棉将围绕国际化、智能化、证券化、精品化及精细化这'五化'开展工作。……一直以来,纺织业被不少人认为是'低端、低效、产能过剩'的传统产业,但在我看来,没有夕阳的行业,只有夕阳的企业,越是传统的产业就越有生命力。"

当年,为了在竞争环境中求得企业的生存和发展,荣德生"勇往直前,做世界之竞争","时存竞争心","心存紧缩,不敢浪费,力劝各厂整理、革新"。当下,无锡一棉继承荣德生的精神遗产和管理经验,部署两项关键性措施:对内坚持练内功,计划两年内继续加强技改、管理等方面的工作,以期实现每一万枚纱锭用工五至八人的目标,达到世界最先进的水平;对外走出去。2018年1月中旬,无锡一棉(埃塞俄比亚)纺织有限公司项目在埃塞俄比亚德雷达瓦国家工业园区举行开工典礼,此举也标志着无锡一棉乘着"一带一路"这场21世纪的东风,开始走出国门,进行海外布局。

据悉,无锡一棉(埃塞俄比亚)纺织有限公司项目总投资两亿两千万美元,规划生产三十万枚纱锭,分两期进行。该项目设想将无锡工厂部分状况良好的原有设备转移到非洲工厂使用,通过利用非洲广袤的土地、电力、人力等资源优势,拓展海外中端市场,为今后布局海外奠定基础。该项目的产品定位为中高档纱线,主要匹配国内外高档色织、针织、家纺的产品市场,可提供三千个就业机会,实现年出口创汇约两亿美元,最终形成中国建设、一棉模式、非洲生产、全球销售的模式。

在与周晔珺交谈时,她谈得最多的还是要把无锡一棉打造成一家与时俱进的、经得起考验的不衰企业。"好不过三代"是就一个家族而言的,但企业亦是如此,由盛至衰的企业并不少见。打破魔咒,保持企业旺盛的生命力,打造健康长寿企业,需要恒久学习力与核心竞争力。周晔珺认为,每个企业定位不一样,要清楚地认识到所处的环境,抱有危机意识,不断创新性发展。同时,企业要形成自己的核心竞争力,关键是要与时俱进,做自己最擅长的东西,做精主业,做出特色,确保在行业中保持领先优势。"雪崩时,没有一片雪花是无辜的。"如果一个厂垮了,那么这个厂人人有责,不要去抱怨谁,要反思的是你自己。

百年无锡一棉,一路风雨艰辛,凝聚着几代人的心血与汗水。中国的工业化开始于国家和民族的沉沦时刻,发端于江南,于是一批爱国的实业家出现了,其中就有荣氏家族,而申新三厂是荣家在家乡无锡办的最大的企业。荣德生、荣尔仁、荣伊仁、荣毅仁历经民族危亡的时刻,对这家工厂倾注了满腔热情,带着实业救国之宏愿,在西水墩这片土地上桴鼓军前,厂房嘈杂声犹如嘹亮的号角声。在事关民生的衣食战场上,申新、茂新是两支携手冲锋的队伍,令人敬畏。在荣氏集团军中,申三、茂一始终起着脊梁柱的作用。在上海申新搁浅时,天崩地坼,申三却依然屹立于运河之畔,为荣家留下了一块阵地。荣德生劝慰荣宗敬:"不怕,万一上海申新不行,还有无锡申三。"荣宗敬听了,精神顿时一振。可见,在荣家最艰险的时候,申三是荣家的退路和一个坚实的堡垒。从申新三厂到无锡一棉,其生命的坚韧和治理的规范无不秉承和弘扬荣家所有的经验、思想。

现在,无锡一棉接过了那一代实业家实业兴国、强国的接力棒,坚持在传承创新中让拥有百年历史底蕴的企业焕发出创新争先、自立自强的生命活力,继续创造新的奇迹。每年清明节，无锡一棉都会派出代表，到荣德生墓前献花祭扫，他们永远怀念这位为这家厂付出毕生精力的爱国老人。

荣氏企业的文化符号

商标和品牌是一种无形资产，产品或商品的知名度和美誉度越高，其价值就越高，这已是人人皆知的常识。所有合法生产的产品都有商标和品牌。虽然商标和品牌有不可分割的联系，但两者也有区别。首先，商标是一个法律概念，由商标法对其进行保护，一经注册，权利人就享有商标专用权，任何个人和企业不能冒用、模仿；而品牌是一个经济学概念。对于企业来说，品牌通常只有很少几个，但是企业可以注册一系列不同的商标图案。其次，商标的作用是将商品与企业关联起来，起到标识作用；品牌关联的则是企业的整体形象，这在商界也是一个共识。

清朝末年，商品经济已很活跃，但一些商人的商标意识和品牌意识还比较淡薄，不知道如何保护自己的商标和品牌，以致闹出不少纠纷。比如北京菜市口的王麻子剪刀店，创办于清朝顺治八年（1651年），是一家专卖剪刀、火镰的名店，所售剪刀上均镌刻"王麻子"三字，包装袋上亦印有"王麻子"字样，可谓商标、品牌、店主名融于一体。由于产品质量上乘，服务周到，王麻子剪刀店很快成为远近闻名的店铺。但因缺乏商标意识，店主没有注册商标，也许是由于当时还没有这样的机构和制度，到了民国，冒牌产品、商铺频频出现，"汪麻子""旺麻子""老王麻子""真正王麻子""真真王麻子""真真真王麻子"等字号冒了出来，以假乱真，正统的王麻子剪刀店对此深感无奈，毫无办法。这样的事绝非个例，无锡排骨"陆蒿荐"也有"真正陆蒿荐"之争。鉴于这样的情况，民国时期就出台了《商标法》，对商标和品牌予以保护，但并不是所有商人都有商标和品牌意识。

　　荣氏兄弟在上海开办的第一家申新纺织厂1916年正式投产，当时规模很小，只拥有一万二千九百六十五枚纱锭，其生产的棉纱取名为"人钟"。当时的商人已有了较强烈的商标意识，因而荣氏兄弟照例到租界工部局有关部门对此商标进行注册。荣氏兄弟非常重视商标的设计和品牌保护。商标题材的选择思路及其所形成的视觉风格特征，反映了荣氏家族所具有的企业家精神、人格特质以及在国货运动中的经营理念和实业救国的理想。

　　在这之前，荣氏兄弟已在无锡开设保兴面粉厂，因处在奠基阶段，管理经验和财力都明显不足，并遇上了销路不畅和大股东退出等变故，但他们没有退缩和气馁，重整旗鼓，将保兴面粉厂更名为茂新面粉厂，1910年开始启用"兵船"商标。"兵船"商标设计得很有气势，中间主体部分是一艘冒烟的兵船在滚滚波涛中行驶着，上面是无锡茂新面粉公司这八个字的中英文字样和中文"兵船"两字，两边分别是"中国自制顶上面粉""商部批准概免税厘"字样，下面是英文"兵船"一词和其他的英文说明。

　　荣氏企业的商标设计和题材选择首先侧重于体现实业救国、提倡国货、抗日救亡的内涵。荣氏兄弟明确意识到，只有在自己的产品和品牌中凸显民族精神，顺应时代潮流，才能抵御洋货的冲击和挤压。因此，申新纺织公司的商标设计基于爱国爱乡、强化民族文化认同、迎合时代风尚的题材，目的是以民族意识引导国人的消费行为，推崇"消费国货就是爱国"的理念。

　　"兵船"商标就是荣氏兄弟这种诉求的示例，其意是实业救国。西方列强凭借坚船利炮，对我国发动海盗般的侵略战争，让我们的国家尊严和主权丧失殆尽，这是当时所有爱国人士共同直面的一个痛点。荣氏兄弟设计这个"兵船"商标，是希望中国的"实业之舰"，能使虚弱的国家强盛起来，有力量抵御外敌。荣氏兄弟使用"兵船"（分红兵船、绿兵船）商标后，立即注册，其当年就在南京举办的南洋劝业会上获三等奖，自此声名鹊起。仅仅几年以后，"兵船"牌面粉就畅销全国，走向世界，远销东南亚、大洋洲及英、法等国，国外的订单常常一次达几万包至几十万包。茂新面粉厂开足机器，加班加点，日夜生产，也是供不应求，而且"红兵船""绿兵船"驰骋商场，成为名牌产品。这一年，荣氏兄弟租用无锡的惠元面粉厂，改名为茂新面粉二厂，济南的茂新面粉厂也在筹建之中。"兵船"作为一种品牌为市场所熟悉，初显其效应和力量。从此，荣氏兄弟对产品商标乃至企业品牌更为注重。

荣氏企业的商标和品牌也饱含强烈的爱国情怀。民国时期，民族危机日益深重，面对西方列强的侵略，尤其是日本军国主义的侵略行径和狼子野心，以及民众消费观的变化、西方文化的渗透、西方资本与商品的挤压，民族工商业面临着窘迫的生存危机。荣宗敬回忆说："生齿日繁一日，舶来品日盛一日，不禁兴起创办实业思想。维时吾国商办实业无多，而洋粉、洋纱运销于吾国者，为数至巨，窃思衣食为人生要需，解决衣食问题，莫如多办面粉厂与纺织厂。"在实业救国思想的影响下，申新纺织公司在选择商标题材上重视对国家、民族命运的关注，将救国于危亡的爱国情怀转化为象征民族精神且能警醒国人的视觉符号。"人钟"棉纱商标是申新的第一品牌，是我国最早经民国中央政府商标注册管理部门核准注册的纺织类商标。

"人钟"棉纱商标的图案是一个年轻人举棒去敲一只精美的青铜大钟，钟面装饰有象征中华民族的龙纹，上面有"中华""人钟"字样，下面有"国货""申新纺织厂"字样。其寓意警钟长鸣，中华民族已处在危急时刻，国人应幡然醒悟，以自己的血肉之躯，筑起新的长城。经过几年的培育，"人钟"牌名声大振，风靡市场，具有很高的知名度和美誉度。当时，提倡国货的呼声在上海及全国各地此起彼伏，一直没有断绝过。日货是首先遭到抵制的，这与日本军国主义悍然发动"九一八"事变有关。面对日军的挑衅，蒋介石忙于对苏区进行围剿，"东北王"张学良的四十万精锐竟然不敢与区区几万关东军决战，奉行不抵抗主义。日本人兵不血刃，不战而占领东三省，致使中国民族主义情绪高涨，无数优秀的中华儿女毅然投入滚滚抗日洪流，精忠报国。在大小城镇，抵制日货运动席卷而来，荣氏兄弟总是站在倡导国货、抵制日货的前沿阵地，发表讲话、进行通电，收留从日本工厂愤而辞职的中国工人，表现出中国商人的正气。

上海的日本纱厂受到重大冲击。日本商人心生一计，将日本丰田纱厂的棉纱伪装成荣氏申新纺织厂的"人钟"牌棉纱，把劣质的棉纱推向市场，这一方面给自己的产品找到出口，另一方面败坏了"人钟"牌的声誉，可谓是居心叵测。当时在圣约翰大学读书的荣毅仁勇敢而机智地深入虎穴，获得了日本人调包计的人证、物证。这是一起典型的侵犯商标品牌案，上海舆论齐声讨伐，申新诉讼至租界法院。日商在事实面前输了，但拒绝道歉、赔偿，以一贯的无赖态度将过错推到了中国商人头上。最后，此事就这样不了了之。

但这件事让"人钟"牌更火了，成为华人纺织业引以为豪的品牌，后来上海华商纱布交易所就以"人钟"为标准样纱。荣氏企业自办的刊物也以"人钟"为名，刊名还是荣宗敬亲笔题写的。

国家意识在申新棉纺织品商标中最直接的体现是"国货"两字的使用，"国货""完全国货""上顶国货""提倡国货"等表述在同时期许多国货商标中被频繁使用。申新除"人钟"牌以外，还有"双骆驼""福寿""双鸭""双聚宝盆""龙船""文明结婚""兄弟"等十三个注册商标，一律在边框两侧写有"敬告同胞，请用国货"的字样，明示了申新产品的国货身份，并发出了爱国呼吁。

申新棉纱商标还大量使用了传统意义上的吉祥文化的符号，因为"民族认同的首要特征就是具有一个共同的文化传统（包括语言文字和传统习惯）、历史渊源和生活方式"。在动荡的世道，申新企求平安、和平。民国时期，西方文化的输入与洋货的充斥，不同程度地影响了国人的价值观念和消费取向，给民族工商业带来前所未有的挑战。

荣氏兄弟清醒地认识到培育国人消费观的必要性和紧迫性，强化民族文化认同成为引导消费取向的关键措施，而中国吉祥文化源远流长，集中反映了中国人的审美情趣、宗教情怀和民族性格。在商标设计中,荣氏企业将根植于国民心中的吉祥诉求转化为商标中的视觉形象符号,成为申新寻求民族认同的象征,符合那个时期人们渴求精神安定和文化安抚的心理,以及传统伦理道德与传递美好的愿望和农耕文明的理想。上海申新二厂的"采花"牌商标、"天女"牌商标,申新四厂的"忠孝"牌商标、"蓉华"牌商标、"四平莲"牌商标、"双喜"牌商标,申新九厂的"金双马"牌商标,以及其他申新棉纱厂的"宝塔"牌商标、"如来佛"牌商标、"象佛"牌商标,都生动有趣地体现了这些传统内容。

另外,荣氏企业的商标呈现方式多样化,还有受时代风尚影响的趋时题材。

民国时期,西方民主、科学的进步思想助推了民族工商业者生存意识的觉醒,其中一些人因海外的留学背景和对国家命运的使命感,萌生了消除时弊的愿望,并在企业经营中对此加以实行。企业家要想使企业不断发展壮大,就需要在市场竞争中不断迎合世风的变化和消费者的趋时倾向。申新纺织公司快速发展的年代,正是社会风尚发生急剧变化的时期,一股革除封建旧俗、促进社会文明、改造社会生活的新风尚蔚然兴起,其中包括放足剪辫、改良服饰、革新婚丧习俗、改变礼仪称谓等。因此,申新纺织公司在着力塑造民族身份的同时,也将国货商标作为引导大众文化、倡导新生活的重要载体,这体现了民族工商业者的时代意识和引领世风的积极姿态,也昭示了民族工商业者在实业救国的思想潮流下,对西方文明进步思想的接受,同时体现了消化、融合、创新这一世界文明发展过程的内在规律,即借为我用、融为我化、促我革新。

改革旧的婚丧习俗是民国初年社会风尚演变的重要内容。随着西方的婚姻家庭、道德观念被引入中国,社会风气大变,封建家长制的包办婚姻受到挑战。北洋政府表示要"采取世界现行之通式,参照中国历来之风俗习惯,厘定民国婚丧通行礼节,颁布全国,以资适用",这一规定的颁布引发了文明结婚的新风尚。申新纺织公司以"文明结婚"作为棉纱类产品的商标,商标图案为一对年轻男女身着西式婚礼服装,落落大方,这反映了青年人在自由、平等观念的影响下,追求婚姻自主、采取新式婚礼的时代现状。这种反映时代风貌的视觉形式，将商品与流行风尚相结合，符合当时的社会潮流，迎合了民众趋时、趋新的消费趋势。

礼节的革新是民国初年社会风尚变化的又一重要内容。南京临时政府废除了封建社会的叩拜、相揖、拱手等礼节，改为"脱帽、鞠躬、握手、鼓掌、洋式名片"等文明仪式。"握手""好做"牌商标都以紧握的双手作为商标的主体内容，呈现出新时代的气息。"好做"牌商标中还有"好做好做、用户传播、各处批发、欢迎握手"的广告语，体现了申新纺织公司对外友善合作的经营之道。

源自西方的童子军教育被引入中国，成为民国时期的一种新兴的教育模式，旨在培养健康、快乐、有用、尽责的社会公民。民国最早的一支童子军成立于1912年，由严家麟在武昌文华书院创建。从最初教会学校的自主培养到后期国民党的控制引导，童子军教育具有爱国和国防教育的双重功效，在促进青少年自主能力的培养、提升品德修养、服务社会等方面发挥过积极作用。荣宗敬曾在全国工商会议上提出全国军警各机关及学校制服应采用国货布匹。申新纺织公司的"童子军""兄弟"牌商标选用新式教育中的童子军形象，反映了当时政府推动童子军教育的时代情形。商标图案为两位少年身着制服，一只手握旗帜，另一只手叉腰，展现了民国时期青少年朝气蓬勃、健康向上的形象，体现了申新纺织公司顺应时代发展的积极姿态。

不仅申新的纺织品商标丰富多样，福新、茂新的面粉除"兵船"牌、"牡丹"牌之外，也有不少商标，同样饱含上述的时代精神和家国情怀。在近现代企业中，有如此繁多的商标是不多见的，这是由荣家企业众多、规模庞大所致。这些商标集中凸显了荣氏企业作为中国民族工商业领军人物的精神面貌，成为一道绚丽多姿的风景线，在中国的企业史和商品史上留下了不可磨灭的印记。形式和内容俱佳的商标和品牌文化是荣氏百年历史中的美丽花朵，点缀了荣氏的企业文化。

荣毅仁在打造中信公司的过程中，除竭力避免衙门色彩和官气外，在一些细节上还注重凸显公司的商业属性和独特个性。1980年春，荣毅仁弘扬了荣氏企业注重商标和品牌的文化传统，亲自设计中信公司的徽标——这是一个左右对称的设计，有中国印章艺术的风格。从阳文来看，粗粗的红色"CITIC"字样巧妙组成一个圆形；从阴文来看，则是两扇敞开着的大门，暗示着对外开放的时代及中信是对外开放的产物。

这个大气新颖的徽标成了中国改革开放第一个窗口的一张明亮、醒目的面孔，出现在世人面前。荣毅仁将此作为徽标，运用在信笺信封、公文函件、公司牌子上，还将其做成徽章，让员工佩戴着它。这种非常符合国际商业做法的细节，看上去似乎微不足道，无关宏旨，但恰恰是这个细节，让中信公司官气脱尽，显示出它特有的清新气质。

荣毅仁的老朋友、美国FMC公司董事长马洛特一眼就看上了中信这个徽标，他特地向荣毅仁要了一个徽章留作纪念，他是懂其意的。

他问荣毅仁："设计者是谁？"

"是我设计的，这是我生平第一次画徽标。"荣毅仁坦言回答。

"两扇大门左右敞开，大意上表示中国的对外开放吧？"

"是的，一点不错。中信公司是开放的，整个中国是开放的。"

"从这个徽标上，我看到了中国古老沉重的红漆大门戛然打开了，这是令人鼓舞的。"

"你和你的朋友来中国投资、做买卖，你会发现，你在中国会得到许多千载难逢的好机会。你会看到，你们来中国正是时候。"

从马洛特对这个徽标的反应来看，荣毅仁的设计是非常成功的。这自然与他自小就在荣氏企业文化中受到熏陶有关。荣毅仁自谦学生时代绘画不好，其实他的艺术造诣还不错。在茂新一厂重建时，他对厂房的设计，从式样到色彩，都有自己独到的想法。他欣赏上海杨树浦自来水厂的欧洲城堡式的建筑，而和水厂相邻的毛条一厂的红砖墙面、高大厂房在傍晚变成饱满的金红色，也曾让他激动过。茂一主厂房明朗的线条和大面积的红砖墙面，就来自他对毛条一厂厂房的印象。他对建筑事务所的设计师详细交代了自己的审美理念。荣毅仁爱好古典音乐，这也陶冶了他的艺术情操。

1996年11月，在中国最大的特区——海南省的海口市举办的首届中国企业徽标展示会暨企业文化研讨会上，中信公司展示了"CITIC"徽标。在"CITIC"徽标设计后的十六年中，中国的改革开放已取得巨大进展，此时的中国已非八十年代初的中国可比，不计其数的合资公司、独资公司、民营公司冒了出来，徽标已成为企业普遍采用的一种不可或缺的设计手段，后来者居上的徽标设计不知凡几。可是，经过十六年的验证，荣毅仁设计的徽标还是在二百六十家参展的大公司的徽标中独树一帜。尤其是设计者是荣毅仁这一点，引起了同行和参观者的一番又一番热议。此时的荣毅仁已担任国家副主席三年了，人们对从民族资本家成长起来的这位国家领导人充满着好奇，谈论他的经历、他的家族故事、他的才干。但人们谈的最多的还是他和中信公司，不用说，中信的今天和荣毅仁的苦心操持是不可分的。

当时，国家工商局商标评审委员会副主任欧万雄在会上讲到了这样一件事。1984年的一天，中信公司办公厅的有关人员来找他，当时他担任商标审查处处长，中信公司要求对"CITIC"徽标进行商标保护。可当时中国只对商品商标实行注册保护，针对公司、企事业单位的徽标（服务商标）的保护还没有立法，欧万雄只能将中信公司的徽标作为商品商标进行注册。一直到1993年2月，我国对服务商标实行立法保护后，中信的徽标才被转入企业服务商标保护范围。

雾散日出后的荣德生

  1949年入夏以来，饱经沧桑的荣德生心情很舒畅，他的内心从未像这样放松过、安定过，因为战乱和动荡终于结束了，就像经过跋山涉水的艰难旅程后，终于在一间宁静、温暖的小屋里歇下了脚。虽然一个家散掉了，不少儿女出走了，但他理解他们，他们不过是想多走一段路而已，看看前面一站有什么景色，所以他存有希望，相信他们很快会回来。他相信这是迟早的事。

  他很少去梅园住，大部分时间都住在城中李国伟的宅内，由夫人程慧云照料。他住在城中的原因主要是要频频参加各种会议，而且来访的客人也多，住在梅园显然不方便。他原来在无锡有几辆小汽车，但他以前就很少乘坐，反倒儿子、女婿回来乘坐得多，另有一辆最新的福特牌汽车用来接送在私立江南大学任教的教授。新中国成立后，他干脆将汽车停在申三的车库里，来去乘坐的是黄包车。李国伟的这幢房子距离申三、茂新一厂近，荣德生随时可以到厂里看看；厂里有事，其他人也可以很快找到他，不至于因路途遥远而耽误了事情。

  在荣家所有的工厂中，他对申三、茂新一厂的感情最深，因为他本人及几个儿子在它们身上倾注的心血最多。荣伊仁在申新三厂的办公室工作，荣纪仁在茂新一厂的办公室工作，他都原封不动地维持原貌，桌椅、书架、橱柜都是原物。墙上的挂钟也没有再上发条，时间还停留在新中国成立前他们去世后的几天。荣德生关照，不要去动它们，让它们"留在过去"吧。每次到厂里，他总要在这两间办公室里的办公桌前的椅子上坐一会儿。桌子、沙发、柜子一尘不染，是因为工友按他的吩咐，每天都来打扫一遍。每次坐在那里，眼睛落在那不走的挂钟上，他心里就会泛起一阵酸楚，眼睛也随之潮湿，他仿佛在那停滞的指针上看见了两个儿子年轻且充满朝气的脸庞。离开办公室时，他会把门轻轻地拉上，抚摸一下门把手，再在门口停留一会儿，嘴里咕哝一句："我走了，再会。"

  这座城市的易手过程，进展顺利得出奇。在工人自卫团和商界自卫队的保护下,全市的工厂、店铺都完好无损,申三、茂新、天元、开源一天都未停工过。仅过了一夜,市民和上夜班的工人就发现城市已改天换地了。这么平静,多少让人感到有些意外,也让人雀跃。荣德生第一眼看到解放军,就感觉他们身上有一种特别的东西。他纳闷了,这些看上去有点土气的兵有什么特别呢?后来,他明白了,他们身上有股浓郁的浩然之气。

某天上午,荣德生兴致很高,执意要和薛明剑一起到申三、茂新去转一圈。他们是步行去的,老远就听到熟悉的纱机声,一听见这种声音,荣德生心里就发热。走到厂门口,他们看见许多扛着老式步枪的工人,他们的臂膀上都套着"工人自卫团"的袖章。见到荣德生和薛明剑,这些工人都热情地围上来打招呼,荣德生连声向他们道谢。荣德生热切地、久久地望着这些工人,仿佛是初次见到这些工人,他发自内心地感激他们。他看到自己付出沉重代价创办的厂,在这些面容黝黑、手脚粗壮的工友手里得到了妥善的保护。他真正体会到工人做工之外所具备的其他力量,这力量是那么强大,让他不得不对工人刮目相看。他曾亲耳听见国民党城防指挥部蔡司令说:"准备守城三月,要全城出钱出力,患难与共,否则国军撤退时,将组织四个破坏队,将全城化为一片焦土。"而这些工友用自己的性命保卫工厂,没有让国民党的破坏阴谋得逞,他觉得这些工人实在是了不起。

在去车间的路上,荣德生悄悄问薛明剑:"他们手里的枪是哪儿来的?"薛明剑说:"你忘了,我兼任玉祁自治实验乡的乡长,这枪是我从乡里调来的。"荣德生点点头,说:"是的,听你说起过。你女儿是共产党,你说你一直被蒙在鼓里。你跟我说实话,你薛明剑是不是共产党?"薛明剑说:"我不瞒你,我不是,我还没有资格。但共产党地下党无锡负责人半年前就找到我了,向我说明了共产党对工商业的政策。至于禹谷是共产党,我也是刚刚才知道的,是她亲口告诉我的。当时,我还真吓了一跳。她还告诉我申三、茂新有哪些人是地下党,她也是在地下党党员开会迎解放时才认识这些人的。"荣德生指着工人自卫团的工人,说:

"不知道这里面有多少人是共产党，私立江南大学和其他几所学校里又有多少人是共产党？"薛明剑说："我估计不会少，我们很快就会知道了。解放了，他们不必再隐瞒身份了。"

第二天，荣德生就接到市军管会通知，到公花园同庚厅开会。同庚厅旁边是一个人工开凿的小湖，湖水碧绿碧绿的。湖畔有一座很大的类似苏州狮子林的假山，假山上有一座小小的砖砌的塔，是实心的，人爬不上去，却是这座公园的标志性建筑。市军管会的主任管文蔚、副主任包厚昌等人从同庚厅旁的小桥迎了上来。钱孙卿对他们说："这位就是荣德生老先生。"然后他又指着管文蔚、包厚昌说："德公，这两位是解放军的首长管文蔚同志和包厚昌同志，我在苏北，就是管主任接待我并让我传话给您的。"

管文蔚紧握着荣德生的手，笑着说："荣老先生，久闻大名，如雷贯耳啊，今天很高兴见到您。你的爱国行动对无锡的解放和平稳起了至关重要的作用，我向您敬礼！"接着，他抬手向荣德生敬了个军礼。

荣德生拱手还礼，说："不敢当！不敢当！我不迁厂、不离乡是理所当然的，我一生不抢、不偷、不诈，只是好办实业，何以要夹着尾巴离乡背井呢？何况，管主任已托言给我，我早已是瞎子吃馄饨——心里有数了。"解放军挥师南下，气势如虹，使得无锡得以解放，从此摆脱苦海。这是无锡人民之大幸，也是工商业人士之大幸。

管文蔚说："荣老先生一生致力于实业，闻名遐迩，又热衷公益，积极行善，精神可嘉，不愧为工商界的楷模。我早就对钱孙卿说，共产党在进城后，对工商业采取大力支持的政策。厂不但要办下去，而且要更上一层楼。只有把厂办得更好，才能劳资两利，繁荣市场。这可是民本之所在啊！"接着，他指着包厚昌，继续说："包副主任是你们无锡人，打游击出身，是一位久经沙场的老将。包司令让敌人闻风丧胆。可我们这些人打仗行，抓工商业就缺乏经验，还得从头学起，今后还要向荣老多请教。"

包厚昌用无锡话说:"我是农民出身,种田不怕,后来打游击闹革命,冲冲杀杀,摸着了打仗的一点门道。可进了城,要重新学做生意了。"

后来,他们在同庚厅前面临湖的广场上座谈,管文蔚、包厚昌等讲了话,重申了共产党对工商业的政策,赞扬了无锡爱国商人在迎接解放过程中护厂护市的举措,特别提到了荣德生坐黄包车在无锡城兜圈子的事。管文蔚说:"虽然只是兜了那么一圈,但却产生了显而易见的安定人心的作用,这是非常了不得的。荣德生老先生,太感谢您了。您在众目睽睽下亮一亮相,谣言就不攻自破了,就像一艘摇晃得很厉害的船,你和钱孙卿先生、薛明剑先生是三块镇石,硬是将船给镇得平静了下来。"

无锡的工商界人士也都相继发表了热情的讲话。荣德生也讲了几句,他说,作为商人,他太期待太平了,他体会到了乱世的艰辛。战火、逃难、绑票、敲诈,他都经历过,那是一段不堪回首的岁月。但他至少还不穷,普通老百姓受的罪更多,吃了上顿没下顿,一麻袋的纸币只能买一盒洋火,这日子想想都可怕。所以老话说,宁为太平犬,不为乱世人啊!

这次会议后,隔了三四天,薛禹谷等人到荣德生家里来看望他。其中有一个人是申三的会计科长,一个姓吴的老实巴交的人,平时见到他怯生生的,居然也是地下党。吴科长穿着粗布制服,薛禹谷穿着列宁装,就像随同部队南下的那些干部一样打扮,这让荣德生感到很陌生。仅仅几天工夫,吴科长好像换了一个人似的,不但衣服变了,而且整个人的精神状态也变了。荣德生吃惊之余,一直为此感到困惑。但有一点让他十分信服,那就是共产党太厉害了。现在吴科长就坐在客厅里,脸上洋溢着自信的笑容,那种怯生生的样子没有了。

荣德生发现吴科长口才不错。吴科长告诉荣德生,无锡市中共近日将委派工作组到申三驻扎。这个工作组不干涉经理、厂长的日常管理,只协助恢复和发展生产以及重新完善"劳工自治区",现在宿舍、工人夜校、工人俱乐部等还是正常运作的。

"荣老先生,您是知道的,解放前一两年,物价暴涨,投机成风,棉纱和面粉也成为市场投机物资。申三和茂新也不得不抛出栈单,以预收货款来维持生产,还有一部分资金流出去了。空抛出的栈单的数额是巨大的,我是会计科长,这笔账我最清楚。从目前的状况来看,申三、茂新是没有足够的能力来偿付的。"吴科长心平气和地说:"工作组就是来想办法的,重点争取政府的扶助,包括申请银行贷款和国营公司的加工订单。总之,开工务求其足,三班倒转,不能停下来。荣老先生,工作组之责就是这些,厂里的大小事情还是经理、厂长说了算。请您老放心。"其实,工作组还有一项任务,就是建立工会,发展党团组织,但吴一帆觉得这一次还不宜谈这些事,所以就回避了。

吴科长说的情况都是事实,荣德生心中一清二楚,经理、厂长也早已向他亮了底牌。在新中国成立前的几年,对于市场和物价的混乱带来的压力,申三和茂新早已不堪承受。新中国成立时,他强行留下了申三、茂新的机器设备,但还是转移了一部分资金,当然,无锡的情况比上海要好一些。上海的申二、申五、申九,其资金几乎被席卷一空,伤了很大的元气,完全凭借四儿子荣毅仁在勉强调度,苦苦维持着,但局面是相当严峻的。不过,据荣毅仁说,政府已伸出援手,助企业渡过难关,现已有所起色。荣德生听后,是很有感触的,他想说的是,共产党政权能够伸出援手,实在是雪中送炭。

荣德生知道厂里的情形很不妙,他心里也有些发愁,甚至还隐隐发慌。即使吴科长不提这些事,他也要和钱孙卿、钱钟汉一起找市军管会的管文蔚、包厚昌等人求助。有了上海的先例,他相信无锡的共产党也会拉他一把。但他没有想到的是,他还未找上门去,市军管会就已注意到他的难处,不仅主动派人上门,还要派人到厂里相帮。这对荣德生来说,是求之不得的好事。

"吴先生,你是厂里的老熟人了,厂里的处境,你非常了解。如没有切实的对策,确实已难以为继了。市军管会能在这样的关头为我做主,并派专人到厂里坐镇指点,这对我来说,好比大旱之天,盼来云雨,我欢迎之至。吴先生,你既是厂里的同人，又有新的身份，一切拜托你了。有什么筹划，尽快按你们的意思去布置。"荣德生痛快地说。

"不，荣老先生，董事会的决议和经理、厂长的管理，我们不会去干涉，更不会取而代之。我们要办什么事，也会和厂方商议，最重要的是要征得您老的同意。工作组里有银行的人，有市军管会工商处的人，有财政局的人，他们都是受命于市军管会来帮助厂里渡过难关的。"吴一帆从容地说，"荣老有什么想法，什么吩咐，可打电话给我们。要面谈什么事，我和晓波也会马上来您这里。当然，如果您要上厂里亲自处理厂务，那就更好了，我们就可以随时商议了。"

平时快人快语的薛禹谷很少说话，她知道自己和这位老人见面的机会不多了。她已接到通知，要调离无锡，到杭州从事自然科学研究工作。组织对她说，新中国成立后，我们需要自己的科学家。对于离开无锡，离开江大，她有点依依不舍。看着荣德生苍老的面容，她除了怀有敬重之情，还有点怜悯。干了那么一番轰轰烈烈的事业，有那么一个子孙绕膝的大家族，一生为了实业披荆斩棘、栉风沐雨，吃尽了苦头，现在却只剩下老夫妇俩了。他有三个儿子已经亡故，而他倚重的二儿子荣尔仁去了香港，五儿子荣研仁去了美国，女儿女婿多半也走了。四儿子荣毅仁和七儿子荣鸿仁陪他留在上海，但他们太忙了，肩上的担子太繁重了，只能隔三岔五和他通电话，不可能长时间陪伴日益衰老的父亲和母亲。孤单是肯定的，但好在荣德生心境很好，甚至可以说是充满豪情，因为没有那种压得他感到窒息的沉重事物了。他经过内战的混乱，经过新中国成立前夕去与留的彷徨，好不容易在新鲜的红旗下心情舒展了，他认为没有什么比和平更珍贵，年老的荣德生对新中国成立初期的一切都抱着真切的好感。

分别时，荣德生突然提到，工作组进厂后，公务楼不够用，把一直保留的荣伊仁和荣纪仁的办公室腾出来。"还有我的房间，也可腾出来。他们俩是用不着了，我也用得很少了。也许，过不了多时，我也用不着了。"说这话的时候，他的语气有点伤感。

"不，不需要。我们在一个库房里办公，地方够了。"

"让它们留着吧，不能去动它们。"

"对，荣老先生，这么大的厂，哪儿不能去，为什么要挤掉他们和你的办公室，这是绝对不行的。我反对。"

薛禹谷动情地看着这几个人，她看清楚了，他们在这件事上表现出了一致的执拗，这当然是出于对荣德生的体谅和敬重。她早就听父亲说过，荣德生曾固执地留着荣纪仁和荣伊仁的办公室，连墙上的挂钟显示时间的指针都不允许动。睹物思人，这是一个老人对早逝的儿子的思念。荣德生为了工厂、为了配合工作组，情愿让出早已成为他生命一部分的两间房，而他们却坚决不忍心去伤害老人思念儿子的心情。薛禹谷心里陡觉难过，一代巨贾荣耀背后，原来有那么多伤心事。她鼻头一酸，眼泪快出来了，赶紧垂下头来。

工作组如期进厂了，有几个地下党员成了私立江南大学的学生，而薛禹谷去了杭州。薛明剑与国民党立法委员肖觉天、葛敬恩、孙翔风等五十三人联名发表宣言，与国民党反动派彻底断绝关系，诚心诚意接受中国共产党的领导。此宣言由薛明剑起草，通过邵力子转请周恩来过目后，发表于全国和海外的一些报刊，影响广泛。可笑的是，机关首脑和要员已退居中国台湾，只剩下一些残余势力的国民党政权还装模作样地宣布对薛明剑等人进行撤职和通缉。

申新三厂和茂一很快得到了人民银行的贷款和原料供应，国营的花纱布公司几乎包销了棉制品，面粉更是抢手货。申新三厂、茂一、茂二及天元麻纺、开源机器等很快就起死回生，步入了正常开工的轨道。工厂的大烟囱日夜冒着浓烟，家家户户的小烟囱的烟也越来越浓烈，汽笛声（无锡人称之为"波罗"）一日三次响彻不大的无锡城，在城市上空久久回荡，这是工业文明吟唱的深情而响亮的一曲。

初夏时节，阳光有点火辣了，但吹来的风是柔软温煦的。荣德生背部生了一个东西，他开始没当回事，就没去看医生，不料越长越大。后来，他判断其是民间俗称的"搭手"，实则是一种痈疽，不可忽视，这才进行中西医医治，又是外敷药膏，又是煎药内服，经三个月才结痂，他的体质明显下降了。但荣德生还是每天过问几家厂的情况，经理、厂长几乎每天和他通电话，陆晓波也常来看他。陆晓波是荣纪仁抗战时的战友，一起在军舰上当兵，当时他是轮机长。转业时，陆晓波跟随荣纪仁到茂新一厂参与企业重建，秘密加入了地下党。这天他接到通知，被调到望亭发电厂当副厂长去，临走前来荣宅辞行，拎来了一篓大浮山的杨梅。荣德生送了他一支派克金笔，陆晓波执意不肯收，说太贵重了。荣德生说，这是纪仁生前用过的，是他最喜欢的一支笔，你是他军舰上的战友，留作纪念吧。陆晓波听了这话，泪眼婆娑，不再推辞，收了下来。

农历七月初四是荣德生的生日，阳历是八月的大伏天，天气大热，人稍一动就大汗淋漓。但梅园还算凉快，满眼的绿意也挡住了一点夏日的强光。荣德生子女中未离大陆的四子荣毅仁及其夫人杨鉴清带了五个孩子智和、智平、智健、智元、智婉，七子荣鸿仁夫妇，六女儿荣漱仁、女婿杨通谊，八女儿荣毅珍、女婿胡汝禧也都带了孩子来为荣德生过七十六岁生日。这是荣德生在新中国成立后的第一个生日，荣毅仁想稍微办得隆重些，但荣德生不让，说工厂处境不怎么好，过分铺张不妥，吃碗寿面就可以了。所以，荣德生的生日仪式很简单，没有大事声张，亦没有邀请宾客。诵幽堂屏风中间挂着一个朱砂写的寿字，长条案前的八仙桌上点着红蜡烛，荣德生和夫人程慧云端坐在太师椅上，接受小辈的跪拜行礼。

荣毅仁的儿子荣智健还不满十岁，在上海中西小学读四年级。中西小学是上海著名的女子学校——中西女中的附属小学。中西女中前身为中西私塾，创办于1892年，由美国牧师林乐如发起、美国南方妇女监理会传教士海淑德创办。宋氏三姐妹（宋霭龄、宋庆龄、宋美龄）曾就读于此校。中西私塾在创办数十年后，于1930年将江苏路的分校改为中西小学，成了其附属小学，男女都招，学制十年，主要招收富家子女入学。1946年秋，在抗战胜利后一年，荣毅仁就将荣智健送进了中西小学读书。

一眨眼,四年过去了,荣智健已经是四年级的学生了。中西小学虽然是附属小学,但学校管理、教书的方式全如中西女中,其校歌、校旗都与中西女中一样。中西小学有统一的校服,女生为墨绿色旗袍、平跟扎带皮鞋,男生是打领结的蓝黑色西服、黑色发亮的小皮鞋。虽然学生都是富家子弟,但校规是严谨的,坚决杜绝纨绔之气和时髦的东西,女生不准烫发化妆、佩戴首饰,男生不准抽烟、摆阔气。中西小学的校园里洋溢着西方文明的气息,设置了读书、体育、古典音乐和戏剧等课程。荣智健就是在这样的氛围里接受熏陶,养成纯净坚韧的品质的。

荣智健对着爷爷拜完后,长久地看着挂在顶上的匾额,他不识诵豳堂的"豳"字,便问荣德生:"爷爷,那是个什么字?中间的'豕'我是识的,是猪猡,那这个字是不是两只猪关在猪圈里的意思?"

荣德生听了哈哈大笑:"这么说,智健,你把这里当作猪圈了?"

荣毅仁哭笑不得,说:"你不识就问,不要胡说八道。"

荣德生站起来,踅入正厅一侧的小厅。那里有几个书架,上面放了很多书,大多是线装书。他从书架上取下一本《诗经》,走回正厅坐下,喊过荣智健,把《诗经》翻到"豳风"那一页,说:"这个字读'bīn',它不是指两头猪,而是一个地方的古称,在现在陕西彬县、旬邑县一带,离你大姑父抗战时内迁的厂不远,是古代秦国的地盘。'豳风'是《诗经》里的七篇诗,是描绘先秦古人劳动和风习的诗篇。"说到这里,他便熟练地吟唱起来:"七月流火,八月萑苇。蚕月条桑,取彼斧斨,以伐远扬,猗彼女桑……"

"智健,这是写农业劳动的一首古诗。我们家祖上也是农民,在荣巷一带种植桑树,以及稻麦和蔬菜。爷爷不忘本,特别爱诵读'豳风'这类描写古人种田的诗,所以将这里取名为'诵豳堂',还为自己取了'乐农'的号,就是另外一个名字,你懂了没有?"荣毅仁在一旁耐心地解释。

正说得热闹,管文蔚、包厚昌、钱孙卿、钱钟汉和薛明剑等一行人来了。他们拎来了一个很大的西式蛋糕和一筐水蜜桃。

"荣老先生，恭喜，恭喜，祝您健康长寿！"管文蔚把贺仪放到荣德生面前，和荣德生紧紧握手，满脸含笑地说。

荣德生也不推辞，只满心舒畅地说："多谢、多谢！已风烛残年，本来也不想过生日了。只是小辈非要闹闹，我拗不过他们的心意，就一起吃碗寿面，但诸位首长是万万不敢惊动的。"

"德公生日，我们来道一声贺，是应该的，再忙也要来。德公长寿，是你们家族的幸事，也是国家的幸事啊！"

"不敢当，不敢当。管主任过奖了！"荣德生笑容满面地说道，又将家人一一介绍给管文蔚、包厚昌等人。

管文蔚握着荣毅仁的手，说："荣先生，你们特地从上海赶来为你们的父亲祝寿，三代同堂，德公好福气啊！这是德公解放后的第一个生日，应该好好庆祝。"

"托福，托福。"荣毅仁笑着答道，"管主任、包市长，我知道，无锡解放不久，百废待兴，你们那么忙，还要拨冗前来祝贺家父生日，真是太感谢了！钱孙卿先生解放前夕曾受家父委托，委派公子钟汉先生前去苏北考察，是管主任你带的口信说清楚了党对工商业的政策，消除了家父的顾虑，才使他下定决心留下来，也带动我留了下来。我们打从心底里庆幸自己的选择。"

"党对工商业的政策，不是陈毅市长定的，也不是我管文蔚定的，而是党中央、毛主席制定的。这些政策也不是地区性的、暂时性的，而是针对全国的，是要持之以恒的。"

"我知道，陈毅市长和潘汉年副市长也是这么对我说的。他们还告诉我，这是中国共产党独创的，苏联没有、东欧民主国家也没有。这段时期，我真正体验到了共产党对工商业人士很高的礼遇和对民族工商业的扶持。我们荣家在上海的工厂受益匪浅，无锡的工厂也是这样，没有人民政府的扶助，后面的路真的不好走。"荣毅仁说。

荣德生让管文蔚等人落座,杨鉴清带了老小退去,只剩下荣德生、荣毅仁、荣鸿仁三人。杨鉴清认为,他们不仅仅是来祝贺公公生日的,还有公事要谈。

果然,他们谈了上海、无锡工厂的情况,以及原料、供销等动向。荣德生的兴致特别高,他对工厂了如指掌,说了不少。提到吴一帆时,荣德生忽然问:"管主任,我活到七十多岁,快奔八十了,我弄不懂,贵党怎么会有那么大的吸引力?有些人怎么也不像是共产党,要是他们解放前被国民党抓了,说他们是地下党,打死我我也不相信。可他们就是,我到现在都感到匪夷所思。"

管文蔚从警卫员手中接过公文包,打开皮包,取出一份公笺,说:"是这么回事,经省政府批准,委任德公为苏南行署副主任,另推选为中国人民政治协商会议第一届全国委员会委员,下个月要赴北京开会。这不仅是德公您个人,还是无锡工商界的荣耀啊!另外,钱孙卿先生任苏南行署参事,钱钟汉先生被委任为无锡市人民政府副市长。"

荣德生愣住了,不住地眨眼,竟忘了说话。是的,他既感到意外,又感到有些惶惑。苏南行署管着苏南好几个市,包括无锡、江阴、宜兴、丹阳等地。清末外交官薛福成曾任宁绍台道,职责是监察和管辖宁波、绍兴、台州三府。让他任行署副主任,是不小的官了,他可以和薛福成比肩了。但他这么大年纪了,对做官已无兴味,而且他素来淡泊名利,更看重的是尊重。在公花园同庚厅那次会议后,他感到最大的安慰,就是受到了新政权的尊重。但让他做官,而且是这样一个很重要的官,他是没有料到的,当然这也是很大的殊荣。

管文蔚站起来,把公笺郑重地递给荣德生,说:"德公,祝贺您,今后我们就是同事了。"

"管主任,你们太抬举我荣德生了!"荣德生接过公笺,激动地说,"我寸功未立,何以受得起这么高的职位?"

"德公,您别谦虚了。您是发展民族实业的大功臣,又是顺应乾坤扭转的功臣,您受此礼遇,一点都不过分。"薛明剑说。

"爹,恭敬不如从命,这是器重您,快感谢管主任、包市长诸位首长对您、对我们荣家的信任。"荣毅仁喜出望外地说,他为父亲的任命感到兴奋。

荣德生定下神来,颤颤巍巍地站了起来。自从背上的疖子治愈后,他的腿变得无力,膝盖酸痛不已,平时已离不开拐杖了。瞬间,他心潮汹涌,有点受宠若惊的感觉。平时讲话流畅的他,一时竟变得有点语无伦次了:"共产党这么看得起我,是的,太看得起我了。我有生之年,会尽我的绵薄之力,为发展工商业继续做贡献,不负市军管会和人民政府的厚望。"说完,他不住地道谢。

客人走后,梅园诵豳堂欢声四起,笑语喧哗。双喜临门,使这座一度冷寂萧条的园林弥漫着愉快的气氛。待子女、孙辈休息后,荣德生一个人在乐农别墅欣欣然地消磨了一个炎热的黄昏,小饮陶然,趁着薄醉,极恬适地进入梦乡。荣智健睡在爷爷的脚跟旁。

第二天,报刊发布了荣德生荣任苏南行署副主任和全国政协委员、钱钟汉任无锡市人民政府副市长、钱孙卿任苏南行署参事的消息。这条消息足以让无锡的工商界欣喜若狂。这几个人都是无锡工商界的代表人物,也是晴雨表,他们处境的好坏也决定着工商业的处境。

这是春风怡人的一个晚上,北京那时还没有各处都装明亮的路灯,街道显得有点昏暗,胡同幽深,四合院的烟囱里升腾着温暖的炊烟,传出孩子的嬉闹声。上海几个大资本家在北京街头漫步,暮色中骆驼、骡子车、马车、黄包车、行人安详地来往着,铃铛声不绝,他们心情开朗地走着、谈着。荣毅仁忽然开始想念父亲荣德生。春夏之交,江南正是细雨蒙蒙、落红狼藉的时节,以往这个时候,父亲喜欢住在梅园,但他来北京前,曾收到父亲一信,说今年未去梅园,仍住在城内寓所。信中父亲用一句话来形容当下的时局,那就是"武王伐纣,天下既定"。父亲心情不错,只是两腿无力,步行艰难。

荣毅仁到北京赴会,受到毛泽东、刘少奇、周恩来等党中央领导的接见和宴请。他也出席了苏南各界人民代表会议，又应邀出席了无锡市第三届各界人民代表会议，还在会上发表即席讲话。但他隐隐地担心着父亲的身体。父亲是争强好胜的人，不服老，不言老，不愿隐退。然而，父亲毕竟老了，双腿走不动路，是身体衰弱的症状，年龄已不容他太过活跃，应要好好静养、多加调养，但父亲一向节俭，舍不得吃补品，只服用廉价的草药。荣毅仁决定回去后和父亲好好谈一谈，同时京城名医多，还有同仁堂等老药铺，他准备借会议的空隙替父亲问诊，配些滋补药品带回去。

历史性的抉择

峰回路转，荣毅仁的人生道路和资本生涯在1955年发生了巨大的变化。一个新的时代在开阖跌宕中呼之欲出。

经过工商业调整和"三反""五反"运动，劳资关系得到改善，私营企业被普遍纳入国家计划的总盘子。荣毅仁提出的加工订货、统购棉纱的建议功不可没，经济结构发生了积极变化，工人的劳动热情和资本家的办厂热情都很高涨，劳资两利有很好的进展，惠及各方，新中国的战后重建和经济恢复也取得了切实的成果。在朝鲜战场上，志愿军打得拥有现代化装备、以美军为首的联军连连受挫，被迫退到三八线外。这支在战场上拥有绝对制空权，且在后勤供应上拥有淋浴房和小酒吧的部队被装备简陋的中国志愿军打败了，这让包括民族工商业人士在内的中国人民士气大振。资本家已不再担心前途叵测了，虽然绝大多数资本家已懂得资本主义的实质，那就是资本家的财富源于对工人的剥削。新民主主义的政策保护民族工商业，允许资本主义企业继续经营，不过阶级矛盾是客观存在的，所以资本主义企业务必重视劳资两利政策。原料和销路由政府包了，利润不算丰厚，但风险也低了，资本家用不着辛劳奔波和煞费苦心了。新中国在这个时期对资本家显现出来的一面是光明的、稳定的、平和的,甚至还使他们感受到一点温情。

荣毅仁所经营的各厂已完全摆脱了新中国成立前夕的艰难境况和成立初期一度出现的窘困局面,显示出从未有过的生机。由于政府的扶持和劳资矛盾的缓和,申新各厂的纱锭的平均生产效率提高了百分之四十以上,盈利稳步增加,势头喜人。

从1954年起,荣毅仁就当选为全国人大代表,从第一届到第八届,届届当选。从那时起,一个词、一种方式闯进了荣毅仁的思想,那就是公私合营,即国家和私营企业主联合经营,这是国家资本主义经济形式上很大的一个跨越。荣毅仁意识到,这就是和平改造的一种方式,他马上接受了这种方式,并采取实际行动响应。

有一天,在上海资本家的聚餐会上,议论到这件事,荣毅仁和盛康年经参悟得到了新的认识。他们的态度是一致的,认为公私合营是中国共产党很有智慧的创举,国有经济和私有经济融合,公方和私方共同经营,国家赎买,资本家拿利息,皆大欢喜。剥削、压迫消失了,而资本家幸而存在下来。达则兼济天下,这是老一辈商人的良心追求,他们认为那时就是这么做的。这有什么不好呢?

但有人忧心如焚,有一个资本家说:"所谓公私合营,就是蚕食政策,不是一口吞掉,而是慢慢吃掉,那么一点定息抵得了你的资产总值吗?"

荣毅仁回答,说:"现在的国家制度是谋求全体民众的平等、幸福。你拥有一桶水,工人只有一滴水的时代过去了。达则兼济天下,每个人的杯子都是满的,这很好啊。况且我们有几杯水,应该知足了。"

"青山不老,绿水长流,资本家在中国有长期的立足余地。许涤新在讲课时,说要重视劳资两利政策,还说这是给我们吃点辣椒。刘靖基听了,说这个辣椒不算辣。公私合营,就是铲除阶级矛盾,工人和资本家一起做老板,这个辣椒我看也不算辣!"盛康年说。正好刘靖基在座,盛康年便大声问:"刘先生,你觉得这辣椒辣吗？"

"有什么辣的？不辣，这好比是内人煮的生鱼粥，加上虾饺、叉烧，够我吃了。上海解放时，我做好了只有口饭吃的准备，有这样一个结果，我很满意了。"刘靖基笑着回答。

"康年说得对，公私合营是工人和资本家一起做老板，赎买期到了，工厂就是国家的了，这就走上社会主义道路了。"荣毅仁说。

"一起当老板，你们想得美？公方代表来了，他们是共产党派来的，凡事当然是他们说了算。我们名义上是一半老板，其实是伙计，甚至连伙计都不算。"又有资本家插话说。

"说到底，你们绕来绕去，还是绕不开钱的问题。还有就是不懂得在中国发展资本主义是行不通的，接受工人阶级的领导很有必要。"荣毅仁一本正经地说，"你们还是嫌辣椒太辣，辣得睡不着觉，咽不下饭，我们要学毛主席、陈毅市长，无辣不食。他们吃的辣椒，才是真辣啊！刘少奇也是吃辣的。我听潘副市长说，苏联革命元老米高扬解放前曾秘密访问西柏坡，其酒量大得吓人，而五大书记中，除周总理有点酒量外，其他人都不胜酒力。毛主席便出了个主意，要刘少奇和米高扬比赛吃辣椒，米高扬辣得喉咙好像着了火似的，半天说不出话来。"

大家笑了起来，那几个想不通的资本家无词以答，也跟着笑，不过笑得有点苦涩。这样的讨论不止一两次。上海资本家的思想情况和这种心态传到了毛泽东那里。

毛泽东对改造资本主义工商业非常心切，而党内有不同意见，认为条件还不够成熟，应该等资本主义发育得成熟些，经济基础扎实些再向社会主义过渡，但步入社会主义的声音压倒一切。毛泽东在颐年堂约见黄炎培、陈叔通等人谈公私合营后，于1955年在中南海怀仁堂约见工商界人士，人数较多，荣毅仁和盛丕华参加了谈话。荣毅仁、盛丕华及许涤新都是以全国工商联执委会副主任委员的身份参加的。刘少奇、周恩来、朱德、陈云、彭真、张闻天、彭德怀、邓小平、贺龙、陈毅和中央各部门负责人均在座，阵势之大，可见毛泽东对此事的重视。

毛泽东认为，工商界人士对公私合营感到困惑之处甚多，无非是不了解社会发展的规律，否认公私合营是实现社会主义的第一步。新民主主义的出路不是维护资本主义，而是必然要走向社会主义，生产关系决定上层建筑，现有的生产关系不符合无产阶级的执政体制，所以要改。说是革命，其实是很温和的、很客气的，是中国式的。工商界要把握时机，以国家利益和人民利益为重，审时度势，走社会主义道路。

毛泽东说："只要把个人的前途和国家的前途联系在一起，个人的命运和前途就是可以掌握的，是大有希望的。因为我们的国家是社会主义国家，有不少革命志士不断探索，前赴后继，为之奋斗，为之流血牺牲。孙中山领导的辛亥革命推翻了封建专制制度，但孙中山的联俄联共、扶助农工的方针没有贯彻下去，被蒋介石篡改了。国民党政府不仅没有改变中国半殖民地半封建的局面，还继续把中国推入水深火热之中。事实证明，只有共产党和社会主义才能救中国。社会主义事业是最符合广大人民利益，能使中国繁荣昌盛的事业。这个制度不简单啊！中国古代陶渊明写了一篇《桃花源记》，里面描写的那个社会好不好？好！基督教讲究平等、博爱、自由，四海之内皆兄弟，好不好？好！好是好，可那都只是空想，一厢情愿，只有社会主义才能真正做到这些，才是最美好的，因为它不是空的，是实的，是科学的。我劝资本家把心安下来，不要十五个吊桶——七上八下，要减少吊桶，增加抽水机，如果能全部改用抽水机就更好了，这样才好睡觉。"

说着说着，毛泽东打起了比方。他说起了京剧《打渔杀家》的故事，渔夫萧恩立志插翅飞过江去，斩除恶霸头子吕子秋，报仇雪恨。他的女儿萧桂英，既想随父去杀家造反，又放心不下那一点"私有财产"。船行到半江中，她还左右为难，且念念不忘："门还没有上锁呢！""屋里还有不少东西呢！"毛泽东讲到这里，忍不住笑了起来："闹革命嘛，还舍不得丢掉坛坛罐罐？对旧东西，一定要舍得丢，不要舍不得！"

毛泽东风趣的讲话，痛快、有力、言简意赅，引得一片如雷的掌声。

荣毅仁激动地鼓掌，同时深深折服了，然后又悄然沉思。不错，毛主席说得对，许多资本家感到犹豫、苦闷，惶然四顾，患得患失，无非是舍不得那些"坛坛罐罐"。自己虽想通了，也有一部分企业合营了，但在内心深处还不是盘算着自己到底能得"几杯水"吗？他嘴上不说，心里对公私合营后，自己在荣氏企业中身居何位以及会不会只有虚名等，还是很有想法的，甚至可以说是心里七上八下的，有好几个吊桶呢。

会后，陈毅对荣毅仁说："我们不贪图你那么一点财产，难道我们看到你那些财产就眼红了，就想拿过来？错了，共产党的气魄大得很，共产党要解放全人类，看到你们这一批人还有点本事，所以要争取你们、团结你们，让你们有一个大好的前途。与其把你们驱逐出去，还不如吸收到阵营中来，变成真正的人才！我听说，你说过资本家拥有一桶水，工人拥有一滴水的时代过去了，社会主义就是达则兼济天下，每人都有一杯水。你说得好啊！虽然达则兼济天下并不是社会主义，社会主义也不是大同社会，但能大同、能济天下也不错嘛！"

"根据《资本论》，资本家的'达'是剥削工人的剩余价值得来的，还之社会、兼济天下是理所当然的，取之于民，用之于民啊！"荣毅仁说。

"那就是了。荣先生，我早就说过，你四少爷的脑瓜子灵呐，啥子不明白啊，是个帅才。这次社会主义改造，你可举了帅旗冲在前面了！你干得好啊！"陈毅提高了声音，用赞许的目光看着他。

"陈市长，我知道了。我不做萧桂英，也要劝别人不做萧桂英，我会把那些坛坛罐罐丢得干干净净，一点都不留。"荣毅仁毅然决然地说。

从此，荣毅仁抛弃了国家资本主义思想，接受了社会主义思想。其实，在这之前，正如陈毅所说，他已举着帅旗带头投身到公私合营的洪流中去了，做出了历史性的抉择。

跑在最前头的要数申新所属的广州第二纺织厂了。早在1953年12月，厂长荣均泰就在征得荣毅仁的同意后，率先向广州市人民政府递交了公私合营申请书。1954年6月被正式批准公私合营，广州第二纺织厂随后宣告退出上海荣氏企业总管理处。1954年8月18日，荣毅仁代表总管理处向无锡市人民政府提出申新三厂合营申请。申新三厂被批准合营后，退出了总管理处。同年4月2日，上海申新系统举行劳资座谈会，荣毅仁在会上提出，申新要争取向国家资本主义的高级形式发展。4月14日，申新八十六位股东开会，决定由总经理荣毅仁去申办公私合营手续。8月11日，上海市人民政府召开棉纺、面粉、五金、百货等八个行业的同业公会负责人会议，会上宣布批准申新等一百六十八家私营工厂实行公私合营。

1954年9月28日，上海申新系统举行庆祝大会，正式宣布公私合营，作为大会执行主席的荣毅仁报告了合营的筹备经过。公私合营后，荣毅仁任上海市纺织公司经理和申新纺织厂总管理处总经理。

这天，公方代表要来，荣毅仁在总管理处等着。市委统战部部长刘述周和华东纺织局局长张承宗陪着几个人来了，荣毅仁在人群里看到了一个熟人，文质彬彬，是鲍方。荣毅仁心里一琢磨，说不定是鲍方来当公方代表，如果是鲍方，这倒是一个很理想的人选。刘述周、张承宗和荣毅仁很熟，由张承宗来一一引见其他人。张承宗说："他们都是你荣老板的副手、副总经理，配合你做事。"

介绍到鲍方时，荣毅仁发现他果然是公方代表，是四个副总经理中的一个。他握着荣毅仁的手，说："荣老板，今后请你多指教。"

荣毅仁知道鲍方是地下党出身，当过工人，当过兵，为人豪爽，和他一见如故。鲍方作为公方代表，荣毅仁对此是满意的，感到很宽慰。他一直暗暗担心来个趾高气扬、不懂装懂的外行，对自己不尊重是小事，误了工厂的生产、闹得鸡犬不宁就是大事了。荣毅仁听说有一家企业的公方代表到任后做的第一件事，就是要原来的老板交出账册、钥匙，并对老板说，今后你没事就不要来厂里了，在家喝喝茶吧,这里有我担着。结果没几天厂里就一团糟,工人意见很大,向上反映说,我们不要这样的公方代表,我们宁可老板回来。最后,企业还是把老板请了回来。至于公方代表和原老板反目,搞阶级斗争,闹得不可开交的事也绝非个例。遇到这样的公方代表,是一件很令人头痛的事,会让人左右为难。

公方代表入驻企业的那天,盛丕华请潘汉年在红棉酒家吃饭,由荣毅仁和盛康年作陪。潘汉年情绪不高,似乎有心事,话也不多,筷子动得也不多。他讲了几句令荣毅仁终生难忘的话。他说:"荣先生,你是个要求进步的人,跟着共产党,你前途无量,是能成大事的。陈毅市长对我说,毛主席很欣赏你,说无锡出了两个革命的少爷,一个是三少爷严朴,毁家闹革命,一个是四少爷荣毅仁,献厂闹革命。这次你带头公私合营,很聪明,识时务者为俊杰,有些资本家患得患失,这大可不必。世界上的事充满着变数,有得必有失,有失也必有得,这不是不可知论,而是辩证法。"说完,他把杯中酒一口干掉。他是个处事泰然的人,喝酒一直慢悠悠的,像这样喝酒还是第一次见到。

荣毅仁和盛康年对视了一下,都觉得潘汉年的神态有些异样,但又不好追问。

"毛主席和潘副市长过奖了,我荣毅仁哪能跟严朴比呢?他可是老革命、老共产党员、瑞金的国家银行行长,是陆定一的岳父大人。"荣毅仁说。

"不,你拿出那么多厂公私合营,是不容易的。这可是你们荣家两代人花了很多心血、付出沉重代价得来的,你能拿出来是要有些勇气的。有些资本家感到痛心是可以理解的。"潘汉年慢慢地说,"无动于衷、不以为然不是真实的。是人,总会有心病,特别是到了高处,不管是钱财方面还是地位方面,都会有普通人遇不到的麻烦,高处不胜寒嘛!"

荣毅仁和盛康年傻了,这最后几句话分明流露出了他内心的某种失落,他肯定遇到了不如意的事,是什么事呢?他当然不好说,有难言的苦衷。像潘汉年这样历练丰富、内心强大的人能情不自禁地袒露出烦闷,所受的困扰是不会小的。

大概是发现自己有些失态,潘汉年笑了起来,笑得很勉强。他举起酒杯,自嘲说:"参加革命这么多年了,还改不了文人的弱点——多愁善感。来,敬一敬你们这两位红色资本家,原来你们是一只脚跨进社会主义,现在另一只脚也跨进来了,这可是毛主席说的。祝贺你们的进步!"说完,他和荣毅仁、盛康年碰了下杯,又是一饮而尽。

1956年1月20日正午,料峭的风隐没在震天的锣鼓声和遍地的红旗中,严寒也被火热的场面削弱了不少,上海市资本主义工商业公私合营大会在上海中苏友好大厦召开。全市私营工商业人士和各界代表四千余人参加了大会,上海市工商联主任委员盛丕华、副主任委员荣毅仁代表全市私营工商业者向曹荻秋副市长递交了公私合营申请书。刘靖基、刘念义、经叔平、陈铭珊、韩志明等人抬着四只扎彩的红漆藤条箱,里面放着用红布包裹的各行各业的申请书,内容大同小异。

更显眼的是由四十名资方人员组成的军乐队齐奏小号、圆号、萨克斯管、大号、大小鼓,高亢明亮,他们踏着有节奏的步伐,在一名指挥手中灵活而富有变化的飘着流苏的银色指挥棒的引导下,排在队伍前列徐徐前行。乐曲是根据《解放区的天是明朗的天》《东方红》等歌曲的旋律改编的,要知道资本家中不乏这方面的人才。

曹荻秋接过申请书,代表已调中央任副总理兼外交部长但仍兼任上海市长的陈毅签名盖章,接受了申请。顿时,欢呼声、鞭炮声、鼓乐声、口号声响彻寰宇,繁华绮丽的上海滩难得这么欢乐。上海不少热闹,但今天的热闹是一个盛典,它是一首社会变革的合奏曲,是历史性的一幕,它意味着私有制在这座城市已被基本消除。接着是游行,上海百姓倾巷来观,大街两旁的观众层层叠叠,沿街楼房的阳台、窗户口也都挤满了人。整个上海就像一锅沸腾的水,冬天的萧条冷清一扫而光。

荣毅仁异常兴奋,他平时是一个冷静的人,但他今天冷静不下来。不可否认，人群中有不少资本家是随大溜的，是迫于形势而将自己经营多年的工厂或商店交出去的。他们有的痛心，有的不甘心，有的无可奈何，他们喊着口号，装得兴高采烈，但内心是悲凉的。他们认为自己失去了很多，所有的荣华富贵即将随风而逝。但荣毅仁没有考虑那么多，他是真心高兴和激动的，一路上都在喊着口号，把嗓子都喊哑了。

他们游行到外滩，在原汇丰银行所在的市委、市人民委员会前停了下来，市委书记陈丕显、副市长曹荻秋站在两侧有铜狮子的台阶上迎接他们。这幢精美建筑见证了时代变迁的重要一刻。晚上是联欢会，永安百货公司的老板郭琳爽是个有名的票友，精通京剧和粤剧。郭琳爽是广东中山县人，他的父亲郭标在澳大利亚靠水果生意发家，成为华人富商。后来，应孙中山之邀，郭琳爽回上海，在南京路建了永安百货大楼。当晚，他身穿黑缎衣，头戴武生帽，手执钢刀，登台表演了一段粤剧。荣毅仁被人一再点名，破天荒地上台清唱了一段《草桥关》，获得了满堂彩。

对于公私合营，毛泽东是十分兴奋的，在1957年之前，他关于理想社会的实验是迫切而又不乏温情的。公私合营，消灭私有制，建立公有制，是向他所设想的社会主义社会迈出的坚实一步。正如荣毅仁所理解的那样，毛泽东和中国共产党人没有采取激烈的灭绝式的手段消灭资产阶级，而是采取相对温和的和平改造的方式来实现工商业的国有化，其中的赎买政策就是一种带有儒家中庸之道的做法。作为民族资本家中的先进分子，荣毅仁对合营以后的待遇并不计较。他在第一届全国人民代表大会小组讨论时坦率地说："我被选为人大代表，又当上了政协委员，和同志们一起讨论国家大事；在上海还给我安排了很好的工作岗位，一家团聚，生活安定，有时还能和三朋四友小叙畅谈；身处在生产发展、国家兴旺、'我们一天天好起来'的社会中，我还有什么可不满足的呢？"

荣毅仁在更广阔的时代背景下，吸收社会主义的思想，将荣家所有的工厂交给国家来公私合营。这样做，既是因为他具有对时代大势的清醒认知，也是因为他内在的、深入骨髓的家传——公益传统和万金散尽的豁达态度。他告诉世人，一个家族真正的不动产不是财富，而是家风和品格精神。

由此我们可以联想到，西方发达国家的许多顶级企业家，在自己生前就将其所掌握的巨额财富捐献，而没有留给子孙，这让许多人感到费解。其实这是出于他们的财产聚散之道——他们的财产来自社会，现在回归社会，并不是所有的财产都是世袭的私产。马克斯·韦伯在《新教伦理与资本主义精神》中指出，若是只考虑个人对私利的追求，这样的个人——英雄般的企业家并不能自行建立一种新的经济秩序（资本主义）。他在另一本书中提到了中国的儒教，说儒教认为"高等"的人们（知识分子）应避免追求财富（没有贬低财富本身的意思）。他还认为，如果追求个人利益会成为对自身存在的否定，那就需要一种来自宗教的原罪意识予以说明，而原罪意识限制个人的利益追求，提出了人富起来应该成为怎样一个人的终极问题。因而，西方财阀中一些人的裸捐行为，也受其宗教、思想和西方文明中的普世价值观等因素的影响。

荣毅仁说的是心里话，但资本家的阶层是复杂的，他们虽然自知不可逆潮流而动，但还是有所猜疑，提了一大堆的想法。党内也有人对这种温和政策和赎买政策有看法，认为这对资本家过于宽容，拿定息依然是一种变相的剥削。在工人中间，不尊重资本家、抵制资本家的事时有发生。事实证明，社会主义绝不是一个"合"字可实现的。

1956年12月，全国工商联在京举行第二届会员代表大会，毛泽东召集部分工商界人士开会交换意见。针对来自资本家和党内的截然不同的看法，毛泽东坚定而认真地说："定息一定七年不变，到时候还可延长，拖到三个五年计划，带个尾巴进工会。赎买就是真正的赎买，不是欺骗的，对有抵触情绪的同志要说服，要赎买就赎买到底，不要半赎买、半没收，要虎头虎尾，不要虎头蛇尾。"

"现在还给资本家安排工作，有人担心，再过几年会不会一脚踢开？"陈叔通说。他本来想说"鸟尽弓藏"之类的话，但觉得太刻薄了，话到嘴边，没有说出来。

毛泽东笑了，摇着头说："有这种想法的人是杞人忧天了，多虑了啊。资产阶级作为一个阶级是要消灭的，但人都要保下来。工商业者不是国家的负担，而是一笔财富，在过去和现在都起了作用，既要让他们发挥老经验，也要让他们发展新经验。譬如荣毅仁年纪轻轻的，精力充沛，来日方长，还可以学习新经验啊！"

大家的目光都投向荣毅仁。荣毅仁没想到毛主席会提到自己，慌忙站起来回答，说："是的，来日方长，我要学习的东西很多，学无止境啊！"

"说得对，学无止境，建设社会主义不亚于河山再造，我们会碰到不少新课题、新问题，这就需要学习。锲而不舍，金石可镂啊！"毛泽东说。

"还有一种说法，说团结资产阶级应以中小资本家为主要对象，因为他们人多势众。"陈叔通又提出了一个他听说的观点。

"此言错矣！大资本家人少，但他们的资本大，比中小资本家能起到的作用大。"毛泽东伸出大拇指，又伸出食指和小拇指，最后张开手掌，说，"五个指头，少掉一个都不行。所以，中小路线是不对的，应当是大中小路线，一个巴掌才能抓得住东西。荣毅仁，荣老板，中国最大资本家的四少爷心情舒畅，得之礼遇，跟共产党走了。国际上说共产党得人心啊，社会主义容得下人啊，我毛泽东有雅量啊，你们听不到，我可听到了。"

大家都笑了起来，毛泽东也笑了。荣毅仁当然也笑了。毛主席一再提到他，可见领袖对自己印象之深。而毛主席说的那些话，句句说到自己心坎上，使荣毅仁觉得，不要说有定息，就是没有定息，日子苦一点，锦衣玉食变成粗茶淡饭，他也会甘之如饴。

毛泽东不仅对荣毅仁印象深刻，还在1956年初，也是一个很肃杀的冬日，亲临申新九厂视察。在1955年10月的一次会议上，荣毅仁见到毛泽东时，曾说过："毛主席，希望您能抽出时间到上海去，更希望您能到我们厂看看。"对于这样的话，荣毅仁说过后也没放在心上，未料毛主席却记住了。

这天，荣毅仁正在总管理处上班，忽然接到市委书记陈丕显亲自打来的电话，说有要事跟他谈，让他立即回康平路荣宅。荣毅仁急忙赶回家，陈丕显已在家中客厅坐着等候他，看样子很急。未等荣毅仁开口，陈丕显就迫不及待地说："毛主席来上海了，今天马上就要去视察申新九厂，我们一起去厂里迎接毛主席。"

毛主席的来临对厂里来说绝对是莫大的荣幸，荣毅仁听了自然喜出望外。毛主席来自己的工厂了，他问："这是真的吗？"那神情好像觉得无法信以为真似的。

陈丕显没有多说什么，拉着荣毅仁走出屋子，乘车直奔申新九厂。刚到不久，约下午四点四十分，毛主席的车队就来了。毛主席在陈毅、罗瑞卿、汪东兴等人的陪同下跨出汽车，走向等候在那里的荣毅仁，伸手和荣毅仁握手，说："荣先生，你不是要我到厂里来看看吗？今天我来了。"

"欢迎毛主席光临申新九厂！"荣毅仁说。他见过毛主席几次了，但还是有些许紧张和拘谨。

"荣老板，你好大的面子喽，你请毛主席来，毛主席就赏你的光，真的来申新九厂了。"陈毅在一旁笑着说。一句笑话就让荣毅仁的心情变得轻松了。毛泽东和站在一旁的鲍方等申新总管理处的公方代表握手。接着，荣毅仁和鲍方领着毛主席向车间走去。

车间里很温暖，一台台纱机排列成矩阵状，发出轰轰隆隆的机声，纱锭旋转着，飞纱走线。挡车女工们戴着白布无檐帽、穿着白围裙，在纱机间巡纺着，以极敏捷的动作接断了的纱线。这样的打扮让每个女工看起来都非常相似，她们每个人要照看五六台机器，得不停地走动。

毛泽东和荣毅仁边走边说话。他好像很好奇，对荣毅仁和陈毅说："你们不知道吧，我也纺过纱呢。"

陈毅马上领会了，笑着没说话，只是狡黠地看着荣毅仁。荣毅仁糊涂了，问："毛主席什么时候在纺纱厂做过工？"

"是延安的窑洞工厂,不过不是用这些现代化的纺织机,而是手摇的纺车。没法子啊,蒋介石封锁我们,我们只能自己动手,丰衣足食了。我和朱老总、恩来同志还比赛过呢,看谁摇得快、摇得好,结果我输了。"毛泽东比画着说,"要是你荣老板那个时候送我这么一台机器,我就当上劳模喽!"

大家都笑了起来。荣毅仁更是笑得很畅快。他从毛泽东的脸上看到了欣赏和鼓励的神情。

"公私合营后生产怎么样?"毛泽东问。

"比以前好多了。"荣毅仁回答。

"跟国营企业比怎么样?"

"那还差一点。"

"大概什么时候能赶上?"

"估计要两三年吧。"

工人们事先只听说有贵宾要来,可怎么也没有想到这位贵宾竟是毛主席。他们情不自禁地鼓起掌来并发出一阵阵欢呼声,毛泽东不断向人群挥手致意。要不是事先有叮嘱,再加上放不下手中的活,工人们准会把毛泽东里三层外三层地围住。在一台纺机旁,毛泽东停下了脚步,看挡车女工的操作。

"这是最粗的粗纱,我们叫它条子,条子下来纺粗纱,粗纱再纺细纱,细纱就可以织布了。"操作女工介绍道。她有些紧张,脸涨得红红的,平时的大嗓门也变得细声细气了。

"怪不得呢,纺纱还这么复杂呢,一道道的,要过五关斩六将呢。"毛泽东指着粗纱对陈毅说,"看来我们在延安纺的是条子喽,难怪织成的布疙里疙瘩的,这么说,我们的军装是条子军装啊!"

陈毅说:"是啊。我当时在皖南领到军装后就觉得布料特别粗,原来是用主席纺的条子布缝的。"

"可张茜同志还穿着条子军装跳舞呢。到哪座山砍什么柴,那个时候是条子,现在可是要细布了。荣先生那个时候没机会给我们这些机器啊！"毛泽东说。

看着毛泽东和陈毅也像普通人一样开着玩笑，荣毅仁感到很亲切，不知不觉中从容自如多了。他说："杨紫菊，你陪毛主席到捻线间去考察考察，那儿正在纺60支双股线。"

荣毅仁又领着毛主席一行来到捻线间。这里整齐排列着的筒子车和经纱车在飞快地运转着。毛泽东看着纺出的60支双股线，有些惊叹地说："能纺得这么细啊！"

工人说道："还纺过84支的高支纱呢。这种高支纱织成的布平滑挺括。"

荣毅仁补充说："前一段时间，我们给部队纺的就是高支纱，用来做军装。"

"好啊，我们在延安穿条子军装，现在荣先生给我们做高支军装了。"陈毅插话说。

"荣先生，我问你件事。"毛泽东忽然想起什么要问荣毅仁。荣毅仁立即俯身向前说："什么事？敬请毛主席吩咐。"

"辽沈战役的时候，你卖给蒋介石军队的面粉真是霉烂的吗？"

"当然不是。面粉是来料加工的，也验收过的。这是国民党上层狗咬狗的事。有人要搞宋子文，而这批面粉是宋子文交办的，他们就鸡蛋里挑骨头了。"荣毅仁如实地说。

"真是莫须有啊！国民党打了败仗，倒怪罪起荣毅仁。荣先生未免太冤枉了。"

"是啊，我解放后第一次见到荣先生就说，荣毅仁你不得了啊，把蒋介石军队在东北打得落花流水，共产党要谢谢你呢！"陈毅说。

"上海解放那天正是'军粉霉烂案'开庭之日。要不是解放军解放上海，我可能要有牢狱之灾。我要谢谢共产党！"荣毅仁恳切地说。

"荣老板，你可捡到便宜了啊！"毛主席话锋一转，说，"荣先生，这种事再也不会发生了。雨过天晴了，你用不着不下雨总带着伞了。你放开来干吧，没有人给你迎头泼脏水了，共产党和你没结梁子。"

毛泽东继续参观，所到之处，都受到工人的热烈欢迎，掌声、欢呼声经久不息。申新九厂共十七个车间，毛泽东这次视察了七个。毛泽东来申九的消息不胫而走，闻讯赶到厂里的人越来越多，毛泽东的汽车是在欢腾声中离开申九的。毛泽东到上海不下几十次，但视察原资本家开办的、后公私合营的工厂，就只有申九一家。这在全上海乃至全国传为美谈，工商界的声誉、申九的声誉、公私合营制度的声誉和荣毅仁个人的声誉都得到了提高。

这对荣毅仁当然是个不小的鼓舞。毛泽东在视察中也无疑对荣毅仁的才干加深了印象。所以，当荣毅仁得到晋升并迅速成为政治明星后，有人说，毛泽东视察申九和1956年底在全国工商联第二届会员代表大会上数次提及荣毅仁，都是他迎来命运转折的兆头。

上海工商界办了一所政治学校，许多已失去或部分失去对原有企业控制权的资本家分批到这里学习。荣毅仁去讲了几次课，谈自己对共产党和社会主义的认识，他已懂得了空想社会主义和科学社会主义的区别，也懂得了社会主义和共产主义的区别。他还说："经过社会主义改造，大家都成了人民的一分子。资产阶级不存在了，海纳百川，资本家汇入人民之中，再说对抗就不可理喻了。难道人民与人民对抗？人民对人民实行专政？"

那时候的荣毅仁是热忱的、果敢的、血气方刚的，处境的变化使他不像别的资本家那样焦虑、不安。一切自由皆源于经济自由，失去了大部分经济自由的资本家表面上不得不表现出拥护和轻松，但心底里却是沉重的。除了一起郊游、聚餐、钓鱼，他们还能做些什么呢？连西装大衣都收起来了，汽车则锁进了车库，改乘三轮车了。很大一部分资本家已紧紧关上自己的心，堵上了自己的嘴，他们像鸵鸟一样将头埋在沙子里。

荣毅仁不做鸵鸟，他的心和嘴都是敞开的。他享有相当的经济自由，认为自己的生活并不黯淡，而是玫瑰色的，领袖对他的另眼看待使他更加无须顾忌什么了。关于非对抗性矛盾，别人不敢说，他敢说。在1956年6月30日全国人大的一次小组会议上，他冒着"犯上"的风险，以更加肯定的口气当着毛泽东的面说了自己的这一观点。他说："如果像我这样的前资本家和广大人民之间有对抗性矛盾，我出现在这里是不可思议的。我原来说过，举起一只手拥护共产党，因为举起两只手是投降。现在我心甘情愿举起两只手对共产党三呼'万岁'。我只举一只手是错了，我应当毫无保留地举起双手才对。说我是'投降'也不错，资产阶级向工人阶级投降嘛，用古人的话来说叫归顺，或者叫臣服。这不是个人的归顺，而是资本的归顺。这不是丢脸的事，不是自取其辱，而是自取其荣。所以，这个矛盾是非对抗性矛盾，事实上也是不对抗了。"

毛泽东仔细听着，在烟雾缭绕中陷入深深的思索。随后，他抬起头，看着荣毅仁说："看来你这个人蛮会动脑筋的嘛。"后来，报刊上就这个议题展开了讨论，显然是毛泽东授意的，但也是各有所云。荣毅仁自然很注意舆论的风向，毕竟这次不大不小的风波是他引起的。他想起了冯延巳的词句"风乍起，吹皱一池春水"，自觉心湖中的波澜，犹过于所见的苏州河、黄浦江的粼粼波光。

1957年2月27日，毛泽东在最高国务会议第十一次扩大会议上，做了正确处理人民内部矛盾的重要报告，对这一风波进行了明确的回应。荣毅仁的立论也就成立了，他心里的波澜也就平息了。

1957年，在新中国历史上是重要的又是很吊诡的一年。年初，毛泽东的报告带来了温和的气氛，然而很快，就有巨大的阴霾逼近。这就仿佛是气候多变的一天，早晨艳阳高照，暖风阵阵，到下午风云突变，寒流来了。

荣毅仁的感受也是这样。年初，意想不到的荣耀很突然地降临到他身上，在1957年1月9日的上海市第二届人大一次会议上，已调北京的陈毅连任上海市长，从重庆调来的曹荻秋任常务副市长，而荣毅仁被选为副市长。这一年他四十一岁，英气勃勃，西装笔挺，高大的身影出现在主席台上，显得神采飞扬，光彩照人。

荣毅仁当选上海市副市长，陈毅亲自替他拉过票。在这次会议召开前的一次党员大会上，专程从北京赶来开会的陈毅说："这次匆匆赶回来，毛主席给了我一个特殊任务，要我和上海的同志们商量一下，请投荣毅仁一票，让他选上副市长。"陈毅接着传达毛泽东的话说，荣家是我国的民族资本家，在国际上称得上财团的，我国恐怕也没有几家。荣家就是其中的一家，还是最大的一家。荣家现在把全部企业都拿出来和国家合营了，在国内外影响很好。怎样把合营企业搞好，上海要创造经验，从荣家推选出代表人物参与市政府的领导，现在就十分有必要了。

接下来，陈毅又详细介绍了荣毅仁的简历、学识、人品，很坦率地说："大家可能知道了，荣毅仁是我的好朋友了。我要以老共产党员的身份为这位'红色资本家'竞选。因为他确实爱国又有本领，堪当重任；而且凭着他的特殊身份，在国内外资产阶级中还能够发挥出我陈毅起不到的作用呢！"

类似这样的话，许多共产党领导人此后不止一次和他说过。在中国实行改革开放并突破长期奉行的束缚人们思想和手脚的阶级斗争桎梏时，邓小平点名荣毅仁出山，组建中信公司时也是这么说的。

可1957年的荣毅仁还是一个资本家，他能起到连陈毅都起不到的什么作用呢？这是当时的人们还不能完全理解的。陈毅举例说："法兰西共和国总统戴高乐有点特立独行，他不附和美国的反华仇华的政策，承认新中国并鼓励民间人士和中国来往。有一次，一个法国大资本家访问中国，指名要和荣毅仁单独用英语谈话。荣毅仁奉命和这个法国人交谈时像平常一样衣冠整洁，头发纹丝不乱。他在法国人面前神态自然，谈笑风生。法国人也很随意，谈话仿佛是朋友之间的闲白，而没有外交场合的那种正经和正式。事后，法国人对我说，他和荣毅仁谈得很愉快，他从荣毅仁身上看到了中国资本家的日子并不像外国传媒所说的那么幽暗，像什么惊弓之鸟，而是很乐观，也很自在。"

陈毅说，事后他问荣毅仁："那个法国客人和你谈得很高兴，说中国资本家日子过得很好。你们谈了啥东西呀？"

荣毅仁回答说："我们不过是拉家常。那位法国人问我在共产党政权下过得怎么样,我对他说,我们生活仍很优裕,不用担心敲诈、绑票,有工作,也有机会学习,都感到有奔头,所以更想为国家、为民族做点事。钞票再多,对荣家来说,也不过是再加上几个圈圈,没啥意思,我宁愿把定息拿出来每年替国家新开一爿工厂。"

讲到这里,陈毅问大家:"让荣毅仁选上副市长,你们说,应该不应该呀?"

回答陈毅的是一阵哗哗的掌声。

荣智健的特钢情结

历史的苍穹曾一度被遍布中国大地的烟火冲天的小高炉所映红,一个个炉口使劲喷涌着浓烈呛人的烟雾,鼓风机发出嘶叫声——这是蒙克在《呐喊》中描绘的景象。出铁了,灼热的铁流缓缓地淌着,热气腾漫,人们发出欢呼,这是一种奇异景观。为了冲刺一千零七十万吨的钢铁产量目标,整个中国在1958年全民大炼钢铁运动中付出了巨大的热情,也付出了巨大的人力、物力。这种做法后来备受质疑,也让人着实感到可笑。热情似火是好的,但方法欠缺科学。结果表明,费了九牛二虎之力炼出来的生铁大多是渣土,基本无用。这场运动记录了中国钢铁工业的蹒跚之履,说来也可怜,中国的钢铁产量在新中国成立初期一年只有几十万吨,经过几年国民经济恢复后也不过一年几百万吨,1958年的目标也仅仅是区区千余万吨。荣智健当然还记得这一情景。

几十年之后,中国的钢铁产量达到一年六七亿吨,最高达到十二亿吨,居世界首位。但荣智健目光如炬,头脑清醒,他投身钢铁领域的目的不是在那组数据后面再增加几个数字,而是着眼于发展特钢,这还是中国的短板。事实证明,荣智健的谋划是正确的,当钢铁领域要压缩产量、去产能、去杠杆时,特钢不仅不在此列,还有相当大的扩展空间。

荣智健对钢铁投资的兴趣，可追溯到其祖父荣德生"自办完备的制造机母厂"的思想，祖父的宏愿给他留下了深刻印象。而钢铁，尤其是特钢，是制造业不可缺少的基础材料，关系到大国重器的制造，火箭、卫星、人造飞船、重型设备、先进大型舰船、大型桥梁、超高层建筑等都需要耐高温、耐高压、高强度、高韧性的特种钢材。如果说他的祖父、父亲从衣食入手，旨在解决民生问题，进而达到实业救国的目的，那么荣智健发展特种钢材则是服务于中国的崛起和民族复兴这一傲视千古的伟大功业。我国的特钢大多尚需从国外进口，往往受制于人。所以，荣智健继承了祖辈、父辈对社会的奉献精神，以开阔的视野瞄准了特钢这个领域，在进行了大手笔的投资，为国出力的同时，了却了他深深的特钢情结。他的祖父辈曾经是"面粉大王""纺织大王"，而他的理想就是要让香港中信泰富成为"特钢大王"或"特钢托拉斯"，就像他父亲荣毅仁从上海圣约翰大学毕业后，被祖父荣德生委派到茂新二厂任助理经理时，设想建立一个"面粉托拉斯"一样。

于是，荣智健以独特的眼光寻找合作伙伴和合作平台，他把目光投向了无锡。1992年下半年，荣智健与无锡市主管工业和对外经济技术合作的领导频繁接触。无锡的党政领导高度重视荣智健的投资意向，热忱欢迎香港中信泰富到无锡投资，期望以引进外资的形式进一步打开改革开放的闸门。为此，市有关部门一口气向荣智健推荐了十八家企业，其中不乏大名鼎鼎的行业龙头企业。

荣智健迅速派出考察团到无锡调研。考察团由香港中信泰富董事、副总经理李松兴带队，由公司的发展规划部十多位专家组成，他们很快拿出报告，向荣智健和公司战略投资委员会汇报。考察团十分认真、细致，对备选企业各方面的条件进行了严格评估。荣智健要从繁杂的情况和密集的数据中理出头绪。他认为，中国的工业化正在跨入重化工的发展阶段，除了夯实基础设施，还要搞好基础工业。他要投资就投向钢铁、机械等重工业，这是中国跨世纪发展的重头戏。因此，无锡适合开展特钢生产的企业是首选的重点单位。

于是，荣智健锁定了无锡钢厂。无锡钢厂是当地首屈一指的钢铁企业，虽是1958年大炼钢铁运动的产物，但设备设施齐全，位置优越，有炼铁、炼钢、轧钢等设备；有四个轧钢车间，有个车间的轧机生产线是从瑞典引进的，虽是被瑞典厂家淘汰掉的二手货，但在国内相对先进；有专门的铁路通往厂区，厂区内还有一条运河；厂区面积也比较大，东南边还有大片空地可以征用。

荣智健有了兴趣，说："马上搞一个可行性方案报给我。"但刚刚通过华润公司取得补偿八百万元美元且正在进行局部改造的无锡钢厂的态度不是很积极。企业负责人自认为发展势头不错，用不着重起炉灶，继续引进新的合资；即使有外资注入，也不希望合作方派人到工厂参与经营管理。双方的经营理念和发展模式看起来并不兼容。荣智健没有勉强他们，他很豁达地对身边的人说："谈合资就像找对象，不仅要看对方的长相，还要考虑对方的心思和性格脾气是否对路，这样双方才能谈得来。"这时候，无锡领导层里还传出来另一种声音：无锡总共就这么几个宝贝，不可以搞合资放出去了。最初与几个企业的谈判，就这样不了了之。

就在合资合作意向受挫、香港中信泰富心生退意之时，时任无锡市常务副市长、曾任江阴市长的吴新雄，拿出一个后备方案，向荣智健推荐了江阴钢厂。对于江阴，荣智健并不陌生。五年前，中信公司与水利电力部合资合作在利港镇投建了一座一百万千瓦的燃煤电厂，他亲自到江阴进行选址，在长江边的利港镇划定近两千亩的土地，并出任利港电厂第一任董事长。江阴人的豪爽、干练和务实给他留下了良好的印象。面对吴新雄的力荐，荣智健决定到江阴再度实地看一看。

江阴钢厂最初是由几十名手工匠人联合起来的三个手工业合作组，1959年其在"大办工业"的高潮中联合办起了要塞人民公社农具机械厂。1970年，这家小农机厂运用自制的一点五吨工频感应电炉炼出了第一炉钢，填补了当时的江阴县炼钢的空白。工厂因此升为县属大集体企业，于1972年更名为江阴钢厂。此后，钢厂自行设计和安装了三吨及五吨的电弧炉，形成开坯、热轧、焊管产能，1986年易地改造扩建花山新厂，建成两台二十吨电炉和一条半连轧生产线，形成年产三十万吨钢的生产能力，钢产量跨入江苏省前五位。但是因为设备故障频现，生产成本居高不下，加上技改负债沉重，工厂由盈转亏，一度陷入产品滞销、生产停顿的困境。自1990年起，工厂就一直在寻求合资伙伴，先后与上海宝钢及中国五矿等国企进行接洽、商谈。宝钢先后六次派人到江阴钢厂考察，并与其初步谈定出资五千万元、占股百分之五十一的并购方案，只是因为江苏省冶金厅不予同意而合作未成。中国五矿原拟出资二千万美元，控股百分之五十一，后因大连第二轧钢厂无偿转给五矿，转而要求江阴钢厂也以无偿方式划转，使得谈判进展迟缓。就在此时，香港中信泰富愿意合资合作的消息传来，江阴钢厂的天际显露出一丝曙光。

1993年的一个秋日，荣智健带着香港中信泰富副总经理蔡星海等人来到江阴考察。时任江阴市委书记翟怀新全程陪同。翟书记满怀热情地向来访团队介绍了江阴交通建设、产业发展及港口口岸开放的规划，特别谈到了要配合"沿江开发"战略，这些深深打动了荣智健。江阴借助改革开放来打造能够承接国际资本和先进技术的制造业高地的前景，使他倍感振奋。在与江阴钢厂吴晓白厂长的交谈中，荣智健了解到工厂曾用脚踏鼓风机炼钢、用排风扇为变电设备降温、用土法上马的串水冷却装置、开发高强度螺纹钢等故事，听后觉得这个工厂虽然设备简陋，但却有一颗不甘平庸的心，有一股创业做事的劲，这种精神是难能可贵的。他看到了这个工厂的内在潜质。在花山厂区，他目睹了工厂的办公室设在类似工棚的房子里，只有几张旧桌椅和几个破旧的热水瓶、电风扇，这些场景勾起了他当年在四川凉山龚嘴水电站工作的回忆，引起同样从底层拼搏创业做起的荣智健内心的共鸣，由此坚定了他与江阴钢厂合资合作、共绘宏图的决心。

如果说长江边这个杂乱的布满拆船厂和芦苇荡的地方成了荣智健圆梦的特钢高地，那么在把梦和规划变成现实的过程中，荣智健展示了他卓绝的才干和超前的眼光与理念，这在当时的中国实在是罕见。

在荣智健的安排下，香港中信泰富的一个工作团队来到江阴钢厂，对合作的各项条件进行细致深入的调查分析。荣智健认为，从大物流的概念来看，长江黄金段位的水道是最佳的投资环境。钢铁企业每产一吨钢，至少有三吨的进出物流量，一个年产二百万吨至三百万吨的特钢企业，会有上千万吨的吞吐量。这样的物流需求只有长江水道才能满足，在这一点上江阴钢厂优于无锡钢厂；钢铁企业是耗电大户，江阴利港电厂还有发展空间，有条件增加发电容量，为未来的钢厂输电；江阴市政府明确表示可以拿出长江岸线和江边大面积地块合资建厂；江阴钢厂有艰苦奋斗的精神传统和创业经历，这是一笔无形资产。荣智健如此综合的分析既高瞻远瞩，又切合实际情况，还照顾到江阴钢厂的历史底蕴。考察者一致认同并在此基础上形成了一个经过周密测算和严格论证的合作方案。荣智健最终拍板决定，双方合资创办江阴兴澄特种钢铁有限公司：香港中信泰富以现汇五千四百三十一万美元入股，折合人民币四亿三千四百六十六万余元，占合资公司百分之五十五的股份；江阴钢厂以现有装备、厂房、其他资产入股，折合人民币三亿五千五百四十七万余元，占公司总股本的百分之四十五。

1993年12月3日，风和日丽，长江奔腾，江阴兴澄特种钢铁有限公司的签约仪式在江阴长江饭店隆重举行。无锡市吴新雄副市长，江阴市翟怀新书记、贡培兴市长及相关部门负责人前往祝贺。当香港中信泰富公司的代表、合资公司首任董事长张安东和江阴钢厂厂长、企业法人代表吴晓白落笔签字时，全场响起一阵热烈的掌声——兴澄钢铁公司整装踏上新的征途。

在谈判中，荣智健反复谈了他的规划和想法。首先，合作双方一定要努力把兴澄钢铁公司办成百年不衰的最好的特钢企业，要有一个滚动发展的思路。其次，企业一定要有良性整合产业链上下游的能力。企业发展要追求立体态势，形成最佳的产业形态和完整的核心竞争力，争取在行业内独占鳌头。最后，长江这条黄金水道是走向世界的通道，要尽快结束特钢依赖进口的局面，变进口为出口，这就要求企业尽快做成一流的国际化特钢企业。

荣智健投资建成兴澄钢铁公司，绝对不是简单地开发一个项目、收购一个企业，而是致力于产业布局。他认为，当下真正搞实业，就要从钢铁做起。他完全继承了荣氏三代创业者所共有的大思维、大手笔、大格局的实业模式，打算以特钢为龙头，构建一个现代工业的"王国"。所以，他对无锡、江阴和钢厂的领导说："香港中信泰富对兴澄的投资以现汇入股，决不抽走；对于企业今后产生的利润，香港中信泰富一分钱也不拿走，全部用于滚动式发展。香港中信泰富那边的股东分红，我另想办法。不过我有一句话要说在前面，兴澄钢厂不做最大，但一定要做最好，做到中国第一、世界一流。"

中国第一、世界一流，似乎是一个梦，但人们相信这很快会成为事实，因为荣家就是一个传奇的家族，荣毅仁和荣智健父子也是有传奇色彩的人物。

荣智健的话掷地有声，而且具体的行动经过了周密的部署。当时在国内的钢铁行业，占绝对份额的是普通钢材，即所谓的"结构钢"，各大钢厂和地方钢厂都生产一色的棒线材和薄板钢。而优特钢因为品种多、规格高、批量小，对材料配比、轧制工艺及产品质量的要求都很高，具有高技术产业的特征，所以很少有企业具备规模生产能力。国有大企业人多、效率低，又追求产量或产值指标，所以不愿意搞特钢；而地方企业和乡镇企业技术力量与资金实力都不足，没有能力搞特钢。因而，国内紧缺的特种钢材（包括军品原材料在内）不得不依赖国外进口。在钢铁总产量扶摇直上的同时，国内的许多行业和企业都在呼唤着特钢，像大旱天渴求云雨般盼望着特钢，而特钢的品种和产量却始终停滞不前。

兴澄钢铁公司通过合资合作，恰恰具有从缝隙中寻求突破的机遇和条件，为此在兴澄钢铁公司的旗下又成立了合资的兴澄特钢公司。根据荣智健的总体设想，兴澄特钢制定了企业发展战略，目标是：以优特钢为龙头，先建成国内最大的特钢替代进口生产基地，再向最强特钢出口基地的目标迈进。在兴澄钢厂尚处于摇篮中时，荣智健就为这个厂绘制了一幅宏大的蓝图，这幅蓝图对于钢铁行业内的绝大多数人来说都是天方夜谭，甚至闻所未闻。

在兴澄特钢第一期滨江工程上马之前，按荣智健的要求，兴澄钢铁公司领导层对全世界最先进的特钢企业进行了全面的考察调研，对国内钢铁制造企业进行了摸底、了解和考察，针对江阴市的环境形成了一个方案。但这个方案在荣智健那里没有通过，而是在三个方面做出了重大调整，甚至是否定式的调整。

其一，该方案提出生产线为普通钢和优特钢相结合，年产一百万吨，其中五十万吨普通钢、五十万吨优特钢。荣智健当即否定："我们只搞优特钢，不搞普通钢。我们所引进的生产线，必须全部适合生产特种钢材。"他还预言："我相信中国的特钢用量会有飞跃式攀升，这是大势所趋，所以我们要生产替代现在国家进口的特钢，填补空白。我们不要给企业留后退的余地，必须向前冲，既要品种齐全，又要保证质量。"

其二，该方案提出要买最好的引进的设备，要选择引领世界的前沿技术。当时，有两家公司的设备可供选择：一家是意大利的达涅利公司，一家是德国的德马克公司。德国公司的报价比意大利公司高出四分之一，约多三亿元，但其设备性能优于意大利公司。兴澄钢厂的领导班子一致同意选用意大利公司的设备。方案汇报到荣智健那里，荣智健只问了一句话："哪个好？"得到明确的答复后，他说："那一定要德马克的，我说过，必须是最好的。"荣智健果断地选择了德国设备，亲自请德马克公司的代表吃饭，而对方代表在感动之余，承诺可进一步改进和提升设备的技术性能，以及在投产后确保其稳固性、富余量、可靠性，并做必要的改动，双方共同努力建一条国际一流的特钢生产线。这样，从德国引进的一百吨超高功率直流电炉（包括钢包精炼炉、真空精炼炉、弧形半径达十二米的五机五流大方坯连铸机等）是当时国际上最先进的炼钢设备。设备从设计、监制到安装、调试，都由德国专家全程负责。在安装过程中，兴澄钢铁公司也派出一个团队实时参与，一方面配合德国专家工作，另一方面也跟踪学习，全面掌握设备性能和操作维修技术。从德国专家身上，兴澄技术人员学到了严谨、周密、一丝不苟的工作风格；而德国专家也在中方工作人员吃苦耐劳精神的感染下，从到点下班、拒绝加班，很快转变为延时下班、配合加班，确保了安装工程的提前完成。

其三，荣智健看了滨江厂区设计图纸后指出，这个设计要更改，应充分考虑环境保护，扩大绿化面积，将循环水建成人工湖，保护好江阴市的天空和长江的水质，把滨江厂区建成花园工厂。

这三个调整体现了荣智健办特钢厂的高度。事实证明，荣智健的决策多么富有远见，深谋远虑。这种高度和历史性起点缩短了兴澄特钢的发展历程，使一家设备落后简陋、生产力低下的小钢铁厂一跃而起，成为中国钢铁行业里的一匹黑马，跻身于国内乃至国际一流特钢厂的行列。荣智健的战略高度带动了衰落中的江阴钢厂的再次腾飞，也带动了中国特钢业的腾飞。

这条全长六百米的生产线于1998年5月全线安装调试完毕，并投入生产。它是国内第一条一百吨级的炼钢、精炼、连铸、连轧"四位一体"的短流程特钢生产线，适合各种类型、各种规格型钢的轧制。兴澄特钢的投产和达产意味着中国特钢生产工艺技术的一个巨大飞跃。兴澄特钢也由此实现了生产从半机械化到自动化、经营从以普钢为主到以优特钢为主、能耗从高耗能到中低耗能的重大转型。兴澄特钢的崛起，正是基于这条生产线带来的工艺技术的创新。事实证明，荣智健站得高、看得远，决策果断、英明。因为他当初拍板决定引进国际上最先进的装备和技术，而且技术水准超前，设备容量有一定的冗余，所以此后的产量和质量都有了不断提升的空间。至今，这条工艺流程短、各工序衔接紧凑的流水线依然在高负荷运行中。

谈到速度,对于荣氏家族而言,大家都知道有一个"荣宗敬速度"。当年,荣智健的祖辈荣宗敬办厂之快,在上海滩都是有名的。荣宗敬通过金融运作,以收购、兼并、投建等方式高速扩张,被人称为滚雪球式地办实业。这个传统被荣智健继承下来了,但有所不同的是,荣宗敬是通过连续抵押获得贷款来扩展产业的,这具有很大的风险,申新搁浅就深受其害,成为荣氏企业发展史上难以忘记的痛。荣智健的扩张模式不是举债,而是动用自己的利润积累或吸收外资投入。在方式上,"荣智健速度"与"荣宗敬速度"有相似之处,那就是通过收购、兼并来扩张,滚雪球般地发展。2004年,香港中信泰富收购了湖北省新冶钢铁厂,并以新冶钢铁厂的名义占大冶特钢总股本的百分之五十八点一三,成为大冶特钢的最大股东。此后,兴澄特钢又收购了石家庄钢厂百分之六十的股权。石家庄钢厂是一个年产二百万吨钢的小型钢厂,但多年来坚持向优特钢方向发展,取得了一定的成效。荣智健看好石家庄钢厂的这一优势,石家庄钢厂也看好兴澄特钢的发展趋势,一拍即合,股权收购成功。一南一北的两家特钢厂聚集在一起,再加上湖北新冶钢铁厂,形成了三足鼎立之势。三厂优势互补,形成合力,这可以说是荣智健的神来之笔。

对于香港中信泰富旗下的几家钢铁企业所生产产品的规格和种类,荣智健按照市场发展情况和专业化原则进行了合理划分,形成了完善齐全的产品体系,使它们成为国内举足轻重的钢铁集团和特钢行业的龙头企业。各类型、各品种的特钢产品有力地支撑了中国的制造业。荣智健对钢铁业的热情及排兵布阵取得了极大的成功,在中国钢铁工业发展史上功不可没。可以毫不夸张地说,荣智健的先见之明及投资特钢的举措,翻开了中国钢铁工业发展史上里程碑式的辉煌一页。

为了实现建成世界一流的特钢企业的目标,兴澄特钢由香港中信泰富出面,在全球范围内寻找战略合作伙伴。公司决策和技术团队几乎跑遍了欧美所有的重要特钢企业，包括瑞典SFK、德国FAG、日本NSK等，了解世界特钢行业的技术发展现状和趋势，最终选定美国铁姆肯公司。铁姆肯公司当时已有近一百年的发展历史，是世界上最大的圆锥滚珠轴承和无缝合金钢管制造企业，以卓越的技术水平、产品质量和部门协作优势称霸于世界钢铁业和轴承制造业。兴澄的合作意向传到铁姆肯之后，对方立刻花费五百万美元聘请专业咨询公司进行专题研究，并形成一个全面合作的方案。但它的合作条件相当苛刻：一是合作期限为五十年；二是派出其总经理带队的管理技术团队全面接管兴澄的生产、研发和销售；三是全部生产高端产品，不生产中低端产品，全部产品都贴上"铁姆肯"商标，按销售收入的百分之二收取商标使用费；四是拟对规划中的兴澄滨江新厂控股。苛刻条件背后的根本问题是：核心技术不予转让。谈判进行得十分艰苦，来来回回一年多时间，最终以合作协议谈不拢而告终。

根据兴澄特钢经营管理团队的建议，荣智健采纳了立足自主经营、分别引进设备和技术管理的方案，技术改造、技术配置与滨江一期工程同步推进。"四位一体"短流程生产线投产后，企业面临再上一级台阶的新挑战。因为企业经营犹如逆水行舟，不进则退，如果一步领先后裹足不前，那么后来者很快就会赶上甚至超越自己。荣智健及时和公司领导层商讨如何再接再厉，上二期工程。当时，因为第一条生产线的成功，一些人滋长了几分傲气，但荣智健非常清醒，知道这条征途还有很长的路要走。他说："兴澄特钢可以算是中国一流的企业，但还不是世界一流的企业。就拿汽车用钢这一个门类来说，我们初步攻克了轴承钢的困难，还要在齿轮钢、弹簧钢等方面占领市场，这就必须有过硬的技术力量来支撑。"

根据荣智健的意见，兴澄特钢仍要瞄准世界上最优秀的特钢企业，寻求全面的技术合作，其重点是改进技术管理。很快，香港中信泰富通过香港中信投行联系上了日本住友小仓。兴澄的技术管理团队先后考察了日本大同、三洋等企业，最终认定日本住友小仓为合作伙伴。它虽然受制于日本相对狭小的市场空间，经营规模也不是最大,但技术先进、管理扎实,生产各类汽车用钢,品种和规格都很齐全。兴澄以三亿元的技术转让费和百分之二的销售提成作为条件,全面引进住友小仓的生产技术和管理模式。经过磨合,双方建立起良好的合作关系。日方技术人员严谨、细致,有时半夜两点还会打车赶到现场,检查设备安装调试是否到位,他们精益求精的精神对中方人员是一种无形的激励。在技术改造中,中方技术人员主动、灵活,在一些技术方面善于变通出新,也给对方以启发。后来,住友小仓被新日铁兼并,技术合作不得不终止。

通过与住友小仓的合作,兴澄的炼钢电炉改为转炉,新增真空精炼炉,末端采用电磁加热技术,炼钢精度大幅提升;轧钢由平轧机改为平立可转换轧机,新增十七号轧机,形成用单一三百方坯轧制一百三十圆以下各种规格棒材的技术能力。技术改造带来企业技术水平质的飞跃,除了产能从原来的六十万吨一步跨上一百万吨的台阶,产品精度也显著提升,轧钢加工成本率降低百分之三十五至百分之四十。更重要的是,与住友小仓的技术合作全面提升了兴澄的技术水平,改造后的生产线真正成为一条特钢生产线,为企业在"普转优"的基点上实现第二步跨越——"优转特"奠定了基础。

1998年至2002年,兴澄顺利实现了第二次战略转型,特钢产量跃居全国第一,其中轴承钢产量居世界第三位,为中国成为世界轴承生产大国做出了重大贡献,其中弹簧钢、油井管坯钢和海洋锚链钢等产品获得多国行业和企业的质量认证,至于自主研发的高压锅炉合金管坯、高性能合金弹簧钢等,其生产技术和产品质量均达到世界先进水平。2002年,兴澄特钢年产量达到一百四十一万吨,优特钢占比为百分之九十以上,合金比达到百分之六十五,八个分项的主要经济指标位居全国特钢行业第一;特钢替代进口超过十万吨,同时出口七点五万吨,填补了海关出口产品中没有特钢一项的空白。2004年,香港中信泰富增持兴澄特钢的股权调整至百分之九十七。

兴澄特钢的创业式发展,特别是世纪之交的跨越式发展,体现了荣氏企业经营管理理念在现代企业中的实践。荣氏企业是无锡近代民族工商业的典型代表，在百年传承、不断创新的过程中，秉承民族传统文化的精华，吸收世界现代企业管理的文明成果，从中国企业的实际出发，有机融合而成具有很强操作性的经营管理思路和办法。在香港中信泰富和荣智健的指导与帮助下，兴澄特钢的企业管理水平跨上了更高的台阶，也在创业实践中丰富了这一理念的内涵。

兴澄特钢是香港中信泰富在无锡投资的第一家制造业企业，从1993年到现在，已经走过了近四分之一个世纪的历程。这二十多年间，钢厂从一个年产钢不到二十万吨的地方小厂，发展成为年产量达六百万吨的综合类大型特钢企业，到达了中国乃至世界特钢行业的巅峰，可以说是创造了一个历史奇迹。兴澄特钢的成功起步，为香港中信泰富后来兼并大冶特钢和石家庄钢厂，并组建中信特钢集团打开了局面。随着稳步的发展，兴澄特钢在国内特钢业后来居上，成为领跑者，并带动全国特钢产业实现快速发展。

合资以前的江阴钢厂是一个县属大集体企业，与其他国有、集体企业一样，是由政府工业主管部门领导的一个生产单位。合资后，荣智健坚持按照现代企业制度改进企业管理，其中重要的一个举措就是实施真正的董事会领导下的总经理负责制。它还实行三权分设：经营权归企业经营管理层，股东原则上不插手、不参与经营和决策；决策权归董事长领导下的董事会；监督权则属于监事会，采取在其领导下的内部审计与外部审计相结合的方式。这种企业管理体制在1993年的中国内地，无疑具有先行意义。

在首届董事会和董事长、总经理人选确定后，董事会随即讨论在滨江规划建设新厂区，要求总经理尽快编制规划可行性报告，然后由董事会讨论批准实施方案。公司的投资决策、重大项目建设及重要人事任免等均需董事会讨论通过，而具体的产品开发、生产与销售则放手由总经理组织实施。此外，总经理要在制度建设和各项管理上解决粗放的弊端，做到科学化、制度化、精细化，任何人不能违反公司制度。这还包括荣智健的"家规"：在人文层面，从领导到员工都要把企业看作共同拥有的一个大家庭，每个家庭成员都要以这个家庭的整体利益为重，以维护家庭的团结为己任，齐心协力，不做损害这个家庭的利益的事，不搞内耗。这条"家规"与荣氏兄弟"大烟囱"和"小烟囱"之间的辩证关系的说法很相似。

对于利益分配，荣智健历来都很重视。他的祖父荣德生以德治厂，以义待人，"不能让工人吃亏"是其口头禅，创立"劳工自治区"是中国工商文明中的一大创举。荣智健以他一贯的管理之道处理兴澄特钢中的利益关系，兼顾企业利益与社会利益、职工利益、股东利益的平衡，要求利益共享，做到公正公平。每个员工从企业大家庭中获得合理合法的应得利益，除此之外，他不允许任何人通过企业其他途径获取不正当的好处。

荣智健的特钢情结，以及他的格局、高度、眼光、速度和"家规"催生了兴澄特钢的各项现代企业制度，使企业从"人治"走向"法治"，很快走上了快速发展的轨道，步入了良性循环。荣智健的这些理念和做法是对家族的文化传统的继承，但在新的时空中又超越了传统，融入了实业强国的爱国主义精神。透过历史的烟云，我们真正感受到了百年荣氏兼济天下的精神和公益文化的力量，看到了它们在荣智健这一代继承人身上发扬光大。

2003年9月，荣智健和香港中信泰富执行董事荣明杰等一行人视察兴澄特钢，在与江阴市委、市政府领导商议的基础上，初步规划滨江二期工程。最终的决策则由公司董事会敲定。决策过程并不只是简单地听汇报、看报告，而是从战略发展的层面进行深入分析，详细比较国内国际各方面的数据，慎重研判后再做决定。在兴澄特钢，从项目投资到产品定位都是董事会和总经理共同做出的科学决策，"普转优""优转特""特转精"三次战略跨越也都是董事会调研决策和总经理及其领导的业务部门与行政部门有力执行的结果。

2007年，滨江二期大方坯连铸连轧生产线建成并投入生产。通过从初轧、精轧到除磷、热锯、矫直探伤和热金属条形码标签等先进技术的应用，这条生产线可以满足超大规格、高性能、高精度、高表面质量等多方面的工艺要求，并且达到了国际先进水平。特别是ø600㎜、ø800㎜高合金超大规格圆管坯连铸的成功投产，填补了世界特钢生产的空白，为中国特钢产业赶超世界先进水平树立起一座新的里程碑。同样有意义的是，现代企业制度的建立促使企业摆脱了对政府部门的依赖，逐步成长为自主投资、自主经营的市场主体。

1999年10月，荣智健到兴澄滨江厂区视察。他对滨江一期建设和运行的效率表示满意，同时就企业管理提出了进一步的要求："兴澄公司不但要追求利润，而且要把眼光放远一点。要想不断发展，就要更好地开发品种，考虑WTO（世界贸易组织）的影响，对影响生产能力的卡脖子环节要尽快投入，抓紧解决。对于工厂管理，在抓好精兵简政的同时，要充分调动人的积极性。"在总经理的领导下，企业全面实施强化管理的各项措施。针对设备管理，在技术改造的基础上，企业要建立切合本企业特点的点检定修制度，引进日本新日铁管理模式，实行"三定一委"——平时对设备定点、定检、定修，按期委托专业机构大修，即实行服务外包，但外包要通过严格的招投标程序，以确保机构资质、工程质量、工程进度和预算目标。钢厂的炼钢电炉需要用耐火材料筑炉衬、筑钢包，而耐火材料的质量和砌筑水平决定着电炉炉龄和钢包的使用寿命。为此，钢厂自己采购耐火材料，建造仓库存放，配置专门的砌筑工人。对此，兴澄特钢特地进行了管理改革，完善了服务外包方案，对耐火材料的质量、价格、砌筑，关键是炉龄、包龄和出钢产量均明确了承包要求，超额奖励，短缺扣罚。实施的结果是炉龄、包龄有了延长，热停工时间缩短，钢产量大幅上升，吨钢耐材成本明显降低。这一管理创新办法很快在国内全行业得到推广。对于产品质量管理，钢厂首先开展"质量是企业的生命，质量与人人相关"的教育，树立"从一做起，做到第一"的观念和质量"零缺陷"的目标。质量管理重要的不仅是制定并修改近百项管理制度，还在于制度和措施的执行力。为此，管理层通过跟踪、抽查、考核和投诉处理等方式多管齐下，加强对过程和结果的控制。工厂将原来在产品出来后负责检验的六十多位质检人员推上生产第一线，要求在生产过程中就严格进行质量控制。同时，公司还开展质量控制小组、合理化建议、质量难题攻关等多种形式的活动。

为了实现产品质量的持续改进，兴澄特钢严把产品入库和出库质量关，坚决阻止不合格产品出厂。兴澄钢铁公司曾经因为发生的一起混钢质量事故，先后撤掉多位分厂厂长的职务。尽管有客户愿意以优惠价购买最多的一批四百多吨不合格轴承钢，可公司领导果断回绝，并专门召开"向废品宣战"现场会，当场将全部次品切割回炉，以警示广大管理人员、技术人员和工人。兴澄钢铁公司由此建立起严于国家标准和市场通行标准的企业产品标准体系。该体系在2005年3月通过国家标准委员会组织的专家验收，使兴澄特钢成为江苏省和全国钢铁行业首家4A级标准化良好行为企业。

荣智健经常讲的一句话是："企业经营的关键是市场，跟着市场走，脉息要搭牢。"但"跟着市场走"并不是盲目地走，而是要遵循市场规律，依照市场规则经营。经营的灵活善变和管理的严正务实，是荣氏企业历来的传统。兴澄特钢延续了这个传统，其经营战略一开始是"服务当地，面向华东"，随着沿江、沿海业务的不断拓展，逐步确立起"立足华东，面向全国，走向世界"的定位。支撑这一市场营销战略的，一是直销方针。特钢产品品种多、用户面广、销售批量小，国内大部分钢厂采取代理销售的方式，但兴澄坚持直销，直接面对用户，无论是供货品种和规格，还是新品开发，都全力配合客户，提供多方面的技术协助。在特钢生产线投产后的1999年，兴澄开发了五个系列、九个钢种，2000年又开发七个系列、十一个钢种，至2001年累计开发近二十个系列、一百多个钢种。企业虽然为此付出更高的成本，但因此赢得了用户的高度信任，拥有了一大批忠诚的客户。二是走访制度，即由公司领导带队走访用户，一般用户一年走访一次，重点用户一年走访两次，特殊用户不定期走访，并安排专人联络。通过走访，公司可以随时掌握市场动向、客户意向及其对产品改良和创新的要求，同时也督促销售部门改进供货和服务。企业建立起相应的信息反馈制度，即公司的二十四个职能部门及十六个销售分公司的主要负责人，在每天下午五点前，原则上都要将当天发生的重大情况（特别是市场和客户的情况）以一页纸的篇幅报送总经理。总经理的很多与开发、投产和调度相关的决策就来自灵敏的信息传递和精准的信息分析。

兴澄特钢在坚持"诚信是金"的经营理念的同时，尤其注重改善销售服务，努力通过价格合理、交货及时、履约率高、服务到位在竞争中取胜。与客户签订合同后最快三天内交货，再大的批量也要确保在三十天内交付，根据用户要求，新产品从开发、投产到出货通常不超过两个月。在某一段时间内，因为基础建设和房地产业迅速扩张，建筑用钢材的价格一路上涨，其盈利情况远远好于特种钢。国内一些钢铁企业相继停产特钢，集中力量转产螺纹钢，但兴澄坚守特钢业务不动摇，保质保量地确保特钢供货，一丝不苟地搞好配套服务。因此，兴澄特钢每年的订货会都是客商云集，都能一举落实年度任务百分之五十以上的订单。它能以优质服务争取到一汽及部分高铁项目等大客户的特钢供货商资格。

兴澄特钢的企业管理正朝着现代科学管理的方向大步迈进。在香港中信泰富的引导下，兴澄把国际先进管理理念与钢铁企业的实际情况相结合，在提升计划、组织、执行和控制能力的同时，加强财务管理，更好地发挥财务对于核算、控制和规范管理的重要作用。合资以后，根据荣智健的指示，企业每年聘请香港普华会计师事务所进行审计。通过全面审计，企业引进国际财务准则，加强财务管理。开始时厂里对此有种种议论，特别是针对每年花费五十万元的审计费来挑企业的"毛病"，部分人思想有疙瘩。但普华会计师事务所完全是以合作伙伴的姿态开展审计业务，派出的会计师和审计师非常专业，也非常敬业，深入现场进行调查分析，认真细致地排查问题并提出解决问题的切实建议。几年审计下来，普华有效地帮助企业堵塞了管理上的一些漏洞，促进企业完善了科学的管理制度和办法，令全厂上下心服口服。

在这个过程中，兴澄钢铁公司引入香港中信泰富的一套表格及分析和考核程序，从而以数字化的方式对日常生产和经营活动进行考评，挤掉水分，诚信经营，力求"戒欺"。根据荣智健的要求，企业管理层通过与历史水平、国内同类企业及国际先进企业相比较，从中找出自身的差距，明确努力方向。在此基础上，兴澄钢铁公司逐步形成了投资建设与经营运行的项目化管理模式，经常开展企业内部审计和绩效评审，进一步优化生产和经营管理，力求用较少的钱，办较多的事，并且办成事、办好事。在这样的管理理念和管理模式下，在1993年至2008年的十六年间，兴澄钢铁公司的经济效益呈现持续上涨的趋势，每年的经营实绩都远超年度预算，其中滨江一期工程三年半收回投资，二期工程实现产值三年翻一番。香港中信泰富信守合资之初的承诺，没有从兴澄的盈利中分走一分钱。兴澄特钢由此在资本的滚动中发展壮大，走到了世界同行的前列。

2001年2月，一向关注家乡建设与发展的国务院发展研究中心常务干事、经济学家季崇威来到江阴，就兴澄钢铁公司和法尔胜集团两个典型企业进行调查研究。陪同他调研的冶金部政策法规司前司长董贻正，之前已对江阴和这两个企业做过多次走访调查。对冶金有深入研究的董贻正曾经认为，兴澄钢铁公司的迅速发展靠的是荣智健的投资，以及中外合资企业享受的优惠政策。但此番深入调查深深地吸引了季崇威和董贻正，兴澄钢铁公司的业绩和成功做法给了他们新的感受。经过二十多次座谈并综合了专家和领导的多方面意见而形成的调研报告，很快被送到了朱镕基总理的办公桌上。这份报告及随之附上的季崇威的信，系统回顾兴澄钢铁公司的创业历史，指出兴澄钢铁公司的快速发展"有其深层次的原因"，那就是在市场竞争中"学习市场经济的规律"，"适应市场变化的生产经营对策先人一步、高人一等"。这一发现的基本支点，正是作为兴澄控股方的香港中信泰富董事局主席荣智健提出的投资和技术的高起点、产品及经营的正确定位以及不失时机又锲而不舍实施的科学发展战略。

调查报告所总结的关于"江阴经验""兴澄现象"的若干启示，可以为中国企业迎着挑战、走向世界市场提供有益的借鉴。兴澄钢铁公司的标杆价值体现在多个方面：引进国外连铸、冶炼、轧制等先进设备，生产轴承钢、齿轮钢、弹簧钢等特殊钢，满足耐高温、耐腐蚀、耐高压、耐承重、耐拉力等特殊的客户要求。例如，航母就需要多种具有特殊性能的钢材，据说"瓦良格号"航母从乌克兰买到中国后，历经多年，表面已锈迹斑斑，但稍擦拭，就会显得锃亮如新，这就是特殊钢的性能和品质。随着经济的全面发展以及国防工业和航空工业的崛起，特种钢已经变得必不可少了。事实证明，荣智健当年对兴澄的定位是极其英明的。兴澄几十年在特钢上下的功夫，无论是在品种还是在产量上都站到了特钢生产业的前沿位置，不仅满足了国内需要，还出口国外，其出口量占全国钢材出口量的一半，一跃成为中国最大的特钢企业。2018年，在很多钢厂去杠杆、去产能，利润下降甚至亏损的情况下，兴澄特钢的产品仍供不应求，创利达千亿元。

古老的长江文明和现代化的工业文明牵手，标志着荣智健立足特钢从头越的成功，诉说了荣智健实业强国、工匠精神、为国之重器而奋斗的不懈追求。

第四章

为有暗香来

墙角数枝梅，

凌寒独自开。

遥知不是雪，

为有暗香来。

——宋·王安石，《梅花》

驿外断桥边，

寂寞开无主。

已是黄昏独自愁，

更著风和雨。

无意苦争春，

一任群芳妒。

零落成泥碾作尘，

只有香如故。

——宋·陆游，《卜算子·咏梅》

梅花的另一类品格是平和、低调、内敛、淡定、不事张扬，这种"不同桃李混芳尘"的激浊扬清的梅姿历来为人们所赞赏，被认为是一种高尚的谦谦君子风度。

荣氏几代人皆事业成功，地位显赫，但这个家族达而不躁、富而不矜，始终保持着"淡泊以明志、宁静以致远"的人生态度，崇尚旷达、低调、内敛、沉稳的处世哲学。他们不炫富、不摆谱，更不恃富欺人、摆阔比富、为富不仁，而是懂得散财之道。他们知晓大义、生活简约、谨言慎行、诚笃守信、宽宏待人，有仁者爱人的文明气度。尽管荣氏几代人的生活方式有所改变，但共同点是不为世俗的富贵、奢华所累，更不会躺在祖上传下来的"荣华"上吃老本，以致沉沦其中。

低调、朴拙与内敛，对于一个成功的实业家来说是不太容易做到的。我们可以看到，历史上有很多煊赫一时的家族起初十分警觉和克制，但最终还是没耐住寂寞，谈不上"无意苦争春""凌寒独自开"，更做不到"零落成泥碾作尘，只有香如故"。炫富、挥霍、张扬这些毛病似乎与财富、名声、地位如影随形。我在这里，还是要说到"富不过三代"的家族周期律或者说魔咒。这并不是空穴来风、夸大其词,也绝非个别现象。从历史和现实生活中,我们可以发现这种事情的发生是大概率的,人们能够举出大量鲜活的例子来佐证它。

我们没少听到这样的故事,某些豪门大户曾经钟鸣鼎食、玉堂金马,转眼间就因不肖子孙挥霍无度、一掷千金、坐吃山空而成为破落户,后代子孙也就落到了潦倒窘迫、衣食不保的悲惨地步。对于这种不肖子孙,世人不屑一顾,称之为败家子。也有的家族在变幻莫测的政治风云中,突然间遭到沉重的打击,他们所创造的荣耀、财富、爵禄甚至生命都不可挽回地被褫夺,整个家族就此垮掉。这类家族主要是官吏人家,在历史上并不少见。这是另一码事。

《红楼梦》里有一首《好了歌注》,对此有形象和深刻的描绘:

陋室空堂,当年笏满床。衰草枯杨,曾为歌舞场……金满箱,银满箱,转眼乞丐人皆谤……训有方,保不定日后作强梁。择膏粱,谁承望流落在烟花巷……乱烘烘,你方唱罢我登场,反认他乡是故乡。甚荒唐,到头来都是为他人作嫁衣裳。

这首词把人生无常、荣枯悲欢、由好而坏、由富而穷、由贵而贱的转变刻画得入木三分,令人心惊。

这首《好了歌注》连同《好了歌》就像长鸣的警钟,对富二代、官二代甚至所有人都是一种振聋发聩的警示。

"富不过三代"这个家族周期律或者说魔咒曾引起许多大家族的担忧和恐慌,如何保持自己的家族久盛不衰是他们不得不思考的命题。清末重臣曾国藩的外孙、曾在上海工商界呼风唤雨的聂云台,拥有多家大企业,担任过上海总商会会长,他也曾担心自己的财富和万千荣华不能代代相传,突破不了"富不过三代"的周期律。他苦苦思索,晚年写了《保富法》一书,此书广为流传并载入了现代中国思想史。他提醒世人,无论拥有多少财富,如果只懂得积聚,只知道传子传孙，罕有富过三代的，聂家也不例外。

荣德生对这个问题有非常清晰的认识。前文引用钱穆对自己任教于私立江南大学的回忆时已提到，钱穆曾和荣德生有一番谈话，涉及这个问题。钱穆问："君毕生获如此硕果，意复如何？"荣德生回答："人生必有死，即两手空空而去。钱财有何意义，传之子孙，亦未闻有可以历世不败者。"他还说道："我一生惟一事或可留作身后纪念，即自蠡湖直通鼋头渚跨水建一长桥。"这座桥就是横跨五里湖的宝界桥，双虹中的老桥。美国亿万富豪查克·费尼一直秘密地捐助各项事业，他有句名言："上帝那里没有银行，每个人都是赤裸裸地诞生，最后又孑然而去，没有人能带走自己一生苦苦经营的财富与盛名！"

其实，《圣经·约伯记》有句经文："我赤身出于母胎，也必赤身归回。"这是查克·费尼的人生观，亦是荣德生的人生观。

正因为有这样豁达、通透和理性的人生观，荣德生与荣宗敬兄弟俩在对待下一代的问题上从来没有考虑过为他们积聚财富。他们将钱用于公益事业，用于实业的扩展。荣宗敬甚至透支、赤字办厂，用押款和借贷的方式来创造"荣宗敬速度"。他们行事低调，从不追求世俗的奢华，兄弟俩的财富精神和公益传统是留给下一代最重要的遗产。我采访荣毅仁时，他对我说："父亲荣德生教育我们要少说多干，不要耍少爷派头，招摇过市，浪吃浪用，这是纨绔子弟的做派。我们荣家是苦出身，任何时候都不能忘本，也不允许出纨绔。做善事好事，不是为了出风头，不是为了讨得一点儿虚名。父辈留给我们的不会是金山银山，也不会是美钞、珠宝、房产，而是几爿工厂，因此我们要学会管理，学会治厂。如果我们是银样镴枪头，没有事业心，不会管理，那么工厂必败无疑，我们就要喝西北风。谁也救不了我们。"荣氏兄弟要求子女从小就去工厂学工，从最苦、最简单的事做起，同时，让子女接受中西文化两个方面最好的教育，但生活上绝不允许子女奢侈浪费。"国是家，善作魂，勤为本，俭养德，诚立身，孝当先，和为贵"是他们的处世哲学和精神追求，同时切实融入他们办实业和为后世立规的过程。

所教皆以修身为本，知修身即知重名不重利，重公不重私，此乃一种人文教育。

法国学者白吉尔认为那个时代的中国银行家、实业家都是很有思想和才华的人，他们与五四时期的知识分子是"一珠双璧"。荣氏兄弟及荣毅仁两代就是这样的实业家，信仰是文明的开始，是人性的堡垒。荣氏父子较高的文明素养决定了他们对财富和时代所赋予的使命、对自己追求的目标具有深刻的认识，也让他们抵御了诱惑和浅薄的入侵。

刘亮程所著的《一个人的村庄》里有句话："心地才是最远的荒地，很少有人一辈子种好它。"家族这块田地要代代种植下去，获得好的收成，不至于最后变成荒芜的土地，就需要一代又一代人首先把"心地"种好。荣家一直注重对"心地"的精耕细作，从而使得家族这块田地保持了苍劲和鲜活，穿越百年风云，仍闪烁着历史和现实的旺盛生命力。

聂家后来怎么样，我不是很清楚。然而百年来，能一直立于不败之地、久盛不衰的实业家族似乎屈指可数。许多豪门望族都没有逃过"富不过三代"的周期律——当然，这里面的原因很复杂，有家族内部的原因，也有不可阻挡的外部原因。总之，它们不是淹没在历史的尘埃中，成了人们记忆中的碎片，就是成了远去的孤帆。

为了写关于老上海的文学作品，我曾走遍上海那些有名的老房子。它们最初的主人大多是当年沪上的商业大亨，但除了门口一块铜牌上简短的说明（有的还没有），这些老房子已没有原主的痕迹。房子虽旧，风骨依然，于颓败或齐整中，观者能瞥见一个个令人着迷的细节。它们残留着当年的豪华和辉煌，呈现着海派文化的滥觞，可以想象这些家族在造这些建筑时是何等的富贵和踌躇满志，可他们的后代现在置身何方？关于这些房主后人的现状，基本上没有人能确切而完整地回答，这让人不免有些怅惘。无疑，这些家族或已消失，或刻意隐匿着身世的神秘，不管怎么样，家族的繁荣已成过去时了，他们凋敝了，只是在历史的长河里扮演了匆匆的过客，仅此而已。可以说，没有人还记得这些煊赫一时的商业大亨，那块铜牌是唯一证明他们存在过的标签。

但是荣家持续保持着家业的兴旺，而且把家族的命运和国家的命运更紧密地联系起来，把实业救国和自强不息的理念推到了前几代难以企及的高度，在更广阔的领域，把家族精神嫁接到改革开放的伟业和民族复兴的进程中。荣智健用尽全力，只为将特钢和电力事业做到极致，为此他回到家乡圆梦，怀着家族的初心，虽然头发已白，但一颗心还是如少年般跳动。

诵幽堂的一副对联

荣熙泰这一支，历经百年四代，已繁衍成了后辈达四五百人的大族，花团锦簇，枝叶茂密。荣氏后人的祖辈从荣巷走出来，以儒入商，以商弘儒，以德为人。现在像种子般飘落在世界各地的荣氏族人大部分继承祖业，其余则从事各种职业，尽管大家处境不同——人生不可能尽善尽美，选择也不可能万无一失，但荣氏几乎没有败家子或纨绔子弟。荣氏的品格在跌宕不定的时代进程中似乎没有受到大的内在伤害，在一定程度上仍保持着完整性。这个以低调著称的家族经过种种艰难险阻，最后还是保持着雄健与活力，家族的本色还是那么鲜明。

荣氏后人都尽可能地在行为上、事业上、做人上秉承家族初心，做到不负家族的精神传承。这个源远流长的家族的生命，并没有在时代的风云变幻中枯干。是什么使这个家族在漫长的沧桑岁月中一直保持自己的生命本色？这当然得益于其家训家风。总之，荣家四代人，身处不同的时代做不同的事，有共同点，亦有各自的不同之处，各显千秋，又相得益彰。他们最大的共同点无疑是都将梅花视作精神图腾，深得梅韵，浸入梅魂，无形而暗香，曲中而求直。

这得从梅园的主要建筑诵幽堂的那副对联说起，这副对联可以被视作荣氏的座右铭和价值观。据说，这副对联同样得到香港巨富李嘉诚的推崇并挂在他的办公室内。

> 发上等愿，结中等缘，享下等福
> 择高处立，就平处坐，向宽处行

这副对联一直挂在诵豳堂内。荣宗敬、荣德生经常揣摩其意蕴，他们赞赏这副对联的深刻寓意，并尽力去实践，以实现人生的升华。这副对联是沈兆霖在1852年为静香斋所写，并不是坊间传说的清代儒将左宗棠在参观梅园时所作的题词。出于对这副名联的崇尚，荣氏兄弟特地把它制成板联，在诵豳堂竣工后挂在厅内。荣宗敬的三儿子荣鸿庆在《回忆父亲》一文中说："这副对联是父亲和家叔毕生追求和践履的写照，是他们的座右铭；对我们荣氏后人的影响也很深远，激励我们以前辈为榜样，将它作为自己行事、处世与创业的准则。"这是事实，这副对联确实是荣氏兄弟的创业精神和人生境界的诠释与写照，像周围的梅花一样，在历经百年时光后依然清气漫展。

康有为曾慕名来梅园一游，发现香雪海堂屋匾额上的"香雪海"三字是伪冒自己写的赝品。荣德生听后不免有些尴尬，这是他花大价钱买来的。于是，他邀请康有为题写香雪海一额，以去伪存真。康有为欣然命笔，在手卷上重题"香海"两字。

康有为对那副隶书对联颇感兴趣，他吟哦数遍，完全领悟了梅园主人的道德情操和处世之道，赞叹说："贤昆仲大志高远，举国中之实业，尽力发展而进图，致富而不忘社稷，盛名而自奉节俭，谋道不谋富，改良社会，一意维新，可敬可佩。"

商人逐利自然是无可厚非，但从他们对聚财和散财的态度以及办企业的器局上，却可以分出从商者的层次和境界的高低。我们可以看到，荣氏兄弟的价值观超越了一般商人追逐利润的诉求，他们并不满足于财富的积累，更在意"发上等愿""择高处立"。也就是说，他们办企业是为了满足百姓的需求，因此从衣食入手，而终极目标是实业救国，即通过实业的发达和商业的繁荣来推动工业化进程，将自己的企业融合到国家对民生的关怀之中，逐步使国家富裕起来，从而让百姓衣食无忧。"仓廪实而知礼节"，为了在经济发展的基础上提高国民素质、改造社会，他们以一己之力从事各种公益事业，哪怕散尽千金也在所不惜。他们弘扬兼济天下的公益传统，并不是为了博得名声和赞誉，他们是不求回报的、博爱无私的，而且不求闻达，更不愿兴师动众、哗众取宠。

低调的人一般都比较谦逊，甚至谦卑，不攀附权势，独善其身；骄纵的人往往狂妄自大、张扬、蛮横，而且绝不会低调行事。对一个谦逊的人的重要考验，是看他面对名誉和社会评价时的所作所为。从1902年到1921年，荣家的茂新、福新面粉系统从一个小厂发展到十二个具有相当规模的大厂，粉机数从最初的四台石磨增加到三百零一台钢磨，生产能力由日产面粉三百包增加到七万五千包，产品不仅畅销全国，而且远销东南亚和西欧一带，"面粉大王"之名由此而起。对此，荣氏兄弟并没有得意忘形、沾沾自喜，而是以平常心来看待。荣德生在《乐农自订行年纪事》中说："茂、福新粉销之广，尝至伦敦，各处出粉之多，无出其上，至是有称以'大王'者。自维愧悚，不足当此盛名，仍思力谋扩充、造福人群。"

据了解，荣氏兄弟发迹后，尽管已是数一数二的商业巨子，但依然有情有义、平易近人，即使对普通工人也从来不摆架子。虽身为资本家，但荣氏兄弟对待职工和寻常百姓有一种可贵的平等思想，有民本主义精神。他们办实业不是图利，而是注重民生的需要，比如办面粉厂和纺织厂就是为了解决民众的衣食问题。对待工人，荣氏兄弟尽可能地关心他们的权益，不仅态度谦和，而且惠工有情。首创"劳工自治区"这一举措受到社会好评，也提高了工人的积极性，缓和了阶级矛盾。

"大烟囱"和"小烟囱"的辩证关系是荣氏兄弟经常提到的。所谓"大烟囱"

是指工厂，而"小烟囱"是指工人。两者是相辅相成的关系：没有"大烟囱"就没有"小烟囱"，即工人的生存；没有"小烟囱"也保证不了"大烟囱"冒烟，即工厂难以为继。这一理论表达了荣氏兄弟对劳资关系务实、理性和中庸的认识，一定程度上体现了他们对工人的尊重和关切。他们采取的一系列人性化做法（如节假日加薪、出满勤、完成定额、质量好者给"赏工"等激励制度；通货膨胀时发米贴、面粉贴、布贴、膳贴等），不仅是一种体恤之举，而且根植于荣氏家族厚生、仁爱、明德的人文精神。总之，确有阶级之分，也有尊卑之别，但荣氏兄弟却能低下头颅，诚恳对待工人，这是难能可贵的。

我在二十世纪八十年代末采访荣毅仁时，他身居高位，却丝毫没有架子，平易近人，随和诚恳。在他的办公室里，荣老见到在秘书陪同下走进来的我，立即从堆满公文的办公桌抽身，坐到沙发边，抽出时间来接待我，而且对我这个初出茅庐的小记者和蔼可亲，一口一个"小老乡"，以打消我的拘束感。对我提出的每一个问题，他都认真回答，娓娓道来，中间还建议休息几分钟，让我在紧张的记录中放松一下，还特地放了一会儿音乐。我暗自感叹，这才是大家风范啊！

不是所有的商人都会有这么高的目标和境界，他们行事也不会这么低调。大多数商人以积聚财富为乐，比如湖州南浔的丝商，民间用"象、牛、狗"来划分他们的富有程度，而整个南浔共有"四象八牛七十二金狗"，总资产超过六千万两白银，相当于清末政府全年的总收入。至今，南浔还留着多幢中西合璧的豪宅，其中一幢宅邸窗户上的雕花玻璃是从国外购进的，一小方需一两黄金，可以说讲究之极。当然，这些丝商中也有以博施济众为己任的。南浔富商刘镛热衷于社会慈善事业，对财富持一种平淡的心态，曾有言："天地之道，蓄极必泄，吾不待其泄而先自泄也……吾岁散数千金以与人，非求福也，盖以疗吾之疾也。"这个看法与荣德生的人生观有些接近。当然，后来出现的以张静江为代表的南浔巨商，既对孙中山的革命事业鼎力相助，也充当了蒋介石起家的钱袋子，那就另当别论了。

凭借对盐的垄断，扬州的盐商变得富可敌国。这个群体撑起了一个城市的风雅和繁华，使扬州成为"风情万种"的代名词。有很长一段时间，扬州引领了那个时代的风尚和时髦。

到了清末民初，盐商的奢华之风才开始退潮。商界的风气由于时代的变化而焕然一新，民国商人的代表人物张謇、陈嘉庚、穆藕初、范旭东、宋棐卿、荣氏兄弟等的日常生活都很简单，他们崇尚节俭，住房、家具和饮食服饰都很是普通，对精神享受的追求超过了对物质享受的追求。"享下等福"并非荣德生挂在墙上做装饰用的，而是用来激励他身体力行的。荣氏家族的财产早已超过南浔丝商中的"四象八牛七十二金狗"，他们的实业规模也超过了状元实业家张謇及大多同辈实业家。

但兄弟俩的生活方式和行事方式并没有随着事业的急速发展而改变。荣德生是公认的"好好先生"，他穿着简朴，布衣布鞋，食宿也很简单。被聘为私立江南大学首任文学院院长的钱穆先生描述荣德生"个人生活，如饮膳，如衣着，如居住，皆节俭有如寒素"。然而，他却给予那些被请来担任私立江南大学教师的人最好的待遇，让他们住最好的房子，来去皆由小车接送。无锡是个小城市，能有如此生活待遇的人并不多。钱穆后来去了香港和台湾。他经常回忆这段美好的生活，在太湖里荡舟，桨声中满是逍遥自在的情调，他对荣德生的德行称赞有加。

荣德生本可以过上钟鸣鼎食的阔绰生活，但他从未享受过人们想象中的奢侈和荣华。他穿布衫布鞋，坐普通的黄包车，出远门只坐二等、三等车厢，喝一杯一角钱的清茶，平时习惯吃粗茶淡饭，看上去根本不像大老板，倒像一个普通的小商人。他与哥哥荣宗敬在荣巷建造的"转盘楼"，虽然是一幢两层的楼房，面积较大，还有些辅助建筑，几排小平房用作会客厅和书房，但无论是装饰还是家具都极为普通、朴素，建筑风格是当地常见的白墙黑瓦、砖地木栏，而不是士绅人家那样的深宅大院、雕梁画栋、朱门巍巍、铜环铿铿、曲廊水榭、奇石异花，可以说与豪华、精美和富丽沾不上一点儿边，甚至还脱不了乡野气。梅园几幢主体建筑的大堂虽是用楠木建造的，但陈设并不讲究。至于荣德生平时居住的乐农别墅，只是一幢用旧城墙砖砌的小平房，总共四五个房间，一个简陋的小披屋被用作厨房，很不起眼，远不及荣家合作伙伴王禹卿在城中心的那几幢洋楼讲究。宗敬别墅也只是一座普通的青砖墙小楼。

在一些文章里，荣宗敬被描写成一个洋派人物，西装革履，拥有豪宅豪车，一副工商巨头的气派。这是不符合事实的。荣宗敬的小儿子荣鸿庆回忆说："父亲生活异常简朴，无特别嗜好，也不娱乐，每天上午九点到总公司上班，很晚才回家。全部时间都用在事业上，几乎没有什么享受。……父亲在事业有成就后，自己生活俭约，舍得放下，将财富回馈社会、造福乡梓，他自甘恬淡，怡然自得，这是'享下等福'。"在我看到的荣宗敬从年轻到年老的许多照片中，即使在五十岁寿辰接受政府颁发三等嘉禾勋章时，他穿的也是长衫马褂，我没有发现一张荣宗敬穿西服的照片，同样，荣德生也没有一张西服照。荣宗敬在上海生活、创业长达五十年，上海是他的第二故乡，但他从来不是有些人所想象或描绘的洋派人物。

荣宗敬在西摩路有幢哥特式私宅，其被有关部门修缮一新，照片在网上广泛流传。其实，这幢房子在上海那些名宅中是排不上号的，有名的豪宅如黄墙红瓦的马歇尔公馆（太原路160号）、气派挥洒的王一亭梓园（乔家路113号）、花哨精细的马勒别墅（陕西南路30号）、装有上海第一部电梯的"颜料大王"吴同文的"绿房子"（铜仁路333号）以及中西杂糅、清新脱俗的丁香花园（华山路849号）等，这些宅邸富丽华美的程度是荣家宅子难以比肩的。当初在建设位于高恩路的住宅时，荣德生一再要求降低造价，一切不必要的装饰全部除去。他在上海期间一直住在这幢风格庸常的房子里，荣毅仁一家和荣伊仁一家也有很长时间住在这里。

家训家风是中国传统文化中"齐家"的重要组成部分：有文字的为家训；没

有文字，以身体力行来教育后代的为家风。荣家的开拓者荣熙泰、荣宗敬荣德生兄弟和荣毅仁都很重视对子孙的教育、训导，并以明德予以引导。《礼记·大学》有言："古之欲明明德于天下者，先治其国；欲治其国者，先齐其家；欲齐其家者，先修其身；欲修其身者，先正其心；欲正其心者，先诚其意；欲诚其意者，先致其知；致知在格物。"这就是我们常说的"修身、齐家、治国、平天下"。荣氏家族对修身和齐家是很重视的，有一整套家训，荣熙泰的夫人石氏甚至在床头挂上了"教子图"。无论是荣熙泰夫妇还是荣氏兄弟或荣毅仁，都是言教身教并重的，他们尽力营造一个有规矩的乐观家庭。

荣宗敬、荣德生的兄弟之情为这个家族树立了榜样。荣鸿庆回忆说："父亲与家叔感情弥笃，兄弟携手共创事业，终其一生合作无间，不生龃龉。父亲思维敏捷，果断而有魄力，长于捕捉商机，经常由他做成决策；家叔稳健缜密，治事有条有理，善于配合父亲主持厂务，让父亲无后顾之忧，兄弟俩乃天生的绝配。"

荣毅仁对荣宗敬与荣德生的关系也有评述。他说："我伯伯和我父亲的经营思想和作风各有特点，但是他们两人要求事业发展的雄心是一样的，只是采取的方法有些不同。老兄弟俩感情非常好，相依为命。虽然他们也有争论，最后我父亲还是听伯伯的决定。有重要的事情，伯伯常从上海回无锡与我父亲商谈，谈得很热烈。当时我年纪虽小，但也清楚记得。"由此可见，荣氏兄弟手足相连、比肩共事、和谐相处是一段历史佳话，也是荣家事业成功的重要保障。事实上，许多家族之所以败落，很大一个原因就是家族出现内讧与分裂，甚至兄弟阋墙、父子反目。荣氏家族自荣熙泰始，家庭贫穷但充满温暖，物质贫乏但不缺笑声，每个人都满怀积极的生活态度，相互尊重，相互搀扶。这是一个快乐的家族，一个在人间烟火中积极前行的家族。特别是荣氏兄弟，一辈子对事业乐此不疲，患难与共，风雨同舟。

荣宗敬撰有《怎样才是家庭的快乐》一文，强调了家庭团结、友爱、向上和简朴的意义，并由家庭推至企业的管理乃至整个国家的治理，不失为一篇深入浅出的齐家范文。全文摘录如下：

我们从小到老，总脱不了家庭关系，所以一生的幸福，要看家庭的环境。但环境是人为的，是可以改造的，每个家庭好比一条船，家长便是把舵的。舵把得稳，有些风浪，也可以平安过去；舵把得不稳，就是风平浪静，也可能出事。现在的人们，被环境支配的多，能够改造环境的少，所以偶尔有些不幸事件发生，整个家庭就会陷于苦闷状态。

但是，环境实在没有一定的标准。假定一个人自己忠于职务，起居动作有一定的时间，对于金钱不肯浪费，家人们欲叉麻省（将）、看电影、吃的穿的件件讲究，非红日三竿不肯起床，各人过各人的日子，倒也不一定家庭失和。你说，这样的家庭快乐不快乐呢？

又如，家计平常，亲戚朋友你来我往，欲有相当的场面，儿女众多，渐渐长大，每期学费支出要占收入的一大部分，既不便向人愁穷说苦，而小小的债务又靠近节边，四面的进攻，也只好咬定牙齿，设法对付下去。你说，这样的家庭快乐不快乐呢？

又如，男婚女嫁，家长的义务都也尽过，家计倒也不差，然而各打各的主意，不能团结成一家人，有时为一些不相干的事情还要争争吵吵，使得家长左右为难。你说，这样的家庭快乐不快乐呢？

这样看来，快乐家庭是难能可贵、很不容易做到的。

有人说，小家庭比大家庭容易达到快乐目的，我们何妨不来提倡小家庭呢！

小家庭犹如开一爿小小的商店，大家庭犹如创一家大大的公司。小商店资本少，进出小，组织简单，个人衣食问题自然容易解决；大公司欲包括多少小商店，运用资金，发展营业，小则解决职工生活，大则抵制外人经济侵略，其精神上的快乐，真是语言难以形容的。两相比较，你说小家庭好呢，还是大家庭好呢？

我并不反对小家庭，大家庭的流弊也是很多的。各扫自己门前雪，对于公家，不肯尽其应尽的责任，男女子庸工饱食无事，往往三言两语挑拨是非，柴米油盐琐细的事没有责任，不知不觉，公家就有无形的损失。这些流弊，大家庭是不能免的。但是，家长只要以身作则，不做一些腐化的榜样，公平、和平地处分一切，习惯成自然，大家就会知道做人和持家的道理，孩儿们也会懂得祖孙父子、一家骨肉是不可分割的。

由一个家庭推而至于整个的国家民族，精诚团结，万众一体，以爱家者爱国，这种快乐，岂不更伟大吗？

他们对待子女也有要求：上中学阶段不准穿皮鞋，儿子不准有纨绔习气，读书之余，要去工厂打工实习。荣毅仁记得自己在那个时候经常钻到机器底下当修理工。荣鸿庆也记得自己从六岁开始，每当父亲荣宗敬于周末巡视设在上海的申新各厂时，必定呼唤他前往。此外，荣鸿庆每年都伴随父亲前往无锡和汉口，察访茂新、福新面粉厂与申三、申四的业务运作。父亲常对他说："跟我巡访工厂，远胜于看几场电影。"荣鸿庆认为，父亲的教诲与训勉，耳濡目染的熏陶，使他获益匪浅。

荣氏二代的子女众多，且都接受了高等教育或曾出国留学，呼吸过现代文明的新鲜空气，但他们在父辈的言传身教下无一人沾上不良嗜好或习气，也没有一人是挥金如土的花花公子或纨绔子弟。他们继承家训家风，都是有抱负、有追求、有思想且具有知识分子气质的企业家，日常生活都相对简单。这一切在很大程度上得益于他们的文明素养达到了较高层次。

荣宗敬购置洋房、乘汽车以及办大场面的酒会，是为了撑起与身份相符的外在形象，待回到家中，他便回归本色，早餐是一碗面疙瘩汤。他经常对子孙谈起十四岁到上海钱庄学做生意，吃剩饭剩菜，帮老板倒夜壶、洗尿片的日子；也难以忘却当跑街时为省几个车钱,坚持步行,一天下来筋疲力尽的艰苦。

荣毅仁一向沉着持重,讨厌张扬。《人民日报》记者计泓赓参与中信公司活动报道多年,荣毅仁经常对她说:"少写我,不要提我的名字,虚心竹有低头叶,这些成绩是属于大家的,首先要归功于党的改革开放政策。"计泓赓多次向荣毅仁提出要替他写传记,荣毅仁都没有答应,最后计泓赓还是写了。荣毅仁见她下了很大功夫,才答应出版,并对计泓赓说:"别发牢骚了,不是出版了吗?不过,下不为例。"

荣毅仁衣冠楚楚、气宇轩昂,曾在英国定制了几万元的西装,但他认为这是为了国家的形象,他是国家副主席、全国人大常委会副委员长,是国家的"资本家",应该要包装一下,否则有失身份,有失国格。他的"包装"与自身雍容大度的气质、谦和恳切的态度绝妙相配,显示了一个伟人的人格魅力和强大气场。

在中信公司,荣老板的好脾气是出了名的。他是个工作狂,司机张继海每天早上七点半来接患有肺气肿的他先去北京医院做半个小时的"雾化吸入",然后再送他到国际大厦办公。他的工作非常忙碌,开会、见客、阅读文件,几乎一刻不停,一天下来,疲惫是不用说的,从国际大厦回家大约十分钟,他有时候乘上车就打呼噜了。但荣毅仁还是有自己的兴趣爱好的,爱开快车,喜欢摄影、足球和交响乐,他性格温和沉静,话不多,高兴时微微一笑,生气时最多摇摇头。

他从来不训人,在司机张继海眼里,荣毅仁是个儒雅的人,连吃饭都坐得笔直:"你看他不多说话,好像慢慢的,实际上是个快节奏的人。"张继海给他开车,经常开到时速一百多迈。但荣毅仁也有慢的时候。有一年冬天,车开到南小街时,碰到老百姓买大白菜,道路被堵得很长很长,车子动都不动。荣毅仁对张继海说:"小张,你先等着,我们走回去。"结果他和警卫走了两三站地才回到家。驻地警卫人员看到他们,吃了一惊。

张继海说:"老板每天都会换衣服,从衬衫领带到西装,总是崭新的。他还每天喷香水,这点有些像大鼻子老外。"受荣毅仁影响,张继海也养成了天天洗澡、天天换衣的习惯，头发也要经常到理发店里吹一吹。他明白这是一个形象问题，荣毅仁婉转说过，他们经常要与外国要人、商人打交道，衣冠不整、不修边幅有损国家形象。

其实，节俭才是荣毅仁的天性。他亲自上鞋楦以保持鞋型，后跟磨掉了就打掌，一双皮鞋竟穿了一二十年；棉毛衫、棉毛裤穿破了，补了又补；藤椅坏了，他自己动手用塑料绳捆绑；家具更是简单得令人不敢相信。他当全国政协副主席时搬迁到史家胡同47号，这是一个不大的四合院。他去世后，经中央有关部门批准，这个院子里的一草一木、一砖一瓦都被迁移到无锡荣巷的荣毅仁纪念馆，馆中每间房的家具和陈设都保持着荣毅仁生前居住时的原物原状。我参观过这个纪念馆十余次，每次都为这个四合院的朴素简单而感动，特别是他的卧室和书房，两张比集体宿舍中的床好不了多少的单人床拼凑成的大床以及简陋的书桌和书柜，与他的身份相比，可以用钱穆形容荣德生生活起居的两个字——"寒素"来形容。他书桌上的那台收录机我是熟悉的，当年我在他办公室见到过。访谈中，他曾建议休息一下，并用这台收录机放了一段欧洲古典音乐。当我再次见到这台收录机时，我的耳边又响起了那段优美的旋律，我的眼睛忍不住湿润了……是的，一个人活到极致，就是简和素。

荣智健也没有沾染上公子哥儿习气，读大学期间睡上下铺，在拥挤的宿舍里没有任何特殊之处。在中信泰富担任董事长期间，他反复交代投资企业的负责人，不要亏待工人兄弟，福利要好一些。他的个性与父亲荣毅仁、祖父荣德生一样，温和诚恳，不喜张扬，远离媒体，少说多干。然而，他不鸣则已，一鸣惊人，在美国和中国不动声色地做成了许多大事。在关键时候，他往往有不同凡响的主见。在清华大学研究电力稳定等相关课题一段时间后，他不甘平庸，不依托父荫，毅然继承家传，告别妻儿，只身赴香港投身实业，按照自己的意愿去做想做的事，成为时代浪尖上的新企业家。他破釜沉舟的勇气，犹如苏东坡赞誉诗人林逋的那句诗："先生可是绝俗人，神清骨冷无由俗。"

荣智健在中国香港和美国打拼了短短六年便大获成功，坐拥四亿港元的个人资产，而后有了游艇、别墅和私人飞机。这和荣氏兄弟当年在上海滩购置洋房，荣毅仁在出任国家领导人后乘坐豪车、穿定制名牌西服的道理一样，都是为了出入生意场，或者保持自身形象。至于他爱好赛马和打高尔夫球，就像荣毅仁爱好足球和摄影一样，都是个人兴趣，丰富多彩的业余生活是减轻压力、调节精神和进行社交的方式，亦是商业活动的一部分。但荣智健平时待人接物，与他父亲、祖父一样平易近人，他敦厚朴实、志大慎行，在众人眼中完全是一个普通人，平和地与大家相处，深入工作现场，踏实做事，生活上没有特殊要求，吃住随意，一心扑在工作上，绝无大老板的架子。

荣智健的高尔夫球技在香港富豪中是尽人皆知的，但他算得上"让杆"绅士了。荣智健球艺高超，但并非每局都会赢球。在比赛的时候，他不仅认真、专注，而且尽量公平合理。"让杆"是一种大度、谦虚，一种平衡性。甲某球艺高，乙某球艺逊色一点，甲某就会让若干杆球，这是为了让比赛结果不过于悬殊，不影响球艺差的人的积极性。如果让几杆，双方可能会小胜小负，甚至有可能平局。荣智健经常主动"让杆"，如果对方输了，他会约一星期后再战，让他们有更多赢球的机会。

像他父亲荣毅仁一样，荣智健也是一个摄影爱好者。无论走到哪里，他都会携带照相机，尤其是外出旅游时，拍照是少不了的。他喜欢拍摄大自然壮丽而奇妙的景色，落日、日出、飞云、瀑布、河流、海浪、树林和峡谷等均能入镜，还有世界各地的文明古迹和人文景观。他对美国新汉普斯湖的自然风光欣赏有加，拍了不少照片，他说："新汉普斯湖的秋景是无与伦比的。"他还会利用繁忙的开会和洽谈之机——不管时间有多紧，他都会抓拍一些当地的自然景致和风土人情。在他的办公室里，最重要的装饰品就是自己的摄影作品。比起那些暴发户挥霍无度的奢侈，在某种意义上，荣智健的生活方式是现代社会的生活方式。在商场博弈的压力下，人们难免焦虑烦躁，这需要调节，以放松心情，既要有辛弃疾

"茅檐低小，溪上青青草"或陶渊明"采菊东篱下，悠然见南山"的悠闲且安静的休养，也要有三朋四友意气相邀，在林下泉边吟唱、蹴鞠、弹琴、酒入豪肠、激昂慷慨的魏晋风味。荣智健是两者兼有，他在香港拥有风光旖旎的宅邸，在英格兰萨塞克斯郡的乡间拥有一幢别墅。荣智健说："在这里过上一阵野外生活非常惬意，有种世外桃源之感。"

荣氏几代人言行一致地践行着发上等愿、享下等福、向宽处行的家传。大音希声、大象无形是他们的一种人生态度。大道至简，就像梅花那样悄然绽放，简单的一朵花，不妖不娆，或黄色，或红色，或粉色，不求轰然，只求清气飘然，暗香浮动。

"戒欺"

这是一条言简意赅的训诫。作为荣家的座右铭，"戒欺"告诫着荣氏家族的一代代子孙。许多人渴望命运的波澜，以求得一种张扬而引人注目的存在感，这样的人不在少数，唯恐别人忘了他们。但我从荣氏几代人那里发现：人生最曼妙的风景，竟是内心的淡定与从容。这是因为他们活得坦荡、清白，不蒙人、不欺人、不侮人，贵贱无欺，一视同仁，善良待人，踏实做人，低调行事。

在荣氏兄弟位于无锡的宅邸（"转盘楼"）的一侧，有他们各自的书房兼会客室——承余堂和承德堂。荣德生的承余堂内挂着一块名叫"戒欺斋"的匾额。几十年后，荣毅仁又请邓小平亲笔书写了"戒欺室"的匾额，挂在史家胡同四合院的客厅里，其后来随四合院迁移到无锡荣巷的荣毅仁纪念馆。这个展馆中两块以"戒欺"为名的匾额记录了荣氏几代人坚守的信条，那就是不搞拍胸脯对天发誓之类虚头巴脑的招数，而是发自内心、始终自觉地保持一种诚信经营的自律精神，这是他们流淌在血液中的品德和操守。荣德生在兄长荣宗敬六十岁寿辰之际亲撰一文写道："家兄一生营业,非恃有充实之资本,乃恃有充实之精神,精神乃立业之本。"

"戒欺"两字,简单明了,却凝聚了深刻的含义,对人对事一诺千金,对自己也是一种内省,视"欺"为耻。这种精神底色不仅表现在荣氏家族的事业中,而且表现在为人处世中,这是他们的立身之本。荣德生基于"商道即人道,为商先为人"的信念,主持编写并印行了《人道须知》一书,以期"振聋发聩,启迪人心",其中"忠信"单列一卷,逐条阐述士、农、工、商必须恪守的诚信准则。荣德生本人则以"心正思无邪,意诚言必中"作为为人处世的信条,他在《乐农自订行年纪事》中说:"吾辈办事业……必先正心诚意,实事求是,庶几有成……若一味唯利是图……不自勤俭,奢侈无度,用人不当,则有业等于无业也。"

对于实业家和商人而言,"戒欺"首先体现在生产经营活动上。为保证面粉质量,荣氏兄弟在相当长的一段时间里,每天早晨用自己工厂生产的面粉做面疙瘩汤,既当早餐,又作为检验产品质量的一种方式。这个习惯传承到第三代,在他们的餐桌上,既有牛奶、咖啡、鸡蛋、面包,也有面疙瘩汤。荣毅仁还练就了一项本领:品尝几颗麦子,不仅能检验出其品质,而且能准确地判断出它的产地——是川麦、徽麦,还是冀麦?或者是进口的洋麦?荣氏企业在产品质量把关方面苛求之严,是超出一般人想象的。

有一年的雨季出现洪涝灾害,荣德生路过大运河吴桥一带的米市,发现临河粮店和民居的墙壁上留有水淹的痕迹,他想到面粉厂靠河岸的麦库也可能进过水。于是,他立即赶往茂新面粉厂存放小麦的堆栈,取样一查,麦子果然受了潮,已有部分变质。如果工厂用这部分小麦投料生产,那么所产面粉的品质必定会有问题。他立即将这批麦子处理掉,禁止已投入生产的麦子进入市场,对于购进的所有麦子进行全面翻检,凡发现有水淹的可能就挑拣出来做成饲料并低价供应给农户。由于雨水过多及洪水之故,此年小麦受灾歉收,导致麦价上涨,不少面粉厂和经营麦与粉的商家不分良莠，争先恐后购进小麦，企图囤积居奇，发灾难财。面对这一情况，荣氏兄弟果断决定人取我弃、少收少存，通知各地的办麦处人员，受潮发霉的小麦一律不收，存储的失晒而变质的麦子，不管程度如何，一律剔除，宁可减少产量，也要力保面粉质量。

结果，这一年茂新的兵船牌面粉因质优价廉、色泽洁净、韧性强、口感好而广受欢迎，销路大畅。其他使用变质麦子的厂家则因产品质量不佳而滞销。就连上海最大的面粉厂——阜丰面粉厂的老车牌面粉也因使用了苏北产的变质麦子而质量下降，产品销量和价格双双跌落，不及茂新的兵船牌面粉，这场持续了几年的"车船之争"以兵船牌面粉在灾后的较量中取胜而告终，阜丰面粉厂的办麦主任被问责辞退。荣氏兄弟从这件事中得出经验，戒欺守信、注重质量是企业的命脉。他们此后对质量更为重视，一丝不苟，在任何情况下都不蒙人、不骗人、不欺人、不侮人。

在无锡申新三厂刚刚开始兴建的时候，荣德生就对棉花库房的人讲："你到外面去收棉花，你过秤是多少斤就是多少斤，不能进来的多，你记在账上的少，比如收了一百零五斤，你只记一百斤。我到年底是要查账的，如果到时候库里多了、账上少了，我要停你的生意。为什么呢？因为你多要了人家的东西，这实际上就是一种偷窃。你的这种方法看起来是在为我们厂谋利益，但实际上你是偷了人家的东西，也是偷了我的东西，坏了我们厂的名誉。"

为保证产品质量，荣氏兄弟从源头抓起，在产棉区和产麦区建立麦庄与棉庄，派专人管理，并不断引进新品种，比如在山东、山西、河北、陕西、河南与浙江等省推广自美国引进的长纤维棉，俗称长绒棉。他们花重金进口优良的麦种和棉种，免费赠送给麦庄、棉庄及农民试种，并尽力推广，使广大农户受惠。在他们的努力下，国产小麦和棉花的品质不断得到提升。

荣氏各厂普遍建立养成所，以加强职工技术培训，开办夜（晨）校让工人学习文化，还举行工人技术操作比赛，以提高他们的操作技能。荣氏兄弟还特别注意引进有专长的工程技术人员和管理人员，同时改革管理制度，比如将旧的工头制管理模式改革为工程技术人员管理制等。总公司在上海福履理路（现建国西路）设公益研究所，专门检验各厂产品品质，统一标准。正是由于采取了精选原料、精纺精织、严格控制等生产管理措施，申新系统各厂的产品质量都很优良，尤其是申新三厂生产的纱和布在当时是首屈一指的甲级产品。荣德生在《乐农自订行年纪事》中多次写道："申三出纱甚好，昔反对人已不及见矣……布甚佳，到处乐用。"由于质量好，荣氏企业的兵船牌面粉成为交易所标准粉，人钟牌棉纱成为交易所标准纱。

在荣氏兄弟身上，"戒欺"不仅是认真地对待产品质量，而且延伸到了待人处事和人品心智上。"穷则独善其身，达则兼济天下"是荣氏家族几代人坚守的财富精神。荣熙泰经常教育儿子："以一身之余，即顾一家；一家之余，顾一族一乡，推而一县一府，皆所应为。"荣宗敬、荣德生毕生铭记父亲的嘱咐。另一令荣氏兄弟热心于公益的动力，则在于他们为之奋斗一生的"实业救国""实业兴国"理想。荣德生说："余以为创办工业，积德胜于善举。慈善机关周恤贫困，尚是消极救济，不如积极办厂兴业。一人进厂，则举家可无冻馁；一地有厂，则各业皆能兴旺。余以后对社会尽义务，决定注重设厂兴业。"他还反复强调，"一味专心事业，为自己、社会造福，非为自己享福"。

"戒欺"在荣氏那里绝不仅仅是指商业行为的诚实不欺，也不仅仅针对商品的质量和品质，其延伸到了人格和国格这些深层次的问题上。欺世盗名、欺凌、欺压或欺侮等奸商行为都为他们所不屑和深恶痛绝。荣宗敬先后在很多问题上发表文章或向政府有关部门提交提案和意见，这些问题包括发展工商业，提倡国货，实行国粉、洋粉平等税则，关注民生，主张军队自养、饷不虚糜、与民分工而不与民争食，垦扩植棉以减少对外棉的依赖，中国经营实业之困难及救济方策，改进棉花为复兴农村要素，促进纺织业与金融界携手合作，在大学添设纺织科，等等。这些看法和主张反映了荣氏兄弟在风起云涌的时代里忧国忧民的情怀，他们将企业的命运和国家的命运紧密联系在一起，敢于直言，针砭时弊。同时，对于官僚买办资产阶级及其背后的政府，挤压、欺凌、吞噬民族实业家的"国欺"，帝国主义国家尤其是日本军国主义及日商的经济侵略、欺诈、贪婪，荣氏兄弟进行了揭露和抨击，发出了"中国人不可侮！中国人不可欺！"的呼声，这凸现了他们对人格的坚守。可见，荣氏的"戒欺"已扩展到伦理精神这个层面。

荣氏兄弟具有强烈的创新、创业精神，能在黑暗和混沌中保持清醒的头脑和坚定的信念。这种精神，既不是对中国传统伦理精神的完全延续，也不是完全不顾中国历史传统而生搬硬套的西方理念。重要的是，荣氏兄弟在近现代经济社会发展的历史背景下，成功地对中国传统伦理精神加以改造，抛弃其中不近世俗的陈腐而僵化的观念，弘扬和谐、中庸和忠义仁爱的理性精神，并借鉴、吸收来自西方的法理思想，从而努力建立一种与近现代生产力和生产关系相适应的精神理念。这正是以荣氏工商理念为代表的江南商业文明在观念形态上的创新，也是他们对中国工业化进程的一份独特贡献。

荣氏兄弟自幼接受的是传统儒家文化教育，对近代企业管理知识和技术停留在实践经验的层面。他们有自知之明，认识到了自己的不足和短板。因此，他们没有故步自封，执拗于自己的经验，而是与时俱进，不断扩充自己的知识面。他们在为自己补课和充电的同时，格外重视让子女接受良好的教育，送其去国内外一流大学深造，让他们系统地学习现代科技文化知识，学成后再进入企业实践。荣宗敬的长子荣鸿元及荣德生的长子荣伟仁自上海交通大学经济系毕业后，分别进入申新二厂和申新五厂，主持企业经营管理。其他子女如荣伊仁、荣研仁、荣鸿仁等，则被送至国外读书，接受新技术、新知识，以弥补上辈人技术和知识的不足。

荣德生曾多次提到一件事，那就是1864年5月，曾国藩最为得力的助手、时任江苏巡抚的李鸿章在一份奏折中说："鸿章以为中国欲自强，则莫如学习外国利器；欲学习外国利器，则莫如觅制器之器，师其法而不必尽用其人。欲觅制器之器与制器之人，则或专设一科取士。士终身悬以富贵功名之鹄，则业可成、艺可精，而才亦可集。"此议不但提出要学习西方，还试图修改千年科举制度的取士标准，这在当时可谓惊世骇俗。荣氏兄弟认为，中国自强在于取士，一个企业、一个家族之兴旺在于集才，这样才能业可成、艺可精。

荣家送子女出国学习并不是求虚名或镀金，而是求真务实，大致有三大特点。其一，讲究实用，而不特别看重学位。1946年9月，荣德生的九女儿墨珍、七儿子鸿仁和孙子智明去美国留学，临行时，他再三叮嘱道："在外不必以学位为目标，只要在事业上学会实用本领，一生受惠矣。"其二，针对性强，根据企业发展需要决定学习的专业与方向。荣德生在1946年曾表示："余之令二儿游美，七儿留学，皆与此事业（筹建天元麻纺织厂项目）有关，希望得些经验。"当时留学的大部分企业家子女所学的专业几乎都与工商管理和企业管理紧密结合，比如荣伊仁在美国专门学习纺织，其目的显然是学成归来为家族企业服务。其三，留学归国者大多具有真才实学，并在后来成为荣氏企业发展的顶梁柱。荣德生对此曾予以充分肯定："余历观留学归来、致力于事业者，多有成就。"这也是一种"戒欺"精神。

在用人上，荣氏兄弟也放下身段，求贤若渴，体现出一种"戒欺"的价值判断和人格魅力。荣氏企业是家族企业，核心人员基本上是家族成员，这是民国商人普遍的用人原则，是对家族利益的一种保护。荣家也不能免俗，各厂厂长、经理及副经理均由子侄担任，独当一面。这可以理解，他们是荣家事业的接班人，荣家的产业早晚由他们来继承。但荣家也重视人才，延揽人才，爱惜人才，不拘一格使用人才，一般不会排斥外人。荣氏兄弟严以律己，在用人标准方面也是鲜明的：很注重品行，看不顺眼张扬浮躁、好大喜功的人。荣宗敬说："最聪明之人，往往是厚道可靠之人以及在管理中能够承上启下的那个人。讨好浮滑的好事之徒不能负重职，吾不屑也。"对于仗势欺人、溜须拍马或阳奉阴违的人，荣氏企业坚决不用，即便用了，一经发现有此等劣行，也毫不含糊地予以开除。他们愿意广揽人才，有才干、品行好且做事牢靠者，都会被重用，他们尤其器重读书人。荣德生曾经说过："俗谓'秀才为宰相之根苗'，又谓'宰相必用读书人'，可知事业之成，必以人才为始基也。……总之人才为先，一切得人则兴。"

荣氏兄弟读书不多，却有文化根基，具有知识分子气质。在那个时代，企业家阶层和知识分子阶层毫无隔膜，因而荣氏兄弟喜欢用知识分子，并予以很好的待遇，对他们内外无欺、一视同仁、温和有礼且尊重有加，从不居高临下、盛气凌人，即使对工人也不"仗财欺世"。

荣氏兄弟礼聘并重用薛明剑是他们用人的一个典型例子。薛明剑原名薛萼培，无锡玉祁人。玉祁乡薛氏是无锡的望族。薛明剑的父亲薛华阁在辛亥革命时投笔从戎，后转入实业界，在无锡广勤纱厂任职。薛明剑的夫人李毓珍就读省立女子蚕业学校，毕业后从事蚕桑改良活动。她与薛明剑一起创办《无锡杂志》，刊登蚕桑改良和工商事业，也涉及时事与民生及社会的改革和发展。夫妇俩是纯正的文人，有理想、有事业心，关心国运民生。1918年，荣德生与无锡的一些实业界人士在商会内成立了一个实业研究会，该研究会的宗旨之一是宣传实业救国思想，薛明剑是研究会的成员之一。在座谈会上，薛明剑发言独多，也很精辟，他的独到见解和文人人格引起了荣德生的注意。不久，薛明剑负责修建无锡县立体育场，一些地方官绅出于私利，横加阻挠。薛明剑虽系乡间小学教师，但为了维护社会利益，不畏权势，据理力争。荣德生对他的才干、胆识和勇气十分佩服，认定他可谋大事，是个难得的人才。1919年，荣氏兄弟在无锡筹建申新三厂，薛明剑就成了他们延揽的人才之一。一开始，薛明剑婉言谢绝，但荣德生数次上门力邀，请他出任申新三厂总管。荣氏兄弟的坦诚和恳切最终使薛明剑弃文从商。

当时，薛明剑除了是小学教师，还兼有多职，每月收入已有一百余块银圆，而出任申新三厂总管的薪水仅三十块银圆，但薛明剑并不计较个人得失。他就任后协助荣德生大刀阔斧地改进管理,改革工头制,以技术人员汪孚礼等替代旧式作坊工头。虽然此举触犯了工头利益并引发工潮,但在荣德生"不准欺生,一切由薛明剑总管全权处置"的支撑下,薛明剑义无反顾,顶住泰山压顶般的压力,坚持变革,建立了新的管理制度,得到了率团前来调查申三工潮事件的上海总工会委员长李立三的肯定。此后,薛明剑又协助荣氏兄弟推行极有创意的散发着工业文明气息的"劳工自治区",这一创举对协调劳资关系、促进生产力发展起到了积极作用。进入二十世纪三十年代,薛明剑成为荣氏企业尤其是荣德生的对外代言人。他时常周旋于政商两界,为荣氏兄弟出谋划策、办交涉、通关节,处理各种疑难问题,卓有成效。数十年间,他在荣氏企业担任了管理者、谋略者与外交者等多种角色,也成了荣氏兄弟的智囊、助手和诤友。荣氏兄弟与薛明剑颇有春秋战国时期"国士待我、国士报之","君子之交、推心置腹"的遗风,共同的士人风骨使他们同舟挥楫、共御风雨。新中国成立前夕,荣德生和荣毅仁做出了不迁厂、不离乡、不离国的决定,一起迎接黎明的到来,这与薛明剑及其身为中共地下党员的女儿薛禹谷所做的工作有一定关系。

抱定用人不疑的荣德生,从一开始就充分信任薛明剑,嘱托"不宜顾虑"。我们不妨了解一下薛明剑后来在回忆文章中说起的这样一件事:"一时厂中屡屡失慎,时嫉余者三人,更乘机造谣,共向先生进谗言。先生反答三人曰:'据汝等告总管不能称职,而总管则每日为我言,感激汝等三人,如何为助彼,并推荐君等,谓才能均高于彼,思欲择一继彼任,不知君等之意云何?'进谗者遂面赤而去。是后,再无敢更有言者。三数年后,先生尝对厂内高级职员窦茂仪、华少庚等言,'我看总管实能不贪个人小利,急人之难,实是我的保险公司,有他在,我可放心矣'。"

荣氏兄弟不听信谗言,不受人挑拨,不被人蒙蔽,不会人云亦云,用人不疑,豁达自信,洞若观火,有阅人的慧眼,有分明的是非标准。这是一种明德,俗话说"得人才者得天下",确切地说"天下者天下人之天下,非一人之天下,唯有德者居之"。办企业也是这个道理，戒欺者，德者也，故能人才济济，成就大业，这也许就是荣氏企业成功的奥秘之一。

荣毅仁在改革开放大潮中，请邓小平书写"戒欺室"匾额，显然是别有深意。这时的荣毅仁已创办了历史上前所未有的企业——中国国际信托投资公司，成为改革开放大业的开路先锋。在某种意义上，这个被誉为"红色资本家"的荣家第三代的代表人物，已经从单纯的实业家转变为兼具政治家与实业家身份的复合型人物。他有了新的信仰，苟利于国，耿耿寸心。为了把中信公司办好，荣毅仁亲自拟定了三十二字的"中信风格"：遵纪守法，作风正派；实事求是，开拓创新；谦虚谨慎，团结互助；勤勉奋发，雷厉风行。他自己带头执行，同时要求所有工作人员必须严格遵守。

他在新员工培训班上语重心长地说："在中信工作，一要维护国家的主权和荣誉，二要维护公司的信誉，三要维护个人的人格。"他说："为什么要维护公司的信誉呢？我们公司是国家对外开放的窗口，是适应对外开放建立起来的。我们在七年多中间，公司全体同志用尽心血来干事业，我们这几年确实做出了成绩，因此在国内外获得了一定的信誉。这样的信誉不是简单得到的。没有这样的信誉，谁来同你合作、搞合资？我们的信誉是积累起来的，但损坏它也很容易。只要个别人出个大乱子，我们的信誉马上就会出大问题。我们在工作中要开拓，要敢想敢做，要从几个方面考虑问题，既要考虑公司的经济效益，更要考虑社会效益。"

中信公司的同志说"荣毅仁已和公司融为一体，公司已成为他生命的重要组成部分"，"他是公司中最忙的一个人"，并称他是"最讲信誉的董事长"。荣毅仁主持中信公司十四年，公司从最初十几个人发展到三万多人，在国内创办了十三家直属子公司、七家直属地区子公司、六家下属子公司、七家海外子公司以及两家香港上市公司，还在日本、美国、法国及韩国等地设立了办事处，公司总资产超过八百亿元，成为中国第一家跨国集团。

1991年8月，荣毅仁率团赴新加坡参加世界华商大会，八百余名华商聚集在文华大酒店，同一血脉使大家心灵相通，有浓浓的一家亲之感。作为特邀代表，时任中信公司董事长的荣毅仁因其声望、经历、地位和特殊背景而成为大会最受人瞩目的人物，人们争相与他合影、握手，以表达对祖国发展和进步的赞叹与思乡之情。荣毅仁借此机会宣传了中国的改革开放政策和良好的投资环境。但会上也出现了不和谐声音，一个资深的政治家对中国内政说三道四，荣毅仁在演讲中严肃地反驳了这些欺人之谈，介绍了中国经济情况和社会进步的事实，说明了中国选择自己道路的必然性。他说："中国改革开放的大门永远不会再关上。大家知道，今年我们遭遇了百年不遇的特大洪水，损失一百三十亿美元，但没有发生解放前那样背井离乡、外出要饭的事，灾民都得到妥善安置，全国上下同心协力抗灾救灾，重建家园。经过四十年的发展，中国已基本解决了温饱问题，国家面貌发生了巨大的变化，旧政权留下来的烂摊子已一去不复返，这是不争的事实，是谁也抹杀不了的。"

一个台湾地区的民意代表在提问中说大陆人没有民主自由，荣毅仁结合中国新旧社会的历史和自己的亲身经历说："当年我如果不留下来，现在也是一个海外华商，但我对中国有感情，我爱我的国家。一个国家没有独立和尊严，哪里来的自由民主？中国人民享有充分的民主自由，但民主自由不是随心所欲，而要受宪法的约束，民主自由和法治是不可分的。一个国家，你讲你的自由，我讲我的自由，放任自流，没有规矩，这还算什么国家？如果没有国格、人格，空谈什么自由民主，这是假民主、假自由。我可以告诉大家，各地华商可以回大陆看一看，走一走，投资合作，你们可以切实体会到中国是一个友好的、有保障的、有尊严的国家。国之交，在于民之亲，在于诚实不可欺，民主自由不等于不要国格、人格，在任何情况下，国格、人格都不能丢，这是原则问题。"

荣毅仁在世界华商大会上的精彩演讲博得了满堂掌声，这番讲话体现了他对国格、人格的维护与珍视，是一篇生动的"戒欺"之说，展现出了富于智慧和魅力的外交风范。一个台商说，我们中要是有一个荣毅仁就好了。

在中信公司内部，荣毅仁不仅仅关注企业的发展和项目的成败，更关注员工的精神追求和工作作风。他在会议上反复强调不搞花架子，不搞形式主义，不搞两面三刀，不说假话，而要表里一致，要以国家利益为重，要讲人格、国格。他说："公司大了，人也多了，难免会出现一些思想问题、作风问题，我们要自我净化，不仅要讲企业发展理念，更要讲精神层面的东西。"为此，荣毅仁于1986年亲笔拟定了三十二字的"中信风格"，为中信人的行为确立了准则，这对公司的发展产生了深远的影响。

荣毅仁在其随身携带的笔记本中详细记录了众多外国友人的电话和出生年月等信息，其中包括美国前国务卿基辛格、美国传奇石油巨子洛克菲勒、日本株式会社小松制作所的会长河合良一以及日本工商会所的会长五岛升等。这串长长的名单上有不少是叱咤风云且在国际经济舞台上非常活跃的实业家、金融家和经济学家。荣毅仁每天要翻阅一下，如果有谁当天过生日，他便提醒身边的工作人员以各种方式及时表达祝福，如恰逢其人在北京，他会出其不意地送上设计精美的蛋糕和鲜花。荣毅仁的这份用心坚持了好多年。小小笔记本，折射出荣毅仁以诚待人的情怀。他对国际友人倾注真心、真情，留下了不少佳话，有趣亦有情，事情虽然细微，却是荣毅仁对"戒欺"精神真实而质朴的演绎。

1988年5月，巴西维拉维斯财团董事长保罗·维拉维斯在北京参加一个由大通银行组织的国际经济咨询会议。在中信公司的欢迎宴会上，突然响起了《祝你生日快乐》的乐曲，一辆小推车缓缓地来到保罗·维拉维斯身边，荣毅仁走上前去，向他握手祝贺，全场掌声雷动。这位巴西大企业家又惊又喜，感动地说："这是我一生中最快乐的一个生日，我会永远记住。"

荣毅仁待人之诚挚和坦荡使他广结善缘，在国际舞台上树立了良好的形象，也得到了回报。一次访问美国期间，他想起父亲荣德生年轻时通过《美国十大豪富传》一书对洛克菲勒的印象特别深刻。现在，老洛克菲勒的后人小洛克菲勒正以最隆重的礼仪接待他，请他到乡下的私人庄园做客。其间，荣毅仁感到身体不适，小洛克菲勒立即请自己的私人医生为荣毅仁诊断，结果发现并无大碍，只是把两种药品的服用时间搞混了。在荣毅仁再次访美时，小洛克菲勒还牵挂着荣毅仁的身体，特地安排他做了一次全面的体检。为了答谢小洛克菲勒，荣毅仁特地定制了一把雕龙红木椅送给他。小洛克菲勒非常喜欢这个精致而漂亮的红木椅，把它放置在自己的办公室内，逢人就介绍："这是中国一个杰出的家族的后裔、富有才情的中信公司董事长荣毅仁先生送给我的礼物，这是一把无与伦比的龙椅，龙在中国人心目中的地位是至高无上的。"

1979年底，小洛克菲勒和荣毅仁沟通："现在世界各国对中国的新经济政策还缺乏足够的了解。我可以在美国举行一个有关中国的论坛，宣传和阐述中国改革开放的政策，以便美国社会多多了解中国。荣先生一定要到会。"荣毅仁说："太好了，拜托洛克菲勒先生了。"小洛克菲勒说到做到，用半年时间筹划了这个论坛，荣毅仁如期到会。这个会议在中美两国历史上都是前所未有的。

几十位美国著名的大企业家参加了论坛，其中有克莱斯勒汽车公司董事长雅可卡，西方石油公司董事长、和列宁做过生意并且也有"红色资本家"之称的哈默，美国国际集团董事长格林伯格等。荣毅仁在会上介绍了中国改革开放的一系列政策和中国社会出现的崭新变化，也介绍了中信公司这个对外开放的窗口。他说，中国人的商道是说话算数，公平交易，合作共赢，买卖不成仁义在。这次会议增进了美国工商界对中国的了解，澄清了一些偏见，促进了中美两国的政治互信。荣毅仁大度、坦诚的个人魅力也受到与会者的赏识，他交了一大批朋友。这次会议开得很成功，受到了中央和邓小平同志的高度关注。

1987年荣毅仁在巧克力大厦办公室接受笔者访谈时曾开门见山地说："父亲从小就告诉我，要少说多干，干后不说，因此我向来不太赞成过度宣传我们荣家。不过，你们要拍电视剧，我不反对，也不倡导。但要突出工人阶级的创造性和历史作用。毛主席认为，是人民群众创造历史的。当然民族资本家也起到了作用，他们也是人民群众的一分子，其中有不少是理想主义者，有实业救国的理想，但工人阶级是真正的英雄。现在，社会各方面在谈到民族资本家时都持肯定的态度，不像'文革'时那样将他们诬蔑为'吸血鬼''周扒皮'，这是拨乱反正。但说好话不能过头，好像资本家根本没有剥削这回事，都否定了也是不对的。我是资本家出身，我心里很明白，资本家不剥削，钱怎么赚到的？应该承认，发财致富是资本家的本能。马克思主义的经典著作对这个问题说得很清楚了。你们写文章也好，拍电视剧也好，不要把资本家描写得太好、太高尚，这是不对的，是欺人之谈。这样美化资本家，工人会很不高兴的。"

我至今还清楚地记着荣毅仁的这席话。我们现在从整体上肯定民族资本家实业救国的理想，高度评价他们兼济天下的公益传统、引领的现代工商文明以及在历史发展中特别是经济发展中的积极作用，但是，我还是不会忘记荣毅仁说的这番不偏不倚的肺腑之言。荣毅仁绝不是政治说教，而是站在历史的高度客观地对自己和家族曾经所处的阶层进行坦然的分析，他并没有因地位和处境改变而倨傲起来，还是那么谦逊，那么实事求是，那么低调。这是他从旧制度下的资本家成长为卓越的国家领导人和爱国主义者、共产主义战士的一个内在原因。

在中信公司创建之初，不少外商带着怀疑的眼光以及担心看待这家别具一格的公司。但和荣毅仁接触后，他们感觉这家公司是值得信赖的，因为与中国当时体制下的其他机构和企业相比，中信公司给他们留下了截然不同的印象。美国卡姆斯基联合公司长期从事国际贸易咨询，它的总经理卡姆斯基说："中信公司是一股清新的空气。那里的人在你提出一个项目之后总是能提出恰当的问题。当你谈投资收益时，他们懂得这是什么意思。"

一股清新的空气！这一评价对刚刚诞生的中信公司来说是一种极高的赞誉。因为经过"文革"的中国百废待兴，处处存在管制壁垒，封闭而保守，政治和经济政策混沌模糊，还是一个孤独而神秘的国家，老外能说出"清新"两字，实属不易。

荣智健是1986年加入中信香港公司的。在此之前，他于1978年持一张单程票到了香港，先是在电子行业大显身手，继而只身到美国闯荡，在加州圣何塞创办加州自动设计公司，这是美国第一家专门从事电脑辅助设计软件的公司。1984年，这家公司上市，荣智健退出，套现四千八百万美元。

荣智健卖掉美国公司后，又回到了自己起步的香港，做起了地产生意。在这一两年时间里，荣智健置身于中信香港公司门外。但他并不是一个袖手旁观者，由于他熟悉香港情况，对这个自由港的市场经济运作已驾轻就熟且取得了可观的成绩，刚刚成立的中信香港公司自然会向他讨教一些问题。荣智健亦尽力而为，积极谋划。

让人费解的是，在1978年赴香港前，他并没有任何经商的经历和经验，但从美国回到香港后，他的身家已逾四亿港元。那么，作为一个商业素人的荣智健是怎么成功的呢？这是一个很难说得清楚的问题，荣智健本人从未详细谈及此事，也许连他自己都说不清楚。然而细细分析，这还是有迹可循的。首先，荣智健在"文革"中经历了艰苦劳动，他的人格经过了强有力的锤炼，东北雪、凉山风、唐山殇让他在一系列挫折中勇敢地站立起来，完成了一次悲壮的涅槃，使他有了一种知难而进、不怕吃苦的进取精神。其次，家庭的荣辱起伏使他懂得了人生沉浮主要由自己的奋斗来决定的道理。最后不得不承认，他具有经商潜质和禀赋，这自然源于家族的熏陶及家风家训的传承。作为荣熙泰的重孙、荣德生的孙子，荣智健是在一个商业巨族中长大的，耳濡目染，浓烈的商业氛围在不经意间影响了他。

另外，他跻身商界的时机不错，天时、地利、人和均具备，当然，不能回避父亲荣毅仁的因素。荣智健对此并没有掩饰，他曾坦言："假如我不是荣毅仁的儿子，我今天不可能做中信香港公司的副董事长兼总经理；而我自己没有一定的经营能力，中信香港公司也不会发展成今天这样的规模。"

荣智健没有躲躲闪闪，他很坦诚，说的是大实话。1986年，荣智健进入中信香港公司担任副总经理，那年他四十四岁。一年后，中信公司对其香港的组织机构做了重大调整。1987年2月，中信香港集团有限公司注册成立。王军任董事长，荣智健任副董事长兼总经理，主持一切经营活动。荣智健开始了一系列大手笔的商业运作。他先是购买了位于香港中环的文华大厦，几个月后，又将它出手，一进一出，中信香港集团赚到了第一桶金——两亿港元。此后，中信香港集团又连连出招，都取得了不凡的成绩。

从1984年开始，香港出现了一些动荡，一些企业出走，一些人移民，但也有一些企业选择跟有中资背景的企业合作，以求得生存空间。继国泰航空公司之后，香港电信公司也找到了中信香港集团。时值1987年春夏之交，香港右派乘机兴风作浪、造谣生事、蛊惑人心，港股风云突变，骤然下挫，这引起了香港一些企业的恐慌和担忧。香港电信公司与荣智健商量定向转让百分之二十的股份。荣智健意识到机会来了。因为香港电信公司是港岛主要的通信经营公司之一，属于环球通信机构——英国大东电报局的成员公司。大东电报局占香港电信公司百分之五十四的股份，是控股股东。香港电信是香港最大的有限公司，市值达六百五十亿港元。中信香港集团如能参股，对于稳定香港大局和人心无疑有积极意义。

荣智健马上召开董事局会议。他说："香港股价下跌，英国大东要出售香港电信的股份，这正是我们参股的大好机会。"中信香港集团董事局经商议，一致看好香港的未来，对收购香港电信股份这一动议全票通过。但收购百分之二十的股份所需的资金高达一百亿港元，这不是中信香港集团自己能决定的。王军和荣智健都意识到，这么大数目的一笔交易，固然在经济上、政治上都有利于香港的平稳过渡，但领导部门可能会更多地考虑其风险性。尽管如此，荣智健还是觉得只要对香港顺利回归有利，他就应该尽量说服相关领导，并消除他们的顾虑。

果然，中信公司最担心的是资金问题：中信香港集团仅有二十亿港元的老本，如何吞咽下一块上百亿港元的"大肥肉"——即使有好处，也要量力而行。

对于收购资金的问题，荣智健早有盘算，他提出了三个方案：第一，发行十亿港元五年期香港电信认股权证；第二，发行二亿二千四百万美元（约合十七点五亿港元）零息债券；第三，向银行贷款五十四亿港元。荣智健强调，此次收购不会动用国家和总公司一分钱，资金问题由中信香港集团自行解决。

但是，在国务院举行的专门会议上，这个收购计划还是被否决了。

中信公司副董事长、总经理徐昭隆和荣智健出席了这次会议。据徐昭隆后来回忆："有二三十人参加会议，国务院几个部委都来了，荣智健在会上介绍了情况。在座的人对他的发言很冷淡，当场就否决了中信的收购方案。"徐昭隆是荣毅仁创办中信公司的得力助手，他的回忆应该是很可信的。否决的原因除了质疑收购的可行性，参会人员似乎对荣智健的态度也有些不满意。

荣毅仁是了解儿子的，他直来直去，不懂得"说好话"，只是觉得这个项目是可行的，于国、于民、于港都极其有利。荣毅仁知道这个结果后很着急，这么好的机会，如果不做，太可惜了。但不巧的是，就在此时，荣毅仁因高血压和哮喘病住院了。徐昭隆、王军等不便去打扰病中的荣毅仁。

好在国务院举行了第二次听证会。徐昭隆没有参加，王军和荣智健参加了。他们当场回答了许多问题，还是力陈收购香港电信股份之意义，力争说服大家，但这次会议依然没有结果。

王军没有罢休，找到有关部门并提高声调说："英资要跑谁也挡不住，其结果就是美资、德资、法资进来。在香港回归前，所有的英资机构都会找中资，我们收购香港电信股份是将英资留在香港的最好途径。在香港回归以前，中资企业应该在尽可能广的范围内进入香港有关国计民生的领域，介入香港经济，尤其是公用事业，我们才好讲话，否则经济命脉都在英资手里，以后出了麻烦，我们就不好办了。"

荣智健也这么说，并反复地解释。此外，他需要更多地考虑融资和规避风险的举措。

在这个关键时刻，邓小平又一次出面，他见了几位主要中央领导人，高屋建瓴地表明了自己的态度，鼓励内地的国有公司加入香港基础设施建设，并表示其意义是不言而喻的。

一度受到冷落和非议的荣智健收到了成效。中信公司董事会终于批复了中信香港集团关于收购香港电信股份的报告，但批复也特别提出：收购资金必须由中信香港集团自己解决。1990年2月，荣智健筹措到了全部资金，斥资一百零三亿港元收购了香港电信百分之二十的股份，中信香港集团成为这家公司的第二大股东。这个收购案在1990年被英国《世界金融》杂志评为当年世界最佳融资项目。1993年，香港电信股价大涨，从中信香港集团收购时的每股四点七港元涨到每股十点二港元，市值几乎增长了百分之一百二。

荣智健回忆说："那次行动不是心血来潮，我们对香港电信观察了两年，觉得这家公司的赢利前景好。1989年，香港电信股价大跌，那个价钱怎么说也得买过来，我就向北京方面讲了这事。北京方面一开始不太了解实情，加上当时的政治经济形势要比以前复杂得多，顾虑重重。我回去了几次，最后才得到同意。不过，他们要求我少买一点儿，最好买百分之十。我不同意，说要买就买百分之二十。那次收购，连我们母公司也没有给我们担保，更不用说中国银行了，完全是本地的融资。"

荣智健面对要他只买百分之十股份的高层意见，还是"固执己见"，说了"不"。这也许就是徐昭隆说的"年少气盛"和"不谦恭"。但是，准确地说，这样做非常不简单，认准了的选择就决不妥协放弃。正如王军所说，电信是关乎国计民生的领域，是公用事业，中资理应介入，这是涉及香港人民福祉的大事。

经过短短几年的发展，中信公司在香港的业务已成绩斐然。1987年中信香港集团成立时，中信公司仅仅拨款二亿三千九百万港元，到1990年农历新年到来之时，中信香港集团已经持有国泰航空百分之十二点三股份、香港电信百分之二十股份、港龙航空百分之三十八点三股份、香港东区海底隧道百分之二十二点五股份、澳门电信百分之二十股份，加上房地产等其他业务，总资产已近二百亿港元。中信香港集团把重要的交通和基础设施等民生公用事业的很大一部分掌握在了手中，说话有了底气。

荣毅仁荣智健父子为此倾注了大量的心血，功不可没。多年以后，王军回忆这段历史，对荣毅仁的敬佩之情油然而生，他说："公司收购兼并是荣老板开创的，当时香港是一个渠道，必须要弄。"王军和荣毅仁父子共事多年，荣毅仁被选为国家副主席后不再兼任中信公司董事长，王军接了班。中信人都知道，王军的风格和荣毅仁不同：荣毅仁温和儒雅，很少发脾气，基本不厉声呵斥别人；王军则不同，他有担当，但脾气大，中信公司的各级干部都被他"呵"过。但王军对荣毅仁从来都是恭敬有加的，对荣智健也十分尊重，别说"呵"，连脸都没有黑过。他说："人家把全部家当拿出来给了国家，现在为中信公司呕心沥血，一分工资都不拿，甚至中信最初筹备时的费用都是荣老垫付的。荣智健进入中信香港集团一两年时间，公司增值了一百多倍，他是掏心掏肺为国家做事。不敬畏这样的人，我们还有良心吗？"

中信公司的发展壮大并不是一帆风顺的，误解、攻击、怀疑、弹劾与非难在相当长一段时间里都伴随着这家在中国改革开放事业中打头阵的企业。"木秀于林，风必摧之；堆出于岸，流必湍之；行高于人，众必非之"，1989年，中信公司和荣毅仁遭受了前所未有的严重挫折。此时，中国改革开放已进行了十一年，这件意义深远的大事正深刻地改变着中国，也改变着世界。然而，从最初的蹒跚起步到后来的逐步深化，旧观念和新思想、计划经济和市场经济一直在进行博弈和较量。放眼世界，这场改革并没有现成的模式可借鉴，所面临的种种问题都是新课题、新考验。惯性力是强大的，而革新力也在勇往直前，不管是主动革新还是被动改革，一经发轫，都无法遏制阻挡，其正一步一步地推动着或改变着历史发展的进程。

牵一发而动全身，改革必然会对各方利益进行重新分配，也引发了许多民意汹涌的问题，例如"官倒"和腐败。

1988年10月，审计署副审计长带队的审计小组进入中信公司。在改革开放中冲锋陷阵的中信公司被扣上"官倒"的帽子，荣毅仁心里五味杂陈，中信人也有点儿不服气，心情复杂。在社会舆论的喧嚣中，中信公司有种莫名的紧张情绪。

荣毅仁沉住了气，他是坦荡的，中信公司的一切都是在阳光下运作的。"苟利国家生死以，岂因祸福避趋之"，这是荣毅仁的信条；"戒欺"匾额高挂在史家胡同四合院的客厅里，这是荣毅仁的处世和做人原则。

荣毅仁表态说："审计署审查我公司1987年度的财务状况，我欢迎。外国大公司的年报，都要经有资格的审计师审查签字后才能公布，才能向股东报告。我国也应确立这种制度。我希望这次财务审查能帮助我们发现问题，以便改进工作。"他也说："对于我们这样的大公司，我不能保证一点儿问题也没有，但我可以保证有了问题一定改正。"

荣毅仁这样说是很客观的。自建立以来，中信公司在开路先锋式的发展中由小到大、由弱到强，并迅速扩张，下辖的子公司达八百多家。由于公司的特殊背景和在改革开放中声名远播，中信公司的优势是明显的，但在价格双轨制下，许多事情防不胜防，荣毅仁确实不能保证他的属下"没有问题"。

但是，中信公司有它的特殊性，它是邓小平的战略部署中的一枚棋子，承担着撬动旧体制、寻求破题之策的重任，肩负着在探索和实践中开辟一个新战场、新天地的使命，也就是以资本主义方式和资本主义打交道。而且，邓小平给予了荣毅仁充分的自主权，他可以不受某些约束，除了中央的重托及他本人的战略勇气。中信公司的一些决策有历史的前瞻性，也就是说，公司决策和业务运作走在了大多数企业的前面，这种前瞻性是建立在先进的思想和观念的基础上的。为此，荣毅仁当时承受了很大的精神压力，他积极思考，领会中央的意图，在思想上和政治上不断学习，避免不必要的误判。这种前瞻性，不是所有人都能理解的。

另外，中信公司的业务主要不是在流通领域，而是在实业和投资领域。用中信公司后来的董事长常振明的话来说：“中信不是贸易公司，中信始终没有在这方面下功夫。”中信公司也并非"1986年下半年以来成立的公司"，本不该在"清理"的范畴。但是，因为名气大，加之荣毅仁的特殊经历和其当时全国政协副主席的身份，中信公司被误划入"官倒"之列。10个月后，审计署对中信公司的审计有了结论。

审计署认为，中信公司自成立以来业务发展较快。几年来，中信公司以良好的信誉在国内外发行公司债券，举借中长期贷款，吸收各种存款，引进外资，对国家建设起到了积极作用。这次审计查出的主要问题有买卖外汇不合规定、超越经营范围和倒卖紧俏物资等，决定没收非法所得、处以罚金并要求其补缴税款。

对这个结论，荣毅仁持有不同看法。比如"超越经营范围"的问题，过去十年，中信公司所从事的业务和大量工作当然早已超越了"信托咨询"的范围，但作为中国对外开放的窗口，中信公司的使命是党中央赋予的，这一点审计署应该是清楚的，这个板子打得实在没有道理。但荣毅仁并没有争辩，在那种情况下，任何争辩都是没有意义的，事实胜于雄辩，就让事实来说话吧。

荣毅仁和中信公司的领导层都觉得问心无愧，邓小平同志和其他中央领导同志对中信公司多年来的努力和取得的成绩也都持肯定和鼓励的态度。特别让荣毅仁难以忘怀的是，中信公司成立五周年时，邓小平为中信公司亲笔题字：勇于创新，多做贡献。

具体地说，那是在1984年10月4日，中信公司成立五周年。10月2日，中信公司主办了"中外经济合作问题讨论会"，中、日、德、美、英、加等十余个国家的著名金融家、企业家、经济学家、法学家和友好团体的负责人聚集在北京，由中信公司做东，畅谈中外经济合作的经验和教训，展望中国经济的未来。

邓小平为中信公司成立五周年题字"勇于创新，多做贡献"，这是对中信公司五年来风雨历程的肯定和褒扬，也是对中信人的勉励和期盼。邓小平的题字让荣毅仁感到很振奋，他说："我把小平同志的题字往会上一放，信心顿足。"同时他也谦称："其实我们也说不上创新，不过是把国际上通行的做法拿过来加以消化改造，变成中国的东西罢了。"

邓小平一直关注着中信公司的发展，荣毅仁干得有声有色，他都看在眼里。提到荣毅仁，他还笑着说："荣老板嘛，红色资本家嘛！"说这话的时候，他心情很好，情不自禁地流露出喜悦和赞许。当年他点名荣毅仁出山，实在是知人善任，他说过："这样的公司的掌门人，非荣毅仁莫属，换了其他人不行。叶帅也是这么看的。"

1984年10月6日，邓小平会见了"中外经济合作问题讨论会"的与会代表。他在概述中国改革开放政策的长期目标和任务以及在世界范围开展经济合作的重要性后说："我们希望国际工商界人士，从世界角度来考虑同中国的合作。这几年的合作是不错的，我们需要的是发展这种合作。"说到这里，他毫不含糊地将中信公司推荐给了外国代表，说："为了便于广泛接触，中国国际信托投资公司可以作为中国实行对外开放的一个窗口。"

邓小平对中信公司的信任、期待和重视，使荣毅仁备受鼓舞，一想起这些，他心中的苦恼和委屈就消失了。在改革开放的探索和开拓创新过程中，中信公司走过的路是不容易的，荣毅仁本人和公司上下付出了巨大的心血，也走了些弯路，得到了不少教训。

衡量是非的标准是一个"欺"字，上对中央，下对黎民，事关改革开放大业和历史使命，他扪心自问：我错了吗？有负于邓小平同志的重托了吗？我有违"戒欺"的原则了吗？反省的结果是：总体上看是没有的，他是经得起考验的。

只要问心无愧，他就没有什么可抱怨的。

1989年8月25日，荣毅仁向中央政治局常委、国务院副总理姚依林汇报情况。姚依林明确对荣毅仁说："国务院对中信的工作是肯定的，对你是信任的。"听了这话，荣毅仁感到很开心。姚依林还建议荣毅仁"利用中信十周年的生日，好好做做宣传"。

中信公司在这场整顿中，没有被淘汰，而是保留了下来，集团不拆散，名称不改，业务范围可根据实际需要不受名称限制。中信公司站住了。但是，荣毅仁的心情并不平静。中信公司的业务受到了重创：大批订单取消，出口贸易锐减，利港电厂建设被迫推迟，还债高峰临近，等等。这一系列问题如何解决？如何寻找出路，打破僵局？如日中天的中信公司似乎一下变得前景晦暗。恰恰在这个时刻，荣毅仁的病又犯了。

他像前几次站在历史关头一样，深深地陷入长久的思考。他躺在医院的病床上，周围一片安静，此前已整整忙了十年，木马般地旋转，难得有这样的安静。他在弥漫着消毒水气味的病房里静静地躺着，思绪万千。他感到强烈的使命感和责任感在召唤，他没有理由被动地就此退却——将中信这根秀木隐掩在茫茫森林中不再露出，以避免强风摧之。他不是没考虑过干脆退休，过闲云野鹤般的生活，自己已过古稀之年，歇下来也是理所当然的。但他认为自己不能在此多事之秋无所作为，而应大胆突破、突围、突进，为了中信，为了国家，他要担当新的使命。为此，他待病情稍稳定后就迫不及待地出院了，邀请国际上与他结下友谊的要人，在著名的恭王府宴请他们。这次危急时刻的周旋相当潇洒，别人做不到的事，荣毅仁做到了。中信公司重新出发，以荣毅仁的人格魅力和商业智慧，在奇诡无常的形势下寻找"风眼"，寻找机会，做只有中信和荣毅仁能做到的事。荣毅仁又活跃起来了，使中信公司得以顺利摆脱困境。一年以后，情况改观，中信公司这扇窗口在关键时刻，在雾霭中又显示了它特有的光彩。

回过来再说一说荣智健的情况。在那场风波之前，荣智健在香港纵横捭阖，雄舞天下；在内地则是怀着重振河山的魄力，挑中国经济的"软肋"和"短板"入手，整合制造业，兴办实业，大踏步进军能源领域和钢铁行业。他深知这两个产业是中国的薄弱点：能源特别是电力欠账太多，与国际先进发电厂的差距很大，必须努力赶上去；虽然内地的钢铁产量上去了，但急需的特种钢还依赖进口，要调整解决产量和质量、品种不平衡的问题。

在中信公司和荣毅仁的部署下，荣智健以极大的热情在国内开拓性地投资电厂和特钢厂，中流击水，建起了具有里程碑意义的中国第一家中外合资发电厂——江阴利港电厂；同时兼并乡镇企业江阴钢厂，建起了生产特种钢材的兴澄特钢。在建厂和管理的过程中，荣智健丝毫没有给人带来"年少气盛"和"不谦恭"的印象，更没有张狂的"大家阔少"的痕迹。我曾与这两个厂中和荣智健共事过的多名相关人员聊起对他的印象，大家一致认为，荣智健是一个毫无架子、务实懂行、平易近人的人，他充分尊重董事会的决议，严格按契约处理各项事务。尤其当涉及当地村民利益时，他一再关照，要考虑村民们合理合法的诉求，说话要算数，哪怕多花点儿钱，也不能让老百姓吃亏，对个别要价较高、顶着不迁的农户和乡镇企业，尽量沟通交流，要以理服人，不要蛮干，不要欺负人。在建设和经营这两个厂乃至后来的其他企业的各个历史阶段，不管是履行与外商的合同，还是履行与政府部门和其他参与方的合同，荣智健都有强烈的契约精神。在他的影响下，工程团队和合作各方都能遵守约定，形成一种守信的好习惯，推动工程顺利进行。荣智健为建好这两个厂，付出了巨大的心血，也留下了严谨、诚信、谦虚、进取的精神遗产。他的练达、实在，以及通晓国际商情、富于开拓、注重细节的作风，至今仍为这两个厂的员工所称道。

在荣氏家风里，"戒欺"和"敦厚"是非常重要的两条。用通俗的话讲，就是对人要厚道，对人要宽容。这一思想从荣德生开始，到荣毅仁、荣智健是一脉相承的。梅园有一个景点叫"敦厚堂"，它位于梅园经畲堂读书处的后面，建于1927年，在1991年的一次暴风雨中不幸塌掉了。2011年，也就是梅园建成一百周年的前夕，荣智健先生知道这个事情了。他对人说："这个'敦厚'是我们荣氏的家风啊。你们如果有困难，资金我来出，把敦厚堂给修复起来。"后来，荣智健捐赠了两百万元用于"敦厚堂"的修复，而且亲自题写了"敦厚堂"的匾额。

中国会做生意的人形成了许多商帮，比如晋商、徽商、浙商等，无锡人做生意同样很精明，一点儿不逊色，而且能做到"精明加开明""利益加向善"。就荣氏家族而言，他们具有义利兼顾、诚信经营的特质。荣氏兄弟一生以"戒欺"为准则，在激烈的商战中始终守住"敦厚"这一道德底线，其儿孙辈亦一直保持着仁厚的商业精神。

九州一色还是李白的霜

无锡荣氏是一个大家族，到二十世纪八十年代时，荣宗敬、荣德生的后裔已达第五代，生生不息地繁衍了几百口人。由于历史因素，荣氏后裔散居在十多个国家和地区，有一部分亲属回来过，有一些则在荣毅仁出访时和他碰过头，但大多数没有回过国。荣氏后裔中有许多人是在国外出生的，祖国和故乡在他们心目中是一个模糊的概念，大多数人只能从长辈的描述中得到一些片段化的印象。作为一个望族的子孙，他们默默地在各地创业、生活，从不炫耀家族曾经的万千荣华，那些已成了家族的童话，在老一辈的回忆中被念叨，历史的风雨已冲刷掉这份辉煌。但是，不管在哪里，他们都知道，自己的根在中国无锡，家族的魂在那个梅枝吐香的园林，在那个太湖边的小巷。尽管经过努力，他们在国外已闯出一方天地，但他们心灵深处总有几分缺憾和寂寥，梁园虽好，终究不是自己血脉的源头。乡愁是一种难以排遣、难以割舍的情感，它渗透在血液中，根植在家族的基因中，令人心灵颤动。置身世界各地，他们总是举头望明月，低头思故乡。太湖的帆影、梅花的暗香、开原寺的钟声、诵幽堂、乐农别墅、宗敬别墅、豁然洞等，似真似幻，虚虚实实，何时何日能见到啊？

荣毅仁很想念这些分别已久的亲友，想念那些从未谋过面的小辈。1986年，是荣毅仁和杨鉴清结婚五十周年，又值他七十大寿。荣毅仁产生了一个念头，想趁此机会，自费请海外的亲属回国团聚，让荣家的老老小小回来看看，了却自己的一个心愿，也了却这些离家多年或从未回过家的亲属的乡愁。荣毅仁回忆说："一次小平同志与我谈起海外亲属，我说海外亲属大概有三四百人。小平同志说：'没有关系，让他们回来，都回来看看。荣家在我们民族工业的发展史上是有功的，对中华民族是做出了贡献的。你们那些海外亲属有知识有本领，联系的人多，是能够为我们国家做出贡献的，让他们都回来看看。'"

荣毅仁把自己的想法对中信公司新任党组书记、第一副董事长唐克说了。唐克一听，大声叫好，说："这可是件大好事呀。我看，不妨把规模扩大些。不仅仅是你个人邀请，个人邀请不过是走亲戚，不如由中央统战部和中信公司一起出面。这样，就变成一种高规格的省亲观光活动了，意义和影响就不一样了。"

荣毅仁当然赞成，从家族团聚上升到荣氏亲属集中回国观光，规格高在其次，主要是对国家有利了。只要对国家有利，能宣传对外开放政策，促进爱国统一战线和祖国统一事业的发展，荣毅仁总是照办的。唐克向谷牧汇报了这件事并谈了自己的想法，谷牧当即点头同意。谷牧说："你的意思，与我的想法不谋而合。荣家大团圆是统一大业和开放政策的缩影，这不仅是荣家的事，还是国家的事。要轰轰烈烈地接待，尽量搞得热闹些，要高礼数待客。他们既是荣老板的贵客，也是国家的贵客。"

中央统战部和中信公司党组为此向中央领导同志呈交了一份请示报告，经谷牧转致万里、习仲勋和胡启立等中央领导同志，很快得到批准。对一个家族海外亲属的回国聚会，如此郑重其事，如此情意殷挚，是新中国成立以来所罕见的。

多少年的思乡之情，就要成为现实，荣毅仁海外的亲属欣喜万分。他们互相传递着荣毅仁发来的邀约，怀着归心似箭的心情，从四面八方按约定的时间踏上归国的旅程。

1986年6月15日这一天的首都国际机场，晴空万里，一架又一架飞机从美国、加拿大、巴西、澳大利亚及欧洲的联邦德国飞来，从香港、澳门和台湾飞来，上面载着一批批荣氏亲属。荣毅仁夫妇、荣智健夫妇及手捧鲜花的荣明杰在贵宾厅迎候，他们迫切地向飞机的通道口张望着。

荣毅仁在人群中一眼就发现身材同样高大的荣尔仁，他忍不住扬臂大声喊道："二哥，二哥！"

年长荣毅仁八岁的荣尔仁听到了四弟的呼唤，加快步子直奔而来，老兄弟俩张开手臂紧紧拥抱在一起。眼睛湿润了，有许多话要说，又不知从何说起。荣智健按无锡当地的称谓，喊荣尔仁"二伯伯"，荣明杰则喊着"阿公"，忙不迭地献上鲜花。杨鉴清一把拉住荣尔仁夫人王秀惠的手，她们咯咯地笑着，互相端详着。王秀惠说："你没变，还是那么漂亮。"杨鉴清说："你才没变，皮肤还这么嫩！"确实，两个人都显得很有精神。荣尔仁夫妇的后面是儿子荣智宽、儿媳郭子娟和一大群孙子、孙女，无锡乡音响彻一片。

荣家在巴西的人较多，除荣尔仁外，还有已故的三哥荣伊仁、三姐荣敏仁的后代，繁衍下来几十人。他们大都是第一次回国，别说家乡话，就是中国话，有的说起来都不太流利了。

在机场贵宾厅，荣尔仁、荣毅仁接受了记者们的采访。荣毅仁喜冲冲地说："这是荣家五代人大团圆，这是历史性的，天时、地利、人和促使我们久别重逢，五代同堂。我特别高兴，我要感谢祖国。"

荣尔仁说:"我离开祖国已三十多年了,出去时还是壮年,头发乌黑的,这次回来已是古稀老人了,头发也白了。但可幸的是,我们终于回来了。别时容易见时难啊!回来看看祖国的大好河山,亲人欢聚一堂是我多年的夙愿。"

杨鉴清说:"再早七八年,这种事情是想都不敢想的。"语气中有喜悦,也有点儿辛酸。

是啊!一家人活生生地被隔断了那么多年,不能来往,不能见面,甚至在相当长的时间里相互杳无音信,真是别时容易见时难啊!多么漫长的岁月,终于又回故园,虽乡音依旧,但毕竟一脸沧桑了。荣家的骨肉分离是时代造成的,他们现在的团聚也是时代提供的机缘。

荣氏亲属下榻在由贝聿铭设计的中国山庄式的北京香山饭店,荣毅仁和杨鉴清与远道而来的亲人们在大厅里相聚。虽然都是亲戚,是同根生的,但因为住在各处,平时也没有多少来往走动,其中有许多人相逢而不相识。大家惊喜地相认、握手、拥抱,相识的叙旧、追忆,笑语中闪烁着泪花。有的哽咽着什么话也说不出,有的激动得放声大笑。

"这是你们的四叔公、四叔婆,快来见见!"智字辈的子侄们,拉着自己的孩子来见荣毅仁和杨鉴清。这些生在异国、长在异国的孩子,原来只是在报纸、画报和电视上见过让他们引以为傲的叔公和叔婆。他们知道叔公已当了中国的大官,担负着重大的责任,是中国也是世界的大名人。可此刻的叔公完全是一位和蔼可亲的温和长者,他用和父辈同样的家乡话对自己问长问短,有时还用流利的英语与他们对话。

"你们在任何地方、任何时候都不能忘记自己是中国人,是荣家的子孙。以后要经常回来啊!叔公叔婆的家就是你们的家。"荣毅仁对他们说。孩子们答应着,搂着荣毅仁和杨鉴清拍照留念。荣伊仁的女儿荣智顺,年轻时就双目失明,去美国后一直没有回来过。她在美国的医院里工作过,后来又与男友在宾夕法尼亚州合开了一个小咖啡馆。考虑到她眼睛看不见,姐妹们劝她别回国了。但她坚持要回来，毅然关掉店门，踏上旅程。她男友也是一个近乎失明的人。此刻，荣智顺看不清四叔四婶的模样，由男友搀扶着来到荣毅仁夫妇面前。杨鉴清疼爱地抚摸着她的脸，心里说："真是可怜的孩子！"三哥不幸遇难后，荣毅仁对三哥的八个子女都倍加呵护，他对智顺尤其惦记在心，看到她来了，招呼她和男友："来，坐到我身边来，让我好好看看你们。我知道，你们很不容易，有什么难处，尽管跟四叔说。"

分散在世界各地的荣氏亲属有四百五十多人，连同国内的，有六百余人。如以荣宗敬、荣德生兄弟为第一代，荣尔仁、荣毅仁、荣鸿元、荣鸿三、荣鸿庆等兄弟姐妹就是第二代，智字辈是第三代，他们的子孙就是第四代、第五代。最年长的是七十八岁的荣尔仁，最小的是荣毅仁英年早逝的大哥荣伟仁的曾外孙尹兆光，才一岁多。这个荣家第五代的小不点儿生在美国，是这次荣氏省亲观光团中人见人爱的"精灵豆"。

荣氏省亲观光团获得的最大殊荣就是受到邓小平会见。邓小平会见一个家族如此多的成员，恐怕是前所未有的，也是最后一次。1986年6月18日，人民大会堂东大厅，荣氏亲属排成几列，济济一堂。上午十点整，邓小平满面光彩，健步来到大厅，大家报以热烈的掌声。邓小平边鼓掌边向大家招手致意。荣氏亲属虽大多身居海外，但对邓小平并不陌生。对这位有着传奇般经历，力推中国改革开放的政治家，大家心中早已有着高山仰止般的敬重之情。现在能和这位伟人近距离接触，大家自然感到特别荣幸，也非常珍惜这个难得的机会和时刻。这么多人，荣毅仁无法全部介绍过来，只能把亲属中的主要成员向邓小平做了介绍。介绍一个，邓小平便与其握手，还随和地说上几句话；没有介绍到的，邓小平也尽可能和他们都握握手。然后，邓小平和大家一起合了影。大家都笑得很开心、很放松，祖国的这位领导人根本没有传说和想象中的那么不苟言笑，反而出乎意料地平易近人。邓小平无疑是伟人，但也是凡人。

事后，大家都一再谈论邓小平：谈他的几起几落；谈他和撒切尔夫人会谈时，那令人荡气回肠的几句话；谈他的"白猫黑猫论"；谈他其乐融融的家庭，他的含饴弄孙。

大范围会见结束后，邓小平又在福建厅会见了观光团中的主要成员。他们是：

荣毅仁的二哥荣尔仁，定居巴西。

七弟荣鸿仁，1946年去美国，1948年回国。新中国成立前夕，和荣毅仁一起留了下来，曾任上海市青联副秘书长，1978年去了澳大利亚。

六姐荣漱仁，全国政协委员，居上海。

七妹荣辑芙，居美国，台湾省外事负责部门前负责人魏道明的夫人。

堂妹荣立贲，居香港，旧上海著名地产商、犹太人哈同的儿媳。

儿子荣智健，居香港，中信香港集团副董事长兼总经理。

侄儿荣智谦、荣智鑫，居香港，大哥荣伟仁之子，和荣智健合创香港爱卡公司。

侄儿荣智宽，居巴西，巴西环球公司总裁，荣尔仁之子。

侄女荣智美，居联邦德国，尤尼可公司经理，荣伟仁之女。

堂侄儿荣智权，居香港，香港南洋纱厂总经理，香港纺织业联合会主席，香港基本法起草咨询委员会委员。

亲家翁马万祺，居澳门，澳门知名人士，澳门中华总商会会长。

堂侄女荣智惠，居美国，从事纺织贸易。

五女荣智婉，居澳门，马万祺儿媳。

侄女婿沙曾鲁，居美国，核能专家。

外甥女唐芙生，居美国，美国王安电脑公司副总裁。

堂侄女婿方复，居美国，电子专家。

堂侄女婿车家骐，居香港，香港保华建筑公司董事长、中信公司董事。

外甥李乐莘，居美国，大姐荣慕蕴、大姐夫李国伟之子，美国及香港益雅基公司董事。

在福建厅，邓小平和荣氏亲属的代表围坐在一起，亲切叙谈，大厅里洋溢着欢声笑语。

邓小平对荣毅仁的二哥荣尔仁说:"你们荣家发展民族工业,对民族是一个贡献。"

荣尔仁对邓小平说:"你是世界上伟大的人物,妇孺皆知。"

"我做了一点儿工作,但是事情是别人做的。"邓小平指着荣毅仁说,"包括荣毅仁同志,他们做了许多工作。"

谈起美好的未来,邓小平充满信心。他说,我们这个国家是有希望的。我希望海外同胞、华侨和华人,都能参与我们前进的事业。邓小平指着时任全国人大常委会副委员长的荣毅仁说:"在这方面,你的老弟可以当介绍人。"

听到这儿,荣氏亲属都笑了起来。

荣氏亲属游览北京、西安、上海后,回到了家乡无锡。荣尔仁、荣毅仁领着小辈参观了荣巷的转盘楼等三处故居及荣德生生前建的大公图书馆。荣尔仁指着转盘楼说:"我们兄弟几人就是出生在这里的,也是在这里启蒙的。外面那两间老房子,一间是老祖屋,是你们的太公兄弟,也就是我和四弟的父亲荣德生和伯父荣宗敬出生的地方;还有一间已不太完整的楼屋是他们成亲的新房,那时,手里已有点儿钱了。你们这些人的根就在这里啊!"讲到这里,荣尔仁的声音有些哽咽了,蒙眬的泪眼打量着转盘楼的每一个角落,一切都是那样熟悉,又是那么陌生。儿时的记忆依旧鲜明,但物是人非,时过境迁,许多人已阴阳相隔,人间已发生沧桑巨变,就连这转盘楼也成了部队的招待所,而荣氏兄弟结婚用的那幢楼房变锅炉房了。

"这里就是厨房,有一个灶头,供着灶王爷,上面写着两行字,'上天言好事,下地保平安'。我还经常往灶膛里塞草把烧火呢。"荣尔仁说。

"我记得爹和伯父的书房里挂着不少字画,有一副对联我记得特别清楚,那就是'国计已推肝胆许,家财不为子孙谋',好像是唐代诗人罗隐的两句诗。"荣毅仁回忆说,"现在看来,这就是他们办实业的一种思想,他们也是一直这么做的。"

"我记得爹在抗战时还亲笔写了一副对联——'心正思无邪，意诚言必中'。"荣尔仁补充说。

"这很有意思。这两句话可是爷爷的做人和立业之道啊！"荣智健在一旁说。

"是，这也是我们应该做的，这可是我们荣家的财富传统，穷则独善其身，达则兼济天下。"荣毅仁大声对身边的子孙说，"你们要记住这些，爷爷有句名言，'发上等愿，结中等缘，享下等福'，把他的志向说得更明白了，就是到今天，也一点儿不过时。"

在荣巷，竖有一块一米多高、三十厘米宽的石碑，几百年的风雨侵蚀，石碑上的字迹已模糊不清，荣氏亲属都读不出写的什么。荣尔仁告诉大家："这石碑是我们先祖荣清所立，上面镌刻'天降山海'四字，这是荣清公的亲笔。这一带时常失火，所以他立碑镇火，这石碑又叫'镇火石'，据说当时曾立了二十多块。我在外面几十年，原以为找不到，想不到这一块还在。这是祖先的遗物，说明祖上对自己的家园是苦心经营的。现在我们都不住在这里了，但不论在哪里都不能忘本！"

梅园和锦园是荣家的私家花园，都已捐献给了国家。除乐农别墅外，梅园其余部分都成了对公众开放的一个景区，也是江南闻名遐迩的赏梅胜地。这天，下着细雨，荣毅仁、荣尔仁带着大家踏进了梅园的大门。他们来到乐农别墅，在国外长大的荣家年轻一代对别墅名称有些不解，荣毅仁就对他们解释："乐农，那是太太公（无锡方言，曾祖父的称呼）的别号呀。我们是乡下人出身，种过田、养过蚕，太太公以乐农为号，还将这幢房子命名为'乐农别墅'，就是告诫自己和后人，不要忘了务农那样刻苦耐劳、勤于耕读的传统。"

乐农别墅南面是诵豳堂，是荣德生生前的会客厅，也是家族商议重要事情的处所。这里除挂了书画楹联外，还陈列着当年荣德生收集的文物。他收集的十八尊白玉雕佛，是国之珍品，在"文革"中差点儿被毁，幸被园林职工勉力守护，抢回了十四尊。今天，这些玉佛整整齐齐陈列在这座大堂内。当荣尔仁看到这些玉佛好好地立在那里时，这位年近八十的老人深感意外，高兴地拍起手来，念念有词："没想到，它们还在啊，阿弥陀佛！阿弥陀佛！"

荣毅仁对大家说："这是太太公的宝贝啊！当年，我们摸一下，他都不允许的，要训斥我们一番。"荣毅仁的弟弟荣鸿仁用英语将这些玉佛的来历，以及诵幽堂的含义讲给那些年轻人听。他们听了，顿觉这些玉佛庄严非凡，有几个忍不住用手去轻轻抚摸。荣鸿仁说起了笑话："要是太太公在，你们要挨骂了。这可是对佛不尊重的行为，当然，它们现在是文物了，摸一摸是不要紧的，太太公不会怪你们的。"虽然话这么说，但那些伸手去摸的人都自觉地把手缩了回来。

在乐农别墅走廊的石磨前，荣尔仁、荣毅仁、荣鸿仁兄弟及后辈盘桓良久，它们看上去平淡无奇，却又饱经风霜。荣毅仁将这几台石磨的历史向大家一介绍，大家的目光便像麦加朝圣信徒的目光那么虔诚，把手放在那冰冷的、沟纹已磨平的磨盘上。他们由此懂得这几台石磨之所以被祖辈作为一种家族图腾，供奉在这座依山布局的园林里，是因为这些石磨是他们家业的一块底座。正是有了这块底座，荣家后来才能建立起一座实业大厦。

这天还有一项重要活动，那就是荣德生铜像揭幕典礼。铜像坐落在梅园香海轩前，半身像，下有花岗岩石座。荣德生铜像托腮凝神、目光温和、神态淳厚，生动地把中国一代民族实业巨子宽广的襟怀表现了出来。荣尔仁、荣毅仁、荣漱仁、荣鸿仁、荣毅珍、荣墨珍等兄弟姐妹久久凝视着父亲的神采，仿佛老父亲又回到他们中间。睹物伤情，看到梅园处处留着父亲的生活痕迹，想起父亲风云起伏的一生，他们不免有些伤感。此时此刻，在荣氏几代人空前大团圆之际，他们心里对父亲有种特别的思念。但想到父亲的音容将永远留在这里，守着他生前心爱的园子和他亲手经办种植的梅花，供人瞻仰，他们心里也就变得宽慰起来。

二百多名荣氏亲属肃然无声，静立在铜像前，向这位可亲可敬的先辈的铜像恭恭敬敬地鞠躬。然后，他们又去了锦园。锦园建于1929年，是荣德生受兄委托，购买小箕山荡田二百余亩，花一年多时间建成的。和梅园一样，锦园既是荣家私人花园，又免费向游人开放。这里面向太湖，地域宽广。当年荣家孩子们常来这里骑车、骑马、划船，这是他们的一个乐园。

大家你一句我一句地回忆着，沉醉在怀旧的情绪中，几分兴奋，几分惆怅，还有几分留恋。而在国外长大的第四代则露出惊异的神色，他们以前也听长辈谈到梅园和锦园，但没有具体的印象，只听说很大很美。身临其境，没想到景致绝佳，景点这么多。梅园有塔，锦园有广厅，轩敞古雅，有画舫式样的厅房，这些都是少见的，且范围这么大。这样的私家花园在巴西、在德国，甚至在美国都是难以想象的。更让他们吃惊的是，私家花园竟然免费向社会开放。这在西方国家是绝对办不到的。西方的富人也有花园，有大片的森林和草地，但都挂着牌子，表明这是私人领域，未经允许，不得入内。如强行闯入或误入其内，主人可以报警，甚至可向你开枪，警察可以逮捕你，法院可判刑，即使打死闯入者，主人也不需承担任何责任。西方社会对个人和私宅的隐私权看得很重。所以，祖先荣宗敬、荣德生在二十世纪二十年代就将私人园子当作公共景观那样供外人出入和游览，在他们看来，真的是太开明、太了不起了。

无锡之旅无疑是荣家亲属回国观光的重头戏，这个枝繁叶茂的望族有好几代人都是从这里走出去的。在这里出生和生活过的第二代、第三代，不管海天万里、山高水长，家乡的一切都会让他们在异乡感到温暖，然而他们更多时候会怅然若失，因为环顾四周都是异国别境，不由得孤寂无傍。有时在国外遇到一个同乡人，几句乡音，就会让他们热泪满面。现在，他们重归故里，一堂聚首，但闻欢笑，不是灯前闲说家常，便是检点旧时杂物，有着数不尽的乐事，忆不尽的欢悦。第四代基本上是在国外出生和长大的，他们对家乡的概念是抽象的、模糊的，祖辈创业之初的艰窘，在他们看来已十分遥远。他们中很多成了所谓的"香蕉人"，即皮肤是黄的、头发和眼睛是黑的，但思想和观念乃至生活习惯都已西化。

但此刻，他们血液沸腾、心潮澎湃。原以为对家园的情感已经淡薄了，但蓦然回首，穿过历史老人深沉的浩叹，当家园真的出现在眼前时，他们的眼睛顿时湿润了。原来，它在等着游子的归来，就像久别重逢的亲人向你笑着扑来，你瞬间回归到自己的本真，还原了自己的模样。千里共婵娟，可九州的月色还是李白的霜啊。

乡愁是无声无息的，是藏在内心深处的，是不张扬的，甚至是说不清道不明的。故乡是不管走得多远都要回望的地方，是一个你多年没有回归或从未回归，但当你身临其境却油然而生归属感的地方。

这次回国省亲，对以荣尔仁为代表的第二代和以荣智健、荣智权、荣智谦等为代表的第三代，以及年轻的第四代、年少的第五代都是一次精神洗礼。在父辈坟墓前，他们神情严肃，荣尔仁等重温了家族发轫和荣宗敬、荣德生筚路蓝缕共同创业的历史，父辈们掸起时间的灰尘向他们走来，在他们的心中复活了。他们不再伤心落泪，而是在心里自语似的说："爹、伯父，好不过三代的说法在荣家失效了。不要说第三代，第四代都很好，第五代也不错，他们都来了，虽来晚了，但毕竟来了，你们看到了吗？我们家多兴旺啊！"

由荣毅仁提出动议，由邓小平批准的这次荣氏亲属省亲活动无疑是成功的，在国内外影响深远。荣毅仁和杨鉴清及荣智健作为东道主全程陪同，北京、西安、无锡、上海，他们一站不落。亲情让他们沉醉，团聚让他们兴奋。在这段时间里，这群同根生的人，没有了官职、财富、身份和职业的区别，有的只是血浓于水的亲情。

躲生日躲出了一个大榭岛

荣毅仁向来不喜欢在自己生日那天大事铺张，比如做寿、庆贺什么的。在北京时，不管他怎么强调，公司的老同事及包括中央和国务院领导在内的各方人士，都会以各种形式向他表示祝贺，躲都躲不掉，他只能一一领情，大家都是真心真意的，盛情难却，却之不恭。

1992年5月1日是荣毅仁的七十六岁生日。他决定躲一躲，便借故来到浙江宁波。对于宁波，荣毅仁并不陌生，从小不止一次听父亲讲述清末外交官、无锡人薛福成的事迹。薛福成在1889年出任欧洲四国公使前曾任宁绍台道，管辖宁波和绍兴，是四品地方官。刚上任，法国舰队在打败马尾水师后，又想攻陷镇海，直捣宁波，从而进入江浙腹地。薛福成临危受命，出任前线总指挥，从外交、军事两个方面击败法军的多次进攻。

薛福成的儿子薛运翼早年间本是县令，但他牢记父亲"以商立国"的主张，辞官从商，开办了无锡最早的机器缫丝厂永泰丝厂。他与荣宗敬、荣德生兄弟俩交往甚密。荣家在太保墩创建第一家面粉厂时，劣绅反对，煽动官府封厂。薛运翼站出来仗义执言，支持荣氏兄弟，这让兄弟俩感激万分。而在黄浦江里进进出出的沙船，以及苏州河里荣家工厂的船队，大多来自宁波。荣毅仁对这些沙船印象极深，一直忘不了。

薛福成在宁波留下了不少政绩：武有御敌的炮台，是从德国购置的钢炮，在镇海保卫战中大显威风；文有修缮一新的藏书楼天一阁。荣毅仁到了宁波后，本来想去参观一下这位无锡老乡留下的遗迹。不料，满脑子想着"生意经"的荣毅仁和中信公司一行人，听说宁波有名的北仑港建得非常壮观，便急着先去参观北仑港了。

北仑港水深、浪小、不冻、不淤，是与大连大窑湾、福州湄州湾、深圳大鹏湾齐名的国内沿海四大深水海港之一。在参观港区的过程中，荣毅仁有了一个惊喜的新发现：距北仑港隔海仅六百多米处有一个叫大榭岛的小岛屿，此处也是个天然深水良港，只不过还是一个待开发的处女地。它不是荒凉的无人岛，岛上有居民，有商店，也有工厂，居民中有很大一部分是渔民，工厂以船舶修理、渔产品加工为主。岛上还有一部分农田和山地。荣毅仁举着望远镜眺望这座海中小岛，久久没有放下。碧海蓝天中，大榭岛清晰在望，它由主岛及十三个小岛组成，主岛面积约三十平方公里。岛的西北面和东北面有长达十多公里的深水岸线，地理条件十分好，一旦开发建港，它将具有水深、浪平、不冻、不淤的特点，无疑是一个天然良港，可停靠二三十万吨巨轮。

"你们有什么打算？这可是个近水楼台先得月的好地方啊！"荣毅仁一面举着望远镜，一面问宁波市的领导。

"我们已有了一个初步但比较简略的规划，这个岛很有优势，它的南面与陆地仅一箭之遥，距宁波市中心四十多公里，开车半小时就到了。历史上，这里一直是重要的军略之地，是镇海、定海的延伸部分。"宁波市领导介绍说。

"清朝薛福成击退法国远东舰队是在这里吗？这里可是镇海的门户，也是通商的隘口。薛福成在这里修过打仗用的工事吗？"荣毅仁放下望远镜，突然问。

几个宁波市领导面面相觑，他们不了解薛福成是何人。

"嗯，我随便问问。薛福成是我老乡，他在清朝末年当过宁绍台道，和你们的官差不多大。"荣毅仁开玩笑说。

这句话把宁波市的几个领导逗笑了。一个秘书插话说："薛福成我知道，藏书楼天一阁有一块碑，就是他当年立的，他主持修缮了这个藏书楼。"

"不错，有这回事。"荣毅仁说，接着转入正题，"这个大榭岛看起来非常值得开发，这里会成为一个重要的港口，它可是个宝岛啊！你们的规划要抓紧付诸实施，有了想法，就要赶快行动。小平同志南方谈话不是提出'思想更解放一点，胆子更大一点，步子更快一点'吗？我们要好好领会小平同志的讲话精神，这可是我们前行的标杆啊，很管用的。"

"小平同志的讲话振聋发聩，我们都学过了，也想在大榭岛的开发上将步子迈得快一些，但我们心有余而力不足。具体地说，我们缺乏足够的资金，市里正在寻找合作伙伴。"市领导壮着胆提出来，"荣副委员长能否考虑让中信公司在这里撑上一篙子,这艘船就可以出海了。"

"可以考虑,我本人对开发这个大榭岛是很有兴趣的,中信会认真研究这件事。到时可不是就那么撑上一篙子,而是要安上一只大功率的'马达',机械化操作。"荣毅仁很干脆地说。

"那太好了,我们静候佳音,这要托薛福成的福了!"宁波市领导兴奋地说。

荣毅仁到宁波原想安静几天,未料到被这个小岛深深地吸引住了。回京后,他在董事会上提到了这件事,还请副总经理魏富海多次前去实地考察。

荣毅仁念念不忘大榭岛,1992年11月6日,他率领一批人到上海办事,事罢当天下午就马不停蹄飞抵宁波。荣毅仁与浙江省、宁波市的领导见面时,第一句话就说:"是小平同志南方谈话的东风把我们吹来的。今年4月我远远望过大榭岛了,这是座好岛,很有开发价值,这次我要登上岛实地看看。"

荣毅仁一行到了北仑港,发现不到半年的时间,港区面貌又发生了可喜的变化。码头停满了一艘艘巨轮,长臂吊车在繁忙地吊运货物,还有更大的轮船进进出出。从船上飘扬的旗帜来看,有外国轮船,也有本国轮船。

浙江省副省长柴松岳对荣毅仁说:"这些货船都是从巴西、澳大利亚等国家运来铁矿石。不仅宝钢进口的矿石在这里中转,内陆的首钢、武钢、重钢等大型钢铁企业进口的矿石也在这里中转,港区容量已有些紧张了。大榭岛开发后,宁波港口的吞吐能力会大幅度提高。"

荣毅仁一行登上了一艘汽艇,他先在驾驶室里对着地图研究了很久,然后到甲板上迎着强劲的海风,远望周围的环境。海风吹拂着他花白的头发,这个季节的宁波正处于冷暖适宜的好时节,但站在海风中,他感到有些凉意。海洋茫茫无际,捕鱼的渔船悬着帆,在海面上鼓风而行,还能见到海轮和军舰驶过。荣毅仁戴着深色的法兰西呢帽,穿着风衣,不停地举着望远镜瞭望。

北仑港到大榭岛本来很近,但当天的汽艇特意在海面上兜了几圈,好让荣毅仁和北京客人看看广袤的大海。荣毅仁说了几遍:"靠山吃山,靠海吃海,宁波的地理位置得天独厚,难怪当年沙船业那么发达。出了甬江就是海啊,宁波是个好地方!"

登上岛后,荣毅仁不时对着地图察看各个地点,他看得很仔细,不停地提出各种问题。但他精神饱满而又轻松,有时还开开玩笑。扫箕山旁边有几个小岛,荣毅仁知道副总经理王军爱打高尔夫球,便打趣说:"王军,把这几个小岛连起来,可以盖一个高尔夫球场呢。"

王军笑答:"球场盖在这里,一不小心就会把球打到海里去的。"

"有办法的嘛,球场周围的海面都撒上渔网就可以了。"

"不行,没见过有这样的球场。"

"真有把高尔夫球场建在海边的,竖起很高的铁丝网,球就打不出去了。真的要造,总是有办法的。"

荣毅仁不知疲倦地走走停停,他兴致勃勃,时而谈笑风生,时而凝神思索,就连到了伸出海面一大截的一段海堤时,也不顾别人劝阻,踩着高低不平的石子路走到最前端。望着大海,他情不自禁地朗诵了一首古词——苏东坡的《念奴娇·赤壁怀古》:大江东去,浪淘尽,千古风流人物……江山如画,一时多少豪杰……

荣毅仁在这座小岛上转悠了两个多小时,没歇一次脚,没喝一口水。回到汽艇上,一些年轻人都打起了瞌睡,而他还对着地图与北仑区区长讨论起在大榭岛和陆地之间架桥的事,一幅开发大榭岛的蓝图在他心中已有雏形。

下午,中信公司和宁波市人民政府正式签订了成片开发建设大榭岛的协议书。中信公司计划用十五年时间,边招商、边开发、边建设,把大榭岛建设成一个具有世界先进水平的国际港口和外向型经济区。这真不是撑上一篙子的事,也不是安一只"马达"的事了,而是给这个悬挂在海岸线之外的小岛来一次彻底、全面的改造。

1993年3月5日,国务院正式批准成片开发宁波大榭岛的规划,并准予在岛区实行经济技术开发区政策。很快，大榭岛的水电、交通、通信、房地产、码头等基础设施建设齐头并进、快速推进。1999年，一座将公路、铁路合建于同一平面的跨海大桥竣工，大榭岛不再是孤立于海中的小岛了，而是与陆地连成一体，与宁波及全国的公路网连接起来了。筑巢引凤，一些国际大财团慕名来了。总投资额近一亿美元的LPG（液化石油气）基地站项目，是首个招商项目，英国石油公司投资百分之四十五，几家中国公司投资百分之五十五。该项目共合资建成四万吨低温常压储罐两个，五万吨级泊位一个，五千吨级泊位两个。此后，包括大榭岛在内的北仑港在长三角开发中成为一个重要枢纽，是上海国际航运中心的一个重要节点，昔日的小渔岛成了一个现代化大港区。

"荣老板躲生日躲出了一个大榭岛！"大家都这么说。荣毅仁不经意间做成了一件大事，这看似偶然，实则必然。因为荣毅仁不论到哪里，都矢志于国家和民族的繁荣复兴，随时为事业思之、虑之、察之。正是因为带着一颗敬虔之心，他才会不断有发现、有建树。机遇是给有心人的，即使不是刻意之行，也会无心插柳柳成荫；而对于无心人来说，即使机遇落到面前，他也会视而不见或视为畏途，以致擦肩而过，无所作为。

大榭岛的开发是荣毅仁在担任国家副主席前，在中信公司的一个大手笔，一个完美的收官之作。

1993年3月27日，第八届全国人民代表大会第一次会议召开期间，荣毅仁当选国家副主席。消息传开，举世瞩目，中外报纸纷纷将此事作为重要新闻进行报道。因为荣毅仁的中共党员身份一直是保密的，这次担任国家副主席，他依然是"地下党员"，没有公开这个秘密。外电都特别强调他的大资本家出身与无党派人士身份。香港一家纸媒在头版说："荣老板的一生颇具传奇色彩，现在无疑是他达至巅峰的时刻，这对中国进一步开放和走社会主义市场经济之路有正面意义。"

另一家华侨报纸说："当选国家副主席的荣毅仁的背景非比寻常，他并非共产党人，且曾是中国第一大资本家。他以无党籍人士及资本家的身份当上国家副主席，是中共建政以来首个例子。据说，这是邓小平的意见，以凸显中国以经济为先的路向。"

德国《柏林日报》在一篇《红色资本家步入中国领导层》的评论中指出："首次让一位商人和百万富翁担任国家副主席职务，不仅具有象征意义，还向国内外特别是向争取其投资的数百万华侨表明了中国领导人认真对待改革和向市场经济过渡的决心。外国记者称'他仿佛是中国与西方打交道的天然代表'。"

香港《经济日报》3月29日的特稿说："中共执掌内地四十三年，首次让一名资本家担任国家副主席，这意味着荣毅仁是内地进军市场经济的一个象征。许许多多同行，尤其是那些内地新生的企业家都因此受到鼓舞。"

香港《文汇报》3月29日发表来自台北的消息："据此间传媒报道，一向被称为'红色资本家'的荣毅仁出任中国国家副主席，已引起此间经贸官员与从业者的高度关切。他们据此研判，中共已走上改革开放的'不归路'。"

日本、欧美、东南亚等地的媒体亦迅速发出类似的报道和评论。各大媒体一时间都聚焦于荣毅仁，对他的新身份都感到异乎寻常。它们一致的看法是，这在中国政治和经济大背景下极具象征意义。

荣毅仁在海外的亲属得到这个消息后，都欣喜若狂。在巴西定居多年、时已八十五岁的二哥荣尔仁，立刻代表海外亲属发来了贺电。自从荣家大团聚以后，荣尔仁又回来过几次。

1991年荣尔仁来北京，见四弟身体欠佳，很心疼地说："你身体这么不好，还做啥事情呢？你去美国检查一下身体吧，你到啥地方检查，我就陪你到啥地方，欧洲旅行我也不去了。"

"我自己的身体我知道，不要紧，用不着去美国体检。过一阵子再说吧。"荣毅仁不在乎地说，他放不下手头成堆的事务。

吃饭时，荣毅仁给二哥舀汤，一只手微微地颤抖着，汤都洒了出来。杨鉴清说:"你不要动手了,让智健来。"(荣智健特地来北京探望二伯。)"不,让他舀。"荣尔仁说,"他身体底子不错,否则怎么还肩负那么重的职责。四弟不容易,我在巴西也不容易,我们都不容易。"

荣毅仁的大哥荣伟仁的女儿荣智美听说四叔当选国家副主席后,专门送来一只外面是银、内里是金的精致盒子,上面镌刻着英文贺词:荣家几代人都以荣毅仁为荣为傲。

1995年,荣尔仁年近九十岁,在巴西去世。荣毅仁很伤心,拍了唁电。至此,荣毅仁的三个哥哥荣伟仁、荣尔仁、荣伊仁和两个弟弟荣研仁、荣纪仁均已不在人世。七兄弟只剩下他和在澳大利亚的七弟荣鸿仁。九个姐妹中,也只剩下在美国的九妹荣墨珍了。

"少小离家老大回,乡音无改鬓毛衰。儿童相见不相识,笑问客从何处来。"贺知章的这首诗常用来形容少时离家、暮年归来的情景。荣毅仁的确很早就离开了家乡无锡,但这首经典的诗对他来说不太贴切。他少小离家后,去上海读大学,但他经常回家乡,在企业实习,大学毕业后回乡参与茂新面粉一厂的管理,后因战事他又离开了家乡。抗战时期他一直在上海,抗战胜利后回乡重建工厂。新中国成立前夕他一度坐镇上海代父主持大局,几年后从上海市副市长的职位上奉调北京,此后就一直留在北京,很少回家去了,但他始终心系家乡的一草一木,只要有机会就回去看看。1993年,荣毅仁当选国家副主席。1994年起,他几乎每年都要回家乡住上几天,多次深入工厂、农村、商店、学校考察调研。太湖这一江南人民的母亲湖,更是让他魂牵梦萦,他是在太湖边长大的,太湖的深邃、浩瀚、宏大陶冶了他的情操和胸怀。他对太湖有一种宗教般的情感,怀有一颗虔诚的皈依之心。二十世纪九十年代后期,太湖蓝藻泛滥,他听后非常着急,多次与专家和地方领导一起乘船沿湖考察,并亲自召开有关座谈会,寻求治理的方法和措施。他总是提出一连串的问题，怎么办，怎么办？原因何在？根源何在？他满怀焦虑地提问和追索，还向中央和国务院提出加强对太湖治理工作组织协调的建议，避免出现太湖沿湖城市各自为政、部署不一的局面。按照荣毅仁的建议，江苏省成立了专门的办公室，统一协调对太湖的治理，取得了有效的成果。

2005年10月26日，荣毅仁因病去世，享年八十九周岁。在去世前一个月，他不顾医生和子女的反对，带病与夫人杨鉴清回到了无锡太湖边的住所听涛园，庆祝他们夫妇白金婚。

一名接待人员说，荣毅仁抵达无锡时身体已很差，但他坚持不去医院，要回太湖湖畔的听涛园。此后十多天，四名医护人员日夜轮班照料荣毅仁。因身体严重不适，荣毅仁每晚都失眠，菜肴都要剁成碎末由医护人员喂着吃。鉴于他身体虚弱，中央催促他回北京继续住院治疗，他的保健医生和当地的医疗专家也催促他回京，他的健康状况不允许他在外久留。但他留恋家乡，尽量拖着不回。酽酽乡情，是那样厚重。

2005年10月3日，白金婚纪念仪式举行，儿孙数十人围在二老身边，祝福声中，两位老人一同切下喜庆的蛋糕。"白发齐眉七十载绾同心结，金玉良缘一百年开并蒂花"，那晚，贴在二老房门上的这副对联，是对这个浪漫而特殊的纪念日的最好见证。他们伉俪情深，让周围的人感动、羡慕，他们身上聚齐了所有理想爱情的模样。婚姻的美满和深度在他们的身上展现得淋漓尽致。负责护理的一个护士说，每晚都是杨老先上床，然后荣老再轻轻上床，两人面对面，四目对视，轻声互问："你身体好吗？"回答："好，晚安！"然后握握手，闭灯休息。他们当年一见钟情，一牵手就是一生，不离不弃。他们让我们有幸了然，最圆满的姻缘，是一生做一事至极，一生爱一人白头。

那天，家人和工作人员放了烟花，荣毅仁兴致勃勃地望着缤纷的烟花升向夜空，绚丽多彩地在夜色中怒放，众人拍手欢呼，向这对可敬的、真挚的老人表示由衷的祝福。在这段日子里，荣毅仁还偶尔在园子里观看水池里的红鲤鱼游弋，在绿色的浮萍间争食；有时，他透过玻璃窗凝视着宁静而美丽的湖面，沉默良久。他清楚自己的身体情况，也许贴近这个辽阔的湖和这片深爱的乡土的机会不多了。他的病情加重，北京派来了医生，要把他接回北京治疗。他依依不舍地离开了家乡。

他的内心应该是不平静的。世界是一个广阔的存在，比世界更宽广、更幽深的是人的内心，尤其是一个伟人的内心。这颗心充满了家国情怀，还装着一个梦：实业救国、实业兴国、实业强国、实业富国。他为此奋斗了一辈子，他的父辈也为此奋斗了一辈子，他目睹这个梦已实现了一部分，他参与其中的伟大的改革开放事业使中国在苦难中崛起，他的儿孙会继承这一事业，百年荣氏的传承将继续下去。想到这些，他内心有种难以描述的温暖和满足。回到北京不久，他终究没能抵抗住病魔，永远离开了人世。生命的凋零从来不是奇事，但荣毅仁的离去让人们格外心痛，特别是中信人和家乡的人。

在讣告中，官方终于公开了他的共产党员身份，称他为"现代工商业者的杰出代表，卓越的国家领导人，伟大的爱国主义、共产主义战士"。这些称呼概括了他不平凡的一生。他从一个爱国的资本家成为"红色资本家"，再成为一名共产主义者和国家领导人，国内外罕见。

瑞士著名心理学家荣格曾经说："你的前半辈子或许属于别人，活在别人的认为里，那把后半辈子还给你自己，追逐自己内心的声音。"对于荣毅仁来说，他的一辈子都交给了家国，居之不倦，行之以忠。但是，他一生都在追逐自己内心的声音，那就是抛开一切世俗的附加，追求向善、向美、向真。他离开人寰了，也许会化作一颗流星，从浩瀚夜空里给我们送来点点星光。

对于父亲的去世，荣智健是非常悲痛的。父亲火化前，他俯下身，在父亲额上深深一吻，千言万语，父子深情都在这一吻中，他久久凝视着父亲安详的面庞，眼泪在眼眶里打转。

根据荣毅仁的遗愿，他又回到了家乡。他落叶归根、魂归故土了，永远不离开了。他的长眠之地在古称夫椒山的马迹山。下葬那天，一只南方少见的苍鹰盘旋一会儿后，落在陵墓的围墙上，万籁俱寂。当合上石盖，突然群鸟齐鸣，似乎在表达充满敬意的伤感。陵墓简朴，一如他的为人，与他的父亲和伯父的墓地一样，陵墓面对着碧波万顷的浩瀚太湖，有种沉甸甸的宁静。他并不寂寞，有好多位亲人在附近陪伴着他。2014年1月14日，和他一辈子鹣鲽情深的夫人杨鉴清在港逝世后，来到了他的身边，他们朝夕相处，永远在一起了。每天有红嘴鸥、湖鸟、白天鹅、喜鹊等各种鸟类在他的墓地上空盘旋着、鸣唱着。墓地所在的马迹山的另一面，屹立着金光闪闪、高达八十八米的灵山大佛。

几生修得到梅花

一百年了，整整一个世纪过去了，史海茫茫，沧海桑田，中国和世界都发生了翻天覆地的变化。由于战争和政权的更迭，由于家族自身的变化，最初一批中国企业家从整体来说早已断层，能够传承至今的所存无几。荣氏家族曾经的实业王国已成为一个沉积在记忆深处的遥远的梦。

但是荣家在无锡、上海、武汉等地又让我们强烈地感受到了它的存在，空气里仍然有着荣氏的气息，荣氏留下的一些企业在很长一段时间内是国家工业化过程中的栋梁。无锡的申新三厂在公私合营后改为国棉一厂，合营前后始终是无锡最大的纺织厂，如今它已迁移他方，设备和厂房已得到全面更新。即便老厂的影子已荡然无存，但站在新厂的任何一个地方，我们还是能隐隐约约感觉到荣家的烙印。我曾努力寻找这种烙印的具体表现形态，后来我才明白，这是一种无形的企业文化，一种气质的传承，也可以理解为一种气场。它表现在这个工厂的管理上，尤其是管理者的做派、作风以及职工的素养上。很奇怪，中华人民共和国成立七十多年以来，工厂的领导和工人一茬一茬地换，现在连整个厂都迁移了，但这种无形的东西始终如影随形，怎么也散不去，就像梅园梅花盛开的时候，全园飘逸着芳香，梅花的香味是清淡的，若有若无的，却沁人心肺。即使在其他季节，弥望不绝的梅树只剩下遒劲的枝丫，人们在这个园子里还是能感觉到梅花的气场和气息。同样的道理，虽然荣氏工厂已变成国有企业，但荣家在这里深耕了几十年，遗留下来的精神气韵并没有消失殆尽。荣氏兄弟的雄才大略、万般豪举和商业文化是不朽的。

工商文明已渗透到这些人的记忆中、经历中、血脉中和骨髓中，只不过它们暂时处在休眠状态。"野火烧不尽，春风吹又生"，一旦条件成熟，这种基因就会起死回生，在新的环境、新的条件下复苏。这实在是耐人寻味。

明白了这一点，就不难理解荣毅仁为什么在离开商场几十年后仍能在市场上如鱼得水。在公私合营以后，作为政府官员的荣毅仁在计划经济的框架下从事着管理工作。尽管荣家传承给他的企业文化已用不上了，但这种文化并没有被摒弃，而是默默地蛰伏在他身上的某个角落。在改革开放中，它得到了全面复活和发展。道理很简单，改革开放实际上是从僵硬的计划经济体制走向受经济规律支配的市场经济，而荣毅仁和这种经济模式有一种灵性的契合。

于是，洞若观火的邓小平想到了荣毅仁这个昔日的资本家。这是邓小平的伟大之处，他很开明，知人善任，他知道荣毅仁的潜质，也知道革故鼎新需要荣毅仁这样的行家来充任开路先锋。于是，荣毅仁出山了，邓小平给了他极大的权力。荣毅仁创办了一家全新的公司，调动了包括荣氏企业文化在内的中国工商文明的全部积累，并沙场点兵，请来了那些原来在上海滩摸爬滚打过的老工商业者，这些人早已成为社会的边缘人物，身处时代的洪流之外，但他们个个是"老克勒"，他们的思想、经验和人脉都还在。荣毅仁邀请他们进入自己的团队，委以重任。荣毅仁非常清楚，这家公司在一段时间内必须依靠这些人作为中坚力量。在某些人看来，他们没落、腐朽、百无一用，已被时代湮没。但是在荣毅仁看来，这些人个个都不可小觑，他们有一种文化上的惯性，对市场经济有种天然的亲和感，稍加调整便能够出手。与之相比，从体制内调来的那些人，一时难以适应新公司的特殊做法，对"信托"这两个字竟都十分陌生。这些老工商业者在拘谨了一段时间后，就风风火火地干了起来，西装革履、派头十足，和外商谈判，应付自如，很快就干得有模有样。

中信公司成功了，成了中国改革开放中一扇闪光的窗口。这些老工商业者无私地奉献了自己的智力、人脉关系、经验和知识，他们欣喜于自己重新获得尊重，感激荣毅仁让他们有了奉献余热的机会。中信公司之所以能突围而出并取得巨大的成就，除了荣毅仁及那些上海籍工商业人士的努力，更在于中央坚定的改革开放决策。这些人是幸运的，他们有机会追随时代尽心尽职。当然，与以前不同的是，他们的资本行为不属于个人，而属于国家。他们和荣毅仁一样，铸就了现代工商业的灵魂，在新的时代洪流中再次奋起。

荣毅仁对这些老先生的感情很深，不顾闲言碎语，竭力发挥他们的特长，当时的中信公司因为有这么一群老工商业者而令人注目。要知道，这是在改革开放之初，僵化的计划经济体制还没有真正被触动，保守势力还很强大，他们对于直属国务院的一家部级单位由那些早已被时代抛弃的人管理感到费解、困惑。

荣毅仁深知这些人的价值，用资本主义手段与资本主义国家的公司和商人打交道，是少不了他们的。尽管这些人大多在新中国成立后经历过大风大浪，特别是在天下大乱、黄钟毁弃的"文革"中受到过重创和凌辱，过着暗淡无光的日子，但荣毅仁知道他们当年都是有实业救国的理想，对财富有真实理解且有爱国情怀的人，并且是有抱负、有知识、有本领，具有知识分子气质和较高文明素养的人。他们亦不计前嫌，应荣毅仁之邀，欣然同意到中信公司为改革开放事业尽一份力，而且很快就找回了那些潜伏在内心深处多年但无用武之地的东西。在特定的环境里，他们如鱼得水，有声有色地干起来了。荣毅仁非常尊重他们、信任他们，和他们称兄道弟、推心置腹，给了他们足够的敬意。

这里举一个例子，让我们从侧面来了解这种可贵的商业精神在这群上了年纪的"没落的民族资产阶级"身上的完美诠释。

1990年,由儿子荣智健安排,荣毅仁全家在加拿大温哥华休假。回来后,他精神抖擞地投入公司的事务。这天下班前,徐昭隆等几位上海籍的老先生一定要为他接风,而且言明不动用公款,大家自掏腰包。

荣毅仁说:"好,大家聚聚也好。不过不用你们破费,干脆到我家里去吧。我请你们,还有些小礼品送给你们。"

王兼士举双手赞成:"这最好了,我就馋荣家的菜。我也算是个吃客,可吃来吃去,哪怕是北京饭店、钓鱼台、全聚德,都不如史家胡同47号的'荣记饭店'来得入味。难怪基辛格一到北京,总要跑到毅仁家讨饭吃。"

"不过我有言在先,我只提供家常便饭,你们来了,添上几个菜。我可不会像招待基辛格那样招待你们。"荣毅仁说。

"这当然,一品锅就算了,不过腐乳肉和清炒虾仁总是要的,冷盘也要有,大家要喝点酒。我们不能享受基辛格、洛克菲勒、撒切尔夫人那样的待遇,但差距也不能太大。"王兼士笑着说。

"知道了,不会亏待你们的。"荣毅仁答应着,赶紧打电话回去,让杨鉴清交代厨师抓紧时间准备。"荣家菜"的掌勺人叫沈凤娟,她没学过烹饪,但烧得一手好菜,这都是当年在上海时向荣家的厨师莫师傅学的。沈凤娟聪明又勤快,已在荣家掌勺二十多年。这些老先生都熟悉她,曾不止一次来打牙祭。

老先生们又聚在一起了,吃饭之前先赏花。在庭院左右的两个花圃里,各色月季花开得丰腴而优雅,满园芳菲。两只水缸内养的荷花已露出尖尖的花蕊,再过一段时间,就会开出清逸而艳红的花朵了。小径上铺着松软的化纤地毯,上面还放着几只秀釉瓷凳,既是观赏品,又可落座歇息。面对花圃的正房廊檐,接出约十平方米的玻璃廊房,里面放着两排藤椅、藤茶几,这些物件均已用了十多年了,有的已经修理过一次了。

老先生们在花圃里转悠了一会儿,便到廊房的藤椅上坐下,那里早已摆好了茶水。大家你一句我一句地闲谈起来。

"毅仁，报上那些荒诞不经的消息，你在加拿大看到了吧，简直是笑话！"徐昭隆提起的这件事，是指西方媒体捕风捉影、造谣中伤荣毅仁在加拿大休养是"政治避难""出国定居"。

"知道，加拿大的报纸也转载了。俗话说，不要钱的消息传得快。但加拿大官方没有反应，我人在加拿大休假，他们是清楚的。"荣毅仁端着茶杯喝了口茶说。

"公司上上下下都感到可笑得很，荣老板是什么人谁不知道。忠心可鉴、久经考验，虽非共产党员，但犹如共产党员。'文革'中小提琴家马思聪偷渡香港，当然，他也是被迫的，不能怪他。但你荣毅仁打死都不会这样做。我们最了解你的脾气了！那些外国记者看错人了，像摸彩那样押到你荣毅仁头上，错透，错透！"王兼士说。

"谢谢各位老兄弟的信任，我荣毅仁已铁了心追随共产党。这一点，此生不会改变了。"

"我们还以为你会在加拿大发表一个声明，以正视听！"吴光汉说。

"我才不理他们呢！我对智健他们说，这是旧上海拆白党的做法。拎了瓶河水在你身边走过，来个假摔，瓶子破了，诬赖是你碰碎的，里面是从美国进口的药水，要你赔钱。你们都是见过拆白党的，这种无中生有的坑人伎俩，理它干什么？"荣毅仁有声有色地说。老先生们都是老上海人，被荣毅仁的比喻逗得大笑。

开席了，六七个菜，几个冷盘，既入味，又实惠。荣毅仁知道王兼士等人喜欢洋酒，便开了瓶法国人头马，大家兴冲冲地喝起来。这些人都是中信公司创业之初由荣毅仁请来帮忙的，他们原来都以为这是短期的，没想到一帮就这么帮下去了。作为元老，一个个都被委以重任。王兼士是五个常务董事中的一个，他脑子活络，点子多，思想比较开放，但他往往会遭到一些人的攻击。好在荣毅仁知人善任、识才爱才，顶住压力在背后为他撑腰，使他这个德国留学生在招商引资方面立下了汗马功劳。王兼士在进入中信公司时已七十五岁，八十三岁退出董事会。荣毅仁想让他过了1989年中信公司成立十周年的庆典再回上海颐养天年，可一直到1990年，他还在公司忙碌着，但在这次聚会后他很快就要回归故里了。

王兼士端起酒杯，深情地对荣毅仁说："这恐怕是我最后一次来荣家吃饭了，我为你接风是假，辞别是真。原本我已在含饴弄孙、安度晚年了，是你器重我，把我调到北京，使我老有所为，我在中信正儿八经地干了八年，这是我成就最大的八年。我很快就会告老还乡，我敬你一杯，你让我有了一个轰轰烈烈的晚年。谢谢你，荣老弟！"说到这里，王兼士一饮而尽，眼泪汪汪。

荣毅仁也将酒喝完，感动地说："兼士兄，谢谢你帮了我大忙。今后只要你高兴，随时可以到公司继续帮我出主意，我有事也会找你的。至于我这里，什么时候来吃饭都可以，别说腐乳肉，想吃一品锅，打个电话就是了，我不在鉴清在嘛！"

"好，好，我知道了，我八十四岁了，但愿我还能多活几年，看看中信的新发展。我早将解放前办的工厂抛之脑后了，可中信我永远忘不了。"王兼士由衷地说。

徐昭隆接着举杯说道："兼士兄的话也是我要说的，我最初到北京来，只想帮你两个月就回上海。岂料脚跟在北京站住了，非但走不了，身上的担子还越来越重了，竟当上了总经理一职。毅仁，谢谢你的信任。到了我们这把年纪，名利不算什么，而信任是最可贵的。"徐昭隆是上海交通大学的高才生，化工专家。他头脑冷静、善于思考，处事很有韬略，有大局意识，也有专业知识，别人称他为"小诸葛"，他是荣毅仁的好搭档。从1983年到1990年，他当了八年的中信公司总经理，在中信有很高的威信。后来，他在1991年调任中信美国西林公司董事会董事长，在此期间，仍兼任了三年中信公司第一副董事长，一直到1998年初，以八十一岁高龄退休。他从上海来京后，过了六年单身生活，他的家在1985年才迁来北京。这还是荣毅仁催着办的，目的是让他在总经理的岗位上没有后顾之忧,放开手脚履行职责。

"昭隆,你还要做好准备,你还有大用场。你说信任是最可贵的,这句话说到我心里去了。我们这个年龄图什么?还不是图个尊重。清朝龚自珍有首诗:'九州生气恃风雷,万马齐喑究可哀。我劝天公重抖擞,不拘一格降人才。'粉碎'四人帮'后,邓小平就像这首诗说的那样'不拘一格降人才'。我们这些人就这样'降'到改革开放的大潮中来了,这是我们的荣幸,也是运气。来,为了中信,我们干杯!"

徐昭隆和荣毅仁都喝掉了杯子中的酒。吴光汉以及其他几位老先生在中信也算德高望重的老人了,不仅年龄大,而且资历老。他们都在各自的职位上大显身手,深受荣毅仁的倚重,经过一段时间的磨合,也受到了公司上下的尊重。

这顿饭让这些老先生很开心,也很感慨。大家都七八十岁的高龄了,又都是资本家出身,现在没有被时代埋没,而是被荣毅仁挖掘出来委以重任,在改革开放之初,在重重阻力中再露锋芒。这本身就是一件耐人寻味的事。中信这个改革开放最早的试验田和窗口,最早起用的核心班子竟是以荣毅仁为首的一批民族资本家。有人对此看不顺眼,横挑鼻子竖挑眼,容不下他们,甚至写信给政治局常委。

中信公司后来的发展及取得的显著成果,乃至它最终成为世界级的大公司,最早的核心班子所起的作用怎么估量都不过分。这说明了邓小平的胸襟之广和识人之准,也说明在"不拘一格降人才"中,他看准了荣毅仁。没有邓小平、叶剑英的点将,就不可能有中信公司。基辛格说过,苏联没有荣毅仁这样的人物。换句话说,没有邓小平和叶剑英等人,中国也许就不会有在改革开放中披荆斩棘的荣毅仁。荣毅仁等民族资本家在新的历史条件下充分利用了他们的经验、人脉、资源,这是一种已经消逝的商业文明的觉醒。

作为"红色资本家",荣毅仁以国家的名义创造了一连串的业绩,他把家族企业文化和中国工商文明融合到了大转型时代的经济体制改革和市场经济探索的过程中。荣智健在香港的几十年间也复制了家族的成功,这当然经过了一番博弈和冲撞。水大鱼大,对荣智健个人来说,他本来是条小鱼,但他们家族曾经是中国最大的鱼。在香港波涛汹涌的"大水"里,荣智健不仅没有被淹没,还令人难以置信地成长为大鱼。其实道理很简单,他来自一个大鱼家族,他有着家族赋予的良好水性。

江南工商文明,特别是荣氏企业文化(包括荣宗敬、荣德生的人格魅力和梅花品格)对后世、对社会的影响不容忽略,也是不可估量的。他们的故事在坊间被人们津津乐道,即使是在"四人帮"横行的年代,他们成了批判的靶子,但他们的精神仍然受到人们的敬仰。

"十年无梦得还家,独立青峰野水涯。天地寂寥山雨歇,几生修得到梅花?"这是宋末诗人谢枋得的诗作《武夷山中》。无疑,谢枋得是位爱梅之人。我们不禁会想,爱梅之人大概都如林逋那般清高、淡泊、孤傲和决绝吧。不过,林逋秉性恬淡,生来就适合隐居山林、不问世事。而谢枋得的隐居却不这样简单轻松,反而沉痛得多。谢枋得在抗击元军失败后,隐居武夷山中,血肉迸溅、地动山摇的战争已结束,天地间一片沉寂。他虽然表面上寄情山水,过着超凡脱俗的平静生活,但作为南宋遗民,国破家亡的哀痛始终不能忘怀,其志依然,他用在严寒中凌冰雪而怒放的梅花来激励自己,以梅花品格为人生理想。

"几生修得"表明了其执着追求之意,表示要坚持民族气节,要在孤寂的山崖中锤炼自己,打磨自己。旧传神仙可以修炼而得,他在这里说经过修炼达到梅花那样的品格,绝非一蹴而就之事,需要经过一定的时间,在岁月中历经波折才能修炼而成。软弱是失败者的墓志铭,坚守是成功者的纪念碑。赏梅只是美的享受,盘桓梅枝下,有种田园牧歌式的顾影自怜或孤芳自赏。只有孜孜不倦地修炼,自己的人格才能得到升华,才能摆脱庸常,在精神上获得高度和硬度。

荣氏几代人的梅花品格也不是天生的,而是他们在家国及个人的坎坷命运中,在一次次挫折中,在艰难的奋斗中修炼而成的。这个家族比较清高,也比较低调，不像浙商张静江、虞洽卿那样有强烈的参政意识并攀附政治人物。荣家与官场人物吴稚晖走得比较近，可吴稚晖一直处在权力中心的边缘，除了嬉笑怒骂、发发牢骚，几乎无任何实权。另一个上层人物是宋子文，他与荣家第三代中的荣尔仁、荣毅仁、荣鸿元、荣鸿三等人能谈到一起，但在申新搁浅时，宋子文作为官僚资产阶级的代表，企图吞噬荣氏企业，而荣毅仁莫名其妙地缠上"面粉霉变"案，委托人就是宋子文。抗战胜利后，在收回被日本人掠夺的产业的过程中，宋子文也没有帮上大忙，虽然最后顺水推舟说了几句敦促解决的话，但这也是出于他所在阶层的利益需求，仅此而已。因此，荣家对政治人物有一定的警惕性。总体来说，荣家与官场保持着一定的距离，不投靠权势人物，洁身自好。当然，他们也希望在政治上获得一定的地位和发言权，以保护自己的权益。荣德生曾长期担任省参议会参议员，荣鸿元当过国大代表，荣尔仁竞选过国大代表但没有成功。他们不久就意识到，参议员和国大代表只不过是纸糊的帽子，唬不住人，也保护不了自己。后来，他们更是发现这些身份毫无用处，自己反而成了执政者的工具，从此就淡泊名利了。这说明他们注重自律和自省，不与腐朽的政治势力同流合污，极其看重自己的名节、声誉和人格。

在抗战时期，荣家无一人与日本人合作，即使是在上海租界被日军占领，汪伪政府上演收回租界的闹剧时期，荣家也正气凛然，断然拒绝威胁利诱，坚守了民族气节和中国人的尊严。他们像南宋遗民谢枋得一样，在山雨已来、狂风横扫、山河破碎之际，依然保持自己的志气，在逆境中修炼自己的梅花品格。另外，其家族内部也比较团结，几代人身处云水苍茫中，紧紧地抱在一起，以维持家族的昌盛。在荣宗敬去世后，家族虽分成几部分，但家族的整体性基本得到延续，没有出现为了家产而闹得四分五裂、兄弟反目成仇的情况。

荣氏家族能取得如此大的成功，绝非偶然。运气和能力肯定是有的，但这不是主要的，主要原因在于这个家族与那些红顶商人、实业世家之间的文化差异。苦难有时候是一种财富。荣氏家族是从社会底层走上来的，在贫穷和蹉跎中磨砺过，没有任何力量可以依靠的现实环境促使他们形成了特别的人格担当和人格底气。他们的人格品性中有根植于内心的坚韧，他们对国家和社会的了解基于真实的体验，这造就了他们深入骨髓的家国情怀。他们经历过各个时代大大小小的跌宕和折腾，所经历的风浪堪称惊心动魄，也付出了沉重的代价。

实业发家和实业救国的道路与小农经济中的农耕生活是完全不同的。种田只要付出力气和汗水，除非遇到大荒年——这在无锡是难得遇到的，农民在大多数年份里还是能维持起码的温饱的。当然，农民没有财务自由，也没有足够的力量来拯救国家，能养家糊口就不错了。这不是荣氏兄弟想要的生活。

他们一旦走上了实业救国之路，就要受历史逻辑和商业逻辑的摆布，好在他们有一种时不我待的主动精神，有一种以不变应万变的定力，保持着应有的灵气和锐气，始终没有陷入惰性和暮气。人类历史绵延发展，家族历史生生不息，盛衰荣枯，都维系着一条精神或文化的因果长链，不管是喜剧还是悲剧，都是事出有因的。

问题的关键是如何做人。荣氏兄弟没有公子哥儿的习气，没有纨绔的张扬，更没有暴发户的虚荣。他们厌恶奢华、摆阔、挥霍和浪费，虽是豪门却没有豪门病，对于玉堂金马、钟鸣鼎食、声色犬马，荣家不屑一顾。他们身上始终保持着农民的质朴本色，他们的衣食住行从来不讲究精致和排场。荣德生一生都是青衫布鞋。荣宗敬在大上海打拼几十年，羽翼日益丰满起来，被推到了历史的前台，作为上海滩数一数二的实业家，他在出入某些场合时需要西装革履，但观其一生，他更多时候都穿着长袍马褂、布衫布鞋。

然而，他们是毋庸置疑的精神贵族，对办厂、做公益始终保持着最大的激情，敢于吃"螃蟹"，敢为天下先，有为民众着想的善良和公正。天下兴亡，匹夫有责，他们把办实业融合到国计民生与国家兴盛中。

荣毅仁在荣家是个承上启下的人物。他接受过系统的儒家学说教育，读了不少诸子百家的经典，读得通、写得了文言文；受过良好的西式教会大学的高等教育，精通英文；目睹了家族企业在旧中国的荣辱曲折，自己也在乱世中被诬陷过，零碎的敲诈勒索是家常便饭。这些经历使他在政治上极为清醒，新中国成立前夕他选择留下来必定是深思熟虑后的决定，从而造就了我们现在所看到的荣毅仁。他从一个爱国的资本家转变为"红色资本家"，在波澜壮阔的时代里成长、成熟，这个过程使荣毅仁的内心深处充满了彷徨、痛苦和挣扎，但也埋下了一粒优良的种子，经过雨水的滋润，终于在若干年后破土而出、发芽成长，结出惊人的硕果，这一点可能连他本人都没有想到。例如在"文革"中，荣毅仁在全国工商联食堂的锅炉房运煤和扫厕所，他和孙叔平用碱水把厕所打扫得特别干净，这就是荣家人做事的一贯作风，即使身处最底层，仍保持着生命的亮色，不会沉沦，就像一辙之水，在不经意间闪烁着光。

但这同样是个修炼的过程，曾经的混沌、迷茫和悲怆最后都化作了信念、守望、情感和爱，荣毅仁最终破茧成蝶，成为现代工商业者的杰出代表、卓越的国家领导人、伟大的爱国主义者和共产主义战士。去世后，他躺在鲜花丛中，遗体上覆盖着中国共产党党旗。

"几生修得到梅花"，荣毅仁和他的家族修炼到了。假设一下——当然历史没有假设，荣毅仁当年没有留下来，而是出走海外，凭着家底他不会穷困潦倒，但他至多是一个流落在海外的华商或闲适的寓公，他会被遗忘，被忽略。中国也就少了一个"红色资本家"，一个国家领导人，一个爱国主义者和共产主义战士，甚至改革开放大业也会少掉那扇熠熠生辉的窗口。他的儿子也不会成为叱咤风云的中信香港公司的掌门人，并创造一系列奇迹，留下像利港电厂和兴澄特钢这样站在世界和中国前沿的企业。我们用不着去讨论荣毅仁是被动选择还是主动选择。他被动过，但更多的是主动。

正是荣毅仁坚定而伟大的抉择，加之他艰苦的修炼，荣氏家族才从无数类似的工商家族中脱颖而出，成为一棵苍劲的老梅，历经百年而香如故。这是偶然的还是必然的？不能完全排除这个家族的生命历程有一定的偶然性，因为世界万物都有偶然性和必然性，但这个家族百年的兴隆主要取决于其内在的精神和文化，这就是必然性。历史见证了荣氏四代的枯荣沉浮，见证了一个家族企业始终商脉未断，这股商脉就像一条河，虽然在枯水期只是一股细流，但不绝如缕，到了丰水期则气势磅礴。

荣氏家族对中国工业化进程的贡献，因荣毅仁而被更多人了解。一个人可以缔造一座实业大厦或建造一座城，一个家族可以改变一个时代，一个人可以重新构建自己的家族，这些故事背后有这样一个坚定的逻辑，那就是他们的精神底色源于其自身的塑造和修炼，而且像野生的种子那样通过自然界特有的方式和节律生生不息地传播。

我忍不住联想到一个问题，那就是无锡为何会成为乡镇企业的发源地。改革开放以后，整个苏南（包括苏州、昆山、常州、江阴）的乡镇企业异军突起，形成"苏南模式"，"泉眼"就在无锡，"泉水"部分来自荣氏家族。当然，其他家族的企业家精神也提供了重要的水源和养分，并且乡镇企业的发展得益于其毗邻上海这个工商业发达的城市。上海的工业基础有相当一部分是民族工商业遗留下来的，包括荣家庞大的纺织厂和面粉厂——新中国成立后公私合营，收为国有，这些家当为上海成为中国最大的工业城市奠定了基础。上海不是孤立的，它的工商业不断向周边地区辐射，一些零部件外加工业务在周边城镇孕育了一些小作坊，加上工商文明的外溢效应，周边地区的人们不同程度地受到了濡养和浸润。

江南地区在过去是中国工业化程度最高的区域，除了苏州这座上海的文化后院。这个以精致的园林出名的休闲和消费城市是士大夫、达官贵人及上海财阀避嚣静养的地方，侯门如海、小巷幽静，美食茶点、昆曲评弹，平朴中显得通透、雅致和意蕴万千。机器声、烟囱和货物的进出显然与儒雅的苏州格格不入，而无锡就不同了，面粉厂、纺织厂、缫丝厂密布，烟囱林立，机器轰鸣，荣家、杨家、薛家、唐家四大家族竞相在无锡开厂。尤其是荣家，在运河边创办了申新三厂及以茂新冠名的几家面粉厂，还有机器厂和麻纺厂。在二十世纪三四十年代，无锡的商业气氛非常浓厚，京杭大运河无锡段船来船往。从明清时期的漕运，到近现代各种商品和工业原料的运输，浩荡的风帆和小火轮牵着长长的船队，单机船日夜不停地穿城而过，马达声、鸣笛声和夜航的灯火，都是无锡市民的深刻记忆。大运河造就了两岸商业和工业等行业的空前繁荣，三里桥的米市、北塘沿河的布码头、莲蓉桥畔的竹子集市、江尖渚的陶制品集市、南长街的无数商铺和私家码头以及南郊烧制砖瓦的上百座大窑都在运河边上，以至无锡有"小上海"之称。运河之于无锡，犹如苏州河之于上海，如果说苏州河雕刻了上海，那么大运河也雕刻了无锡。从近现代中国的企业史、工商史及城市的文化史中可以发现，大运河是无锡这座城市的脐带。

常州是盛宣怀的老家，南通是张謇的故乡，他们在家乡办实业，主要是受了上海的影响，更何况盛宣怀作为晚清洋务派干将在上海为官多年。在创办企业的同时，工商业家族也带动了许多地方的城镇化，比如南通的唐闸镇、海门的三厂镇、启东的久隆镇、与南京隔江相望的大厂镇，这些城镇都是工业化派生出来的，带着商业文明的烙印。从某种意义上说，这些城市和城镇均可归属于上海经济带。直到今天，以上海为中心的长江三角洲仍然是中国最活跃、最具发展潜力的经济区之一。

在严禁私有制的时代，上海周围的乡镇还是冒着风险悄悄地办起了集体所有制的小工厂。它们大多依附于上海及周边城市的大型国有企业，承担有限而简单的外加工产品业务，请"星期六工程师"指导。改革开放后，春风化雨、万物生长，在苏南这块肥沃的土地上，在稻麦、菜花、桑园、河港、湖沼、小桥、流水之间，一下子涌现了诸多乡镇企业，其源头还是当地的工商文明。这些乡镇企业经过几十年的大浪淘沙，倒闭了无数家，但也有不少企业成长为参天大树。仅江阴就有海澜集团、法尔胜集团、阳光集团、双良集团、华西集团、三房巷集团等五十八家上市公司，江阴也因此被国家授予"中国制造业第一县"的称号。

当然，这些民营企业和新中国成立前的民族资本企业没有直接的承继关系，但追本溯源，你会发现两者之间还是有着历史渊源的。

这些企业的创始人大多像荣氏兄弟一样出身贫苦，年轻时经历过贫穷和苦难，比如：海澜集团的董事长周建平，年轻时曾牵了匹瘦马穿街走巷，以替人拍照为生，因此他对马怀有深厚的感情，发迹后建立了一个庞大的马文化博物馆，他的马厩里养着几十匹各类名马；而远东集团的董事长蒋锡培年轻时则是替人修配钥匙的铜匠。法尔胜集团最初是生产草绳、麻绳的；红豆集团最初也只是个小小的社办服装厂，比裁缝铺大不了多少。

他们的风雨人生，无不是在坎坷中走过来的，他们也许就像荣氏兄弟一样，从《美国十大豪富传》中受到启发，汲取养分。以荣氏家族为代表的锡商精神，曾引导着他们从潦倒落魄中华丽转身，一步步走向成功。在无锡，荣氏家族的故事通过口口相传，通过恢宏的厂房和园林、学校而广为人知，这些后辈从中受到鼓舞和激励，带着几分自信和向往，走上了创业的征途。

苏南模式中的那批拓荒者之所以能创造奇迹，无疑是受到了以荣氏家族为代表的本土工商文明的启发和精神指引。当然，他们最初可能没有荣氏兄弟那样的雄心壮志，好在他们头脑比较灵活，想方设法另辟蹊径，渴求用另一种方式来改变自己的处境，这在当时已经很不容易了。

荣氏家族的企业文化在本质意义上包含了中国工商文明的精华，同时具有自己源远流长的特性。这个家族已延续整整一百年了，至今仍意气风发，没有僵化的迹象。毫不夸张地说，在世界各地的各个领域，人们都能看到荣氏第四代、第五代传人活跃的身影。荣智健虽已年过七十，但仍然精力充沛、平和从容地创业。面对这个古老的百年家族，你不得不衷心地感慨和叹服其生命力的坚韧。红兵船、绿兵船作为商标已消失，但作为一种精神象征，它们永远为历史所镌刻，永远在破浪奋进。

在当代中国，世人更看重的是聚财之道，而不是散财之道。然而，荣氏家族告诉我们，一种真正的企业家境界在本质上是由散财之道构建的。现在的民营企业经过改革开放四十多年的培育和成长，其规模、产品质量、技术含量、经济效益及市场竞争力和影响力，已远超民国时期的民族工商企业，但是其在精神层面（包括家国情怀、散财之道、戒欺及公益等方面），与荣氏兄弟那个年代的企业相比有很大差距。某些所谓的企业家在文明教养和品性上还差一大截，对炫富、挥霍、奢华等行为不以为耻，反以为荣，移民国外、转移财富已司空见惯，做了一点善事就大肆宣扬，这种作秀式、表演式的"施舍"招来了一片非议，令人作呕，至于违法经营的事更是层出不穷。

前几年的一次会议上，地产商王石对话一批"80后"创业者，他耐人寻味地问大家："中国企业家目前的水平，不包括你们'80后'，但包括我、柳传志、张瑞敏这些人，低于二十世纪民国初年的工商界，特别是荣氏家族。关于这样的判断，你们觉得是谦虚的，还是客观的？"

一时间，全场鸦雀无声。"80后"创业者不知道如何回答，他们也许对民国实业家了解甚少，即使了解，也是肤浅的、破碎的。王石顿了顿说："我认为不如他们。"

王石不假思索地为自己的"不如"给出了三个理由。其一，荣家用自己的钱修建了梅园，将其作为送给这个城市的礼物。而直至今日，中国没有一个民营企业家为城市和公众留下类似的礼物。其二，荣家靠面粉起家，最初进口的是德国磨面机，但是荣家将技术、设备管理和人才同步引进。改革开放之初，中国很多公司从西方引入的设备放在荒地里生锈了，原因是盲目引进设备，而没有考虑引进技术人员……其三，荣老先生当时向政府提交过一个关于地域经济发展的"建议书"，也就是二十世纪八十年代改革开放的"苏锡常"（苏州、无锡、常州）。如果不是抗日战争，这个区域就提前五十年开发了。但荣老先生不是搞房地产的，而是做面粉的，王石自叹没有他的气度和眼光。

王石的言语中透出真诚的钦佩，他举的例子只是荣德生一生所做事情中很小的一部分，但足以说明荣德生及荣家几代人的精神和品格。荣家的善举源自儒家文化，根植于自身的修炼以及那个时代支撑他们的制度空间，还有梅花文化的浸润，这是荣家百年不衰的精神密码。

王石的这番话值得当今每一个民营企业家认真思索。作为企业家，你们也许创业成功了，这是值得肯定的，但在中国的文明演进和社会发展中，你们做了些什么呢？在聚财和散财关系的处理方面，你们又做得如何呢？

"几生修得到梅花"是一个历史的诘问，当代企业家在谈论荣氏家族为中国做出的贡献时，在谈论商业精神和工商文明时，应该像王石那样反省一下自己，对于荣氏家族身上闪耀的独特光辉，大可凿壁而偷之，揽镜以自鉴。伟大的民族复兴需要企业家的闯劲、奋斗和聪明才智，更需要企业家具有完整的人格、国格，具有家国情怀和"穷则独善其身，达则兼济天下"的精神，并致力于做一个纯粹的、有境界的、有理想的、无杂质的儒商。当然，我不是说中国当代实业家都缺乏精神追求和民族气节。面对以美国为首的西方国家的霸凌式打压和排挤，华为创始人任正非还是那么淡定、理性、自信，以羽扇纶巾的谈笑方式向中外记者畅谈自己的观点、想法和应对之策，显示出一种精神和理想的硬度。这个军人出身的企业家虽然成了霸权主义者的众矢之的，但他并没有被压垮，而是在围剿和种种责难中继续奋斗。他固然体会到了一种生命不能承受之重，但重压没有让他退缩和崩溃，他矢志不渝地用行动来回答那些轻狂者、诬陷者的攻击和干扰。我反复读了他长达两万字的谈话，感受到了他的理性和睿智，当然还有充足的底气。

我想起了荣氏家族的种种遭遇，梅花品格是他们生命的支点，所以荣氏家族是杀不死、打不垮的。由荣毅仁一手创建并在改革开放浪潮中成长起来的中信公司也经历过艰难和曲折，它也是杀不死、打不垮的。同样，坚强的任正非不相信眼泪，华为同样是杀不死、打不垮的。历史总会惊人地相似，当年荣氏兄弟在日本侵略者的强权面前站住了，即便侵略战争摧毁了他们的大部分企业，他们还是在废墟中站了起来，重建了自己的企业。这就是荣家。

后记
此心安处是家国

  我开始写这本书稿时还是冬天,天气很冷,周遭一片肃杀。小区里几十株樱花树已掉尽了最后一片黄叶,只剩下光秃秃的枝丫在寒风中摇曳,角角落落的花草都已衰败。唯有五六株白玉兰树依然青葱碧绿,树叶肥厚。而几棵瘦瘦的蜡梅在凌厉的寒风中绽放了,花黄似蜡,暗香泛动。

  而在写后记的当下,江南刚走出梅雨季节,夏初的葳蕤绚烂突然出现在眼前。2020年雨季长达四十三天,且雨势滂沱、猛烈。大运河、太湖水位均冲破警戒线,堤岸上的抗洪队伍日夜严防死守。一天晚上,我经过马山十里长堤,灯火明亮,大有纳兰性德"夜深千帐灯"的战时气氛,当时的场景着实让人担心。昨天,雨终于停了,阳光普照,气温一下蹿升,酷热异常。大自然的不平衡和变化无常,让我联想到荣氏家族走过的漫长历程。人生、家族何尝不是如此,都不可能风调雨顺,一路坦途。百年荣氏就是在一路坎坷中走过来的。

  江南荣家是一个宏大的命题,格局天高地阔,家传博大精深,事业慨然高歌,在中国民族工商业史上具有"黄钟大吕之响与惊涛拍岸之势"。这个家族沉甸甸的沧桑历史和文化积淀,已引起历史界、学术界和企业界的高度关注,研究者甚多。2018年,经过整合,荣文化研究会应运而生,对荣文化研究起到了积极的推动和引领作用。有人拟将荣文化提升到荣学的高度,此说在这里暂且不论。

  荣氏家族从荣毅仁祖父荣熙泰算起,中间是荣氏兄弟,加上第三代的仁字辈、鸿字辈以及第四代的智字辈,整整四代,绵延百年而不衰。对于荣熙泰这个人物，以前少有人注意，他也没有留下一张真人照片，更没有什么文字留下来，因此，他往往被无视或忽略不计。我以为这是个历史性的疏忽或误判。我坚持认为荣熙泰对于这个家族而言厥功至伟，荣家的命运是从他手里发生巨大变化的。

他是个睿智的人，才具高格，学有原道，以身教和言教培育了荣宗敬、荣德生俩兄弟，并带领他们走出荣巷，走向更广阔的外部世界。当南通的张謇以状元郎的资质兴办大生纱厂进而通过实业改造社会时，他还是乌镇一个冶坊的会计。后来，他凭一把算盘，当上南方关卡税吏，挖到了第一桶金。他的遗产是一家钱庄和做人立业之道。这笔遗产对于一个农户家庭来说足够丰盈。可惜他过早逝世，终年仅四十多岁。

当然，荣氏企业之所以成为中国民族工商业中的佼佼者，主要得力于荣氏兄弟的努力和奋进。时代的风云变幻、江南的烟火万象及梁溪河畔的急流波涛，激荡着兄弟俩事业的舟楫在旋涡中打转，呛水是不用说的，惊涛骇浪般的挫折也绝非一次。申新搁浅，工厂险被官僚资本家和日商吞噬；抗日战争期间，荣家大半企业毁于日机的狂轰滥炸。他们虽然有时也心灰意冷，但始终心存希望，更多的时候，他们仍然豪情万丈。荣毅仁在上海滩办小纺织厂、银行和机械厂，以不变应万变；荣德生的大女婿李国伟则在黄土高坡办起了巨大的窑洞工厂。

美国汉学家费正清说过："在中国的黄河上逆流行舟，你往往看到的是曲弯前行的船，而没有注意到那些在岸边拉纤的人们。"而荣氏家族的创业者正是纤夫式的人物。

总之，这个家族尝尽了无法释怀的悲喜忧欢，但最终，他们挺住了。

1949年，中国改天换地，荣氏家族出现了分化，不少人出走海外，漂泊他乡。在这个重要的历史拐点，荣德生和四子荣毅仁留下来迎接新中国的诞生。正是荣德生和荣毅仁的正确选择，使这个家族没有散架，家族的目标和理想得到了延伸和继续。

百年荣氏何以不衰，家族基业何以长青，这是许多荣氏文化研究者所探索的问题，孜孜以求其谜、其源、其根。答案其实并不复杂，一言以蔽之，就是此心安处是家国。以实业报国、公益精神、守正创新和扶危济困为核心内容的家国情怀，始终是荣家所秉持和传承的一种家族精神。正是这种精神内核，促使荣氏几代人在历史的变迁中应势而动、顺势而为。他们把企业发展同国家繁荣、民族兴盛及民生安定紧密结合在一起，正所谓"利于国者爱之，害于国者恶之"，从而与其他爱国企业家一起创造了既有中国文化内涵又有西方工业化特色的工商文明。

荣毅仁是荣氏家族的卓越代表，也是家族精神承上启下的灵魂人物，正是他，把家族精神和家国情怀弘扬到了极致。在公私合营中，他把荣家所有的企业都奉献给国家。他本人担任过主管纺织业的上海市副市长、主管全国纺织厂的纺织工业部副部长。改革开放之初，他奉邓小平之命，创办从旧体制中破茧而出的中信公司。他站在改革开放的最前沿，担当了领跑者、开拓者和创新者的重要角色。他一生都在办企业、管企业，中信公司无疑是充满他的激情、智慧和雄心的伟大杰作。与新中国成立前的家族企业不同，中信公司是一家大型的综合性国有企业，是中国对外开放的一扇窗户，其艰难的辉煌注定会被写进中国历史。

以中信公司的三幢大厦为例，它们都是不同历史阶段的首都第一高楼：第一幢是国际大厦，即俗称的巧克力大厦，第二幢是当时所处地段还比较荒僻的京城大厦，第三幢是中信大厦，即俗称的中国尊。这三幢建筑都改变了北京的天际线，是中信公司发展和成长的注脚。第一幢和第二幢大厦都是荣毅仁一手筹划建设的。国际大厦落成后，这个区域的建筑群一发不可收且节节拔高，成为北京一个重要的商业区，也成为改革开放的重要标志。那天，我望着直冲云霄、巍巍屹立于建国门外的中国尊，心旌摇动，我忽然想到，如果荣老的在天之灵能看到，他一定会感到欣慰和高兴。那个在史家胡同四合院起步的中信公司又长高了，那座以中国青铜礼器——尊为外观样式的中信大厦诞生了，它站在中央电视台建筑南侧，气韵高华雅致又不乏质朴，苍古的风骨中透着一种现代感。

国际大厦和京城大厦是荣毅仁塑造的两座里程碑，象征着荣毅仁紧跟时代步伐，勇敢攀登的两个高度，是张力十足的隐含民族大义和国家公义的故事场，并凝聚着荣毅仁举起的家族精神火炬和升华到新高度的家国情怀。荣毅仁把他的后半生贡献给了改革开放这一伟大事业。当家国需要时，他前行于振兴民族之正道；当世界大势召唤时，他卓然游走于国际舞台。可以说，他"仰无愧于天，俯无愧于地，行无愧于人，止无愧于心"。

2020年7月21日，习近平总书记在企业家座谈会上提到了荣毅仁是优秀企业家的典范。这是在新的历史条件下对荣毅仁所呈现的企业家精神的再一次肯定。荣毅仁无疑是一个富有传奇色彩的、纯粹的、高尚的伟人。这已盖棺论定，无可置疑。任何人都不能不知敬畏之分寸，对此否定或者将其污名化。

对于江南荣家这样一个庞大深厚的选题，我不可能在一本书中将故事写尽。荣智健先生概括说，梅文化就是荣文化。因此，我在此书中，以梅花作为一种具有象征意义的植物，对照荣氏家族的精神传承、道德操守与人生态度，选择性地叙述这个家族的故事，同时回答百年荣氏经久不衰的原因。在表达形式上，我采用了历史大散文的形式，每章都突出梅花品格的一个特征，用一个个事例来反映荣家的精神和气节，这些故事是跨越时间和空间，相对独立而又相互勾连的。这不是考据式的随笔，而是纪实性的文学作品，取材于真真切切的人物和事件，在貌似轻快、温软的文字中回荡着沉郁顿挫的历史回声。

文学的功能和责任之一就是见证和反映历史与现实。写荣家的创业史和心灵史是一个时代的课题，必须做到身入、心入、情入，内容客观、开阔、真实，细密地还原若干历史现场。这一点，我尽力去做了，结果如何，由读者来评说吧！

"我将穿越，但我永远不会抵达。"这是比利时诗人那慕尔的诗句。创作本身就是一种精神穿越，在写作过程中，我经受着这批先驱者、这批纤夫的精神洗礼。荣氏的故事是写不完的，我不可能抵达终点，但我会继续一步步向前迈进。

在此，感谢荣智健先生将梅文化和荣文化联系起来的精妙论述；感谢荣文化研究会的领导和各位专家学者的帮助，文献所用，见识所在，少不了他们的指点；感谢中信出版集团编辑团队如琢如磨的辛勤工作；感谢无锡市文化遗产保护基金会的支持。愿荣氏精神薪火传承，生生不息！

此书于2020年7月就完成初稿，由于审读、修改等因素，直到今天才正式出版，与大家见面。虽然几易其稿，但不当之处和差错仍难以完全避免，请荣氏研究专家和读者多多指正。

参考文献

[1] 计泓赓.荣毅仁[M].北京：中央文献出版社，2006.

[2] 宗菊如，陈林农.中国民族工商首户——荣氏家族无锡创业史料[M].香港：世界华人出版社，2003.

[3] 高仲泰.红色资本家荣毅仁[M].上海：中西书局，2012.

[4] 高仲泰.荣毅仁的前半生[M].南京：江苏凤凰文艺出版社，2018.

[5] 桑逢康.荣氏财团[M].北京：文化艺术出版社，2006.

[6] 郁家树.无锡人杰[M].北京：人民出版社，2010.

[7] 赵云声，刘明涛.中国大资本家传2：荣氏家族卷[M].长春：时代文艺出版社，1994.

[8] 邹卫东.荣智健传[M].广州：花城出版社，2003.

[9] 王伟群.艰难的辉煌——中信30年之路[M].北京：中信出版社，2010.

[10] 吴晓波.跌荡一百年——中国企业1870—1977[M].北京：中信出版社，2017.

[11] 保罗·施普拉赫曼.荣智安[M].苏州：古吴轩出版社，2011.

[12] 曹可凡，宋路霞.蠡园惊梦[M].上海：上海交通大学出版社，2015.

[13] 荣漱仁，等.荣漱仁：我家经营面粉工业的回忆[M].北京：文史资料出版社，1981.

[14] 上海商业储蓄银行文教基金会.中国民族工业先驱荣宗敬生平史料选编[M].扬州：广陵书社，2013.

［15］傅国涌.民国商人1912—1949：追寻中国现代工商文明的起源[M].北京：中国友谊出版公司，2016.

［16］王渊远，宋路霞.商界奇才王禹卿[M].上海：上海科学技术文献出版社，2011.

［17］萧尹.宝鸡申新纺织厂史[M].西安：陕西人民出版社，1992.

［18］荣德生.荣德生文集[M].上海：上海古籍出版社，2002.

［19］荣毅仁.党指引我们走社会主义道路[N].人民日报，1991-07-04.

［20］荣毅仁.在纽约圣约翰同学会上的讲话[N].光明日报，1987-05-08.

［21］荣毅仁.做一切事情先要想到国家——在中信公司新同志培训结业典礼上的讲话[N].人民日报，1987-01-06.

［22］荣毅仁访谈录，高仲泰采访并整理，1987年5月，北京中信公司。

［23］荣毅仁采访记录稿，计泓赓采访并整理，1986年9月，无锡市委宣传部办公楼。

［24］杨通谊访谈记录，高仲泰采访，1986年3月，无锡。

［25］江阴利港电厂若干老领导访谈记录，高仲泰采访，2018年7月，利港电厂无锡办事处。

［26］江阴兴澄特钢若干老领导访谈记录，高仲泰采访，2018年3月，江阴兴澄特钢。

［27］中信泰富副总裁李亚军访谈记录，高仲泰采访，2019年6月，无锡锦园。

［28］江阴利港电厂总经理孙峰访谈记录，高仲泰采访，2018年3月，江阴利港电厂。